执手

张秀进　张帅　著

作家出版社

目　录

第一章　蝴蝶与男孩

　　校园里有一棵枝繁叶茂的大柳树，正午的阳光火辣辣地刺眼，绿绿的柳荫犹如一把大大的太阳伞。柳树下坐着一个男孩，他手中正捧着一本厚厚的书，非常认真且津津有味地读着。这个地方很幽静，地面上有几块干净的青石板，应该是学校给那些爱阅读的学生准备的。此刻来往的学生并不太多，因为中午的阳光实在是太毒太热了，地面的路开始发烫发软，在外面行走的人很少，大家应该是在午睡之中。这里是校园的西面，离教学楼很远，有很多的大树整齐地排列着，在附近还种植着很多的月季花，花儿在正午的阳光下挺立着，并桀骜不驯地散发着幽香。不远处的林荫小道上偶尔有学生走过，看他们都是步履匆匆，这正午的太阳真的是烤人了。此时一阵微风吹过，随着微风从远处的树林中飞来了一只白色的蝴蝶。蝴蝶在上空转了转后就径直地飞向了安静读书的男孩。这只蝴蝶不但很大而且非常漂亮，它绕着男孩飞来飞去，并不时地驻足于他面前的书上，男孩很奇怪，他望着蝴蝶并轻轻地向它吹了一口气，蝴蝶立即翩然而起。"小蝴蝶，你真漂亮！快去玩吧。不要站在我的书上，我在复习，还要背书呢！"男孩看着飞起来的蝴蝶轻轻地说道。可是盘旋的蝴蝶又一次落下，这次却是站在了他的肩头。"哎，小蝴蝶，你是累了吗？天气太热了，你一定是渴了，想在我肩上休息吧？可惜我没有带着水，没办法帮助你呢，你快去找水源吧！"男孩又一次用嘴向它吹气，蝴蝶挺立不动。男孩抖动自己的左肩，想让站在肩膀上的蝴蝶起身，可是蝴蝶依然是挺立在他的左肩之上。见它非但不怕自己，竟然还有些依恋自己，男孩很奇怪。于是男孩开始仔细地观察它，他发现这只美丽蝴蝶的大眼睛里竟然有闪动的泪光。

"柳泉，你怎么又跑这里来了？让我好找！你看看，你看看！大中午的太阳这么火辣，为了找你我胳膊都晒得要爆了！"此时从林荫道边跑过来一个女孩，红红的脸上淌着汗。她娇嗔地站在这个叫柳泉的男孩面前大声说着，并将被太阳晒到通红的胳膊伸到柳泉面前让他看。柳泉皱了一下眉头后向旁边侧了侧，给她让出了一块石板，女孩顺势坐了下来。"赵萌萌，你怎么又来了？你不在宿舍里好好复习功课，到处乱跑，你难道忘了马上就要考试了吗？"柳泉侧过身子向一旁的女孩问道。"好奇怪呀！你不是也没在宿舍学习吗？还说我呢！"赵萌萌开始了对柳泉的反击。"天气太热，我们宿舍的那哥几个都在神聊，天南海北地胡侃一气，屋里乱糟糟的，我只好到这里找个清静。唉，没有办法啊，我只是想充充电而已。而你想想现在都什么时候了？时间这么宝贵，你还不好好复习，大热天的乱跑什么？""真是的！关心你还有错啦？天气这么热，人家都在午休，就你一个人在苦读！你是不是读书读傻了呀？看你这可怜的样子！我只是想和你聊聊天而已，陪你待一会儿呗，就当作是体验一把阳光浴啦。"这个叫赵萌萌的女孩看着柳泉笑嘻嘻地说着，她长着一双圆圆的大眼睛，有着很单纯又无辜的眼神。此时她边说边又用手指捅了捅柳泉的脸。柳泉向一侧偏了一下躲开了热情的赵萌萌："你别价，我实在是忙，哪里有时间闲聊？实在是对不住你哪！你快走吧，我这英文资料今天必须归还给图书馆，我还差一点点就背完了。你这么一捣乱，一会儿我就前功尽弃了好不好?"柳泉看着赵萌萌有些无奈,他只想一个人静静地读书,可是又不好意思将她赶走。"哎,你肩膀上怎么会有一只蝴蝶?好漂亮的凤蝶呀!这斑纹真的超级可爱!你看它这么蓝,就像两颗蓝宝石镶嵌在上面,把它送给我吧!我好喜欢!"赵萌萌伸手想要把蝴蝶捏在手中,被柳泉闪身躲开:"萌萌,你别瞎闹,你看这只小蝴蝶又热又渴,它飞累了,正趴在我肩上休息呢。""柳泉你真小气,我要的是它又不是你。"赵萌萌看着柳泉一脸的坏笑。"不可以,你别伤害它!这么美的精灵,你让它走吧。""不行,我一定要它,这只蝴蝶太好看了,我要把它做成我的书签!"赵萌萌说着就伸出手来向蝴蝶抓去,但被柳泉一巴掌拍下来。"柳泉,你干什么?"赵萌萌大声叫着,"你看蝴蝶跑了!你赔我的蝴蝶!"柳泉站起身来,看着肩头的蝴蝶翩翩而去:"萌萌,你别闹腾了,我们走吧。这蝴蝶怎么就成了你的呢?凭什么让你把它做成书签,你这不就是要了人家的命吗?!人家在空中飞得好好的,招你惹你了?这小小的蝴蝶又热又渴,只不过在我肩上暂时休息一下,你何苦为了自己一时的好奇而弄死它!唉!你说你总是这么任性,将来可如何是好?"柳泉叹了一口气,转过身拉了赵萌萌一把,哄着她一起沿着林边的小路向校园宿舍那边走去。

　　柳泉与赵萌萌来自同一个城市,江苏扬州,而且他们两家住在同一条街道。柳泉的好友李月星是赵萌萌的表哥,因此两家关系很好,相互之间走得很近。萌萌从小就喜欢柳泉。这不柳泉考上了八年制的医科大学,在第五年的时候赵萌萌又追随而来,以高分入学,两个人从邻居又成了校友。这下好啦,从此柳泉身后多了一条尾巴,只要有空闲,赵萌萌就去宿舍找他,约他一起吃饭散步,因为这样,让那些暗恋学霸柳泉的女生们在赵萌萌同学的怒目下悄悄地消失了。柳泉已有察觉到,可他乐得清静自在,因此也就遂她心愿而从不干涉她的行为。并且在人前人后地照顾着萌萌，这也形成一种假象，因为如此就也把萌萌娇惯得不成个样子。而今天因为一只蝴蝶却得罪了萌萌，惹得萌萌火冒三丈，柳泉对此耐心陈词，直到进了学区宿舍，在柳泉答应给她再找一只凤蝶后，赵萌萌方破涕而笑，她圆睁着一双大眼睛，胜利地昂首挺胸，心情顿时爽朗起来。

柳泉夹着他的书回到宿舍，同屋的舍友已经起床，开始各自忙着自己的事情，并相互讨论着周末一起带着女朋友去哪个景点郊游，此刻宿舍里没有一个人关注他。柳泉回来后本打算写一些东西，不知为何他却有些心烦气躁，手拿着笔心却静不下来。他找不到灵感，这让他很奇怪，平日里的奇思妙想今日怎么无影无踪了？这有点反常，太反常了！写不下去的他就势闭上了眼睛，他想平复一下自己的心情，于是他用双手按住了脸上的太阳穴。

忽然之间，校园树丛中的那只蝴蝶出现在了眼前，它目光凝视着他，扇动着翅膀，柳泉也望着它。说真的，这只蝴蝶很漂亮，可以说是很迷人。白色的翅膀上镶了一道金边，金边向内有过渡的蓝紫色，更可爱的是翅根部位生长着两颗蓝色的斑点，好像镶嵌了两颗昂贵的蓝宝石，一派优雅知性的模样。这样美的白凤蝶柳泉也是平生第一次看到。柳泉欲与蝴蝶说话，他一下子惊醒了过来。他揉了揉眼睛，凝神静气之后，哪里有什么白蝴蝶？这只是一个幻觉。

不知为什么柳泉有些心酸，胸口有些发堵。柳泉内心自忖："我这是怎么了？为什么蝴蝶总是在我眼前飞舞？它的两只大眼睛在幽幽地看着我，好像有泪光？对，它的眼睛中就是有泪光！好像是想对我诉说什么，那眼神怎么这么熟悉，就像我的亲人！这是为何……"一种莫名的伤感蔓延于心，这情绪究竟是为谁而来？柳泉心中默默地思量，肯定不是为了赵萌萌！这个任性的女孩子只是我的邻居妹妹，我从未爱过她，甚至于在经常地躲避她。虽然我对她有些娇纵，那只是因为我家与她家是住得很近的邻居，受其家人相托，自己对萌萌只是爱护而已，毕竟都是一起长大的，何况萌萌对自己从小就依赖，母亲又是那么喜欢她，自己实在是不能冷落她。再说这个赵萌萌要是撒起娇来自己可是对付不了的，而且更不能让她在同学面前丢了面子。可是我今天到底是怎么了？竟然有些魂不守舍，眼前总是出现那只蝴蝶，难道我会爱上蝴蝶？人与昆虫相恋，这可是滑天下之大稽。但是这可爱的精灵为什么会停在我的肩上？赶也赶不走，那一定是它爱上了我！想到此处，柳泉竟然红着脸笑了。

"泉儿，你傻乐什么？吃了蜜蜂屎啦，一副甜蜜蜜的呆样！"蒋亮看着他那傻模样，乐呵呵地拍了他肩膀一巴掌，柳泉吓了一跳，他立刻回过神来："谁傻乐了？你才吃了蜜蜂屎了呢！"宿舍里另外两个同学也跟着笑了起来，整间屋子立刻欢腾了起来。这就是大学生宿舍，他们四个人在一起已经有将近八年的友谊，这是他们青春洋溢无拘无束的最好时光。

第二章　我在溪边等你

"柳泉，周末咱哥几个进山扫荡咋样？咱们有女朋友的就都带上，没有女朋友的可以请上邻家小妹。"蒋亮冲柳泉挤了挤眼睛，一脸的坏笑，因为他知道柳泉从来就不承认赵萌萌是自己的女朋友，总是说她是自己的邻家小妹。"你们去吧，我还有许多事情都没有办完呢。我手中的资料没有找全，咱们也快实习了。再说我的论文没写完呢，还得反复修改，我还是多读点书，以备不测，你们说是不是更好一点？"柳泉笑着回答。"嘿！你说你这个书呆子，你活得累不累呀？你比我们还小四岁呢！我们都能玩儿，你却不能玩儿，真是活见鬼了！书是永远读不完的，该休息就休息一下，咱们忙里偷闲，去山里呼吸点新鲜空气，让女朋友跟着乐和乐和，别整成个书呆子，莫负青春好不好？去吧，一起去吧，少了你多没意思！"蒋亮看着柳泉诚心诚意地又哄又劝地说着。"不行，人各有志，我可舍不得现在的时间！什么莫负青春，纯属胡言！我劝你们也别去玩了，以后想玩儿，机会有的是。现在正是关键时候，反正我是不会跟你们瞎混的。"柳泉一本正经地看着蒋亮并一口回绝了。"吓！合着你是君子我为蠢人！"蒋亮大叫着，"柳泉，你不够意思，哥哥们对你都这么好，现在咱们快毕业了，以后难得有机会再一起去玩儿，怎么样？你难道就是不给哥哥面子吗？""不会的，泉儿就是太用功了，和咱们不一样，强扭的瓜不甜。人家要做大事业呢！"同宿舍的哥们儿刘志勇开始搭话了。听刘志勇说出了这种不酸不甜的话，柳泉又歪着头看了看坐在椅子上沉默不语的万钢，他就问他："嘿，老万，你想去吗？""那是当然！我和你不一样，我又不是神童！我要过平凡的日子，该玩儿就玩儿，该吃就吃！我只知道青春一去不复返……"万钢眯着一双眼睛在挑战柳泉。柳泉眼看自己处于弱势，知道室友们一起在激他，无奈的他也只好随众了："好吧！那就去好了。"看到柳泉同意了，他们四人一起大笑起来！如同往日一样，宿舍里又是一片欢腾。

柳泉和蒋亮他们四人从大学一年级就开始在一起，而且同一宿舍。在第五个年头，辛之栋博士从美国哈佛归来，他们又幸运地一起考上了他的研究生！所以四个伙伴无所不谈，相互信任，少了谁都不行。今年就要毕业了，所以大家想要在毕业前夕找个周末一起共同出游，散散心。否则毕业后弄不好就会天各一方，再聚就不容易了。可柳泉却不积极参与，那怎么能成？于是他们三人相互配合，直逼得柳泉就伏，三个人才开心大笑，柳泉看着他们三人的样子顿时也欢乐了起来。

周末，阳光灿烂。柳泉他们找了四辆自行车，一人带一个，一行八人嘻嘻哈哈骑行进了深山。到底是年轻人，一路青春一路歌声，打打闹闹不在话下。一路上的风光让他们目不暇接，山间清泉水叮咚作响，树梢头的鸟儿赛着欢鸣，好像是在欢迎他们几个人的到来。面对山间的景色和身旁的恋人，几个年轻人实在是开心不已。他们精力充沛，个个青春洋溢，正是人生最好的年华。蒋亮与常娟，刘志勇与边瑞兰，万钢和李勤芳都是校园情侣，唯有柳泉与赵萌萌不是！可是在许多人眼中他们俩的关系就是不一般，是那种准情侣的样子。但赵萌萌却是对柳泉早就倾心爱慕，并想尽办法来黏着柳泉，人越多时她对柳泉就越亲热，让大家都看到他们两个人形影不离的样子，只是柳泉内心里却实在是不爱她。可是赵萌萌不在乎柳泉对自己的态度，她内心中坚持着一个信念：你虽然不爱我，可是你无法改变我爱你呀！面对赵萌萌的性格，柳泉无法躲避她的纠缠，更要顾念女孩子的脸面，他也只能顺其自然地权当她是邻家小妹了。

他们几个人边走边唱，不知不觉进入深山。这里的风景很美，山很高，山上长有很多杂树，满山遍野开满了叫不出名字的野花，偶尔可以看到一棵棵高大的松树，树身挺拔威武，如同英勇的将军站在山巅。还有一些松树婀娜多姿，郁郁华盖，奇美秀绝，令人赞叹。树上挂着青藤。柳泉听人家说树也分雌雄，雄性的树身是高大雄伟，树冠郁郁葱葱。而雌性之树则婀娜多姿，有舞蹈家的身段。柳泉想到这里便向树林里望去。他看到远处山上有几棵松树，旁边有一座凉亭。柳泉用手指了指那个方向，告诉大家那里风景绝美。而他的内心中更觉得有一种熟悉的感觉，他仿佛是到过那个地方。柳泉见大家都在拿手中的相机拍照，他便独自走上山来，这时他看到山顶处有一座古亭，看着就很有年代感的样子。柳泉不由自主地登上了山顶，迅速走进了这座亭子。他看到亭子的柱子与座位的木板上油漆都已经剥落，一种沧桑的酸楚涌上心头，古亭子可以说有些破败不堪了。他站在亭子中向远方眺望，远处群山高耸，静默不言，这里风景很美，可风景虽好，他的内心却莫名其妙地生起了一种苍凉。柳泉仔细观察起来，他发现这座歇山亭是一座年代久远的建筑，虽然有些破败，但它的六个檐角依然是昂首向天，很像一个坚挺不拔、铁骨铮铮的男人在此不畏风雨，不畏艰难险阻，寒来暑往地挺立着，只为给远行的游子或劳累的人们一个歇脚和遮风避雨的地方。柳泉心中很是感慨，他一边估摸着亭子的年代，一边招呼大家快点过来，让大家在这里歇歇脚，远眺群山，好好地欣赏一下巴蜀之地美丽的风光。几个小伙子拉着自己的女友爬上山来，在柳泉的招呼下他们进入了凉亭开始休息。赵萌萌是最后一个上来的，她的表情有些不爽，柳泉知道是因为自己没有拉着她的手爬山，没有与她像恋人一样亲密，这使得赵萌萌很没面子。此时他怕赵萌萌又生事端，就赶紧从书包中掏出装满水的杯子递给她，笑着让她喝水，赵萌萌的脸色才慢慢地好起来，大眼睛里又有了笑意。

　　大家都有些累了，于是他们开始享用野外午餐。趁着大家吃喝的工夫，柳泉拿出来速写本子开始写生。柳泉的写生能力很强，他除了准确地记录药物标本之外又能画一手好的水墨山水。而站在此处望去，这里的风景极美，植被茂密，树根盘石而生，流水潺潺，让盛夏的燥热一扫而空。赵萌萌站在柳泉身后看他画画，惊叹着画面的构成，看着柳泉灵动的笔触，那么快就对景勾勒出一幅清雅灵动的山水写真，她从心里对柳泉油然而生出一种敬佩之情。忽然赵萌萌指着前方，惊讶地大叫："柳泉，你快看，那里有一座坟墓，应该是古墓吧？你别画了，我有些害怕。太瘆人了！我们快走吧。"赵萌萌拉着柳泉的胳膊不住地摇晃着。柳泉只好停下了手中的画笔，他生气地看着赵萌萌："萌萌，你别闹了好不好？我刚刚入境，你就开始捣乱。这个地方真的很美，非常入画，我要完整地记录下来，我对这里有种熟悉的感觉。""说什么呢？我的大哥，你醒醒吧，我们是第一次来这里的，你怎么就熟悉了？"赵萌萌摇晃着柳泉的胳膊娇声地说。蒋亮走了过来问道："哪里有墓地？在哪儿呢？走，咱们过去看看。"顺着赵萌萌手指的方向，几个人一起走出亭子，他们跨过一条小溪，一座坟墓，一块石碑赫然出现在眼前。

　　这是一座高大的青石碑，石碑上刻有铭文。只见碑文如下：

献给你们!

　　亲爱的流泉哥哥和安姐姐,虽然我不知道你们真正的全名,故乡和来历,但你们给了我生命,我将终生铭记,并将你们的善行传播下去。

一九三五年八月十四日

立碑人　辛之栋

　　"喔,无名墓碑,这两个人究竟是谁呢?立碑的人怎么会和咱们老师同名?"柳泉奇怪得很,他转过头向身旁的同学们问道,可是没有一个人回答他的问题。柳泉见状,也不再提问了,他一脸的肃穆并虔诚地向荒墓鞠了一躬。蒋亮他们几个人站在柳泉身边,此时没有一个人说话,也都一脸的严肃,恭敬地行着注目礼,收起了嘻嘻哈哈的表情。就在大家惊疑不解的时候,一只蝴蝶飞了过来。是的,一只大大的蝴蝶,它有美丽动人的白色衣裙,长长的细腿,谁能想到,这只凤蝶竟然静静地落在了柳泉肩上。众人惊呼:"柳泉,大蝴蝶呀!""柳泉,这就是那天的那只蝴蝶,你放走的那一只,今天又找你来啦!"赵萌萌在一旁拍手大叫,她又惊又喜地笑着准备伸手去抓它。柳泉也是很惊讶,他看到了那只熟悉的蝴蝶又飞舞着落在了自己的肩上,不由得心中一阵狂跳,"它终于又来找我了!"只是这次的它很快地就又飞了起来,重新落到了柳泉的头发上,这里是赵萌萌够不到的地方。柳泉想着:"这只蝴蝶很聪明,它会保护自己了!"赵萌萌个子不高,要想抓住它很难!他仿佛是看到了蝴蝶在俯视赵萌萌的表情,想到这里,柳泉情不自禁地微笑起来。但他依旧是拍开了赵萌萌的手,生怕她跳起来拍打自己头发上的小生灵!于是他看着赵萌萌,用温柔的语气哄着她说:"萌萌,你为什么非要伤害它呢？你看它是一个这么美丽的生灵，它和我们有缘呀！何况生存不易，你就饶过它吧。行不行？……"众人听着柳泉对赵萌萌的劝说，而赵萌萌也不好意思再跳着脚抓蝴蝶了，她把手缩回之后，大家看到那只蝴蝶抖抖翅膀，从柳泉头顶迅速地滑落到他胸前的纽扣上。此刻，只见美丽的它张开双翼，紧紧地贴在了柳泉的心口上。众人一时目瞪口呆，谁都没有说话，只有柳泉小心翼翼地看着蝴蝶，柔声问道："小蝴蝶，你到底是谁？你怎么又找到我了呢？"此时的一行人都相互对视无语，有惊讶还有羡慕，最终还是蒋亮发言了："哥儿几个明白吗？还是人家柳泉帅气，你看不光萌萌爱他，就连蝴蝶都喜欢他！咱们是无此殊荣了！伤心啊！没面儿啊！我看咱们还是走吧，要不一会儿柳泉又不知能整出什么幺蛾子来呢！再说回校骑车需要三个小时呢，咱们大伙儿带着蝴蝶回学校喽。说好了啊，咱们要和泉儿一起保护这只蝴蝶，它和咱们大伙儿有缘分，谁也不许伤害它，算计它，否则别怪我对他不客气！"蒋亮的话说得斩钉截铁，不容置疑，此时的柳泉向他的铁哥们儿投去了感激的目光。

一路无话，八人骑车返校。而那只蝴蝶却扒住柳泉衬衣的纽扣，依然紧紧地贴在柳泉胸前，没有一丝移动，像个可怜的姑娘终于找到了自己的恋人，再也不想分开！

柳泉胸前趴着一只蝴蝶，在他们回校后，柳泉与蝴蝶的故事很快就传开了。这稀奇的偶遇像极了风，传遍了校园，有很多人羡慕地专门跑来观看是真是假，而蝴蝶总是乖乖地张开翅膀，紧紧地拥抱着柳泉。这件事让很多人赞叹并有人为此写了诗歌，但是也有人说闲话并恶意地诽谤。蝴蝶的出现让柳泉成了大名人，他走在校园中，食堂里，都会引起大家的观看和指指点点，柳泉很怕别人伤害它。可这只美丽的蝴蝶胆量大得很，它对柳泉寸步不离，只有夜晚它才静静地合拢双翅立在柳泉的水杯上。

奇怪的男孩与蝴蝶的故事传遍了整个校园，甚至上了校园小报，而柳泉每天就扛着这只蝴蝶上课下课，进进出出。大家都用友好的目光看着这只美丽的蝴蝶飞上飞下，只有一个人对它恶目以待，这就是那个狂妄的赵萌萌，她觉得蝴蝶抢走了自己的爱，占领了柳泉的心，这是她绝对无法容忍的事情！难道我美丽的赵萌萌还对付不了一只昆虫吗？

第三章　辛之栋的秘密

　　论文答辩的日子快到了，室友们个个开始紧张忙碌起来。他们的导师辛之栋心情也有些紧张，虽然他对自己的爱徒们知根知底，因材施教，心里有谱，但各位专家博士们都极其严格，这也让他有些担心。其中他对柳泉分外关心，因为他的十名弟子中柳泉的年龄最小。因此在帮他找资料的同时还不忘给学生泡上一杯花旗参茶，而且特意增加了一颗新鲜的铁皮石斛，据说喝它可增加大脑活力缓解疲劳。柳泉对导师很是感激，因此他也更加刻苦努力地学习。辛之栋看到柳泉的肩头上总是立着一只蝴蝶，而这只美丽的蝴蝶总是用它的大眼睛在默默地注视着他。就连他在教室里进进出出时蝴蝶也并不惊慌害怕，它静静地看着他讲课和工作，他工作完毕和学生道别时蝴蝶会对他扇扇翅膀，它会用这种方式和自己说再见。这些举动让他匪夷所思，惊叹不已。望着敲打铅字的柳泉和那只合拢双翅的凤蝶，辛之栋陷入了深深的沉思之中。因为当年也曾有一只这样美丽的蝴蝶围绕过他，只是时间太久远了，那时的自己还是一个孩子。

　　接近傍晚，柳泉终于收手，他揉了揉眼睛站了起来看着辛教授。"怎么样？资料凑齐了吗？还需不需要补充一些？"辛教授望着柳泉问道。"教授，您再看看，我的观点是否可行？我反复论证多次并予以实践，可是与有关人员的观点还是有一些分歧，我又查了一些国外的科技论述，均可论证我的观点正确，您再给把把关，再调整一下吧。"柳泉边说边向导师调皮地挤着眼睛，一副依赖大人的孩子模样。"好啦，你可以休息一下了，去外面走一走，让头脑清醒一下。"辛教授看着柳泉笑一笑，又叮嘱了一句，"看好你的蝴蝶，带它出去过过风，去花园里走走，它也需要补充营养的。""是的！谢谢老师，那我走喽！"柳泉笑着站起身来向门外走去，而他肩头站立的那只美丽的蝴蝶竟然扇动着翅膀飞向了辛教授，在对教授绕行了一圈后又追着主人向门外飞去。就在此刻，辛教授目瞪口呆！这只白色的凤蝶震撼了医科大学的博导，似曾相识的往事重现心头！"这只蝴蝶我是如此熟悉，它应该认识我！否则为何不怕我？它在向我问好吗？可它又为何视柳泉为主人呢？"此刻那么多个为什么在辛之栋的心中翻腾，如同翻滚的江河一样令他震撼！一刹那间，一个美丽的身影又一次地出现在了他的脑海，栩栩如生。此时辛教授双目含泪，他将双手按在了头上，任往事如潮奔涌！一时他的心中宛如刀绞，那件往事，那个痛苦的回忆使他难过得蹲在了地上。

时光倒流，教授的意识回到了他的幼年时光。那年他七岁，和爷爷一起生活。他的家乡在美丽的巴蜀大地。巴蜀文化滋润了他的心，他的祖父辛永泰为一代乡儒，在当地很有名望，受人敬重。辛家几代人都用自家的房子开设学堂，教授乡邻童稚。不论穷富，只要肯学一概入门，并资助贫苦人家的孩子升学。俗话说积善之家必有余庆，因此他的祖上在当地深得百姓拥戴。及至长成，那时的中国积贫受辱，世界列强频频伸手欺辱华夏，他的祖父辛永泰强烈意识到要想国富民强，必须工业救国，工业革命。他立志让自己的儿子出国留学深造，让他去把西方先进的科学技术学到手后返回国内，实现祖国的强盛复兴。儿子学成归国后，在上海成立了毛纺厂，做进出口贸易。随着工厂实业的兴起，而后又有孙子的诞生，也更让老人欣喜若狂。辛家后继有人了，他对长子长孙特别重视，故给长孙取名为辛之栋，即国之栋梁也！而孙子也是争气，自小就聪明伶俐，长得更是眉清目秀唇红齿白，一副美少年的模样。秉承着家训和长孙不离家的原则，辛永泰自己亲力亲为地教育和照顾小孙子，这是辛家的命脉，是他的宝贝疙瘩。于是他让孩子留在了自己的身边，而孩子的父母则在上海经营工厂和外贸生意。

辛之栋在祖父慈爱的目光中长大。一转眼他已经七岁多了，在祖父的教导下，他已经熟记了唐诗宋词，人前背诵，他能张口就来。熟练口算珠心算，并且算盘打得很精准，他得意地说自己是弹指神通。爷爷还说家中有祖传的玉笛，等他再大两岁便教给他演奏的窍门，他是长孙，应该守好这个传家宝的！当然现在的他还不能去摸，更别说拿来吹曲子了。除此以外，他还特别喜欢描有花花草草的中药典籍，经常是抱着书问东问西，不知道的人还以为他从小就要行医呢！就这样一个小小少年，长得是模样俊秀，嘴巴又甜，每天都让祖父开心不已。从镇上到县城，都知道辛家的这个稚童特别有出息，所有人都说他是小仙童转世，绝对是辛老先生一家人行善积德带来的福报！辛之栋的家乡位于巴蜀地区，巴蜀地区常年绿色，风景优美。巴蜀的雨是说来就来，夏天的巴蜀是绿树成荫，山花遍开。巴蜀的山峰奇美俊秀，而巴蜀的路却蜿蜒崎岖。辛之栋家门口就可以望到大山，这里是出了名的风光秀丽。清清的山泉像一条闪着光的丝带在高高的山峰上叮叮咚咚地顺流而下，绿树间有鸟儿在飞，鲜艳的花儿散发出阵阵清香，香雾中有蝶儿在林间轻舞。满山的花依次绽放，不管你是能叫上名字的花还是不知名的花朵都欢聚在这里，一年四季地盛开，由此而吸引了很多游客前来赏玩，尤其是那些画家，带着自己的写生本子三三两两前来，住在附近对景写生，流连忘返。辛之栋家的学堂离大山不远，他经常站在门前，看着那些画家背着画板进山，他好想和他们一起进山，和他们一样写写画画，那样该是多么开心呀！可是爷爷说还要一年，等他八岁以后就可以和别人一起结伴上山了，辛之栋一直在盼着八岁生日的到来。

辛之栋知道，他们巴蜀的天气变脸比翻书都快。现在是晴天儿，突然一阵风过便会有倾盆大雨。你在街边买糖吃，伙伴在对面看玩具，一块云彩过来雨就隔成了帘子，这就像一个成语："变幻莫测"，这常常使那些画画的人和游客狼狈不堪，雨水把他们的衣服打湿，衣服贴在身上，那水淋淋的样子让人感觉特别难受。辛之栋经常一个人站在大门口望着路过此地的人们胡思乱想。这几天真的是让人烦躁，天天下大雨，辛之栋八岁的生日就要到了，爷爷说今年好好过，一定要热闹一番，请上学堂里的老师和族里那几个老寿星来喝大酒，吃火锅，大孙子八岁的生日要正式一些，绝对不能含糊。辛之栋又请求爷爷，他想请和自己一起长大的那几个小伙伴一起来吃火锅，并且要向大家宣布：辛之栋长大了，可以做事了！爷爷痛快地答应了他的请求，专门为他安排了一桌娃娃宴，为此辛之栋的心情大好，整天都笑嘻嘻的。终于盼来了这个日子，辛之栋心里美滋滋的，明天就是他八岁生日的好时光。他站在家门口向街头望去，他经常会站在这里远望。此时他忽然看到了有一对男女青年笑嘻嘻地向他走来。辛之栋只觉得眼前一亮，迎面过来的这个姐姐长得真好看，她是不是来向我问路呢？这应该是从天上掉下来的仙女吧？真的就像画书中的仙女啊！八年时光，小小少年也见过不少女孩，可是能长成这个样子的女孩辛之栋还是第一次见到。这个姐姐的容貌深深震撼了少年的心！你看她这一身的白色衣裙，左胸前别着一枚蓝色的蝴蝶胸针。白皙透亮的肌肤，脸上有一双大大的黑亮的眼睛，眼睛上还长着毛茸茸的睫毛，就仿佛是护眼的小篱笆。她的眉毛像柳叶，她还有那么白的牙，一笑还有两个小小的酒窝呢！此刻的辛之栋紧盯着走过来的大姐姐，他望着她一直傻傻地笑着。这个小小的少年被眼前的仙女姐姐迷住了。女孩见辛之栋在对她微笑，她立刻向他弯下腰来说："小弟弟，你好呀！你长得真帅呀！你能告诉我上山的路怎么走吗？那山上有一座古老的亭子。"辛之栋看着眼前的仙女姐姐说："我知道路和亭子在哪里，我可以告诉你。可是我也想问你一件事，行吗？""可以呀，你问什么呢？""姐姐，我想问你，你脸上的酒窝是可以装酒的吗？有人说脸上有酒窝的人就是最重情的人！情重得像一个酒窖呢。""什么？你再说一遍，什么酒窖？"辛之栋见眼前的仙女姐姐问他，便又重复了一遍，他很喜欢这个大姐姐！"哈哈哈！……"对面的和仙女姐姐一起的男生听到辛之栋的问话，竟笑得弯下腰来，他身边的仙女姐姐也是笑得乐不可支的样子。仙女姐姐一把就将辛之栋搂住了，她笑着对那个男生说："太可爱了，这个小孩儿可真逗……"辛之栋被仙女姐姐抱在怀里，感觉很舒服很快乐，他也莫名其妙地笑了起来。可紧接着辛之栋又傻傻地看着这个姐姐，向她又说了一句成语，他想表白对仙女姐姐的崇拜之心，这句话辛之栋至今记忆犹新，他说："姐姐，你长得就跟花儿一样好看，你笑起来是不是就叫花枝乱颤呢？""什么？花枝乱颤！哈哈，哈哈……花枝乱颤，好形象的比喻！"此刻他们三人笑作一团，愉悦的笑声好像是把阴沉的天气给震开了，彼时的阳光明媚，快乐弥漫在巴蜀街头，街上行走的游客望着这哈哈大笑的三人团，将好奇和探究的眼神投向他们，并给予他们赞许的微笑！谁能想到这么小的男孩会用成语来表达问题呢！但这青春洋溢的力量与天真无邪的对撞使这巴蜀的气息显得更加神秘！可是命运的安排竟然是天书一样地神秘莫测，谁也不知道后面的事情怎么发展，老天总是不能遂人所愿！你看这老天爷，他把此景都看在眼里，他为这短暂的相逢与快乐，为那未知的风险和永久的心伤而忍不住地落下了眼泪。这仅仅几分钟的晴天之后，老天爷忽而一刹那就变了脸，它又下起了雨来。

之栋的祖父走出来，看到两个年轻人在雨中和他的孙子在一起，于是他一把就把他们拉进门内，让至厅堂，煮茶待客。辛之栋笑嘻嘻地给远方的姐姐捧出了点心，然后蹲在姐姐面前认真地听大人们说话。女孩拉着辛之栋的小手，看着这个超级可爱的男童，从心里喜欢极了他！而辛之栋更是如此，他只想听这个仙女姐姐说话，眼前的仙女姐姐就是他的神啊！明天就是辛之栋八岁生日，他要这个姐姐和他一起庆祝。他快乐地拉着姐姐的手，听着她和大哥哥与祖父的谈话，这是辛之栋八岁生日的前一天。

第四章　拉钩：与君共舞

　　昨晚又是一夜大雨，将这个巴蜀小镇洗得格外清爽。阳光从云层中冒了出来，鸟儿也开始了飞翔。柳泉与安蝶在客栈吃过了早饭后，他们准备在小镇逛一逛。昨天傍晚他们才来这里，又巧遇到一个叫辛之栋的男孩。那真是一个乖巧可爱的娃娃，长得好看且聪明伶俐，安蝶非常喜欢他。男孩也是一样，他一晚上都拉着安蝶的手，而安蝶则静静地听着他的提问，回答他那些稀奇古怪的问题，直到最后答应第二天带他进山采集植物标本，并教给他鉴别哪种药可以救命之后方才罢休。他的理由也很充足，就是："爷爷说了，不成良相，即做良医。"柳泉也喜欢这个孩子，小男孩儿很聪明，天真无邪，亮亮的一双大眼睛，充满了热情。说话时的川音，悦耳动听，小嘴儿特别甜，很是讨人喜欢。你想一想，能够让安蝶认真地听他说两个多小时的孩子，会有多么地可爱！在柳泉看来，他觉得是个奇迹。这是因为他们俩时间很紧，毕业的实践报告和论文还需要补充，他们的时间很紧张，必须抓紧每一天每一个小时，因为这是论文最后的冲刺阶段了，必须成功！

　　几天前安蝶带柳泉回了一趟上海的家中，让父母弟弟和柳泉见了一面，如果家人对柳泉认可，那他们俩博士毕业后就可以结婚了！所以他们在上海耽搁了一周的时间，此次的会面，柳泉给安家人留下了非常好的印象。安家人都很喜欢他，柳泉的性格开朗，他的举止言谈得到全家人的交口称赞，都认为柳泉是个很有才华和教养的年轻人，而且他的家世很好，在当地算是书香门第。安家长辈同意了他俩的婚事，这让柳泉心情大好，他的脸上洋溢着幸福的微笑。所以尽管说安蝶认为他们俩因回上海而耽搁了时间，可柳泉却是无比地快乐。他从心中认为能够得到未来的岳父岳母与小舅子的肯定，那这一切都是非常值得的，柳泉觉得非常幸福快乐，他的嘴角总是上扬着，抑制不住地心中欢喜。他和安蝶说好了等他们毕业论文通过就立即回扬州柳泉的家中，他要给父母一个惊喜，那就是他们将有一个天仙一般的博士儿媳进宅，这该让他那省教育厅厅长的父亲该多么地长脸和自豪，要知道柳家世代书香门第，儿子与儿媳双双医学博士，这会给父母带来极大的荣光与惊喜！

　　柳泉与安蝶本是一对恋人。他们是医学院的高才生，同窗八年相知相恋，主科之外他们有共同的爱好，都热爱音乐绘画和文学艺术，他们家教良好，在医学院里，两人的学习成绩优秀，副科成绩也拔尖，而且长相出众。很多人都说不知上帝造物之时为何如此偏爱于他们俩，把最好的最美的都给了他们，正所谓人中龙凤也不过就是这个样子了！所以无论是校内校外，就连走在街上都会得到许多人羡慕的眼光。那段时间经常有人说他们郎才女貌，佳偶天成，同学八年，许多人都说他们就是一对活脱脱的梁山伯与祝英台。常听到大家的议论纷纷，两人也是心中暗喜，所以私下里他们也郑重地发下了誓言：在天愿作比翼鸟，落地喜结连理枝。突发灾难化蝶舞，不离不弃共长生。

　　两人一路说说笑笑，按照昨天的约定，他们准备接上那个叫辛之栋的小朋友一起进山。不多时他们就来到了辛家学堂的大门口，而辛老先生和孙子辛之栋早就站在这里等待着他们。见到这两个哥哥姐姐真的来接自己了，辛之栋快乐得蹦了起来！"姐姐，我都等了你们半天了！我以为你们不喜欢我，不带我去玩呢。姐姐，爷爷让厨房给我们炒了虎皮豆带着路上吃，这炒豆子可香了，还顶饿。对了，还能喂小动物。"辛之栋叽叽喳喳地说着，并一把抓住大姐姐的手摇个不停。辛老先生笑着说："这次可真要辛苦你们了！我这个孙子从知道你们俩要进山就兴奋得不行，一定要跟着你们去山中探药，看你们画标本。这不从天刚亮就起床，直着眼等着你们俩来，盼着你们来接他。生怕你们不带他去，这下可算是满意了。但是你们三人进山，可一定要注意安全，天黑之前尽快下山。还有就是你们带上这些炒豆子，再拿上这三支竹竿，主要是为了探路，俗话说打草惊蛇！还有就是我已经吩咐好厨房，晚上等你们回来吃火锅。今天是咱们之栋的生日呢，八岁了，长大了。"辛老先生很开心地对柳泉和安蝶讲。"谢谢老先生！早就想吃你们这里的火锅啦！之栋小弟弟和我们在一起，您就放心吧。我们走啦，咱们晚上见。"安蝶看着辛老先生说，她笑着把手伸向了辛之栋，又挥手和辛老先生告别。

一路上辛之栋快乐地蹦蹦跶跶，他时而挥舞着手中的竹竿，在前面跳跃；时而又用小手拉着安蝶，喋喋不休地说个不停。这三支竹竿是辛老先生特意为他们做的。这竹竿很趁手，长短合适又光滑，为了孙子的出行，爷爷忙了半夜才将竹子打磨细腻，很有些工艺品的感觉。虽然说是很简单的一段竹子，但精心收拾成了一段饱含深情的物件。柳泉看着这手中的竹竿，他内心里很感动，因为这光滑的竹竿饱含的都是相依相伴的祖孙情。

走了一个多小时，他们一行三人进了深山。山中幽静得很，时不时地会听到鸟的鸣叫和泉水叮咚的声音，偶尔还会传来不知名字的虫子叫的嘶嘶声。不远处有一座山亭，看着很有古老的感觉。他们爬上山后站在那里观看周边的景色，远处山势俊美，近处中药材繁多，柳泉立刻摊开速写本子对着一些植物开始勾画起来，他边画边丈量植株的尺寸，气味特点，并详细地记录下来。安蝶牵着辛之栋的小手也走出山亭来到附近的山坡处开始了自己的工作。这对恋人就是这样敬业，互相鼓励，齐头并进。本次进山两人有一个规划，据说此处大山有一种中草药，对肺癌有特效。他们要找到这种治疗肺癌的植物，萃取精华原液对症治疗，如果实验论证成功，那将会是利国利民的好事。听说巴蜀这座山中的这种药材最好，所以趁着写论文这段时间进山探寻。安蝶此刻开始了细心地寻找，而可爱的小男孩辛之栋则拿着手中竹竿在附近敲敲打打，时不时地还叫喊两句。山里蝴蝶很多，飞来飞去地忙着寻找最美的鲜花，可能是附近的花特别美，山泉水又清冽甘甜，吸引了蜜蜂与蝴蝶都聚在这里。安蝶远远地招呼着柳泉："哎，泉儿，你看这对大蝴蝶多漂亮呀，它们是不是在飞舞着快乐，相随着幸福？"听着心爱的姑娘对蝴蝶的赞叹，柳泉情不自禁地对安蝶说："蝶儿，那是我们！真的是我们！是我们的前世。"柳泉远远地看着安蝶微笑，一脸的宠溺，"快了，毕业分配后咱们就结婚，永不分离！""好的！听你的，我们永不分离！与君共舞！"远处的小朋友辛之栋也听到了他们的对话，他虽然不太明白此话的含义，但他知道与君共舞是快乐的事情，于是他大声地向安蝶喊道："姐姐，你也要带上我，我要和你们一起跳舞！我也要与君共舞！"听到辛之栋的大声喊叫，他们两人一起哈哈大笑起来！"好哇！之栋，我们一定在一起，与君共舞！"安蝶笑着对他说。可是小小的男孩仍然是不放心，他跑了过来拽住了安蝶的手："姐姐，我要和你拉钩！不离不弃，与君共舞……"

此时柳泉走出了不远处的古亭，开始对景写生，他要记录下药物周边的环境。而安蝶则手拿一台德国照相机，拍下所选的植物样本，并随手拍下了辛之栋在阳光下花丛中的各种跳跃姿态,她又招呼柳泉拿相机给她和辛之栋拍了合影。而好奇的辛之栋也是第一次触摸这神奇之物,他也用他稚嫩的小手按下了相机的快门,拍下了他历史上的第一件作品:安蝶与柳泉的合影。深山中,柳泉搂着安蝶的肩,安蝶的白裙在微风中舞动,他们双目含笑地站在一起。拍照之后,柳泉又在离他们不太远的山坡上继续忙着将标本分类,并将重要的草本植株与木本植株速写在本子上。画画的人都知道,精确记录不容易,何况连药材的生长环境也一并写生记录下来呢!一年四季,风光各有不同,即便同一座山,同一棵树,不同的时间风采各不相同。唯有根不变,永远深植于土中;唯有叶不变,永远落在树底下,这就是树叶对根的情意。安蝶在忙碌,她找到了她想要的植物,她非常激动地在采集标本,并将药草分别放在标本袋子里,用笔编号记录。而辛之栋则在她的身边跳跃,手拿竹竿敲敲打打,时而口中念念有词,诗词与川剧轮流着从他的小嘴里滑出,这个小朋友也同安蝶他们一样地忙碌,而且他真的是忙了个不亦乐乎!

突然之间,忙碌中的辛之栋手举竹竿,惊慌失措地从草间跳了起来,他大喊着:"蛇!有蛇呀!三条蛇!"柳泉听到他的叫喊,立即从山亭那边跑了下来,手拿竹竿叫道:"在哪里?蛇在哪里?"安蝶此刻就在辛之栋的不远处,她飞跑过来,一把就搂住了受惊的小男孩:"怎么了?宝贝儿别怕,姐姐在呢!你说,蛇在哪里?"只见被惊吓的辛之栋眼中溢满了泪花,他抬头望着他的安姐姐,口唇哆嗦着说不出话来,他用小手指着不远处的草丛。

柳泉与安蝶正各自忙着,忽然听到了辛之栋的尖叫,顿时吓了一跳,他们赶紧跑了过去,并将惊恐万分的孩子挡在身后。他们顺着辛之栋手指的方向,看到草丛中果然有大小三条青蛇正在惊慌地爬行,而其中一条大蛇正紧盯着辛之栋,口中吐着信子发出了嘶嘶的声音。

大蛇凶狠的目光死死地盯着辛之栋，随时要扑过来的样子，但是小孩儿的身边出现了两个大人，大蛇便不敢再攻击孩童了。柳泉看着大蛇的样子，想它应该是怕竹竿打向它的两个孩子，所以蛇身立起欲作攻击状。再看年幼的辛之栋此时也是举着竹竿吓得待在那里一动也不敢动。柳泉把辛之栋抱在怀里，让他放下了手中的竹竿，大蛇见人不攻击它也就快速地带着那两条小蛇爬走了。三条蛇爬得很快，眨眼工夫便消失在草丛中。此时再看辛之栋，小脸上有两串眼泪流了下来。而安蝶看到这三条蛇时也着实吓了一跳，毕竟她是个女孩，有几个不怕蛇呢？青蛇虽说无毒，但这么粗也是怪吓人的。可她虽然心中害怕，但在小孩儿的面前还是要保持一定的定力，见蛇游走了，安蝶的心才安定了下来。此刻安蝶将柳泉怀中的辛之栋搂了过来，拉着他的小手，从书包里取出一方手帕，弯下腰来给他擦眼泪。有着大哥哥大姐姐的保护，辛之栋方从惊吓中醒了过来。他一把抱住了大姐姐，哇的一声大哭起来。惊惧使他心中充满了委屈，一时之间他的眼泪与鼻涕全涌了出来，很快就把这方手帕弄得湿湿的，此刻安蝶的白裙子上也沾上了很多的鼻涕泡和泪水，辛之栋抱着大姐姐再也不肯松手了！大姐姐心疼地搂着他，哄了半天才止住了哭声。见他安静下来，她拍着辛之栋的后背，轻轻地揪了一下他的小鼻子，笑着问怀中的孩子："辛大博士，你怎么还掉眼泪呢？咱们流的不是眼泪是金豆吧？金豆是不能随便丢的！昨天你不是对我说男子汉大丈夫不做良相，就做良医吗？这句话是谁说的？昨天刚立志，今天怎么就让蛇给镇住了呢？""姐姐，我不是害怕，蛇有什么可怕的呢？只是因为它有毒。它瞪着我想咬我呢。我怕中毒呀！"辛之栋想起了昨天晚上他向安姐姐吹的牛皮，今天就露馅了，男子汉怎么会怕蛇呢？他是个好面儿的男生，他开始找理由为自己的胆小辩解了。安蝶理解他的小心思，她觉得辛之栋这个小朋友太可爱了！她抚摸着之栋的小手轻声细语地对他讲："万物皆有灵，要和谐相处互不相害才好。青蛇无毒，但它确实是太大了，难怪你害怕，姐姐我见了它也是吓了一跳的！但我们和它互不打扰，各行其道。走，不哭了，姐姐带你去认识药材，找治病救人的仙草去！走啦，我们去探药，辛之栋大博士开始行医喽！"安蝶哄着他并拉着他向前走，躲开眼前的蛇窝。辛之栋手中拿着那方沾满了泪水的手帕，并随手装在了他的上衣口袋里，现在他安心了，不害怕了。他随着大姐姐一起向旁边的另一面山坡走去。那里的植物更多，鲜花也更美，而且那里有救命的好药。他要提前认识了解它们，等自己长大后，不成良相就做良医！他一定要长本事，像大姐姐他们一样当个大博士！辛之栋想到这里不由自主地又开心起来。

柳泉看他们向山坡走去，一路说说笑笑的，也就放心了。他慢慢地向植物茂盛的地方走，寻找珍稀的药物标本带回去研究。时间过得好快，不经意间天色暗了下来，有风吹过，有雨飘落。但是他们带有雨伞，所以也并不着急。忽然柳泉听到了远处有雷声，又不像雷声，是轰隆轰隆的声音，像坦克开过来的感觉。柳泉准备收拾下山，他喊了一声："蝶儿，收吧，应该回去了。"这时的安蝶正带着小之栋在鉴别草与草药之间的区别，之栋手里握着一大把花草和树根，安蝶还在忙着记录数据，并用手中的相机不停地拍照。她也为之栋拍了照片，那是小男孩头戴安姐姐用柳条给他编的花冠，手举野花站在夕阳下笑得一脸灿烂，还有他在草地上挥舞竹竿时的顽皮形象，这都是抓拍的。辛之栋是第一次见到照相机，他十分好奇，就那么轻轻一按就可以把眼前的东西留了下来，就可以藏在这个小匣子里？辛之栋开始撒娇，在他的请求下，大姐姐把照相机挂在了他的脖子上，之后把相机的使用方法教会了他。辛之栋这时举起了相机，对准安蝶的笑脸按下了快门！这张照片以他无比重要的意义定格于一九三五年八月十四日。

忽然安蝶听到了柳泉的喊声："蝶儿，准备下山，我们该回去了。""好的！"安蝶一边答应着一边收拾，她把采集的标本依次放入背囊中，又将插画图标整理完备之后也放了进去。忽然她觉得一阵怪风吹来，她发现树叶全向一面刮，这是什么原因呢？她很奇怪地向周围看去。此时天有些暗，有小雨飘过，脚下竟然有浅浅的沙沙声。"这是怎么了？"安蝶心中有些紧张，她有了不好的感觉，她想立即拉着辛之栋离开这里。可是这转眼之间孩子却没影了。她在附近寻找辛之栋，"之栋！"安蝶高声喊道。"哎！姐姐，我在这里，我再拍一下就过去。"原来他是对照相机感了兴趣，初次使用，只觉得神乎其神。那叫一个激动，小小的男孩把心全放在了照相机上，而对周围的环境发生的变化一无所知，他跑到离安蝶有一段距离的山坡上，手举着照相机正在聚精会神地拍照呢。

安蝶此刻感觉到周边土地有震动，感受到怪风在刮脸，也听到了大地的轰鸣声。她身上的白裙让风吹得鼓了起来，安蝶的心中暗叫一声："不好！要地震了！"她发现山上的碎石开始向下翻滚，泥土也随之松动，她发疯一样地大声喊着："之栋，快跑，地震了！"她向小男孩飞奔而去。而男孩辛之栋则不明所以，傻傻地站在那里摇晃着，还在举着相机准备拍照。唉！这个可爱的男孩子，他才八岁，从来没有遇到过这种情况，他哪里知道大难临头了呢？

安蝶跑到孩子面前时，泥石流已经滚到了辛之栋的脚下，她想拉着孩子跑出去，但脚下已存满泥浆，他们的脚已经抬不起来了，安蝶奋力地抱起了辛之栋，用了全身的力气将他甩了出去，甩到了泥石流的边缘之外。惊心动魄的一瞬间，孩子被甩在泥石流的边缘，由上而下的泥沙碎石擦着孩子的身体边缘滚动着。安蝶努力地想抬起腿往外跑，可从山上流下来的泥浆夹带着许多碎石已经淹没了她的小腿，危急时刻，柳泉已经赶到，他目睹了这一切，他向安蝶伸出了手，他想冲进去拉出安蝶，时间应该是来得及的。此时安蝶在泥沙中挣扎着向他大喊："别过来，快救孩子！"柳泉僵了一下，立即看向脚下的辛之栋，他马上抱着孩子跑到了安全的地方将他放下，立即转身奔向安蝶。"蝶儿，我来啦，我来救你！"柳泉冲到安蝶刚才站立的地方，但此时安蝶已没有了影子。柳泉冲到泥浆中翻找着安蝶，他大声喊着，"蝶儿！蝶儿！我来啦，出来呀！你快出来呀！"柳泉此刻已经在泥石中摸到了她，他用尽全身力气将她向上抬起，并大声地呼唤着她。

汹涌的泥石流滚滚而下，山上有巨石向下奔腾。有一块巨大的石块砸在柳泉身上，柳泉倒下了，倒下时还在呼唤着自己的爱人。巨石与泥浆树木滚滚而下，就像一头巨兽一下子就吞噬了柳泉，而后将他深埋在了这冰凉的大山深处。就在柳泉被巨石击倒前的刹那之间，一道白光从柳泉的面前冲过，它冲出泥与石之间的空隙，这是柳泉弯着腰，用自己的双手扒开的空隙，白光一闪而过，它幻化成了一只美丽的蝴蝶，一只白色的凤蝶。它的双翅上有炫彩的金边，翅根深处有淡淡的蓝紫色，蝶翅上有蓝色的斑点发出美丽的光芒。

白色的凤蝶惊慌地在泥石流上空飞舞，它在寻找着自己的爱人。"柳泉，泉儿，说好的有难化蝶舞，亲爱的，你在哪里？"泥石流还在汹涌地向前，肆无忌惮地滚动，凶狠地将整面山坡毁坏，这美丽的大山此时伤痕累累！直至泥石流停止涌动，这只美丽的蝴蝶一直在上面盘旋，它不甘心孤单，它不甘心他独自留在下面。它不甘地呼唤，找了又找，转了又转，它在寻找着自己的爱人柳泉。时间过去了多久它已记不清楚，它只是记得他们的誓言："在天愿作比翼鸟，落地喜结连理枝。突发灾难化蝶舞，不离不弃共长生！"安蝶在空中喃喃地诉说着，她很奇怪的是："我已如约化蝶，你为何不出来呢？"

第五章　劫后重生

　　傍晚时分，辛永泰老先生早就准备好了今晚的火锅，请的客人和老街坊众亲朋全到齐了，只等孙子和那两个大学生归来一起举杯了。今晚的火锅很丰盛，他今天给孙子过八岁生日，孩子对此事已经期盼了很久，他还请了他最好的小伙伴们来凑热闹。说实话，孙子高兴了爷爷就开心，何况又来了两个青年才俊，好像是哪个大学的博士生。老先生很欣赏这两个年轻人，年轻人有礼貌又长得好，让人看着就舒服养眼。人常说郎才女貌，可这两个年轻人那是郎有才女有才，郎有貌女有貌！真的是太般配了，没挑儿！老先生心里正想着这事，突然觉得脚底下摇晃了起来，但很快就过去了。老先生愣了一下，立即反应了过来，这是地震了！

　　"地震啦！　快快！快跟我进山，之栋他们还没回来呢！快呀……"老先生喊着家中的用人帮工，纠集了七八个人，手拿铁锹木棍绳子一起冲出了家门。他们知道辛之栋今天随那两个大学生进了山，太让人担心了！要知道辛之栋这孩子可是爷爷的命根子呀！他可是辛家的长孙，况且是独孙，是爷爷拉扯大的孩子。一行人迅速地离开学堂沿着公路向山中进发，一路小跑。他们在中途遇上了归来的砍柴人，还没等他们问话，那个老乡就惊慌失措地说了："辛先生不好了！山上下雨滑坡了！半面坡都倒了，太可怕了，轰隆轰隆地往下流，可是吓死我了！"砍柴人面带惊惧气喘吁吁地说。"倒的是什么地方？是古亭子那里吗？"辛老先生着急地问。"古亭子没事，是亭子东面的山坡那块地方。山坡滑没了，像打雷一样轰隆轰隆的，唰的一下子，石头乱滚，吓死我了！""你看到人了吗？""没有！我离那山坡挺远的，那里没有见着人。"听到此处，辛老先生心里踏实了点。他多希望三人立即站在眼前，他那活蹦乱跳的孙子今天要过八岁生日，可千万别出事啊！老先生心中默默念着"阿弥陀佛！观音菩萨！佛菩萨保佑孩子们！……"他一边跑一边四处张望着寻找上山的三个人。

就这样匆匆而行，终于远远地望见了古亭子。"之栋，之栋……你在哪里？"大家的呼叫声在山间回荡，山中是那么地安静，连小鸟都不知道飞哪里去了。没有人回答，于是大家便分头寻找，并继续高声地呼唤，可是仍旧是无人回答。这三个人哪里去了？辛老先生简直快急死了！众人爬到山顶亭子这里，向远处张望并继续呼喊寻找着。忽然他们看到地上的泥土动了一下，一个微弱的声音传了过来："爷爷……"众人赶紧跑了过去，一看，是辛之栋！只是这个孩子变了样子，他浑身被泥浆包裹着，只有嘴巴里的牙齿是白的。"孩子你怎么啦？出什么事了？"看到爷爷来了，辛之栋哇的一声大哭起来。"爷爷快救我！我要死了……""宝宝不哭，不要害怕，爷爷在呢！"看着怀里的小孙子，辛老先生的眼泪流了下来，"宝贝儿，你这是怎么回事？你怎么一个人在这里？哥哥姐姐去哪儿了？他们两个人在哪里呢？"听到这句话，辛之栋哇哇哇大哭起来。哭了一阵，辛老爷子给孙子擦去了脸上的泥巴，紧紧地抱着他继续询问："大哥哥大姐姐去哪里了，怎么只有你一个人在这里？"辛之栋用手指着不远的垮塌之处，哭着说："姐姐哥哥！在那里。""什么？在哪儿？""爷爷，他们就在那里呢！在泥浆里面！是因为我，姐姐把我从泥里救了出来，之后又让哥哥把我放在这里，哥哥又去救姐姐，他们就都不见了。爷爷你们快去把他们拉出来吧！"辛之栋放声大哭，这死里逃生的恐惧和无限的委屈让小小的孩童不知所措，只有哭泣才能表达自己的心情。看着浑身是泥的孙子，辛老爷子的眼泪流了下来，他一下子全明白了。应该是那两个年轻人为了保护自己的孙子被泥石流淹没了。老人家痛彻心扉，跺着脚朝家人大喊："快！快点救人啊！"

此时众人七手八脚地忙乱起来，投入到营救之中。但用铁锹木棍这样的工具实在是太慢了，尽管费了九牛二虎之力也仅仅是刨出了几米，看着这高高的大山和深深的沟壑，老先生知道凭他们几个人的力量是无法解决问题的。此时的天已经黑了下来，小雨又开始沙沙地下了起来。营救无望的众人都看着老主人，等着他的吩咐。此时此刻，老先生看看天色，跺了跺脚后望向天空："辛永泰呀，你真没用！救命恩人就在眼前的泥石之中，你却无法将他们找到，罪孽呀！老天爷呀，让我可怎么办？……"跟随的众人纷纷走出挖掘现场，看着顿足捶胸、泪流满面的老主人也是非常难过。他们小声地劝说着辛老先生。"这天已全黑下了，什么都看不清楚了，再说天还在下雨，就怕地面不稳再出现一次泥石流，那大家就全完了，现在也没办法干活了，反正也看不见了，您看咱们不如明天再寻找吧……"一起来干活的一位老者开始劝说辛永泰。辛老先生此刻在事实面前不得不低头，他双目含泪对之栋说："之栋，咱们现在先回家，你现在就大声喊着哥哥姐姐，叫他们和我们一起回家吧！大声喊，一直喊，直到咱们家门口，让他们俩认认门，让他们俩和我们一起回家。""可是爷爷，哥哥姐姐还在这泥石的下面，我要等他们一起出来后一块儿回家。""爷爷知道你的心意，可是现在我们没有办法把他俩找出来，天这么黑，黑得什么都看不见了，明天天亮了我们再来找他们吧。""爷爷，这不行，过一个晚上他们会又冷又饿，在泥里无法呼吸，会憋死的！……爷爷，你要把大哥哥大姐姐给我拉出来，找不到他们我绝对不会自己回家，我不会把他们俩扔在这里！"辛之栋边哭边喊，泪流满面。在爷爷一遍遍的劝说下，辛之栋好像明白了什么，他终于同意了和爷爷回家。

　　一行人摸黑回到镇上时已经是后半夜了，之栋是一步一回头，一路呼喊着："姐姐哥哥回家吧！姐姐哥哥回家啦！"这悲伤的呼唤响彻整个大山，并在山中一遍遍地回响，从来没有见过一个孩子用这样的语调来呼唤亲人！一行众人，个个都掩面哭泣，两个鲜活的生命就这样结束？辛老爷子的心中如刀割一般地痛苦，可是他面对大自然却无能为力。泥石下埋的是自己孙子的救命恩人，两个年纪轻轻的大学生，没来得及问他们的真实姓名，不知他们来自何方，不知他们家在何处，现在如何向人家大人交代？他们被深埋在泥石中，可自己的孙子却活着……多么对不起人啊！辛老先生的心中特别地纠结与愧疚。他想我辛永泰也是一个顶天立地的男人，内心坚守的是仁义礼智信。虽然说现在年纪大了，可一直是深受乡邻的爱戴，把人家孩子丢在深山泥石之中，自己和孙子却回家去睡觉，我这是人做的事吗？老人家无比地自责，可是却毫无解决的办法！要说这虽然是大自然的灾害不可抗拒，可毕竟是两个青年人因为救自家孙子，却让人家枉死于深山之中，这可是自己罪孽深重，终生都不可饶恕的事情！此时的辛永泰难过极了，他实在是不知道后面应该怎么办，而且是怎么办也无法挽回他们的生命，此事永远也无法获得圆满，而他一向认为自己是一个追求完美追求圆满的人。辛永泰的心里默默地想，默默地念叨着："年轻人，谢谢你们救了我的孙子！来世我做牛做马也要报答你们俩，以命换命，我言而有信……"

　　小之栋一路哭喊着叫哥哥姐姐和他一起回家，他一直认为爷爷教给他的呼喊是能够叫醒他的哥哥姐姐，只要他们两人听见就会醒来，就不会死去！所以他尽最大的力气来呼唤他的大哥哥大姐姐，直到喊得嗓子嘶哑，再也发不出声音。

当然躺在泥石中的柳泉与飞起的安蝶也听到了孩子的呼唤，辛之栋的哭喊证明他还健康地活着，而这也是两个年轻人最终的心愿！雨又下了起来，一阵紧一阵慢，地上一片泥泞，树叶却被洗得干干净净，蝴蝶缩在树干下等待天晴，孤单的它渴望着柳泉的飞升。这就是大自然，有生就有死，有脏就有净！天上的雨就是天地之间的甘露之水，而得水滋润的万物将生机勃勃，向上而生！辛之栋就是这得水滋润的小树苗，他的两个大哥哥大姐姐以生命护卫了他，只希望他能生机勃勃向上而生！

第六章　我用翅膀为你拭泪

　　昨天本是少年辛之栋的八岁生日，他欢天喜地地跟随他新认识的大哥哥大姐姐进山去辨药游玩，但他们三人却遭遇了无妄之灾，好心的大哥哥大姐姐为了救他却被泥石流吞没。尽管之后辛老先生带人赶去救援却仍无济于事。残酷的大自然让人类敬畏，漆黑的夜，冰凉的雨，巨大的石，让救援的人无从下手，内疚于心痛悔无奈的辛老先生只好带着孙子与参与救援的人们折返回到巴蜀学堂，此时已经是深夜了。辛之栋一路地哭叫着大哥哥大姐姐，进家门时早已发不出声音，而准备庆生的酒席与火锅仍然摆在那里，这一筷子未动的桌面让人看着悲伤，辛老先生用手指了指桌子，家人心领神会地立即撤了下去。众人散去，他才给惊惧后半昏迷的孙子洗去泥污，换上干净的衣服，他看到孩子脖子上挂着一个照相机，那上面已经沾上了泥污，他知道这是那两个大学生的物品，老先生将其摘了下来后与孙子口袋中装的绣花手帕——打理干净，就这样折腾了一夜。

　　整整一夜，辛老先生一直守在孙子的身边，看着不时抽泣的孩子总是发出惊吓的抽搐，他真是心疼极了。他用手拉住孙子的小手，此时孩子已是浑身滚烫，这该是昨日的惊吓和雨淋造成的。老先生从药箱中找出了退烧的药丸，用水化开后亲自喂了下去。这一夜，他基本上都是抱着孙子，安慰他，哄着他，这样孩子才有了依靠，抽抽搭搭地在爷爷的怀里慢慢地睡着了。看着哭肿了眼睛的孙子，老人家也是万般心痛。自己的孙子现已安然入睡，而那一对完美的年轻人正是因为救他，已经被汹涌的泥石流淹没了。想一想他们就这样无声无息地消失了，而且被冰凉的泥石压在深山之中，他们是为了救自己的孙子，不惜将最美的年华舍去。最重要的是不知道他们的名字，不知道他们的家乡在何处。在昨晚的交谈中只晓得他俩是医科大学的在读博士生，即将毕业并在搞医学研究。今天，他将带领镇上的乡邻青壮年去出事的地方再次搜救，不管怎样，他们一定要把那两个年轻人找到，不能就这样草率地让他们在泥石中埋葬！辛老先生惭愧地在心中自责，他恨不得给自己一刀！要是他不让孙子追着人家进山，就不会出这样的事情。他们那么年轻，风华正茂，要不是因为救自己的孙子，他们怎么会牺牲于此？现在的他们还在冰凉的泥石下受苦受难呢，想到此处，老先生又情不自禁地流下泪来。

　　辛老先生一番请求下，镇上很快就集齐了二十多个年轻人，大家都带上了搜救工具，天色刚亮就赶到了出事的地方，众人开始了清理挖掘。乡民们怀着对两名大学生的尊敬与同情，在搜救的时候，特别认真细致，生怕伤及他们的身体。众人边清理边祈祷："感恩二位救命的恩公！请两位受难的恩公躲避铁锹，一定要勿伤皮毛呀。"此时此刻，一众的大悲心感动了天和地，天色又阴沉下来，阵风将树叶吹得摇摇晃晃，细雨蒙蒙地又下了起来。这难道是老天在为柳泉他们流泪了吗？是的，天公也在流泪，为这两个不曾留下姓名的勇者。

　　中午时分，辛家的饭堂送来了饭菜，施救的小伙子们便停下了工作，他们把铁锹、耙子等工具放在一边，开始吃饭。辛老先生亲自动手给他们打饭，并一一向他们道谢。正当大家快吃完饭的时候，山路上突然出现了一队国民党兵，见有部队经过，辛老先生热情地迎了上去。他认为来了国军，在遇到了困难之时如果求他们帮忙应该是可以的，这样多了帮手更可以加快速度找到自己的恩人。辛老先生是当地的一介大儒，为人正直诚信，他哪里想到堂堂的国军竟不是他思想深处的正直之师！领队的国军连长根本就不能算是一个人，他的嘴上说一套，行动却是另一套。"长官好！你们辛苦了！我是此地巴蜀学堂的校长，我们正在搜救学堂里孩子的救命恩人，是两个年轻人。昨天下午他们为了救一个孩子被泥石流压在这里，请长官和弟兄们帮帮忙，咱们人多力量大，尽快地把那两个人救出来，也许还有活的希望！求求长官了！……回头我给大家发红包，每人两块银元，表示感谢！不知可好？"辛老先生一边拱手恳求一边向领头的长官许着愿。"老头儿，这挖人的事儿不是小事儿，而且不好挖，就怕弟兄们不愿意干，这样吧：你给大伙儿每人五块银元，我给你向他们说说看。"领头的军官看着辛老先生说。"好！只要弟兄们肯帮我找到，我倾家荡产也愿意。""那好，口说无凭立字为证！你先写好字据，我这总共是六十五人，别找到了人你再赖账不给钱了，我到时对弟兄们无法交代。""怎么会，我没带纸笔，回家之后直接给钱。""不行！我有纸笔，你先写欠我三百二十五块大洋，明日到期。我们就开始挖。"

辛老先生找人心切，不经思考立即写下了字据交到当官的手里。那个国民党军官把字据装在口袋里后哈哈一笑，看着辛老先生说了一句："对不住了，抓人哪！"这一句话让辛老先生目瞪口呆，不知所措！只见这一队国民党兵一起扑向人群，两人抓一个，很快就把来帮忙的年轻人全部绑了起来，抓了壮丁！可怜的村民们怎么也没想到会有这样的事儿，他们见状立马起身想跑，怎奈国民党兵多，又有枪在手，因此一个也没跑成，被包了圆儿。只有辛老先生又老又瘦才被抛弃，没有被绑起来，何况那个官儿还想着三百二十五块大洋呢。见此情况，愤怒的辛老先生上前阻拦，据理力争，但这群凶恶的国军哪里容他讲话，竟然一把把他推倒在地，并狠狠地踢了他两脚，老先生当时就爬不起来了。此后，这一队国民党兵押着抓来的壮丁们扬长而去，山谷里只留下这些被抓壮丁愤怒的叫喊和老泪纵横的辛老先生绝望地用手拍地的啪啪声。

天黑了，老人浑身无力地独自回到了镇上。村民见自己的家人没有回来，便纷纷找来辛家，询问出了什么事儿，他们都来找辛老先生要儿子，要丈夫。此时此刻，辛老先生想死的心都有了！他该怎么向大家交代呢？去时二十多人，现在只有他一个人归来，大家来给他帮忙却被一起绑走了，乡邻们不会认为是他与国民党勾结出卖了乡亲们吧？此刻的老先生真是哑巴吃黄连有口难言呀！

毕竟辛老先生是个有学问有背景的人，他一生经历过很多事情，经历过兵荒马乱与改朝换代的他在巴蜀之地是很有威信的。此时的他强打起精神对村民说："乡亲们，我比你们还难过！我也不愿意此事发生，但事情就这么巧，我们上了国民党兵的当！请乡亲们相信我，我一定会想办法，拼了老命我也会把咱们的孩子们带回来。"见乡亲们安静下来后，老先生让管家拿出来一些银元，分给每家十块钱先过生活，容他一段时间去想办法。众乡人虽然伤心着急，但也知道抓壮丁是怎么回事，国民党抓兵，辛老先生是控制不住的，大家难为他也没有用。何况辛老先生平日待人极好，有口皆碑。只是这次因为想求人帮忙救援被赶上了，所以大家虽是气恼，却也没有办法，也就只能等着辛老先生的消息了。

辛老先生无限烦恼地在前庭坐着，这两天发生的事情给了老人家致命的打击，他被击垮了，正无所适从地在椅子上发呆。孙子躺在他身旁的竹榻之上，惊吓之后的他寸步不离地跟着爷爷，让爷爷守护着他。可是谁能想到第二天下午，那个国民党军官竟然手持字据找辛老先生索要那三百二十五块大洋来了。

此时的辛老先生正在轻轻地拍打着孙子的后背，他不知说什么话来安慰孩子那颗惊惧的心。辛之栋在竹榻上躺着，他闭着眼睛，脸上有着伤心的泪。他不时地惊吓着抽搐，哭泣，时而口中喊着姐姐，就这样昏昏沉沉半睡半醒。不知何时，有一只美丽的蝴蝶悄然而至，并轻轻地落在他的脸颊上，它轻轻地吮吸着孩子的眼泪，并用翅膀轻扫着孩子的脸。蝴蝶一身白装，翅膀边缘镶嵌着炫目的金环，金边内透着淡淡的紫粉色，在翅膀两侧各有一环蓝色的斑点，美丽至极，就如同两颗蓝色的宝石烁烁发光！这只蝴蝶真奇怪，它竟然丝毫不惧怕辛老先生，它飞来飞去地绕着辛之栋，并且用它的翅膀轻轻地抚摸着孩子的脸，擦孩子的泪，蝴蝶有细细长长的腿和触角，它时不时地拉拉孩子的手，它的大眼睛看着辛之栋，真的是柔和万千。看到了这只蝴蝶，辛之栋停止了哭泣，呆呆地享受着蝴蝶的爱抚，他的双眼与蝴蝶的黑眼睛相互凝视，动也不动，那是一种亲人般的无声交流。而一旁的爷爷也被这奇怪的现象给惊呆了！有谁见过蝴蝶给人擦眼泪呢？可眼前就是这样，这只美丽的蝴蝶不怕人，它绕着辛之栋飞呀飞，落在他的肩头，细长的腿直直地站着，时而歪着身子用它那黑亮的蝶目望着辛之栋哭得红肿的双眼，爱怜地用一侧的蝶翅轻扫之栋的小脸，直至他怕痒笑了起来。听到有人进来的脚步声，蝴蝶才飞了起来，落在了屋子的窗棂上。

辛老先生听到来人了，迎上前去，出乎他的意料，来人竟是昨天那个缺德的国民党军官，那个强抢乡民抓壮丁的人竟然敢手持借据前来向他讨债！此时的辛老先生正愁找不到他，他却自己送上门来！"哈哈！辛永泰，没想到吧？我今天上门找你拿钱来了，怎么样，你准备好了吗？""军爷，你可真敢说话呀！我什么时候欠你的钱？我又不认识你！当时是你答应帮助我们搜救被埋的人，每人工费五个大洋，我没有带现钱才给你写的欠条，可是你们没有搜救遇难者，没有干活，反倒把我们的村民无缘无故地抓了壮丁，我正要去找你要人呢！你竟不请自来，还拿着字据找我要钱，你这不是非法讹诈吗？试问这天下还有没有王法了？你还有没有良心！你是国军，这样欺压乡民，欺压老百姓的事你都敢做，你说你是不是坏透了！"见辛老先生如此愤怒，那个国民党军官却是乐坏了！"哈哈，老头儿，你甭说别的，白纸黑字，拿钱来吧！"辛老先生见来人如此无耻，知道和他讲道理是没有用的。对牛弹琴的话他也不想多说了，亲手写的字据在人家手里，他是一个读书人，一生正直，他实在是咽不下这口气，他还是要正告来人："你这个坏人，穿着军服却害老百姓，我会去告你！你这种行为难道就不怕遭天谴，遭天打雷劈吗？"听老先生这样讲，来人哈哈大笑："天雷劈我？太可笑了！少废话，字据在此，白纸黑字，拿钱来！……老头儿，我告诉你吧，现如今的社会就是大鱼吃小鱼，小鱼吃虾米，你就受着吧！别不服气呀，不服可是会找打……"辛之栋看着来人恶声恶气的很是害怕，他一句话也不敢说地缩在竹榻之上。他很少看到爷爷动怒，爷爷平日儒雅随和，深受大家尊重，今天这个强盗般的军人来家讨钱，激起了爷爷的愤怒，让他又看到了爷爷不仅是儒家风范还有刚正不阿的一面，爷爷的不畏强权，正直刚强的精神让他肃然起敬。辛之栋想：这件事的起因全是因为自己，可他又是个孩子，现在无能为力，帮不了爷爷，他只能是暗自攥紧了拳头。

第七章　青墓碑与白蝴蝶

　　最近辛家遭了难！辛永泰受到了沉重的打击。首先是孙子辛之栋差点被泥石流吞没，救助他的两个青年博士生被深深地埋在了山里的泥石中；请来搜救恩人的乡亲们也被抓了壮丁，同时又被一个极其无赖的国民党军官勒索走很多家财；再加上补贴给乡亲们的银元，辛家的钱很快便被掏空了，灾难的阴云笼罩在辛家，平时的欢声笑语不见了，人人低头行走，辛家的气数在大家看来已经开始衰退了。

　　这一切来得太快，快得让人猝不及防！三天时间，仅仅三天时间，这里的人由开怀大笑到今天的愁云惨淡，冷冷清清，这些事儿真是让辛永泰老先生白了头，真的是愁白了头。虽然那天他被勒索三百二十五块大洋时，那个恶魔军官被一只飞来的蝴蝶伤了眼，一只眼睛差点弄瞎，由此给老先生出了一口恶气之外，现在的情况着实是愁坏了他。辛老先生是一个学识渊博的人，他智慧而刚强，他绝不能如此受辱，这样束手就擒！忍耐屈辱绝不是他辛永泰的风格。辛老先生是一个智者，他家数代人从事文化教育，巴蜀学堂在此一代一代传下来，培育了无数的川人学子。他有文化有背景，能在乱世中头脑清醒地选择将儿子与儿媳送到英国读书，学成归国后再实业救国，并在大上海开办了国内一流的企业和对外贸易公司。辛家的经济基础在时下也可以说是相当了得。但是辛永泰虽有凌云之志，却因故土难离加之祖传下来的学堂需要他来打理，需要他来坚持做下去，所以他带着孙子就根植于此了。这是因为一直以来巴蜀学堂的义务教育帮助了许多孩子，尤其是当地有些穷人家的孩子无钱上学，因此学堂对贫苦儿童上学就一律免费，并提供书本与饭食。这里对孩子们一视同仁，不分贵贱贫富，只要你肯立志学习，就可以入学堂读书，穷人的孩子如果学业优秀，巴蜀学堂还会推举他上大学，读军校。正因如此辛永泰得到乡邻和地方政府的推举与爱戴，老先生一向眉头高扬，乐善好施，况身边更有爱孙绕膝得享天伦之乐。如今遇上灾难又如此遭人欺凌，可以说辛家现在是大起大落心绪难平了。此事让辛永泰老先生悲愤交加，心潮翻滚，他不能就这样任人欺辱，他要找个地方说理去！

　　认真思虑一番后，老先生平复了一下自己的心情，他收拾了行装，取了家中的祖传之物装好后又写好了状纸，直奔四川守军刘司令的府邸。刘家与辛家本是世交，皆为川蜀之大户。此时刘司令刚从家中乘车来到司令部的办公室，就看到副官递过来的状纸，他快速地浏览了一遍后向副官招了一下手，此时刘司令哈哈一笑，口中说："快请！快快请进！"看着副官走出去通报，他耐不住性子大踏步地迎了出去。还没等老先生踏进中堂，刘司令就一把握住了辛老先生的手。此刻展现在副官面前的是一个身形挺拔的将军与一个文质彬彬的教书先生的手紧紧地握在了一起。

　　笑容满面的三泡茶后，各种问候的客气话也趋于停止，他们开始议论起了正事。将军对辛老先生讲的事情几番唏嘘又几番愤怒！他立即抓起身旁的电话开始查问最近的抓壮丁与敲诈勒索乡民之事，一番上下询问，再没有哪个部门敢包庇那个坏透了的狗连长，一顿饭的工夫就将这个叫赵全胜的家伙抓到了司令部。此时的赵全胜被吓得战战兢兢，屁滚尿流。他知道事情已经败露，这件事闹大了！他没想到苦主就站在自己的面前！他怎么也想不明白的是一个普通的老头子怎么会和司令同桌吃饭，而且是在他敲诈来的银元还没有焐热就让人家给自己告到了司令这里！早知今日，真不该捅这个马蜂窝，现在后悔也迟了！要知道刘司令治军严明，体恤乡民，自己那天做的这个巧取豪夺的事被他知道了，肯定是死罪难逃的！此时他望了望刘司令，又看了看辛老先生，畏惧地低下了头。没怎么审问，就全招了。他承认了那天做的那个阴损的圈套。那就是他为部队征了兵，领取了司令部奖励的钱，受到了上级的口头嘉奖；再加上他用手段讹诈辛老先生的银元，让他一下子就富了起来！突然得到的横财，让他沾沾自喜并狂妄了一把，可惜的是这件事像雨后彩虹，美丽好看却时间短暂。更没料到触碰到司令的头上，那个傻老头书呆子竟然是司令的朋友？此事真的是狗咬尿泡空欢喜一场，他知道他今天是彻底完蛋了！

在核实此事之后，刘司令给辛老先生的答复是：道歉，退钱，放人，枪毙！然而辛老先生不愧是良善明理之人，他虽然恨这些兵痞的恶行，但他认为此人罪不至死！眼下日本人对中国虎视眈眈，应该把力量全放在保家卫国上！个人的恩怨算不得什么，一切以大局为重！何况赵全胜也有爹娘，失子之痛必将难以承受！想到此处，他立即向将军求情，放赵全胜一马，让他认真思过，再加上劳动改造严加管教便是了！留着这条命来保家卫国不是更好吗？赵全胜完全没有想到对方会为他求情，此刻这个狗连长向辛老先生跪下连连磕了三个响头，感谢他大人不记小人过，不杀之恩永生不忘！之后又给刘司令磕头，他的头撞在地上梆梆响，只求司令今天饶过他，以后永不再犯！司令让卫兵把他押了出去，但是死罪可免，活罪难饶！卫士们打了他三十军棍，以儆效尤，之后将他关了起来，发配到部队的劳改场进行教育改造。

刘司令在川蜀之地治军严明，忠心报国，因此得到百姓的拥戴，后在抗日战争时期坚决奋战，维护民族的尊严，在历史上留下了美名，此是后话。辛老先生见刘司令处事果断，不徇私枉法，对他也是佩服得很。告别之前，他从随身携带的包裹里掏出来了祖传的宋版书籍，郑重地赠送给了刘司令！刘司令知道此书的珍贵，连连拒绝。辛老先生说："人尽其才，物尽其用！《孙子兵法》交给将军才能发挥它的作用，在我这里也是委屈了它！将军收下吧……"话已至此，刘司令哈哈一笑，双手接过这稀罕之物，躬身一礼！

辛老先生回到家乡后，看到被抓乡邻均被放回，终于长出了一口气，把心放在了肚子里。看到乡亲们都欢天喜地地各家团圆了，他也就放下心来。经此一事，乡亲们也就更加佩服他，知道他不但心地善良，为人慷慨，更是言而有信。辛家有实力有背景，一心为乡亲们办实事，让乡亲们交口称赞，辛老先生从此以后更是盛名远播，一呼百应，当然这也是后话了。

几天后，八岁的辛之栋也慢慢地恢复了身体，不再总是抽抽噎噎昏昏沉沉的，他可以正常下地行走了。辛老先生对他说："孩子，救你的哥哥姐姐是回不来了，可惜他们一生短暂，被压在了深山之中，但是我们永远不会忘记他们，他们将被人怀念，受人敬重！他们为人榜样即是人生辉煌！他们俩舍己救人，不顾自己的生死，他们就是人间的大菩萨！值得我们永生怀念敬仰，你长大后要以他们为楷模，不计较个人得失，像他们一样生生世世做善事，救人于水火。要让自己的人生有价值，活得有意义！永远不要忘记：你的生命是他们的命换来的！以后世道平息了，我们要寻找他们的家人，给人家一个交代。我们目前先给他们立碑，永远纪念并留下做将来寻找的地标。孩子你看这样好吗？"听到此处，辛之栋眼含热泪，懂事地点了点头。

几天后，辛老先生找人刻好了石碑，并放置在出事儿的山坡上。立碑的时刻到了，附近的乡亲们全都知道了此事，所有人都怀着崇敬与悲伤的心情，男女老少齐上阵，虔诚地来参加立碑仪式。这一刻，古亭东面的山坡上站满了人，大家都来向这两个年轻人致敬与道别。鞭炮起处，一尊高高厚厚的青石碑在众人的吆喝声中立了起来。所有来致敬的人都肃立在周边，静静地看着青石碑默默无语。此刻山风阵阵，蓝蓝的天空突然变得阴沉起来，呼呼的风吹得树枝摇晃不止，蒙蒙的细雨浇在人们的脸上，让在场的人心中悲泣不已。辛之栋跪在青石碑前大哭着，口中呼唤着他的哥哥姐姐。天公悲泣，化为冰凉的雨，为两个年轻人落泪。世人敬重，为两个年轻人默哀。冰凉的雨水打在辛之栋的小脸上，雨水和着泪水混在一起向下流淌，小小的孩童嗓子嘶哑，但却竭尽全力地向着这高大的青石碑哭喊着。碑文上刻着：

献给你们！

　　亲爱的流泉哥哥和安姐姐，虽然我不知道你们真正的全名，故乡和来历，但你们给了我生命，我将终生铭记，并将你们的善行传播下去。

一九三五年八月十四日

立碑人　辛之栋

众人向石碑行礼。就在这一片愁云惨雾中，一只美丽的蝴蝶翩然而至，它绕着辛之栋飞了一圈就落在了青青的石碑上，任雨水打湿了它的翅膀也一动不动，它依偎着冰冷的青石，脚下是姐姐二字。辛老先生此刻看得清楚，心里立即明白了什么！他本站在孙子身边，此刻他也连忙向石碑跪了下去，并流下了悲伤的眼泪。这已经是他第二次见到这只蝴蝶了，他心中很清晰，知道蝴蝶的来历和它的心思。祖孙两人满脸泪水地跪在地上，望着这只美丽的白色凤蝶，而蝴蝶也睁着亮亮的眼睛看着辛之栋，它的目光中是一片深情。辛老先生站立起来，想伸出手去为蝴蝶遮风挡雨，在此同时辛之栋也要抬头起立的时候，蝴蝶却突然不见了。谁也没有看见它是怎么飞走的，又飞向何方。深山中只是辛之栋呼唤哥哥姐姐的声音，这声音悲伤绵长，抽泣嘶哑，随着山风细雨在空中飘荡。

第八章 告别，蝴蝶与相机

　　转眼之间已是秋季，雨水渐渐稀疏，天气也慢慢地凉了。但巴蜀地区仍然是绿意盎然，只有厨房外墙挂着的辣椒红艳艳地分外惹眼。少年辛之栋在爷爷的关照下也慢慢地恢复了生机，他又开始写字读书了。但每每夜深他仍会有噩梦连连，常常会有惊吓的呼喊。八岁孩子的心应该是单纯的，可他那本来红润的小圆脸现在有些发蔫，整天是愁眉紧锁少言寡语的。经过了那件事后，这个悲伤的男孩依然会经常地对着大门发呆静坐，他依然期待着那两个为他付出生命的哥哥姐姐会突然之间出现在面前，虽然爷爷已经告诉他这个想法是不可能实现的！可是他依然固执地期待着奇迹的发生！万幸的是爷爷为他擦净了那天遇难时姐姐留给他的照相机，并把相机里的胶卷冲洗了出来。胶卷里的三十五张照片被曝光坏了七八张，留下来好的，有二十八张。其中有三张年轻人的合影，那就是长眠在深山中的柳泉与安蝶。这合影里有一幅是辛之栋的杰作，是他生命中第一次拿起相机拍照的处女作。在山谷中他举着相机拍下的大哥哥和大姐姐含笑依偎在一起的照片，那是在灾难发生之前。其他的就是他们俩的个照，还有安蝶在山里牵着辛之栋的小手站在花丛中的；有双手搂着辛之栋两人哈哈大笑的；有辛之栋头顶花环在阳光下扮鬼脸的，这花环是大姐姐用柳条给他编的，花环上又插满了美丽的野花，辛之栋将它笑嘻嘻地顶在头上；有植物的特写，应该是安蝶采集的标本图片；还有山川风景，怪石嶙峋，这可能是山水画的素材；另外的是辛之栋初学摄影时小心翼翼的杰作。从照片上可以看到那一刻辛之栋是多么开心快乐，那一刻天空蓝蓝的，林间的鸟儿在欢鸣，地上的花也特别香。那一刻还有对他最好的安姐姐在搂着他的肩膀，教给他怎么使用照相机，取景，过卷，按快门。辛之栋凝视着照片的时候，爷爷为他找来一块红色的绸缎，让他用此布把这些照片包了起来。之后，爷爷又给他找了一个小盒子用软纸将相片的底版分别隔开后装了起来，并嘱咐他一定要好好地保存，以作留念，这也是将来寻找恩人家人们的依据。爷爷告诉他，他会帮助孙子寻找救命恩人的家，找到后好好地报答人家，倾家荡产在所不惜。说到这里时，祖孙两人又一次相对流泪，这样的情形持续了两个多月的时光。

辛之栋心灵受到了严重的创伤，小小的孩子心理抑郁，他总是呆呆地坐在院子里望着大门，少言寡语心事重重。爷爷见孙子的心理创伤特别严重，如果不进行治疗疏导，恐怕会落下毛病。他反复考虑之后认为现在应该让他换个地方生活，远离这个带给他痛苦的环境，时间长了，他对这次的生死经历会慢慢淡化，这样他才能重新振作起来！说实话孙子离开四川，去上海找他的父母，自己绝对是万般地不舍，毕竟辛之栋从两岁时一直由自己亲自照料，六年多来，爷孙俩早已是谁也离不开谁，况且孙子也多次说不想去上海，只愿和爷爷在一起。可现在发生了这个情况，孙子一直沉浸在痛苦的回忆之中，无论怎么开导他，这孩子就是走不出来。爷爷知道如果再这样下去，辛之栋一定会思虑成疾，到时候自己后悔是来不及。思虑再三，辛老爷子下了决心，让孙子去上海上学，回到他父母身边。当环境转换后，孙子一定会慢慢地好转起来。因此，辛永泰开始收拾箱子准备去上海，他相信孙子离开了伤心地就会慢慢地平复内心的忧伤，他还小，经过一段时间的休整将会很快进入正常状态，再说上海的教学质量肯定会比四川要强得多。辛永泰和上海的儿子儿媳通了长途电话，将他的想法述说之后，他的儿媳喜极而泣，她早就期待着儿子能够回到自己身边，她不住声地向着自己的公爹道谢，好像天上掉下了宝贝一样开心快乐！事情就这样定了下来，辛老先生安排好学堂的公务之后马上启程。

辛之栋到上海后就应该是三年级的学生了。临行之前，祖孙俩在大家的陪同下又一次来到山上，辛之栋要到这里向他的大哥哥大姐姐辞行。上次的泥石流到今天时间并不太长，可在那流淌的泥石之上竟然又全部绿了起来，大自然的自我修复能力真的是很强大，没有身临其境的人怎么会想到，这青青的草地上，这香味扑鼻的鲜花之下，会静静地住着两个风华绝代的年轻人。几十天的工夫，世事无常，这让人殉难的地方此时又长满了青草和植物，那块为救命恩人竖起的青石碑旁竟然长出了两棵小树。辛老先生惊讶于大自然神奇的修复能力！循环往复！他想如果人能够如此就好了，那会减少多少思念与愧疚的痛苦呀！他又想：这难道是天公造物，为深埋的人身体得到舒展，可怜见地留下新的生命吗？

辛老先生心中默默地想着。他虔诚地燃上香，摆上水果糕点，他站在青青的墓碑前想拉住孙子的手一起来低头默哀。但是辛之栋未经爷爷吩咐就扑通一声跪在地上了，他大声叫着："哥哥姐姐，我来看你们来了。谢谢你们救了我！我永远不会忘记你们的大恩大德，我就是你们的孩子！我马上要离开这里，我舍不得你们！我真的舍不得你们！我很快就要去上海上学了，等我小学毕业了我就回来看你们。我一定要找到你们的家和亲人，我要奉养你们的父母！等我长大了我也要像你们一样做医学博士，为病人治病，我要做好人，不为良相，就做良医。"辛之栋口中说着，泪水又一次流了下来。

就在辛之栋对着墓碑说话之时，忽然之间白光一闪，一只大大的金边蝴蝶飞了过来，谁也没有看清它是从哪里飞来的，又是在刹那之间飘然而至，它围着辛之栋转了又转，在大家的惊叹之中轻轻地落在了孩子的手上。众人都惊呆了，他们大张着嘴说不出话来。山里蝴蝶多，美艳的也多，但像这般清丽脱俗的蝴蝶乡邻们却是头一次见到，而且还是落在了一个孩子的手掌上。难道它不怕被捉住吗？此时只见辛之栋用他的小手托着蝴蝶，小心翼翼地托起来给爷爷看。爷爷点了点头，他看着孙子和他手上站立的蝴蝶沉思。只见蝴蝶稳稳地在辛之栋的手心中站立，细长的腿，舒展的双翅，它用亮亮的黑色眼睛认真仔细地看着辛之栋，丝毫没有害怕和飞走的样子。此时辛老爷子对孙子说："快中午了，你已经和恩人道别了，咱们回家吧。回去后还要收拾东西，咱们今天下午还要出发去上海，太晚了会赶不上船的。"

返家之后，该是他们上车离家的时间了。爷爷亲自送孙子去上海找父母，安排他进上海的国立小学上学。尽管辛之栋很不情愿离开这里，但爷爷决心已下，他也只有听从的份儿，谁让自己还是一个孩子呢！巴蜀学堂里的教员教工起身相送，大家心里都很喜欢辛之栋这个小孩儿，对他的离开依依不舍。此时爷爷从堂屋的供桌上拿起那个大姐姐的遗物，就是那天挂在之栋脖子上的照相机，爷爷小心翼翼地交给了他："之栋，你要好好保存这个照相机，珍惜使用，莫负了大姐姐对你的那片心。"辛之栋郑重地点着头，可就在此刻，只见中午随他回家的那只白色蝴蝶扭身一转，竟然直直地立在相机之上。它好像听懂了爷爷对辛之栋说的话，只见它用黑亮的圆圆的蝶眼深情地看着辛之栋。爷爷的目光看向了蝴蝶，低声说道："姑娘，你就放心吧，我亲自送之栋到上海读书，我了解这孩子，他有良心又努力要强，这辈子也不会辜负你们的心意！我们就要上车了，之后乘船去上海。你要多多保重，小心风雨，小心坏人。"

送行的车来到了，众人将箱子装到了车上，辛之栋向大家告别，挥手之间蝴蝶飞起，再次绕行，缓缓离去，之栋呆望着它不肯上车。八岁的男孩被爷爷哄着抱了上去，车启动后，之栋将头探出车窗，手也伸了出来，他渴望着蝴蝶再来，和他一起走。而汽车开动了，蝴蝶没有再飞回来，它飞远了。心空空的，他茫然地望着车窗外，他的心随着那只白色蝴蝶，忽悠忽悠地在天上飞，他的眼泪情不自禁地流了下来，今生今世，他怎么能够再见到他的流泉哥哥和安姐姐呢，他离他们越来越远了。上海，那是一个陌生的地方，爸爸妈妈会欢迎我的到来？这个不苟言笑的八岁孩童心中很紧张，前路茫茫，他很想哭一场，但是他强忍着不让眼泪流下来，他想他的大哥哥和大姐姐会在天上看着他，要是见他流泪了，他们会难过的。

这一走就是好久，跨越了时代的更替。再回来时这里好多事情已是物是人非，这之间发生了很多事，悲欢离合的经历如刀刻一般地镌在心上，而这成为了他前进的动力。

第九章　辞别巴蜀绿，始进上海繁

经过了一周的颠簸，辛老先生终于牵着孙子的小手来到了上海。他们一路汽车火车轮船地奔波，祖孙俩真的是浑身疲惫不堪。可是这次出行虽然很累，却让很少出门的少年辛之栋大开眼界，他沿途观望祖国的大好河山，看呆了这个川蜀之地的少年郎。在爷爷耐心的疏导下，他的话也多了起来。"外面的世界好大哦！长江好阔哦！火车好长哦……"辛之栋是一路赞叹、满眼惊奇。他紧紧地拉着爷爷的手，开始了问东问西，而爷爷也不厌其烦地给他详细讲解，从历史典故到生态植物，从山川江海到荒漠高原，让他茅塞顿开，频频点头。爷爷看他这个求知若渴的样子，满意地笑了。爷爷认为这次离开巴蜀的决定是对的，环境可以改变人的心境，自己的孙子才只有八岁，若不设法让他脱离苦痛，只怕会终生抑郁的。只有让他接受新鲜事物，心灵深处的阴影就会慢慢淡化，这样他的人生才能变得丰富多彩。

轮船已经靠岸了，辛之栋生怕爷爷老眼昏花下船时滑倒，他拉着爷爷的手慢慢地走过接驳的踏板。爷爷手里提着皮箱，身上背着一个大帆布包。辛之栋身上也背着一个书包，书包里有他心爱的照相机和他给父母带的产自家乡的茶叶。

他拉着爷爷走下船，随着上岸的人流踏上了码头。他看到码头那里站着许多来接亲人的人，他们纷纷地伸出手来招呼自己的家人。辛之栋当然知道爸爸妈妈会来接他们，这是爷爷告诉他的。爷爷说他的爸爸妈妈早就想他了，早就希望他能够回上海读书，和自己那个妹妹一起去学校上学。辛之栋有个妹妹，据说长得特别好看，可是他根本就没有见过她，更谈不上想念！他已经五年没有见到他的父母亲了，他认为爸爸妈妈一定会认不出他来，也许他们早就不想要自己了呢！要不然为什么这么多年没回老家来看看他呢？一路上他心中都忐忑不安，还有些心酸，就是总有那种委屈得想哭的感觉。八岁少年的心理很脆弱，总是在胡思乱想。当然他听爷爷说过，自己是辛家的长孙，是爷爷不让长孙离家，让长孙陪伴在自己身边的。爷爷认为巴蜀的老家才是根，而长孙必须根植于此，继承家业，光宗耀祖。可他对此感到怀疑，他从心里不想见上海的亲人，陌生得很，见面后说什么呢？他已经不记得父母的长相了。唉！他觉得自己很难，也觉得很没面子，是那种去投亲靠友的心情，不知自己受不受欢迎。带着千般不确定的忧虑，他拉着爷爷的手向前走，他向接亲的人群望去。可在这些人中谁是来接他们祖孙二人的呢？他认不出来谁是自己的父母！忐忑不安的他忽然看见在人群中挤出来两个人，爷爷对他说："之栋，你看，那就是你的爸爸妈妈！他们早就来了正等着接你呢！""不，爷爷，不是来接我，他们是在接您呢！"辛之栋小声地咕哝着。看到等待在码头上的爸爸妈妈，他心里是很高兴的，这就证明他是受欢迎的。但他在爷爷面前撒娇惯了，他偏要装出一个清冷的模样。他是爷爷一手带大的，爷爷了解他的小心思，别看他人小，但是爱面子得很。此时他将站在久别的父母面前，他们是一直期待他到上海来的吗？辛之栋的心开始怦怦乱跳。

见到父亲和儿子下了船，辛之栋的爸爸迅速地跑上前来叫着："爹，您来了，您累坏了吧？还背着这么多东西，太辛苦了。之栋啊，儿子，你好呀！一下子长这么大了！听说你可以到上海来读书，你妈妈高兴得都睡不着觉了。她是又哭又笑的有好几天了，天天都盼着你来呢！"辛之栋的父亲从自己爹的身上扯下那个大帆布包提在手里，低头看着自己的儿子笑着和他打招呼。眼前父亲亲切的话语，让辛之栋心里开始放松一些。这时他又看到那个是妈妈的女人也挤过人群跑上前来给爷爷行礼问安："爸爸好，您受累了！路途这么远，还要照看宝宝！"然后她看向辛之栋，她用手紧紧地拉着儿子，并想把他抱入自己的怀里，她的眼里落下欢喜的泪珠，"宝贝儿，你总算是来上海了，这回再也不走了，就在妈妈的身边，你知道妈妈是有多么想你呀！"她一边说着一边又想将孩子抱在怀里，但是却被之栋闪身躲开了。他很陌生地望着面前衣着华贵的父母，又看了一下爷爷和自己。父母的穿戴和山里人大不相同！辛之栋立即就觉得自己矮了一截，强烈的自尊在作怪，他挣开了母亲的怀抱后非常礼貌地向他们鞠了一躬，说了一声："给父母大人请安！"妈妈立时呆住了，不知怎么办才好，但爸爸却呵呵地笑了起来："真不愧是学究教出来的孩子！可以呀之栋，你蛮懂礼貌的嘛！"辛之栋没有搭话，他默然地让妈妈牵着手，和爷爷一起上了来接他们的汽车。

他们很快就到家了，汽车停在了一座石头盖的大门前。下车以后，面前矗立的是一座灰白色的小洋楼，有雕花的铁门和带尖的房顶。这时有用人跑来打开铁门，之后汽车就直接开了进去。之栋看到这是个很大的院子，是个有花园有喷泉的所在，还有石头刻的娃娃，石娃娃背上长着两个翅膀，"这应该是个小妖怪！妖怪怎么入宅了呢？城里人都这样玩吗？"辛之栋胡思乱想之际，汽车已经停稳了。只见爸爸伸手搀扶着爷爷下了车，又一把将他从车上抱了下来："之栋到家了！以后你和妹妹就在这个院子里一起玩儿。"妈妈走上前来拉着之栋，慈爱地笑着看向他说："儿子，爸爸妈妈都特别爱你，这几年你在四川和爷爷在一起生活，是你来替我们陪伴爷爷，你是咱家的有功之臣！可是我们都很想你，盼望你和爷爷能早日来上海，咱们一家人就可以团聚了。在家里不用着急，你先慢慢地习惯上海的生活，更不要拘束，不要那么多的礼节！这是在家里，你自己的家里。妈妈看你是太有规矩了，你看你长得这么精神帅气，你是咱们辛家的骄傲呢！咱们快进去吧，妹妹们在里面等着你呢。"

　　妈妈对他这样讲，让辛之栋心里很感动。原来上海的父母亲是重视自己的，他的心放了下来。这之后他稳稳当当地迈着步子，随着爷爷与父母走上台阶，进入楼内。现在他才仔细地打量着父母和即将入住的新家。爸爸一身白色西装，打着蓝色的领带，个子高高，眼睛有神，头发整洁有型，皮肤很白，腰板笔直，和爷爷长得很像，但比爷爷好看一些，可是爷爷才是巴蜀的文化人呢！你长得好看也没用的！再看妈妈：她穿着一件合身的墨绿色旗袍，胸前别着一朵蓝色的梅花，梅花亮亮的，很好看！但好看有什么用呢？而且一定是假的，天下哪里有蓝色的梅花呢？还有她外搭一件白色的短衫，手上戴着一块精致的小手表，她优雅知性而且长得很好看的样子。辛之栋心中是很爱爸爸妈妈的，只是由于一直不在一起生活，心中产生了距离，有抵触情绪，看什么都和巴蜀老家进行对比。他盯着妈妈手上的腕表，第一次见到这种东西！于是他很好奇地多看了两眼，怎么还有这么小的表呢？辛之栋心里想：上海家中的堂屋好高！手上还可以挂这么小的表？我四川家中的堂屋灰砖青瓦，屋里的紫檀木家具很结实，就是比这里暗多了。看来还是上海亮堂一些，他在心里拿巴蜀的家与上海的家对比起来，他的小心眼里还没有拿上海的家当家，他在绿色的巴蜀长大，他认为巴蜀学堂才是他和爷爷的家。他辞别巴蜀绿，始进上海繁，真是人生地不熟呀！辛之栋在心中感叹着。他想现在的他需要懂礼貌，他要让上海的人不可小看老学究爷爷教育培养出来的巴蜀学童！要让他们看看我辛之栋将来是如何成为国之栋梁的，否则他就不配叫辛之栋！想到此处他挺了挺胸对着父母说："我到上海来读书，实为情不得已，上海教学质量高，将来我要经上海走出去留洋，我要学习西方洋人的先进，洋为中用，我要成为国之栋梁！以前我在巴蜀之地，那里有些封闭且机会少，今后恐给父母大人添麻烦了。"他庄重的声明和不疾不徐的声音让在场的父母为之一愣，他们认真思索之后便哈哈大笑起来。谁能想到这小小的穿长衫的孩童会一本正经地表态申明自己的观点，这孩子的自尊自强之心与智力也太超群了吧！

妈妈捧着他的小脸凝视着他说："之栋宝宝，爸爸妈妈爱你。会给你安排好学习的一切，你放心吧。上海与巴蜀全都是你的家，你也是我们唯一的儿子，放心住下，慢慢地你就会习惯的，一切都会好的。"妈妈搂着他，轻轻地安慰着自己的儿子，母亲的轻言细语打动了孩子的心，慢慢地辛之栋就依靠在妈妈的怀里，感受着她身上的温暖。他头一回闻到妈妈身上的香味，他心中很享受这种母爱亲情。

忽然楼上扶梯处传出了一阵脚步声，两个如花似玉的小姑娘从楼上奔了下来，"妈妈，是把哥哥接回来了吗？"辛之栋看到两个穿着公主裙的小姑娘站在他面前，她们嘻嘻地笑着看着他说："哥哥好！"这时辛之栋的脸却红了，他有些羞涩，虽然他早就知道自己在上海还有一个妹妹叫辛之菲，但另一个小姑娘是谁呢？他没有听说过。这时其中一个穿粉色裙子的小姑娘笑着对之栋说："哥哥，我是你的妹妹之菲呀。她是咱们姨妈家的夏晴。"他没有来得及说话，另一个穿红裙子的小姑娘已经挤到前面，笑嘻嘻地自我介绍起来："之栋哥哥，我叫夏晴，听说你要回上海了，我从昨天就到姨妈这里等你了，以后我们就可以一起上学啦！这回我也有个哥哥可以保护我了！"夏晴一脸的阳光灿烂，像一只欢快的小鹿一样可爱。她笑着邀请辛之栋，并伸出手来拉了拉他的手。只见辛之栋稳稳地笑着，他摸了摸自己身上穿的长衫并弯了下腰说:"谢谢!"他这规规矩矩的言谈举止让在场的长辈及用人们哈哈大笑,连爷爷也忍不住地笑了起来,大家都夸他像个小绅士。看到这个场面,辛之栋开始有些愣怔,之后也随着大家一起笑了。他认为回家的感觉还不错,全家人对他是真诚友好的,他不用再害怕上海人嫌弃他是个土包子了!于是他开始放松了心态,脸上有了许久不见的灿烂笑容。就这样,辛之栋从学习上海话开始,到纠正自己的川音儿,他努力做到不留痕迹,精雕细琢。开学之后,他进了上海最好的学校,成为一名三年级的小学生。

第十章　不速之客

　　辛老先生在上海陪孙子住了半年，看他已经完全熟悉了新的环境，和爸爸妈妈也亲近了，又有了新的伙伴，他也就彻底放心了。待孙子进入了上海最好的学校后，老先生就又返回了家乡。

　　时光荏苒，转瞬即逝，转眼来到了一九三九年，辛老先生家里迎来了一位不速之客，他就是当年敲诈辛老先生的那个国民党军官，那个丧尽天良被刘司令关押起来的狗连长。

　　"辛先生好！"踏进院子里的这个军人向辛老先生拱了拱手，满脸堆笑地对着辛老先生说道。"真是稀客呀！您怎么又找到我这里来了？有何公干吗？屋里请吧。"看到突然出现的这个人，辛老先生不知他所为何事，更不知他葫芦里卖的什么药。但即使如此，辛老先生还是很客气地将此人请到了堂屋坐下。待用人看茶后，辛老先生又一次向来人询问："请问长官，您此来所为何事？"来人笑着对辛老先生拱了一下手后站了起来，他先向辛老先生鞠了一躬，然后认真地对先生说："辛先生，鄙人此次前来是专门向您道歉的！还要一并感谢先生当年在刘司令面前为我求情，司令才饶了我一命。古人说救人一命胜造七级浮屠。我能有今天与先生的救赎分不开的。我此次前来，就是来报恩的！我虽粗鲁，但是我是讲义气之人，还请老先生饶恕我之前的过错！说起来我也是一个苦命出身，父母年纪大了，我总想多给他们弄一些钱财，让兄弟姐妹们能上学有饭吃，才做了以前那些混账事。先生高人，没有怪我当初的粗鲁和阴坏。经过这几年的改造，我现在是真的知错了。"辛老先生笑了笑，平静地沉吟了一下说："事情已过数年，长官即已经对那件事有些许知悟，也是难能可贵的！那我们就对此事翻篇儿，从此不再提起，只是希望您既为国军，就不要欺压百姓，在力所能及的范围里多为国人做点事情。不知我的建议您能否接受？我只是一介乡野村夫，让长官您见笑了。""哪里！哪里！老先生您一代乡贤，宽宏大量！您的救命之恩我还没报，现在就请先生尽管驱使在下，在下赵全胜一勇之夫，绝无二言。"这个叫赵全胜的军官红着脸向辛老先生说道。

"那么赵长官最近几年都经历了什么呢？可否向老夫讲讲？"辛老先生笑着对赵全胜问道。赵全胜站起，向老先生欠了欠身，理了一下思绪后，向老先生娓娓道来："先生啊，此事一言难尽，这几年我也是经历了很多事，终于走上了正路，待我把您这碗茶喝掉后，我好好地向先生汇报一下。

"那天我犯了错，刘司令让人把我抓到了军部，刘司令军纪严明，本应要把我枪毙了，是您向司令求了情，司令看在您的面子上给我留了条性命。可是军纪在，死罪可免，活罪难逃，司令让军警打了我三十军棍，以儆效尤！之后又撤了我的职，关了我半个月的牢后让我去军队的采石场里劳动改造。我在采石场里干活的时候，万幸的是在那里认识了一个教员，这个教员可是好人哪！都传说他接近共产党，在部队里发展共产党员，讲解革命知识，并教大家读书写字唱歌的，总之我跟着他学到了不少知识和做人的道理。我们都很佩服他。但是也有人恨他，说他是共党，危险分子。所以军部就把他送到了采石场劳动改造。但是刘司令惜才，挺照顾他的，不让他干累活，只是记记账，管管出入进项什么的。这个人叫王昆，现在是我的好朋友。您看我现在这么仁义，全是受他的影响，是他教会了我很多做人的道理。现在我都看不起以前的自己，坑蒙拐骗，克扣军饷，欺压百姓的事儿我以后绝不再做。先生您信我说的吗？"赵全胜一脸的期待望向辛老先生。此时辛老先生认真地听赵全胜讲着，并不时地点点头。赵全胜喝了一口茶后继续向辛老先生说道："有一天我在采石场干活，看着远处的道上开来一辆小汽车，从车上下来了四个人，其中有一名军人，他们向采石场这边看了看后就直接向山里走去。我看到他们是一个年轻的女人和一个男孩，我猜另外陪着他们的两个人一个是司机一个是保姆吧？但当时只是看了一眼也没当回事。我们都在闷着头干活，谁知不久之后听到了一声枪响，采石场的人都愣住了，不知发生了什么事。几分钟之后那个叫王昆的教员对我说：'有情况，这边山上有土匪，刚才进去了那四个人会不会遇到了什么情况，我们叫几个人进山看看情况怎么样？你武艺高强打枪也准，你能不能和我一起去看看？'我说：'教员，你放心吧，我跟着你去。咱们再叫上三个人一起进山，看看情况。你看他们的车还在这里呢，如果没事儿他们一会儿也会回到这条路上来。'之后在王昆的带领下我们五个人就进山查看情况，也就走了不大会儿工夫，忽然看见一群土匪押着那四个人往山下走来。我一看，正是刚才进山的那几个人！只是这会儿那个男的被五花大绑，那两个女人手也被捆住，嘴里被塞上了布，跟随的小男孩惊恐地拉着妈妈，眼泪汪汪地不敢出声。那群土匪看到我们只是几个人，根本没把我们放在眼里，看我们在此拦路，他们不屑地对我们吼道：'滚开！找死吗？'他们手持长枪冲着我们狂叫。王昆向前一步冲他们打招呼，并向我看了一眼，我心领神会，咱也打过仗，当过连长不是？这群土匪按说不在话下，只是他们手里有枪，我们却两手空空，他们人多，我们人少，弄不好我们就吃亏。

"王昆一步一步向前走，对这些土匪说：'老乡们，我们是采石场的人，你们为什么把这几个人绑起来呀？再说还有妇女儿童，这样可不好。咱们男人之间怎么都好说，但是不能欺负女人孩子，这样可不仗义！'土匪们见他一步一步向前走，就大声呵斥王昆：'你给我站住！要不我就开枪了！'我看到此处，一个闪身就蹿到了前面，我一下子就站在了那个领头的土匪左边，并一把揽住了土匪的腰。土匪们被我的身手吓了一跳，这时我掏出了腰里别着的刀子一下子就架在了土匪的脖子上。王昆大声地对土匪们说：'把枪收起来，我们是军人！不许开枪！你们就不怕我们的大部队来了直接把你们这些土匪一锅端吗？'此时我捉住的那个土匪不死心，他叫喊着说：'别怕他们，开枪啊！开枪打死他们！'我一听这话，轻舒猿臂，款扭狼腰，刀子已从土匪的脖子里穿过，土匪们顿时没了声音！在我拔出刀子的一刻，这个土匪的小头目鲜血顿时喷了出来，身子轰然倒地。前后两分钟的时间，土匪们目瞪口呆。我一转身又将那个举枪的土匪拿下，并把他的长枪夺了过来，我们另外的几个人此时也冲了上来，把这四个被土匪绑架的人保护了起来。就是这样，那群土匪连人带枪的被我们俘虏了，我们将这四个人解救了出来。说实话咱们川军还是训练有素的，土匪到底是土匪，他们不行！"

赵全胜兴致勃勃地对辛老先生讲着，他兴奋得两眼放光，两只虎眼炯炯有神。辛老先生忽然觉得这个赵全胜由坏人转变成好人，形象忽然之间高大了起来。后来赵全胜说他们救的人原来是刘司令的夫人和儿子，那个年轻的男人是司令的警卫员，那天他带着枪护送夫人及小少爷进山游玩，还跟着一个用人，谁能想到在自己的地盘上翻了车，遇到了土匪。幸亏赵全胜与王昆智勇双全，将司令夫人和孩子营救了下来。刘司令对此事极其震怒，他立即命令部队荡平了土匪的老巢！愿意归顺的就全部吃起了军粮。

这一仗之后赵全胜和王昆得到了重用，赵全胜被荣升为营长，王昆也提拔到军部任参谋。从此赵全胜在王昆的影响下走上了革命的道路。刘司令曾对赵全胜说："幸亏那天我听了辛先生的劝告，留下了你的狗命，才有了我妻儿的逢凶化吉！以后你好好干，保你前途光明，光宗耀祖！今天我给你一千大洋你给辛老先生送去，补偿一下你的罪过，给老先生说点好听的，也谢谢老先生对你的拯救之情！"

赵全胜滔滔不绝地把前因后果如竹筒倒豆子一般地说了出来，一番话让辛老先生惊叹不已。天色渐晚，辛老先生亲自下厨做了几个拿手好菜，招待这个迷途知返的人。美酒入口，川菜绽香，两人边喝边聊，赵全胜一再向辛老先生请求，让他为辛家做点什么。看他一番诚意，辛老先生慢慢地说："那你就把原先你答应我的事情做完吧。"

第二天，赵全胜带着他手下的工兵排，和辛老先生及乡亲们一起来到了当年柳泉、安蝶这两个年轻人被泥石流掩埋的地方。此时古亭东面的山坡，芳草萋萋，群树静立，山石险峻，小溪潺潺。山上的古亭子仍在，辛之栋为柳泉他们立的青石碑尚存。只是匆匆数年，柳泉与安蝶的身体仍然在深山中的泥石下安歇，他们一直在等待救援。巨石压得柳泉喘不过气来，他那不屈的灵魂在痛苦中挣扎着，他一直在等待机会！他要把他的安蝶拉出来一起回家，今天他期盼的时刻终于来临了。

工兵们用各种工具挖掘，用钢丝绳固定在巨石上，然后用马拉车的方法，他们用钢钎木棍撬动，众军人齐心合力之下一起喊着号子，一起将巨石推动。动了！那块巨石动了起来！只听"轰"的一声，巨石携着泥沙滚下山去。随着巨石的滚动，一道白光从石下迸然而出，只是一闪之间就绝尘而上，直上天际！是的，这是柳泉的灵魂，一个不屈的、勇敢智慧纯情的灵魂！他终于等到了机会：破土而出了！冲出压迫桎梏之后，他悄悄地绕上了青石碑，等待他的爱人安蝶出世。他等了好久好久，也没有看到安蝶的灵魂，安蝶呀！快出来吧！

柳泉看到工兵们把他的身体抬了起来，他的身体弓着，头和脚弯到了一起。他知道那是自己弯着腰在寻找安蝶时的样子。他又看到安蝶也被小心翼翼地抬了出来，白裙子还在，只是脸上沾满了泥巴，他想伸手去为她擦掉脸上的泥土，但他毫无力气，心有余而力不足。尽管他使出了全身的力气但仍旧是毫无进展。柳泉太弱了，他心中悲苦万分，安蝶是那么讲究的一个女孩，优雅整洁，可现在她的脸上有着泥沙！柳泉在空中飘着，他看着辛老先生为他和安蝶举行葬礼，也看到他和安蝶的身体被他们放平，不再像大虾一样地弯着腰了。他看着众乡亲和军人们向他们鞠躬致敬。他看着安蝶的脸，她受伤的脸上还有泥沙沾着，但是别人却无法将其去除，只因泥沙早已深深地进入到皮肤中。柳泉悲伤至极，他声嘶力竭地哭泣呼喊："你听到了吗？安蝶，我的蝶儿，你在哪里？你的灵魂呢？你的灵魂去了哪里？"此时的柳泉是那么地无助。

这之后的柳泉在一直寻找着安蝶，他期待着她的出现，安蝶的灵魂会飞到哪里呢？柳泉看不见安蝶，他只见到有一只美丽的蝴蝶在这里飞来飞去，因为美丽，它不时躲着人们挥动的胳膊。柳泉却尽量地躲着这只蝴蝶，离它远远的，他怕它的翅膀将自己击碎！他哪里知道，那就是他的安蝶呀！造化弄人哪，老天爷！你怎么这么不公平，本是相爱的一双人，如今却对面不相识！安蝶牢记了遇难同飞的誓言，她在柳泉的帮助下飞了出去。可那时的柳泉却被突然之间滚落的巨石压在了下面，他怎能与安蝶患难同飞呢？现如今的柳泉只是小小的、微微的一缕轻烟，他只记得安蝶的原貌，焦灼地在寻找她！此刻的他躲避着这只蝴蝶，生怕那一双翅膀将他打碎。他只能躲在树叶下盯着墓碑，他的安蝶躺在那里，只是躯壳，没有灵魂，这可如何是好？他耐心地等待着她出现。柳泉小心翼翼隐藏着，刮风下雨时他使劲地抓住树叶背面阴处的叶梗，不让自己随风飘走。他在期待着安蝶的出现，他要带着他的蝶儿回家。他的家在扬州，父母双亲在等着他们回去。

山上的风凄厉地吹着，冬天到来了。冬雨的日子好难熬！但是再难熬柳泉也不曾退缩，安蝶是否还在地下？尽管柳泉千呼万唤她仍然不做应答，柳泉是多么希望能尽快找到她。

第十一章　重生、借尔之身

　　自从摆脱了巨石的压迫，柳泉在一片吆喝声中从巨石下逃出来。他战战兢兢地藏在了树叶下，随风起舞。山风很大，山雨很凉，他死死地抓住树叶的梗，贴在树叶的阴面，躲避着随时随地的魂飞魄散。他目睹了辛老先生与军官赵全胜对他和安蝶的营救挖掘过程，虽然这件事迟到了四年，但他终于与安蝶聚在了一起。在这青石碑的后方，现在是他与心爱姑娘的共同存身之处。虽然他无法找到安蝶的魂魄，但他们的身体终于聚到了一起，看到这一切，柳泉终于满足地笑了。

　　柳泉在此地寻找了很久也没有找到他深爱的安蝶，于是他决定先回家去看看父母亲，并一路寻找他亲爱的安蝶。也许安蝶的灵魂也在回家乡的途中？柳泉坚信安蝶也在找自己。回家的路是漫长的，但柳泉决心已下，道路虽崎岖漫漫，但情比金更坚！父母尚在家中盼望，安蝶或许也已经在那里等待。此时此刻，柳泉坚信自己一定会找到家。就这样柳泉趁着黑蒙蒙夜色，他终于踏上了回家的路程。

　　柳泉的家在江苏扬州，是当地有名的博学之家，柳家从祖上至今皆为社会名流，他的老祖本为乾隆时期朝廷的大学士，曾参与编纂《四库全书》，是当时赫赫有名的大儒，他的曾祖父也曾任朝廷的巡按大员，而到他父亲这一代是教育厅的厅长。他还有一位小叔叔，从英国留学回来后做了政府的商业部部长，并考取了大律师证书。柳泉的妈妈长得非常美丽，她是江南丝绸大户的千金小姐。她饱读诗书，还是一个虔诚的佛教徒，母亲为人和善，知书达理。柳家在扬州可以说是名门望族，虽然说不能够呼风唤雨，但也是文风四扬令人钦佩的大户人家。并且他们还有一个好后代，那就是他们的孩子柳泉，一个身材高大挺拔的英俊青年。他有着完美的五官与白净的面孔，最重要的是他是湘雅医学院的博士生。他不但继承了父亲的博学多才，又继承了母亲的美貌优雅，在扬州城里人人夸赞，可惜的是他已经失踪了四年。四年以来，家里人到处寻找，多方打听终无音信。学校里也在找，他们的同学和老师只知道柳泉与安蝶这对恋人去巴蜀一带采风，收集药物标本，回来之后进行研究和论文答辩。他们很快就要毕业了，没想到他们自此杳无音信，这么优秀的学生失踪了，学校里的领导和老师们也是万分焦急。

而安蝶的家在上海同样是名门望族，上海最大的纺织厂就是安家的家族企业。安家有两个孩子，男孩取名安翔，女孩取名安蝶。安翔在军队任职，安蝶学医，搞生物基础研究，已经是在读博士。在三十年代女博士非常少有，尤其是像安蝶这样长得闭月羞花一样美貌的女博士更是万里挑一。安家以有这样一双儿女而自豪。但是随着他们女儿的失踪，四年来，父母为她愁白了头，虽然有儿子安翔的劝慰，但是母亲还是病倒了，安家发出了通告，谁能帮他们找到女儿安蝶，安家必将重谢，酬金为十万美金。

可是几年来，安蝶与柳泉的消息如石沉大海，他们就像人间蒸发了一样。柳家与安家都知道他们的孩子柳泉与安蝶相爱，但是双方的长辈一直未有谋面，他们本想着孩子们毕业后双方长辈会面，再给他们操办婚礼。可是，两个孩子竟然凭空消失了，悲苦与焦虑充斥着两个家庭，自此他们的家中失去了笑声。

柳泉自从离开了巴蜀，一路上跌跌撞撞，夜行晓宿，飘在空中，藏在洞穴。经过了无数的磨难，他终于飘入了自家的大门。他径直地走向了母亲的房间，看到了自己日思夜想的母亲。他美丽的母亲，此时穿着一件蓝色的丝质旗袍，面色憔悴，眼眉低垂，昔日乌黑的青丝如今已经变成了灰白，母亲那双美丽的大眼睛此时空洞无神，直直地望向窗外。柳泉差点没认出母亲来，他喃喃地叫着："妈妈，儿子回来了。"他拥抱着妈妈，妈妈却无动于衷。柳泉急了，他扯掉了妈妈擦泪的手帕，他想让妈妈看到自己，他想安慰妈妈，让妈妈不再流泪。可是妈妈看不见他，只是妈妈的手帕无缘无故地掉在了地上也确实吓了妈妈一跳。看着妈妈悲伤地捡起地上的手帕，喃喃自语地说着："大慈大悲的观世音菩萨，求您保佑我儿子柳泉回来吧！四年了，我的儿子在哪里呀？孩子你快回来吧！南无大慈大悲救苦救难广大灵感的观世音菩萨，保佑我的孩子回来吧！……"柳泉见妈妈念着佛号走进了佛堂。

柳泉也随着母亲走了进去，他看到了母亲在燃香，在跪拜，他看到了观世音菩萨沉静的微笑。但是佛光耀眼，柳泉无法直视下去。他灵机一动就钻进了母亲那镂空的发簪之中。母亲的这支簪子他太熟悉了，小时候他常坐在母亲的身边，呆呆地看着她梳妆打扮，那时的妈妈多么美丽呀，他和妈妈一起出去玩儿，妈妈牵着他的小手，吸引了无数人的目光，他为妈妈的美丽而自豪！这支簪子他经常拿着把玩，有时也帮着母亲在盘好的发髻上插入这支镶着翡翠的银簪。谁能想到，如今这镂空的首饰竟成了他的藏身之处。柳泉的内心悲伤，但是他却无法对亲人表达。

就这样柳泉每天陪着妈妈，看着爸爸，并在这圆圆的小小的空隙中开始了他的生活。柳泉梦想着重生，重生后便可以安慰自己的亲人了，但他目前毫无办法，他只能寻找机会。而他每天和妈妈进佛堂礼佛诵经，他相信佛菩萨一定会保佑他和他的家人。就这样，柳泉随着母亲长期的礼佛诵经后他也得到了佛菩萨的加持，慢慢地柳泉有了力量，观音菩萨知道他的善良，给了他相当的加持力。

　　漫长的等待终于迎来了转机，这是柳泉想要的又是柳泉内心所不愿的。事情的起因是这样：柳泉的父亲名叫柳方儒，他还有一个小叔叔叫柳方成，留学归来在北京工作，后娶了落魄王爷府上的千金。他们夫妇俩回扬州的时候很少，这侄子柳泉失踪快五年了，遍寻不得后就带着临产的妻子赶回老家，一方面安慰兄嫂，人多了家里会热闹一些，另一方面准备在扬州家中坐月子生小孩，这样可以让大嫂忙碌起来，分散她的注意力。

　　柳泉的婶婶气质高雅，毕竟出身名门又有留学日本的经历，自然是腹有诗书气自华，他们的归来顿时让家里热闹起来。北方的女子来到南方，两地的气候条件与生活习惯差异很大，为了让爱妻开心，柳泉的叔叔就带上她去扬州瘦西湖观光游览。

　　俗话说烟花三月下扬州，扬州的美景让生长在北京的王府千金很喜欢，他们携手乘船游湖，在画舫里品茶赋诗，又在湖边的酒楼吃了扬州特色的清蒸鱼与小笼包，便慢慢悠悠乘车回家，在巷口下车后他们夫妻还在说说笑笑，很是快活。然而远处开来了一辆汽车，他们便让汽车先走。本来是很安全的事情，可就在这时，有一个小男孩从旁边的店铺里跑了出来，原来是他脚下的皮球滚到了马路中央，男孩准备冲过马路去捡拾他的皮球，恰在此时这辆汽车开了过来，就在汽车刹车不及将要撞上男孩之时，柳泉的小婶婶金秀不顾自己的安危猛然冲过去拦住了他，汽车一个急刹车，男孩与王府的千金撞到了一起，他们摔倒在了马路上。几秒钟的时间，真的是刹那间，男孩死里逃生，汽车司机已被吓得瘫坐在车上！柳方成惊得目瞪口呆，一动不动。柳泉的小婶婶金秀，这个王府的千金也跌倒在汽车前轮旁，她用身体阻住了奔跑的男孩，男孩得救了，但是，她却早产了！

路上聚集了很多人，这刹那间的生死关头，路人都看在眼里，他们都在为王府千金不顾个人安危勇救男孩而赞叹，也为捡了一条命的男孩额手称庆！突然有人注意到鲜血从柳泉小婶婶的裤子里流了出来，她疼痛得面色煞白，顽强地用手撑着地面说不出话来。柳泉的叔叔大声呼喊着妻子的姓名："金秀，你怎么啦？你要挺住，咱们快到家了。"此刻他抱起了妻子连跑带爬地冲进了柳家的庭院。鲜血洒了一路，大人孩子危在旦夕！"嫂子，快……出事啦！"

措手不及的柳家一阵忙乱，送医院已经来不及了，金秀大出血，大人孩子命悬一线！柳泉的妈妈冲出屋来，帮着弟弟把金秀放在床上，柳方儒骑上自行车便赶往医院去请医生。虽然柳家距离医院不太远，但医生赶到时，金秀已经疼得快昏迷了，看着产妇大出血的样子，危急情况下医生问丈夫柳方成，是保大人还是保孩子？柳方成大声说道："当然是保大人！大夫，快救救我的夫人，她是因为救人才伤成这样的！她怀的是双胞胎呀，她早产了！"柳泉的小叔叔此刻已经是泣不成声。这时昏迷中的小婶婶金秀突然睁开了眼睛："大夫，不要管我！快救救我的孩子！救救我的孩子！"

忙乱中的医生和柳泉的家人围在产妇的身边，全家人都急得掉眼泪，柳泉的妈妈拉着弟妹的手，危急情况下她反而镇定了下来，她不住安慰着弟媳，并配合着医生的工作。"哇"的一声哭喊，在医生的帮助下第一个孩子顺利出生了，是一个面孔红红的女孩儿，而孩子的母亲在见到孩子的到来后却昏了过去。柳泉透过发簪的圆孔仔细观察着面前发生的一切，他看到医生正在帮助婶婶接生第二胞，母亲与叔叔都在呼唤婶婶的名字，婶婶终于又睁开了眼睛，意志坚强的她在医生的帮助下将她的第二个孩子生了下来。孩子生下来后却没有一点声音，可是生他的母亲却大出血又昏迷了过去。此时所有的人目光集中在产妇身上，救人是第一要务。医生也顾不上新生儿的安危，他首尾不能相顾，只能是先给产妇止血保命了。柳泉缩在簪子的孔洞中观察着眼前的一切，他突然发现新生儿有些窒息，他急得够呛！柳泉是学医的，他本是即将毕业的医学博士生！他实习时曾经转科到妇产科，所以他既会接生又懂得抢救。而当前的医生却忙着抢救产妇，根本无暇顾及这小小的新生命。柳泉急坏了，他赶紧去抢救新生儿，但他太弱了，他只是一缕轻烟儿，他明知新生儿口中有异物堵着不能呼吸，但却没有办法让人去把孩子的嘴打开！"将孩子倒提，把他口中的脏东西拍出来！拍打他的后背，让他哭出来，否则他会被憋死的！"柳泉急得大喊，可是没有一个人理他，谁也听不见他的呼喊。柳泉多么想帮帮这个孩子，将他救活，但他的能力有限，他只是一个轻飘飘的灵魂。可是他不能眼睁睁地看着婴儿死去呀！柳泉在无奈的情况下突发奇想，他扑到妈妈的嘴唇上开始抓挠，这一下惊动了母亲。柳泉妈妈很奇怪地抚摸着自己的嘴，感觉到怪怪的，忽然她似乎悟出了些什么，她俯身向前看向孩子，她用自己的手掏出了婴儿口中的异物，但此时孩子早已经没有了呼吸。孩子死了，柳泉看到了那个小小的婴灵飘了出来，婴灵认真地看了看自己昏迷中的母亲，之后他便飘向了空中，他对自己的身体和昏迷中的母亲没有丝毫留恋和犹豫，柳泉想拦住他，让他不要离开，可是那个小婴灵很坚决，他没有丝毫不舍，连头都不回一下就毅然飘走了，走得决绝而干脆！

柳泉妈妈看到婴儿的身体在慢慢地僵硬，她抱起这小小的孩童放声大哭，她想起了柳泉，自己的儿子刚出生时也是这么柔弱，好容易长大要成医学博士了，他却无影无踪了，他把妈妈丢下，让妈妈哭干了眼泪伤透了心。此时的她悲哀至极，她摇着头，干号了一声，她千般辛酸的伤心泪一下子就流了出来。

妈妈的伤心震撼了柳泉，也惊醒了柳泉。他看着妈妈怀里的男婴一动不动地被妈妈拍打摇晃着，机会来临：重生！借尔之身！柳泉一脑袋就从婴儿的右眼中扎了进去！此时妈妈怀里的婴儿在摇晃中一下子活了过来！在母亲的怀里他开始哇哇大哭，他是真的伤感！他睁开眼望着妈妈，他痛快淋漓地大声哭喊："妈妈，我是柳泉，你的儿子回来了！"（可惜的是谁都没有听懂。）

婴儿的哭声响亮，婴儿的哭声在厅堂里、在庭院中回荡，震惊了在场的医生，也震醒了昏迷中的产妇金秀，更震惊了柳泉的妈妈，她怀抱着小小的婴儿热泪盈眶，她喃喃自语地说："宝贝儿，你回来了，你再也别走了。"众人从惊吓再到惊奇，金秀听到了两个孩子的哭声，她苍白的嘴唇有了一丝红润，她微笑着抬起手来抚摸自己的孩子。柳泉的妈妈把孩子放在弟媳身边转身进了佛堂，她要去拜观音菩萨，感恩佛菩萨的护佑，柳家后继有人了！新生命的到来让柳家充满了欢乐。一对可爱的龙凤胎，让这个家顿时热闹起来。

而柳泉也是欢乐的，他终于重生了，借着那个小小的身躯，他幸运地又回到了母亲身边！但他没有经过奈何桥，没有失去记忆，他还要去寻找他的安蝶！安蝶，你在哪里？

第十二章　留在扬州的孩子

　　柳家最近喜气洋洋，添丁进口瑞气盈门。孩子们的降生给柳家带来了欢乐，所有的人都面带微笑，走路轻手轻脚，生怕吵醒了睡觉的孩子们。母亲金秀因被撞而早产，失血过多至今没有完全恢复，此刻的她仍然是面色苍白，没有血色。但她美丽的脸上依然是挂满了笑容，时不时地看一下躺在自己身边的两个孩子。一个月很快就过去了，双胞胎姐弟在全家的关注中快乐成长，他们长得很快，一个月就增长了四斤的体重，现在的他们是有模有样的了。只是苦了他们的妈妈，在身体虚弱的情况下仍然给他们喂奶，嫂子劝她保养好身体，给孩子们用牛奶代养，不然月子里太亏身体会落下毛病，但是金秀对大嫂的劝慰不为所动。她仍坚持自己用母乳喂养，她要做一个好母亲，她说人生要不留什么遗憾才好。大嫂被她感动得直流眼泪，但是两个孩子太能吃了，最后仍然是听大嫂的话，每人增加一瓶牛奶喂养，他们才停止了哭叫。两个小家伙长得非常漂亮，越看越是招人喜欢！他们都是黑黑的眼睛，眼睫毛密而长，肉嘟嘟的小脸上鼻梁高挺，皮肤又白又嫩，真的是可爱极了。经全家商议，龙凤胎的名字定了下来。姐姐取名为：柳泓，弟弟取名为：柳江。那天给他们办百日宴，宴会的时候来了很多人，除了宗亲之外，很多都是长兄柳方儒的朋友，他们大多是当时各界的社会名流，还有从北京赶来的外公一家的亲属以及父亲柳方成的同学朋友，南北两地的社会精英齐聚一堂，可以说是真正的谈笑有鸿儒，往来无白丁。大家给了他们姐弟很多祝福，柳家往日的沉寂一扫而光，被母亲抱着的柳泓与让伯母捧着的柳江向来宾们挥舞着小手笑着，他们的笑容很灿烂，像美丽的晨霞带给了嘉宾们欢喜，更像庭院中开放的石榴花，红艳艳得像一团团的火，预示着生命的欢喜和家族的兴旺！柳家人个个面带笑容拱手向来宾答谢。

柳家的庭院建得很舒适，两人宽的步道两侧种着各种兰花，不同品种的兰花递次地散放着幽香。庭院里是一种舒雅的美，廊前台阶下面种了两棵石榴树，很多客人都对这两棵树发生兴趣，柳方儒告诉大家这两棵石榴树早就有百岁的年纪了。今年的五月榴花红胜火，花未谢时枝条上已经坐满了小石榴，石榴果在初夏的风中张着小嘴互致问候，微笑地看着进进出出前来到贺的亲朋好友。秋天到来应该会果实累累，石榴成熟的时候，会再请众亲朋好友前来品尝这吉祥的果实。那时候在庭院里搞一个诗会，请大家即兴赋诗饮酒。所有人都知道石榴象征着多子多孙，人丁兴旺。柳家的石榴树开花了，双胞胎也来了，这一定是家族的兴旺的迹象！不光是红得兴旺，靠南墙有几排修竹挺立，绿绿的竹叶随着微风摇曳，安居有竹，更给这个家庭写满了文人风骨。

时间过得真快，柳家姐弟已经一岁了。他们从开始的蹒跚学步，到现在是走得稳稳当当，他们的每一个动作，他们的每一声啼哭，每一个微笑都牵动着大家的心！当然他们也特别可爱，见到父母和伯父伯母就伸手要抱抱，尤其是男孩柳江见到伯母那亲热的程度都超过了自己的亲生父母！他的爸妈虽然奇怪但也没有放在心上，他们更乐意让自己的兄嫂多多关爱儿子柳江，他们更想让柳江的笑容能平复兄嫂对自己孩子柳泉的思念之情。

柳江已经会走路了，他开始牙牙学语的样子特别可爱，他学着叫爸爸妈妈，大伯大妈。因为柳江的母亲是北京人，是大清朝落魄的旧王孙，她的父亲是一个老王爷，所以柳江随着母亲说一口的北京话。对家长的称呼就按北京的叫法，北京人管伯母的称呼即为大妈。柳江总爱依偎在大妈的怀里不愿离开，吃饭也不许别人喂，只吃大妈亲自下厨给他做的饭，并只让大妈喂他，甚至发展到晚上只让大妈陪着睡，否则他就会哭闹不止。而姐姐柳泓却很依赖母亲金秀，她和母亲寸步不离。柳江的父母亲对自己儿子的行为虽然有些不解，但总认为是他们没有带孩子的经验，加上金秀的早产，月子里因为失血过多，因此也没有必须让孩子守在身边。两个月之后，柳江父母因为一些商业原因加上其他政治因素必须回北京了。他们本想带上一双儿女一起回北京家中，这样一家人在一起该有多好！但可惜的是柳江仿佛知道了他们要把他带走，他就对大妈再也不松手了，他甚至是不让父母亲碰他。从听到要回北京那天起，他就总是扎在大妈的怀里，偷偷地窥视着母亲金秀，只要金秀看他，他马上转过头藏在大妈的怀里，生怕别人把他抢走。对此金秀也是哭笑不得，好在女儿柳泓和父母很亲，常常是在妈妈的怀里撒娇，这也给了因早产差点丢了性命的金秀一些安慰。

告别的时刻还是来到了。柳江的父母告别了兄嫂准备归京。箱子已经装到了汽车上，但妈妈金秀还是想将柳江抱走，她从心中舍不得和儿子分开，再说北京的姥爷早就期待着他的一双外孙回京，孩子一岁多了，姥爷还没有见过他们呢。王府中添丁进口是家里的大事，是兴旺瑞气之象，俗话说是麒麟进门。如果在过去，王府一定会大操大办，龙凤胎的到来将会给王府增加无上的吉祥荣耀！王府现在很冷清，没有小孩喧闹的家实在是太空旷了！虽然大清朝倒了，王府的风光不再了，但老王爷的女儿和女婿也是京城里响当当的人物，也是王府的荣耀嘛！北京的亲人都在等待龙凤胎的孩子们回府呢。

走出庭院大门，金秀把手伸向自己的儿子，想把柳江从伯母的怀里接过来抱回北京。但只见柳江向母亲笑了一下便把头藏在了伯母的怀里，金秀向前跨了一步，用手触摸着柳江说："儿子，你和妈妈回家吧，姥爷他们都在等着你，还有姐姐也要和你一起玩儿，一起长大呢！"可是此刻柳江却紧紧地搂住伯母放声大哭，他生怕母亲将他抢走。看着孩子如此难过，他的伯父伯母也都流下了眼泪，不知怎么办才好，大家一时都僵在了那里。此刻只有柳江的父亲柳方成很冷静，他看了看大家，又看了看儿子，他走向前拍了拍夫人金秀的肩膀说："上车吧，太晚了赶不上火车就麻烦了。既然儿子那么喜欢他的伯母就把他留下，嫂子不会亏待他的，何况嫂子是咱们的救命恩人，没有嫂子哪有咱们的今天呢！""是的，我知道。只是我舍不得丢下儿子，他是我用命换来的呀。""别说这种话了，大家都知道你受的苦，要不是嫂子那碗老参汤，要不是嫂子及时地去掉孩子口中的异物，把孩子救活了，也不会有咱们今天的告别。放心吧，儿子在嫂子这里比咱们带着还要好！明年咱们再来接柳江回北京。"柳方成一手拉着女儿柳泓，一手拽住妻子的胳膊哄劝着她。"金秀你就放心吧，我会用命来保护你的儿子柳江的，明年你们来接他，我先给你们带着他，省得孩子哭，你们就放心地回北京吧！"大嫂流着眼泪看着眼前的弟媳金秀，她懂得母亲对儿子的爱，那是一种骨肉相连无法割舍的亲情！看到儿子柳江在伯母怀里的依赖安详，金秀是彻底地死了心。她不是不放心嫂子，她知道嫂子的为人行事，她只是舍不得儿子，这也是一个母亲的正常思路。万般无奈之下的金秀又看了一眼儿子柳江之后，她接过丈夫手中的女儿柳泓，对女儿说道："泓儿快和弟弟说再见，江儿，明年妈妈再来看你，你要好好地听大妈的话，要乖乖的。"柳泓虽然才一岁多，但她特别乖巧伶俐，她用小手摸了摸弟弟的脸，并挥手向弟弟说再见。直到这时柳江才抬起头来望向他的父母和姐姐，并给了他们一个微笑。

　　汽车开走了，柳江见爸爸妈妈确实离开了，他才放心地抬起头来，他看着面前的伯父伯母悄悄地乐了，并扭股糖一般地拧着从伯母的怀抱里爬了下来，落地之后的他开心地跳了起来，小小的人儿却长出了一口气，他推开自家的院门开心地蹦了进去。

第十三章　高僧的叮咛

　　柳江的父母带着女儿柳泓向儿子柳江及兄嫂道别，他们将乘火车回北京。一路上母亲金秀泪眼涟涟，她对儿子柳江是千般不舍，柳泓不断地用小手为妈妈擦拭泪水。母子分别，相隔千里，母亲的心中对儿子是无限牵挂。龙凤双胎本应是凤舞龙盘地一起长大，但是奇怪的是弟弟就是不懂妈妈的心，小小的人儿只和大妈亲。王府的千金日日思念儿子不得见，她只得每日电话连连地问东问西，听一听儿子稚嫩的声音。一年以后，母亲的情绪也就慢慢地平复了。

　　扬州这边的兄嫂现在也松了一口气，柳方儒夫妇每天看着小小的柳江，他们为孩子忙碌而快乐着，柳江的活泼填补了他们夫妻寂寞的心。家庭生活慢慢地又恢复了生机。柳江在伯父伯母的抚养下渐渐长大，现在他已经三岁了。柳江长得非常可爱，长眉入鬓，双目有神，鼻梁高挺，肤色白皙。他的口唇非常有型，小小的年纪透出一份自信的坚挺。他非常地乖巧，三岁的年纪便能帮助伯母做好多事情。伯母进佛堂，他会提前进去将坐垫摆正；伯母读经书，他会迅速地翻到上次读到的页面后双手递到伯母面前；小小的年纪会在伯母疲倦之时送上枕头，会在伯父下班归家之后，敬上香茶。伯母看着面前的孩子，有时竟会有些恍惚，好像多年前的儿子柳泉又在自己的面前蹦跳玩要。她擦擦眼睛，定定心神，这不是那个柳泉，是兄弟的儿子柳江，只是太相似而已。她想这是亲亲的堂兄弟嘛，相似度极高很正常。柳江是全家人的心头肉，聪明过人，三岁的孩子不管什么唐诗宋词，你只要是教他一遍他就会记住，之后朗朗地给你背诵下来。他每天围绕着自己的伯母，想方设法地逗她开心，尤其是当伯母在佛堂里祈求观音菩萨保佑自己的儿子柳泉平安归来之时，柳江总是默默地站在伯母身边，他学着大人的样子双手合十，敬佛礼佛，这给了伯母心灵最大的支持与安慰。那天他看到伯母又在观音像前流泪，他知道伯母又在思念失踪的儿子了，他忍不住心中难过，走到伯母身边用他的小手给伯母擦泪，他告诉伯母说："大妈，您不要再哭了，这样对眼睛不好。您就把我当作柳泉哥哥吧，以后我会孝敬您和大爷的，您只要心里想着我是您的孩子，那么我就是您的儿子了。"望着柳江一派虔诚的坚定目光，伯母心中悟出孩子内心中的依恋和对自己的深爱，于是又紧紧地抱住了他："好的，好的。谢谢你！我的宝贝儿！我以后不再流泪了，你就是我的儿子。"伯母一边说着，一边眼泪又流了出来，她搂着这个贴心的小侄子，想着当年幼童时的柳泉，心中充满了温暖的爱。

中秋节到了，家家在团圆，伯父休假有时间，一家人决定去扬州朴园的古经藏禅寺上香，祈请大慈大悲的观世音菩萨保佑全家平安，永无灾厄。

扬州的古经藏禅寺是一座岁月悠久的寺院，供奉有观音菩萨和地藏王菩萨。古经藏禅寺晨钟暮鼓，梵音袅袅，这里绿树环古寺，碧波绕佛堂，风景非常美丽，吸引了很多香客来此朝拜。在寺院里有一棵古老的银杏树，树身高大雄伟，像一个护法神一样站在那里观察着前来上香的各路人士，鉴别人们的善恶美丑。柳江松开了牵着伯母的手，蹦跳着跑了进去。他看到寺院山门处有石刻匾额一方，小小的他却要跑上前仔细地看个究竟。石刻匾额吸引住了柳江，伯父见他望着匾额出神，就走上前来给柳江讲解这块匾额的由来。柳江不住地点头，他听得非常认真。看着柳江一副小大人的样子，伯母笑着说："你不要给孩子讲这些莫测高深的东西，他这么小，哪里会懂得其中的深意，可别给孩子累着了。"伯父看了柳江一眼说："我讲的内容你是能听得懂的，对吗？"柳江说："是的，我听得懂，妈妈您就不要担心我了，我心中明白得很呢。"柳江这句话让伯母呆住了，柳江不再叫她大妈而改口称呼自己妈妈了！这让她又惊又喜，她对自己的丈夫说："方儒，你听柳江叫我什么了，他叫我妈妈了！"柳江的伯父柳方儒笑着说："真好！你又有儿子了，赶快答应吧，这孩子就是来给你报恩的。"伯母开心的脸变得通红，幸福的红云爬上了她的眉梢眼角。她激动地说道："好，好啊！谢谢孩子，谢谢儿子……"而柳江却在心里想着：您本来就是我的母亲，只是我不能说罢了，我必须学会保密，守住天机。这次来寺院是一个绝好的机会，佛门清净地，护佑天下苍生！等一会儿我也要和父母一样好好地跪拜佛菩萨，感谢佛菩萨的护佑，使我重生。我也一定要找到我的安蝶，相信我的诚心一定会得到佛菩萨的加持。

柳江在伯父伯母的陪伴下在天王殿上香叩头，他用小手使劲地往佛前的功德箱里塞钱，并随着伯母的样子口中念着阿弥陀佛。过了山门殿，就是大雄宝殿和东侧的观音殿与西侧的地藏殿。由于今天是八月十五中秋节，举家团圆欢乐的日子，笑意盈盈的人们穿戴整齐，慕名而来朴园游玩的人特别多，这里的景色太美了！而古经藏禅寺就在朴园的东北角。古经藏禅寺位于扬州的丁伙镇，历史上赫赫有名，慕名前来烧香还愿的信众络绎不绝。柳江与伯父伯母规规矩矩地排着队，依次进入大雄宝殿，又进入观音殿上香。柳江虔诚地望着观世音菩萨，他看着观音菩萨慈悲的面容，不禁鼻子一酸，眼前小小的他又想起了他的安蝶。他在心中默念："安蝶呀，我正在古寺给佛菩萨上香，亲爱的，你现在在哪里呢？你是不是还在巴蜀长眠？大慈大悲的观世音菩萨，请你告诉我，安蝶在哪里？我要和她在一起！"想到这里，柳江不禁哭了出来。小小的柳江一哭，吓慌了一旁的伯父伯母，连忙把他拉了起来，一边给他擦眼泪，一边问他是怎么了，想起什么来了。柳江的哭泣也惊动了大殿里的一位老僧人，他站在一旁仔细地打量着这个三岁的男童，并饶有兴趣地看着孩子的父母发问："阿弥陀佛！施主可有什么挂心的事情吗？"柳江的伯父急忙走上前施礼，一躬到地："多谢大师父，我是教育厅的柳方儒，以前常来贵寺上香，见到过您，并听过您的开示。这个孩子是我的亲侄子，今天我同夫人带他一起来上香。孩子在叩拜观音菩萨，不知为什么就哭了。"僧人闻听至此，弯下腰慈爱地笑着并拍了拍柳江的后背，他对柳厅长笑道："小施主和观音菩萨有深深的缘分，所以悲心顿起，喜泪长流。孩子回家了嘛！更难得柳施主光临寒寺，快请客堂喝茶一叙。寺院上下人员都知道，前次政府拨给了我们的那些善款，用以修缮古籍经卷，都是柳施主对古寺的大力支持，说服财政官员拨款很难，本寺感激不尽，快里面请坐看茶。"老僧人边笑边礼让着柳方儒一家。

进到寺院的客堂，知客师立即搬来座椅，捧上香茗，柳江也随着父母大大方方地坐了下来。看着老僧人与伯父伯母的交谈，柳江听得明白，这个老僧人就是寺院的当家师，和柳江的伯父柳方儒有过工作上的交集，文化官员与寺院的住持，一交谈就知道他们都是博学之人，惺惺相惜。老僧人看着柳江甚是欢喜，柳江的一家都是有佛缘之人，他赞叹柳江聪明相好，有慈悲心，将来一定大有作为，只是会有人生坎坷，但是谁又能够一帆风顺呢？柳方儒夫妇一听夸赞自己的侄子也是心中高兴，就告诉僧人柳江是多么懂事儿，依恋伯父伯母胜过自己的亲生父母，并把弟妹难产，孩子差点丢命之事完完全全地告诉了高僧。

听完柳方儒夫妇的叙述之后,高僧欣慰地笑了笑说:"积善之家必有余庆呀!"说完之后,他又深深地看了柳江一眼,他发现柳江这个孩子也在凝视着自己,似是有一肚子的委屈。于是他对柳方儒夫妻说:"阿弥陀佛!施主大德大善,天必佑之。然而命数使然,许会有诸多灾难。贵公子年少聪慧,但眉宇之间藏着深深的忧伤。你夫妻二人一心向佛,是我佛门之人,我佛慈悲,公子虽则三岁,但有大慧根与大忧愁,我来为他解忧可好?"柳方儒夫妇听闻此言,慌得忙向高僧跪了下去。

依从高僧之言,柳江的伯父伯母仍留在客堂进茶,柳江跟随高僧进了里面的一间内室。内室是高僧修行的地方,这里供奉着千手千眼观世音菩萨。尊贵的观世音菩萨低眉含笑,庄严慈悲,柳江望着观世音菩萨的面容眼泪便不由自主地流了下来。高僧首先上香,口中念着观音心咒,并行大礼。礼毕,高僧对着柳江说道:"柳泉,你赶紧给佛菩萨行礼吧!"柳江依从高僧之言,深深地跪拜下去,他给观音菩萨行了三个大礼。僧人看着柳江说:"柳泉,你借尸还魂之事做得漂亮恰当,无有过错!当年的你天意难违,你当命绝,这本是你人生的一大劫难。此是你人生中的一个秘密且记勿与他人言,包括自己的亲人,天机不可泄露,人生各有定数。秘密藏在心中,以免各类流言蜚语给自己带来灾难,这就是天机不可泄露的原因。记住,你本该死,进入轮回,可生存,机会来了必须抓住!要永远学习文殊菩萨的大智慧,观音菩萨的大慈悲!你此生的任务是扶危解难,救死扶伤,在你今后的日子里要多精进,勿与魔交。你要把悲伤丢掉!忘掉安蝶吧!忘掉过去,安蝶已死,她早已化蝶,带着爱你的心遵守你们的誓言,以致她生生世世地在寻找你,直到你与她会合之后,她将会重新转世与你后面还会再见,只是苦了你们的一番儿女情长!你们不能成为恋人，因你们上一世爱得太深，此情消耗殆尽。柳泉你记住了吗？"柳江听到此处心中异常难过："大师，可是我不能独自苟活，这样我对不住她呀！我必须找到安蝶，认回父母，叫回柳泉！否则我不甘心呀，我怎能做那不仁不义之人？"高僧闻此笑道："柳泉，我有义务助你，因你是我佛之子，我将为你去掉忧愁悲伤，将你的过往记忆封住，这样你才能放开胸怀，重新生存学艺。放心吧，十八年后你会重新见到安蝶，但她是以化蝶之身在寻找你。再之后你仍会见到安蝶，但她只是又转世为另一个女孩，本和你没有夫妻缘分。为不伤害你此世的生身父母，你必须还叫柳江，但你成人后可叫柳泉，以满足你的愿望。你是一个真正的孝子，你要深守秘密，不可泄露天机。"高僧再次看着他的眼睛说，"柳泉，你记住了吗？忘掉烦恼忧愁吧，做个忠孝两全之人。""我记住了！我要严守秘密，做个忠孝两全之人。但是，我此生不能和安蝶在一起，不能同甘共苦，我心惭愧，我不甘心活得如此孤独伤悲，大师，我可以吃苦受罪，但我要找回安蝶，和她共度一生！""命运可以改写，全凭行事做人。但行好事，莫问前程，需要答案的时候来我这里，贫僧等你。""感恩大师父的开示，我记住了：但行好事，莫问前程！"

小小的柳泉虔诚地跪在蒲团之上，望着正前方高大的观音圣像，他看到观音菩萨正慈爱地俯视着自己。此刻他泪流满面，口中喃喃地念着观音心咒，不由自主地闭上了眼睛。这时只见古经藏禅寺的高僧把手放在柳泉的头顶并念起了咒语。柳泉只觉得一股热流带着芬芳的香气从头顶涌入，慢慢地由上而下，又由下而上，芬芳溢满了他的身心。他只觉得浑身暖洋洋的并且充满了力量，睁开眼后的他长眉入鬓，眼睛格外清澈明亮。一个聪明帅气的小男童被高僧从蒲团上拉起，从此柳泉的过往被封存，新的柳江快快乐乐地被高僧送到了伯父伯母的身边。

第十四章　放生，快快走，莫回头

在客堂的内室里，高僧与三岁的柳江进行的对话，很神秘，外人不得而知。约有半个时辰，当高僧牵着柳江的小手从内室出来后，他的小脸红扑扑的，额头沁着汗珠。他一双大眼睛又黑又亮，紧闭的嘴张开露出欢欣的笑容，那小小的珍珠贝般的牙齿发着光，他笑着向自己的父母扑了过去。伯父伯母看他笑得开心，便笑着问他："宝贝儿，你怎么了？为什么这么高兴？"柳江笑着钻进伯母的怀里悄声说："我在大师父那里睡了一个大觉，这是一个秘密，不可泄露天机。您闻闻我，我的身上是不是特别香？"看到孩子开心的样子，柳厅长与夫人觉得孩子好像发生了什么变化，好像是他的眼睛更亮了，人更健康聪慧了。夫妻俩对大师父非常感激，他们向寺院供养了很多的钱物以表诚意。此次的礼佛也让柳江抛开了往日的忧伤，过上了一个稚童的正常生活。

烟花三月的扬州风光无限，瘦西湖畔的垂柳在和风中摇曳生姿。柳家院中的兰花在荡漾的时光里悄悄地散发着它的体味，让你在飘忽中嗅到它那含蓄的馨香。当你发觉香气时用鼻子使劲嗅它，它却悄无声息地滑走了。转眼五月来临，院子里的石榴树开花了，火红的石榴花像团团的火焰在枝丫上燃烧，美好昌盛的气氛洋溢在柳家的庭院。

今天是星期日，柳方儒不用去上班，他可以在家中陪着夫人和孩子一起谈笑风生。柳江已经八岁了，开始了小学三年级的课程。这几年他的父母是多次接他去北京，也经常带着他的双胞胎姐姐柳泓一起回扬州。两个孩子是全家的开心果，当聚到一起时庭院中就充满了欢声笑语，所以假期就成了全家人的期待。今年的暑假，柳江就应该去北京看望父母和姐姐。就在一家人议论暑期行程时，忽然有人敲响了柳家的大门。用人刘妈快步上前拉开了一个门缝，见同街的青年李月星站在门前，他的手中提着一篮鲜桃和两尾鱼，鱼在竹篓中扑腾得欢。李月星跨进院门，他笑嘻嘻地看着刘妈。"哟，李少爷来了，您这是又送鲜货来了？"刘妈乐呵呵地向李月星打着招呼。李月星一边向院子里走一边回答："刘妈好！这不是无锡阳山的水蜜桃刚刚采摘吗，父亲就亲自去拣最好的挑了一些让我送来，还有两尾活鱼一并带来送给柳江，让他尝尝鲜。"刘妈一边高兴地在前边引路一边拉开房门请李月星进屋："夫人，月星少爷来啦！"进屋之后，刘妈从月星手中接过装桃的篮子，又一边向屋内的老爷夫人汇报着。柳方儒与夫人立即走出来迎接，而一旁的柳江早就从屋中冲出来叫着："月星哥哥好！"柳方儒客气地将来客让进堂屋，他微笑地看向李月星："月星来啦？马上就要省试了，你准备得怎样了？"李月星看着柳方儒和夫人笑着回答："柳叔叔，我正在积极备考呢。这不是到了吃水蜜桃的季节了嘛，我爸妈让我送些桃子来让你们尝尝鲜儿，顺便让您给我拿个主意，看我报考哪个大学好？您是最有发言权的！"柳方儒听他这样讲就说："这要根据你喜欢什么专业来定，根据你的考试成绩和爱好最后确定填报志愿。当然也可以由省里推荐优秀学生。目前还有一段时间，你先好好地准备复习，到时再商量好不好？"李月星听到教育厅厅长这么说，他特别高兴："行！我一定听您的好好复习，备战高考。我爸妈都说了，我的命都是您家人给的，所以叔叔您一定要对我负责到底啊！"李月星边说边笑，边把带来的活鱼交给用人刘妈，并嘱咐刘妈说："趁着这刀鱼鲜活赶紧下灶炖了，死了就不好吃了。"柳夫人闻听此言，本来开心的笑容一下子就凝固了，柳江立刻明白了伯母的心意。他虽然只有八岁，但他聪明得很，他的伯父伯母都是虔诚的佛教徒，怎么能吃活鱼呢？这个鲁莽的李月星今天怎么就提着活鱼进门了呢？"月星哥哥，我们柳家从来不杀生，不吃活物呀！你怎么把这事儿忘了？"柳江看着伯母的神色不爽，他拉着李月星的衣袖小声对他说。李月星此时也很尴尬，本来想让人家欢喜，最后却是这个结果！还是柳江人小主意多："月星哥哥，我觉得与其让人吃了它们还不如把它们放了，给它们一条活路好了。你看咱们俩去湖边给它们放生好不好？"听了此话，柳方儒和夫人对视一眼当即脸上便充满了笑意。而李月星手中提着的那两尾鱼也是在鱼篓中扑腾，它们可能是听懂了柳江的话，它们也许是激动，也许是求生的本能。柳江看着鱼篓心中暗暗地想：鱼失去了自由，它们该是多么地恐惧呀！如入锅中蒸煮，那将会多么地疼痛，人为什么要杀生呢？为了吃到美味就要人家的命，实在是太残忍了……在得到了大人们的赞许后，他顾不上吃桃子，就拉着月星哥哥走出了家门，直奔湖边放生去了。柳方儒与夫人对视一眼，他们望着柳江与李月星的背影长出了一口气。柳夫人口中念着："阿弥陀佛、阿弥陀佛……"她和用人刘妈用盘子将新鲜的桃子挑最好的摆好后恭敬地供奉在自家的佛堂里，并向观世音菩萨的圣像深深地跪拜了下去。

李月星是何许人也？为何与柳家如此熟络，进出自由呢？原来他就是那个被柳江母亲，王府的千金金秀舍命救下的少年。当年他九岁的光景，正是顽皮好动，为了追逐他的花皮球，差一点就让汽车撞死。千钧一发之际，是柳江妈妈挺着将要临盆的孕肚，挡住了他狂奔的身躯，他得救了，但是产妇和婴儿差点儿为救他而丧命。柳江的母亲是他的救命恩人！而柳江的命在母亲的肚中也差点因他而死。

时光一晃八年过去了，那时的婴儿柳江现在是八岁年纪，而李月星已经是十七岁的青年人了，他已经准备参加高考，将是一个高中毕业生了。李月星的家与柳家同住一条街巷，本来无有交集的柳、李两家却因此事而相熟起来。李月星家在临街的房屋中开了一间商铺，因为柳家人救了儿子一命而对柳家无限感激，所以凡是逢年过节必将时鲜物品亲自送给柳家品尝，李家是真心实意的，从内心发出的感谢，他们的真情实意让柳家有时不忍心，也无法推却。但是今天送来的活鱼，柳家一定会坚决拒绝！他们一家人都信佛，他们的原则绝不可破！这才出现了小小的柳江立即出面拒绝杀生，要将两条活鱼直接放生入湖的事情。

柳江和李月星来到了美丽的甘棠湖边，这里离中心市区稍远，所以人流较少，看着就非常清静安全。如果人多，他们担心放生后的鱼再遭不测，因此要选择清静地带放生，让鱼平安地回归到水的深处。他们站在湖边，李月星将身上的鱼篓倾倒过来，篓子里的两条鱼即刻翻腾起来，它们开始在鱼篓中乱撞，它们闻到了大湖的气息，鱼也激动，也通人性。此时柳江与李月星同时跨前一步，用手托住鱼篓的底部向下倾斜，只见两条银色的鱼翻越着向着湖水奔去。只听"扑通"一声，水花四溅中它们扑入了自己的家乡，随着阵阵的涟漪荡漾，它们游向了湖水深处。柳江和李月星一直注视着它们，看它们安全了，正准备离开这里时，他们发现那两条鱼又游了回来，他们俩看此情景都很奇怪，怎么啦？遇到敌情了吗？这是为什么？只见鱼又回头游到他们近处，双双跃出水面跳了三次之后又重新入水，往湖水的深处游去，它们潜入了宽阔的深水之中，再无踪迹。"柳江，它们是在向我们告别吗？一连跳了三回，用它们的方式向咱们说谢谢。"李月星兴奋地指着前方，湖深之处是鱼的归处。他没有听到回答，他看见年幼的柳江在双手合十，并且口中念着佛号："阿弥陀佛，快快走，莫回头。"

柳江他们两人放生完毕，并没有立即离开，而是各自站在岸边想着心事。"柳江，你说咱们俩今天把鱼放了，是不是就是积了德呢？我听见你还为那两条鱼念佛了，念佛有什么用？鱼能听到吗？这时候念佛是什么意思呢？"柳江笑了笑说："咳，其实就是祝福吧！我也不太懂，我为这两条鱼念佛应该就是祈祷众生平安，不再受苦。你知道吗？我们家人是绝不杀生，不吃活物的。我大妈说人要善良，不可滥杀无辜，动物也怕死，和咱们人一样的。所以咱们今天放了它们，让它们回家，回到亲人身边，这两条鱼一定会很高兴，白捡了一条命，如果是你，你会不会也很高兴呢？"柳江此时很开心，他眉飞色舞地看着李月星，像一个小英雄。面对比自己小上好几岁的柳江，李月星无言地陷入了沉思。他凝视着深深的湖水，水波荡漾，干净得倒映出蓝天和白云。他们享受着湖面上飘来的凉风，一颗善良的种子深深地植入了心田。

多年以后，李月星成为了一名光荣的中国共产党党员，一名知识分子。他以一己之力，做出了让人刮目相看的功绩。这自然与青少年时期接触的人和事，接受的教育是分不开的。

此刻甘棠湖水清澈湛蓝，水天相映，李月星和柳江的心就如甘棠湖水一样清明，也由此两人的心情大好，是那种助人为乐后的愉悦。

第十五章　王爷的外孙不是凡人

　　龙年的暑假到来了，柳江的伯父伯母按照与弟弟柳方成的约定，带着侄子柳江来到北京。因为柳江与姐姐柳泓本是龙凤双胎，但是姐弟二人却是南北两地分开生活的。姐姐柳泓自小随着父母在北京的王府中生活，所有的习惯礼仪全按满族贵胄的规矩，由于长得美丽尊贵，又是家中唯一的女孩，柳泓格格便成了王爷的心头肉，走到哪里就把她带到哪里，养成了男孩一样的性格。而且王爷专门给她请了家教，给她配备了贴身的侍女，并在文化学习之外老王爷亲自教她下棋弹琴。虽然现在的王府比不得大清时期，但雄风依在，田庄还有，所以美丽的小格格柳泓在极尽的宠爱之中快乐成长，自由奔放。当得知弟弟柳江今天将到北京时，快乐的小格格早就站在了大门口，她希望自己能最早见到弟弟，要在其他家人的前面第一个抱抱他。她的随身丫头叫玉兰，年方十六岁，长得聪明伶俐，她见小格格在门口站的时间长了，便回屋搬了一把椅子让柳泓坐下，生怕她站的时间长了腿疼。但是柳泓心里着急，怎么会踏实下来呢？她伸长脖子朝街道望去，还是没有汽车的影子。她的父亲和她早已约好，只要他接弟弟的汽车一进胡同立即鸣笛三声唤她出来。她要第一眼先见到弟弟，然后给他一个大大的拥抱，让弟弟知道，他们是多么想念他和伯父伯母。

她要最先告诉弟弟，外公早就预备好了小马，在这个假期里让他们在一起练习骑马射箭，熬鹰打拳。想到这里，柳泓格格便忍不住地笑了。比起文化学习，柳泓更喜欢习武！这是一个令人欢喜自由奔放的小女孩。比起焦急站在大门口等人的小格格，王府里的人也是早就期待着南方亲人的到来。老王爷和福晋侧福晋，以及在家的两个儿子和他们的正妻，还有焦急等待柳江的母亲金秀，都在伸长了脖子侧着耳朵坐在花厅中，大家在等着柳江他们的到来。在众人的等待之时，车已行至门前，"嘀嘀嘀"三声吓了柳泓一跳，她站起身之时柳江已被父亲从车上抱了下来，随后伯父伯母也下了车。柳泓本想跳过去直接抱起弟弟，给他一个大大的拥抱。但是没想到柳江的动作更加敏捷，一个箭步便冲了过来搂住了姐姐，两个天真的孩子抱在了一起，喜笑颜开，手拉着手冲进了王府，这是一对粉雕玉琢的天使，他们笑着喊："来啦，来啦，我们来啦！"见到外孙的到来，王爷乐得合不拢嘴，他的手都不知先摸哪一个才好。柳江是王府孙辈中的第一个男丁，虽是外孙，但也为长，王爷一把就抱起了他，用长了胡须的脸来亲着外孙子柳江，柳江边笑，边躲，边叫着姥爷，府中人都过来向柳方儒夫妇问寒问暖，只忙得柳方儒夫妻二人频频行礼，以答谢王府中亲人们的热情问候。王府的福晋们忙着给他们亲手端茶，稍待片刻，在二位贝勒舅爷的陪伴下，王府的家宴开始了。一时欢声笑语，杯觥交错，全家是一片喜气洋洋！尤其是金秀，当她用手臂抱着自己的一双儿女时，看着粉粉嫩嫩的他们，她的两个小宝贝，她的心中是那么地欢乐。此刻她内心无比踏实满足，她感激地对兄嫂说："谢谢大哥大嫂！你们把柳江带得这么好，要受不少累呢，你们真的是辛苦了！"柳方儒是江苏的教育厅厅长，家中世代文人，他是见过大世面的，但在王府的家宴面前也是吃惊不小！王爷就是王爷，王府就是王府，气派之大还是让他赞叹。何况柳方儒本是一个清廉的文官，王府这种奢侈让他大开眼界。正自内心惊叹之际，有管家来报："恭喜王爷！福晋！大贝勒的福晋生了，生了一个阿哥！阿哥是真龙化生，口含龙珠降生，这可是王府的吉瑞呀！"一时满堂人齐声喝彩，欢欣异常，老王爷更是喜不自禁！此时大贝勒拱礼退席，去后房探听消息，隔门陪伴自己的福晋去了。他多想走进屋内第一个抱抱自己的儿子，这可是真正的王府嫡孙，是金氏家族的传人。

王爷此时的快乐是无法用语言表达了，他兴奋得举起了酒杯，向亲人拱了拱手一饮而尽。柳方儒与夫人站起身，举起手中的酒杯满上，恭敬地走向王爷与福晋，向他们祝贺："恭贺王府喜添阿哥，吉时瑞象，蒸蒸日上！恭贺伯父伯母喜添嫡长孙，龙年之禧，喜迎龙孙！"王爷听在耳里，喜在心上，无比地受用。红光满面的他走过去，拉住了外孙柳江之手，笑呵呵地说着："家孙外孙，一视同仁，外孙进门，亲孙降临，外孙给带来了祥瑞之气！这个孩子不一般，真的是不一般呀！"听着王爷的夸奖，众人齐声附和地夸赞起柳江来，柳江禁不住红了脸，他靠在王爷的怀里小声说："姥爷，我能去看看小仙童吗？"王爷听见他说想看小仙童，见这个小外孙这么聪明，这么会说话，心里格外受用欢喜，立即说："待一会儿，等舅妈喂完奶你和姐姐就可以去看啦，但是千万别乱跑，别在舅妈屋里乱蹦，行吗？"柳江姐弟听闻，开心不已，他们像鸡啄米一样地点头保证：只看一眼，绝不乱动。王爷还嘱咐他们俩："你们看清楚了仙童的长相，然后告诉我，要不我按规矩得等三天之后才能见孩子呢，你们要仔细看清楚小弟弟的长相哦。"

半小时后柳泓和柳江在贝勒舅舅的带领下来到了舅妈的房门口。只见门帘上挂上了红布条，里面传来了婴儿的啼哭声。柳泓拉着柳江在门口喊着舅妈，在舅妈答应后二人进了房间。房间里除了舅妈之外还有一个接生婆，她在絮絮叨叨地向着舅妈讲着什么。而床上的舅妈抱着用绸缎包裹的婴儿竟然满眼含泪，婴儿也在啼哭着。柳泓和舅妈很亲，她从小就跟着舅妈玩儿，甚至是晚上睡在这里，不回自己住的房中。她跟舅妈一起读书写字，舅妈陪伴她的时间甚至比父母还多。

柳泓爬上床边，替舅妈擦眼泪："舅妈，你的肚子很疼吗？我来帮你抱小弟弟吧。""泓儿好乖，舅妈肚子虽然疼，但是不要紧的，只是你的小弟弟不吃奶，总是哭可怎么办呢？""舅妈，我看看小弟弟行吗？您先休息一下吧。""好的，我把小弟弟放在这里，你们看看他，欢迎他的到来。"舅妈对柳泓、柳江两个孩子柔声说道。"是不是你们的姥爷和舅舅派你俩来的？他们三天之后才能见到孩子，他们的心里指不定多着急呢？何况还是一个口含龙珠的男孩！"

刚生产过的福晋虽然异常疲惫，面色苍白，但她心里的快乐却掩饰不住。一旁的接生婆也开口说："是呀！福晋，口含龙珠的孩子万里也挑不出一个来，天生的龙种！可是咱们不能对外说，防止别人嫉妒，以免不测！"福晋听后赶紧叮嘱柳泓、柳江两姐弟："对外不许说弟弟口含龙珠了，记着了吗？"两姐弟频频点头，乖乖地答应着。但是柳江却凑上前去用手轻轻地触碰了一下弟弟的小脸，想看看龙珠是个什么样子。

新生婴儿的小脸白里透红，眉毛长长，鼻尖上长着许多小白点，大大的眼睛睁着看着柳江，并低声地哭着。柳江看到婴儿口中的龙珠了！那是一颗粉红色的小肉球，和舌头连在一起，孩子一哭，龙珠就不停地抖动。柳江对舅妈说："小弟弟饿了，他想吃奶了。"听柳江一说，舅妈说："我一直在喂他，可他不吃奶就是一个劲地哭，可怎么办呢？""舅妈，我觉得龙珠堵住了他的嘴，能掏出来就好了，就能吃奶了。"柳江一脸稚气地发表着自己的言论，旁边站着的接生婆赶忙接话："小孩子千万别瞎说！龙珠岂有能动的？饿急了小贝子就吃奶了！"柳泓在王府里成长，知道这些人说话的分量，能为王爷府接生的人都是有功的人，是不能得罪的。她赶紧对舅妈说："舅妈您别哭了，对眼睛不好。小弟弟饿了就会吃奶了，也可能龙王爷不吃奶呢！我们先出去了，明天再来看您。"柳江也对舅妈说："舅妈喝些参汤吧，可以补元气的。"听他这样一说舅妈倒笑了，直夸柳江懂事，八岁的孩子知道让她产后进补元气，这也真是太聪明了！

柳泓姐弟从内院走入前厅，见到家宴已经结束，王爷和舅舅们正在陪伯父伯母喝茶，谈论家事。看到他们姐弟过来，就赶紧把这一对姐弟拉了过来问道："看清楚了吗？长得怎么样？"柳泓看着外公和舅舅们，撒着娇说："报告王爷，报告舅舅，我看清楚了，是个漂亮的男娃娃！""哈哈哈！"王爷开心地看着他的大儿子说："给你记上一功！从今天开始我王府后继有人了！"说着他转头又问柳江："看到龙珠了吗？是真是假？"柳江看着外公的脸却没有笑，他静静地一本正经地说："我看到龙珠了，在小弟弟的嘴里，粉红色的，像一颗葡萄，可以活动。"王爷一听，高兴地大声说："吉兆啊吉兆！真龙下凡到我家了！"旁边的两个舅舅及老福晋和柳江的父母一家人都无比开心与激动，这是一个奇迹！只有柳江皱着眉头，稚声稚气地说："姥爷，我觉得弟弟口含的龙珠虽然可爱，但会影响他吃饭的，您说要是他口里总是含着龙珠，以后怎么说话吃饭呢？现在舅妈喂他奶他就吃不进去，时间长了会出事的。""柳江，你不可胡言乱语，你的小弟弟也许是真命天子呢？"柳江的母亲金秀急忙上前阻止柳江的述说。但是，柳江不知哪来的智慧和勇气，只见他严肃地对王爷说："姥爷、大舅，我绝不是胡言乱语！要知道这是一种先天带来的疾病，必须马上找大医院的外科医生，否则弟弟的生命有危险，有可能是口腔血管瘤！"柳江的一席话如同一颗炸雷，让在场的所有人目瞪口呆，一个八岁的孩子能懂什么？危言耸听罢了。但是小小的少年怎么会顺口说出这样的话来？众人惊异地看着八岁的柳江，连老王爷都愣住了，只有柳江的伯母在一旁双手合十，口中在默念着南无阿弥陀佛。

一时所有人静默了，而柳江也胆怯地钻进了伯母的怀里。他顺口而出的话语让大家的情绪低落下来。柳江觉得自己犯了错，因此他怯怯地看着众人，之后藏在伯母怀里再也不抬头了。这时的王爷站了起来，对着柳江的父亲柳方成说："方成，你是北京的大律师，认识的人多，你应该知道北京哪里的儿科医生最好，马上重金请来给孩子看看，什么龙珠不龙珠的，别耽误了我孙子的吃喝。""好的，父亲放心，我马上去办！"柳方成立即答应了出门而去，他在协和医院有朋友，那里有最好的儿科医生。

两个小时后，柳方成用车将协和医院的儿科主任请来诊治，惊奇的是，儿科专家的诊断为：新生儿原发性口腔血管瘤。孩子口中的所谓龙珠竟然如同柳江所说的一样，是一个血管瘤。它阻碍孩子进食，并有随时破裂的危险，幸亏发现得早，否则哭闹引起血管爆裂将会无法挽救。孩子的手术顺利，几天之后婴儿可以正常吃奶，整个王府的人才算踏实下来。妈妈问柳江："你怎么会看病呢？"柳江说："我只是灵光乍现，其实我也不懂，随口一说而已。"这件事情传得沸沸扬扬，所有人都对柳江刮目相看并交口称赞，而王爷也逢人便讲："我们是神童降世，王爷的外孙怎能是凡人！"

第十六章　满达的绝活

　　时间像车轮一样飞转，牡丹谢后荷花开，菊花黄后梅花红。不知不觉中龙凤双胎姐弟柳泓和柳江已经八岁了。扬州的伯父伯母头发已经有了丝丝的白，他们把所有的爱都给了柳江。柳江在书香与梵音中渐渐地长大，今年暑假他仍然是去北京，在王府里和姐姐一起过暑假。暑假要比寒假长得多，他和姐姐该学一些本事了！他们都八岁了，试想战国时期的少年甘罗十二岁就做了秦国的上卿，他和姐姐比甘罗仅仅小了四岁，虽然不能和甘罗相比，但也不能够太差了吧？柳江有着少年的雄心壮志，而伯父伯母也是鼓励他，顺着他的心意。假期第一天，柳江便和伯父伯母从扬州赶来与北京的父母和姐姐会合。他这一次和姐姐柳泓说好了，他们要在北京度过一个不平凡的假期。柳江和姐姐有个新的约定，以后每年暑假来北京学本事，寒假之时在扬州快乐地过大年。双胞胎姐弟已经八岁了，开学之后他们将是三年级的学生了。姐姐柳泓在王府长大，她是姥爷的掌上明珠，深受老王爷的宠爱！因为她的聪明伶俐欢言笑语，把个王爷姥爷给哄得团团转，有姥爷的庇护，王府之中唯她独尊！舅舅们对她也是有求必应，所以在弟弟柳江还未到北京之前柳泓早已经和舅舅们商量好了，在这个假期里她要和弟弟一起学习骑马射箭，学习熬鹰打拳，还要舅舅带他们俩去北郊土城边上去捉蛐蛐儿，打猎，捉野兔子，最后一定要去德胜门东边的晓市，在天未亮之前去看看那里的古玩市场。柳泓的要求舅舅全答应了，这个王府的贝勒爷虽然身份尊贵，但他却对骄纵的外甥女柳泓格格无比疼爱。可以说柳泓在王府中是要风得风，要雨得雨了。

　　柳泓终于把弟弟柳江盼来了，但是她没想到的是弟弟昨天刚进王府，他们的舅妈就生了一个小弟弟，更没想到小弟弟是个口含龙珠的小仙童，还有更精彩的是八岁的弟弟竟然懂得医术，在他的坚持下救了新生下的小仙童。要知道王府的人可都是见多识广非常骄傲的人才，这次全被自己的弟弟柳江给镇住了，柳江一下成了全王府的大明星，成了王府继承人的救命恩人。想到这里柳泓更是得意，她轻手轻脚弯眉笑眼地走进了舅舅的书房，她看到舅舅正在擦拭着手中的紫玉长箫。长箫是舅舅的随身宝贝，他闲来无事之时总是呜呜咽咽地吹着，柳泓听在心里，有时觉得心中悲凉，有时又觉得心胸开朗，说不出个中滋味。舅舅见她今天一副小心翼翼的样子站在自己身旁，知道她的小心眼里在想什么，舅舅微笑着抬眼看她，招招手让她坐在自己身边的琴榻上："泓儿来啦，你怎么不和柳江在一起，你不是早就想他了吗？""大舅好！我是想来问问您，我想您不会忘记答应我的话吧？"柳泓看着她的大舅，挺了挺她的小胸脯。"哎呀呀！这可怎么好？我忘记了格格的盼咐，大马咱家有几匹，可小马买不到呀！"大舅装腔作势地拍了拍自己的脑袋。"啊？舅舅，您竟然敢骗我！您原来是说话不算话。我再也不和你好了！"停了一下，柳泓的态度又变好了，她祈求一般地又对大舅说，"舅舅，我已经和弟弟说了，您给我们早就准备了小马，让我们学习骑射，可现在怎么办？我是姐姐，我不能对弟弟吹牛吧！舅舅，您要给我想办法呀！要不然让我以后怎么再相信您？"柳泓扯着舅舅的手，扭股儿糖般地对着舅舅撒娇。贝勒爷看着可爱的小柳泓，禁不住"嘿嘿嘿嘿"地笑了起来。柳泓看着坐在身边的舅舅说："您还笑！您是个不守约的大舅，以后我再也不和您好了。真的！我说话算话的！""别价呀，千万别价！大舅逗你玩呢！两匹小马早就准备好了，并且请骑师给驯熟了，大舅带你看看去，保准叫格格满意开心！"贝勒爷说着就站起来，拉着柳泓的小手顺便又叫上了柳江一起向跨院走去。

王府占地面积很大，气派恢宏。正殿后面有三进院子，还有一座二层楼房，那里当年是柳泓母亲金秀未出嫁时住过的房子。从王府花园的侧门进去，这里就是跨院的所在。这是管家住的地方。舅舅带着柳泓他们来到这里找老管家。王府的老管家叫海洋，他人很瘦，高高的个子，一见贝勒爷带着小格格来了，就忙不迭地给贝勒爷行礼，并笑着向柳泓他们姐弟问好。就在此时，从屋内走出了一个大男孩，他站在管家身旁，向柳泓的舅舅深施一礼，管家笑着说道："主子爷，这就是我给格格找的陪练，他叫满达，是正蓝旗的，别看年纪小，可是驯马熬鹰的好手，武艺高强，家世干净，主子尽管放心！这两个月就由他来陪着两个小主子一起玩，您看怎样？"贝勒爷沉思了一下说："我信得过你。不过还是要细心可靠一些，你知道他们俩可是咱王爷的眼珠子，要让孩子们高兴，容不得一点闪失！""嗻，嗻，主子爷！您就放宽心，满达是个可靠的孩子，他是我的亲侄孙，一切包在我身上！主子尽管踏踏实实地做自己的事，哄孩子的事交给老奴就行了……"看着毕恭毕敬的老管家，一旁的柳泓迫不及待地说道："大管家，我和弟弟要学习骑马，我们的马有吗？马在哪儿呢？""有的，有的，早就调教好了，两匹小马，又漂亮又乖，保准儿格格满意，保准儿能入格格的法眼。"管家笑着连连点头，并一把把站在身旁的大男孩拉了过来，"格格你看，这就是我给你们姐弟找的陪练，他叫满达，他为了给你们训练这两匹小马，已经半年多没进学堂了。他每天和那两匹马在一起，马被训练得服服帖帖的，过后你们两个小主子可要好好地练习，驯马骑马，让马儿服你听你指挥，这是个吃苦受累的活儿。小主子们千金之体，不像草原上的姑娘小伙儿们那样地皮实，风风火火，所以尽管是驯好的马，换人骑时也要小心，马和人一样都有自己的个性。"柳泓看管家说自己娇弱，不如草原上的姑娘们皮实，她便向前挺了挺身子："管家放心，本姑娘钢筋铁骨，不亚于花木兰！"舅舅与管家听到这里看着柳泓都笑了。管家说："王爷府天星笼罩啊！新添了小龙子，又来了文曲星，眼前的格格又要当大英雄，给主子贺喜呀！"在管家的一片恭维之中，柳泓不由得喜笑颜开。这个美丽的女孩此时面色红润，大大的眼睛如同两颗黑宝石，眉毛弯弯更像新月，她高兴的声音如同欢乐的百灵鸟，她笑着转头看着那个叫满达的年轻人说："满达，从今天起你就是我和柳江的驯马师了，我希望你能教会我们一些本事，既然如此，那么我就先给你一拜！"说着柳泓向前一步，向着满达福了一福，慌得满达一张脸通红，而一旁的管家吓得赶紧向前阻拦："不可，不可！您是主子，他只是一个下人，万万使不得！"舅舅在一旁哈哈大笑后说："没关系的，现在是民国了，人人平等，讲民主自由，只要咱们的小格格认可，这事儿就行了。但一切要注意安全，会不会骑马没关系，骑得好坏也没关系，只要别委屈了咱们的小格格。小格格笑了，咱们王爷就笑了，你们的任务就完成了！"见大舅发表这样的言论，柳泓立即反驳说："不行！我们没有那么娇气，就是想要学好骑马射箭，熬鹰打拳，满达你能行吗？"柳泓的眼睛注视着满达，而此刻满达涨红了脸，看着贝勒爷和柳泓，他非常肯定地回答道："只要格格不怕吃苦受累，满达会一直陪伴着你们，您的要求会一样一样地实现，在骑马之外我还会吹唢呐，拉马头琴，舞剑呢！""退下，信口胡言！主子让你做什么，你就做什么！这里是王府，不是锡林郭勒，收起你那草原

095

的野性子！"老管家见满达的回答超出了范围，立即对他喝止。

"是！"满达手捂胸前，向后退了一步，但他清澈的目光看向了柳泓格格，眼神是那么地无辜，其实他也只是一个十四岁的孩子。这次从正蓝旗来北京，他离开了草原上的父母和姐姐，抛下了紧张的学业和自家的牛羊，就只为教两个八岁的小主人骑马射箭，他自己心中也是无奈，委屈得不行。但是王府的指令又不敢不从，何况自己的四爷爷发话了，他是家里的长辈呀！半年多来心中的压抑在看到美丽的小格格后刚开心一点又遭受了长辈的训斥，心中顿时充满了落寞。

"不要这样对他，现在满达归我管，你们谁也不许说他！行不行？"柳泓看到满达的难过表情，立即冲过来拉着满达的衣袖对满达说："不要怕他们！这里有我在！下午咱们就开始进行，以后我们一起吃饭，读书，骑马，好不好？"而站在一旁的贝勒爷和管家见柳泓对满达现在竟然开始保护起来，这一副勇敢担当的样子让他们全都笑了！满达看着柳泓格格重重地点了点头，羞红着脸一句话也说不出来。

午饭之后，柳泓便拉着弟弟柳江的手，在伯父伯母和爸妈的陪伴下，又来到了王府的跨院。这里是早就准备好的给柳泓他们训练玩耍的地方。柳方儒夫妇也陪着他们一起来到了这里，他们对两个孩子学骑马这件事也是有些放心不下。看到驯马师也是一个孩子，虽然是担心，但他们的贝勒舅舅已经这样安排了，老两口也不好意思多说什么，可又怕两个小孩不听话，难为这个小小的驯马师。一个暑假，大孩子带小孩子能行吗？柳方儒心里想着，便顺口嘱咐柳江："柳江呀，你和姐姐一定要听这个哥哥的话，服从安排，要珍惜这个假期，也别难为满达这个孩子，人家可是专门为你俩而来，听说都耽误了半年多的学习了。多不容易呀！你们的姥爷和舅舅也是太宠爱你们了，你们可要好好向满达学习，我们大伙儿可是要看你俩的真功夫的。"

此时母亲金秀也笑着看着一双儿女，心里充满着喜悦。而满达站在一旁小声地向柳泓格格问道："现在开始行吗？""当然，现在开始，本格格等这一天很久了！满达，我们听你的，你尽管放宽心，我和柳江会很乖，会很用心来学的。"

此刻只见满达向前走了十几步，来到了那棵大柳树下，柳树下拴着两匹可爱的小马。他站在了两匹马的中间，用手指着小马向大家说："我驯的这两匹马，来自正蓝旗，他们是军马的后代，也就是说这是两匹真正的军马，只是还小。这匹白色的马叫朗月，这匹红色的马叫朝云。"只见满达说马的名字时那两匹小马立即打了个立正，停止了先前不安的踌躇，好像两名英俊的战士听到了指令，马上进入了训练的状态。只见满达松开了树上的缰绳，用自己的左右手分别拽住两匹马的缰绳，吹响了口中的哨子。在他的口哨下，两匹马在他身旁一左一右，开始向前走动。它们向前走了七步，看向柳泓他们，随着满达的口哨声，向大家行了马的屈膝礼。就像外国人见了国王一样地毕恭毕敬，马的姿态与眼神很优美，柳泓和柳江对看了一眼后开怀大笑！这完全让众人没有想到，只听驯马师满达说："朝云，朗月，宫廷踱步。"两匹英俊的小马儿在满达的口哨中开始表演，它们在院子里优雅地行走，因此得到了大家的掌声。而马儿见到大家鼓掌，也是马眼放光，在满达清脆的哨音中，开始了精彩的马舞。看来驯马师是个有本事的人！直到现在柳泓才开始正眼关注他，他们未来的教练师傅：满达。

来自草原的满达是一个十四岁的男孩，他身形挺拔，英气十足，举手投足都自带着英武之气。在大家的掌声中，满达从自身的口袋中掏出了一个葫芦状的乐器放在嘴边吹了起来，柳泓认真地听了一下，原来是一首古老的蒙古民歌《敕勒歌》，而满达训练的两匹少年骏马，随着满达的音乐与满达一起舞蹈了起来。只见满达口吹乐音，长臂起舞，腰肢转动，乐声低回婉转，一派空灵。而这红白两匹骏马，竟然和着满达音乐的节拍，四肢摇摆，忽而扬头甩尾，面向苍天，忽而左右迂回，一派天真。此刻人与马形成了一幅稀世之图。在场的所有人心领神会，击掌而歌："敕勒川，阴山下，天似穹庐，笼盖四野。天苍苍，野茫茫，风吹草低见牛羊。"乐音稍定歌已停，马儿与人儿在此刻都立在大柳树下，一时间众人默默相对，大家都没有从马舞的绝技中缓过神来。片刻之后，柳泓首先高兴地喊道："满达，你是高手！满达，你有绝活！我以后一定听你的！"柳泓说着便跳到了满达的身边，拉起满达的手左右摇晃起来。八岁的格格柳泓一时间对十四岁的草原驯马少年充满了崇敬，人马之舞，这是她没有见到过的新鲜事儿，满达的本事折服了骄傲的小格格柳泓！

柳泓现在特别快乐，她的笑声感染了大家，一时之间，欢乐的笑声充满了整个后花园，连同老管家及孩子们的四个长辈也都对英俊的满达开始刮目相看！柳江同样对满达充满了敬意，这是一个好的开端，今年暑假的学习就这样开始了。柳泓姐弟要长本事，而满达的本事教他们绰绰有余。

从今天起，三个少年开始了骑马拉弓，他们在王府的跨院与后花园进行训练。这里从天亮到黄昏都有他们的声音，笑声与习武的呐喊让悄悄观望他们的长辈们不断点头，他们真的是太投入了。这岂止是投入习武健身，他们三人从此结下了终生的友谊，直至人生的最美时刻，那是辉煌与怒放后的叹息，推心置腹地肝胆相照。

柳泓与柳江这一对双胞胎姐弟，在全家宠爱的眼神中开始了暑假的学习。带他们学习的是锡林郭勒大草原正蓝旗的少年满达，他是王府老管家的亲侄孙。管家在王府长大，是老王爷少年时的伴读，所以是王府里最可靠的人！他对王爷忠心耿耿，在这里很有威望，王府里所有人都敬他几分。因此，当贝勒爷叮嘱他给格格姐弟找驯马师时，他一口答应了下来。此事他是十分谨慎的，思来想去能够和小格格他们性情接近的人，可以玩在一起，但又不能太大。年龄相差太多，老气横秋的格格肯定不会喜欢，而既心细又可靠年龄又接近的人真不好找！王爷的这两个金童玉女可是太金贵了，不能有一点的差池。想来想去最后还是选定了自己的亲侄孙满达，他可靠又聪明，打小就能吃苦，文武双修，骑马射箭，吟诗填词全都很好，也是师出有名的孩子。他会吹埙，拉琴，那么在这个暑期中带好两个小主子应该没有问题。只是侄孙满达也是一个学生，训练马匹要耽误他的上学时间。但是老管家也顾不上那么多了，大贝勒都说话了，他必须要办好这件事！所以老管家早就让家人选好了两匹一岁龄的骏马，对马匹的要求是：它们必须都是优秀的军马后代，基因良好，驯化起来会事半功倍。选好的两匹小马很英俊，一白一红，非常适合这对双胞胎姐弟骑射练习。在他亲自过目后便找来了侄孙满达，交由这个孩子驯化。而满达抛下学业来到北京已经半年有余，每天与小马吃住在一起，他和两匹小马也产生了深深的感情。马儿在满达的教化下深通人性，进步超然。半年多的教练引导，它们可以在满达的口哨下对人行跪拜礼，可以随满达的音乐翩翩起舞，可以旋转腾跃长嘶，也可以伏身卧地等待小主人上马驰骋。

管家知道满达驯马十分辛苦，但信任之余却也没料到这两匹马这么通人性，它们在满达的音乐中翩然起舞，随着口哨声长嘶跳跃，简直成了神马！满达的表现让管家很有面子，让王爷与王府的人交口称赞，更是折服了双胞胎姐弟的心。谁会想到只是十来天的工夫，柳泓和柳江就可以在后院策马奔跑了。

这个假期，柳江期盼已久，他终于学会了骑马，这件事在扬州是绝对做不到的。扬州的家虽然也有庭院，但江南的庭院风姿俊雅，比不了王府的高大雄伟，可以说扬州的家连北京王府的十分之一都不到，更别说买匹马来骑了！最多是骑辆自行车在院子里转悠一下，还得小心不要碰上大妈种的花花草草。所以柳江也是格外珍视这个假期，他想学习的东西太多了。满达对他们非常好，除了教会他们俩骑马之外又教他们射箭。他们的弯弓小小的，满达的弯弓却很大。柳泓试着拉了几次都拉不开，就叫柳江也来试试。柳江几乎同柳泓一样地拉红了脸，弓却是打不开。可是弓拿到满达手中轻而易举地就开满了，柳江对满达满眼地崇拜，他希望自己快快长大，成为一个真正的男子汉。他每天认真地练习着，睁着一只眼睛瞄准大柳树旁立着的靶心，可是总也射不准。而姐姐柳泓却进步得很快，已经能射中靶子了，只是离靶心还有一些距离。

柳泓他们练习的时候，满达有意识地让他们放松心情，不去看他们俩累得通红的小脸，以免他们因为弓拉不圆而下不来台，他们虽然不怕吃苦受累，但是这姐弟俩是很爱面子的。于是满达便独自走向内花园的湖边，随手捡起旁边的石子掷向了远处水中漂浮的柳叶，小小石子在水面激起了涟漪，最后连续的跳跃三下后准确地击沉了落叶。柳江发现了这个动作很好玩，他也捡起了石子抛向水面，可他击不出这一串串的水花，更别提准确地找到水中漂浮的落叶了。柳江很沮丧，他找到正在勤学苦练的姐姐柳泓低声说："姐姐，你看满达投石子呢，特别难也特别好看。"柳泓放下了手中的弓箭，和弟弟走向满达，没想到满达早就不投石子了，他的手里拿着一根柳树枝条，正在用手揉搓着柳条的绿皮，不大一会儿工夫，柳条淡褐色的皮便被满达轻松地抽离出来了，去皮后的柳枝是白色的，满达把它丢到地下，拿在手中的树皮被满达用身上挎的小腰刀切割成了几段，柳泓问满达："你切柳条做什么？"满达看着他们俩好奇的眼睛没有搭话，只是拿出其中的一段在手中看了看，然后放在嘴边吹了一下，只见树皮立即鼓成了一个小圆筒，柳江目不转睛地盯着满达，心中充满了疑惑："这么一小截树皮，难道满达要吃吗？"可满达把手中的树皮却递给了柳江，他说："送给你吹吧。"柳江愕然地看着满达："吹什么？吹树皮吗？""这是柳哨，可以吹出曲儿来呀！""吹牛，你吹一个试试。""好呀，你们俩也累了，总拉弓肩膀也会疼，那你们俩就先休息一会儿，我给你们吹支小曲吧。"满达看着柳泓他们姐弟二人关心地说。只见满达把圆鼓鼓的空心柳条放在嘴边，吹出一声清脆的哨音，只这么一声就震动了柳泓姐弟，紧接着满达就开始演奏起来，先吹了古曲《小白马》，之后又吹起了在草原上流行的蒙古民歌《嘎达梅林》。清脆的柳笛声响彻在王府的后花园里，引来了好多的鸟儿飞翔鸣叫，更吸引了柳泓姐弟的兴趣，两姐弟更是对满达充满了崇拜。在此之前，他们一直都是在正规的学校读书，早出晚归，循规蹈矩，回家后父母都是以读书写字为教学辅助，从来没有见到满达这种天性自由的人，况且满达的各项技能深深地折服了他们俩。他们想向满达学习的东西太多了，而满达其实就是一个大男孩，也是童心未泯的状态，那么三个人就真是到了寸步不离难舍难分的状态。王府此时充满了欢声笑语，老王爷见两个宝贝外孙天天玩得开心，而且学会了很多玩意儿，就连百灵鸟般的小格格竟然开始安静了！这让王爷对满达开始了关注，并一再嘱咐管家厚待他这个亲侄孙，还夸此子将来必成大器！面对老主子的夸赞，老管家却一再地叮嘱满达："你要更加小心伺候，保护好这两个小祖宗，千万别出事！"满达很自信："您老请放心，我的眼睛会一直看着他们俩，不会有一点闪失的！"满达自信的回答让管家不住地点头，他在心里也很满意自己的侄孙子，毕竟王爷对他有知遇之恩，王爷与自己的长兄也是患难之交，全府之人对他也是极其厚待的。

　　欢乐的时光总是很快，柳江来北京已经一个多月了，再有十天扬州那边就要开学了，他只能回去上学，可他真舍不得离开姐姐，离开满达和王府的亲人们。在这一个多月里柳江学会了骑马射箭，学会了吹柳笛，还学会了投掷石子。

柳江现在能在百步之处准确地将小石子投中一切目标，他能在大风中的柳树下将挂在柳条上的铜钱击中，当然是用石子击中的，尽管铜钱在风中摇摇摆摆。他能在移动的靶子上击中王爷所画的红圈。每一个靶子上的破洞均可为证。后来靶子换成了木板，而被石子一击而过的圆洞成了柳江臂力渐增的佐证。现在的柳江目光清澈，个子也长高了，他也会学着满达搓出一个一个的小柳哨，在休闲时吹着自己喜欢的歌曲，但是他不像姐姐柳泓那么爱说爱笑，总是一副若有所思的模样。而柳泓小格格就是王爷的至尊宝了，每到吃饭时王爷总是让她坐在自己身边，不断地给她夹菜，生怕他的宝贝被人忽视，并一再地对全家人说即便龙珠阿哥来了，格格还是第一位！柳泓边吃饭边向外公炫耀她的新成绩，首先让外公看她小手上的老茧，那是拉弓搭箭留下的痕迹，还有她的骑马功夫，她可以边骑马边站起，也可以骑在马上吹埙。她手中拿着一个包浆外溢的古埙，此物件是她向满达要来的，虽然柳江看出满达在把古埙递给姐姐时有一丝的不舍。这一个多月的时间里，柳泓的脸晒黑了，少了一些娇滴滴，但是容貌更美了，而且增加了许多英气。老王爷说："这才是王府格格应有的样子，将来必是女中英豪，一定会超过当年的花木兰！"外公的夸奖让柳泓格格特别开心，她知道外公特别喜欢《苏武牧羊》这支曲子，在午饭后她靠着外公的画案，用她新得到的埙吹奏了一曲《苏武牧羊》给外公听。柳泓很用心地体会着苏武在北海孤独的心情，他想家的时候，那无助的眼神和眺望南飞大雁时的苦闷，埙音悲凄，哀婉，绵绵不绝。这一切都让老王爷动容，他拿过柳泓手中的埙仔细观看：这是一个古老的乐器，陶埙的包浆很厚，淡淡地发着幽光，他看着眼前的陶埙，想起了旧时光。曾经有一个故人，就是怀揣着这个陶埙，和他一起奔驰在草原上，在寂寞的黑夜里，他们一起在大帐里将埙吹响。后来，这个人为了保护自己而受了重伤，在最后的日子里，自己为他吹了一曲《高山流水》，后来他奉命调回了北京，再也没去草原。正蓝旗是个让他伤心的地方，这个为他受重伤的人就是满达的爷爷，他的结拜兄弟。这之后，他又让结拜兄弟的弟弟、自己的伴读海洋做了他府邸的管家，这一切都出于信任，满家的人是王爷认为最可靠的人！怎么这么巧，他义结金兰兄弟的孙子来到了王府，又来教他的外孙武艺。世间就是这么巧合，兜兜转转，这个陶埙就是最好的例证，时隔几十年，古埙又出现在他的面前，只是这次换了主人。而大清王朝都灭了，皇上都去了东北。王爷目有悲戚，他手捧此埙，一曲《伯牙吊子期》呜呜咽咽诉说着王爷的心事。柳泓望着外公，不知外公的悲从何来，难道是自己惹祸了吗？

　　午休过后，柳泓姐弟又乐颠颠地来到后院上课。今天他们开始学习拳术，刚开始的起手式就让柳泓克制不住地笑嘻嘻了，满达忙问她为什么这样笑。柳泓说："你别管我为什么笑，外公一会儿要来看你。"满达说："是因为我教得不好吗？""不是的，是外公说你教得好，要把你留在北京呢。""那怎么成？我家的牛羊谁管呀？这半年多了，家里不知成了什么样子，为了教你们，给你们驯马我才来的，你们走了我就回草原，正蓝旗才是我的家。"他们三人正在说话，没想到王爷已经悄悄地站在了他们的身后。王爷轻咳一声走上前来，满达赶紧上前施礼。王爷用手轻轻地拍了拍满达肩膀，轻声说："满达，我刚反应过来你是谁，你的祖上是我的故交兄弟，亲兄弟一般！你就如同我的儿孙一样，暑假过后，柳江回扬州上学，你也不用回草原了，我让管家安排你在北京读书，让你重振满家雄风，你可愿意？""谢谢王爷！但我家在草原，父母也只有我和姐姐俩孩子，再说我姐姐是早晚要嫁人的。我走了他们怎么办？"王爷笑了笑说："这个不要你来操心，只要你念好书就行，一切让管家来安排吧。"正在此时，外出匆匆归来的管家看到王爷来到跨院看满达，以为出了什么事情，忙不迭地向前请罪："王爷，满达无知，请您饶恕他年少轻狂之罪！"王爷哈哈大笑："满达很好，有出息，何罪之有？我决定让满达不再回草原了，从下月起在北京上学，在府里吃住，你给他单开一间房子，让他安心读书居住，一切待遇和阿哥们一样，还要给他找一所好的中学，你抓紧去办吧！"王爷不容分说吩咐下去后扬长而去，只留下惊喜不已的管家和不知所措的满达。而一边的柳泓格格却高兴地跳了起来。她摇晃着满达的胳膊说："太好了，你不回草原了，那我们以后可以总在一起了！满达，你会教我们好多东西吧！"柳江也激动地向满达表示，如果满达留在北京上学，寒假之时满达可以和姐姐他们一起来扬州，那时他会让满达惊喜，让满达一览江南秀色，看一看隋炀帝赞赏的扬州风景，比一比草原美还是江南美！"你也会爱上扬州的！"柳江自信地对满达说。

第十七章　土城遇险记

这个暑假过得很快活。柳泓与柳江两姐弟每天都在快乐与繁忙中度过，他们天天与满达黏在一起，习武之外问东问西，并要求满达带他们出王府到郊区去放马驰骋一番，找一找做一名武士的感觉。满达是不敢做主的，他向管家做了汇报。而管家岂敢答应，赶紧地请示了王爷。看着两个心肝儿渴望的眼神，王爷实在是不忍心拒绝他们，他考虑了两天，终禁不住柳泓的软磨硬泡，答应了他们的请求。

这一天是周日，天气非常好。虽然北京的夏日很热，但不是南方的闷热，炎炎烈日下时有清爽之风刮过，对活泼好动的孩子们来说真算不了什么。满达便带着两个小主子骑马出发了。柳泓与柳江今天是特别地激动，这是他们第一次骑马出游！柳泓骑上了自己那匹红色的名叫"朝云"的小马儿，威风凛凛地坐在小马鞍上。柳江恰如一个白面小书生，轻轻地跨上那一匹叫"朗月"的白色骏马，并用手拉紧了马的缰绳。王爷对他们的出行很不放心，特意又派了护院家丁跟随保护，以防意外发生。他对满达更是千叮咛万嘱咐："出德胜门后到土城马甸一带，不许走得太远，太阳下山之前一定回来……"满达向王爷做了保证后王爷才让四人骑马离开了王府。他们走出胡同后往北拐，顺着德胜门内大街一路前行。

德内大街自古以来都很热闹，人来车往商铺云集，虽然是夏天，但路上行人还是很多。街道上突然出现四人四马，立即引起了大家的关注，家丁在前，威风凛凛，走在中间并行的两个少年长得是一模一样，一看就是龙凤胎。他们头戴凉帽，身穿骑射胡服，一派尊贵，他们在川流不息的街道上稳稳前行。热热闹闹的大街上突然出现了这么一对粉雕玉琢的娃娃再加上他们前后神采飞扬的护卫，立即吸引了街上众人的围观。路人对他们不停地观望、赞叹。现在是民国时代，骑马出游的人不多了，转而骑自行车、坐三轮车的人很多，老百姓有的饭都吃不饱，谁家还有钱养马呢？眼前这么漂亮的儿童穿戴如此精神还骑着这么英俊的小马行走在闹市的人流中，俨然成了一道美丽的风景线。

四人一行，家丁在前，柳泓与柳江居中并排，而满达则身挎弓箭，腰系宝刀断后，一看就是富贵人家的孩子出游。柳泓他们二人平日虽然出门上学有家丁接送，但如此排场的出游确是初次，所以他们俩激动得很，小脸儿粉嫩，东张西望地向每一个观看他们的路人微笑，一副天真的模样。出了德胜门的箭楼后又再走一段路，他们四人就来到了土城。土城在元朝时期就有了，它主要起防卫作用，这里几百年后仍然是人们常来习武的宝地。其时这里是元大都废弃的古城墙遗址，因为全部是用土来夯实建筑的，连角楼都是用土筑的。当然这不是一般的黄土，而是加了糯米汤的土砖塑造的，从一二六七年建造至今已经有将近七百年的历史，土城城墙很长，听说从角楼到昌平有六千七百三十米，足有将近十五里地长，那么在此地练习骑马射箭将是最好的去处！所以王爷同意满达带着柳泓他们两人来此游玩，这样马也跑得开。王府虽大，但马只能是小跑转圈，而土城就不同了。柳泓他们的小马从离开草原，第一次重见这么宽阔的地方，它们兴奋地跺着蹄子，打着响鼻儿，绝对是准备撒欢的状态。满达骑马在前，柳泓与柳江紧紧跟随，家丁断后，满达甩了一下马鞭，一声口哨后便开始策马奔驰，而跟在身后的两个孩子和两匹小马紧随其后，土城墙地面儿上的土一阵烟儿似的腾起，在"哒哒哒"的马蹄声中骏马开始奔驰。柳泓姐弟兴奋地在马上尖叫，跑了一段路后满达慢慢地将马速降了下来，让后面的两匹小马超越自己，他要让自己的两个学生享受一下胜利的喜悦。对柳泓、柳江来说这是他们第一次快乐地出游，第一次痛快淋漓地策马飞奔！他们兴奋地高声呼喊，红彤彤的笑脸在正午的阳光下像极了两个红苹果。他们经过了高低起伏的几处豁口地段，策马飞奔的高处有七米，向下俯冲的低处也就两米多，沿途两侧有许多树木，还有特别好看的松柏树。他们第一次见到在土城上还有许多遛鸟的人群，看他们提笼架鸟好不潇洒！还有一些树枝上挂着很精致的鸟笼，里面的鸟儿叽叽喳喳地唱着歌儿，像是歌咏比赛一样叫个不停。鸟儿的欢鸣更是吸引着天上的飞鸟绕着树木盘旋，不知是空中的飞鸟们想吃笼中鸟儿的食，还是笼中鸟儿想冲出牢笼做自由飞翔。柳江骑在马上不断地胡思乱想。

土城墙面很宽，来回过车没有问题，应该有二十多米宽，所以跑起马来并不会影响道路两侧别人的活动。这时他们看到了附近有习武的人群，还有几个人在松树下练习摔跤。夏天正午很热，他们的汗顺着身上穿的褡裢直往下流。当满达他们四人从远处返回时柳江就注意到了他们。这时练跤的人中有一人看着他们问："你们哪儿的呀？还敢跑到城墙上遛马来啦！是不是想请爷吃饭呀？""我们骑马碍着你什么事了？这里是土城，现在是民国，又不是你家的地方！"满达看着凶声恶气的说话人，毫无惧怕地看着他说道。"小兔崽子，还敢犯刺儿！敢跟你大爷我顶嘴！"那个壮汉说着就凑了上来，其他几个人倒是站在树下瞧热闹，没有跟上前的意思。"让开，你骂谁是小崽子？放肆！"满达手拿马鞭敲着壮汉拉着马缰的手。而壮汉看着十四岁的满达一脸不屑地说道："你经此处一趟本爷未修理你，已经是赏了一个面儿，现在你又他妈的回来了，胆儿有点肥了，那就留下点钱来，请咱爷们儿吃顿饭！"满达看了看他那一身油光光的肉后撇了撇嘴说："小爷凭什么请你？土城又不是你家的地盘！再说我年龄还小又不挣钱，拿什么给你？快放手，我们还有事呢！""有事儿？要是没钱给我那就留下一匹马，马也可以换钱。""你说梦话吧，大白天的你想打劫吗？现在可是民国，犯罪是要判刑的！"满达不想惹事儿，他试图向前走，躲开此地。他一边警告这个壮汉，一边用手中的马鞭敲敲这人拉着马缰绳的手。"对对对！犯罪是要判刑的！"柳泓见壮汉拦截住满达，便也骑马走向前来。壮汉见柳泓只是一个小女娃娃，根本没把柳泓当回事，回嘴说："一边儿靠着去！一个臭丫头也敢说话，留神我把你吃喽！""你敢吃我？大胆！我爸爸是大法官，回头把你抓起来？"柳泓天生的胆子大，可以说天不怕地不怕，这次遇到了泼皮也丝毫无惧。正在此时，后面跟随的家丁也骑马走上前来，拱手一礼说："壮士不可无礼，这是王爷府的人！""哈哈，你们都听听！现在是民国了，王爷府算个屁呀！早就不是大清王朝了，你下来吧！"壮汉一把拽住柳泓格格，将小姑娘拉下马来："我叫你牛！快点让人去叫你爸爸来，让你爸爸抓我呀！"柳泓吓得尖叫一声哭了起来，她哪里见过如此粗野之人？她的坐骑红马也开始跺着蹄子嘶吼了一声。"放开！"一时之间满达与家丁全都下了马，围了上来，撕扯壮汉的手，但壮汉却抓着柳泓的胳膊不放，口中吆喝着说拿钱放人。王府的家丁知道满达的武艺，生怕他情急惹出大事来，因为满达带着刀呢！而且他看见树林里还有另外几个摔跤的人，不知他们是否会出手，如果打群架事情就麻烦了。王府的家丁见过世面，不想把事情闹大了，平安是福，何况他们保护的是王爷的眼珠子！于是家丁沉声说道："我给你拿五个银元，你们去吃饭了事儿，快把我家格格放开。"谁知那个壮汉非但不领情，还一再加码："十个大洋一分不少，再留一匹马让爷骑！就放你们过去，少一个子儿也不行！"家丁见状再一次警告说："你们常来土城练跤，大家日后也会相见，相互留条路可好？""不行，少一个子儿也不行！"只见壮汉扭过头去打了一声口哨，有两只大狼狗竟然从树林中飞奔出来，狼狗一声不吭地直奔柳泓他们，满达和家丁立感不妙。柳江此时骑在马上，他看到那几个练跤的人中有一人试图阻拦，但没拦住。眼看着大狼狗扑向满达，而满达毫无畏惧地一脚飞出就将靠前的狗踢得飞了出去，这只狗疼得叫唤了起来。而另一只狗则围上了王府里的那个家丁，只见家丁与狗在互相盘旋着，家丁高声地喊道："是天桥的满爷吗？说句话！"此时的满达早就被气得红了眼，他见柳泓被掌握在那个壮汉的手中，便举刀向壮汉后背砍去，但壮汉也是一个练家子，此刻他把柳泓推在前头，让满达的刀无处下手，只急得满达"噢噢"地大叫，毕竟一个十四岁的男孩面对的是一个二十多岁的壮汉，而这个壮汉没有武德，拿一个八岁的小女孩当盾牌，以致满达空有一身好功夫却派不上用场，此时的满达挥着刀的手找不到方向而急得泪流满面。在家丁单独面对凶残的大狼狗时，另一只逃窜的狼狗又逼了过来。这时骑在马上的柳江默不作声，他手里摸着口袋中的小石子，正在寻找机会和目标。此刻柳江看到壮汉搂住了柳泓小小的脖子在与满达对峙，柳江手中的石子飞了出去，不偏不倚石子正中壮汉的左眼，只听"哎呀！"一声，壮汉一声惨叫立即撒开了勒着柳泓脖子的手，一股鲜血从壮汉的眼里流出，壮汉的眼珠爆裂了，而远观的人谁也不知发生了什么事情，壮汉捂着左眼哇哇地叫着，而他的两只恶狗也被满达手起刀落地砍死。柳泓脱离了恶汉的控制，扑到满达怀里委屈地大哭起来。

树林里的三个人此时才走了出来，蹲下来看他们同伴的伤情，口中说着："完了，完了，眼睛瞎了。"此时的家丁由于刚才一人战两犬，他已经是累得气喘吁吁了，亏得满达果断地解决了恶犬，才让他摆脱掉眼前的危机，看家护院的他从心底对满达充满了感激和敬佩，虽然满达此时只有十四岁。

一场恶战终于落下帷幕，满达警惕地望着先前飞扬跋扈的四个人，不知他们是否还要继续打劫或者为他们的兄弟报仇。王府的家丁在北京多年，见过世面，了解江湖社会的方方面面，他对眼前的几人说道："我们是王爷府的，今天是带王府的孩子们出来骑马，被你们的人拦截在此，天降顽石击穿了恶人的眼，不知是不是天意？我家格格被你们的人伤害，格格的爸爸是大法官，此事定不算完。不知你们可否认识天桥的满三，听说他总是带着人在土城练跤收徒，咱们练武之人行不更名坐不改姓！山不转水转，我们总会碰头，你们说怎么办吧？"四人中的一个瘦瘦的汉子咧着嘴苦笑了一下说："大哥，兄弟不才正是满三，是我的人无德下贱，才做出了这样下作的事！您大人大量饶了他吧，他的眼睛都没了，也算是得报应了，我以后一定好好管教他们！"此刻满达涨红着脸说："那你们放狗咬人怎么算？还有打架归打架，为什么用我们小格格做挡箭牌，他还算人吗？江湖之人如此不讲道义，还是死了算了，免得在江湖上丢人！"满达边说边又举起刀来。此时只见满三用手轻轻一捏，满达的刀便停在了那里，再也无法动弹。满三轻轻一笑说："做人留一线，日后好相见，你们刚说的……"而一旁的家丁见状，也笑了一下说："满爷，后会有期，这五个大洋留给他治病吧，以后莫再恃强凌弱，因果不虚呀！"这时的满达，松开了抱着柳泓的手，将柳泓轻轻地放在了马鞍上，并将缰绳交给了柳泓。他们四人骑马从豁口走出了土城，沿着护城河边向着黄亭子飞奔而去。

四人一路无话，护城河边的柳条轻吻着他们的脸，柳泓委屈的眼泪还在流，她从未受过这么大的欺辱，差点小命儿就没了！亏了柳江的机智和满达的拼命保护，要不然现在还不知成了什么样子呢。满达看柳泓泪流不止，他也很难过，他不知怎样安慰小格格才好。突然他想到了柳泓爱吹柳哨，他坐在马上随手扯下了一根柳条，在他双手的揉搓之下很快他便把枝条上的树皮揉了下来，他用手断下一截放在自己的嘴边试吹了一下，柳哨的声音竟然清脆悦耳。他小心地递给了柳泓，低声说："格格，对不起！我没能保护好你，回府后任你责骂！"柳泓接过柳哨一吹，悦耳的音声立刻就响彻在护城河边，柳泓破涕为笑："我才不会责骂你，只要你以后听我的话就行！是要一辈子听话的那种！""好！好！好！听！听！听！我一辈子听你的话！"满达见柳泓有了笑容，长出了一口气，满口答应着向柳泓表忠心。王府家丁见一切已经风平浪静，心中也就踏实了下来，他笑着说："咱们去黄亭子那边，那里有吃食，管家吩咐了，让咱们去吃顿好的！那儿的涮羊肉不错，咱们去吃怎么样？"满达不稀罕地说："说半天让吃好的，还去吃涮羊肉？我们草原的羊肉才是真的好呢！刚出锅的手把肉吃着才解气呢！"柳江说："最好吃的是淮扬菜，清炖狮子头才好吃呢！"而柳泓说："要吃就吃西餐吧，俄式大菜那才叫讲究呢！一道接一道的，而奶油烤大虾最地道了！咱们去吃吧？"满达与王府的家丁都没有吃过西餐大菜，所以一致同意去吃西餐。只有柳江轻轻说道："如果去吃西餐，必须答应我一个条件！""什么条件？"众人齐声问道。柳江得意洋洋地说："给我们俩买两个蛐蛐儿，两个蝈蝈儿。带笼子的……""咳，我以为什么大事呢，买这个太容易了。一会儿到黄亭子那里有好多卖这个的，你随便挑好了。"家丁笑着回答。这之后他们四个人一起去买了柳江想要的蛐蛐儿后又给他们每人买了一对蝈蝈儿。然后配好了蛐蛐儿罐儿和蝈蝈儿笼儿。想要的全有了，这回真是让柳泓姐弟俩开心不已！于是他们一路欢声笑语，马蹄嗒嗒，在草虫的欢叫声中来到京西一家白俄人开的西餐厅。尽管他们不懂西餐的礼仪，手与叉子并用，但他们还是吃了个不亦乐乎！席间孩子们的欢笑与草虫的鸣叫惊扰了那些优雅斯文的食客，可他们看到孩子们那天真无邪的笑容时也只是笑着摇头，并用善意的目光注视着吃饱喝足的这几个人上了马，直至远去。

柳泓他们四人骑马回到王府时已到掌灯时分，老王爷一家人急得快不行了，管家已经在大门外站了有两个小时，直到听到马蹄嘚嘚的响声，四个人出现在眼前方才松了口气儿。只见柳泓和柳江的小脸被晒得通红，他们双手举着竹编的蝈蝈儿笼子，满达在后面给他们捧着两个蛐蛐儿罐儿，两个孩子欢快地跑到外公身边，并开心地向老王爷炫耀着他们的收获。

第十八章　德胜门的鬼市

老王爷看到两个宝贝外孙平安地回到家，看到他们兴奋的笑脸，他的脸也笑开了花。他和孩子们一起欣赏起笼子里的绿蝈蝈儿，应柳泓的要求还给它们起名字，并且夸奖姐弟俩会挑选，带回家中的草虫若是与他人打比赛就一定会神勇无比！这之后他又开始夸奖满达和家丁二人，说他们俩护驾有功。满达与家丁哪里敢隐瞒今天发生的事情，便一五一十地详细汇报给老主人。王爷听后非常震怒，恨不得剥了那个在土城摔跤的恶魔的皮！直到听说外孙柳江出手惩治了他之后方才舒出了一口长气。

经历了土城的遇险，王爷对他的两个外孙更是加倍地小心看护，毕竟现在是民国了，王府已经失去了权势，要是在大清朝，王爷一定会派人去把那几个恶人抓起来处死！他们竟敢在青天白日里打劫他家的宝贝儿，真是无法无天！可是现在的王府只能紧闭大门，防止一不留神孩子们跑出去，若再遇上坏人可怎么得了？这之后王爷又派家丁到天桥附近寻找满三等人，生怕他们生起恶念再生报复之心，此是后话。

再说柳泓姐弟二人从这次土城骑马遇险之后性情都发生了改变。尤其是柳泓，她仿佛一夜之间长大了。不再那么任性，她一下子变得沉稳了。她告诉外公在她发生危险时满达是怎样勇敢地冲上前去保护她，而弟弟柳江又是怎么沉着冷静不声不响地用口袋中的石子击中坏人的眼睛，从而扭转了局势而大获全胜的。柳泓是王爷外公的心头肉，她的一番话只说得王爷连连点头称赞，因此王爷更是对满达刮目相看。对外孙子柳江则伸出了大拇指，并鼓励他跟着满达抓紧习武，健体防身。而柳泓姐弟更是抓住这假期的尾声，加紧习练武功，他们真正地意识到学习武术的重要性和艺多不压身的道理。在满达悉心的指导下姐弟俩不但个子疯长，骑马、射箭、吹笛、打拳还真就有模有样了，他们三个人天不亮起床开始训练，真的做到了闻鸡起舞。这是因为柳泓在听到满达让他们黎明即起时这个成语之后，特意让管家买来两只大公鸡，鸡的羽毛也是一只红一只白，两只公鸡也有那两匹小马一样英俊的模样，它们每天黎明用高亢的鸣声叫醒沉睡的姐弟二人，两个孩子就会立即起床飞奔而至。在鸡鸣的陪伴中，两人闻鸡起舞，从基本功练起，没有丝毫的懈怠。将近两个月的时间，姐弟二人除去睡觉之外都与满达在一起，他们结下了深深的情谊，乃至一生不离不弃。这是他们美好的童年，隽永真挚，如白玉般纯洁，相互信任，经得住任何风雨。

时光匆匆而过，还有三天柳江就要回扬州了，开学临近，尽管对北京有千般不舍，柳江也必须回去上学。在王府之中，柳江看到舅舅书房中有一套线装古版的医书《伤寒论》，他随手打开观看，立即被汉代大医学家张仲景的著作迷住了，别看他小小年纪，求知欲却特别强烈，他将此书视为珍宝，除了习武就是坐下看书，连一旁的舅舅都觉得奇怪，连连问他看得懂吗。柳江头也不抬地回答："看得懂，心中明白得很。"舅舅说："你还太小，学习医术还早，等上中学了我就把此书送给你，还有孙思邈的医书《千金要方》《唐新本草》，全是宋版的医书，珍贵得很。"柳江特别聪明，他知道宋代版本的书籍有多么珍贵，因为伯父伯母全都爱读书，家中藏书颇丰，但是却没有这么珍贵的医学典籍。他问舅舅，这种书在哪里能买到。舅舅说："很难买到，藏书的人爱书，嗜书如命，一般不舍得出让。但也有例外，比如家里经济一时周转不开，可能送去典当行，还有的可能会把家传的宝物拿到鬼市去卖，黑灯瞎火的谁也看不清谁，以避免熟人认出自己来，很多皇族或文人雅士都是这样，他们会认为人可以受穷，但面儿绝不能丢！所以从德胜门的鬼市里有时候真能淘到好货，名人字画，古玩玉器，古版图册也许都能在鬼市中找到。"柳江闻听此言赶忙回答："是吗舅舅，那么您带我去逛逛咋样？让我也长长见识，没准儿我们还能买到古代医书呢。""你这么小，怎么对医学这么感兴趣？""舅舅，我好像天生就懂医理知识，而且特别喜欢，可能我上辈子是个古医官吧？"柳江笑嘻嘻地对舅舅说。"你将来要是立志从医，我可以把我珍存的古善本医书全都送给你，但是你可要说到做到：行医者仁心也！""当然啦！我喜欢医学，我想做当代的华佗，李时珍！等我长大了您把古医书善本交给我，可助我一臂之力。但是我还是想让您带我去德胜门鬼市走一圈儿，万一我们能遇上什么宝贝呢？万一能碰上有来卖古版医书的人呢？"舅舅听柳江言辞恳切，哈哈一笑说："行啦！明天鸡叫即起，我们一起去鬼市淘宝。"第二天拂晓，鸡叫头遍，柳江即起身去找舅舅，他一下床就惊动了姐姐柳泓，柳泓骨碌一下子就爬起来了，她也紧随其后，追到了前院，爬上了自家的马车。

天还挺黑，马车走在寂静的街道上，一路"嘚嘚嘚"的马蹄声，大约有半个小时的时间，他们三人便来到了德胜门东侧的鬼市。其实这条街叫晓市，白天人来人往，店铺很多，平时生活的各类用品均可买到，所以热闹得很。但是在天亮之前的私人买卖却被老百姓称为鬼市，这是因为各种原因的交易有时不能见光。有富人没钱了拿点家中值钱的物件来此卖掉，换些钱财回家度日；也有偷盗之人趁着天色未明之时拿来赃物在此变卖，他们害怕被人认出。反正形形色色各取所需，贼头鼠脑鬼鬼祟祟的人在黑乎乎的黎明之前做着买卖，要不怎么叫鬼市呢？柳泓姐弟随着舅舅来到这里，天色依旧很暗，看不清那些人的衣着和面容。舅舅一手一个地拽着他们的手，生怕他们走丢，而柳泓经过上次土城的遇险也学乖了，不再无所顾忌地乱闯，而是听话地紧跟着大人一路向前。柳江本就是一个听话的乖孩子，聪明懂事得很，他亦步亦趋地紧随大人，但他的双眼却不够使唤地搜索着街道两旁的人和物件，这是他第一次踏足鬼市，而整个街道也只有他们这两个孩子。所以那些游逛的人也在看他们，心想古旧市场怎么还会有两个小孩子？有些怀揣宝物的人也躲着他们，生怕自己的物件让他们给撞毁了。这天色还不亮，东西摔坏了到时候说不清道不明的，那就真没道理可讲了。舅舅说带他们俩先找古玩字画的摊位，并嘱咐他们俩只准看不许摸，更不许说话，柳泓使劲地点头答应着。他们来到一个小摊前，看桌子上摆着一个石头的砚台和两个小花碗，另外一块布上摆着一个绿色的烟袋嘴。舅舅向前和摆摊的打着招呼，问他还有值钱的货吗。那个摆摊的似乎认识王府的人，笑着问道："您老今天想寻什么物件呢？我这里有一幅名画不知是否能入您老的法眼？"舅舅听后眼里放光连忙问道："哪位高人的手迹？""哦，是王石谷的《松渭图》。""真迹吗？给我看看？""这幅画要八百大洋，爷您带着现钱吗？""银票不成问题，只要是真迹。""那好，一会儿天亮了，我去给您取，咱们明对明地买卖。""那你还有什么物件让我瞧瞧？""爷，您若真有钱，我还有两个物件，是朋友托我帮忙代卖，一个鼻烟壶和一个玉扳指，但是价钱不低，绝对好货。只因家里急用钱周转不开，故而来卖掉，这也是万般的不舍。""这个你带在身上吗？要是带着你就拿出来让我开开眼，长长见识。""好说，好说。爷您看这个。"舅舅向前一步弯下腰来，只见摊主从身上挎的包中掏出了一个绸缎面的小袋子，

116

从袋子里掏出了一把小壶。那个人点亮了一根蜡烛，放在面前桌上的小壶前照耀着。柳江看到这个鼻烟壶很是漂亮：壶是通体白色，他知道这是玉的壶身，壶口镶金，壶盖却是通红的，不知是用什么做的。他看到过外公用的鼻烟壶好像和这把有点像，但是外公用的壶好像更透亮一些。但柳江心里想着却不说话，而一边的柳泓抬手就要摸，被一旁的舅舅伸手拉住。只见舅舅也是紧盯着这把壶，轻声问摊主："这壶的确漂亮，请问这壶盖这么红，是什么材料的？这壶要价几何？"摊主用绸缎把壶包好又揣入了胸前的包里轻声回答："和田玉壶身纯金壶口，而壶盖是稀有的犀鸟头骨，所以美艳异常！爷，看您是行家，应该懂得！这是乾隆年间的贡品。"舅舅听着面带微笑说："看着不错，价儿多少哇？""爷，人家主人说了，少了一万不卖，因是急用钱，要不给多少钱也不会变卖传家宝物。""噢，是这样，一万大洋我身边没有，这样吧，给八百大洋行吗？""哦，不行，我得问问人家主人再给您回话，您过两天来，这种物件一般人也买不起，我给您留着。我这里还有一件稀罕物儿，一个翡翠扳指，这个价钱好说，虽说是老物件，但价儿就低多了，您老上手瞧瞧。"摊主说着又从包中摸出了一个小袋子，拿出来小心翼翼地捧在手上来让大家观看。这个扳指实在漂亮，烛光下通体翠绿并有水头，舅舅看了沉吟不语，而柳泓一步走上前来："让我摸摸，多少钱？""唉，大小姐，这不是姑娘的玩物。"卖货的人见柳泓伸手，赶忙后退。舅舅在一旁笑着说："让她看看，小心点别摔了。这个扳指多少钱？""二百块，爷，这个一口价。""哦，一百九十，我收了。""爷，痛快！二百块不还价儿！""好吧，那就成交！给她包好。"大舅看着柳泓说："拿好了，这是你的宝贝了。"他转过头看着柳江又说："咱们去找找古书去。"柳泓快乐得想蹦起来，她太高兴了，她拿着装扳指的袋子在弯腰付钱的舅舅脸上使劲地亲了一口。柳江疑惑地望着姐姐，不知她打的什么鬼主意，更不知她得到扳指为何这么高兴。"爷，刚听您说的话，您是想买老书吗？""掌柜的，你这里有收上来的古善本吗？""您要善本吗？有哇。只是要的人少，所以没摆上来，您看这两套有需要吗？这可是宫中太医院流出来的，可惜没人懂！现在人都吃不饱，谁还买旧书呀？"摊主边说边从摊位下边掏出了两套蓝色布皮的线装书，打开了象牙的封签向他们三人展示着。舅舅俯身下来拉着柳江说："你看看这是什么？喜欢吗？"柳江凑上前去观看："舅舅，这一套是唐代药王孙思邈的《千金翼方》吗？您快打开看看有没有虫咬破损，太珍贵了！我不敢动。""哈哈，小少爷你别怕，这还有一套呢。"摊主笑着又从摊位下抽出一套蓝色布皮的线装书，"这也是一套古善本，宋版的《扁鹊心书》神方，极其珍贵！爷要是喜欢一并拿走，两套宋版的善本不向爷多要，给一百块即可。别还价儿，宋版善本极少！要的人也有局限，今儿个咱们结个缘，合适您拿走，少一个子儿也不卖，这是人家主家说的，您看看怎么样？"柳江这孩子规矩得很，他虽然心里着急想要，但不敢说，他只是紧紧抓住舅舅的胳膊，期待地看着舅舅。只见舅舅笑了笑，看了看他问道："喜欢吗？""当然喜欢，只是太贵了，可是……"柳江望着舅舅期待地说。"哈哈！买了。掌柜的，留个地址，下午我们三人去找你，咱们再说鼻烟壶。"大舅看着两个孩子开心的样子又对眼前的摊主说："你看看我这俩宝贝儿多高兴，这头一回逛鬼市，当大舅的给他们买的，送给他俩，就是图一个乐和儿，今天起个大早儿也算值了！"舅舅开心地拍打着柳江后背，与柳江一起抱着这两套书兴奋地离开了德胜门的鬼市，他们跨上自家的马车，一路笑声不断，到达王府的前门时，天刚刚亮。这双胞胎姐弟各自捧着心爱的宝贝快速回屋，全然忘记了站在他们身后笑意盈盈的舅舅。

这次初探鬼市的收获，让姐弟俩欣喜不已，并点燃了各自爱的篇章。

第十九章　翡翠扳指

今早的收获让柳泓姐弟欣喜不已，他们俩各自捧着自己的宝贝让外公观看，在得到外公的赞许后开始各屋乱窜，向长辈们显摆着自己的收获。而他们的舅舅同样心满意足，看着两个孩子高兴的模样大舅心里也很痛快！历来舅舅疼外甥，这是亘古不变的真理，何况这对双胞胎真的是长得粉雕玉琢，他们聪明伶俐、健康向上、人见人夸，今天满足了两个孩子的愿望，这其实也是长辈们的一致要求。两个乐颠颠的娃娃带给王府一派祥和，谁还管这个礼物要花多少钱，价值多少呢？

但是柳泓他们不知道的是，舅舅还有一件事情要找外公，那就是在鬼市见到的那个鼻烟壶，它引起了大贝勒的疑心。因为王爷有家传的鼻烟壶一把，每天劳累后或精神不振时王爷总是要拿出来吸上一吸，打个喷嚏后便立即精神百倍。这个鼻烟壶王爷从来不离身，所以在鬼市时见到了一个那么近似的鼻烟壶让他们很吃惊。回到家后大贝勒便来到前厅寻找父亲想问个究竟。此时王爷坐在前厅八仙桌旁的太师椅上，悠然地喝着茉莉花茶。他望着急匆匆过来的儿子说："怎么啦？有什么事吗？""父亲，您的鼻烟壶还在吗？""在呀，你问这个做什么？""那让我看看。"王爷不解地看着儿子，从上衣口袋里掏出了自己心爱的鼻烟壶，随手递给了儿子。"父亲，壶在就好！没什么事儿了！您的宝贝没丢就行。只是我今天早上去德胜门鬼市看到了一把相同的，我还以为您的丢了呢。为了稳住他，我就买了他手里的玉扳指，刚才泓儿手里拿的就是，我还和他约好了，今天下午去鼓楼前玉器店再商量那把鼻烟壶呢，那现在没事儿了。下午我带泓儿他们俩去荷花市场玩玩儿，之后再去鼓楼和人家知会一下。""真的一模一样吗？"王爷紧张地问。"真的！不信您老问问泓儿他们。泓儿看见之后就要拿过来，是我制止了她的。""如果一模一样那就有问题了！这个鼻烟壶世间稀有，主要在壶盖上！壶盖是用犀鸟的头骨做成的，而犀鸟的头骨颜色鲜红，因为美丽就被做成了装饰品，现在的犀鸟已经基本灭绝了，而且这两把壶是御制的，是当年慈禧老佛爷看我和满达的爷爷护驾有功赏给我们的，所以我一直带在身边。那一把满达的爷爷也是无比珍惜，如今老哥哥仙去，壶应该是传给了长子，也就是满达的父亲。如果现在此壶在鬼市出现了，要么就是此壶被盗，要么就是满达家出事儿了。咱们马上去找泓儿，让我再看看那个扳指儿。刚才泓儿向我显摆时我就没上心。"王爷边说边站起来，和儿子向后院走去。后院的西房里，住着柳泓姐弟和他们的父母，即王爷的女儿金秀与丈夫柳方成。柳方成曾任政府的商业部部长，现在他因熟悉国际律法，又是京城的大律师，因此他又被政府任命为大法官。他们本有自己的宅院，也是在西城离王爷府不太远的地方，但因王爷疼爱女儿，加上离不开双胞胎姐弟俩小人儿，王爷就让女儿一家常住在王府之中，享受大家庭中的天伦之乐。

王爷与儿子站在后院西屋门口，他咳嗽了一声后屋里就有了动静，是柳江跑到了屋门口，掀开了珠帘子："姥爷，您怎么来了？快进来。"柳江边说边用手挑起门口的珠帘，请外公和舅舅进入屋内。屋内只有柳江他们姐弟二人，柳泓见外公他们来了，忙从床上爬起来看着外公说:"姥爷,您怎么来了?有事儿吗?""你爸爸妈妈呢?他们上班走了吗?""是的,他们刚走。"柳江小声地回答着。"那泓儿你怎么还在睡?你们不是每日闻鸡起舞吗?看看现在几点了?""姥爷,我困死了!您不知道我们去鬼市了吗?那时候鸡刚叫头遍呀。"柳泓困得不行,她半眯着眼睛看着姥爷说。只见舅舅跨前一步走到床前小声对柳泓说:"泓儿,你先别睡了,舅舅问问你,咱们买来的玉扳指呢?你拿出来让姥爷看看。""不是都让你们看过了吗?大家都看过了,为什么还要看?舅舅,您不会是要没收我的宝贝吧?再说姥爷您不是看过了吗?""泓儿你快掏出来,再让你姥爷欣赏一下,让他老人家鉴定一下格格的眼光怎么样,有没有一定的鉴宝能力。"舅舅一边哄着柳泓一边用眼睛打量床头桌边,看有没有那个小绸布袋子。柳泓看了姥爷和舅舅一会儿,慢吞吞地从枕头下摸出了自己的宝贝之后郑重地说:"舅舅,这是我喜欢的宝贝,你们不许拿走,因为我有用处。但钱是您出的,我可以让爸爸还给您,所以,姥爷看看可以,但是不能拿走,可以吗?"舅舅望着此刻一本正经的柳泓笑了,这个平日里骄纵的外甥女一旦正经起来还真有点厉害劲儿,真不愧是大法官的女儿,舅舅心中对外甥女是不住地赞叹!人都有偏爱之心,常言说:刺猬夸孩子毛儿光,黄鼠狼夸孩子倍儿香。何况舅舅乎?只见王爷在一旁说:"宝贝儿,姥爷只是要细看一下,是不是和我兄弟当年戴的扳指一样。你放心吧,没人敢抢你的东西。如果有人要,姥爷就照这个样子的赔你十个!"王爷看着柳泓说。"姥爷,我就要这一个,再好的一百个我也不要!"柳泓极不情愿地把装有扳指的绸袋子递给了自己的姥爷。王爷从包中掏出扳指,放在窗前的光亮之处细细地端详起来,之后又看了看扳指的内侧,顿时激动得胡须都抖动起来。"是它!这的确是我兄弟的东西,我太熟悉了!当年我们两兄弟在一起去打造这对扳指,他选的翡翠,我选的羊脂,一绿一白,我们在内侧一起让那玉雕师傅刻了一个字，就是'合'，以证明我们兄弟俩齐心合意，永远亲兄弟，永远一家人！"王爷手捧着绿扳指，眼眶湿润了，"只可惜我兄弟作古仙去，现只留下我一人，这个'合'字可怎么讲呢？""父亲，您不要想太多了！人生自古谁无死呢？重要的是要了解一下这个物件是怎么到的鬼市。""是的！你赶紧去找管家问问，他兴许明白是怎么回事。""好的，把扳指给我，我去问问管家，您等着我的话儿吧。""不行！我和你一起去找那老小子去！问问他，让他说实话！"王爷怒气冲冲地手拿扳指就要走。"姥爷！扳指是我的！您不许拿走！"柳泓惊叫一声。"噢，泓儿别害怕！姥爷不会拿它送人，姥爷只是问问管家，问他认不认识这个东西。之后姥爷一定会还给你的，你放心吧！""可是姥爷你一定要答应我，不要让满达看见这个扳指，不要让他知道我有这个扳指，我是想将来送给他，犒劳一下他！是他教会我们本事呢。""唉！格格就是格格！有格局，有气派，有恩必报！不愧咱们王府家风！"王爷一面夸奖着柳泓，一面拿着扳指儿与儿子一起向跨院走去，他要验证一下扳指与鼻烟壶的事情，他故友的随身之物为什么会在鼓楼的鬼市出现。

王爷推门进了跨院，看到满达一身短打扮，正在湖边大柳树下练拳呢。满达见王爷父子到来，立即站稳行礼问安，王爷笑了笑："满达，你练得不错！等柳江走后，你也抓紧收拾一下在北京上中学吧。京城教育资源丰富，好好学几年考个大学，也好光宗耀祖。""谢王爷恩典！我会好好上学的！""你继续练吧，我找管家有事相谈。""是！"满达低声回答着。

王爷推门进到管家的住房，只见管家手中端着一个小盆儿，一只鹦哥正站在水盆儿边上洗澡，它正在用嘴啄水梳理自己的羽毛。鸟儿一见有生人来，就吓得开始扑棱，眼看着它蹬翻了水盆儿，飞到了屋里蚊帐顶上的竹竿。而旁边站着的管家身穿的白布长衫上立马儿就湿了一大片。见鸟儿站在竹竿上哇哇地尖叫，和惊慌失措用手掸长衫上水的管家的样子，王爷禁不住笑了起来。"哎呀！早知道进门前叫你一声儿就好了，也不至于把老鸟儿和小鸟儿惊吓成这个样子！看看，老鸟的衣服湿了，小鸟儿也吓飞了，这可怎么是好？"老王爷乐呵呵地说。"王爷好！大贝勒好！哎呀，怪我粗心，没想着您会来，我这儿给咱们龙珠阿哥买了个玩物儿，我在驯它呢。等阿哥再大点儿会说话了，让鸟儿陪他玩，现在这鸟儿刚会一两句，我正想着等柳泓格格有空儿多教教这鹩哥儿说话，小姑娘声音好听，现在是满达在教它说话。""是吗，它会说什么呢？""王爷您听听，我先逗逗它！""它不会飞走吗？""不会的。从它刚长毛儿的时候我就喂它，现在有八九个月了，我就是在等着阿哥出生，阿哥会说话了，我好有个稀罕物儿送他，咱们也是图一个喜庆不是？"管家边说边伸出了胳膊对着鸟儿说："上来聊聊吧！"那鸟儿也神奇，见管家胳膊一伸立即飞了上去。王爷看后眼睛一亮，忙向后站了一站，生怕自己惊吓了鸟儿。只见这只鹩哥的羽毛黑亮黑亮的，在阳光的照耀下闪着蓝紫色的光芒，眼睛如同黑宝石，大而明亮，鸟的眼周是由金黄色的细羽组成的眼环，非常漂亮。它的嘴和爪子也是金黄色的，鸟儿见到大家都在看它，虽然有些胆怯，但是在主人的胳膊上它还是有些英豪之气，它的眼睛骨碌碌地转着看着众人："啊"的一声长鸣，算是和来宾打了一声招呼，这让在场的所有人全都笑了。只听管家说："这只鸟名叫天骄，是满达给它起的，说它若得王爷爱护，那它也是天之骄子啦！""哦，满达是个好孩子，我不会看错，我会把他当子侄来看待的！""天骄，向王爷问好！""王爷好！王爷英雄！"管家手托的鹩哥清脆地叫了起来，王爷乐得开怀大笑，他向自己的儿子看去："你都没有这样夸过老子，鸟儿都比你强！""是，是，是！我还真不如这只鹩哥儿会说话，我向鸟儿学习！""龙珠哥哥！"只听鸟儿将头一偏叫了两声龙珠哥哥，王爷此时笑得眼泪都快出来了："听听，这是满达的声音，是满达的语调，是满达在教它说话吗？""是的，我一个老头子说话声音不好听，就让满达来教，也有半年多了，鸟笼子一直罩着，用蓝布罩着，就怕它脏了口儿，学着鸡叫蛤蟆叫的，所以格格他们也没发现它，谁都不知道我给龙珠阿哥养了个玩物儿。唉，今天让王爷看见了，本来想再驯好一点后，再拿出来的。只为了给龙珠阿哥一个欢喜！"管家一边解释着一边把鸟儿装进紫檀木制成的笼子里。听着管家讲的一席话，王爷好生感动！他好兄弟的家人和长孙，都在默默地为他的王府着想，他们忠心不二，从不表功，总是给自己出其不意的惊喜。从满达的驯马到今天暴露出的鹩哥儿鸟，可以看出管家的细心和忠心！事情虽不伟大，但却极其贴心，而世上能和自己贴心的又能有几人呢？想到这里，王爷坐在了桌旁的椅子上，看着管家说："海洋，你最近怎么样？有什么事情没有？""王爷，我挺好的。王爷及王府上下厚待我和满达，海洋知道，海洋感恩。""海洋你长年在府里，为王府的大事小情，操心受累，一丝不苟。我和全家都明白，几十年过去了，我突然发现我可能疏忽了你，我这个人有时粗枝大叶的，我怕有什么遗漏的事情，所以特意过来问问你。""王爷，您待我如亲人一般，我几十年在这里，也是把王府当成了家。若我有什么过错，王爷尽管责罚于我，若是满达这孩子哪里做得不当，王爷尽管打骂便是，我绝无二话。"王爷笑了笑说："你不要紧张。我对你和满达绝无二话，我知道你忠心耿耿，满达也是聪明过人，因此我心里也是把你们看得同家人一样，所以我才这么说话。只是，我有一样东西想让你看一下，让你给我一个答复。"王爷说着，慢慢从上衣口袋里掏出了那个装有扳指的绸布包。

一看到那个绸布包，管家的脸色就变了，他紧张地看着王爷，没有说话。王爷用手从绸布包里掏出了那个翡翠扳指，抬手递给了管家。管家的脸都白了，他小声地问王爷："王爷您什么意思？这个不是我的东西。""是的，这个不是你的，但是它是你大哥的东西。""王爷为何这样说?""这个扳指是我和你大哥当年一起定制的，为了我们的友情不离不弃，生死与共，我们特意刻了一个共同的'合'字，以示我们兄弟的情比金坚。现如今让小格格从鼓楼鬼市买了回来，听说还有我们一同拥有的鼻烟壶也在鬼市出现了，你能给我一个解释吗？这件事肯定不是满达干的，他还只是一个孩子!"王爷边说边看着他的管家。而管家在看到了翡翠扳指后早已心神大乱，加之王爷的一番话语，自知无法再隐瞒下去。他流着眼泪向王爷跪了下去："王爷，您听我说。"一旁站着的大贝勒见状，一把拉起了老管家。"王爷呀，老家出事了！实在是熬不下去了，才让我把这传家之宝变卖的!"

第二十章　荷花市场鼓楼前

　　王府的大管家名叫满海洋，他的年龄与王爷相仿，小的时候曾是王爷的伴读。此时王爷认真地听他诉说之后，才知道几个月前草原上发生的事情。得知实情的王爷不胜唏嘘，他立即让儿子去鼓楼的古玩店看住那个鼻烟壶，以免流失出去。并同时让管家速去古玩店把鼻烟壶取回，生怕外人出高价把鼻烟壶买走，那时要再想找回可就难办了。

　　事情发生在半年前的冬季，在满达离开草原两个月之后，他的家中遭了劫。本来富足的满家突然大难临头，他们被凶残的马匪盯上了。满达的家在内蒙古锡林郭勒附近的正蓝旗，他的祖辈曾是朝廷重用的武将，他的爷爷当年曾与王爷并肩作战，为大清朝开疆拓土，立下过赫赫战功，并与王爷是生死之交的八拜兄弟。所以他们在草原上也是首屈一指的大户，但是大清灭亡后，民国时期也没有人再把他们放在眼里，相反倒成了民国政府与土匪眼里的肥肉。后几经盘剥，满达家中的房屋被充当了政府的办公场所，家中的用工仆人也多数离去，只剩下两名贴心的用人一直未曾离开。他们是一对夫妻带着两个孩子，他们对主人忠心不二，仍旧留在满达家踏实地干活。男人每天负责马牛羊的早晚回归，还有几条牧羊犬的调教，妻子则每天做饭烧奶茶，他们的两个孩子则由满达的母亲与姐姐来照顾。他们生活得像一家人一样，外人实在看不出来他们的主仆关系。满达的姐姐名唤宝珠，比满达大了两岁，她出挑得非常美丽，是草原上最美的花儿。她自小受祖父教育，精通蒙汉文化，她的汉语说得很好，同样汉文的诗词歌赋也是信手拈来，所以她在草原上很有名气，牧民们都非常敬重她！草原上风传宝珠姑娘是长生天派来的使者，所以附近有钱的牧民都把自己的孩子送来给宝珠姑娘做学生，既学蒙古文又学汉文，他们盼望着自己的孩子在宝珠老师的教习下能修文习武始成大器。满达的父亲是个豁达的人，他对牧民们的这个要求从不拒绝，特意腾出了家中最大的帐篷给孩子们做学堂，让女儿宝珠教孩子们读书写字。满达和姐姐关系特别好，他很佩服姐姐！满达很多的乐理知识都由姐姐教给他，满达的歌声在草原很出名，其实都是姐姐调教出来的，姐姐是满达心中的女神，他对姐姐非常崇拜！满达离开家到北京为王府的小主子做驯马师，临行之前姐弟依依惜别，姐姐对他是千叮咛万嘱咐，对他是一万个不放心。万万没有想到的是满达还未回归，他的家却遭了大难！

草原上的马匪头子胡图凌嘎对满家的财产一直是虎视眈眈，而且听说满家的女儿是天仙一般的人儿之后，他更是产生了邪念。经过一番策划之后，胡图凌嘎竟然率领一队马匪袭击了满达的家，抢走了他们的马匹、牛羊与财物，并强行掠走了美丽的宝珠姑娘，而且扬言："今天之后，宝珠姑娘就是我的如夫人。"机智的宝珠端起了猎枪反抗，但毕竟是寡不敌众，她被硬生生地捆到了马上带走了。满达的父亲是个烈性汉子，他奋起反抗，用刀砍伤了几个匪徒，但是好汉难敌群狼，他被两个马匪用枪托子砸伤了腰和腿，他倒在地上再也无法动弹。满达的母亲看到女儿被抢，自己的丈夫又被打伤，她愤怒地向土匪扑去，她要用生命来保护自己的家人！只是这个平日里优雅从容的高贵女人怎是他们的对手，她怎么能阻挡得了这些心狠手毒的土匪呢？领头的土匪上去一脚便把她踢倒在地，以致她口吐鲜血，昏死过去。而她家的那一对用人夫妻的结局却好得多，女的带着自己的一双儿女吓得趴在毡房后的雪地里不敢出声，她的丈夫因为骑马去旗里购物而躲过了这一劫。这些马匪抢夺了满达家值钱的东西和马匹牛羊，抢走了满达的姐姐宝珠姑娘，打伤了满达的父母后扬长而去！临走前警告满达的父母说："要不是因为你家的宝珠姑娘，今天就不会给你们留活口，让你们一命归西，再一把火把你们的毡房烧喽！这次是便宜了你们，你们就好自为之吧！"满达的父亲身负重伤，眼睁睁地看着自己的妻女被欺辱而无能为力，他本是铁骨铮铮的蒙古汉子，将军的后人！他岂能如此遭人鱼肉？此刻他痛不欲生，用尽全力向着自己的妻子爬去。好好的一个家，就这样被凶残的马匪毁掉了。直到骑马返回的用人购物归来，才把满达的父母抱回毡房中，再看满达的母亲大口吐血，气息微弱，女用用棉被将她裹紧，点起火来给她取暖并煮了奶茶给女主人喂了下去，慢慢地她才缓过气来。满达的父亲伤得也十分重，他的腰和腿被枪托子砸伤后无法动弹，是用人骑着马找到附近的蒙医朋友前来为他们夫妻医治。因为及时，蒙药的内服与外治才算让主人脱离了危险。经此一劫，满达的家一下子就衰落下来，幸亏平日里满达的父亲对下人一向宽厚，在家中发生了危难之时，用人夫妻竭尽所能地照顾他们夫妻二人。草原上冰天雪地，北风呼啸，老夫妻相互对望，卧床不起。女儿宝珠被土匪抢走，生死未卜，牛羊被掠夺得所剩无几。半天工夫灾难降临，老夫妻一起抱头痛哭！站在一旁的用人夫妻和两个孩子也是陪着掉泪。后来用人对他们说："亏着小主子离开草原去了北京，这真的是长生天在护佑呀！要是小主子在家中，还不定会出什么大事呢！"确实是这样，如果满达在家里，血气方刚的他绝不会束手就擒，他一定会和父亲一道与马匪

128

对抗，会保护母亲姐姐和自己的家园！何况面对的是凶残的马匪，结果可想而知了。所以用人说的话是千真万确的，这真的是不幸之中的万幸了！

满达家中遭此变故，金钱珠宝和马牛羊大多被马匪抢走，两夫妻治病便没有钱了，他们硬挺了几个月，实在是没有办法再生存下去了。在不得已的情况下，满达的父亲便把随身携带的翡翠扳指和御赐的鼻烟壶交给自己忠心的仆人带到北京，去找在王府任管家的四叔求救，让他将此家传的宝物交给四叔，请他悄悄地变卖，有了钱后用来维持生计和治病的费用。所以才有了前面鬼市中扳指与鼻烟壶的出现！当管家向王爷叙说时王爷紧皱着眉头，牙齿咬得咯咯响，他气愤得骂道："真是翻了天了！国民政府难道不管吗？这要是在过去，这些土匪一个也不能留，统统杀掉！可惜了满家一世英名竟遭此污辱，真是孰不可忍！"王爷愤怒地握起了拳头。片刻之后王爷又问管家："这件事满达知道吗？"管家说："一直瞒着他呢，怕他知道了跑回草原报仇，单枪匹马的那就太危险了！满家长房一门总要留条根吧？只是不知道宝珠这孩子现在怎么样了，几个月了音信全无！我着急呀，我也写信了，让蓝旗的朋友给打听一下，至今无有回信。唉！这兵荒马乱的时代可怎么好？""海洋，那么你可给蓝旗那边捎过钱去？""王爷，我知道这信儿的时候便让来人把我手中存的银票捎了回去，先去治病吧，一共五百大洋，以解燃眉之急。只是没敢和您细说，怕您也跟着生气着急的。为了多筹点钱，我这才听大哥的把扳指和鼻烟壶托人去卖掉，换了钱好给家里人治病。此物虽是念心儿，但远没有治病救命重要。可没想到，这翡翠扳指怎么就叫格格看中给买回来了呢？瞒也瞒不住哇！还请王爷饶恕我没有事先和您老禀告之罪！""唉！海洋啊，你没有什么不对的！你是怕我知道了和你一起着急才瞒着我，我知道的。可是咱们两家本身就亲如一家人，出了这么大的事儿，你一人承担得有多难呀！这么着吧，你去古玩店把鼻烟壶取回来，再把卖了扳指的那个钱给要回来，我这里先给你拿上两千块钱的银票，你先写个信，再找人把钱给草原上送过去，让他们重新购置牛羊生计，总要把日子过下去。我再让姑爷柳方成到协和医院去找些好药给满达的父母带回去治病吧！""谢谢王爷！老奴给您磕头了！"老管家海洋被感动得双眼含泪，一时跪在了王爷的面前！"另外这件事儿千万别给满达说，这个孩子硬气得很，要是知道了再跑回去，就会惹了大祸。你告诉他，就说他父母亲那边来话儿了，让他在王府住着，在北京上学！学不出个人样儿来不准回草原。""嗻！遵王爷吩咐，我立即去办！"管家擦着感激的泪水退了下去。

这天的下午，舅舅带着柳泓姐弟和满达，去什刹海的荷花市场游玩。柳泓自小生长在王府中，很少有机会到外面去玩儿，家里管得很严，这次暑假，弟弟柳江来了，她才有机会被允许来到王府之外的市井。她对一切都很好奇，尤其是听闻荷花市场好玩儿的东西特别多，吃的玩的应有尽有，她就特别地兴奋，一路上她是眉开眼笑，像一只欢快的小鸟儿，为偌大的荷花市场带来了一阵清风。八月的北京，天气炎热，傍晚的荷花市场却人头攒动，吆喝声，叫卖声此起彼伏。这里属于地安门外市场，再往北走十多分钟便可到达鼓楼。老北京的结构是前朝拜，后市场，而在北城最热闹的地方当属东四、西单、鼓楼前。这些地方是老北京人最爱逛的地界儿。这里有古玩玉器、水烟袋、花鸟虫鱼、面人、泥人、糖人、风筝、空竹，以及各种小吃。而柳泓早就听说荷花市场的冰盏儿最好吃，在这里可以吃冰盏儿，捉蜻蜓！她想给弟弟柳江捉几只叫"大劳仔"的大蜻蜓让他玩儿，蜻蜓耐活，这样弟弟就可以带回扬州，而每天起床当他看到"大劳仔"时就会想起北京。柳泓知道这种"大劳仔"的蜻蜓有蓝色和绿色两个品种，它们比红蜻蜓要个子大得多，所以她扛着昨天满达给她做的蜻蜓网，得意地走在前头，准备大显身手。

舅舅寸步不离地走在柳泓身边，生怕她那个竹竿的蜻蜓网碰到了路人。荷花市场就在什刹海的南岸边，岸边有许多老柳树和大杨树，夕阳泛着金色的光芒，蓝天白云与美丽的夕阳倒映在湖面上，水面折射出了淡紫色的迷雾。蜻蜓愉快地在岸边水面上轻舞，并时不时地从湖岸行走的人们头上掠过，柳江见状便笑着追逐它们。柳泓用手斜举着蜻蜓网，她在挑选着个儿大的、舞姿优美的"劳仔"们，她身边有忠诚的满达为她提着一个用纱窗做成的装战利品的小笼子。满达跟在柳泓身旁，他看着飞翔的"大劳仔"，他随着飞舞的空中精灵们的移动而移动！不一会儿工夫，满达提着的小笼子里便满了，十多个大蜻蜓纷纷落入了用纱窗缝制的小笼子里。这时舅舅拉着气喘吁吁的柳泓说："可以了！泓儿，看你都满头大汗了，我们该去吃冰盏儿了。""好的，舅舅！我数了一下，够数了。外公，龙珠弟弟，柳江，满达和我每人两只，而您只能一只了，一共十一只呢，要不我再去捉一只给您补上？大舅也是不能少的！""好啦！好啦！大舅只要一只就够啦！咱们先去吃冰盏儿吧，先让你们凉快凉快儿。一会儿咱们到鼓楼那边儿还有好吃的呢。"他们边说边来到了一个卖冰盏儿的摊位前。这冰盏儿是什么吃食呢？原来是一种用荷叶托着的小吃，里面有成熟的鲜莲子、冰糖、菱角、青红丝加上冰碴儿合在一起，绿绿的鲜荷叶弯成一个碗状的盏儿，看着就那么可爱！炎热的三伏天午后，手捧一个翠绿的冰盏儿，还没吃就已经让人欢喜，而且里面的莲子、冰糖、菱角、冰碴儿合在一起，又甜又脆又清香，再加上青丝红丝的调配，真的可以说是好看又好吃，色香味俱全。柳泓捉蜻蜓跑累了，出了很多汗，她一连吃了两个还想吃，但是舅舅却制止了，怕太凉了不好消化，舅舅又给他们三人买了三份艾窝窝，叫他们用荷叶包着慢慢吃，吃完后带他们去逛鼓楼前的市场。柳江很爱吃艾窝窝，这个在扬州是没有的，是北京的特色小吃，外形软软的、糯糯的、圆滚滚的珍珠球似的样子，窝里的心中包的是甜甜的冰糖桂花香的馅儿，温凉的拿起来咬上一口，真的是好吃极了。柳江一连吃了三个艾窝窝，他不断地在心中衡量："是扬州好呢，还是北京好？"而一旁的满达也在边吃边想："我什么时候回家呢？我也要给姐姐宝珠买几盒让她吃，姐姐一定会开心的！真的想家了，我离开家已经快一年了，草原上的阿爸阿妈还有姐姐，你们想我吗？"

吃完小吃后，舅舅带着他们三人沿着什刹海西岸，穿过银锭桥后又经过了热闹的烟袋斜街，他们来到了鼓楼前。舅舅领着他们三人在鼓楼大街闲逛，天色也开始渐渐暗了下来。他们三人都买到了自己喜欢的东西，舅舅说了："只要喜欢的玩意儿，尽管说，大舅有钱，今天让你们可劲儿地造……满达也一样不许见外，大家高兴就好。"柳泓买了泥人、糖人、紫砂人，装了一大包。柳江买了空竹和一个根雕；满达选了一把镶宝石的短刀和一个旧砚台。舅舅见这三个孩子全都心满意足了也很高兴，就带着他们来到了一个清真小吃店前。

傍晚的小吃店里，来吃饭的人也很多，店堂里的座位差不多全满了。舅舅说："今天带你们吃一些老北京人爱吃的小吃，和咱们府里做的味道可能不一样，你们尝一尝。"舅舅给他们三人点了炸松肉、酱驴肉、糖耳朵、驴打滚、芝麻饼、油炸糕、沙琪玛外加每人一大碗虾仁元宝，舅舅看点的食品全端上桌后，让他们静静地等着虾仁元宝煮熟后一起吃。之后舅舅又说："我去旁边的古玩店问点事儿，一会儿就回来，你们三人在这儿好好吃，可千万别动啊。"柳泓他们三个人高兴地答应着，乖乖地坐在那里。

古玩店距柳泓他们吃饭的小吃店很近，也就有几十步的光景。舅舅假意去买那个羊脂玉的鼻烟壶，店家告诉他说："你来晚了，当主已经取回不卖了。"舅舅听了心里一块石头落了地，知道管家已经将鼻烟壶取回。但他虽然心中欢喜，嘴上却说："唉！可惜我来晚了，谢谢掌柜的！"边说边快步退出店门寻找自家的孩子们。

舅舅刚走进小吃店门内，却听到耳边一声怒吼："滚出去，你这个讨人厌的东西！天天来这儿蹭吃蹭喝！让人看着闹心，出去！快出去！"舅舅一听此话吓了一跳，诧异地看了一下面前端着大碗的伙计。"骂谁哪？""大爷您里边请！"端着碗的伙计慌忙地向舅舅点头哈腰，并用嘴努着向舅舅示意，原来是在柳泓他们的饭桌前，一个小叫花子正站在那里向他们伸着手要饭呢。舅舅走的时间并不长，前后也就十来分钟，那么这个要饭的孩子肯定是刚进来的，可别让她站在这儿，柳泓他们是不是被吓着了？舅舅几步走上前来，看了看自家的孩子们，他们虽然有些慌张，但饭菜没有被破坏，就扬了扬手对那个小叫花子说："你靠边儿点，回头我给你买一碗馄饨吃，桌子上的这些你可千万别碰！"只见那个小叫花子点了点头，退到了门口一旁，脏脏的小脸上一双大白眼珠子，身体瘦得像一只猴子，衣服又脏又破，她还梳着两个小辫，小辫子不常梳洗脏得就像煤油灯的灯芯儿，俗话叫作油指泥儿。看样子这个要饭的小女孩应该有十岁了，她目光死死地盯着桌子上的饼和肉，尽管被伙计斥骂，眼睛也没有离开半分。看来她真的是饿坏了！

舅舅坐在了满达给他拉过来的椅子上，看了看柳泓与柳江，问他们道："你们见过要饭的叫花子吗？"柳泓很小声回答："她为什么不回家吃饭呢？她怎么这么脏啊？"舅舅问这个要饭的小叫花子："你几岁了？你的父母呢？""大爷，我已经十一岁了，我父母都死了好几年了。""那你跟着谁过呢？怎么就没饭吃了？""好心的大爷，我父母死后我就被大伯接去他家了，帮助家里干活，看孩子。大娘又生了一个小弟弟，我每天抱着他，上个月我抱着他下台阶时摔了一跤，把弟弟的鼻子碰地上流了血，大伯大娘把我打了一顿，骂我是废物，光吃饭不干活！说不想白白地养活我了，这之后就把我赶出了家门。我饿极了就回去求他们饶了我，我也给他们下跪，他们不理我，还用脏水泼我，说我是扫帚星，就是不让我进门。我没处可去，只好晚上找个门洞睡，白天要饭。大爷，我已经两天没吃饭了。"小姑娘边说边哭，眼泪在她的小脸上冲出了两道沟。

此时的柳泓早已经看傻了，她在王府中长大，平日里锦衣玉食，哪里见过这个样子的世界？此时的王府虽然不比大清时的气派，但王府毕竟有自己的田庄和买卖，虽然权力丧失了，但经济实力依然很强。柳泓是在众人捧在手心里长大的，今天她是第一次来平民百姓平时下的馆子，她感觉特别新鲜！这里吃饭用的碗特别大，这一碗虾仁馄饨可以装王府饭碗的四碗，王府里管这种东西叫虾仁元宝，而这里却叫虾仁馄饨。柳泓正在新奇之时从外面跑进来了一个人，脏兮兮地看着他们三人，在跑堂伙计的怒骂之下她仍然站着不动。说实话，柳泓他们三人挺可怜她的，柳泓、柳江还有些怕她。怕给她吃了之后她又会抢。满达虽然不怕她，也见过要饭的，但毕竟他不是主人，也没有勇气给这个小叫花子吃食！正在僵持之际舅舅赶了回来，这才让三个孩子安下心来。只见送饭的伙计开始往外赶那个小叫花子："去去去，外边等着去！一会儿给你下一大碗肉馄饨，今儿个你算是赶上好心人了，给你吃新鲜的，不吃剩的了。要不然你总站在客人面前给人家添恶心，人家可怜你给你剩下一点儿！看看，你还不快出去？到门口等着吃去。"伙计一边向外赶她一边叹气说："天天来，没家，没爹娘的孩子真是太可怜了。这是夏天，到冬天还不得冻死啊！"柳泓听着听着，嘴里吃着馄饨眼里却流下泪来。她对舅舅说："这烧饼夹肉我不吃了，给那个小孩吧！"一旁的柳江和满达也附和着说："对，给那个小孩吧！她说她已经两天没吃饭了。"舅舅见此，点了点头对满达说："你们做得对，善心行走天下，人欺天不欺！满达你拿这个盘子把肉夹在饼里给那个小女孩送去，让她先吃一顿饱饭再说。"满达一边答应着一边用盘子托了两个火烧夹肉去送给那个小姑娘。

小叫花子一见满达过来，慌得赶紧按住手里的那一大碗馄饨，生怕满达把它端走。满达把手中的盘子递给她，她竟然有些不相信的样子。待明白过来后，她赶紧双手接了过来，并"咕咚"一声跪了下来："谢谢小爷的恩赐，谢谢小爷！""快起来，快起来！"满达惊慌地扶起她说。满达哪里见过这个，他惊慌地跑了回来。

吃饱喝足后舅舅带着他们三人准备回府，走出店门时一看那个小叫花子还站在门前等着他们呢。伙计挑着门帘子在教训她，让她站得离门远一点儿，以免影响店家的生意。舅舅见此劝伙计道："算了！算了！没爹没娘的可怜孩子，别骂她了，又是一个女娃，何苦呢！"舅舅见那个小孩实在可怜，恻隐之心油然而生，他对小姑娘说："我们送你回家吧，你这样下去早晚会出事的。""我是想回家去，但是大伯大娘不让我进门，他们说再进门就打死我！""我送你回去和他们说说，走吧，你头前带路。"舅舅关心地看着她，小叫花子点了点头。

饭馆离小叫花子家不太远，也就是走了十几分钟的路程，小叫花子的家在路边胡同口的一个小院内。满达敲了敲门后，一个三十多岁的女人把门打开，正要微笑地开口，一看到小女孩立即翻了脸大骂："你这个黑了心的鬼，又回来干吗？你是想把我儿子摔死才甘心吗？"正骂之时从院中又走出来一个男人，小女孩紧张地小声叫他："大伯，让我回家吧，我以后一定好好地干活，少吃饭。""你还是走吧，你也不小了。你大娘怕你再害她的儿子，所以不让你进门，我也是没有办法替你说话的。""大伯，我以后会加倍小心，再也不会摔跟头了，让我回家吧，我真的是可以多干活，少吃饭！"此时的柳泓看着眼前的一切，她再也控制不住地眼泪流了下来，她紧张地抓着舅舅的手。满达在一旁看着男主人不满地说："你们是她的亲人，她已经没有爹娘了，你们就赏她一碗饭吃又怎么啦？""少废话，她就是一个丧门星，杀人贼！我们可不敢再让她进门，我绝不能让她害死我的儿子！滚，快滚！滚得越远越好，永远别回来！"叫嚷的女人"嘭"的一声把大门关上，他们两口子在里面拴上了门栓，空留下舅舅和孩子们的惊愕！小叫花子无助的哭泣让善良的柳泓格格流下了伤心的泪水，她泪眼婆娑地望着自己的大舅，哀求舅舅帮助自己救救这个没爹没娘的孩子！

舅舅的胳膊快被柳泓格格摇散了架，在她的哀求下，大舅用手帕擦干了外甥女的泪水，他无奈地领着孩子们和小叫花子回了家。这个小叫花子名叫杨小青，在她十一岁时被善良的柳泓格格从大街上捡了回来，结束了流浪的生活，在柳泓格格的帮助下进了王府，并由此安居下来，有了吃住的地方。

第二十一章　乞丐杨小青

　　昨夜，王府的大贝勒带着柳泓、柳江和满达回到了府中，额外还跟来了一个脏兮兮的小叫花子，这是个骨瘦如柴的小女孩。她低着头，缩着脖子，偶尔会翻着大白眼珠子看人。有人问她话时她总是畏畏缩缩的，像一只胆小的兔子，她此时的样子真的是很可怜。

　　王爷看见柳泓姐弟和满达他们回来了，开心地把宝贝外孙女揽在怀里，看着柳泓选的宝贝玩意儿：一套泥人，一套糖人，还有一套紫砂小人，并依次把这些宝贝摆成队列，玩具人物每一个都是憨态可掬，各有特色，王爷不住地点头夸赞她买得好，有眼光！柳泓得意地又拿出了她的战利品：一笼子蜻蜓"大劳仔"，她按计划首先分给了外公两只，然后龙珠小弟弟两只，柳江两只，满达两只，自留两只，另一只自然赏给了大舅。舅舅为了哄柳泓高兴，赶紧把蜻蜓放在了窗纱之上，并告诉柳泓："这'大劳仔'每天得喝清晨的露水才能活命，所以不能像养蝈蝈儿一样关在笼里，给点儿大葱或胡萝卜就能活，蜻蜓必须在能飞的空间里生活，否则就会委屈地哭死了。"柳泓听了大舅的话后吃了一惊，慌忙把自己手中的蜻蜓也放在了纱窗之上。只见蜻蜓张开了翅膀，并且睁着圆滚滚的大眼睛看着自己，她禁不住开心地笑了。王爷又看柳江选的宝贝，原来是一个制作精美的空竹和一个栩栩如生的根雕。王爷看着柳江说："我外孙就是会选东西！看这个空竹，明天早上姥爷给你抖一个，姥爷大舅和你妈都会很多花样呢，可惜今天时间来不及了，天太黑了，你明天就要回扬州了，姥爷下次再教你抖空竹的技术吧。还有你买的这个根雕真不错！你很有眼力呀！你看这个根雕是一只欲飞的天鹅，它在这个事先配好的底座上可以转动，当你转动之时天鹅就像欲飞一样地昂起头来，真漂亮，会审美，有眼力！柳江宝贝儿有思想，有艺术鉴赏力，将来一定会大有作为！但是必须做个好人，方能成就一番大事业！"王爷边夸奖边开怀大笑，溺爱的眼神在他的双胞胎外孙们面前从不掩饰。之后轮到了满达献宝。满达在市场转了一圈后选的宝贝是一把镶宝石的短刀和一方古老的砚台。王爷把短刀拿在手中，从刀鞘中将短刀抽了出来，立即觉得寒光一闪，锋利逼人。王爷叹了一口气："战将后人无弱者，这许就是天意。满达，你家世世代代为国家镇守边关，功不可没。你本是将门之后，无奈大清已亡，但国家还是我们的国家，哪方主政都一样，国家是你的根基！你以后要好好学习，长本事后重振家风，宝刀收好留作防身习武之器，此刀虽小，却有鱼肠之利，宝刀在手，是个好物，应该也是宫中流出来的，你的眼力不错！我看你还买了一个老端，得此砚台之人，足可证明你可以定下心神，好好地学习本事，一切自有天意。你学业有成之后，我也就对得住我那在天上的兄弟了。柳江明天就走了，你也开始复习功课，我让人给你找老师补习，以后你什么都不要想，专心学习，这也是你父母捎来的话儿，记住了吗？""记住了，王爷，我一定好好上学！"满达虽然心中不是十分愿意，但也不敢回嘴，因为他看到他四爷爷对王爷毕恭毕敬的样子，他哪里敢说一个"不"字。其实他真的是想念父母和姐姐了，可是他不敢吭气，只有唯唯诺诺地点头称是了。

王爷对三个孩子分别夸奖鼓励了一番后，才正眼看向了自己的儿子，这真的是体现了一句老话儿"隔辈亲"。王爷问："这个小丫头是怎么回事？从哪里捡来的？"当儿子把前后经过讲了一遍后王爷怜惜地看向了这个可怜的小女孩。他对小女孩说："要说我家里也不多你这一张嘴，可是你愿意到我家吗？我们可以把你养大，也可以让你陪着小格格念书，伺候小格格的起居，直到你长大成人出嫁之后。可是你在我家要守规矩，要长好心眼儿，具体的事情让管家来安排，记着家有家规，国有国法，小格格他们可怜你，把你捡了回来，看在她的面儿上你就先住下吧，以后看你的表现再说。"王爷答应之后，大家才放心下来。管家叫来家中管事的老妈子带着她去洗澡换衣。当女用人带走小乞丐离开前堂时，王爷又问了一句："小孩儿，你叫什么？""我叫杨小青。"小乞丐回头笑着对大家说。王爷摊着两只手对大家说："看看，连人家叫什么你们都不知道，就给带到府里来了，以后还不知是福是祸呢！"

第二天一早儿，柳江就跑到姥爷居住的前院里，他要看老人家抖空竹。抖空竹是流行于老北京的传统体育，在中国有悠久的历史，从明代至今最少有六七百年的历史了。柳江听妈妈说她从小就会抖空竹，而且是姥爷教她的。去年春节爸爸妈妈和姐姐去扬州找他们过年时，妈妈就给他带了一个空竹，并教会了他抖空竹的方法。说实在的，看着抖空竹很容易，实则是抖好很难。它需要你的四肢配合才能抖好，抖响，这是北京大人儿童春节必备的玩具，有人叫它"地铃"，也有人叫它"空钟"，总之抖顺了，它的声音会非常好听，所以柳江在鼓楼见到了之后赶紧把它抓在了手里。因为现在是夏天，一般空竹是春节前后才售卖的，这就是物以稀为贵。柳江这次是心满意足地得到了喜欢的玩具。当姥爷昨天说给他表演抖空竹后，柳江夜里就一直翻来覆去地想象，姥爷抖空竹时会是什么样子？天刚刚亮，他便跑了过来寻找老人家。柳江知道往常这个时间是姥爷打太极拳的时间，昨天他已经答应了要陪着自己抖空竹的。

王府的人在嗡嗡作响的空竹声中纷纷起床，连管家给柳泓他们养的大公鸡也随着空竹的响声打起鸣来。一时王府中充满了欢声笑语，王爷的各种花式表演让大家纷纷喝彩。只见空竹在王爷手中的两根小木棍连着的棉线绳的抖动下，上下翻飞，声如悠扬的钟声，真是好听极了。而王爷的手臂抖动，侧身弯腰，蹁腿，跳跃，竟如年轻人一般灵敏，白色的胡子在晨光中抖动，一身白绸裤褂随着身形扭转，真的是有如仙风道骨一般！这次他抖的是他儿时最爱玩的玩具空竹，旁边站的是他的二儿子小贝勒，什么叫其乐融融呢？这应该就是吧！随后，柳江的大舅、二舅、妈妈、舅妈全都开始了空竹表演，足足一个早上，真的是太精彩了！这是一个快乐的和睦的大家庭，只看呆了满达和那个新来的小叫花子女孩杨小青。

是的，从昨天起，杨小青被王府收留了，她不再流浪乞讨，有了新衣新鞋，可以吃饱穿暖，她有了家的感觉。

是的，从今天起，满达开始了文化补习，他有独立的住房和新的自行车，他也成了王府的一员。王爷对他格外看重，满达也有了家的感觉。

今天，柳江告别了外公、父母和姐姐，他和伯父伯母离开北京回扬州。这次暑假让柳江终生难忘，他学会了很多本事，大开了眼界。他结识了好友满达，又收获了几套珍贵的宋版医书，他从此爱上了医学，一头扎进医书中孜孜不倦地探索深入下去。许多年以后他总是在思考，这是否为天意，是上天安排自己用全部精力乃至生命做医学研究救死扶伤吗？

柳江离开了北京，王府又变得安静起来，一切又恢复了老样子，连那两只每天兴奋报晓的大公鸡都平静了下来，只完成报晓三遍，之后它们便有些懒洋洋的不再折腾了。柳泓每天按时上下学，有女用天天接送。满达经过加速补习进入了中学三年级，他终日苦读，闲下来便习武练拳，早出晚归。满达是个有良心的男生，他感恩王爷给予他的恩情，每天早晚都到前堂来给王爷请安，规规矩矩，斯文有礼！不了解的人从外观绝对看不出这个年轻人有一身的好武艺。

　　这一天晚上，满达看完书后练了一趟拳，正准备洗洗上床休息，忽听外面有轻轻的敲门声，时间已经晚九点多了，谁能来敲门呢？"是不是柳泓格格有事找我呢？"带着满腹疑惑，满达拉开了门。出乎他的意料，敲门的人原来是上次他们在鼓楼捡回来的乞丐杨小青。只见她手捧一个托盘，托盘上有一个大碗，打开一看是一碗热气腾腾的面条，上面还放着两个鸡蛋，香油绿葱花在面汤里飘着既好看又诱人。"满达少爷，我看您练拳累了，怕您饿，您又要读书，我就在厨房里给您做了一碗面，您趁热儿吃了吧。"杨小青走进屋将面碗端放在桌上。她不走，呆呆地立在那里想看满达吃她送来的面条。"谢谢你！谁让你做的呀？我不饿，没有加餐的习惯，你拿走留着自己吃吧。"满达笑着对杨小青说。"哪能呢？我这是专门给少爷您做的，别人不知道，也没有人看见，您快点吃吧，吃完了我就走。"杨小青看着满达小声说着，并用期待的目光看着他。"你还是端走吧，大管家已经睡下了，一会儿吵醒他老人家就不好了。"满达很着急，他手足无措的样子在灯光下很是可爱。平时他与杨小青见面的时间并不多，只是在早晚吃饭时能够见到她。自从上次在鼓楼饭馆里他给这个小乞丐端过饼和肉时说过几句话之后便再无交集。但他在厨房里几次听杨小青向他道谢时，他也没有搭话吭声，他不知应该说什么好！没想到今天杨小青竟然给他送来了夜宵。满达红着脸问她："你为什么单给我煮夜宵呀？府里是有规矩的，以后可千万别这么干了，让人知道不好。""这有什么呀！王府家大业大哪就在乎一碗面呀！我看吃饭时王爷都让您坐在他旁边呢！""哎呀！那是王爷抬举我！我本是一个下人，寄居在王府中，人家养着我，供我念书，我已经承情不起了，你还给我单独开小灶，这要让人知道了我可怎么办？这是违背家规的，咱们都是下人，你快拿走吧。要不你快走吧，千万别惹事了！"满达焦急得很，催促杨小青快快离开。"少爷，您是个读书人，知道有恩必报的道理，戏词上都这样讲的。那天是您救了我，给我吃的肉和饼，要不我就饿死了。还是您对我大娘说让他们长良心，这全北京就您是个好人，搭救了我，让我现在有吃有喝有地方住，我是来报恩的呀！"杨小青边说边流下泪来。满达看她这样子也不知怎么办了。"谁呀？干什么来了？"只听一声咳嗽，大管家从东边的屋里走了出来，他披着一件灰衣服，站在屋门口望着满达和杨小青。"四爷爷，是她给我送面来了，我正让她端走呢，我知道规矩，我不会吃的。""那就对了！家有家规，国有国法。杨小青，谁让你私自下厨的？凭你就敢坏了王府的规矩？贱人胆大，你这不是害满达吗？"老管家生气得望着杨小青。"大管家，您不要生气！我是怕少爷晚上饿才来的，大管家饶恕我吧。"杨小青吓得低着头小声说。管家咳嗽了一声又说道："你们刚才说的话我都听到了。我警告你杨小青！你本是一个无家可归的小叫花子，在你快饿死的时候，是我家小格格柳泓看你可怜，求着舅舅将你捡了回来！给了你吃穿用度，你不好好伺候小格格跑这儿找满达来干什么？当初满达给你端饭食也是我家小格格准许的，关满达屁事呀？满达也没有这个权力！人家才是主子呢！你错误地认为满达救了你，事实不是这样的！就连贝勒爷给你买馄饨也是看在小格格的眼泪上，要不谁管你呢？满达是个好孩子，但他一文钱也不挣拿什么给你救命？他还让人家养活着呢！你今天偷偷摸摸地在厨房里做饭给他，看着一碗面是小事儿，以后不定会惹出什么大幺蛾子来呢！你一个小小的乞丐在府里竟然有这么大的胆子？可是不得了！明天我就回给贝勒爷，请他让你快走，你这是不知好歹，不明事理，早晚你也是个祸事精！早走早清静！"老管家看向杨小青若有所思地说。杨小青吓坏了，扑通一声跪在了地上："大管家饶命！小青不懂事！我再也不敢了！小青一定好好伺候格格，绝不再惹您老生气。"惊吓后的杨小青此时泪流满面，不住地求饶。"满达，我刚才说的你全听清了吧，你是个懂事的孩子，王爷对我们一家恩重如山，将来我会细细讲给你听。你今天拒绝得对，做人要讲良心，懂规矩，否则猪狗不如！要是你今天悄悄接下这碗面，我非打断你的腿，缝上你的嘴！"老管家气愤地大声说："杨小青，你快走吧，以后老实点，不许再来后院找满达，记住了吗？好好地伺候格格，格格上学后，再去后厨帮忙，不许在府里乱走动。若再坏了规矩我定不饶你！你记住了吗？""记住了！记住了！"杨小青边哭边回答，在老管家严厉的目光下仓皇逃去。"明早把面条拿去喂鸡。"老管家吩咐满达之后回屋里休息去了。

这时满达看了一下那碗面条：两个鸡蛋仍是那么洁白晶莹，绿葱花和香油珠还在面条缝里潜伏，只是在这寒凉的深秋面条早就凉了，香油也凝固了，他回屋脱衣睡下。唉！满达叹了口气，他心里在为杨小青办的事儿不值，觉得她又可怜又可气，没事儿找事儿！"你可真的是够傻的，你说你给我做碗面干啥呢？还不如给柳泓小格格做一碗呢！小格格笑起来才好看呢，她才是你的救星呢！再说柳泓小格格善良又可爱，有好吃的也应该先尽着她呀……"想着想着满达就睡着了。满达在梦中笑醒了，他梦见柳泓把捉到的蜻蜓放在自己的耳朵上，他只觉得一阵痒，一下子就笑出了声。此时，他们养的大公鸡也叫了起来，又是一个闻鸡起舞的早晨。

第二十二章　宝珠出逃记

　　春节临近的时候，王爷派去正蓝旗的两个家丁回来了，他们带来了好消息。王爷听后很是开心，他知道老管家对亲人是多么地牵挂，就立即让人把他叫到了前院，让那两个家丁把此次去草原的情况说给他听。首先是满达父母的身体有所好转，已经基本康复，他们服用了王爷从北京给捎去的药，还有药酒和人参等补品，王爷又花钱给他们请了当地的蒙医为他们精心治疗。蒙古族人的体格本身就强悍，加上合理的治疗，仅仅几个月的工夫，草原满家的毡房里又恢复了生机。在这两个家丁的精心照料下，他们又重新站了起来！当然还有两个更重要的原因，让满达父母心情舒畅，一个是王爷将满达留在北京上学，期待他学成后可以光宗耀祖。另一件事更是去了夫妻俩的心病：他们的女儿宝珠姑娘早就逃出了马匪窝，摆脱了坏人控制之后她参加了中国人民解放军，并成功地带路将这股马匪消灭，为草原牧民们除了一大害！这个消息让老王爷和管家高兴极了，试想一个美丽的女孩被土匪抢走，她的结局会是什么？现在孩子成功逃脱，还参了军，这不就是长生天在护佑吗？王爷心里高兴，他口中默默地念叨着，又把手放在了胸口上。这不幸之中的万幸，这惊险离奇的故事，在从正蓝旗回府的家丁们叙述下，王爷和老管家终于把那颗揪着的心放松下来。

那天马匪胡图凌嘎率领手下几十名精悍的匪徒，骑着马，打着呼哨来到了正蓝旗的元上都附近，他们知道这里有一家大牧户，很有钱。他们祖上是为皇室饲养军马的，而且作战英勇，在大清朝时期曾经是戍边的武将。后经多年战乱，直至民国时期，军马几经征用，家道中落，再也不比从前。在早前，马匪们首先是仗着人多枪多，将这个家的主人从旗里住的房子中赶了出去。无奈之下，这个家庭就去了草原牧场，住进了毡房。马匪胡图凌嘎对此美其名曰：支持政府的紧急需要，捐献办公用房。其实胡图凌嘎本身就是一个汉奸卖国贼，他在草原上做尽了坏事，牧民们恨透了他。日本鬼子投降之后国民党政府接管，胡图凌嘎得到消息后，他立即带人赶到承德去面见国民党的接收大员，并献上了无数的金钱和珠宝玉器。他极尽阿谀奉承之道，让那个国民党接收大员开心不已，认为他是一个人才，既聪明又会办事，还懂汉族礼仪，所以就委任了胡图凌嘎为锡林郭勒盟的代理首领。从此胡图凌嘎就有了国民党政府这个大靠山！此后他带着他的马匪在草原更是为所欲为，做尽了坏事！他们就像一阵邪风，呼啸而来又咆哮而去，将草原牧民的财富掠走，稍有反抗便被杀之。这次他们抢劫满达家也是有计划的，他们先是霸占了满家的府宅，以政府征用的名义将他们赶到草原，并扣留了几百匹军马说是政府急需。在此之后没有多久，他们又杀到元上都抢劫他们的牛羊和钱财珠宝。早就听说满家有一个美貌又识文断字的姑娘名唤宝珠，这次他们就是奔着这个姑娘而来，胡图凌嘎想要宝珠姑娘做他的如夫人。在搜查毡房的时候他们终于发现了美丽的宝珠，胡图凌嘎顿时心中大喜，他让手下的人将宝珠姑娘捆绑到马上强行掠走，而其中有一名马匪对胡图凌嘎说："这个宝珠姑娘不是一般人，她是草原上牧民孩子们的老师，是个高贵的女人，不要太粗暴，要不然马匪中有人会不愿意，因为他们这些马匪中也有当地的牧民。胡图凌嘎虽说是心狠手辣，但他一见姑娘长得美又有文化，他倒是动了真心。所以在满达父母与他们拼命时他还是给他们留了半条命，也没有放火烧掉他们的毡房。当晚这些马匪满载而归，他们在正蓝旗满达家的院子里开始庆祝胜利，大吃大喝。胡图凌嘎笑着喝着大酒，他狂妄地扬言：明天就是好日子，明日成亲！今夜大家一起尽兴，一醉方休！

宝珠的双手被反绑着关在了自家原来的仓房中，她听着外面的房子里，院子中土匪们喝五吆六的划拳声，想着今天父母在草原上倒地的身影，不知父母现在的死活，她担忧极了，难过地流着眼泪。她想，幸亏弟弟满达去了北京，否则这些马匪一来，满达一定会上去拼命，那样自己家就会被土匪们一锅端了。看来只能指望弟弟将来为她们报仇雪恨了！她又想着不知明天是个什么情况，土匪如果对她用强，她是誓死不从的！打不过胡图凌嘎，那她就咬舌自尽，绝对不能受辱，绝对不能对不起祖宗！宝珠边想边落泪。一段时间后，院子里渐渐地安静了下来，"看来那些马匪都喝醉了，睡死过去了吧？"宝珠边想边听，她很想自救。她对这里的一草一木都很熟悉，因为这里曾经是她的家呀！但此时她的双手被绑得很紧，身体也被捆在了屋里的柱子上。宝珠在扭动自己的身子，试图让捆绑的绳子松一些。这时，她忽然听到一声小小的咔嚓声，她扭头一看，东面关着的窗户裂开了一条缝。宝珠惊讶地望了过去，慢慢地一扇木窗打了开来，从窗外探进了一个男人的身体，那人看着宝珠小声说："别怕，我是来救你的。"宝珠看着这人有点眼熟，但是想不起来他是谁。来人迅速解开了宝珠身上的绳子，他说："宝珠老师，我儿子哈木根是你的学生，每天都是他哥哥骑马送他去上学，你记得吧？""记得，记得！哈木根很聪明，他已经会背很多首唐诗了。"宝珠很兴奋，没想到在土匪窝里会有人来救她。"你不用害怕，那些人都躺倒了，我在酒坛子里下了麻药。你从这里出去后挑一匹好马赶快逃走。我给你一个纸条，出去后拿着这个纸条，去东面哈拉嘎庙找解放军，只有他们能救你，给你报仇。你逃走后我也会去装醉，好蒙混过去。过几天有机会我就去给你爹娘送个信儿，让他们放心。你快走吧！天马上就亮了，记住，一定走大道，大道安全。你带上这杆枪防身，枪里有子弹，记住，直接奔东面的大道啊！"宝珠跪下给救命之人磕了一个响头，之后快步向马厩奔去。这里本是她的家，她对此非常熟悉，而且有些战马都是她和父亲亲自调教的。宝珠在马厩里拉出了一匹战马，是枣红色的，枣红马见到熟悉的宝珠刚想打响鼻，便被宝珠按住，战马立即领悟，随着宝珠的牵引，轻轻地、悄悄地走了出来。

在这黎明的夜色，英勇的宝珠手牵着她的战马，后背上背着她学生的父亲送给她的那杆枪，她终于摆脱了马匪的控制，像流星划过草原一样，飞速向东边的大道上奔驰而去！草原女英雄宝珠骑马一路狂奔，天色渐明，到哈拉嘎庙应该不太远了，那里有共产党领导的解放军，宝珠就是去寻找他们，让他们帮助自己，她要带他们来消灭掉这些凶残的马匪！跑着，跑着，宝珠发现她的马停住不走了，她很奇怪，她在马上四处观望，突然发现在前方一百米左右有两只野狼站在路旁看着她，怪不得马停了下来并不住地跺着蹄子。马有些惊慌，似乎在等着主人的命令。宝珠虽然是个女孩子，但她是草原的女儿，武将的后人！听说与见过的很多，虽然遇险但她并不是十分惊慌！她口中喃喃地安慰着马儿，并用手摸了摸马的耳朵以示鼓励。随后她端起了手中长枪，瞄准了那两只狼，此时那两只狼也在看向她，似乎也在商量如何对付她。宝珠知道狼看见她手中的枪也在犹豫着要不要袭击她。此刻她心中十分感激那个救她的牧民，要是她手中没有这杆枪，今天可真就悬了，那可是逃离了虎口又入狼牙了！她抬起了枪瞄准时发现两只狼分开了，分别站在路的两旁，她知道狼是很狡猾的，今天这是要分头袭击她，狼分明是没有把她放在眼里呀！宝珠很气愤，她心里说，你们这是在找死吧？她看到左边的狼已经准备抬腿腾跃，她对准狼就是一枪！只见那只狼腾空后便在半空中摔了下去，狼中弹了！她发现在右边的另一只狼此刻也扑了过来，换子弹已经来不及了，宝珠立即抓紧了马缰绳，她对准扑过来的狼头迎面就是一鞭子，而她座下的马惊得立了起来，挨了鞭打的野狼落在了地上，看来鞭子伤了它的眼睛。而宝珠座下的战马嘶的一声腾跃而起，向前方跑去。宝珠回头望望，那只受伤的狼走到了另一只的身旁，用鼻子嗅着它的伙伴。这应该是一对狼夫妻，宝珠知道剩下的这只活着的狼今后会更狠，会更加报复人类。而宝珠绝对不会给他人留下后患。她在枪内压好子弹，骑着马又返回狼的附近。她用枪瞄准后向狼大喝一声："咳！"那只受伤的狼正自伤心之时看到宝珠又返回来，它"嗷呜"的一声腾跃起来，扑向宝珠。电光石火之间宝珠的枪又响了，她就是在激起狼的愤怒，在狼腾空的一刹那立即开枪击中狼胸部的白毛之处，又是一枪毙命。看着双狼已死，宝珠的心才放了下来。为防意外，她又把子弹压上膛。在草原上，最怕的是狼嗥，只要它一叫，立即会引来群狼，要是那样自己就难以脱身了。今天还好，办得很干脆，宝珠心中不由得暗自庆幸。

宝珠骑着马，继续向哈拉嘎庙的方向策马飞奔。跑了不远，前边路上有骑马而来的几个军人，他们穿着正规的军装，军帽上有红五星。宝珠听说共产党的军队军帽上是红色的五角星，她也就没有躲避，那几个军人看见她，立即停下马向她问道："这位姑娘，你听见枪响了吗？前面发生了什么情况？""你们是什么人？""我们是中国人民解放军。""太好了，我就是来找你们的！""你听到刚才的枪声了吗？""听到了，枪是我开的。我打死了两只狼。""什么？你打死了两只狼？你一个女孩子……"骑在马上的战士不禁咋舌，一副很敬佩的样子，"离这里远吗？咱们看看去。""不远，不到一里地，你们去吧，我要到哈拉嘎庙去办事。"那几个军人一听她要去哈拉嘎庙就笑了，对宝珠说："你一直向前再跑二里地，路口右转就快到了，我们去看看你打死的狼去。"话未说完，几个军人策马飞奔而去。去哈拉嘎庙的路宝珠认识，以前爹爹带他们全家去朝拜过，那是一个很神圣的所在。现在天已大亮，附近又有了解放军，宝珠心中不再紧张害怕了，她继续策马向前，也就有二十分钟的工夫，她便来到了哈拉嘎庙。

宝珠牵着马登上庙门前的石阶，有两个拿枪的战士拦住了她，问她要干什么。她拿出手中的纸条让守卫的战士看，只见纸条上写着："团长富金山"，警卫战士一看要找团长，赶紧入内报告，不大工夫从房间里走出来一个高大黝黑、一脸英气的男人："谁要找我？什么事呀？""您是富金山团长吗？""是的，我就是，你有事进屋说吧。"宝珠将手中的马缰绳交给了守门的战士，她随着名叫富金山的团长进了屋。团长给她倒了一碗热水，她刚想坐到办公桌旁的木凳上，就听见院里有人大声说笑，几个军人扛着两只大狼站在那里。团长见此走出来问道："怎么回事？谁打的？""团长，刚才我们听到两声枪响，就循着枪声响处看看有什么事发生，发现一个蒙古族姑娘背着枪，说是她打死了两只狼！我们挺好奇，就骑着马去找了。还真是这么回事！我们就扛了回来，我们想团长您老是腰疼，用它给您和政委做两个狼皮褥子吧，厚厚的一定会暖和，再给大伙儿把狼肉都炖了，开开荤！咱们可好久没吃肉了，这次两只大狼用锅一炖，真可以解解馋了！团长您还别说，那姑娘枪法还挺好的，一枪一个，正中要害，这要是打土匪绝对好活儿，神枪手！""那姑娘呢？去哪儿啦？""报告团长，不知道，她说要找咱们这哈拉嘎庙，谁知她是谁的亲戚呀！人家姑娘家，咱不好意思问！"领头的战士向团长汇报着。屋里的宝珠听得是一清二楚，她随即走出屋来笑着说："是我呀！本姑娘在此呢。"
"啊？你是来找我们团长的？怪不得枪法这么准呢。报告团长，狼就
是她打死的！"团长笑了笑对他们说："抬到炊事班去吧。瞧瞧你们
几个，还侦察兵呢？捡了两只狼就乐成这样了？"团长笑着转过身
来，他对面前的女孩开始上下打量起来：只见宝珠姑娘个子高高的，
身材很好。美丽的脸上一双乌黑的大眼睛，她梳着两条大辫子，雪白
的牙齿很整齐，笑起来显得纯净又可爱。虽然穿着蒙古族服装，但她
不像蒙古族姑娘那样粗放豪爽，而是优雅自信，像城市里的大学生一
样的做派。团长端详着面前身穿蒙古长袍并背着一杆长枪的宝珠姑娘
和她手中的纸条，那纸条上有着他熟悉的字迹，是他的战友，隐身在
马匪中的侦察员哈尔日勒的笔迹。团长问宝珠："你认识字吗？你叫
什么名字？为什么拿这个纸条来找我？"宝珠见团长问她，便回答团
长："我认字，给我这个纸条的是我学生的父亲。他的儿子哈木根是
我的学生。"随后，宝珠便把这两天发生的事情详细地讲给了团长
听。宝珠边讲边哭，她不知自己爹娘的死活，她要请解放军去杀马
匪，为她的爹娘报仇，而且她请求团长让自己参加解放军，她要亲手
将匪首胡图凌嘎击毙，誓报血仇！对她的要求，团长痛快地答应了。
他让战士把参谋叫来，让宝珠把马匪所占地的地图一并画了出来。宝
珠对此地太熟悉了，这是她从小长大的地方，每一个地理细节她都熟
知，团长对此十分满意。他知道他的战友在期待他的行动，因为纸条
上还有两个小字：晚十。那么今晚十点必须到达，那时正是土匪入睡
的时机，于是他吩咐伙房，让大家今天好好地吃狼肉，有劲儿之后端
狼窝。

　　夜色已深，骑兵团出动了两个连，他们在夜色中悄悄地接近了正
蓝旗马匪的聚集地。马匪们警惕性并不强，他们狂妄自大，还沉浸在
昨日掠夺的狂喜之中。昨夜他们大碗喝酒，大块吃肉，土匪们当夜醉

得东倒西歪，直到今天天大亮之后才醒了过来。但是醒了之后就发现昨天抢来的女孩逃跑了，是跳窗逃走的。于是匪首胡图凌嘎便派人去草原寻找，派去的土匪返回说姑娘没有回家，备不住夜里逃出去让狼吃了。胡图凌嘎对宝珠失踪这事儿很是惋惜，另外几个土匪小头目见他这样，便纷纷上来解劝："好姑娘有的是，咱们再去抢几个来不就行了吗……"于是这几个坏蛋就又开始喝起酒来。正喝到兴头上，忽听门外几声清脆的枪声，他们立即放下了酒杯提枪出来查看。这一看，大事不好了！院里院外到处都是火把，解放军不知什么时候打进来了。土匪头目很奇怪，没有听到喊杀声，怎么就被围了呢？他们哪里知道门外设的流动哨早就被我军潜伏在马匪中的那个叫哈尔日勒的厨子给灌醉了。这几个人没有去放哨，而是都蹲在院门内喝酒，直至东倒西歪。等到发现情况时就已经是来不及了，一名匪徒刚想叫喊，就被为首的解放军战士勒住喉咙。厨子哈尔日勒用手一指对面那间灯火通明的房间，也恰巧匪首胡图凌嘎他们推门查看。仇人相见分外眼红，宝珠见到胡图凌嘎举枪就打。但是土匪就是土匪，他们比狼还要狡猾，比狼更狠，他们怎肯就伏呢？其中一个土匪头目掏枪还击，但为时已晚，被我军战士一枪放倒，另外几个土匪也纷纷开枪，妄想逃跑。宝珠枪法很准，她击毙了一个马匪头目，再找仇人胡图凌嘎时却发现已没有了他的影子。这时只听"哗啦，咕咚"的一声响，胡图凌嘎与另一名马匪已跳出窗户，意图逃窜。他们跳出窗后，直奔马厩，准备骑马逃窜。但是为时已晚，我们的侦察员哈尔日勒早就知道他会有这一招儿，提前已经带着解放军在这里等着他。胡匪一看无法骑马，掉头就跑，妄想跳墙逃生。他一只腿刚跨上墙头，便被追过来的宝珠一枪击中掉了下来！宝珠还想补上一枪，结果了他的狗命，但被旁边的连长接住了手，他说要留活口。宝珠无奈，只好恨恨地放下了枪。见大势已去，众土匪纷纷跪地投降。一场战斗完美收官，我军顺利地生擒马匪八十四名，打死反抗者十二名，这场兵贵神速的战斗激发了草原牧民的斗志，他们被马匪欺压得太久了，敢怒而不敢言。解放军活捉了马匪头目胡图凌嘎，为草原牧民们报仇雪恨，牧民们欢欣鼓舞，他们纷纷地赶着自家牛羊来慰问解放军！看到这一切，宝珠姑娘非常兴奋，她为爹娘报了仇，又光荣地参了军，她成为解放军的骑兵战士，并受到了部队领导的表扬。由于宝珠是一个名副其实的神枪手，精通蒙汉文化，相貌又美丽，在骑兵部队里她深受战士们的尊敬，提起她来人人都会竖起大拇指。

临近解放前期，骑兵的任务非常繁重。蒙疆宁夏一代，马匪们特别地狡猾凶残，他们与国民党政府狼狈为奸，欺压地方的穷苦百姓，人们苦不堪言心中对他们又惧怕。在消灭了锡林郭勒正蓝旗这一股马匪之后，部队又奔赴了新的战场。宝珠来不及回家探望父母，就跟随部队奔向前线去参加新的战斗。当地政府知道了宝珠家的遭遇后，他们特地派哈尔日勒同志带人去慰问了宝珠父母，告诉二老女儿宝珠的去向。宝珠父母听闻此消息之后，激动得热泪盈眶，他们悬着的心终于放了下来。共产党人哈尔日勒因为是本地人，为了加强地方党组织的工作，上级决定他不再随大部队前进，他将留在旗里，以加强地方武装的培养。他是一个坚强忠诚的共产党员，坚决听从党的指挥，他用他的生命谱写了不朽的战歌，并被牧民尊敬与爱戴。

第二十三章　扬州来了稀客，他是安翔

　　暑假两个月匆匆而过，柳江依依不舍地告别了北京。他和伯父伯母一起回到扬州。柳江是个聪明懂事的小男生，自小智慧超群。尤其酷爱读书，这次在北京的假期他的收获太大了！他学会了骑马、射箭，又练了一招百发百中的投掷石子；他学了一路太极拳，还学会了用柳哨吹歌曲。最重要的是他得到了几套宋版的古医书，都是当年宫里太医院流出的精品要方。在回扬州十几个小时的车程中，他除了吃饭时把书放在身边的铺位上，其余时间总是用手搂着，或者抚摸古籍外面的包布。伯父伯母问他："你这么喜欢古医善本，这是为什么？你还是个孩子呢，你懂吗？"柳江一本正经地回答说："大妈，您知道我这就叫作'爱不释手'。因为此书太过珍贵，对我将来会大有作用的。你们要知道，我也会成为现代的孙思邈，眼下的李时珍！"伯父伯母看他一本正经又满怀信心的样子都笑了。伯母搂着他的肩膀看向丈夫柳方儒，她突然轻叹了一口气："唉！他真像小时候的柳泉，你看他这认真的眼神，简直是对版了。""别瞎想了，柳江是柳江，柳泉是柳泉，他们是堂兄弟，基因在那里，自然会有几分相似之处。""是呀，可咱们的柳泉怎么就一去没有消息了呢？十多年啦，国民党都快完蛋了，可我的儿子去哪儿了呢？"柳江看伯母又要伤感，他赶紧拉着伯母的手说:"大妈不要难过,哥哥一定会有消息的,您就把我当成是他来教育,以后我的笔名就叫柳泉好了!"听他这么一说,伯母看着他乖巧的小脸儿笑了。她亲亲柳江,拉着他的小手儿说:"我就是在把你当柳泉养!柳泉就是回来了,我也不理他,谁让他丢下父母不回家,让妈妈哭瞎眼,想断肠呢。"柳江伸出小手,擦去伯母眼中的泪花,靠在伯母的身边休息,不一会儿,他就睡着了。睡梦中,他看到了一只白色金边的大凤蝶在山林里飞翔,柳江特别喜欢它,想把它留在身边,就一直对它追呀追的。随着火车的轰隆向前,柳江怕火车的风速伤到蝴蝶,就伸出了小手想要接住它。可蝴蝶却摇摇摆摆,越飞越远,柳江想对它伸出援手,但它却忽然不见了。柳江一着急就醒了,出了一身汗。火车仍在飞快地奔驰,柳江却再也睡不着了,他伸手去摸自己的古书,他却发现书不见了!柳江大叫了起来:"书,我的书呢?"他这一声惊呼,让身边的伯父伯母睁大了眼睛:"怎么啦?""我的书在哪里?"柳江着急地问向伯父。"哦,别慌,在这里呢。刚才我看你困了,怕你睡得不舒服,就把这一大包书放在我身边了,这样你就可以伸开腿靠着你伯母睡了。放心吧,丢不了,大爷给你看着呢!"伯父向柳江拍了拍自己身边用衣服盖着的那一大包书,温和地对柳江言道。柳江听后,又昏昏沉沉地靠着伯母睡了起来。

回到扬州的家,用人刘妈早已做好了饭菜等着他们。看着柳江带回的这一大包书,刘妈笑着说:"看来咱家少爷要中状元啦!这么多的老古书,什么时候能念完呀!这么密密麻麻的小字儿,也不知书里写的都是什么。""您老可别碰,这是《千金要方》,就是给人看病用的。"柳江小心地用手护着他的宝贝书籍。"看病用的药方,少爷这是要给人看病吗?你才几岁呀?哈哈……"刘妈笑着问柳江,"少爷还不到十岁,就想有这本事,还要给人看病开方,这就要成大先生了。唉,你太小了!要是咱们大少爷柳泉还差不多,学医七八年,唉……"刘妈一边帮着收拾行李一边叹息着。她在柳家已经多年，是随着柳泉母亲出嫁到扬州，是从娘家带过来的，对小姐忠诚至极，在家里也有一定的地位。柳江看了看刘妈，他像小大人一样摇了摇头："不要看不起人嘛，俗话说宁欺十年老不欺十年少，我会很快长大的，我也会像哥哥一样，成为一个医学博士，救死扶伤，名扬天下的！您可别看不起小朋友，我人虽小，但是已经是心智成熟了。"柳江向刘妈一本正经地宣告，把全家人都逗笑了。伯父拍了拍柳江挺起的肩膀，微笑地看着他并竖起了大拇指。

　　光阴似箭，日月如梭，转眼六年，柳江已经长成了一个儒雅的青年。自从北京归来，他改变了过去的生活习惯，如同在王府一样，每天依旧是闻鸡起舞，并坚持打长拳和练太极剑。柳江的智力与情商很高，他的学习成绩很快便超越了他的同学们。首先是数学老师找到校长，说无法再教，他一个四年级的孩子六年级的题他全都会做。语文老师也是如此，说柳江文学知识量极大，上课不听讲只看小说。校长听闻便把柳江的母亲请来了解情况，并亲自出题让他考六年级的试卷。结果柳江不费吹灰之力全部答对。校长看他这个样子，非常欣赏这小小的孩童，便把他推荐到扬州最好的中学去试读。而柳江来到中学读初中一年级仍然是丝毫不费气力，老师课堂上讲的他一点就通，于是他边上课，边进行初中二年级的试读，后来索性直接进入了初中三年级的课程。学校的老师惊叹柳江的智力水平，又非常欣喜自己能有一个超级聪明的学生。就是这样，柳江通过努力学习，连跳几级，在十四岁的时候便学完了高中的课程，准备参加大学考试！而他的双胞胎姐姐柳泓，按部就班地进入了初中二年级学习。几年时间，他们都长大了，依然如故的，寒来暑往，北京扬州两地互动。不同的是互动中增加了满达，之后又增加了一个叫柳湖的小弟弟，这是妈妈金秀送给他们的礼物。小弟弟已经四岁了，长得非常地可爱。金秀的注意力完全被这个小家伙占有，现在他已经代替了柳泓、柳江和龙珠的地位，他成为了王爷的心头肉。满达现在已经二十岁了，在柳泓父亲柳方成的保荐下，他已经成为了清华大学水利工程系的学生。满达个子很高，长得十分帅气，再也不是那个草原上来的羞涩少年。老王爷对他十分器重，所以全王府的人对他也好，当然对他最好的人是柳泓格格，他在格格的眼中就是最美好的存在，是少年英雄！也是最可靠的家人兄长。时光流转，如今他们都长大了，柳江也已经接到了上海复旦大学给他的录取通知书，成为本届复旦大学上海医学院年纪最小的学生。他考取的是八年制的临床医学，成为了轰动扬州和复旦的新闻，而且成绩优异，这时的他年纪是十四岁。正因如此，最近家里人来人往，很多亲朋好友都到家中祝贺，也有并不太熟悉的附近居民前来一睹少年的风姿俊逸，柳家为了方便亲朋好友的出入，索性就将庭院的大门打开了。

　　柳江的伯父伯母里里外外地忙着招呼客人，敬烟递茶。柳江在一旁忙着给客人们端茶倒水，但他并不喜欢这些应酬，得了机会便走到院中去躲清静，歇一下心神。突然他发现院门口站着一个年轻的军人，他身材笔挺，眉清目朗很是英俊。柳江看着他很眼熟，但是又不知道在哪里见过他。军人同样也是目不转睛地看着柳江，只是没有说话。四目相对，熟悉又陌生。还是柳江先发话了："请问您找谁？有什么事吗？""您好！我姓安，请问这是柳家吗？""是的，这是柳家，您找谁呀？"柳江看着来人好奇地问着。"如果是柳家，我来找柳泉。请问他在吗？"来人彬彬有礼地回答，他的眼睛不住地打量着柳江。"哦，您找柳泉，那是我的哥哥。"柳江一边回答着来人，一边把客人请到了屋中。屋里人依然很多，柳江的伯父柳方儒正在接待客人。看到柳江从外面领进一个英俊的军官，也是略显惊异。他微笑着向来人点头让座，而那些熟悉的客人见他家来了一名军人，以为有什么公事要办，纷纷告辞而去。柳方儒与夫人将一众的亲朋好友送出门外，转身回屋后，看到柳江已经给来客满上了新茶，方才微笑地向客人问好："先生贵姓？请问先生前来我家有什么事情吗？"军人立即站了起来，他脱下军帽，看向柳方儒夫妇说："请问您是柳厅长吗？我冒昧前来就是为了寻找您，寻找您的孩子柳泉。""什么？您再说一遍，您是谁？您有了柳泉的下落了吗？"柳方儒如同被雷声惊到，他不敢相信地望着面前的军官，而他的妻子面色苍白，一下子冲上来拉住了那个军人的手，她激动地浑身颤抖："您是军方的人吗？柳泉在哪里？我的孩子在哪里？"那个军人见他们夫妻如此情形，眼中闪出了泪光，也流露出了失望。他望着眼前面色苍白的柳夫人说："伯母，你们别紧张。我叫安翔，我的姐姐叫安蝶。我是空军飞行员，部队在上海，我的父母也在上海。这是我的军官证，你们先看一看。"安翔一面从上衣的口袋中掏出自己的军官证让柳方儒夫妻看后，又从书包中掏出了一张照片递给柳方儒。柳江看着照片，这是一对漂亮的青年，他们站在青青的草地上，依偎在一起。天很蓝，阳光很暖，女孩一身白裙笑得阳光灿烂，男孩个子很高，温柔地用手搭着女孩的腰，他左手还拿着一本画册子。看着照片，柳江的心"咚咚咚"地跳了起来，他莫名其妙地觉得心里温暖，看着照片，他又莫名其妙地觉着鼻子一阵发酸，眼泪不受控制地流了下来。客人安翔惊讶地看着眼前的少年，有相似的感觉但又绝对不是，他拿着手中的照片看着柳方儒夫妻说："伯父伯母，我其实已经找了你们好多年，现在终于找到了。""我们没有搬过家呀！孩子失踪了，我们从来不敢家中没人，就是怕他回家进不了家门而伤心。我们知道泉儿有一个未婚妻是上海人，但我们不知她的家在上海的什么地方，她的家人叫什么名字。我们早就想联系你们，可是不知怎么去寻找你们。"柳夫人带着哭声望着安翔说。"伯父伯母，我也是早就在找你们，但是也没有您家人的具体信息，只听柳泉大哥说过伯父您在政府部门工作。是战争，是可恶的日本鬼子，耽误了我的寻找，一拖再拖。我是一名空军飞行员，随时执行任务，我没有固定的自由时间，一切以国事为重。我就这样地断断续续地寻找线索，探听姐姐他们的消息。你们看一下，这是我姐姐安蝶和她的未婚夫柳泉的合影，只是他们在十几年前就失踪了。我想请你们确认一下这是不是你们要找的孩子！我家里人已经找了十几年了，音信皆无。这张照片是他们俩毕业前夕回上海，他们在我家庭院花园中的合影，之后他们便返回学校，说是要写论文，论文答辩之后就可以结婚了。只是从他们离开上海后便失踪了。我的父母多次找到湘雅医学院，学校也在寻找他们，据说柳泉大哥的导师都急得掉眼泪，他是导师得意的弟子。他的导师说柳泉与我姐姐曾经对他讲要进巴蜀山中收集一种类似于仙草的物质，一种中药进行提炼，可以根治肺癌与肺结核病，如果成功普及将会利国利民。并说很快就可以进行论证。但是从那之后学校就与他们失去了联系。伯母，十几年了，我们找不到姐姐，也不知您家在何处。今年，我动用了军方的关系，才在柳泉哥哥当年在部队实习时留下的档案中查到了准确信息。您，教育厅厅长柳方儒，儿子柳泉在湘雅医学院八年学制就读，所以我立即从上海赶来，看看您这里有没有他们的消息。他们肯定在一起呢，他们是那么相亲相爱的一双人。"安翔边说边擦眼泪。一旁的柳夫人听后大哭："我的儿子从一九三五年春节后就没有回来，他走时笑着对我说，秋天毕业后就回家来举行婚礼，再也不离开我了，他说上海的大医院已经给他留了位置，只等博士论文答辩结束就回家团聚了。他告诉我，他有一个特别美丽善良的女同学答应嫁给他，可我连面儿都没见过，他们就莫名其妙地失踪了。我真是命苦！你们好歹还有一张照片，我连张照片都没有哇。"顿时，屋内的四个人哭成一片。用人刘妈买菜归来，她被眼前的一切惊呆了："这是怎么啦？刚才出去时还满堂的欢声笑语，一会儿工夫怎么抱头痛哭了？"刘妈悄声走向前来，打断了室内的一片哭声。"太太，这是怎么了？出了什么大事了？"刘妈扶起痛哭的女主人问道。"刘妈，这是柳泉未婚妻的弟弟，专门从上海来的。""什么？柳泉找到了！我的天哪，可找到了，我的孩子他在哪儿呢？"刘妈惊得菜篮子掉在了地上，她说着话时两只手乱抖，一下子扑到了安翔的面前。"军爷，我家柳泉在哪里？"旁边的柳方儒满脸的眼泪，他拉住刘妈悄悄地说："柳泉还没有找到呢，十几年了，人家也在找呢。唉！孩子们去了巴蜀什么地方呢？怎么就没有留下点痕迹呢？"此时的柳江擦掉了自己的眼泪，上前将哭泣的伯母扶了起来，并安慰大家说："放心吧，哥哥姐姐的行踪一定会找到的，可能我们寻的方向不对，就像医生给人治病，要从病源寻起，顺着根子的脉络接起，一步一步地定能找到行踪，现在我也大了，以后由我来寻找哥哥，请大家相信我，我肯定会办到的。"柳江的一番话，似在安慰大家，又似表明决心，一副成竹在胸的样子。不管怎样，总算止住了一片哭声。柳方儒连忙对刘妈说："快去做饭，我们和安翔边吃边谈。虽然柳泉他们俩不在，但我们已经是儿女亲家，您作为柳泉的妻弟，应该是我柳家的上宾，您看这样行不行？""柳厅长，您是长辈，您这样说，我也不客气了！那我就称您为柳伯伯了。您是学者型人物，我只是一个军人，一个粗人，才疏学浅，您不要见笑的好。""怎么能呢？安翔呀，你的到来就如春风一般，给了我莫大的安慰，十几年来我如鲠在喉，内心痛苦不堪，又不敢对内人讲述，怕引起她的伤心。今天见到了你，听你讲述了柳泉和你姐姐在暑假期间回了上海，见到了你们一家人，又看到了你拿来的他们俩在你家的合影。你知道你的到来给了我多大的安慰吗？从这张照片看，我的儿子柳泉是特别地幸福，他的身边站着他心爱的姑娘，你看看照片上的他们俩，眼里全是爱呀！相爱的两人在一起，生亦同欢，死又何惧呀？只要两人的手拉在一起，就是幸福的一辈子！我为我儿子感到自豪！你看你的姐姐，长得多么漂亮，可以说是惊为天人！这样的两个人在一起，怎么会不引起别人的嫉妒？唉，天妒英才呀！"柳方儒边抹眼泪边对安翔说。一旁的柳夫人却说："安翔，再让我看看柳泉他俩的合影吧，他俩要是在我们身边，孩子也得像柳江这么大了吧？柳泉离家十几年了，柳江都十四岁。要不是柳江的到来，我的眼睛可能早哭瞎了，柳江从小依赖我，不肯和他母亲走，我因为照顾他所以忙时就会忘掉自己的儿子。""伯母，柳江不是您的孩子吗？"安翔惊问。"不是的。柳江是我们小叔子的儿子，他出生时因为我救了他，所以他一直不肯离开我，就是不去北京和他的父母生活，就像柳泉当年一样守着妈妈撒娇淘气。也亏了柳江的到来，给了我重新做母亲的感觉。唉，可惜呀，他也要离开我了，就像当年的柳泉一样，也是报考的医学院，复旦大学的医学院。柳江长得紧随哥哥的样子，只是他比当年的柳泉上大学时还小四岁。这才十四岁就自己一人去上海，你说让我怎么放心得下？"柳夫人说着说着又掉下泪来。安翔听着柳夫人讲述，又仔细地看了看柳江，他觉得柳江好熟悉呀！酷似当年初登安家大门的柳泉，英俊而儒雅，只是年纪太小了，这堂兄弟之间怎么长得就这么像呢？安翔心中不住地打着问号，一个谜团在安翔心中升起。

柳江在饭桌上不住地给安翔夹菜。安翔听说柳江要去上海复旦大学读书，便把自己部队的地址和电话留给了柳江，让柳江心烦时或有事时去找他，安翔作为军人大哥哥一定会帮助他。柳江拿笔一一地记了下来，并保证一定会去找他，最好能坐坐他开的战机，体验一把飞行员的感觉。吃饭之间，柳江向安翔提出了一个要求："安翔哥哥，你可以把手中的照片借给我让我去照相馆翻拍吗？你看我伯母伯父那么喜欢这张哥哥姐姐的合影，你把照片拿走了，他们就再也见不到了。我去翻拍之后你把原照拿走，等照片冲洗出来后，他们也有了。想哥哥姐姐时就可以看一看，您看这样行不行?""当然可以啦。刚才我还想着怎么办，准备回上海后重新冲洗一张寄给你们呢，我也知道伯父伯母的心情，就像我妈妈一样，经常捧着这张照片流泪。既然能翻拍，那你现在就去办，我一会儿还得开车回去，部队上明天还有会议呢。"安翔边说边把照片递给柳江，让他快去快回。

柳江拿着照片一溜烟儿似的跑到街头的照相馆，让师傅拿照相机给照片翻拍。照相馆的师傅看他那么认真的样子笑着说:"这是你和未婚妻吗? 可也不是呀，看样子这人比你大，这是你哥哥吗?""是的，是我哥哥，你认真拍，之后多洗两张。""放心吧，你是咱们扬州的小状元，我们都认识你。"照相馆的师傅笑眯眯地对柳江说。等柳江拿着翻拍完的照片回来时，安翔他们已经在喝茶等待着他。柳夫人忙着打点礼物让安翔带回上海，一边抹着眼泪儿叮嘱安翔，一有消息立即通话，让双方大人放心。现在已经联系上了，不管以后怎样，一定要按亲戚行走，咱们莫负了俩孩子的心愿。安翔一一地答应着，告别柳家后，安翔的军用吉普车飞快地离开了，留在风中的柳方儒夫妻和柳江，他们不知是喜是悲，三人回屋后谁也不说话，只因为话不知从何谈起。

第二天下午，柳江从照相馆取回了翻拍的照片，他一共冲洗了三张，自己留下一张之后，他告诉伯母他会按着照片去寻找哥哥姐姐的去向。他的伯母又一次地红着眼睛，潸然泪下，她拿着照片走进了佛堂。

第二十四章　安翔与辛之菲

　　安翔离开了扬州的柳家，心生谜团的他当夜回到了上海的家中。此次扬州之行，父母正在等待他的消息，期待安翔能够找到姐姐安蝶的行踪。安翔仔细地向父母陈述到扬州柳家的细节，并告诉妈妈他在柳家发现了一个和姐夫柳泉极为相似的少年郎，十四岁，那眼神和谈吐，甚至一举一动都太像柳泉了，但可惜这是他的堂弟。母亲垂泪说道："安翔，他们失踪十几年了，这个少年十四岁，这里有什么必然的联系？有什么因果吗？"安翔摇了摇头，不知如何回答母亲，但他还是安慰母亲说："姆妈，这个孩子小小年纪就考上了复旦大学的医学院，很快就来报到了，到时我约上他来咱家让您看看，我总觉得此事有蹊跷，我慢慢再寻找原因吧。"安翔边对母亲说，边把从扬州的柳家带来的特产放在身边的八仙桌上。

　　第二天早上，安翔准备回部队，他昨天一整夜脑子里全是姐姐的影子，就像他小的时候，姐姐和他一起玩儿，唱歌给她听，梦中事情特别真切。安翔心中有一种不好的感觉：姐姐一定出大事了，否则不会这么多年杳无音信。现在经过确认，柳泉的家也在苦寻他们，此时他宁愿姐姐被野人掠夺到原始森林，最起码还活着，活着就有希望回家。安翔想得头都疼了，忽然他的眼前出现了一只美丽的白色蝴蝶，它在青青的山岗上空飞翔，蝴蝶舞动着双翅，好像在向他招手。安翔揉了揉眼睛四处看了看又什么都没有，他闭上了眼睛想再重现这个景象，可惜再也无处寻找。"是你吗？姐姐，难道你已化蝶了吗？"安翔在心中自言自语地问道。小的时候妈妈就对他们姐弟说，姐姐安蝶就是一只美丽的蝴蝶，弟弟安翔就是一只蓝天的雄鹰，他们姓安，爸爸说他们姐弟会一生平安！但是弟弟已经成为空军少校飞行员，驾驶战机如雄鹰一样飞上了蓝天，而姐姐却失踪了十几年。姐姐呀，你在哪里？你真的是化为蝴蝶了吗？他的脑子里始终萦绕着那只蝴蝶。安翔边走边思索着。他是飞行员，见过许多奇妙的现象，读的书也多，他不相信什么迷信活动，但是世界之大无奇不有的现象是许多人无法解释的，而人的第六感官也曾被前人无数次论证过。带着诸多疑问的安翔走到自己的吉普车前，准备开车前往部队营地，今天有一个重要的会议他要参加。

汽车刚刚发动，他忽然听到附近有女孩子的惊呼声，他扭头向马路对面看去，有两个黑衣男人正在抓住一个女孩子的胳膊，要往旁边停着的黑色汽车里塞。而那个女孩在挣扎着向他呼救！看样子是一个十八九岁的女学生。安翔见此立即下了车，他向前走了几步，并大声喝止："住手，你们要干什么？"对方的人见到安翔过来，却没有停手的意思，看似还要把这个女孩带走。那个女孩看到安翔走近之后，她看着安翔的眼睛大声叫道："安翔哥哥！快来救我，这两个流氓要把我带走！"安翔听到女孩在叫他的名字，愣怔一下，他并不认识这个姑娘，但是人家现在叫出自己的名字，他要不帮忙心中有些过意不去。于是安翔走上前来拦住那两个准备带走女孩的黑衣男子。看这俩穿黑衣的男人很年轻，他们恶狠狠地看着安翔："躲远点，少管闲事！""停！大清早的为什么抓她，一个姑娘家会招惹你们吗？"安翔一看就知道这两个家伙是国民党的特工人员，不是军统就是中统的人。他知道一个女孩子落到了这种人手中会是什么结果。虽然自己不认识这个女孩，但是一种同情，一种担忧涌上心头，何况女孩刚才还喊出了自己的名字！他伸出手一下将这俩黑衣人扯开，并将女孩护在了自己身后。"安翔哥哥，我刚才准备骑车上学校，但路上我的嗓子有些痒疼，我就骑车来这个茶叶店准备买些茶叶带到学校，但是刚到这里就被这两个混蛋按住要抓我走。得亏你出来了，我看到你才开始呼救。哥哥，快把我带走！"女孩看着安翔急切地说着。安翔虽然对此事莫名其妙，但他是个聪明人，他笑着对那两个黑衣人说："这纯粹是个误会，这是我的妹妹，她刚从家出来去学校，怎么就遇上了二位？你们肯定认错了人。"他转头又对女孩说："阿妹，我让你等我一会儿，我开车送你去学校，你偏着急出来，还买什么茶叶，差点闹出事儿来，这得亏是我出来看见了，赶紧上车，我送你去学校吧。"安翔边说边从上衣口袋中拿出自己的军官证让那两个人看，只见证件上有安翔照片，空军少校，并有国民党国防部的大红印章。那两个黑衣人看了看说："她真的是你妹妹吗？"安翔说："妹妹还会有假？一母所生，如假包换！我今天还有紧急会议不能耽误，那么二位快去执行任务吧，别再抓错人！"安翔边说边揽住身边的女孩子，自行车也不要了，快走几步登上自己的吉普车，一踩油门扬长而去。只留下那两个穿黑衣服的特务，他们扶起女孩的新自行车后又欣喜地商议，白捡的这辆自行车值多少钱，以后归谁骑。当然他们仍在此坚守，他们要抓捕共产党来茶叶店的接头人员。他们哪里知道，在刚才你推我搡地争斗时，前来接头的共产党联络员早就跑了。

安翔开车快速地离开了此地，他侧头看了看他副驾座上惊魂未定的女孩，于是他一本正经地开口问道："我看你很熟悉，但你究竟是谁？你怎么知道我的名字？""我叫辛之菲，是同济大学建筑系的大四学生。"女孩感激地看向安翔，轻声回答着。"你怎么知道我的名字？

你怎么知道我能救你？"安翔非常认真地问着这个叫辛之菲的女孩。女孩从身上挎的书包中取出一方手帕，擦了擦她的眼泪并随手拢了拢她的短发，她小声说："我认识你的，你是战斗英雄，你曾击落小日本的三架战机，你还到我们大学做过报告，所以我一眼就认出了你，所以我相信你一定会救我！"辛之菲很自信地说着。"如果我不理你，装听不见，你怎么办呢？""那我能怎么办呢？那只能说我是盲目地崇拜你了吧？你知道我是非常崇拜你的，那年你在我们学校做完报告后，是我送给了你一个柳条编的花环，上面有一朵玫瑰和一条红丝带缠在一起，你记得吗？"辛之菲一边说一边热切地望向一旁开车的安翔。安翔听着她的讲话也愣住了，是的！他当然记得此事！他深切地领悟过热血的同济人的爱。他也是毕业于同济大学，在中日战争期间他参了军成为了一名空军飞行员，他智勇超群，和战友们一起奋力抗战并击落了多架敌机，成为了众人仰慕的战斗英雄。因此母校请他回来做报告，在报告结束之时他记得有一个年轻姑娘跑上了讲台，给他戴上了一个花环，他举手还礼之际那个女孩跳了起来给了他一个吻，他当时手足无措地一把抱住了那个姑娘，随即又手足无措地放开。那时全场掌声雷动，欢呼声震动了整个会场。等他回过神来时那个姑娘却早跑下台去。这已经是三年前的事情，往事历历在目，想一想他便热血沸腾。现在，他日思夜想的女孩竟然从天而降，"之菲，"他口中喃喃地叫着，把车停在了路的一旁，"真的是你吗？你怎么长这么高了？你知道我一直在心中想念你吗？你的吻让我牢记心中，我常常在梦中醒来，梦里我把你拥入怀中，醒来却两手空空。多少次我想去同济找你，但是战争，这可恶的战争让我不敢向前，我是飞行员，战争时期随时会有危险。我不能耽误你，你是那么美，那么年轻，我不忍心将你拖入泥潭，我一直在忍着，控制自己的冲动，将爱的心意压制着。你知道我把你给我编的花环放在我的床头，那朵干枯的玫瑰和鲜红的丝带与柳条缠在一起，那是我生命中有人爱的例证！花环，它已经陪了我三年。每次战斗结束后，我回到家里都要深深地亲吻着它，它成为了我前进中的动力。真的，之菲，红丝带上你的名字已经铭刻在我的心中！"安翔侧过身来看着身边的辛之菲，激动得不知所以，这从天而降的幸福笼罩了他的心。一旁的辛之菲也是满眼放光，她听着安翔的叙述而情不自禁地把手伸了过来。她感受到了安翔大手的温暖、踏实，她迎着安翔热烈的目光，小声回应着安翔："安翔，你是一个大英雄，我非常崇拜你，喜欢你！那天你回学校给我们做报告，给我们讲与日本鬼子在空中作战的事迹，让我们非常感动，那时我就深深地爱上了你，你是我们的学兄，又是国家的英雄，你就是同济的明星！那时我们很多女生都对你有好感，不管是我们理科，还是医学院的女生，爱慕你的人很多。我怕她们先我而来，就悄悄地揪下了两条柳枝，编了一个柳环，又揪下了一朵红玫瑰插在上面，唯恐不稳就用我头上的红丝带将玫瑰花固定在了柳条编织的花环上，并在丝带上写下了我的名字'之菲'。因为喜欢你，因为怕别的女同学对你捷足先登，我在给你佩戴我编织的花环时，就大胆地献上了我的初吻。你知道吗，你那天的拥抱让我久久不忘，我向全校老师和同学宣布了我的爱情，所以那天同学们鼓掌起哄。不过这也没有什么，我就是愿意他们知道的啊！"辛之菲望着面前的安翔，继续倾诉着往事，"后来，我看你没有来学校找我，我就去部队找你。找了几次，你都没在，他们总是说你在执行任务，不让我见你，并说你们那里是保密单位，闲人不得入内等等。后来一个很大的官儿出来告诉我，说我还小，应该好好读书，等我毕业了就可以和你见面了，并说你执行着重要的任务，不能分心。我虽然没有办法见到你，可是我是真的爱你。我今年就大学毕业了，已经二十一岁了，不是不懂事的女孩子了！"辛之菲看着安翔英俊的面孔，望着他清澈的大眼睛，一本正经又深情地诉说着。此刻的安翔用手紧紧地拉着辛之菲，轻轻地一拽就把她拉了过来，他张开坚实的臂膀，紧紧地搂住了面前的姑娘。天意呀天意！两个互相寻找、相爱在心的年轻人竟然在这种环境下相遇，早不见晚不见，在危急的情况下老天把他们安排在了一起，又一次地让安翔成了英雄！英雄救美的故事千千万，在小说戏文中经常见到，但是真正地能救自己日思夜想的女孩的事情却是千载难逢，天意难寻，天公作美的最好安排了！

此刻的安翔与辛之菲沉浸于幸福之中，他们吻了又吻，亲了又亲，那种喜从天降的感觉，那种失而复得的快乐充斥着两个年轻人的心胸，让他们忘记了这是在上海最繁华的南京东路上。在他们忘情地相拥时他们的车外已经围满了路人，一时里三层外三层地在看稀罕，更有好事者举起了手中的相机，拍下了这相亲相爱的一幕，以至于第二天的上海《申报》在第二版上堂而皇之地登载了《告别，有如魂断蓝桥》的文章和照片。

安翔把辛之菲平安地送到了校园门口，并再三叮嘱她要注意安全，不要随便走出校门。他把自己办公室的电话留给了她，让她有急事时一定要打电话给他，因为凭他安翔的身份他还是可以保护她的。告别之前，安翔没有问辛之菲清晨去茶叶店究竟为了什么，因为他心里清楚得很，他知道那两个穿黑制服的人是干什么的，既然他们抓辛之菲，可以肯定的是，辛之菲不是共产党就是进步青年。这些国民党特务视共产党人为不共戴天的仇敌，被他们抓捕后会九死一生，除非你背叛了革命，出卖了组织，否则便会被严刑拷打直至生命的终结。那么今天的相遇，安翔不但救了革命同志，这个革命同志还是自己念念不忘的心上人，是把初吻献给自己的姑娘。安翔深深地舒了一口气，再一次看向走进校园后还对他一步三回头的辛之菲，他满意地微笑着，内心无比地轻松，他轻轻地吹了一声口哨跳上了他的吉普车，向空军作战指挥部疾驰而去。

安翔赶到会议室时，军事会议正在进行。在作战部参谋长恶狠狠地注视下他笑眯眯地点了点头。参谋长的心不由得一软，这是自己的爱徒呀。是的，安翔不只是外表英俊，更是秀外慧中，是军中不可多得的后起之秀。而且这也是安翔多年来的第一次违纪，所以参谋长虽然目光犀利地望着他，但其实心中却爱得不行，是那种师徒如父子般的情怀。会议强调了委员长的指令：即便长江防线被攻破，南京已经沦陷为共产党的地盘，但上海一定要坚持住，绝对不能让共产党打进来，空军的家底一定要保住，尤其是那些美国造的大飞机一定要在作战时发挥作用，形成上海坚固的空中防线。会议结束，众人都默默不语地相继散去。留下了参谋长和安翔在空荡荡的屋中，参谋长拍了拍安翔的肩头："好小子，这么重要的会议你竟然迟到了，说，遇到了什么情况？""老师，我找到之菲了！""怎么回事？是那个女学生吗？""是的，天降美人于斯人也！"安翔忍不住地兴奋，他得意地看着老师。"现在不是谈恋爱的时候，此时生死攸关，不是儿女私情的时刻。你的任务是立即联系疏通关系，准备军队和两航起义，上海很快就要解放了，我们共产党员在此时要发挥关键的作用，部队要起义，配合解放军一举歼灭国民党的残余势力。我们会面临极大的危险，就不要再牵连学生和市民了，你应该知道，在我们准备之时国民党也会拼死抵抗，疯狗咬人会更狠，更会不择手段。所以必须保护好亲人，封锁消息，以免透漏风声，并给他们带来不测。""是！可是老师，我发现之菲可能是我党的交通员，应该是单线联系，但我装作不懂，没有问她。"安翔把今天清晨的遭遇详细地讲给了他的老师听，参谋长边听边不住地点头微笑，但他还是给安翔下了命令："不准回家，留在部队，不准见辛之菲，听候组织的命令，做好起义前的一切准备工作。"

安翔坚定地看着他的上级，这是一个优秀的黄埔军校的高才生，也是周恩来、李克农的密友，是他引领了安翔的革命之路，在国民党军队里历经风雨的考验，现在终于天快亮了！一定要做好最后环节的工作，只待两航起义，上海解放！安翔看着老师的眼睛点了点头说："放心吧，老师。一切按您的安排，我会严守秘密。"安翔离开了会议室，按照新的部署分头联系并确认了既定的方案，只待命令下达。

辛之菲和安翔告别之后，欣喜地回到了校园。她开始找寻她的朋友也是她的表姐夏晴。夏晴的母亲与辛之菲的母亲是亲姐妹，所以她们两个人从小就在一起玩儿，一起住外婆家，一起上学，好得如同一个人，她们一同考入了同济大学，只是夏晴学医，辛之菲学理工。夏晴本想劝辛之菲也学医，但辛之菲言之凿凿地说："辛之栋已经学医了，难道辛家的人都只会行医吗？我看科技与实业救国也很好呀！将来国家兴盛了，我要设计很多让世人惊叹的建筑，给后人留下宝贵的财富和遗产。"所以两人虽然亲密，却选择了不同的专业。辛之菲很单纯，就像一块透明的水晶，不染一丝杂质。在夏晴的影响下，她悄悄地加入了革命队伍，成为了一名共产党员。今天清晨她就是奉了组织的命令到南京西路的茶叶店取情报。但是还没有接上头就被军统特务发现，差点被抓捕。危急时刻，出乎意料地被安翔救了。辛之菲已经寻了他三年，在无比失意与危险的情况下，安翔犹如天兵神将般地出现了，在没有丝毫损失的情况下将她救了下来！只是她心爱的自行车却丢给了那两个特务。辛之菲家并不缺钱，只是白白地便宜了那两个坏蛋，她还是心有不甘的。然而最值得庆贺的是她的安翔找到了！而且还成了她的救命恩人！今天她与安翔真正地确定了恋爱关系，他们是那么相爱，是无尽的相思。这一切都有点像做梦，而且是最美的梦！辛之菲又一次拍了拍自己的额头，确定此事是真的！于是她兴冲冲地找到了表姐夏晴，并把今天清晨的遭遇讲给她听。

夏晴听她讲完了事情的全部经过，真是为她又高兴又担忧。高兴的是妹妹终于见到了自己心中的恋人，担忧的是妹妹如果被国民党特务抓去其后果将无法想象，她怎么对得起妹妹和姨母？万幸的是没有暴露我方的联络员，上级的指示没有接到，那就先按兵不动，静待通知。

夏晴边听辛之菲激动的汇报，边思考后边工作的开展，但她突然意识到空军少校安翔应该有问题。他在特务的手中将辛之菲救了下来，几年的相互爱恋有了答案。但是，他为什么不问辛之菲为何清晨就来到茶叶店呢？茶叶店开门营业的时间应该是上午九点，她那么早到离营业时间还有两个小时的茶叶店是为什么呢？这绝不是让爱情冲昏了头脑！凭安翔是个战斗英雄，这么简单的思考他没有吗？他既然不问辛之菲，一意保护她，说不定是他早已明白辛之菲是进步学生或者共产党人，那么安翔是什么人呢？他在救辛之菲之前并不知她是谁，还勇敢地上前相救，不惜暴露自己的身份。这绝对不是单纯的英雄救美！而他敢冒大风险骗过国民党特务，那么他就是特务的敌人！而国民党特务的敌人就是共产党呀！想到这里，夏晴开心地笑了。她拍着辛之菲的肩膀说："之菲，你真棒！祝贺你心想事成！祝贺你与心爱的人团聚！"姐妹俩抱在一起，开怀大笑。

此时的上海同济大学，天空一片蔚蓝，风和日丽，鸟儿欢鸣，好像都在为辛之菲欢欣鼓舞。而在上海的周边，解放军已大兵云集，上海解放的号角吹响了。

第二十五章　夏晴与李月星

夏晴送走了兴奋的表妹辛之菲后，自己倒了一杯水喝了起来，她需要安静下来认真思考。辛之菲今天去取情报没有成功，那么南京路茶叶店这个联络站将不能再用。为防止特务们疯狂的破坏只能静待时机，等待组织上派人来联系了。想到此处，夏晴轻轻地叹了口气。她拿起了墙上挂的书包，准备去听第二节课的讲座。

从宿舍楼到学校的阶梯教室，要经过一条林荫道，夏晴慢吞吞地走着，她边走边想着心事。忽然耳边响起一阵"丁零零"的车铃声，夏晴回头一看，是学校物理系的李月星站在那里对她微笑。只见李月星双腿点地，单手扶着自行车的车把，另一只手在向她打着招呼："哎！夏晴，你要去哪儿？""啊，是你呀！我说谁的车铃声这么急促呢！我准备去阶梯教室听第二节课的讲座。你急匆匆地骑着车去干什么？有急事吗？"夏晴边回答边看着李月星问道。"我在找你呀，有点事情想和你商量呢。"李月星边说边下了自行车，走到了夏晴的面前。

李月星年轻又英俊，是那种江南书生的俊美。白白的皮肤，两只眼睛大而明亮，高高瘦瘦的体形，很是潇洒的样子。他是学校里学生会的领袖，在学生中很有威信，是大学里的活跃人物，而且兼任校刊

《向往》的责任编辑。夏晴也是学生会的委员，所以和李月星很熟，关系也很好。在学校里，他们都是进步青年，因此接触的机会很多。"你找我有什么事？有话直说，我还要去听讲座呢。"夏晴望着李月星，她看到了李月星的眼神有些飘忽不定，还有些许犹豫的样子。李月星停顿了一下，看得出来他在犹豫是否张口。"要有事情你就说，别犹犹豫豫的，要不我可就走了。"夏晴看着李月星的眼睛。"夏晴，我想求你帮我找一艘船，我想运点东西。其他同学的能力有限，就看你能否给我帮这个忙。""找一艘船？你要船做什么？你要运什么东西？"夏晴惊讶地看着李月星。"我想用船给老家运一些粮食，那里的亲人们都已经要断顿了，非常困难。""这个？我得问我父亲，我家虽然有船，跑海上运输，但现在查得很严，我自己也做不了主。"夏晴看着李月星回答道。"当然！所以我来求你帮我去求你父亲，请他务必给我帮这个忙！夏晴，拜托了！还有，我们需要夜里出发，此事真的很急！"李月星看着夏晴的眼睛，眼神里充满了期待。"好吧，今天下午我回家去和父亲商量，看他能否答应。""太谢谢了！夏晴，你回家时能否把我也带上？我想去你家，我想亲自和你父亲说明白，求他老人家帮忙，此事真的非常重要！""那好吧，下午四点，我们一起出校门，我带你一起去求我父亲，但我先告诉你，这件事我是没有把握的啊！"看到夏晴答应帮助自己，李月星英俊的脸上充满了笑容。"这就很不错了！我相信会有希望的。夏晴，你人长得这么美，心地又善良，相信你父母也一定会更好！我亲自去求老人家，也许老人家不嫌弃，见我长得不算太差，会收我做个上门女婿呢！"李月星嬉皮笑脸地看着夏晴，试探着对她说着情话。自从认识了夏晴，李月星就一直喜欢她。但夏晴在校园里总是一本正经，从来不给任何男生机会，对李月星也是一样。尽管她心里头很欣赏李月星，但是矜持的她从来不露出丝毫表示，这让李月星很是难过。他不止一次地向夏晴表达爱意，每次都是碰个软钉子。今天借此机会李月星又笑着向她提了出来，但还好，夏晴没有冷脸转身，反而答应了自己的请求，同意带自己回家去面见父亲。这可是一个良好的开端，也许夏晴也有点爱自己呢！李月星想到此处就笑了，他的嘴角弯弯，一双明亮的眼睛望着远去的夏晴，心里美滋滋的，就像校园林荫道上盛开的夹竹桃，它繁盛的花枝在自由伸展，粉红色的花朵依在枝条上如酒醉的人的欢颜。

李月星是扬州人，三年前他从扬州考入了上海同济大学。年轻人有着一颗抗日救国的雄心，他一直在努力地寻找光明。日本人在中国，在上海横行霸道，他们猖狂地残杀中国人民，中国军民奋起反抗，经十四年抗战，终将日本侵略者赶了出去。抗战结束后，国民政府却把枪口对准了共产党，背信弃义，点燃了战火。蒋介石的不仁不义激发了全中国民众的愤慨，而中国共产党领导下的新政权是为广大劳苦人民服务的，因此得到了人民的拥护！现在长江以北的领土已经全部解放，共产党领导的新中国已经成立了，国民党军队节节败退，开始了向台湾的转移。此时大兵压境，解放军的队伍还在向上海集结，上海将要解放了。但垂死挣扎的上海守军和国民党特务们却不肯束手就擒，此时他们更是变本加厉地疯狂抓捕共产党人和进步人士。他们这些丧心病狂的行为与黎民百姓离心离德，更是激起了那些仁人志士、爱国知识分子的愤慨。李月星当年就是在爱国志士柳方儒的帮助下成功考入了上海同济大学，并在学习期间加入了中国共产党，多次为地下党传递情报。这次李月星找到夏晴也是因为解放军和地方武装在残酷的战争中缺少医药和粮食，急需增补。上海地下党组织经过多方筹措，从香港紧急购买了盘尼西林等一大批药品运到了上海，需紧急转运江南战区，以增补军备需要，这是一批急救药品和粮食物资，必须尽快转运给部队。由于连年战事，百姓深受其害，而共产党人却处处以人民为中心，尽管缺医少药，食不果腹，但是共产党的军队绝对不扰百姓。现在解决部队的切身问题已是重中之重，所以我地下党在白色恐怖的危机之下，想方设法地从香港筹措到了这批药品和物资，这些贵重的物资已经到了上海，急需物资的苏北地区的亲人们在翘首以盼。可是国民党军队控制着码头和船只，查得非常严，正常渠道无法解决，只好另辟蹊径。李月星听说夏晴的父亲是资本家，有自己的运输公司，更有轮船海运的业务，他是一名爱国人士，抗战期间曾经多方助力国军打日本鬼子，踊跃地捐粮捐钱，所以和军方关系也很好。而他的女儿夏晴是一名进步学生，所以此次李月星才敢于冒着风险求助于夏晴。只是李月星并不知道夏晴早就是一名中国共产党党员，是和自己一样地甘愿为共产主义事业抛头颅洒热血的人。在那个时代，白色恐怖笼罩着整个上海，也同样笼罩着同济校园。党员之间都是单线联系，所以两名年轻人同是革命者但却互不相知对方真实身份。但是彼此之间相处久了，深知对方是好人，是进步青年。所以李月星对夏晴除了爱慕之情更有信任之感。今天他要随夏晴去找她的父亲夏永亮，就是要做他的工作，请他老人家派船只帮助自己将物资运到解放区。为此李月星的内心忐忑不安，不知能否得到帮助。但是党交给自己的任务必须完成，成千上万的子弟兵和伤病员在盼着药品和军需物资的到来。尽管此行尚无把握，但李月星还是充满了信心与夏晴一起来到她家，参拜夏老板，以期得到支持。

从学校到夏家的路程很远，将近两个小时的时间他们才来到夏晴的家。夏公馆坐落在上海外滩附近，是一座带有庭院的建筑，很有些拜占庭风格。李月星踏入客厅时，忍不住对夏晴说："你家可真大呀！太阔气了！我扬州的家只是一个临街店铺，后面三间住房，没办法相比了！看来我只有丢掉求婚的念头了，不在一个水平线上的人生只能让人望洋兴叹了。"李月星可怜巴巴地望着夏晴。"这就要看你今后的表现了，穷有什么可怕的？只要肯努力，有志气、有理想、肯上进，就是好样的，你明白吗？"夏晴板着脸教训着李月星，但是李月星却听到了弦外之音。他惊喜地望着夏晴，并拉住了夏晴的手："真的吗？那我有机会了，你给我机会了。"夏晴还未作答，只听楼上一声咳嗽，两人一惊，只见一个中年男人从楼上走了下来。"爸爸！我回来了。"夏晴红着脸和父亲打了招呼。"伯父您好！"李月星礼貌地向夏父鞠了一躬。"好啊！好啊！请坐，请坐！"夏永亮一边点头一边在客厅里给李月星让座，并抬头望向自己女儿笑着："晴晴，你在电话里着急忙慌地让我六点之前必须到家，有什么急事吗？是出了什么大事了？还有你的这个朋友，以前也没见过，今天你把他带回来有什么重要的事情？你们不要慌，说给我听听！""爸爸，这是我们同济校友李月星，他是我们的学生会干事，是物理系的高才生，另外他也是我们校刊《向往》的责编。""好哇，好哇！年轻有为，你们的校刊我常看的。李先生初次登门，让我们夏家顿感蓬荜生辉了！"夏永亮微笑地看着李月星说。"伯父，晚生不才，不敢，不敢！"李月星小声地回答着，并用眼睛看向了夏晴。"爸爸，我今天带李月星回咱家，主要是李月星有件事情想求您，我已经答应了他，您给他帮个忙吧！"夏晴看着自己的父亲，有点撒娇地命令着他。"哦？什么事呀？既然晴晴同意了，那李先生说说看，看我能否办到。只要能力许可的情况下，我都可以帮忙。"夏永亮宠溺地望着自己的独生女儿，笑眯眯地回答着。李月星的心情急切又惴惴不安，他望着夏永亮的眼睛小声地说："伯父，我想向您租一艘船，想运一些粮食布匹到乡下。""租船？你一个学生租船做什么？而且你租船目的地是哪里？""伯父，我的亲戚在苏北一带，此次目的地是淮安，我的亲戚急需物资，请求伯父帮忙相助一下。"李月星急切地看着夏永亮的眼睛，试图寻找答案。"淮安？那里是解放区，是共产党的地盘，咱家的船去不了！""爸爸，共产党也是中国人，为什么不能到那里去？我们是商人，不分什么政党的！""晴晴，你们还未走上社会，上海现在还是国民党当政，码头查得非常严！粮食布匹及民生物资的运输被严格控制，若手续不全，将会被扣押，弄不好会被抓去坐牢的！这件事行不得。""伯父，那这些物品可以运到哪里呢？""如果有批文，发往四川、贵州、海南等地的船可以通行。""夏伯父，您帮我再想想办法，我和我家亲属急等这批物资救急呢！求求夏伯伯了！"李月星见夏永亮不肯帮忙，急得快要跪下了，他忘记了自己的尊严向夏晴投去了求助的目光。站在一旁的夏晴见父亲不肯帮助李月星，她生气地对父亲说："爸爸，您就帮帮月星吧！您刚才还说尽量帮他呢，怎么转脸就否定了呢？这件事对于您来说，应该不是什么难事，凭您在上海滩叱咤风云几十载，怎么能想不出办法来？我就求您这一次，您到底帮不帮？"夏晴严肃地看着父亲，她知道父亲神通广大，黑白两道都有朋友，解决这个问题应该不在话下。一旁的夏永亮见女儿的脾气上来了，自己顿时矮了三分。他太宠爱自己的女儿了，女儿的话就是命令，女儿是他的骄傲，是他的命根子，他怎么忍心让女儿生气难过呢？于是夏永亮缓了口气对女儿柔声说道："晴晴，不是爸爸不答应，是运输的手续不好办，尤其是这批物资是运往苏区的，国民党不会放行。如果往南方走没有问题，除非办两套准行手续，发船向南，绕海向北，这样遇到海警时可以解释。只是海上有风险，要躲避监察人员，但只要脱离了国民党军警的控制区就好办了。另外请问李先生，你的物资都有什么？不会单纯地只是粮食吧？还有没有其他的附带物，比如说西药针剂、急救药品等等？再有你不会是给共产党送专属物资吧？"夏永亮不动声色地望着面前的李月星沉声发问。事情已经到了这一步，面前的夏晴与李月星同时呆住了，不知怎么回答夏永亮提出的问题。看到眼前的紧张气氛，还是夏晴先开了口："爸爸，解放军正在迅速包围上海，国民党已经没有几天的张狂了，上海解放

176

指日可待，在这种情况下，您若是能帮助共产党，可是一件立功的大事！再说您管他什么党派之事，您发船挣钱就是了！""晴晴，我可以帮共产党，但我要求对方说实话！我不能糊里糊涂地掉脑袋吧？你要知道这件事会有很大的风险，弄不好就会丧命或被抄家抓捕，到时候究竟为谁死的都不清楚！想要我来解决此事，必须拿出诚意来，想在我这里打马虎眼，岂不是太小儿科了！"夏永亮看着女儿夏晴，一板一眼地说着。夏晴此时也看向了李月星："你听清楚了吧，你可以对我爸爸实话实说，他绝对不会出卖你的。如果能行的话，我相信爸爸一定会全力帮助你。"此时的李月星内心非常矛盾，他绝不能违背组织原则泄露机密！但是为了完成任务他别无他法。他想起了上级领导交代他任务时，曾叮嘱他说："去找夏晴，让夏晴出面求她父亲帮你解决船运。"想到此处，他向夏永亮苦笑了一下说："夏伯伯，我来此求您帮助，是因为我知道您是一个深明大义的有识之士，当年日本鬼子在上海行凶作恶之时，您为国家做出了很大贡献。但是现在的国民党政府，他们鱼肉人民，无恶不作，所以与人民离心离德，引起国人的愤慨！现在国民党军队节节败退，解放军大兵压境，上海不久便会解放。可因连年征战，解放军的伤病员急需药品解决困难。我们的华侨爱国人士从香港募集了一批医药空运到了上海，准备送往苏北战区，解决解放军的缺药难题。我是一名共产党员，这点夏晴同学也是不晓得的！组织上让我来找您，说您一定会帮助共产党和解放军解决这一难题。为了安全起见，组织上又募集了一些粮食布匹，准备将药藏在里面一起运往苏区，以解燃眉之急。""哦！是这样。感谢共产党对我的信任！但你小子从一开始就对我不说实话，我还以为你是国民党的探子呢！"夏永亮看着李月星微微一笑，转头又看向了女儿夏晴："晴晴，你也太粗心了，什么都不懂，竟然领了一个共产党来家中，这要是被特务知道了会被杀头的，知道吗？"夏晴看着父亲不住地点头称是，其时她心里想着："李月星怎么也是共产党员呢？我也是共产党员呀！组织的纪律真是严明，但我绝对不能向他们泄露自己的身份。"想到此处，她笑嘻嘻地问李月星："原来你是共产党？我怎么就看不出来呢？共产党员每个都是英雄好汉呀，你这风流倜傥的美少年是怎么混进去的?"李月星心中高兴，在听到夏晴似挖苦嘲笑又似欣赏褒奖的语调时心中很是受用。他笑着从座椅上站了起来，向着夏永亮又行了一礼："夏伯伯，大恩不言谢！我党会记住您的相助之情！"而站起来准备送客的夏永亮拍了拍李月星的肩膀说："同济学子报效祖国，国泰民安人皆所愿，你们的新任校长夏坚白都是共产党的拥护者，何况你们这些徒子徒孙辈呢？你回去等着听我的消息，两天之内发船，手续我来办，我会让晴晴提前告诉你。""谢谢爸爸！爸爸真好！"夏晴高兴得跳了起来，扑到爸爸怀里又亲了他一口，夏永亮望着女儿开心地大笑起来。

第二天午后，夏晴悄悄地找到了李月星，通知他事情已经安排妥当，并要求他们今夜在淞江码头装船，两份通行证也已经办好，装好船后趁着拂晓的晨雾起航。码头上的一切关卡早已疏通好，夏永亮的能力令李月星惊叹，多少日夜的担忧如今迎刃而解。此次事件之后，夏晴对父亲更是钦佩，父亲的神通广大与爱国热情让夏晴自豪。

一周之后李月星又出现在校园里，他愉快地向夏晴打着招呼："嗨，夏晴，我回来了！"李月星神秘地向夏晴挤了挤眼睛，并露出了轻松的笑容。"好啊，顺利吗?""可以，我想去谢谢夏伯伯呢！""不用谢了，没关系，顺利就好。"夏晴终于放下心来，这几天她的心总是吊在嗓子眼上，今天总算是一块石头落了地！李月星的归来，证明事情很圆满，而自己能够悄悄地为革命做一些小事，夏晴内心也很自豪，尤其是她知道了李月星和自己一样，都是一名光荣的中共地下党员。想起在关键时刻，李月星不得已暴露了自己身份时的那份忐忑，夏晴便禁不住地微笑起来，若是将来他们能成为志同道合的革命夫妻，那会多么地完美！此刻优雅的夏晴心潮澎湃，不禁悄悄地红了脸。可是在李月星的面前，她仍然像一个清纯的女学生。她心中悄悄地说："李月星，你不知道吧，我其实早已入党，如果我不是共产党员，怎会轻而易举地帮助你完成任务呢？"夏晴心中想着，面露微笑，她俏皮地望着李月星："李月星先生，开心吗？""开心！开心！我要请你吃饭，更要向夏伯伯致谢！""不必了，你好好去上课吧。"夏晴虽然很想与李月星多聊聊，但想到了组织上的保密原则，言多语失！这次李月星能够顺利完成工作任务，她已经很满足了。夏晴向李月星挥手告别后，微笑地回教室上课去了。

　　傍晚时分，辛之菲前来宿舍寻找夏晴，她想让夏晴陪着自己去空军部队寻找安翔，她已经三天没有安翔的消息了，她很着急！恋爱中的辛之菲，从无望的期待中突然寻找到了光明，她幸福得不能自已。她每天都在想着安翔，期待他的电话，期待他的约会，期待他的信件。而安翔对她也是如此热烈，他们总在寻找一切机会联络。但安翔毕竟是军人，而且是一名高级飞行员，他所在的部队是国民政府的命根子，是重中之重，保密性质很强，外人不能随意出入。已经三天了，安翔没有联系辛之菲，电话也打不通。辛之菲的心里有些发慌，她想拉上夏晴一起去空军部队看望安翔，她想见他一面，听听他的声音，此刻的辛之菲心急如焚。夏晴听了辛之菲的诉说，用手擦了擦辛之菲眼角的泪珠，怜爱地笑了。夏晴与辛之菲是表姐妹，两人无所不谈。夏晴比辛之菲大三个月，但她性格沉稳，总是大姐一般地照顾着这个小表妹。辛之菲还有一个哥哥叫辛之栋，现在美国哈佛大学医学院读博。夏晴非常喜欢这个表哥，对他非常崇敬。表哥辛之栋聪明异常，学习成绩非常好，他在二十岁时在复旦医学院学习，之后便赴美国深造，时间已经过去六年了。表哥常说医者仁心，攻坚克难，学成归来后一定要报效祖国。表哥未出国之前，他们三人总是在一起，所以感情很深。受表哥辛之栋的影响，夏晴也选择了学医。而心思单纯的辛之菲却选择了理科。今天夏晴看到表妹心中难过，泪水盈盈地站在自己面前，夏晴叹道："之菲，我陪你先去电话亭再打个电话，看看能否接通。""好吧，如果打不通，那你就陪我去找他行吗？""好的。我们先试一试。放心吧，电话打不通我就陪你去找他。"夏晴说着，便拉着辛之菲走出宿舍，来到校园收发室的电话亭边。前面两个学生在打电话，辛之菲急得直跺脚，终于轮到了她们，辛之菲一步踏入亭中，拨动了号码的圆盘。一遍、两遍、三遍，电话终于接通了，但不是安翔。辛之菲焦急地询问对方，安翔在哪里。对方笑呵呵地说道："你是同济大学的女学生吧？你叫辛之菲对吗？""是的，我是。请问安翔在吗？请他来接电话。""哈哈，安翔出任务飞香港了，他让我告诉你，等他回来后会立即给你打电话的，你不要着急！我们是军人！军令如山，任务必须执行！无法给家人打电话报平安是常事。请你谅解！""好的！我知道了，谢谢！"辛之菲如释重负，她一把抱住了夏晴："晴晴，他出任务了，并不是忘了我！"夏晴心疼地搂住了辛之菲，拉着她一起走出了电话亭。辛之菲心中一块石头落了地，她又满血复活了。

第二十六章　扬州，李月星与赵萌萌

　　夏晴与辛之菲离开了电话亭，她把表妹送回了学生宿舍后，自己便向图书馆走去。图书馆内的学生很多，每个人都在默默地查阅自己所需的资料，夏晴也不例外，她借到自己的所需资料后，便寻到了一处安静所在开始了自己的阅读。"嗨，夏晴，你怎么也来图书馆了？"夏晴抬头一看，李月星笑眯眯地站在离自己桌子很近的地方。"噢，我是来找资料的。"夏晴看着李月星微笑。"哎，想不想去扬州玩一趟，我家在那里。"李月星看着夏晴，小心地提出了邀请。"谢谢！太忙了。我在准备应对期末考试的各种资料，以后有机会一定去扬州玩一趟，到时请你当导游啦！""那好！我去去就回，家中有急事，需要我去处理。"李月星小心地向夏晴解释后就离开了阅览室。

　　李月星的家在扬州，他于三年前通过考试与保荐从扬州考入了上海同济大学！他在中学期间，就深得当地的学者、教育厅的官员柳方儒的青睐，一路拾级而上，直至保荐到上海同济大学。但李月星本身也是非常努力的，他很刻苦地学习，余下的时间帮助父母打理自家门店的生意。他小时候非常顽皮，像只小野马，整日不住地跑来跑去。直到那一天的横冲直撞差点丢掉性命，差点就让汽车撞死。这之后他才长了教训收敛了性情。后来他渐渐长大，懂得了感恩，便和救命恩人一家关系非常亲近，这就是和他家在一条巷子居住的柳家。柳方儒是扬州的文化教育厅厅长，知识渊博，为人正直。正是他的弟妹金秀当年冒着生命危险在车轮下救出了自己，才有了李月星的今日。后在柳方儒的重点栽培下，李月星考入了上海同济大学。李月星和父母对柳家感恩戴德，于成长过程中他又与柳江成了好朋友。虽然阶层有差异，但柳方儒是个亲民型的文化官员，从不摆架子，而且他见李月星聪明过人，也就格外给予关照。因此李月星视柳方儒为神明一般，更与柳江好得像亲兄弟。虽然柳江比他小几岁，但两人经常在一起玩儿，一起读书，他们也经常随着柳夫人去寺院烧香拜佛，所以心中有善根，看不得杀生作坏。久而久之心中的善念生起，植入心田，待人行事是慈悲为怀，正气凛然，虽然他们还是年轻人。这次扬州家中来电有急事，他在回家之前特意又去上海的大商店给柳夫人和自己的母亲买了丝绸披肩，并给朋友柳江买了一支派克金笔。这支笔他要送给他的好兄弟，用来庆贺柳江十四岁就考入了上海复旦医学院。

七月的扬州风景如画，李月星此时返回了家乡。熟悉的润风温柔地抚摸着他的脸，他觉得心中踏实自在，父母一定是想他了，他是他们唯一的孩子。家里有什么急事呢？李月星有些心急，他迈着大步走进了家门。

李月星的家是做日杂生意的，临街面开了个小店铺，用以维持生计，铺面是那种前店后居的格局。他家共有三间居室，中间小院子搭了厨房和厕所，三间居室在李月星没考入大学之前他自己独立居住一间，另外两间相通的是父母居住一间，另一间便是客厅了。但在他考入了大学之后他的表妹赵萌萌便从成都来到了扬州，借住于姨母家，并在附近的学校读初中三年级。赵萌萌今年也是十四岁了，她的母亲和李月星的母亲是亲姐妹，李月星是家中的独生子，他的母亲早就盼着再有一个女儿，可是天不遂人愿，因此当妹妹带着女儿从四川成都回来时她特别开心，在居住了几个月后她便把妹妹的女儿、乖巧的赵萌萌留在了自己的身边，并给她在扬州找了一个好的学校入学。平日里赵萌萌每天围绕在自己的身边，解除了她对儿子的思念之情。只是李月星归家后就没有了自己的住房，此事让他心中不爽，但他也无可奈何。后来他发现母亲在表妹萌萌的陪伴下有了笑容，李月星倒也放下心来。表妹赵萌萌长得很可爱，浓眉大眼，眼睫毛长长的，牙齿白白的，嘴唇红而圆润，有点洋娃娃的样子。李月星第一次见到她时就对母亲说："萌萌这个名字起对了！她的长相真的是萌萌的样子，天真又可爱，怪不得姨夫给她起了这么一个名字！"李月星对表妹就是这般的评价。萌萌比他小九岁，因此他处处让着她，对她也很娇惯。李月星模样长得好，是那种文质彬彬的样子。他细高的身材，风度翩翩，已经完全找不到儿时调皮的样子了。他看到母亲身边可爱的表妹，先向她打了个招呼："嗨，萌萌好！妈，我回来了。"李月星放下手中的皮箱后，先去院中的洗脸盆里洗了洗脸，擦洗干净后重返屋中。母亲见到了他，开心地给他端来泡好的绿茶，并一把将儿子按在堂屋的椅子上。李月星端起茶杯，茶水不凉不热适口得很，这是妈妈的味道。他咕嘟咕嘟地喝了下去："妈，有什么急事让我回来呀？""月星，妈想你了不成吗？还有就是你姨妈家在成都买了房子，旧宅翻建，准备让你设计一下，出个图纸。再有柳江已经考上了上海的大学，咱家欠人家情儿，咱们需要上一份礼，表示庆贺。这两件事都很急，不能再往后拖了。"李月星听妈妈讲着，心中已然有了主意："妈，小姨家不是有房子吗？怎么又翻盖呢？""你小姨家是有房子，可是不大呀！现在你姨夫已经脱离了部队，转业到了公安局，他手中有些闲钱，便在成都市区买了一个院子，院子很大很古旧的，便想重新翻建，想着让你给出个图纸，将宅院盖得气派一些。""是这样啊！姨夫原来在国民党的军队里当了团长，想必有了一定的积蓄。这回小姨该高兴了！萌萌，你想要什么风格的房子呢？"李月星笑着问自己的小表妹。"月星哥哥，我觉得你设计出的一定会很好，成都老房子风格都很怀旧，你在扬州长大，又深谙苏杭园林风格，所以我妈妈特别期待她能住在有苏州园林感觉的建筑里，就好像她仍然生活在扬州家乡，你说是不是？"赵萌萌睁着一双圆圆的大眼睛，看着李月星说。"那好，明天我就开始工作。今天晚饭后我要去看柳江，我给他带来了礼物。""是吗？那你带上我！我想去柳家，我也想认识一下那个神童！前些日子我在咱们街口见到他，我向他打招呼，可他理都不理我，这次去他家我跟着你，看他还会不会不抬头，装作没听见，没看见我的样子！"赵萌萌看着表哥说着。"还有这事儿吗？好哇！晚上我就带你去找他，看他怎么面对你？还会不会装作听不见？"李月星对他这个小表妹是非常纵容的，有求必应，看着小表妹满足的笑容，他也很开心。是的，他们全家都挺喜欢赵萌萌，全都让着她，所以这个小姑娘是在成都和扬州两边跑，她是大家的开心果。尤其是她的父亲，军人赵全胜更是对她言听计从，从来不曾拂逆女儿的心意，这也间接地造成了赵萌萌的骄纵任性。

赵全胜是一个军人，他曾在川军任职，由于作战英勇，深受上司赏识，并在无意之中与伙伴一起救下了司令的夫人和小公子，所以他很快就得到了提升，在潜伏于川军中的中共党员王昆的影响下，慢慢地走向了革命的路。解放前夕，他们部队起义投诚，赵全胜也成了我中国人民解放军的一员。赵全胜本是穷苦农民出身，本质不坏。但在国民党军队时沾染了一些坏习气，做过坑蒙拐骗的勾当。后在我党的教育影响下，洗心革面，也为解放事业的成功做了一些有益的事情，得到了我党的认可和刘司令的奖赏。十多年前，刘司令还把朋友的妹妹介绍给他，帮他成了家，并有了一个女儿。赵全胜非常知足，他认为自己一介武夫，竟然娶了扬州的女学生为妻，全是沾了巴蜀学堂辛

184

老先生的恩泽。过往种种经历至今念念不忘。当年他因敲诈勒索被辛老先生揭发检举，又因祸得福救了司令夫人和儿子，也因此结识了中共地下党人王昆。凡此种种环环相扣，他由一个劣根性的军痞蜕变为今天的英雄军官，又有了幸福的家庭，赵全胜十分知足。全国要解放了，赵全胜决定退伍回到地方和家人好好生活，迎接新的政权成立。手里有些积蓄，所以他重新购买了田园土地，准备开始新的生活。但是他最爱的女儿却不安心在成都读书，非要去扬州找姨妈，并想去大上海上学。赵全胜虽心中不舍，怎奈宝贝女儿一意孤行，他也只好默认了。只要女儿赵萌萌开心，他就快乐。

七月的扬州天气很热，吃过晚饭后李月星便找出他从上海给柳江和他母亲买的礼物，并在扬州最好的茶叶铺装了两盒龙井茶，准备前去柳家拜访。

李月星家和柳江的家距离很近，走着也就十多分钟。这时的李月星刚要出门，旁边屋中的赵萌萌便冲了出来，她瞪了表哥一眼说道："月星哥哥，你说好的去神童家时带上我，难道你想食言吗？""怎么会？我这不是正准备叫你吗！"李月星笑着回答，并又追问了一句，"你为什么非要认识柳江呀？""我就想着认识一下这个所谓的神童！看他神在哪里，是不是金玉其外，败絮其中。"赵萌萌一脸坏笑地望着表哥，顺手从表哥的手中接过了茶叶礼盒，信心十足又极其郑重地向柳家走去。

半年以来赵萌萌一直在寻找机会接近柳江，她满腔热情地几次试探着与柳江打招呼，但柳江总是低头不语，对她视而不见。说实话，赵萌萌心中很是愤怒，但是她不能失败！她非常欣赏柳江这个男孩，长得那么好，且智慧超群，神童啊！赵萌萌想着："我一定要得到你，把你拿下！"心里想着美事的她，头抬得像只小天鹅，骄傲又纯情。李月星带着表妹赵萌萌来到了柳家的大门前，轻轻地叩响了门环。此时的赵萌萌注意到了柳家的大门，门前一对洁白的狮子分站两侧，一尘不染，两侧的门上分别刻着：忠厚传家久，诗书继世长。就在此时，大门悄悄地打开了，是用人刘妈。"哟，是月星少爷！您回来啦？"刘妈客气地向李月星打着招呼，李月星则笑着看向她："刘妈，您好！看您总是这么精神……"李月星边笑边对表妹说："这是刘妈，刘妈可是个好人，对柳江可亲了！""那当然，我家柳江可是个优秀的孩子，我看着他长大的，我看他比看我的孩子还亲呢！"刘妈边说边把李月星他们俩往屋里让。"夫人，您看谁来了？""哟！这不是月星吗？从上海回来啦？这位姑娘是谁呀？"柳夫人看着随行的赵萌萌顺嘴问道。"伯母好！天气热了，您身体好吧？这是我表妹赵萌萌，我小姨的女儿。"李月星边回答，边用手指了指身旁的表妹。"哟！这么漂亮的姑娘，你家也是在扬州吗？"柳夫人喜悦地望着面前的赵萌萌，就在此时，东面屋内走出了赵萌萌心心念念的柳江。"嘿，李月星，你怎么回来了，同济放假了吗？"柳江快走一步，接过了李月星手中的礼物，把东西放在了堂屋的八仙桌上。在此同时，他也看向了赵萌萌，并向她点头微笑。看着面前近在咫尺的柳江，赵萌萌突然就脸红了，心上人就在眼前，少女的心突突地跳了起来。她虽然才十四岁，但她却无法自拔地爱上了柳江，现在柳江就在面前，赵萌萌却面红耳赤，一句话也说不出来。还是柳江主动，他看着赵萌萌手足无措的样子温和地说道："你好！我见过你！月星，这是你的亲戚？""是的！我的表妹，我小姨的女儿，现在我家住，在扬州上中学，她也准备将来去上海的大学读书。"李月星一边回答，一边把表妹手中的茶礼接过来交给了柳夫人。"伯母，给您捎了点明前龙井，您尝尝怎么样？还有我从上海给您带回一条丝绸披肩，听说款式是巴黎的，商家说目前这是香港最流行的，所以上海人很喜欢。我也不懂，只是听说，您别嫌弃呀！"李月星微笑地看着柳夫人。"怎么会呢？月星你还在上学，还不挣钱，以后别再买礼物了！等以后你谋职了，经济发达了，再给我买，我等得起！"柳夫人笑着对李月星说，并转头看向赵萌萌："你表哥和他父母礼数太多，总是为我破费，真让我不忍心，现在他还上学呢，自己肯定是省吃俭用的，还为我花钱……""伯母，您真好！等以后我长大了，我也给您买最好的，我一定会做到的！"赵萌萌张口就来，听得一旁的柳夫人开怀大笑，她一把将赵萌萌搂了过来："真好！小姑娘太聪明了！你以后常来玩儿，我还真缺个女儿呢！"一旁的李月星、柳江、用人刘妈全都笑了起来，屋内的气氛立马儿就热烈了起来。

众人纷纷落座，用人刘妈给大家分别倒好了茶水，李月星看着柳江，从自己衣服口袋里掏出了一个细长的盒子，打开后从里面掏出了一支黑色的钢笔，他小心地递到柳江手中："柳江，这是我专门为你选的一支派克金笔，祝贺你成绩优异，十四岁就考上了上海复旦大学医学院！我为你骄傲，为你自豪！状元呀！"李月星诚心诚意的表情让柳江极为感动，他双手接过了这支名笔，觉得手中沉甸甸的："月星大哥，谢谢你！心意领了，我喜欢这支笔！我会用它抒写今后美好的人生，做个对社会有用的人，不辜负父母和兄长对我的期望。"看着柳江与表哥李月星之间推心置腹的交谈，一旁的赵萌萌插话道："柳江哥哥，我也要向你学习，目标上海复旦医学院！"听了赵萌萌的话，柳江与李月星全乐了。李月星看向柳江说："柳江，我家表妹对你那可是十分崇拜的，她一定要我带她来认识一下你这个神童，怎么样，你给她这个机会吗？"柳江闻听此言愣怔了一下，但马上就开心地笑了："当然可以！多个妹妹是个开心的事呀。我以前见过她，但不知她是谁，所以不敢搭话。现在好了，我们两家住得这么近，她是你的妹妹，以后常来常往好了。但我九月份就去上海上学，希望你也考复旦，成为我的学妹。"柳江看着赵萌萌，诚心诚意地笑着说。李

187

月星此时望向自己的表妹："萌萌，我说得怎么样？柳江就是一个诚实可信、聪明善良的优秀青年，前途无量的人才呀！""那是当然，哥哥的眼光就是好！我以后一定虚心求教，但是柳江哥哥可不许拒绝萌萌的哟！"赵萌萌忽闪着两只大眼睛望向柳江，目光中满满的崇拜之情，这让柳江有些不自在，弄得他的脸都红了。但是一旁的伯母却是开心得不得了，她从一见面起就喜欢上了这个漂亮又热情的姑娘赵萌萌。看她是一派天真，单纯又可爱，健康又活泼，像雨后的彩虹一样美丽天然。柳夫人站了起来走向了赵萌萌，她拉住了萌萌软软的小手，眼神中充满了爱："萌萌姑娘，柳江再有一个多月就要到上海去上学了，你在扬州，还在读中学，以后你有时间就来我家玩儿，伯母欢迎你常来！""谢谢伯母！我以后一定常来，我还要做您贴心的小棉袄呢！"赵萌萌笑嘻嘻地看着柳夫人，红润的脸显得越发美丽，她是由衷地高兴，她没有想到事情的进展如此顺利，她顺理成章地跨入了柳家的大门，从今以后，她可以随时见到心目中的神童柳江，太幸福了！上天这是在眷顾自己呢，当然这一切还要感谢表哥，是他今天的引荐，自己才有机会得到柳江关注。"表哥，你是我的大贵人！"赵萌萌与李月星回家的路上，她情不自禁地脱口而出。

李月星在家中忙了三天，才把赵萌萌家在成都准备翻建院落的图纸画完，经过认真地核对数据，房屋院落的平面图纸及数据全部形成。看着面前的一摞图纸，李月星轻舒了一口气。这次归家，他虽然紧张劳累，但是看到母亲高兴，表妹满足，他虽累但也值得了！李月星就是这样一个诚实守信、认真负责的人，他心胸宽阔，做事严谨。尤其是最近一段时间，他在学校，在敌占区为我党的革命事业做了很多的事情，深受我上海地下党的好评。这个年轻的共产党员，在敌占区白色恐怖严峻的情况下出生入死，英勇机智地完成党交给的任务，他随时有暴露的危险。他外表看着很外向，是个整天价都嘻嘻哈哈的大学生，实际上他却是计划缜密、有板有眼的智慧青年。此时他回扬州也是在躲避风头。几天过去了，他将电话打回上海，没有发现什么问题后，他决定返回校园。就要到学期末了，该进行考试了，他不能错过机会，上海即将解放了，他大学毕业后将走向社会，为建设新中国出力的时候即将到来！想到此处，李月星感到身心愉悦，浑身充满了力量，仿佛在黑暗中见到了黎明的曙光，前途无限光明。

　　李月星踏上了返回上海的火车，车厢里一片混乱，人挤人互不相让，他好不容易找到了自己的座位，但是发现自己的座位已经被一个四十多岁的男人占领了。他从上衣口袋中掏出了自己有座号的车票让那人看了看，并轻声说："先生，这个位置是我的。""是你的？你叫它一声，看它答应吗？"坐在那里的男人不屑地看了看李月星，并恶声恶语地回答着。"乘车有制度，按票就座，我是有票的！"李月星态度很坚决，没有丝毫的妥协。"起来，一边儿去！"对座的一个女人发了话，声音不大，但也是恶狠狠的语调。听了这个女人的话，占座的男人心不甘情不愿地站了起来，他用眼睛狠狠地剜着李月星，之后走向一旁。李月星在自己的座位上安顿了下来，顺手从书包里掏出一本英文诗刊，准备利用这点时间读一读。读书之前，他顺带看了看自己周边的环境，他在靠窗的位置，旁边的中年男人一副弱不禁风的样子。对面小桌旁是个中年妇女，怀中抱着一个小孩，包裹得很严。在她的旁边坐着一个五十多岁的女人，穿着很一般，也在死死地盯着他，目光很不友好。李月星觉得很压抑，第六感告诉他，这几个人是一伙的！李月星望了望那个抱小孩的女人，微笑着说："谢谢大姐说了句公道话！天气这么热，您的小孩包得太严了，孩子受不了，车里的空气有些不流通。""没事儿，小孩子怕冷，要包紧点才行。"对面的女人戒备地望着李月星回答，并不自觉地抱紧了怀中的孩子。李月星很奇怪，他听出了对面女人的口音是东北人，刚才那个占他座位的男人说话也是东北人的腔调。李月星是个儒雅的青年，他很怕惹是生非，便不再与周边的人搭话，翻开书籍看了起来。

火车"咣当、咣当"地向前行进，几个小时一晃就过去了，李月星站起来想去上厕所。他合上书，站起来伸了个懒腰，顺便看了看周边的几个人。很奇怪的是，这几个人一直都是默不作声地坐在那里，没有交流，眼睛似闭还睁，好像都在注视着自己的一举一动。李月星很奇怪，这几个人是怎么回事？真有点儿特务的感觉，这阴森森的目光，仿佛毒蛇在吐着信子向自己跳跃，还有那个女人怀中抱着的婴儿，也是一动不动，这么小的孩子竟然几个小时一动不动？不哭不闹也不换尿布，简直是不可思议，太不可思议了！李月星心里想着，便望向了那个抱着孩子的女人："大姐，您的小孩怎么老睡觉呀？一动不动的，是不是生病了？"女人望了望李月星，没有回答他，只是更加搂紧了怀中的小孩。旁边的那个老女人搭话了："年轻人懂什么，忙你自己的去。人家亲妈不比你懂？闲吃萝卜淡操心！"李月星笑着回笑："对对对！是我不懂！"他顺手从窗边拿下自己的书包，并将书装了进去，起身离开了座位后向车厢连接处的厕所走了过去，抱孩子的女人看到他的离开，轻轻地舒了一口气。这时坐在李月星旁边那个瘦削得病秧子样儿的男人也随着李月星的离开，悄悄地跟上了他。

李月星离座后去寻找车厢连接处的厕所，车厢通道中人挤人，都是买的站票的旅客。李月星走了三个车厢，才算找到了厕所。他早已经注意到了有人在跟踪他，是那个坐在他身边的瘦弱男人，不远不近地盯着他的去向。李月星很聪明，他的警惕性很高，看着他座位周边的那几个人，他断定他们不是国民党特务，但是这几个人也绝对不是什么好人，否则为什么对他实行跟踪，对他那么地防范呢？突然他想起来这几个人是东北人，而东北贩卖鸦片的人很多，也听人讲过他们的手段很毒辣，杀害别人家的幼儿，用幼婴的身体转运毒品，而婴儿的尸身却外表光鲜，好像睡着了一样。那么今天这件事情是不是被他李月星碰上了呢？"对！应该是贩毒团伙利用婴儿来走私毒品。"想到此处，李月星也出了一身冷汗。他回头张望了一下，远远地看见那个瘦猴儿一样的男人还在望着他。李月星暗自笑了一下，向餐车的方向走去，因为他知道，列车长和铁路警察就在那个方向。李月星在餐车旁边的乘警室向列车长和铁路警察详细地报告了自己发现的情况。列车长听后握住李月星的手说："谢谢你给我们提供的情况，我们会和警察一起查明此事，绝不能放任这些坏人横行于世！"一旁站着的铁路警察也说："我们也得到了情报说这趟列车上有毒贩在转运鸦片，因列车上人太多，我们转了两圈也没有发现可疑人员。谢谢您的帮助，一会儿请您还回原座位，我们会对此车厢突击查票，了解情况实施抓捕。如有需要，还请您到时搭一把手。"李月星听后说："放心吧，只要我能做的，绝不退缩。但是他们最少是四个人，两男两女，你们也要多派几个人手，以免毒贩子反扑！""放心吧，你回去后我们会立即行动的。"铁路警察看着李月星说，"缉毒是我们的责任，保卫旅客安全也是我们的责任，放心吧，您也要注意安全！"

李月星从乘务室出来后，慢悠悠地又向自己所在的车厢走去。他外表平静，内心却是忐忑不安。及至到了他的座位前，他发现先前占他座位的那个男人又重新坐了回去。看到李月星又回来了，那个男人说："小白脸，你又想坐回来吗？"李月星笑了一下："我坐了半天了，看你也站累了，你先坐会儿吧，再有半小时火车就到站了。"李月星看了看其他三个人，依然是半眯着眼睛装睡，他心中暗自发笑："等着吧！你们的好日子要到头了，别装睡了！"

列车飞快地奔驰着，站着的人员摇摇晃晃，坐着的人轻声细语。突然车厢两头的门"咔嗒"一声被锁上，有乘警四人和列车长突然出现在了车厢里。"查票了，查票了！所有人都注意了，把票拿出来，地上坐着的，卧着的，统统都站起来，把票拿出来，站在自己的行李前。"乘警一面吆喝着，用锐利的眼神扫视着车厢里的一切。俗话说"是猫就避鼠！"刚才还叽叽喳喳的人们立马儿就寂静了，纷纷站立起来，给警察让路。乘警一眼就看见了瘦高个子的李月星就站在他座位的通道旁，立即走了过来："查票！你的票呢？"李月星立即从衣袋中掏出票来让乘警查验。"哦！你的座位在那里，为什么不坐？"李月星用手指了指坐在桌旁的中年汉子，四名乘警立即将这个空间的出口包围了起来。见到警察从天而降，里面的四个人顿时慌了起来，那个中年男人噌地一下站了起来，试图走出包围圈。"查票，到哪里去？""到上海，我有票，让我出去。""等一下，把票都掏出来。"乘警向他们四人发出了指令，其中一名警察走向了抱小孩的女人，对她说："掏票，把票拿出来！"只见那个女人一只手揽住怀中的孩子，另一只手在裤袋中摸索着。"把孩子身上的包布打开！"警察向那个女人发出了命令。"孩子有病，怕受风，不能打开。"旁边那个老年妇女说着，并试图伸手将孩子抱到自己手中。"把小孩包布立即打开！"警察接着下了命令，那个抱小孩的女人吓得瑟瑟发抖，可怀中的孩子却是一声不吭，好像深睡的模样。此时那个老女人一把抢过孩子，死死地抱在怀里，就是不撒手。对面那个瘦弱的男人将手中的票递给了列车长，查完票后就想溜走，但被面前的警察用身体挡住了去路："你们是一伙的吧？""啊是，啊不是，我们不是一伙的！"瘦子张口结舌地说着。一旁的中年壮汉抬腿想跑，但是让机智的乘警一把拦住，并用手铐将他铐住，壮汉想反抗，但为时已晚，另一名乘警也将瘦子拉了过来，用另一只手铐将他铐上，形势急转，见两个男人均被抓住，那个抱孩子的老女人此时也不再嚣张了。大势已去，她垂头丧气地将孩子放在了座位上。列车长上前打开了孩子的包被，一个将近一岁的幼儿出现在眼前。他没有呼吸，面色苍白柔嫩，肚子鼓鼓的被线缝在一起。如果活着，应该是个很漂亮的男孩。不知他是谁家丢失的孩子，可怜的孩子还不会说话就被人活活弄死，掏空内脏，成了运输毒品的行李箱。只见列车长红着眼睛，一个大耳光扇在了那个老年妇女的脸上！"畜生！活畜生！没人性的东西！"列车长愤怒地骂着这几个毒犯。此时另一名乘警也用手铐将这两个女毒犯铐在了一起，抓捕行动干脆利落，一举成功！当四名乘警押着毒犯走向车厢通道时，李月星侧过身去让路，他感到一阵不好的气息冲来，突然之间他被一脚蹬了出去，摔在了两个车厢的连接处，他觉得自己的肩膀很疼，胳膊也抬不起来了，抬头时正对上那个中年毒犯恶狠狠的眼睛。"啪！啪！啪！"三声脆响，一名乘警给了毒犯三个大耳光，另一名乘警赶上前来扶起倒在肮脏铁板上的李月星。"对不起，对不起！我们疏忽了！"乘警一边道歉并快速地扶起了摔伤的李月星。

李月星回到学校时已是深夜，是上海铁路警局用车将他送回校园。看着警车来到校园，吓坏了学校的门卫大爷，以为是警察又来学校抓进步学生，及至明白情况后方才舒了一口气。

第二天上海铁路警局又出面联系同济大学，感谢正义的大学生李月星机智勇敢地帮助铁路警局破案，抓获重大的杀人贩毒团伙，功不可没，值得表彰！本来就英俊潇洒的李月星同学，现又获如此殊荣，他微笑地在校园中行走时，吸引了众多女生爱慕的眼光，可唯有夏晴，他心中高贵的女神夏晴，依旧是对他不冷不热平静如水。

第二十七章　夏晴，勇敢的江上行者

想起夏晴，李月星便不由自主地嘴角上扬。从大一开始，李月星便被同学们推举为学生会干事。因为他有很多特长，能写一手好文章，又长得一表人才。他积极参与公益事业，又勇于发表爱国主义思想言论，在他的影响下有不少的同学都靠近了党组织，在系里形成了一股强劲的爱国力量。出类拔萃的李月星，吸引了同济女生的关注，但李月星却偏偏钟情于医学系的女孩夏晴。

夏晴是个人尖子！她也是同济大学学生会的干部。她有细高的身材，青春又靓丽。她是医学系的才女，一个妥妥的上海姑娘。她的面色白皙又红润，眉眼俊秀，举手投足温文尔雅，一副大家闺秀的模样。夏晴的美是一种健康的美，没有丝毫的修饰打扮，她端庄大气、不苟言笑，总是很安静的样子。在校园里从没有男生敢和她嬉皮笑脸。她的持重让很多爱慕她的小伙子们只能远远地看着而不敢向她表白，唯独李月星是个例外。

夏晴是父母的骄傲，她是在夏至的那天上午九点出生的，这是《易经》中谈到的巳时，是个极好的时辰。在她出生的头一天，上海就开始下大雨，整整地下了一天一夜，天上雷鸣电闪闹个不停，她的父亲夏永亮焦急地在产房外面踱步，等待着新生儿的降临。要知道他们夫妻以前曾经有过一个男孩，长得聪明又好看，但是一场突如其来的疾病夺走了孩子的生命，那是一种叫作白喉的急症！尽管跑遍了上海的医院也没有将孩子抢救回来，眼睁睁地看着儿子死在自己的怀抱里。想起这些，夏永亮夫妻就泪流满面！孩子走后，夫妻俩陷入了自责的痛苦之中，他们总是在思索着：为什么会这样？为什么灾难会发生在他们身上？难道是他们做了什么错事吗？大人的罪孽怎么会报应在孩子的身上？让小小的孩童受了那么多的苦痛！那天他们的儿子睁大眼睛看着他们说不出话，小脸儿憋得通红，孩子发着高烧，流着泪躺在妈妈怀里，他想要爸爸抱抱，他的小手在伸向爸爸之后就闭上了眼睛，再也没有睁开，就这样无声地告别了爸爸妈妈。孩子远去，夏永亮夫妻的心都碎了，从此静默一蹶不振，整整三年后才重新振作起来。三年之间，他们夫妻爬泰山，去普陀，做慈善，不断地净化自己的心灵，祈求佛菩佛护佑加持，再给他们一个孩子。终究是苍天不负有心人！在第四年的立夏这一天，他们的第二个孩子降临人间。

夏晴出生时，连天的大雨突然就停了，那是上午九点，阴云散尽，天空大亮，夏至天晴！夏永亮激动地抱着刚刚出生的女儿站在产房窗前，他看见晴朗的东方出现了一道彩虹，彩虹笼罩着半边天，天空、树木、街道都一片洁净，被大雨洗过两天的大上海用最美、最清新的空气迎接了小女孩的到来！彩虹出现寓意着美好，彩虹是天地的桥梁，是好运吉祥的象征！窗前的夏永亮抱着女儿望着此时的晴空万里，这更让他浮想联翩：苍天保佑夏家再起，唯愿女儿健康成长，唯愿夏家吉祥笼罩！感恩的夏永亮给女儿起名为夏晴。

夏晴的到来，真的是让夏永亮夫妻晴了天！他们一扫过去心中的阴霾，开始了积极的慈善事业，用以报答佛菩萨的恩赐。夏晴就这样快快乐乐地来到了人间，来到了夏家。小时候的夏晴很乖，直爽而聪慧，读书很用功。她心中有一个榜样人物，那就是她的姨表哥医学博士辛之栋。从她五岁那年，表哥从四川回到上海，那身穿长衫稳稳前行的表哥便吸引了她，那时的表哥不爱说话，很羞涩的样子，但是他出口成章礼貌而帅气，这让单纯又直爽热情的夏晴总是想逗逗他，让他多多说话，这样就可以听听他的川音儿。她拉着表哥辛之栋和她们一起玩儿，和她们一起去看马戏团的表演，一起去公园，看电影。最初表哥是拒绝的，他总是闷着头读书，不搭理她和辛之菲，后来时间长了，慢慢地磨合，表哥知道了她和辛之菲对自己是真诚的，他才开始慢慢地接纳了她们，并融入了她和辛之菲的战团。那时候辛家的楼上楼下与庭院里，都有他们三人嬉闹的身影。他们在一起慢慢地长大，后来表哥考入了上海复旦大学，在机缘巧合的情况下他又去美国哈佛大学读书，成了哈佛的医学博士。夏晴钦佩表哥的博学之才，她一心想做个他那样的学者型的人才，所以在父母的支持下她也选择了医学专业，将来学成之后做一个女医生该有多好！她可以为病人排忧解难，救死扶伤。因为夏晴心中一直有一个表哥的模板：既英姿勃发又不苟言笑，既博学多才又谦谦君子！所以她对那些追求她的男生不屑一顾，总觉得他们才疏学浅。唯有那个李月星在她的眼里还有点分量，而且李月星太会哄她了，总能给她新鲜的感觉。如果选择他做自己的男朋友，和表哥辛之栋比较起来，李月星还是差着一大截儿！夏晴心中暗自思量，信步走出了宿舍的大门。今天是星期六，她准备骑自行车回家，她想家了，她都有一周的时间没有回家去看望父母了。

　　现在已是深秋，天气凉爽了起来，尤其是江边的晚上。夏晴一边骑着自行车，一边欣赏路边的风景，她沿着黄浦江边的马路前行，再有二十分钟就可以到家了。此时她看到路边有一个乳品店，夏晴骑了一路有些口渴，她把自行车停在了店门前，想去店中买一罐酸奶喝。就在她弯腰准备锁车之际，忽然听到附近有小孩的呼救声。夏晴扭过头向呼喊的地方看过去，只见两个七八岁的男孩子在马路边大声呼喊着："救命呀！救命呀！有人落水啦！"夏晴见周围没有人过去，情况紧急，她顾不上锁车，更来不及多想，就立即放下了自行车飞奔到马路的那一边。乳品店与孩子呼救的地方只隔着一条马路，夏晴飞也似的来到了呼救的孩子们身边，她急切地问："怎么回事？谁落水了？"只见两个男孩指着面前的黄浦江说："我们在这里踢球，结果球滚到了岸边，他们俩就去捡球，可是小七的脚一滑，球就滚到了堤坡下，他们俩手拉手地想去把球捡回来，没想到脚没有站稳小七就掉下去了，水一冲就远了，您看，人就在那儿呢。"夏晴顺着男孩手指的方向看，只见江面上水流很急，一个小男孩在江面上沉浮着，他小小的身影在夕阳的光照中上下移动，顺流漂浮。直到此刻，夏晴才看清楚江中的小孩仍然在抱着那个足球。也亏了他抱着这个球才使他自己没有沉入江底。只见孩子惊慌地在水面上扑腾着，此刻孩子的生命危在旦夕！夏晴望了望附近的人，行人不多，没有人往这边跑，现在是傍晚时分，路人大多数都是往家赶，正是回家做饭的时间。只有两个年岁大些的人在岸边站着看，他们手里提着麻袋，应该是捡垃圾的老年人。夏晴看着马路上的行人大喊："快来人哪，有小孩儿掉江里啦……"可是没有一个路人停下脚步来帮忙救助，小孩越漂越远，时间刻不容缓！此刻夏晴毫不犹豫地脱下了自己脚上穿的皮鞋和身上的外套，她跑下了江边的堤岸，顺着孩子漂流的方向向前追去。夏晴沿着水边飞奔，并一路高喊："抱住球，别害怕，我来救你……"此时天色将暗，夕阳的余光在水面上闪烁，深蓝的水波上荡漾着红色的落霞。落水的孩子顺江漂着，在水面上犹如一个黑点。夏晴看得真切，在选择了离孩子最近的距离后，夏晴"扑通"一声跳入江中，她奋力地游向江心，一把就抓住了那个水中的男孩。男孩见到有人救他，丢下皮球便扑了过来。夏晴心中暗道一声"不好"，她听父亲讲过水上救生知识，在施救的过程中最怕的是落水者将施救者抱住不撒手，尤其是怕被落水者抱住脖子，因为求生的本能会让他死死地抱住来人，让救他的人无法伸开手脚，最后双双沉入水底。夏晴只是听父亲讲过，今天却真让她遇到了。她是第一次遇到这种事情，夏晴也有些慌神儿，然而聪明智慧的她马上就反应了过来。此刻她躲过了扑向她的孩子，再一次绕到男孩的身后拉住了他的衣领，男孩不老实，还要继续挣扎，夏晴万般无奈，对着他的脖子拍了一巴掌。被击一掌后的男孩子老实了，夏晴的心才踏实了下来。一番折腾之后，夏晴看皮球已经顺流远去，没有了救生设备，她只好拉着那个男孩的衣领，努力地、拼命地游向了江岸边。顺流而下很轻松，但要是横渡是有非常大的难度的，何况夏晴穿的是长衣长裤，衣服也在兜水，此时衣服的沉重与救人时付出的体力让夏晴几近脱力，她大口地呼吸，拉着一动不动的孩子终于到了江岸边。她把孩子托举到了岸边上，而自己却无力上岸了。在最危急的时刻，江岸上有一个人的手向她伸了过来，夏晴拉住了那个人的手，她借力也爬上岸来。堤岸上边的三个男孩也顺着堤岸追了过来，在他们的大喊大叫之中有几个路人此时也奔了过来。夏晴趴在岸边，脱力的她大口地喘着气说不出话来，落水的男孩已经被拉夏晴上岸的男人抱上堤岸边，他被大家拍打着后背并放在路旁的石凳上，头朝下控着，在吐出几口水之后他睁开了眼睛，看着他的伙伴和周边好奇的人们男孩这才哭了起来。

夏晴浑身湿漉漉地躺在岸边喘气，再也不想起身，她累坏了。她从小就会水，她的父亲夏永亮在她三四岁时就教会了她游泳，父亲也曾带着她在江边，在海边戏水，夏晴一向认为自己的水性不错，但是在汹涌的黄浦江面前她才知道大自然的力量有多么强大。之后夏晴慢慢地坐了起来，让一身的江水退去，她想起身去寻找她脱在岸上的皮鞋和外套，她被江水泡过之后身上很冷，她需要穿上外套来保温。夏晴起身之时，刚才拉她上岸的那个男人又从堤岸的上方走了下来，他小心翼翼的，因为倘若一脚踏空，他也会掉入江中。他来到夏晴面前准备拉她往上爬，于是夏晴借助他人的气力，终于爬到了平坦的堤岸上方。

此时那个掉入江中的男孩已经没有什么大碍了，他的伙伴们抱着他安慰着他。这时候，落水男孩的母亲见孩子天黑了还没有回家，就出来找他们，当看到儿子浑身是水地坐在江岸旁的木椅上时，她可是吓坏了，抱着她的儿子泣不成声。小孩们一五一十地将事情的经过讲给她听，她才知道来寻找孩子的救命恩人。只见夏晴吃力地爬上岸边，水顺着她的衣裤往下流，夏晴的长发贴在脸上，一缕一缕地向下淌水，她满脸的疲惫不堪，脸色在街灯的照耀下一片惨白。真没有想到，救人者竟然是一个年轻的姑娘！男孩的母亲见到夏晴，立即给她跪了下来，感谢她救了自己的儿子！这是黄浦江呀，这么小的孩子掉到里边他的危险可想而知！路过的人都夸孩子命大！大难不死，必有后福！但是没有人问候救人的夏晴。此时夏晴发现，她在下水之前脱在江堤岸边的外衣和鞋子统统不见了！

夏晴站起身后眼睛往四处观看，她非常着急地问身边那几个踢球的男孩："你们看到我的衣服和鞋了吗？怎么找不见了？"大家又开始探头探脑地寻找了起来，这时其中的一个男孩说："大家都别找了，我看见刚才那两个捡垃圾的人把大姐姐的衣服和鞋装在他们的麻袋里后就跑了，我还告诉他们这衣服是有主人的，人家在江里救人呢！可是他们瞪了我一眼没说话，之后就跑掉了。"听完男孩说的话，夏晴有些呆愣了，世界上怎么会有这种人？这些都是什么人呀？这不是乘人之危，落井下石吗！可没有鞋子我怎么回家呢？何况我现在浑身水淋淋的，衣服都贴在身上，实在是没法儿看了！夏晴正在着急之时，扶她上岸的那个男人对她说："姑娘别慌，你先把我的外衣披上暖和一下！"那人说着便脱下了自己身上穿的西服，并回头向被救的男孩母亲说："你还不快想想办法！人家姑娘可是救了你儿子一条命呀！"听了这话，孩子的母亲才反应过来说："对！对！对！你先穿我的衣服吧。"当她脱掉自己的上衣时，夏晴看到她里面只剩下一件带有补丁的旧衬衣，而且还是短袖。夏晴摇了摇头说："不用了，我只要回到家就好了。"孩子母亲也不再客气，穿上自己的上衣后仍旧站在夏晴身旁，她只是紧紧地搂着自己的儿子，那个刚从黄浦江的激流中被救出的孩子。

　　街灯已亮，江边的树被晚风吹得枝丫摇摆，那三个未落水的男孩抱着书包回家去吃饭了，只剩下夏晴和那对母子，当然还有那个热心的将上衣借给夏晴穿的男人。夏晴此时已经缓过神，她赤着双脚走过马路对面，来到了她刚才停下自行车的乳品店门前。刚才就是因为骑车口渴，她才把车停在这里想买一罐酸奶喝，正巧听到了孩子们的呼救声，这才有了后面发生的一切。可是现在，她赤着双脚来到这里，她的自行车就像她的衣服一样也不翼而飞了。乳品店的老板见门前站着几个人在焦急地说着什么，他怕影响自己的生意，便走到门口询问。当得知夏晴的自行车在自家的店门前丢失后，他便立刻解释："这件事与我的店面没有关系，你为什么不把自己的车锁好呢？"夏晴说："我没有怪你的意思！只是我的车是新的，我记着应该是锁好了。可能是听到喊救命我就忘记拔下车钥匙了。唉，丢就丢了吧！"在夏晴着急的时候，没想到站在自己身旁男孩的母亲却说："你丢车的事情可和我们没有关系呀！我们可赔不起！你救了我儿子，我已经都谢谢你了，但你丢车的事情与下水拉人的事儿是不搭界的，你可别讹诈我们！"一旁站着的那个男人听闻此话非常生气，他义正词严地对那个女人说："你怎么能说这样的话？这可真是太不讲理啦，你儿子的命难道可以和自行车相提并论吗？做人还是要讲良心的！"夏晴此刻只觉得无语了，她看了看孩子的母亲和那个被她从江中拉回的孩子小声说："你们走吧！回家吧，这里没有你们什么事儿了，我自己的事情自己解决。"听了此话，乳品店的老板和男孩母子都快速地离开了夏晴，仿佛是躲避瘟神一般。看他们走了后，夏晴才长出了一口气，觉得有一点轻松了。此时她把身上披的上衣也要还给人家，但被那个人拒绝了。夏晴说："谢谢您的帮助，我已经暖和了一些，我要到附近找一个公用电话，让家里人来接我，您把衣服拿走吧，只是我身上的水把您的西服弄脏了，您可以给我一个地址，明天我让家人给您送钱，您去干洗店打理一下。""姑娘不必客气，像你这样一个女孩子，能不顾个人生死，跳江救人的事情在咱们上海还是头一个，我对你实在是敬佩！实在是敬佩呀！社会上多一些你这样的人就好了！这样吧，衣服你先披着，多少会暖和一些，秋天的风也是很凉的，你浑身湿透再受寒容易落下病根。我先陪你去找个公用电话，等见到你家人来接你了，我再回家，这样我才放心，我也不着急回家，家里没事的。"听着这个陌生男人的话，夏晴的心里稍许温暖。此刻她赤着脚，手里没有一分钱，如果公用电话那里她不付费，也许人家连电话都不让她打呢！不是每一个人都有同情心，刚走的人就是例证，夏晴今天真正地体会了一把人间冷暖。但她还是比较走运，湿漉漉的夏晴赤着脚走了有两百米，路旁就有一个公用电话，那个男人为她付了电话费后，夏晴拨通了自己家的座机。电话那头出现了父亲夏永亮的声音："晴晴，你怎么还不回来？饭菜都凉了，我们都在等着你呢！""爸爸，快来接我，快点开车来接我！""宝贝儿，你怎么啦？你在哪里呢？""我在外滩这边，在乳品店西面公用电话这里，我就在大街上呢，您快点来！""好的，你站那里别动，我马上就到！"夏永亮咔嗒一声挂掉了电话。

夏晴站在深秋的街头，不住地用脚替换着站立，她没有光脚的习惯，此时她只期待着父亲的来临，她太冷了。路上的行人三三两两，用奇怪的目光扫视着这个奇怪的落水女子，不知道先前发生了什么事情。终于，十多分钟后，夏永亮的汽车停在夏晴他们面前。

夏永亮愕然地看着光着双脚、湿着头发的女儿，女儿没穿外衣，她的衣服上还有水，湿透的衣服紧紧地贴在身上。还有她身边有个陌生的男人。一看到父亲来了，夏晴便扑到了父亲肩头，一声"爸爸"，让夏永亮的心都要碎了，女儿这是怎么了？他搂住女儿："晴晴，发生什么事了？你怎么会这样？"可是夏晴却一句话也说不出来，也许是她不想说！稍待片刻，她把身上穿的那个人的西服上衣脱下来说："谢谢您，谢谢您的出手相助！"男人接过了自己的上衣向夏永亮望去："夏老板，怎么会是你？她是你的女儿？"夏永亮只顾着安慰自己的女儿，这时才顾上仔细地端详面前站着的人。是的，他们互相之间见过面，喝过酒，谈过公事。原来手拿西服的人正是上海《申报》的编辑周明。

要说周明可是一个大才子，只是他怎么和自己的女儿夏晴站在一起呢？他知道女儿和他并不相识呀！"怎么回事？老周，这是怎么回事？晴晴怎么成了这个样子？"夏永亮很愤怒地看着周明，让周明回答他的疑问。于是，周明便把刚才所发生的一切向夏永亮一一讲起。而一旁的夏晴一句话也不说，她很冷！她在父亲的臂弯里有些发抖。夏永亮脱下自己的上衣包住女儿，把女儿抱上了汽车的后座之后他又向周明道谢，而在他给夏晴穿衣时，周明掏出了自己挎包里的相机，他拍下了这感人的一幕。要知道，周明是一个老新闻人，更是一个正直的、仗义执言的记者。

夏永亮用车将女儿带回家时，已经是晚上九点多钟了。夏晴的母亲见到这样的女儿回家，吓得脸儿都白了。她搂住女儿就哭了起来！用人很快就煮了姜糖水让夏晴喝了下去。喝下姜糖水的夏晴在温暖的被窝里躺了半天才缓了过来，夏晴还是身体底子好，这都得益于她自小每天和父亲一起锻炼，才有了如今的好体格，才有了她勇敢的自信和宽阔的胸怀。她在跳下黄浦江救人时，那一刻她什么也没有想，只是觉得不能让一个孩子在自己面前消失，那是一条生命呀！她忘记了奔流的江水是多么凶险，忘记了自己的个人安危，更忘记了天色已晚，如果她拉不住那个孩子她也会随着江波不知漂往何处。她只是一个年轻的姑娘，是父母羽翼下的娇女。可大家都不知道的是，她其实另有一个身份，一个让人刮目相看的身份：她是一名中国共产党党员，党的地下工作者，同济大学医学系的学生。

第二十八章　世间真情，人与蚂蚁

　　今天是星期一，李月星去学校的收发室里取报纸，他看到上海《申报》的头版登的最新消息竟然是：黄浦江上善良女青年夏晴勇救落水儿童。李月星手拿报纸惊得张大了嘴，竟然与他爱的人同名同姓！他顾不上将报纸拿到教室后再看，他惊愕地站在收发室的窗前继续看了下去。文章的内容后还配有两张图片，一张是落水儿童在黄浦江畔的石凳上趴着控水，旁边还站着三个七八岁的男孩，另一张是救人女孩的侧影，她赤着双脚浑身是水地扑在一个男人的肩上，李月星立即认出了扶着女孩的男人是夏永亮。李月星见到报纸上的照片后内心不由得一哆嗦，怎么回事？难道新闻报道中的女孩真是夏晴吗？他周六的下午还在图书馆见过她，李月星还找机会和她说了许多话，怎么几个小时后就出了事呢？看女孩的侧影，头发散乱地打着赤脚，湿透的衣服紧紧贴在身上，这和优雅自信的夏晴怎么会是一个人呢？难以置信！李月星马上拿着报纸跑到楼内的教务处，询问报纸上的人是不是真的夏晴。他手拿报纸正要询问时看到报纸已经在教务主任的办公桌上打开，现在这里的几名老师也是在谈论这件事情。但是大家都没有准确的消息，李月星只好离开这里。他跑向了医学系的教学楼，他想找到夏晴的同学问个究竟，但遗憾的是大家都还不知此事。而夏晴今天的确没来上课，李月星跑到她的宿舍，宿舍里的同学也说没见到夏晴的影子。

李月星内心急得冒火，他想到了建筑系的辛之菲，夏晴的表妹，她应该知道夏晴的信息。李月星找到辛之菲时，辛之菲正优哉游哉地拿着饭盒准备去食堂吃午饭。辛之菲见到满头大汗的李月星来找自己，立即睁大了眼睛，停下了脚步。"辛之菲，我有急事找你，你知道夏晴在哪儿吗？她好像是出事了……"辛之菲见惊慌失措的李月星这样说。"别胡说八道，呸！呸！呸！你才出事了呢！"李月星见辛之菲这样回答，便把手中的报纸递给了她。辛之菲拿过报纸一看，便惊慌地说："这是姨夫和姐姐呀！出了这么大的事儿我怎么不知道？不行，咱们快去找夏晴，看看究竟怎么了。快点，这不是要出人命吗！……"辛之菲饭也不吃了，她马上跑到学校的电话亭，她给她的大姨拨通了电话。电话是大姨夫接的，听到是辛之菲的声音后，夏永亮给了辛之菲肯定的回答："上海《申报》的新闻报道是真的，晴晴周六傍晚的确在黄浦江中亲手救了一个小男孩。她现在家中休息，忘记了将这件事告诉给你，她说她不想这件事让学校知道……"李月星站在辛之菲身旁听得一清二楚，此刻他控制不住自己，他将自己的嘴凑到了听筒处："叔叔好！夏晴她怎么样了？她还好吧？"电话那端的夏永亮也听清了说话的人是李月星，因此客气地回答："谢谢！谢谢！夏晴没有什么大碍，只是累坏了，需要休息。"夏永亮的话让辛之菲和李月星踏下心来，尽管如此，李月星还是和别人借了一辆自行车，他和辛之菲顾不上吃饭便一起向夏晴的家中赶去。

夏晴安静地躺在长沙发上，旁边的茶几上放着母亲给她炖的鸡汤，她听爸爸讲，今天上海《申报》的头条上报道了她勇于救人的事迹，她也没有想到那天在江边对她施以援手的人竟然和父亲相识！他将自己的西装上衣让她披上御寒，并一直陪着她等待父亲的到来。更没有想到他竟然是上海《申报》的主任编辑，他还把这件事作为头条新闻报道了出来。今天一个上午家中的电话便被父亲的朋友们打爆了，因为报纸上有父亲的照片，朋友们知道了这件事后纷纷地来电话慰问。对于救人这件事夏晴当时本就没有多想，她的意识就在一念间，她不能看着汹涌的江水带走这个孩子，那是一条鲜活的生命呀！她心里哪有什么做英雄的概念？时间那么紧迫，生死只在一瞬间！好在她为之拼命的结果是好的，最终成功了，小孩被她救了上来，可当她把男孩托举上岸后自己就完全脱力了，竟然都爬不到岸上了。当她被江边的水流冲得摇摇晃晃却无力抬腿时，有一双大手拽住了她，并将她拉上岸来。她从心里感激这个对她施以援手的人，让她体会到了人情的温暖和生命的珍贵。当夏晴看到了满头大汗的李月星和辛之菲走到自己身边时，夏晴落泪了，她拉着他们的手，让泪水尽情地流淌，却说不出一句话来，谁知道她差一点就与他们天人永隔了呢？

夏晴心中的憋屈无以言表，她怎么也想不通她在汹涌的江水中拼命救人时竟然会有人堂而皇之地将她的衣物和鞋子拿走！让她一个姑娘家水淋淋地赤着脚站在街心被路人观看；为了救人她的命都要搭上了，可自己的自行车却被人藏起来窃为己有；还有那个被救孩子的母亲冷漠的推辞。这一切简直是让夏晴大开眼界，大千世界，芸芸众生，认知是如此地不同！当然有黑就有白，有美就有丑，有自私就有大度，有阴险就有良善。夏晴也遇到了好人，好人就是上海《申报》的周明，他在《申报》上将此次事件全面地做了报道，这是他的亲眼所见！他在支持善意的壮举时也斥责了那些自私的小市民！对此，夏永亮因为女儿受了委屈后那颗愤怒的心才开始释然，施恩本不图报，天下还是好人多呀！

看到了夏晴那无声的泪水，李月星心疼极了！但是他更是对夏晴发自内心地敬佩！他那么珍爱的姑娘现在成了上海的英雄！可是他不需要英雄，他的英雄险些就为别人丧了命，可以说他们差一点就天人永隔！要是夏晴没能救出孩子被江水冲走了呢？那么到哪里去寻找夏晴呢？李月星想到此处一下子就哭了起来。他不知哪里来的勇气，一下子就把瘦削的夏晴抱在了怀里，任凭夏晴的眼泪打湿了他的胸脯。辛之菲见状愣住了，她不知表姐与李月星的关系竟然发展到这种程度，要知道，这是在夏晴的家中呀，她的父母就在一旁呢！

其实李月星这是第一次拥抱夏晴，他实在是没有控制住自己的感情！他心上人的泪水融化了他们之间的壁垒。夏晴在李月星的怀抱中感受到了强大的爱，是那种发自于肺腑的真情流露！夏晴的心彻底融化了，她也紧紧地拥抱着这个爱她的男人，因为只有她自己知道，她差一点就和他及亲人们永别了，她从现在起一定要珍惜眼前人的爱，直至永远。

还是夏永亮走过来打断了年轻人的爱意，辛之菲的一声"姨夫"吓得李月星松开了拥抱夏晴的臂膀。李月星不好意思地红了脸，他看着夏永亮叫了一声"夏叔叔"，夏晴的脸色也开始红润了起来："我们的第一次拥抱怎么就让爸爸看见了呢？还是在这种场合，在自己的家里！爸爸会不会生气呢？"夏晴知道父亲的脾气，她真怕父亲一脚将李月星踢出去，那可就尴尬了呀！夏晴偷眼望了一下父亲，却见父亲像什么也没看见，什么也没发生一样地笑着招呼辛之菲和李月星，让他们坐在沙发上，夏晴这才踏实下来。其实她见到李月星他们两人进来后，还没有来得及和他们说话，更没有请他们入座呢！此刻夏晴红着脸笑了。

寒暄一番之后，夏永亮让厨房快些加酒上菜，他今天要庆祝一番：为他的女儿平安归来，为他们夏家生意兴隆，他想要好好地和李月星喝上一杯！他这二十多年的期盼，就是女儿健康优秀，再找个儒雅俊朗的女婿。夏家今天的大吉大利，遇难呈祥，来日怎么会不辉煌呢？

　　这顿午饭吃到了下午三点，夏永亮心中高兴就多喝了两杯，他让李月星相陪，但李月星说他没有酒量，夏永亮还是笑眯眯地让他喝了一小杯。夏永亮这两天也是思绪纷乱，他一点儿也不为女儿成了英雄而开心，他唯一的女儿是他生命的全部，要是女儿出了事儿，他们夫妻的天就塌了！他们也就活不成了！他们要这个英雄的名号有屁用呢？但他也庆幸，女儿给夏家带来了荣耀，就像报纸上说的一样，百年的大上海只出了这么一个江上救人的女英雄！夏晴的善举，为夏家争了光，给父母挣了脸面，他夏永亮是最好面子的人！很快，夏永亮带着醉意，笑眯眯地进入了梦乡。

　　看着姨夫进房间去休息了，辛之菲赶忙给安翔通了电话，约安翔晚上一起来大姨家吃饭，并给夏晴买礼物，庆祝夏晴逢凶化吉，遇险平安。安翔也看到了报纸上的新闻，但他无法找辛之菲询问事情的始末，因为辛之菲还是一个学生，与她通电话很不方便，现在听到辛之菲的邀约，给了他这么好的机会来见心上人和她的亲属，他非常高兴！他马上说一个小时后便来看夏晴，辛之菲这才高兴地笑了起来。

　　今天的阳光很暖，李月星在吃完饭后便陪夏晴来庭院中晒太阳，他说接收一些阳气对身体好。夏晴是学医的，她懂这个道理，在李月星的搀扶下，他们来到了庭院中，用人李妈从屋中搬出了两把藤椅，让他们坐下享受阳光。因为夏晴的面色还是不太好，她略显苍白。而辛之菲此时借机会跑了出去，说是去买东西，其实夏晴他们都知道，辛之菲是跑到街道上等安翔去了。

　　李月星微笑地看着夏晴，可以说他是目不转睛的样子，既深情又痴迷。忽然从院子的花房中跑出来一个小朋友，是一个男孩，有四五岁的样子。小孩子长得是虎头虎脑的，他看到了夏晴他们就有点害羞地笑了，随后就自顾自地低着头在寻找着什么。夏晴告诉李月星，这是花匠的孩子，名叫"小布头儿"。"小布头儿，你找什么呢？""大小姐，我在找蚂蚁呢。""你找蚂蚁干什么？蚂蚁不是有的是吗？"李月星好奇地问他，只见小布头儿笑嘻嘻地说："我找大蚂蚁呢，我要晒蚂蚁玩儿。""晒蚂蚁玩儿？还没听说有玩这个的。"夏晴听见小布头儿这样讲，她挺奇怪的，于是就问他："小布头儿，你怎么晒呀？""就这样晒，捉住蚂蚁后把它放在石板上，拿放大镜一照它，它就跑不了啦，一会儿工夫蚂蚁就会伸腿、瞪眼，完喽！"蹲在廊子前石板上的小布头儿奶声奶气地回答着夏晴，他的小胖手上拿着一个放大镜，他还不住地向着夏晴显摆。夏晴见这个小家伙一个人很开心地在忙活，没有太当回事儿，她随手端起李妈刚刚送来的咖啡，一小口一小口地喝着，而李月星却站在院子里看风景。夏家的庭院虽然不是特别大，但规划布置得却很别致，进铁门迎面用用三色草种植成了一个大花瓶，花瓶外围是绿色的三叶草，瓶身是紫色的薰衣草，瓶口向外种植的是红色的玫瑰花，一簇一簇绽放着。花瓶周边用石板铺成甬道，可停车也可行人，非常干净舒适，寓意也很吉祥。而此刻夏晴坐的位置正好面向着玫瑰花开。李月星看着这鲜艳的红玫瑰，再看看他心爱的夏晴独自微笑起来。夏晴看他自己一个人在那里傻笑，便问他："哎，你干吗呢？站在那里傻笑什么？"李月星看着美丽的夏晴说："亲爱的，有句歌词说：玫瑰花一样美丽的姑娘，你知道吗，夏晴，你就是我心中的玫瑰呀！我要摘一朵亲自送给你。"李月星情意绵绵地边唱边对夏晴说着。看着夏晴微笑却没有回答他，李月星就走到红玫瑰花丛前，准备摘下一枝最美的送给心上人。可是玫瑰虽然好看，热情似火，枝干上却有很多尖尖的刺，让李月星不知如何下手。李月星心中暗自思量："这火红的玫瑰就像它的主人夏晴一样，极美的样子却长着刺，让人不得随意触摸，故而高贵不俗！"李月星正在踌躇之间，不远处的小布头儿说话了，他擦着被阳光晒得通红的小脸，脸上已经有了汗珠儿："大哥哥，您是要为大小姐摘花吗？""是呀！可这玫瑰上有刺儿，我没办法下手呀……"李月星苦着脸皱着眉地望着小男孩。"没关系，我来帮助你，我也会打理的，你先等等啊。"热心的小布头儿放下了他手中的放大镜，蹦蹦跳跳地向花房走去。很快这个孩子就从花房中走了出来，他的小手中拿着一把剪子，剪子口半圆，李月星看见过这种工具，大学里的园艺工人常用的工具。

此刻的小布头儿手持花剪站在李月星面前问他："你喜欢哪一枝？我来帮助你，要不你的手会被刺儿扎破的。"李月星看着小朋友虎头虎脑的样子和他那亮晶晶的小眼神儿，心里一阵感动，他觉得这个小孩儿的心眼儿太好了！李月星指了指眼前那一棵最茁壮的玫瑰，那里长着一枝含苞欲放的花朵。只见小布头儿低下头，用手轻轻提住花茎无刺的部位，捏稳之后低头"咔嚓"一声便剪了下来。他把花枝放在手中提起，喊里咔嚓的几下子便把无用的叶子与尖刺轻扫而去，他的小手拿着花剪竟然使得如此顺手，真有点行家里手的模样！"行啊！小布头儿，你还真有两下子！"李月星接过小布头儿手中修剪好的玫瑰花并不住口地夸赞着他。"这不算什么！大小姐每周回家之前，她屋里花瓶中的花都是让我来插，我就喜欢干这个！"小布头儿看李月星夸奖他，就开始快乐地吹嘘起来。"真的吗？那你本事可真不小，几岁的人就懂插花艺术了，回头我该给你发奖了！"坐在不远处的夏晴听着小孩子脆生生的话语，赶紧向他招手，小布头儿高兴地跑了过去："大小姐，你知道吗？告诉你一个秘密：我其实就是八仙过海里的蓝采和，等我长大了，我也会手提一个大花篮，去外滩，和江边那些文化人一起吟诗唱歌，我长大了不比他们差，你信不信？""我信，我信！真没想到我身边竟然有一个大名鼎鼎的蓝采和，你太棒了！小布头儿，从今天起我当对你刮目相看了！"夏晴微微侧了一下头，认真地笑着对孩子说。"大小姐，您为什么要刮目相看呢？就这么脸对脸地看，不就行了吗？让我来试一试刮目相看……"小布头儿一边说一边认真地把双手放在小脸上，用手指开始刮起了自己的双眼来。片刻之后，小布头儿松开手指睁开了眼睛，"大小姐，我眼睛亮了，比刚才更亮了，这刮目相看真的有用呢！赶明儿我天天都刮一刮。"小布头儿发现了新目标，天真无邪地对夏晴说着。"不用老刮，这只是一个成语，等你上学后就会接触到了。"李月星见孩子挺认真，就又开始鼓励他："小布头儿，你真的是挺棒的！一会儿你也教教我晒蚂蚁的本领，夏晴，人家小布头儿是八仙之一的蓝采和呢……"夏晴听李月星也这样讲，不由得"扑哧"一声笑了。李月星见夏晴此刻心情舒畅，便举起了手中的玫瑰，献给了她："亲爱的夏晴，今天我借花献佛！愿你今生快乐，永远爱我！"夏晴目不转睛地看着面前高大帅气的李月星说："不是应该你永远爱我吗？""当然！夏晴，我永远爱你，一生不变，天上的太阳作证！"夏晴笑了，接过他手中那枝红艳艳的玫瑰花，阳光下，花香中，他们的手紧紧地握在了一起，这一携手就是一生！尽管前路风雨蹉跎，但对相爱的人来说又算得了什么呢？

小布头儿得到了大人的夸奖后非常得意，他看李月星将玫瑰花递给了夏晴之后，便赶紧到石头台阶那里去寻找自己的放大镜去了。这个放大镜是他求花匠父亲好久才给他买的，是他珍贵的玩具。明年他才能上学，他在家里闲得发慌，听巷子里的孩子说用放大镜晒蚂蚁是一件很好玩的事情，可是很多孩子的家里是买不起放大镜的，即使有钱也舍不得给孩子买。而他呢，现在终于有了，他要试一试，积累一些经验，然后他就可以率领那些穷人家的小孩一起玩儿，让他们也体会一下科学的兴趣。小布头儿拿起地上的放大镜又开始在院子里寻找个头儿大的蚂蚁去了。

不多工夫，小布头儿又找到了三只蚂蚁，他高兴地把它们放在白色的石头台阶上，又用手挡住了它们的去路，开始呼叫夏晴与李月星前来观看。

李月星此刻正在和夏晴小声地说着心中装了很久的绵绵情话，小布头儿在离他们不远的地方一个人在忙活着。"大小姐，快过来呀，蚂蚁已经准备好了，你们快点过来点名吧。"夏晴听见小布头儿在召唤自己，她和李月星便走到了孩子的面前。"小布头儿，捉了几只呀？你怎么玩呢？"李月星笑着问小布头儿。只见小布头儿左手拿着放大镜，右手将三只小蚂蚁聚在阳光下晒得发热的石板上，他拿手中的放大镜把三只蚂蚁罩住，放大离地面上的蚂蚁大概有几厘米的距离，只见阳光下，三只蚂蚁在镜子下立定不动了，紧接着它们就想分头逃窜，但是小布头儿的放大镜紧紧追踪不放，这让蚂蚁无处可逃，几分钟的工夫三只蚂蚁便不再动弹，接着蚂蚁们便被烤焦了，小布头儿得意地看着夏晴他们说："怎么样？死了吧！它们已经完蛋了，烤焦了，再也不会咬人啦！现在只要我轻轻一捏，它们就碎了！不信你们就看看？"小布头儿一面说，一面拿过石板上蚂蚁的死尸轻轻一碰，蚂蚁便粉身碎骨迎风而去了。夏晴看得目瞪口呆，李月星也是说不出话来了。天真的小布头儿却很快乐："大小姐，我没说错吧！是不是一下子就全都死了？"夏晴看着眼前一脸天真的孩子，竟一时之间不知说些什么。她看着微小的、枯干的蚂蚁，刚才还在拼命挣扎努力求生的小蚂蚁，就这样痛苦地毁灭在了一个无知的幼童手中，她恨自己刚才为什么不出声劝止他的作为？当然，夏晴也是初次听说与见到世上还有这样残酷的游戏！是谁讲给这些无知好奇的孩子们这种事情？让他们在无知无觉的情况下做出了这种伤害自然生物的事情呢？这是赤裸裸地故意杀生，虽然它们是蚂蚁，但弱小的蚂蚁就该死吗？夏晴心中的气愤达到了顶点，但是她面对的却是一个笑嘻嘻的等待着她来夸奖的孩子。

李月星知道夏晴是个善良的人，知道她是那种眼里容不得沙子的人，可是和一个小孩子怎么去讲道理呢？问题是这个孩子才只有四五岁，而且对他们既亲热又信任，如果严厉地批评会吓坏他的。于是李月星弯下腰来拍了拍小布头儿，他的眼睛与孩子的眼睛四目相对，他轻声地对孩子说："小布头儿，我问你，你怕火吗？""当然怕火！""为什么呢，火有什么可怕的？""火当然可怕了！它会把人烧死的。"小布头儿一边回答李月星的问话一边看着夏晴的脸。"那么被火烧有什么可怕呢？""那可不行，会疼死的，而且一烧后，人就会黑了，像焦蚂蚁一个样子，那多恶心呀！""那么这样，假如有人把你抓住，放在火上活活烤死行吗？就像你烤蚂蚁一样，烤死你后再让你灰飞烟灭！"李月星不紧不慢，循循善诱地看着眼前的孩子说。"不行！不行！那可不行！不要烤我！我知道错了，我不该烤蚂蚁玩儿，我以后再也不做了！"小布头儿吓得挥着手，转身就想跑回花房去寻找他的爸爸。李月星笑着对他说："小布头儿，你是一个好孩子，你别害怕，谁也不会伤害你。刚才是你不懂，我们也没有见过这种事儿。以后一定不要再干了。你想想，蚂蚁的命也是命啊！它本来活得好好的，它也有爸爸妈妈的，当它被人伤害的时候，它有多么疼，有多绝望呀，它也不想死呀！你懂吗？小布头儿，大千世界，众生平等，咱们人也不要欺负那些比我们小的生物，就像大人不该欺负小孩一样的。"李月星慢慢地讲给四五岁的孩子听，小布头儿含着眼泪不住地点头答应着。

小布头儿是个乖孩子，他很聪明，一说就通。临走时只见他手里握着那个放大镜，看了又看的。但是他又看了看李月星和夏晴，这之后他用尽力气把它丢在了花丛中，他说："我懂了，大小姐，我以后再也不会干晒蚂蚁这种坏事了，我知道了蚂蚁也和人一样地珍惜自己的生命，众生都是一样平等的……"看着孩子难过后悔，李月星笑着对夏晴说："你看怎么样？这童年版的蓝采和大彻大悟了呢！这孩子将来一定会有大出息的，多聪明呀！"夏晴也一直在注视着小布头儿的眼睛，此时的她弯下腰亲切地摸了摸孩子的头，夏晴小声告诉他："一会儿你到客厅来找我，我送给你笔和本子，你明年就该上学了，先提前认识一些字吧。"小布头儿一听眼睛都亮了，他跳了起来："真的吗？大小姐，你不生我的气啦！那我一会儿就去客厅找你。"就在此时，门铃响起，是辛之菲接到安翔之后回来了。

第二十九章　柳泓的心事

　　中考结束之后，柳江已经确定被上海复旦大学破格录取。他心情愉悦地回北京和姐姐柳泓一起欢度暑假。北京的家也一直在期盼着他。这里有爱他的父母、外公、舅舅、表弟龙珠和他的小弟弟柳湖。当然他更思念他的朋友满达，他们是亦师亦友的好兄弟。六年前，满达从内蒙古正蓝旗来到北京，就是为了陪他们姐弟度假。那年他们在一起玩得很开心，满达教会了他们很多本事，骑马、射箭、吹笛、掷石子。成长的路上满达成为他们姐弟的引领者。从那年起，他和姐姐便与满达成了好朋友，而满达也从那年开始在北京读书，现在他已经是清华大学水利工程系大二的学生了。柳江和姐姐对满达心里全是崇拜，尽管满达家自祖辈就是王爷府的包衣，可是社会阶层阻挡不了他们之间的友谊与信任。况且八月初五是满达二十岁生日，他们总要热闹一番以示庆贺，柳江早已给满达准备了生日礼物。二十岁，男生最好的年华，人生最美的时光！柳江不住地在脑海中编织那一天的情境，设计他和姐姐怎么给满达惊喜，让满达永远记住他们的真情和誓言：友谊长存，不离不弃。

　　柳江刚下火车，就在站台上看到了父母和姐姐在伸着脖子寻找他。他提着箱子向他们跑过去，并亲热地搂住了他们三人。父亲柳方成笑着用手轻轻拍了拍他的肩膀："柳江长大了，个子都这么高了，大小伙子啦！"母亲金秀紧紧地抱住了自己的儿子，虽然他不能在自己的身边，但是当妈的却时刻都在惦记他，儿子是自己身上掉下来的肉，哪有不思念的道理。柳江在慢慢地长大，不再像小时候一样黏着伯母，寸步不离。他也知道北京的亲人对他的依依不舍，对他掏心掏肺的爱。但是他没有办法，他不能让他的伯父伯母孤孤单单，也只能是假期回京团聚了。他拉着母亲的手："妈，您有点瘦了，很累吗？"柳江望着母亲说。"不累，我很好，就是柳湖有些淘气，整天乱跑乱跳的，保姆都追不上他！"母亲边回答边搂紧了自己的儿子，一边的姐姐柳泓假装嫉妒地拉住了父亲的胳膊："爸爸，您看妈妈不爱我，我只能是依靠您了。""对！对！对！爸爸最爱的是女儿，柳泓是最好的！"父亲柳方成边笑边哄着女儿，一家人欢声笑语地离开了火车站，开车回到位于西城的王府家中。为了欢迎柳江回家度假，王府另有一番热闹，这是一个亲情至上的大家庭，规矩虽多，但仁爱至上，祖孙三代，其乐融融。

柳泓告诉弟弟，满达的父母现在已经搬到北京安了家。自从那年马匪抢掠了他家的牛羊，并把满达的父母打伤，抢走了他的姐姐宝珠后，王爷外公得到了消息，就派人将他们接到了北京住下。王爷又给他们购置了一个小院。待他们的伤病养好，王爷又和他们一起开了一个清真饭庄，取名为"满福楼"。据说现在经营得还不错，生意兴隆。为此王府的老管家对王爷是千恩万谢，满达更是从心里感恩。现在满达可以随时见到父母，他也可以踏实地上学了。满达已经是大学生了，他仍然住在王府，因为老王爷喜欢他，经常和他谈论国家大事。王爷虽然是旧时代的人，但他并不守旧，相反的是他非常喜欢新鲜事物，明白事理，并且支持中国共产党的各种政策。北平将要解放时，作为民主人士的他也积极地参加各种会议，以自己的方式支持解放军，支持新的民主政权成立。柳泓他们生长在这样有文化有爱心的大家庭里，是何等地幸福与幸运呀！

八月初五，这天是满达的二十岁生日。王爷曾建议在王府给他过个隆重的生日，但是管家绝对不同意此事，一口就给回绝了。他说世上从来没有这个规矩，老主子给下人的孩子办生日，于理不通，绝不能坏了规矩，情分领了就可以了。王爷让人给满达包了二十块大洋的红包，让他们年轻人随意去办个酒席，好好庆贺一番。满达给王爷磕头谢恩后便回到了后院自己的屋子，他在此等待柳泓姐弟，一起商量怎样来过这个生日。就在此时，有人在屋外叫他："满达，你出来一下。"满达推开屋门，见是厨房的用人杨小青站在这里。"杨小青？你找我什么事？""满达，听说你今天过生日，我给你做了一双布鞋，又绣了一副鞋垫，送给你。满达，我祝你生日快乐！"杨小青双眼望着满达，将用白布包着的鞋递到满达面前。满达没有伸手去接，他心里很别扭。因为他知道这个杨小青是什么目的。杨小青比满达小两岁，今年已经是个十八岁的大姑娘了。当年她父母双亡后被自己的伯父伯母从家里赶了出来，她流浪街头成了小乞丐，差点被饿死。在一次乞讨之时，被好心的柳泓小格格央求着舅舅将她捡了回来，王府收留了她，这才有了她吃住的地方。这一晃已经是六年了，这几年之中，柳泓放学在家时就经常教她读书识字，记账，所以杨小青慢慢地也有了文化，而且人也长开了。人常说十八姑娘一朵花，杨小青现在长得也很漂亮，身材匀称，皮肤很白，一双眉目传情的大眼睛总是在死死地盯着满达。是的，她看上了满达，满达那么优秀，一脸英气，百里挑一的，所以杨小青就想尽一切办法来接近满达。杨小青认为她和满达一样，都是王府的下人，她和满达在一起是般配的，平等的。今年满达二十岁生日，王府上下全知道，她利用晚上休息的时间纳鞋底，绣鞋垫，她想给满达一个惊喜，只为了让满达喜欢自己。为此她在鞋垫上绣了一对五彩的鸳鸯，并肩戏水，这足以表达自己的情意了！因此，杨小青信心十足地把包着鞋的布打开，让满达欣赏自己的手艺。鞋做得很好，黑色织贡缎的鞋面发着光，白色的千层底纳得紧密周正，而那副鞋垫放在鞋内更增加了布鞋的美感。看来，杨小青真的是用了心。她笑眯眯地将鞋捧到了满达的眼前，举着让他观看。满达已经二十岁了，他什么不懂？他知道杨小青给自己做鞋的含义，但是这让他心中很生厌烦！满达望着眼前的杨小青，向后退了半步。他对杨小青说："杨小青，你应该知道的，我对这些不感兴趣！我是一个学生，王爷培养我上大学非常不容易，我现在只想好好地读书！请你对我不要再有任何想法，不可能的！鞋，请你拿回去，我是不会要你的东西的！以后你不要再来找我，记住一点，男女有别！"满达说完，就准备退回屋内。杨小青手捧着这双布鞋，本来满心欢喜的她听到了满达的话语，顿时大怒！她厉声说道："满达，你不要想多了！你和我一样，都是王府的下人，你只是比我多念了几年书。但我现在也是识文断字的，比你差不到哪儿去。你看不起我，可我却看得起你！我知道你喜欢格格柳泓，可是人家未必看得上你，人家是主子！你就不要癞蛤蟆想吃天鹅肉了！"杨小青此刻是气急败坏，口无遮拦，她大声地、毫无顾忌地喊了出来。但她没有发现身后来人了，而满达此时羞愧难当，又无法制止杨小青的信口胡诌，他只想逃回屋内。此时身后咳嗽一声，杨小青回头看了一眼，她最怕的人站在她的身后，是老管家，还有柳泓姐弟。

杨小青转身想跑，她把鞋扔给了满达，满达却没有接，任这双布鞋散落在地上。但是管家喝住了杨小青，让她自己把鞋捡起来。管家看了看鞋和掉在地上的鞋垫儿，又看了看面前的杨小青和满达，立即明白了是怎么一回事儿。他当即对杨小青说："回去收拾收拾自己的衣物，离开王府吧，走得越远越好，我满家不会接纳你这个泼妇！当年我家格格心善，怕你饿死在街头，将你捡了回来，给了你吃住的地方，还教你认字算术，你不感恩还说她的坏话，你这样做和畜生有什么区别？你还看上满达了！我满家能要你这样的吗？别做梦了！快回去收拾东西，马上离开王府，今天这件事没商量，留着你以后是祸害！"老管家气得红了脸，对杨小青下了驱逐令。杨小青傻了似的杵在那里，她突然醒过闷儿来，抱着她给满达精心做的布鞋掩面而去。

　　望着逃走的杨小青，僵在那里的是老管家还有满面羞愧的满达，柳泓姐弟一时也是无语，大家都不知道说什么才好。还是柳江反应得快，他上前一步拍了拍满达肩膀："满达，今天你的生日，我和姐姐要和你一起庆生，你说咱们怎么安排呀？"满达还没有搭话，旁边的老管家已经缓过神来，他笑呵呵地说："为了让你们年轻人自在快乐，王爷特意给了二十块大洋，让你们几个人自己去找乐儿。可是满达的父母和王爷也想让你们在咱自己的满福楼饭庄里过个生日，这样大伙儿也能跟着乐和乐和。不知你们三人同意不同意？"管家看着柳泓，又回头望了望满达和柳江。"可以呀！我还没有去过咱家的饭庄呢，正好去看看。"柳江拍手称赞，事情就这么定了下来。管家看事情平息了下来，便去前面安排车辆，送这三个年轻人去南城的满福楼饭庄。

　　此时正值傍晚时分，三个年轻人来到了满福楼。踏上台阶进入饭庄，迎门的屏风上镶着一个大大的"福"字，让人一见便有福绕心田的喜悦。伙计们见自家的小主子们来了，个个喜笑颜开，礼数周到。伙计将他们三人请到早就布置好的雅间，又笑着将点心水果端了上来。听说他们到了，满达的父母也从后厨房走了出来，瞧瞧自己的儿子和柳泓姐弟。老夫妻俩向柳泓姐弟施礼万福，慌得柳泓他们赶忙还礼，并将满达父母搀起请入座。满族旗人礼数多，尤其是皇族们更是讲究，不论穷富，必须保持上等人的尊贵，绝不失礼，更不能让人笑话自己没有教养。在和年轻人说了会儿话后，老夫妻俩便退了出去，把时间留给孩子们，让他们尽情畅谈。

柳江拿出了自己从扬州专门给满达带来的礼物。这是一个精致的方方的雕花木盒，柳江从里面取出了一台地球仪，他郑重地把它摆在桌子正中，用手拨动一下，地球仪便旋转了起来，五大洲四大洋尽收眼底。满达和柳泓看得眼都直了，拍手叫好。此时是一九四九年，那时立体的地图还很稀有，这个地球仪还是伯父柳方儒作为中国文化代表团访问英国伦敦时英方回赠的礼物，在当年十分珍贵。柳方儒送给了柳江，柳江又极其郑重地转送给了今天二十岁生日的满达。在满达与柳泓的惊叹之中，柳江又从挎包中取出一个长长的丝绒布袋，从里面取出了一支紫竹长笛，长笛的丝穗上挂着一只玉雕的葫芦，圆润可爱。柳江双手将长笛奉上，郑重地对满达说："满达大哥，二十岁之生日快乐！我愿你这个清华学子今生笛音清长，福禄寿祥，踏遍世界，济世荣光！"满达双手接过柳江的礼物，激动地望着柳江竟说不出话来，只是连连地点头！一旁的柳泓见柳江送礼结束，也从自己的书包中把礼物掏了出来。柳泓的礼物不像柳江的那么大，体积很小，但是礼物中却装着她的一颗心！这是六年前她和柳江、舅舅一起在鼓楼拂晓的鬼市中柳泓让舅舅以二百大洋为她买的那只翡翠扳指！柳泓对此物心爱至极，后来被她的王爷外公认出来这是满达祖父的贴身之物，是当年慈禧老佛爷的御赐之宝。之后满达家遭劫，万般无奈之下才决定在鼓楼鬼市变卖以解燃眉之急。那年外公本想将此扳指要走，但柳泓不舍，所以扳指一直由柳泓珍藏着。六年了，王爷早已忘记了，满家也认为扳指早已流落民间，连满达对此事也无从知晓。可是柳泓却一直珍藏着，小小的她就是一门心思地想找个好机会把扳指送给满达，让它物归原主。王府里只有疼爱她的外公和大舅知道此事，知道扳指的来历。六年来，翡翠扳指在柳泓格格的手中被揉得包浆满满，极其水润。这哪里是扳指？这就是一颗少女的心！从她八岁那年和弟弟柳江一起认识满达，现在整整六年了，这颗翡翠扳指也在柳泓的手心里握了六年。

这个世界就是奇妙，满家的传家宝握在八岁的格格手里悄无声息已经六年，到今天十四岁的格格决定物归原主。她希望满达惊喜，快乐，希望满达能懂她的心。说实话，她今天亲眼看见用人杨小青送给满达的鞋和那双绣着鸳鸯的鞋垫，她的心咚咚地跳着，不知所措。可是她又亲眼看见满达对杨小青的态度和老管家对杨小青的斥责，她的心才释然了。现在，她向满达捧出了自己珍藏的翡翠扳指，就是捧出了自己的一颗心："满达，这是我送你的生日礼物。外公说这是你的祖传御赐之物，它是让我无意中得到的，我珍藏了六年，也是替你保管了六年。今天你二十岁生日，物归原主，愿它给你带来好运气！"柳泓望着满达，一双水汪汪的眼睛里充满了爱意，她将扳指用双手托着，奉献给了满达。只见通体翠绿的扳指水润光泽，在灯光的照耀下通透闪亮，可以说是极品。当然皇宫里出来的物件岂是凡人所有？所以当年在夜市中出现的一刹那，在烛光的照射下就被柳泓一眼看中，以二百大洋的高价让舅舅给她买了下来，所以才有了今天。不得不说王府的格格品味就是高，眼光独特。柳江没有想到姐姐竟然将此物保留了这么久，保管得这么好。依柳泓大大咧咧的性格，好东西留不住总是赠人的，这次竟然在手边六年，可以说是奇迹了。满达看到柳泓手中的扳指先是愣住了，他的嘴唇有些哆嗦，眼神有些疑问，双手有些抖动："扳指？爷爷的翡翠扳指！"满达接到手中仔细地端详，他从小就看到爷爷的手上戴过，爸爸的手上戴过，而他想要时只是让他摸一摸，因为这是传家的物件，从来只是妈妈收藏着！现如今由柳泓格格双手托着转送给他，他真的不明白是怎么一回事了。当年正蓝旗他的家中遭到马匪抢劫，那时满达已来北京，他的四爷爷在王府做管

221

家，让他来王府教授柳泓姐弟骑马射箭，从那以后王爷就让他留在北京上学了，再也没回草原的家。王爷要培养他建功立业的本领，家中遭难的事，大人们没有让他知道。那时的满达只有十四岁，就像今天柳泓格格他们一样的年纪，因此满达对家里变卖传家宝之事一无所知。当满达手捧传家宝时真的是愣住了，不知说什么好！柳泓看满达不说话，又递给了他一个蓝色皮面的笔记本，中间插着一个金页子。"满达哥哥，祝你二十岁生日快乐！我希望你用它记录下你美好的年华和你的爱情！"说到爱情两个字，柳泓羞红了脸。十四岁的少女，情窦初开，她用自己纯真的情意来表达她对心上人的真诚与牵挂。满达怎会不懂？他心中其实更爱柳泓，柳泓是他心中的神，是他眼前的灯！他和柳泓姐弟从小在一起，彼此信任从无猜疑，只是柳泓比他小了六岁，现在才十四岁，但是他们的眼睛，他们的心灵是相通的。虽然他们还有一层鸿沟，那就是身份的问题。柳泓是王府的千金格格，自己却是驯马出身的包衣，身份悬殊太大了！所以满达不敢妄想，正像今天杨小青说的，自己是癞蛤蟆想吃天鹅肉了。满达特别讨厌杨小青，一直在躲着她，但杨小青就像一帖臭膏药一样总想黏着自己。亏得今天四爷爷对她一通训斥，才给自己解了围，不然他在柳泓面前真是无法辩白了！现在柳泓对他的真心实意已经全部坦然相告了，他内心激动万分，嘴上却不知道如何表达。满达的眼眶湿润了，他看着柳泓的眼睛，又看了看柳江："格格，放心吧，我会做到的，我用生命保证我对你的忠诚！"保证什么他没说，放心什么他也没讲，但是在场的三人全明白。柳江见此，拍了拍姐姐柳泓："姐姐，让他们上菜吧，今天咱们三人喝一杯，庆祝满达的好日子！"满达将他的宝贝一一收好，放在靠墙的条案上，开始招呼伙计们上菜。生日快乐！他们举起了眼前的酒杯，甜甜的桂花陈酒发出琥珀色的光，纯纯的爱永在心上。

三个年轻人畅谈良久：新中国即将成立了，他们这一代年轻人将成为新中国的希望，就像伟大的领袖毛泽东说的："你们青年人朝气蓬勃，正在兴旺时期，好像早晨八九点钟的太阳，希望寄托在你们身上。"此时的三人豪情万丈，谈笑风生，他们畅想着未来美好的日子和锦绣前程。

满达现在是清华大学水利工程系的大二学生，柳江在一个月后也将到上海复旦医学院去报到，他十四岁便以优异的成绩被复旦大学破格录取，因此作为双胞胎姐姐的柳泓也开始着急起来，她不甘心落后于自己的弟弟，心里也是憋着一股上进的愿望。三个人兴致很高，吃完长寿面时走出饭庄已经是月上西头了。王府安排好的车辆早就在外面等待着柳泓姐弟，满达还要和父母在一起说说话，因此便留在了饭庄里。

饭店打烊，店里现在是一片安宁。满达和父母坐在桌前说着家常话，他从口袋中掏出了柳泓给他的翡翠扳指让母亲看，这让他的父母大吃一惊！没有想到自己家的传家宝又能失而复得。父亲看着满达，给他讲了当年所遭的劫难，在贫病交加之时才被迫变卖祖传的翡翠扳指和鼻烟壶，亏得柳泓姐弟与他们的舅舅发现了端倪，才保住了御赐的传家宝。王爷顾念旧情，把满达留在身边供他读书，希望他长大后重振家风以慰祖宗的在天之灵！王爷又从北京派人去正蓝旗照顾他们，并给他们送钱送药，直到他们的身体恢复。看到他们夫妻身体恢复后王爷又出资在繁华的地段开了这家清真餐厅满福楼，并让他们来经营，王爷以入股的方式参与进来。这其实就是给他们满家一个重振旗鼓翻身的机会！至于这个翡翠扳指当年被柳泓看中又买到手里之时，柳泓并不知道这是满达家的东西辗转流入鬼市，那时她只是喜欢。当她从外公和舅舅那里知道时，此物早已归柳泓所有。柳泓格格当年只有八岁，她求舅舅帮她买时她就想送给满达，以感谢满达悉心教授他们姐弟武艺，而且在遇到坏人时满达对她极尽保护之情。柳泓年纪虽小，但她骨子里却讲义气，知恩图报。自从知道扳指是满家的传家之宝后，她就想把扳指亲自交给满达。但是，少女的羞涩和心事绝对不能表露出来，直到今天，满达二十岁生日，柳泓在弟弟面前，才勇敢地把这枚扳指送给满达，并含蓄地说出了自己的愿望。

当父母把一切说给满达之后，满达才算彻底明白。他本身就对柳泓奉若神明，今天又知道了柳泓对他的深情。他一个热血青年，蒙古汉子，本身就天真单纯，此刻的满达恨不得一步走到柳泓面前，把自己的心挖出来让柳泓看看，他要把他的心里话一股脑儿地告诉她："我会忠诚、忠贞、服从、永远相爱……"满达在心中默默地宣誓，他相信柳泓一定会有感应！虽然现在他们还小，还年轻，等过几年大学毕业了，他会努力工作，争气要强，他会报答王爷的养育提携之恩，更要好好报答柳泓格格对自己真心的、单纯的爱。

第三十章　我就是柳泉

　　柳江从北京回到扬州，开始准备去上海复旦大学报到。此时的他年满十四岁，由于其聪慧过人而被复旦大学医学院破格录取。扬州到上海不算远，几个小时的车程便可以到达，但是伯母对他特别不放心，毕竟这是他第一次独自离开家去上海。伯母对他千般不舍，一遍又一遍地叮咛着各种注意事项，柳江不住地点头答应，并着手收拾需要带的衣物和书籍，装进随身携带的衣箱中。

　　"伯母好，我来了！"清脆的声音伴着欢快的脚步，赵萌萌又来了。她没有敲大门，不请自入，完全没有陌生感，是那种天生自来熟的一种人。柳江看她来了，向她点了点头微笑一下，并请她入座。柳夫人看到赵萌萌，如同看到了一只快乐的小鹿，立马儿散去了满面的愁云，她上前拉住了赵萌萌的小手："哎呀……萌萌来啦！你这几天没来，我还真有点想你啦。""伯母，我也想您呀！我早就想来了，但我这几天一直在忙，所以这几天没能来陪您，今天终于完工了。等柳江哥哥去了上海，我就天天来看您，陪您说话，您说好不好？""当然好啦！柳江走后我会牵挂他，如果你能常来我就不会闷啦，走了个儿子，又来个女儿，真的是太好了！"柳夫人笑眯眯地看着眼前的赵萌萌，她一副开心的样子，连不爱说话的柳江听着都笑了。

只见赵萌萌神秘地看了看柳江，从自己的书包中掏出了一件东西，放在面前的八仙桌上。"伯母，我这几天没露面，您猜我是在干什么？"赵萌萌笑着看着柳夫人，见她没有回答，赵萌萌就又自问自答地说，"我是在干这件事呢。您看看我的手艺，伯母给评一个分吧！"赵萌萌把手中的物品放在桌子上，她展开了外包的布，将一件手工编织的开司米细线的毛背心平铺在桌面上。毛背心织得很漂亮，淡淡的米白色，鸡心形的领口，平针与鱼骨针按规律编织，整体来看，赏心悦目且手感柔软，真可以称得上是一件很有艺术感的毛背心。"萌萌，这是你的手艺？送给谁的？"柳夫人笑着问道。"是我亲手织的呀！这不是柳江哥哥要去上海了吗，过两个月天气就凉了，织一件毛背心略表我的心意嘛！"赵萌萌笑着回答。"哎呀……萌萌，真是让你费心了！只是你年纪这么小就能织得这么好看精致，可真是难为你了！"柳夫人望着赵萌萌，真心诚意地夸奖着她，同时转头对柳江说："柳江，还不快谢谢人家萌萌，你看她小小年纪，手就这么巧，真是个难得的好姑娘！"

柳江望着伯母和赵萌萌，这突然之间发生的事情让他有些吃惊，他不明白赵萌萌为什么这么愿意接近自己和自己的家人，今天竟然又送来一件她亲手编织的细绒线的毛背心。这太反常了，柳江不喜欢这样做，他对这个频频来访的女孩没有什么好感，从心里来说他不喜欢她，那么他怎么会接受她的礼物呢？而且此物从字义上来说：背心或马甲，是有情人的心意表达，贴心穿上，既温暖又解相思。可柳江从内心抗拒这件事！太突然了，柳江觉得自己受不起也不想受这份情，而且他根本不想见到这个赵萌萌！他虽然只有十四岁，但他懂得赵萌萌的这份用心。柳江觉得赵萌萌看似天真，单纯可爱，但是心里却觉着她的眼睛后面还有一双眼睛，时时刻刻地想用绳子将自己套牢，真实的面目不知是什么。柳江对赵萌萌由抵触到现在又增加了戒备。但是，街坊邻里家的礼数绝对不能少，这一点柳江还是能够掌握分寸。"大妈，赵萌萌是开玩笑呢！她怎么可能给我亲手织毛衣呢？这明明就是她给月星大哥织的，拿来给您看，让您夸她手艺好！"柳江边笑边准备回自己房内，临走又对赵萌萌说："月星大哥是成年人了，穿上一定会很帅气的。"口中说着转身而去，只留下了张口结舌的赵萌萌与一头雾水的柳夫人。

柳夫人见事已至此，便借坡下驴地对赵萌萌说："哎呀，原来是给月星织的呀，织得漂亮，月星穿上一定好看！"赵萌萌苦着一张脸，面色极其难看，刚进门时的欢快一扫而光，她尴尬地笑了一下说："不要就算了，何必这样呢？"柳夫人看了看委屈的赵萌萌便悄悄地说："柳江他还小，不懂事，说话不讲分寸，萌萌不生气啊！"赵萌萌见彼此都尴尬，只好将精心编织的衣物重新装入书包，心事重重地告别了柳夫人回家而去。

柳夫人见赵萌萌走出大门，便走进柳江的房间。只见柳江仰面躺在自己的床上，望着天花板在想心事。"柳江，你怎么啦？刚才为什么那样拒绝人家赵姑娘，让人家多没面子？人家诚心诚意地给你织了一件毛背心，得用好几天的时间呢，你就这样干脆地拒绝了，我看这姑娘差点哭了呢！你干吗对她这么冷冰冰的呢？"柳江见伯母前来追问此事，他本想不回答，但是又不敢不回话。柳江是个孝顺的孩子，他知道伯父伯母将他养大付出了多少心血，他怎么忍心让他们难过，柳江从来也没有忤逆过伯父伯母，潜意识告诉他：这里就是自己的家，他是伯父伯母的儿子。他本来就想在离开扬州时对伯母讲，他到上海复旦上学之后重新叫回柳泉这个名字，让伯父伯母心中踏实，以填补他们二老的失子之痛。柳泉的身体回不来了，但柳泉的灵魂还在此处，这就是柳江想对伯父伯母说的。这次到上海后换一个新的环境，没有熟识之人，姓名变一个字很容易，到学校报到前，扬州学校出的档案稍作一下变动即可。而且他在从北京回来之前就和自己的父母姐姐说好了，所有人都同意这样办。因为北京的父母膝前又多了一个小弟弟柳湖，柳方成金秀夫妻也已经是儿女双全的人了。柳方成夫妻也认为自己的兄嫂目前膝下无人，亲儿子十几年来不知去向，估计也是凶多吉少。而自己的孩子柳江从生下来就依赖兄嫂抚养长大，柳江的心就在扬州。这次柳江向父母提出去上海复旦大学后将自己的名字叫回柳泉，以报答伯父伯母的养育之恩。王爷与女儿女婿虽然心中有些别扭，但也尊重事实，即北方的规矩：长兄无子，兄弟的孩子就应过继给长兄，以延续嫡子的香火。何况孩子愿意，此事完成，兄弟两家皆大欢喜！而且王爷还劝女儿金秀："自己的孩子，永远是自己的！骨血亲情不可改变。但是要通情达理，眼光放长远，不能坏了规矩！"王爷就是王爷，一家之主说话做事，合情入理，让人心服口服。柳江才从北京回来，正想找机会把这个决定向伯父伯母汇报一番，让伯父伯母开心一下："儿子回来了，柳泉回来了！"柳江的心事还没来得及对父母说，没想到突然间跑来一个赵萌萌，扰乱了他的思维。说来奇怪，柳江最近总是做梦，而且是一个同样的梦：远远的树林中，有一个穿着白裙的女孩在望着他，朦朦胧胧的白雾好似轻纱包裹着她，又远又近，又清晰又迷蒙，说不出的感觉。时而有蝴蝶带路，他跟着奔跑，脚一蹬就惊醒了。柳江开始奇怪，但总做此梦他也就心中平静了。他想那个女孩应该是自己的梦中情人，或者是他往世的妻子。她一定在某一个地方还在等着他！柳江觉得自己还小，他还不敢将此事告诉父母，他要长大学好本领，到时候他就一定会去找自己心中的女神。她那么美，笑意盈盈，温情脉脉。而最近让柳江苦恼的是赵萌萌的从天而降！自从李月星将她带到自己家后，她三天两头地找借口来家里串门，寻找一切机会和他搭话。柳江对她很反感，他不喜欢这种毛手毛脚、咋咋呼呼、撒娇卖萌的女孩。柳江总是躲着她，但无奈的是伯母喜欢她，她好像是伯母的开心果！伯母一见她就乐，柳江就想对伯母说："大妈呀！别给我惹事了好吗？赵萌萌绝对不是一个善茬的女人，她才十几岁，就这么左右逢源，太有心机了吧？我根本就不想看见她，以后别招惹她行不行？"虽然柳江心中对赵萌萌是这种评价，但是他不敢对伯母全部说实话，因为这个赵萌萌已经把伯母哄得团团转了，尤其是在这个暑假中，柳江去了北京后，伯母有点寂寞，这给了赵萌萌一个好的机会。其实柳夫人对赵萌萌的过度热情也是有所考虑，明摆着赵萌萌在用心地追求自家孩子，让作为家长的柳夫人心中很是受用，也有些小小的骄傲。但是发现柳江对人家很反感，柳夫人也觉得这件事有些可笑和惋惜："这俩少男少女，还真是有些犯相呢？"柳夫人看着柳江，眉开眼笑地问道："人家小姑娘对你有好感呢！所以给你贴心地织了一件毛背心，你不知好歹地说了那么一堆话，多让人家姑娘下不来台，这可不像你的风度，怎么回事？你就那么讨厌萌萌吗？我看赵萌萌也是蛮漂亮的呀，要不咱们定个娃娃亲？""什么？我的亲妈呀！您可别害我！我一辈子不找朋友也不会喜欢她这样的人，您没发现吗，她的眼睛后面还有一双眼睛，表面装单纯，心机是很深的！"柳江着急地对伯母说着自己的看法。柳夫人耐心地听着并回答柳江："孩子，咱们是诗礼世家，不能那么粗鲁地拒人于千里之外，人家是爱你而不是害你，总要给人家三分薄面。而不能像你今天这样鲁莽无情！我看人家女孩都要哭了，眼泪汪汪地离开咱家走的。下次可不能这样，街里街坊地住着，总要互相关照。"柳江听后不满地看着伯母说："您喜欢您接待，和我没关系，我看见她就烦！"柳夫人听柳江这样说反而笑了，她开始故意地逗柳江："柳江，我怎么觉得你们俩很般配呀！有点郎才女貌呢。"柳江闻听此言翻身而起："我的亲妈！您可别戏弄我！可别害我呵！您再这样说，我去上海后可真的不回来了！我就是一辈子打光棍也绝对不会找她这样的!"柳江恨恨地说,并把后背对向了伯母。柳夫人见状也不再和孩子开玩笑了,她怎么忍心让孩子生气,况且再过两天柳江就要离开家去上海复旦大学报到,这一离别就要一个学期,至少半年的时光,她得多想念孩子呀。

十四年来,她那么宠爱柳江,甚至超过了她当年对亲生儿子柳泉的爱。而今天柳江正式地向自己宣布到了上海报到时将启用新名字:"柳泉"!她知道这是柳江的心意,也知道这是北京王府里一个庄重的决定,是兄弟全家人对自己这么多年来的付出给予了最好的报答和对自己心灵的安慰。柳夫人心中感动极了!这是佛菩萨对她的恩赐,她看了看柳江,转身出去将门带上,让孩子静静心吧。她转身进入自己的佛堂,点燃了香烛,深深地向供奉的观世音菩萨圣像跪了下去。

时间很快,柳江已经来到了上海复旦大学医学院。他非常兴奋,他将要开始一个新的生活。他来到新生报到处,递上了学校的录取通知书和扬州中学的他那封闭的档案袋。接待处的老师看到他就笑了:"柳泉,新生报到。我们等你很久了,复旦医学院欢迎你!""老师好!您知道我呀?""怎么会不知道你,破格录取的学生!你看看你周围的同学,哪个不比你年岁大呢?"柳泉顺势向四周望了一下,的确,来报到的新生很多,他们的确要比自己大几岁,柳江用充满羡慕的眼神看了看他们,笑着对老师说:"老师请放心,我一定会尽快赶上他们。"报到手续完毕后,一旁做接待的学哥学姐们热情地走了过来,接过柳江手中的行李和旅行箱,准备带他去学生宿舍,安排他的食宿问题。"柳泉你好!我们俩带你去学生宿舍,我们俩是大二的学生,听说今年招了一名小学弟,自小就跳级,是名神童,我们都在等待着你。刚才给你做登记的人你知道是谁吗?"其中一名为柳江拉行李的大学生看着他问道。"不知道,我刚来还谁都不认识呢。"柳江笑着对同门的学兄说。"哎呀!那是咱们复旦的校长啊!校长爱才,每年的新生报到他都会来亲自接待，你真有福气呀，校长亲自给你注册！柳泉，你可要努力呀，不要辜负校长的一番苦心！"是的，一定会，一定会！"柳泉连声地答应着，不住地点头，他紧跟着学兄的脚步，来到了他梦寐以求的地方！复旦！复旦！柳泉！柳泉！你要开始新的生活，新的起点了！柳泉的心特别激动，仿佛生命又增加了一个高度，这里熟悉又陌生，柳泉将会慢慢地适应！柳泉与学兄握手道别，学兄们还要去接待其他的新生。望着大学宿舍，四人一屋的上下铺，他被分配在了下铺，屋子粉刷得干净整洁，柳泉打开了行李，将自己的行李铺好后，又将他的行李箱放在自己的床下。柳泉看一切收拾停当，便将房门关上，他来到校园的林荫道边。因为那里还有三个人在等他，那就是他的父母和邻居小妹赵萌萌，他们三人和自己一同从扬州到上海来复旦大学报到。柳泉本想自己一个人来，但是父母不放心他单独出行，赵萌萌也要同来去看她在上海同济大学读书的表哥李月星，所以一行四人热热闹闹地便进入了校园。只是柳泉好面子，报到时不允许家人在身旁，怕人家说自己是奶娃娃，所以他们三人只好在校园中等着他。

看到柳泉从远处过来了，他们便迎了过去。"怎么样，办妥了吗？"柳方儒急切地问。"父亲，一切顺利。您猜是谁给我办的报到注册手续？是我们复旦大学校长张志让啊！"柳泉开心得很！他觉得这是自己的一份荣光。此时的柳泉已经长成一个明眸皓齿的美少年，他英气十足，信心百倍地站在绿树成荫的校园里，他伸手揽住了自己的母亲："妈！"听着柳泉亲切地叫自己，柳夫人觉得一切又回到了从前，那是自己的儿子在呼唤，真的！就是这个声音！柳夫人双眼含泪，望着柳泉："谢谢你，我的儿子！柳泉，你是真的回来了！""好啦！我们去吃饭，庆贺柳泉考入复旦大学！"柳方儒左手拉住夫人，右手掏出自己的手帕给她擦去欢喜的眼泪。

一切重归美好，风吹过往，让悲伤随风而去，人若心中充满光明善意，美好便会接踵而至。柳方儒一行四人来到上海锦江饭店，安排好住宿后便准备去吃饭。赵萌萌利用此时给自己的表哥李月星挂通了电话，告诉他自己与柳家一起在锦江饭店，希望表哥能来一起聚聚。李月星一听柳江来上海复旦报到了，也是十分兴奋，说很快就来探望他们，让他们四人在饭店等待，他要为柳伯伯一家接风洗尘。

锦江饭店与同济大学相隔的路程不是特别远，等柳方儒一家人与赵萌萌收拾完毕来到酒店餐厅时，李月星早已经快速赶到了，他们选好了一间雅座，正在招呼茶倌泡茶。锦江川菜馆在上海很出名，它的创始人董竹君女士本身是四川人，又长年在上海居住，因此她将四川人的"麻辣鲜香"与上海人的"海派精致"很好地结合在了一起，这使上海的社会名流与挑剔的八方食客很快聚集到了这里。能够提前预订到包间雅座，李月星也是费了一番脑筋。李月星在上海无权无势，但是他手里有一张王牌，那就是他的女友夏晴。夏晴也是同济大学的学生，她是医学专业的，而李月星却是物理系。他们都是大学学生会的干部，又都是校内的尖子生。李月星早就爱上了夏晴，夏晴既优秀又有很好的社会关系。并且她有一个很有本事的父亲，自己家有轮船公司，有码头。但是夏晴很低调，服装朴素，温文尔雅，绝对不像有钱人家的大小姐一样飞扬跋扈，目中无人。她就像山谷中优雅的兰花，在你不经意时散发出芳香，如果你使劲嗅，它却悄悄地关闭了心房。夏晴是李月星心中高贵的女神，他想把自己的爱全部奉献给她，并和她一起分享自己的一切。现在他的恩人一家来到了上海，他满怀激动地告诉了夏晴，并想邀请夏晴同往认识一下自己的好友和他的家人。当夏晴听完李月星的讲述后，也是很有兴趣，并夸奖李月星有良心，是个知恩图报的好人！李月星听了以后心里乐开了花，就像吃了蜜一样甜。夏晴的肯定对李月星来说真的很重要，它证明自己在夏晴的心里是有分量的！夏晴随即给自己的父亲打了电话，他的父亲便把他在锦江川菜馆的常年包房让伙计们立即收拾出来给女儿夏晴使用，并做最好的接待。当夏晴告诉李月星一切已安排妥当，并且会亲自陪同之时，李月星对夏晴心中充满了感激和潮水一般的爱意。看他的样子就像打了鸡血一样，面色潮江，双眼放光，激动得只会笑，甚至于感谢的话都说不出来了。夏晴笑着拍了他一下："你至于那么激动吗？你的朋友就是我的朋友呀！""谢谢，谢谢！夏晴你让我好有面子……"李月星发自内心地对夏晴说。还是夏晴先发现了雅间门口站立的柳方儒一家人，她笑着对李月星指了一下。李月星看到了门口的柳家人和表妹赵萌萌。他赶紧把他们四人迎了进来，并请柳方儒伯伯和伯母坐在了上首位置，依次纷纷落座后李月星开始给大家相互介绍："柳伯伯好！这是我们同济的夏晴，我的好朋友。她听说我的亲人今天到了锦江饭店，特意和我一起来拜会您老人家和伯母。"柳方儒听月星这般讲话，立即站了起来欠了欠身："夏小姐好！今天拙子柳泉前来复旦大学报到，因他是初来上海，所以我们便陪他一起来了，看他注册完后，又安排好了宿舍，我们也就放心了。明天我们在外滩转转就回扬州去了，谢谢夏小姐和月星前来给我们接风道贺！"柳方儒看着夏晴和李月星，十分礼貌地又说，"欢迎夏小姐闲暇时也到扬州走一走，但扬州和上海相比就要小多了，而且经济上也比上海落后，但扬州是个宜居的地方。"李月星见柳伯伯对夏晴发出了邀请，就搭话说："伯父、伯母，我是想邀请夏晴去咱们家乡转转呢，烟花三月下扬州，夏晴，我们家乡可美呢！""欢迎夏晴姐姐去扬州玩，到了扬州我来陪你。"一旁的赵萌萌看着对面的夏晴，眉开眼笑地说。"夏晴，还没有给你介绍，这个是我的表妹赵萌萌，她是我小姨的女儿，现在我家住着，在扬州上学呢。"李月星看着夏晴，他用手指着对面柳伯母身边的表妹，亲切地说。夏晴看了看赵萌萌，又看了看身旁沉默不语的柳泉，她心里想：

这两个扬州的孩子性格反差太大了，一个热情如火，一个儒雅少言。她笑了一笑对柳方儒说："伯父伯母，我从小就知道扬州的风景特别优美，李白的诗'故人西辞黄鹤楼，烟花三月下扬州。孤帆远影碧空尽，唯见长江天际流。'我三岁时奶奶就教我了，我背得是滚瓜烂熟的，我奶奶就是扬州人，所以我和扬州是有缘的，有时间我一定去扬州，去看你们和月星的父母。柳泉弟弟这次来上海读书，虽说是'独在异乡为异客'，但是这里有我和月星，我们会对他多加关注的，闲暇时我们会去看他或者接他出来玩儿。这里还有我表妹辛之菲，她也在同济读书，过一段时间我表哥也要从美国哈佛博士毕业了，他也是学医的，已经去美国留学几年了。听说复旦大学已经向他伸出了橄榄枝，说不定他会去复旦教学呢。所以说柳泉在上海不会孤单的，伯父伯母尽管放心好了，有我和月星在，我们几个人会经常在一起。"夏晴的声音很好听，不紧不慢细细柔柔的语调，这让柳夫人很高兴，紧张的心情放松了不少。她笑着说："夏晴姑娘，听了你这番话我的心也就踏实了不少。柳泉个子虽然不小，但其实才十四岁，你以后就把他看作是自己的弟弟好了，该管就管，该说就说。"一旁的李月星也搭话说："伯母，有我在呢！柳泉就是我弟弟呀，我会天天和他通话的，您尽管回扬州去，不用再操心了。"吃过饭后，柳方儒再一次地向夏晴和李月星一一道谢，大家在饭店门口道别。临别时，赵萌萌把自己的表哥李月星叫到了一边，耳语一阵。只见李月星笑眯眯地看着她问道："怎么回事？你让我给你看着柳泉，不许他接近其他的女生，这怎么可能呢？萌萌你想多了，柳泉才十四岁，比所有同学都小好几岁呢。""不管怎么样，你都要帮我，替我看着他！柳泉是我的人，我这辈子都要和他在一起，非他不嫁！"赵萌萌睁着圆溜溜的大眼睛看着表哥说。李月星呵呵地笑着刮了一下小表妹的鼻子说："行！行！行！你才十几岁的人，懂什么爱情呀？"

第三十一章　游子归来，辛之栋

时间很快，柳泉已经是复旦大学三年级的学生了。这之间经历了伟大的历史变革，那就是以蒋介石为首的国民党政权彻底失败，中华民国土崩瓦解，国民党军队退守台湾岛。而以毛主席为首的中国共产党创建了中华人民共和国，开启了一个新的时代。此时的中国人民经历了十四年抗战，终于在新政权的领导下开始安居乐业，休养生息了。新时代的青年人意气风发，就像朝露中的青松，牡丹枝上的紫芽，生机勃勃地成长。柳泉赶上了好时代，在复旦学习的三年时间，他如同得雨滋润的小苗，酣畅地吮吸着知识的源泉，为丰富自己的学养，图书馆里总有他的身影，每科的考试成绩都会名列前茅。因为年少，因为英俊，因为努力刻苦，因为乐于助人，所以他深得老师的赞赏和同学们的拥护。很快，柳泉就被同学们推举为大学学生会的文艺干事。这是因为他不仅仅学习好，还会吹一手好笛子，甚至他随手摘下一片柳叶放在唇边就可以吹一支曲子，随意折一枝柳条便可以做成柳哨，在傍晚校园的树荫下轻轻地吹响。

其实柳泉的文艺才干多是得自于他八岁时在北京外公家向满达学来的。那年的满达也是一个十四岁的少年，玉树临风的样子站在他和姐姐柳泓的面前。那个时候，一场马舞便征服了他们姐弟二人。柳泉至今还记得满达教他们搭弓射箭时认真的样子，还有他向湖面投掷石子时激起的那串绕湖而行跳跃的水花，他们姐弟惊奇赞叹的欢呼以及满达看着他们蹦跳时轻松的微笑。多快呀！十年一晃就过去了，满达已经从清华大学毕业了，姐姐柳泓也考上了北京师范大学音乐系，而自己明年就可以本科毕业考研究生了。

柳泉在学校里口碑极好，老师和同学都很欣赏他，夸赞他是个极具天赋且谦虚好学的天之骄子，前途一片光明。因为如此，柳泉也有了一定的心理压力，他排解的方法就是到校园里人少的地方吹吹柳哨或者席地看书。久而久之，大家知道了他的习惯，宿舍里乱哄哄时找不到他便会去校园僻静之处找他。

今天周末没有课，柳泉见图书馆里人很多，没有座位，他便掏出借书证向管理员借阅了自己所需的书籍。他拿着书没有回宿舍，因为他出来时宿舍的伙伴们便约好了一起打扑克牌，并拉着他不让他去借书。柳泉好不容易逃了出来，他不愿意把宝贵的时光浪费在牌桌上，更不喜欢他们兴奋时的大呼小叫。柳泉并不孤僻，只是珍惜时光，小时候父亲常给他讲"不积跬步，无以至千里；不积小流，无以成江海"。《荀子·劝学》早在童年时期就牢牢地记在心上，如今自己已经快大学毕业了，若想深造那就必须学会克制，约束自己。柳泉来到校园的西面，这里绿树成荫，极其安静，是他常来的地方。柳泉在这里放了一块石头，是他为了读书而准备的。此时他习惯地从口袋里掏出一张旧报纸，摊平之后放在了石头上面。他看了看周围情况，见没有同学会打扰到他，他打开书本后便一屁股坐了下去。下午四点的阳光温暖地照在柳泉的后背上，树林里静悄悄的，他很快便读了进去，思想在知识的海洋中遨游，偶有微风吹过，轻轻地抚摸着这个聪明上进的学生。

一声轻轻的"咔嚓"，惊动了安静读书的柳泉。循着声音抬起头，只见前面的林荫道上站着他的好友李月星和夏晴，而李月星手拿相机正对准他，并朗声大笑着说："'何事荆台百万家，唯教宋玉擅才华。'柳泉兄弟，我拍的这张照片可以登报了！新中国的美男子柳泉，现代版的宋玉呀！我这幅作品如果被报社选用，我就可以挣稿费啦……"看着李月星身边的夏晴，柳泉有点不好意思了。他站起身拍了拍自己的屁股，顿了顿双脚，力图让自己更舒缓一些之后说："哎呀，六点多啦，看书就忘了时间，腿都麻了。"一旁的夏晴笑着接过了柳泉手中的书，并亲热地顺手拍了拍他的后背。"夏晴姐姐，你们怎么来了？你现在是不是也上班了？"柳泉不搭理李月星，却亲热地看着夏晴。"小没良心的，哥哥来看你，请你去吃饭，你倒不理我先问候别人了！"李月星假装生气地对柳泉说。"我当然不理你了，你都穷疯了，偷拍我的照片要去换稿费，这首先侵犯了我的肖像权，竟然还吹什么牛，请我去吃饭呢……"柳泉用一副不屑于搭理他的态度，假装轻蔑的口气回答着对方。李月星转头看看夏晴，又看了看李月星，举起了手中的相机，做出打开相机后盖的假动作："既然你小子不领情，我索性把你这个现代版的美男宋玉的底片曝光吧！把你变成一团黑……""你敢！你要是敢把我的底片弄坏了，我就让夏晴姐姐不再搭理你！"柳泉理直气壮地拉着夏晴的胳膊，把夏晴拖到了自己的身边。夏晴哈哈大笑着随声附和着柳泉："说得对！我怎能容忍他以大欺小呢？现在，我与宋玉是一条战线的，与李月星划清界限了！今天还是姐姐请你吃饭吧，想吃什么，地儿由你选，怎么样？"夏晴与柳泉并肩走出校园，李月星也是紧随其后，三个年轻人沐浴着夕阳的霞光，说说笑笑地走在上海的大街上。

这几年过得真快，李月星与夏晴大学毕业后各自参加了工作。上海解放初期，同济大学的校友们毕业前夕，党组织召开了毕业生的最后一次组织生活会，各系的共产党员集体参会。解放了，新中国成立了，中国共产党党员的身份可以公开了！在这次党员集体大会上，李月星看见了夏晴，他才恍然大悟！原来夏晴也是共产党员，而且比他的资格还老，入党时间比他长多了。李月星吃惊之余才意识到那年他求夏晴帮助找船，用以运送军用物资到苏北根据地时她为什么那么痛快地答应自己，原来组织上早已做了妥善的安排。唉！早知如此，当初何必心中忐忑？身份的亮明，夏晴只是与李月星相视一笑，他们紧紧地握住了对方的手！革命同志！心中爱人！

毕业之后，李月星被分配到了一家科研机构，从事量子力学的研究。而夏晴由于学习成绩优异，政治思想觉悟高，便被大学留校任教，成了一名大学老师。他们俩在周末之余，经常一起结伴来学校看望柳泉，怕他寂寞孤单，并常带他出去吃饭看电影，今天也是如此。

当坐在餐桌旁，茶房又提着铜壶跑来续水的空当时，柳泉乐呵呵地问他们俩：“嗯，你们俩什么时候结婚呀？马拉松式的恋爱总该结束的。”李月星紧张地望着夏晴，之后扭头对柳泉说：“看你夏姐姐的意思，我早就迫不及待了！夏晴，你何时嫁给我呢？”夏晴说：“我们刚工作两年，何必着急呢？等我表哥辛之栋回来以后吧，他上次在信中说，我和之菲结婚必须等他回来，他来做我们婚礼的司仪。时间太久了，表哥已经去哈佛八年了，这次他学成归来，对我们家可是一件大事呢。”夏晴很认真地对他们俩说。“夏晴，你就不怕时间太久我的意志不坚定？我们研究所可有女孩追我呢！凭我这一表人才，玉树临风的样子……”李月星的话还没有说完就被身旁的柳泉打断：“瞧你这嬉皮笑脸的样子，你牛什么牛？你若敢辜负我夏晴姐姐，信不信我把你送到汽车车轱辘底下去？……”“不敢！不敢！得了，现在你们俩对付我一个人，我可受不了！我才是真可怜呀，混到孤家寡人的地步了！……”李月星一副假装可怜的模样，把夏晴和柳泉逗得开心大笑。“我说的是真的，表哥下个月就回来了，他的船票早订好了，因为随身行李太多，还有精密仪器，所以他只能乘远洋客轮。这样虽然慢一些，但一步到位，我们全家都期待着呢！"夏晴边吃边对李月星说。"那太好了，夏晴姐姐，你表哥是医学博士，到时候你把我推荐给他，请他做我的导师吧！"柳泉用热切的眼光询问着夏晴。"那是当然！放心好了，我把你这个神童引荐给之栋哥哥，相信他一定会高兴地接受你。"夏晴很自信地说，因为她小时候总在姨妈家住，和辛之栋兄妹关系非常亲密。而对柳泉，她也是特别喜欢这个大男孩，乐意帮助他，因此对柳泉的请求一口答应。李月星听着他们俩的一问一答，笑眯眯地用筷子夹了一块鱼放在夏晴面前的碟子里，深情地对着她说："快吃吧，菜都凉了，我这里也代我弟弟柳泉谢过了！"说完抬头望向柳泉："还不快谢谢你嫂子的引荐之恩！""有你什么事儿？别趁机占便宜，我还没嫁给你呢！"夏晴的脸羞红了，半嗔半喜地对李月星说。三个年轻人边吃边聊，不知不觉天色已晚，餐馆快要打烊了，他们才吃饱喝足尽兴而归。柳泉望着李月星挽着夏晴的背影，才发现街道上行人已经不多了，他赶紧转身向校园走去。

正如夏晴所说，一个月后辛之栋所乘坐的客轮终于抵达了上海。当轮船靠岸时汽笛长鸣，辛之栋激动地站在甲板上眺望着不远处码头上接亲的人群，他努力地抬着头，想从人群中分辨出自己的父母和妹妹。八年了，他早就想回来了，但是他的学业还未完成，他虽然思念家乡，思念亲人，但是信念支撑着他坚持了下来。他在哈佛学医，努力而又刻苦，导师非常欣赏他，带着他做课题，深入地研究人体结构，疾病形成，动物试验，靶向治疗。历经了无数次的失败与探索，终于完成了一个个科学实验，积累了无数病例治愈的经验，在攻克肝炎、肺结核上创造出了奇迹。现在他学成归国，就是要完成他对祖父"不成良相即做良医"的诺言，还有那当年为救他而被泥石流掩埋的那一对男女大学生。他清楚地记着安姐姐说他们在寻找治疗肺病的药草，而那个叫流泉的大哥哥也是现场写生，记录药草的特点和周边环境。往事一幕幕地呈现在他脑海里，那天是他八岁的生日！他的命是那两个人救的，他的今天也是他们给的。他一天也不曾忘记，所以他拼命地学习，就是想用此报答他的救命恩人，就像俗语说的：完成他们未竟的事业一样。辛之栋站在船舷边，看着岸上的人越来越清晰，他又想起当年爷爷陪着他乘船走长江到上海来找父母，那时的他心里很苦，他穿着一件长衫，与上海的儿童格格不入。他端端正正地给父母行礼，心里怦怦地跳，那天母亲流着眼泪拉着他的手，给了他莫大的安慰。现在马上就要见到他们了，他该说什么呢？他在脑子里曾经演练了无数遍的景象，马上就要实现了！

此刻，船已靠岸。行李少的人提着箱子登岸，而他的行李太多了，他只能向着接他的父母招招手，他第一眼先看到母亲，他忘情地大喊了一声："姆妈！"这声姆妈他在心里呼唤了好多年！直到旅客走得差不多了，他的父母和两个妹妹才挤上接驳的踏板，半跑着向他冲了过来。辛之栋张开了双臂，首先接住了自己的妹妹辛之菲和夏晴，三个人搂在了一起。之后他迅速地放开，抱住了站在一旁的母亲！"姆妈！我好想你！""儿子，儿子，咱们再也不走了……"辛之栋的眼泪流到了腮上，他顾不上擦，只是紧紧地抱住了妈妈，母子连心呀！这时一旁的父亲站在那里，看着他们母子相拥，也凑了过来，用他修长的手臂搂住了妻和儿子的肩，一家人终于团圆了！历时八年，从抗日时的离乡到三年内战，再到今天的新中国建设，辛之栋感慨万千。准备了八年的见面词一句也没说出来，只是大声地喊了妈妈！妈妈！远方的游子回来了！妈妈，祖国母亲！远方的游子辛之栋回来了！一声妈，震天动地，一声妈，喜极而泣！

望着拥抱在一起的亲人，李月星和柳泉在一旁不知说什么好。还是一旁的辛慕明，也就是辛之栋的父亲先冷静了下来。他拍了拍儿子的肩膀说："之栋，这个是李月星，这个是柳泉，他们俩今天陪我们一起来码头接你，你们认识一下。"辛之栋这才放开拥抱母亲的双手。他抬头看向了站在他面前的两个年轻人，热情地伸出了双手。两个年轻人自我介绍："我叫李月星，同济的。""我叫柳泉，复旦的。早就期待着您归来。"柳泉一脸的热情，一脸的青春洋溢。辛之栋看着李月星笑着点头说："谢谢。"但是他面对着柳泉的面孔时却惊呆了！"你叫什么？""柳泉。"柳泉看着辛之栋的眼睛应声回答。"柳泉，柳泉……"辛之栋不错眼珠地看着眼前的年轻人，这个帅帅的小伙子怎么那么熟悉呢？为什么那么熟悉，熟悉的声音，熟悉的眼神，可是确实是不认识呀！辛之栋的头脑急速地运转着，可他就是找不到答案！"之栋，我们去取行李吧。"辛慕明看着儿子的脸色不对，就又对儿子说，"之栋，听说你今天随身的行李比较多，就请来了这两个小伙子。"辛之栋点头笑着，他带着大家来到自己的客舱，只见客舱里堆满了各种箱子和行李，木箱、纸箱、藤箱、皮箱、旅行包，连床铺上都有两个旅行包。"儿子，这一个月你怎么休息的？就这样在铺位上躺着吗？"母亲望着辛之栋，心疼地问他。"姆妈，就是这样一路回来了啊，不过床上这两个旅行包里全是不怕压的物品，头枕一个脚踏一个就回来了。只是地上的各种箱子要小心搬运，那都是精密仪器和化学药品，我的书籍都托运了，我们下船再取。唯有这些箱子我必须随身携带，损失不得，现在中国国内还没有这些先进仪器，以后工作上会用得到。"辛之栋一边对母亲讲一边看向大家。李月星用手试了试箱子的轻重，让他惊讶的是如此斯文的辛之栋是怎么把这些行李搬上客舱的？有的箱子可以说是死沉死沉的。

李月星轻轻地走到船舱之外，他到码头上，找了几个搬运工拿上绳子与撬棍，重新回到船上的客舱里。他叮嘱工人们轻拿轻放，又让夏晴和辛叔叔去岸上马路边等待，用了一个小时的时间才将这一堆贵重物资搬请出去，并搬上自家的汽车。东西太多了，装了一卡车，总算运到了辛家别墅中。

　　柳泉看着从美国运来的这些精密的医疗设备，不由得对辛之栋升起了敬佩之心。建国初始，各种物资都较缺乏，尤其是精密仪器，西方国家要比我国领先很多。辛之栋在哈佛学习多年，他知道最先进的设备能起什么作用，会给我国的制造业和医学界带来多么大的提升空间。想到这里，他不由得又看了看辛之栋说："辛教授，您是一名真正的爱国知识分子，您的归来一定会给医疗科学界带来春风！我在复旦上学，如遇到难题我能来请教您吗？"辛之栋望着眼前俊朗的男孩心中又是一震，他立刻回答："可以的，你可以随时来找我。我在哈佛时就已经收到了复旦的邀请书，他们将聘我做学校的博导，成立我的实验室。如果有机会，你可以来读我的博士生。"柳泉听了后激动地对着辛之栋就鞠了一躬，身旁的夏晴和李月星也向他伸出了大拇指。待将所有的物品基本归位后，大家便纷纷落座喝茶，厨房早就准备好了家宴，为归来的游子辛之栋接风洗尘。

　　趁着家人们喝茶的空隙，辛之栋去卫生间好好地洗了一个澡，洗去了一身的疲惫，换上一身比较休闲的白色运动装，一双白皮鞋，很优雅的样子走了出来。李月星一眼望去，和刚才在轮船上的辛之栋判若两人。只见辛之栋白净的皮肤，乌黑的头发有些自然的波浪，一副金丝眼镜架在笔挺的鼻梁上，两只眼睛大而有神，牙齿很白，嘴唇红润而富有弹性。这身白色的运动装衬着他挺拔的身姿，透着青春的活力。他伸手拉了一把椅子坐在柳泉身边，用熟练的英语试着和柳泉攀谈。柳泉开始一愣，反应过来后也用英语回答，两人一问一答，看得辛慕明很是疑惑，他对辛之栋说："儿子，你好容易回来了，能不能说中国话呢？你爹我听不大懂啊！""爸爸，您不是会英语吗？""英语嘛，现在我只会哈罗、OK、古的白，别的就不行了……"

听了父亲的回答，辛之栋笑着结束了与柳泉的英文对话，并与大家一起聊起天来。

辛家今天从锦江饭店请来了厨师，只为了让宝贝儿子归家后先吃上一口地道的川菜。儿子离家时间太长了，起初八年在四川陪伴爷爷，后在上海上学九年，日本人占领了上海后，他们灭绝人性，飞扬跋扈，恶意伤人！父亲辛慕明为了保护自己的儿子，便把他送到美国哈佛留学。那时的辛之栋铁了心要学医，要做医学博士！这一去又是八年。孩子离家那么久，又那么远，独自一人让父母很是心忧。如今终于学成归来，妈妈知道他一定想念家乡的美食。每一个四川人都有一个饮食习惯，就是独有的川味"麻辣鲜香"，尤其是热气腾腾的川味火锅，红油的漂动，羊肉与黄喉的香味入口，是辛之栋最爱的吃食。泡菜与叶儿粑也早就准备好了，吃家乡菜解相思，这满桌的家乡菜让辛之栋体会到了亲人们对他的爱和思念的亲情。就是这样，当美味上桌后，辛之栋一改刚才的儒雅，完全是一副大快朵颐的样子。四川菜，想了八年了。尽管美国也有华人餐厅，也有中国川菜馆，但那变了味的中国菜真的是让人无法恭维，而且中国菜价格奇高。说实话，辛之栋舍不得花钱，尽管他在读博士的时候便能开始挣钱，有了收入，但他却很节俭，从不浪费。他把挣的一大笔钱存了起来，在回国之前购买了胸透机、精密显微镜、心电图仪及内外科医生工作时所需的用品，以及大量的光胶片与化学药物。辛之栋是个有远见的人，他知道医疗器械样品的作用，更知道要想国之强大，首先要从人的讲卫生，未病先防，身体健康开始，才是强国强军的基础！东亚病夫的年代已经过去了，现在是中国共产党领导下的新中国，保证人民健康，驱除人体疾病是重中之重的首要任务。回国，报效祖国！时不我待。这是一个海外游子赤诚的心声与使命。如他一样，在这同一时期，许许多多的仁人志士纷纷抛弃西方国家的优厚待遇返回祖国，为中国的科学事业、经济腾飞和军事领域做出了卓越的贡献！而辛之栋便是其中一员。

辛家的团圆饭吃了很长时间，五个年轻人聚在一起谈笑风生，辛之栋给他们讲了许多西方的风情趣事，先进的、愚昧的、美好的、悲哀的，听得夏晴他们四人惊叹不已。而辛之栋的父母始终不插话，怕影响了年轻人的好心情。但是他们夫妻二人始终目不转睛地注视着自己的儿子，眼神中全是满满的爱。看着辛之栋父母的样子，柳泉也想起了自己扬州的亲人，他们也是这样爱着自己，也是这样对他牵肠挂肚，柳泉此时也想回扬州了，他也想突然地出现在父母的眼前，给他们以惊喜，然后他也给母亲一个大大的拥抱再叫一声："妈，我回来了！"

晚餐结束，辛之栋送走了表妹他们三人。虽然忙了一天，但他仍然与父母和妹妹有说不完的话，直到看着辛之菲打起了哈欠，眼皮开始打架了，辛之栋才对他们说："姆妈，你们也累了一天了，之菲也困得不行了，你们先去休息吧，我也去我的书房看一看，之后就休息了。姆妈，我的书房没人动吧？""怎么会有人动呢？只有我每周给书房打扫一次灰尘，平时门都是锁着的，任何人都不让进入。连你爸爸算上，我都不让他进去！"母亲看着辛之栋，她知道辛之栋的心事与担忧。

第三十二章　辛之栋的书房

　　辛之栋推开了书房的门，这么久了，在无数的睡梦中，他独自在这间安静的屋子里沉默不语，既不看书也不写作，而是站在西侧的那面墙前看着整面墙上的照片。照片排列得很整齐，画面取景也很漂亮。引人注目的是其中的几张人物照。这之中有一张是一个年轻漂亮的姑娘搂着一个可爱的男童。仔细端详，这个男童就是面前的主人公辛之栋，只是他已经长大了，成长为一个英俊儒雅的医学博士。辛之栋用手轻轻地抚摸着照片，抚摸着那个用双手搂着他肩膀的美丽姑娘的手。姑娘一身白裙，笑意盈盈地望向前方，被搂着的辛之栋开心地笑着，眼睛弯成了一道月牙，同样看着前方，那么前方一定站着他们最喜欢的人，否则怎么会如此开怀？他们周边有很多不知名的野花和绿树，阳光灿灿天空蓝蓝。辛之栋的目光又游移到了一旁挂着的那两幅合影上。这两张照片应该不是在四川拍的，它的背景是一座洋楼，这对年轻人站在楼前的庭院里，女孩仍然是穿的白裙，裙摆的低处有渐变的蓝紫色和一条金边，女孩笑靥如花，与男孩并肩站立，她将头斜倚在男孩肩上。男孩个子很高，风姿俊朗，彼时的他身穿一身白色运动装，很轻松惬意的样子，他面含微笑且有点羞涩地望着前方，应该说他们是一对璧人，看着就令人赏心悦目。充满想象的是为他们拍照的是什么人呢？为什么会让男孩的脸上有那种快意的羞涩呢？辛之栋是学医的，很善于研究人的心理，此时的他面对照片，忽然产生了心中的好奇。另一张合影是这两人背对背地坐在青青的草地上，不远处有一个石雕的小爱神，旁边有小小的喷泉，这种环境设计和自家的庭院有些雷同的味道，难道他们的家也在上海吗？可是他们当年是在四川呀！只恨自己当初没有问清他们的来历，更不知他们的真实姓名和家乡地址。他们为了救自己而被泥石流掩埋，牺牲了年轻宝贵的生命。是那个突发的泥石流扼杀了他们的爱情与生命，也给辛之栋的心里留下了无法愈合的创伤。当年是爷爷和乡亲们帮助自己给救命恩人立了碑，可是却无从查起他们二人的背景，无法对他们的亲人给予交代。二十多年来，想起这些辛之栋就无比难过，负疚之心时时刻刻侵扰着他。那年他刚满八岁，因他的幼稚贪玩，害惨了面前这两个哥哥姐姐，以致让他们现在仍深埋在四川的大山中。想到此处，泪流满面的辛之栋又一次地跪在了地上。他抬起头望着他们，照片上的男女仍旧微笑地看着他，就像那天一样哄他开心，教他拍照，牵着他的小手，环着他的双肩和他一起开心地大笑。二十年了，如果他们在人间，早就该有了自己的儿女，早就事业有成了。"都是因为你！都是因为你！"辛之栋拍着自己的头，悔恨的眼泪又一次流了下来……

辛之栋的书房从来不准许外人进，不许外人帮他打扫，他害怕别人惊扰他的救命恩人！唯有母亲是个例外。辛之栋最信任的人是爷爷，可爷爷在四川，不能长期在上海陪伴他。父母知道儿子的心事，知道他心中的创伤，总是想方设法地开解他。父母对他有过承诺，帮他找到恩人的家，给人家一个交代。想一想如果自己的儿女无故失踪，父母又会多么地着急悲伤？他们是舍己救人的真君子，竟会如此地被埋深山之中，家人不知他们的去向，他们是多么冤屈啊！被救的无法报恩，恩人的家踪迹难寻，这让辛之栋和家人内心痛苦不堪。辛家人本性善良，知恩图报，但他却对恩人无以为报，惭愧与悔恨交织于心。每当这个念头升起时，辛之栋就会在书房内顿足捶胸，就会对着照片上的哥哥姐姐诉说自己的心声，之后大哭不止。妹妹辛之菲知道此事却不敢作声，从来不敢进他的书房里玩儿，表妹夏晴常在他家居住，最多也就是开个门缝偷望一眼。只有母亲，那疼爱自己的妈妈，把他搂在怀中轻轻拍打，为他擦去伤心的泪花，许诺要找到他们的亲人，辛之栋才会流着泪水沉沉地睡去。自此十年之间，父母见他总是忧郁，便商量着让他去美国留学，换个环境，打开眼界，孩子才能振作起来。就是这样，辛之栋踏入了异国他乡，寻求科学知识。辛之栋是孤单的，尽管在美国有自己大姨一家在照顾他。今天，他又回来了，重新站在救命恩人的照片面前，他们互相注视着。辛之栋在心里念叨着对他们说的话，汇报着自己的成长。为了纪念，他身上穿的是与流泉大哥当年身穿的同款式的白色运动装和轻便的棕色皮鞋，其中的含义只有他自己晓得。

有人在轻轻地敲门，辛之栋一下子惊醒了，睁眼一看有些发愣，但立即清醒过来！这是上海，他自己的卧室，自己的家，他确实回来了，而不是在美国哈佛的独居内。他擦了擦眼睛翻身下床，戴上眼镜后拉开了门，是妈妈叫他，全家人在等他一起吃早餐。

辛之栋迅速地洗漱后走下了楼，父母与妹妹已经坐在餐桌前等他。他抱歉地微笑了一下，坐在母亲的身边。早餐准备得很全，因为不知道辛之栋现在的饮食习惯是否改变，母亲特意吩咐厨房中西兼顾地摆了一桌。辛之栋快乐地说："啊！好丰盛呀！我吃什么好呢？""哥哥，我给你盛两个汤圆行吗？""行，再来油条，再来阳春面。"辛之栋回到家中，彻底地放松下来，开始大饱口福了。想念好久的家乡美食，四川的、上海的应有尽有，母亲让人准备了很多。看着孩子吃了不少的东西，父亲辛慕明总算是放下心来。他放下了碗筷，对儿子说："之栋，我先去公司处理点儿事情，晚上早点回来，咱们爷俩再好好聊天。你今天要好好休息，在海上漂泊二十多天，应该非常累了，补补觉吧，倒倒时差，睡上一睡，精神会好很多。""爸您放心，我已经缓过来了！"辛之栋望着父亲，嘴里仍在不停地吃着，好像要把这些年的亏空补足一样。"你走吧，家里有我和之菲呢，你就放心好了，之栋这回不走了，守在你的身边了！"母亲满足地看着自己的一双儿女，眉梢眼角全是笑意。

饭桌收拾干净，辛之菲趴在桌子上看着哥哥，她不错眼珠地盯着他，辛之栋见她这样，以为自己脸上沾了什么东西，他擦了擦脸后便问道："我脸上有什么东西吗？""没有东西，只是我觉得哥哥风度翩翩，你在哈佛，是不是迷倒了很多学妹？我有没有未来的嫂子呢？"辛之栋听妹妹这样问，看了看她说："你是不是有话要对我说？先来试探我的军情，你先说说你的事，女孩子到你这个年龄也不小了，可以成家了！"辛之菲听后笑着说："哥，你先说你的事儿，然后我再告诉你我的事儿，咱俩互相帮助好吗？"辛之栋听妹妹这样讲，看着妹妹眼中的诚意与期待，他笑了一下说："我在哈佛这八年，真的没有时间恋爱，也没有碰到对的人。我的时间都用在做实验，找数据，开发新药上了，哪里有工夫谈恋爱呀！"辛之菲听后又问："你讲实话，难道就没有遇到你喜欢的人？一个也没有吗？八年时间哪！我不相信你就没有想爱的人，而且你长得这么玉树临风的！"辛之栋听妹妹吹捧自己倒先乐了："之菲呀，我确实没有交女朋友！没来得及娶妻。但是我有一个对我很好的学妹，长得很好，可惜她是美国人！一头黑发，大大的眼睛，长得有点儿赫本的味道，那是一个热情的姑娘，火辣的性格。可是因为新中国与美国没有建交，我便压下了这份情感，假装不懂她的意思。我因为立志学医报国，学成是一定要回国的，俗话说叶落归根。所以我就坚决不找女朋友，只为能轻松地回归祖国的怀抱。但是在分别的前夕，最后的三天，我和她真正地恋爱了，我又留下了深深的遗憾！没有办法呀！我虽然爱她，但是我却无法将她带回中国，她知道我还有一份未了的心愿，就是找到我那救命恩人的亲人，让他们魂有所依。这是我今生最大的心愿，我不能做忘恩负义之人吧！"辛之栋向妹妹讲了心里话，两个人都沉默了起来。稍后，辛之栋望着妹妹问道："之菲，我的告诉你了，你怎么样，谈恋爱了吗？""哥，我告诉你，我谈恋爱了，而且我们深深地爱着彼此，只是爸爸妈妈有顾虑，不太满意，我可真是烦透了！哥，你要帮我！"辛之菲望着哥哥，一副求助的眼神。辛之栋看着自己的小妹，他去美国时妹妹还是个中学生，现在已经是一个亭亭玉立的大姑娘了。妹妹长得像极了母亲，只是性格与自己相反。辛之栋性格沉稳，少年时便像个小大人，规规矩矩的特别懂礼节。而妹妹辛之菲自小便热情如火，单纯可爱。她像一只快乐的小鸟，一双美丽的大眼睛忽闪着，长长的睫毛低垂时，会让你对她充满了怜爱，她单纯而没有心机，微笑时的嘴角上扬，犹如盛开的玫瑰。从小全家就对她极尽宠爱，而她也如蜜糖一样甜在大家心里。父母对她一向百依百顺，那么她的爱情家里人为什么会不同意，持反对意见呢？辛之栋想到这里，便笑着问妹妹："那个男生什么学历？是你的校友吗？是不是家里穷，爸妈看不上？""哥，全不是，那个男生叫安翔，是个空军飞行员，已经是上校军衔了。他是上海本地人，打日本时他就是战斗英雄，后又参加了两航起义，共产党人。哥，我好佩服他呢！"辛之菲激动地告诉哥哥。"这条件很好呀，为什么爸妈不同意呢？不会是你单相思吧？傻丫头……"辛之栋笑着端起手中的茶杯，一看水不多了，便欲起身加水。旁边的辛之菲看见后马上起身拿起桌上的暖水瓶给哥哥加满。辛之栋很享受这种亲情，多年的孤身在外，哪里有人这么贴心照顾自己，昨天今日，他真的体会到了家庭成员之间的温暖，一杯热茶就似一股暖流温暖了思乡的游子。

辛之栋看着自己的妹妹，听她对自己讲她与安翔的相识过程，他惊讶地睁大眼睛，看着热情奔放的妹妹，对她与飞行员之间的爱情发出了真挚的赞叹！闹剧一般的开始，惊险果敢的续片，完美无瑕的爱恋！就是这样美好的爱，为什么父母亲对此事不看好呢？妹妹是父母的掌上明珠，一向对女儿言听计从，这次出言反对一定有他们的道理。他对辛之菲说道："小妹，如果像你说的这样，哥哥完全支持你伟大的爱情。但是不被父母支持的爱情是有缺憾的，因为任何父母都是最爱自己孩子的，总是在为自己的孩子着想更多。我可以帮助你和父母解释，取得他们的支持。还有，飞行员的父母对你是什么态度呢？"辛之栋看着妹妹问道。"哥哥，我去过他们家几次，他的父母待我很好，你放心吧。"辛之菲非常肯定地回答着。"那好，过些日子你约飞行员和我见见面，让哥哥为你把把关。"辛之菲听了哥哥的话，跑过来亲了亲哥哥的脸，开心地笑了。

这几天辛之栋开始陆续收拾自己的行李，分门别类地开始摆放。他带回来的书籍繁多，以及各种教科书式的临床诊治的资料，懂得人全明白，这是付出了多少心血积累的经验。在导师的眼里，他就是一个稀世奇才，他稳妥、智慧、仁爱、勤奋，导师反对他回国，认为他留在美国更能发挥他的才智，他应该用科学的研究成果普世济世，而目前中国还很落后，他的才能在中国无法得到充分的发挥。哈佛给他开出了很好的年薪待遇，但是这些都被辛之栋拒绝了。他很感激自己的导师和同事们，是他们的鼓励和帮助自己才有了目前的成果和影响，但是新中国在召唤他，他是中国人，应该为建设新中国而增砖添瓦。于是，他回来了，心中装着西方的医学成就和科学理念回来了，只为着当初爷爷叮嘱的那句话："不为良相，就做良医。"

辛之栋回上海后，很多医疗单位和院校向他伸出了橄榄枝，但他依照承诺还是选择了上海复旦大学，因为这所学校的医科是有临床教学任务的。辛之栋认为搞医学研究必须付诸实践，治病救人与未病防护应该同等重要。要想让中国人健康起来，应该从孩童未生之前开始基础保护，生健康的孩子，走防护的道路。早期治疗，晚年关怀，一切都要人性化，中西医结合的道路也要坚持走下去，一定是一个利国利民的好事。他的思想既前卫又保守，就像海纳百川一样，见解独到，思维独特，兼容并蓄。就是这样，他与学校协商好，在新的学年里他开始招收他的研究生，一共招收十名，并创立新的实验室，学习与实践相结合，在医学领域进行深耕。报考的学生很多，其中就有那天去码头接他的年轻人柳泉。柳泉是一名好学生，也是当年扬州的高考状元。但是他是跳级考试，进入复旦时年方十四岁，被扬州的教育界称为神童。如今的柳泉已经十八岁了，正是人生最好的年华。自从那天在李月星的带领下与夏晴姐姐和辛之菲一同去码头接辛博士回国，在和辛博士的一番交谈后他对辛博士佩服得五体投地。那天他回学校后兴奋得睡不着觉，在床上翻来覆去地折腾，同室的三个同学从来没见过他这样，便坐起来开始和他聊天："柳泉，你怎么了，在床上穷折腾什么？是不是遇上漂亮姑娘了？"上铺的蒋亮听到柳泉反复地翻身，他被吵得睡不着了，便从上面出溜儿下来，他站在柳泉面前低头看着他。一旁铺位的刘志勇也是睡不着，看柳泉和蒋亮在说话，也顺势坐了起来说："柳泉你也交女朋友了吧？是哪个中学的女孩呀？你总不会在咱们学校寻一个姐姐吧？"说着便嘿嘿嘿地笑了起来，这三个人一聊天，吵得上铺的万钢也将头探了出来说："你们说什么呢？咱们屋大男孩搞对象了？是谁？快点交代！"本来安静的宿舍，突然之间活跃起来。柳泉被吵不过，索性坐了起来说："哎呀！你们说的是什么呀？谁搞对象了？是你们才搞对象了呢！你们三人都有女朋友了，你们还说我呢，我是不喜欢搞对象的！""你没搞对象自己在床上瞎翻身做什么？说，是不是想女孩子了？"蒋亮用手按住柳泉的肩膀，笑嘻嘻地问他。"对，对呀！给大家交代一下，为什么老翻身？想什么呢？"刘志勇与万钢也在一旁起哄，柳泉见他们三人不依不饶地和他开玩笑，他知道自己若是不说出点什么来，今天肯定是过不了关。这就是年轻的大学生们，精力充沛，思维活跃，当然这也是人生最好的时光。

柳泉看了看他们三人，故作神秘地招了招手说："我知道了一个重大的消息，特大的好消息！有关人生转折的，像晨霞初起一样美丽的消息，就是不告诉你们！"柳泉说完后立即趴下用被子盖住了自己。蒋亮他们三人愣了一下，立即反应过来，一跃而起就扑在了柳泉身上，掀起了他的被子开始胳肢他的肚子，挠他的脚心："说！什么秘密，什么重大的消息像初起的晨霞？""快说，不说今天让你乐出屎来！""说！说不说？不说就让你笑出尿来！"四个人滚到了一起，差点将这个铁架子床铺给弄塌了。柳泉笑得上不来气，他只好向大家求饶了："大哥们，停！停！我说，我全招！"看柳泉求饶了，三个伙伴才将柳泉松开。柳泉笑着狡黠地看了看他们三人，"是这样，这真是一个特大的好消息！绝密消息！你们要想知道，想让我告诉你们，你们三人就要供着我！你们每人给我买一天的好饭，我就说！"柳泉此时气贯如虹，目不斜视地望着前方。其实他身体是在硬挺着，防备着他们三人再一次挠他的脚心和胳肢窝，这种痒痒太难受了！但是他心里很快乐，同室四年他们像亲兄弟一样。这也是柳泉今日辗转反侧的原因，这件事还没有在复旦和社会上公开，此事还处在秘密阶段。相信辛之栋博士招研究生的消息一经公开，必然会在医学界引起轰动，报考的人一定会很多。报名在前面的一定会有先机，自己知道了这个消息后如果独吞，柳泉觉得对不起同室的三个哥们儿，说了又怕他们嚷嚷出去。经过再三考虑，他还是决定告诉大家，因为机不可失，时不再来呀！

柳泉把今天的消息告诉大家后，蒋亮他们确实震惊了。因为辛之栋在医学界赫赫有名，复旦的导师们经常谈起他，柳泉他们也在医学杂志上多次读到他的论文，对辛博士独到的见解都很佩服。只是苦于远隔万水千山，不能亲自领教。如今博士归国，并开堂授课，有谁不愿意亲耳受教呢？何况现下准备招生，想一想就会知道竞争会多么激烈！辛博士在哈佛学习工作八年，对中国的学生不熟悉，招生全凭学校推荐与学习成绩，那么在同等的条件下就看报名的先后次序，报名在前面的肯定受益啦！柳泉把想法向蒋亮他们说了以后，他们都特别激动，决定明天一早便去找校长提前报名，争取经过选拔成为辛教授的博士研究生。这一晚，四个人都没怎么睡觉，上下铺被翻身弄得咯吱咯吱响，天很快就亮了，他们四人真的在校园看到壮丽的晨霞初起，共同期待着人生的转折。但他们都没说话，心知肚明地有什么好说的呢？

终于到了早上八点钟，他们敲开了校长室的门。校长望着眼前齐刷刷的四个小伙子，尤其是看到了柳泉，他很欢喜也很奇怪。"校长，早上好！""柳泉，你们有什么事？这大早上的都到校长室来！"柳泉说："校长好，我们四人一起来报名。""报名？报什么名？""校长，我们想报归国博士辛之栋的医学研究生。""哦？你们怎么知道的？文件还没有下达呢，就开始报名啦？""校长，总之我们四人都想继续留校深造，请校长帮助我们，给我们一个机会。"一旁的蒋亮插嘴说。校长沉思了一下说："你们四人既是同班同学，又是同住一间宿舍吧？现在又想共同深造，这其实是一件好事情！只是学校可以推荐，人还是要由辛博士来选，愿你们都能有好运气！""谢谢校长！校长放心，我们都会给复旦增光添彩的，因为我们都是复旦培养出来的!"刘志勇看着校长，很激动地向他表着决心。看他们四人这个样子，校长也很开心，他也年轻过，也曾经如此地青春洋溢激情满怀，也曾经和室友一起共同求学，相互帮助，柳泉他们让他想起了自己的青春时代……于是，校长拉开抽屉，找出一张八开的白纸，在纸的上面写了一行字：辛之栋博士医学研究生报名表，按先后次序，柳泉、蒋亮、刘志勇、万钢，他们四人先后报名，签字。

走出校长室，四人互相看看，他们沉住气都没有说话，但当走出大楼来到树下，他们开始一起欢呼："幸运！幸运！万事俱备，只欠东风！"他们的欢乐惊动了树上的鸟儿，高大树上那几只喜鹊聚在一起开始了回应，它们高声欢鸣，应该是在向柳泉他们道贺。

第三十三章　往事如烟，爱植心田

辛之栋博士归国后在家休息了几天，立即返回故乡看望祖父，更是去凭吊救命恩人。孙子回国的消息让爷爷激动不已，通过长途电话后老人家便一直期盼着他的归来。一晃十天就过去了，辛老先生终于见到了日思夜想的孙子，他不禁老泪纵横。他已经在学堂的大门前翘首以待了两个小时了，他不知远方归来的孙子变没变样子，快十年没有见到他了，人生能有几个十年？辛家是一脉单传，孙子是他的命根子！自那年出事至今整整二十个年头了。孙子去美国留学之前曾经回来看他一次，向爷爷告别，并一起去救命恩人坟前跪拜辞行。孙子走后，老先生一直在担心，怕他在国外学成后结婚成家，不再归来。如今，孙子没有辜负自己的热望，像他父亲一样带着西方的先进文明回来了，归来报效祖国，这使辛永泰老先生长舒了一口气。孙子还没有登上台阶，爷爷早已迎了上去。没有语言，只是拥抱在了一起。只是爷爷心中的滋味不同了，当年抱着孙子时，他是小小的孩童，现在抱着他，已经是搂不住了，孙子已经是一个高大的、风度翩翩的医学博士了。辛老先生激动得嘴说不出话，任思念孙子的眼泪在脸上纵横。被紧紧拥抱着的辛之栋没有伸出手来替爷爷擦泪，他很难过地用自己柔软的双唇来吮吸着老人的泪水，这咸咸苦苦的泪在舌尖上，有点像他初入异国，独自一人在深夜里思念爷爷和家人时那泪水的味道，是的，一样的苦涩！今天他真的是游子归乡了。

辛之栋随着爷爷走进堂屋，屋内的摆设丝毫没有变化，在这里有迎接他归乡的学堂老师和幼年时的玩伴。当年的教书先生们现在已经开始变老了，花白的头发，脸上也有了很多的皱纹，而当年自己的玩伴现在长成了汉子，他们看稀罕似的目光在盯着自己！辛之栋需要仔细辨认才能叫出他们的名字来。看着迎接自己归来的至爱亲朋，他笑着先给学堂先生们行礼，他向先生们深深地鞠了一躬之后回转身看着那一群巴蜀汉子，这是他童年的玩伴呀！他们曾经打闹在一起，曾经一起放过炮仗，曾经一起钓过田鸡，还曾经用墨汁互相画过花脸。现如今，他们竟然看着自己不说话！"是要拿我当外人吗？"辛之栋此刻心绪难平，他望着当年的小伙伴们，用川音说了一句小时候总爱骂的一句话："我笑你个瓜娃子来……"声音刚落，对面的男人们全笑了，气氛顿时活跃起来，他们开始互相撞打、笑骂，没有了刚才的距离感。

接风的火锅宴在欢乐的氛围中结束，乡亲们都对辛之栋大加赞赏，说他自小就有出息，现在学成归来，成了中外有名的医学大博士，还没有摆架子，为咱们这巴蜀之地增光添彩，让乡邻们都随着扬眉吐气。

送走了热心的发小们，又恭送学堂里的教书先生走后，这里才开始安静下来。辛之栋与久别的爷爷促膝交谈，就像年幼时的样子，他梦里经常出现过这个情境。只不过那时多是爷爷对他的叮咛，今天则是爷爷细心地听他在讲国外的见闻故事和历险情节。他们说着说着，忘记了时间，院子里的公鸡开始叫了，天已经蒙蒙亮了。爷爷让他赶紧睡上一觉，孙子舟车劳顿已经一天一夜了，爷爷是真的心疼他。可是乡亲们的热心是不能拒绝的，所以孙子归家后一分钟也没有休息，就开始了待客，这也是巴蜀之地的淳朴民风，也可以说入乡随俗。总之是孙子没有给辛家丢脸，他辛永泰今天是扬眉吐气，他一直是一个坦坦荡荡的真君子。

一觉醒来，时间已经是中午了，爷爷让厨房给辛之栋准备了他最爱吃的地道川菜，东坡肘子、太白鸭，再加上那麻辣鲜香的夫妻肺片和麻婆豆腐，辛之栋大饱口福，竟然就着菜吃了两碗米饭。"太香了！爷爷，这菜我都想了十年了，今天终于解馋了……"辛之栋打着饱嗝，像少年时一样拍着肚子，笑嘻嘻地看着爷爷。爷爷看他吃得高兴，便趁机说道："这回在家多住几天吧，一来陪陪我，二来也休息休息。在上海吃川菜，怎么也找不到巴蜀的味道不是？因为水质的不同，材料也跟不上，这回好好地休整一下，再回来又不知会是哪一年呢！爷爷老了，还想和你多摆摆龙门阵呢……"辛之栋听爷爷这样讲，心中也是一阵悲凉，他安慰老人道："爷爷，您放心吧，我会常回来陪您的。如果将来有机会，成都这边建大医院或医科大学，我也会申请到这边来工作。我是爷爷拉扯大的，我也是喝巴蜀的水长大的。学成归国，就是要让我的祖国，我家乡的人民脱离病痛，治病救人的。您不是说过吗：不当良相就做良医，叶落是要归根的！"孙子的一番话让辛老先生感动不已，他看着辛之栋的眼睛说："你不要这样为了我跑来跑去的，在大城市工作好，条件也好，见识也多。你是医学博士，要学以致用，在大学里可以多教教学生，桃李天下！俗话说得好，桃李不言下自成蹊。我们辛家世代忠君爱国，体恤乡邻，到了你这一辈儿应该更要发扬光大，咱们一代更比一代强。"辛老先生看着孙子的脸，眼前的他是那么地俊朗出众，比他的父亲辛慕明长得更加帅气，只是这么好的孙子至今还没有结婚，单身至今。这让祖父实在不解，难道这么多年他就没有遇到一个可心儿的人吗？而且昨夜孙子对他无话不谈，唯独不说自己的情事，辛老先生见他有意避开这个话题，也就不好深问，但是他实在是担心呀！辛家世代单传，总不能在这一辈儿绝后吧？老先生心中暗自思量，他要在孙子离开之前与他深谈一次，看看这其中到底是什么原因。也许能够像他小时候一样为他打开心门，让孙子的心彻底敞亮起来。

新的一天来到了，辛永泰将陪孙子做他最重要的事情：去山里祭拜他的救命恩人，那一对为救辛之栋而被泥石流掩埋的年轻人，那个叫流泉和安蝶的学生。二十年来，每到清明节和寒衣节之时，他都会代孙子上坟，摆上供果，替孙子祈祷一番。而且二十年来他也一直在打听他们俩的来处和人口失踪的信息。这其中经过了朝代的更替，那就是新的中华人民共和国的建立与旧的中华民国的垮塌。现如今中国的老百姓们在共产党的领导下日子越过越好，安居乐业，生活幸福，没有了战争灾难。只有经过战争洗礼的人们才会知道和平的珍贵，辛老先生就是这种人。他在巴蜀之地德高望重，所以他经常对学生和乡邻们讲爱国的道理与重要性，给大家多方面的启迪，正因如此，他被众人拥护。

辛之栋与爷爷一起向山里走去，后面跟随的校工用担子挑着供品，一行三人步行了一个多小时后终于来到了那座古亭。辛之栋上次向他的恩人们辞别是在十年之前，现在他重回此处，心中更是感慨万千。二十年前他才八岁，快乐又顽皮。活泼好动的他在山坡上乱跑，以致当灾难来临时他又手足无措地站在流动的泥沙中，他当时被吓傻了，当安姐姐呼唤他时他要是跑向她那里就不会有生命危险，可是他那会儿只觉得脚下地在动，他开始还觉得挺好玩的，后来看到有泥石流了过来，他便开始惊慌失措了。危急关头，安姐姐呼喊着跑了过来想拉着他跑，但他却吓得一动也不敢动，安姐姐见他不走，便把他抱了起来，想跑出泥石流的地带，但是泥沙越来越多地流了过来，安姐姐拼了全力才把他扔了出去，刚好落在了泥石流的边缘地带，是干燥的地方，此时那个叫流泉的大哥从上面跑了下来。辛之栋至今记得清清楚楚，大哥想踏入流动的泥石中拉安姐姐，但安姐姐却命令他把自己放在安全的地方。流泉哥哥无奈地抱住自己往山上安全的地方跑，然后又反身回到安姐姐救他的地方去找她，之后便消失了。他当时看得很清楚，但随后便被摇晃的大山给弄倒了，他趴在地上哭的时候，老天爷也哭了，后来他便什么都不知道了，应该是吓晕了过去，直到爷爷和乡邻们的喊声叫醒了他。

　　往事历历在目，清清楚楚地在眼前浮动。辛之栋站在青墓碑前，用手擦拭着上面的文字，他的心在绞痛，泪眼模糊之间一片烟雾飘了过来，笼罩在这块凄凄然潸潸然的土地上。辛之栋喃喃诉说之际，一只美丽的白蝴蝶突然出现在了高大的青石碑上。蝴蝶认真地看着辛之栋，忽然它亮亮的眼睛上也有了泪光。当辛之栋面对着它充满惊奇时，蝴蝶却展翅从墓碑上飞下来，直接落在辛之栋擦拭墓碑的手上，定定地站在那里与他四目相对。突然之间，辛之栋想起了当年，也是在此处，也是他在向恩人哭诉之时，有一只蝴蝶落在他的手上，并跟随着他和爷爷回了家。在他离开家上车的一刹那，蝴蝶围着他绕了一圈，它和他告别。那次他哭得不能自已，上气不接下气，他想将蝴蝶带走与自己做伴，但蝴蝶却是来向他告别的，送君千里，飘然而去。是爷爷的解劝，他才知道蝴蝶有自己的家，它的家就住在那座大山的古亭子里，他这才平静下来。今天，美丽的蝴蝶又来看他了，它还是用它的翅膀来为自己拭泪。一阵烟雾飘过，天空湛蓝湛蓝的，有微风吹过来，蝴蝶走了。往事难道会如烟飘去吗？辛之栋站在朗朗的蓝天下，绿树前，他对着高大的青石碑说："哥哥姐姐，我会永远记住你们的，绝不会辜负你们给我的生命！"他倾吐完自己的心声，便和爷爷一起走下山来，他回头再一次张望之时，见到了那只蝴蝶在山间起舞，应该是在与他道别吧！

辛之栋回到巴蜀故乡已经是第四天了，再有两天他将返回上海，因为复旦大学已经开始催他了。自从他决定来复旦工作，并成立教学实验工作站的消息在学校与社会上公开后，引起了一股辛博士的热潮，慕名求学的人成百上千，而在之中挑选十名研究生更是让学生们绞尽脑汁地想尽一切方法来实现自己的愿望。学校希望他能尽快就职，所以辛之栋情不得已决定再陪爷爷两天，之后便回上海。辛之栋知道爷爷本是一名以事业为重的人，绝对不会拖他的后腿，肯定会支持他尽快地入职，发挥自己的特长。但是今天爷爷对他与往日不同，几次欲言又止，好像有什么心事要对他讲。辛之栋看着爷爷一次次地端起茶碗，一次一次地放下。一次次地看他，又一次次地将眼神转过。"难道爷爷有什么难言之隐吗？"辛之栋心里升起了这个念头，他站立起来，看了看最疼爱自己的爷爷，爷爷已经是白发苍苍了！"爷爷，您是不是有事要对我说，您和我还有什么藏着掖着的？"看着孙子孝顺的样子，辛老先生才放下心来。他之所以不敢向孙子提问，是怕他嫌弃自己头脑封建，生怕孙子留洋回来，对东方文化有鄙视之心。听说西方国家的人有的奉行独身主义，有的热衷丁克家庭，还有的更可耻，奉行同性恋，并可以同性结婚。想想这些辛老先生便摇头叹气，伤风败俗哇！他特别怕孙子也受其影响，所以他早就想问问辛之栋的婚姻问题，这男大当婚，女大当嫁，自己的孙子可是怎么想的呢？

此时辛老先生咳嗽了一声，又喝了一口茶，他鼓起勇气看着孙子的眼睛说："之栋，我一直想问的是，这些年你有没有中意的姑娘，什么时候结婚？咱们辛家可是一脉单传呀，如今你也快三十岁了，爷爷老了，想亲手抱一抱自己的重孙子呢！要是还没定下来，就抓紧在上海找一个，或者我托人给你找一个大家闺秀，能够配得上我这个博士大孙子的姑娘！"辛老先生带着祈求的目光望向孙子，期待他的回答。这回轮到辛之栋沉默了，他略停了几秒钟后开口说："爷爷，您不用为我操心，我心里有数。我在哈佛留学时因为学习忙，社交范围也不广，所有时间都放在了实验研究上，所以就没有时间来谈恋爱。但是在决定乘船回国后的最后三天里，我突然就恋爱了，而且是深深的爱恋，永不言弃的水晶一般的爱恋！"辛之栋坦诚地望着他的祖父，那个视他为生命的老人。"为什么？为什么只爱了三天就那么深沉呢？这不像你的性格呀！"爷爷看着辛之栋不解地问道。"爷爷，是这样的：这个女孩叫艾莲芝，她是我的同学。她的祖父是美国人，祖母是中国人，而且也是上海姑娘。她有着四分之一的华人血统，因为祖母姓艾，所以就为她取名叫艾莲芝，很有些中国汉族的意味。因为混血，所以她长得特别漂亮。但是这个艾莲芝又特别地单纯，大大咧咧的毫无顾忌，所以在班里很受男生的喜爱。我内心也喜欢她，但是却一直把她当成兄弟来对待，从来没有想过那种男女之间的爱恋之情。可是艾莲芝却对我特别好，她总是和我开玩笑，哄着我开心。可是有一次在动物实验室，我在给做试验用的狗注射时，却没有发现狗笼子没关好，那只狗从笼子里蹿出来，狠狠地向我扑过来。狗瞪着猩红的眼珠子，张着大嘴就要咬我，是旁边站着的艾莲芝冲过来挡住了狗的脖子，并喝止了它。那只狗被艾莲芝和另一个同学按着关进了狗笼并上了锁，我才算定下神来。其实试验狗平日是不咬人的，那天这只狗看我要拿针扎它就急了眼，它恨透了我，趁着笼门虚掩就冲了过来想要给我一招封喉。唉，这就是动物的本能，谁让我手持针管要扎人家呢！"辛之栋轻松地向爷爷讲述着，但是辛老先生却紧张得张大了嘴："后来呢，后来你还敢给狗打针吗？""当然敢！这是学习的一部分，只是想起来后怕，结局不可想象。人总是由恐惧到自然，经的多见的广了，习惯就成了自然！"听着孙子平淡的讲述，辛老先生还是紧张得出了汗："后来呢？后来怎么样了？""后来就是艾莲芝在工作完成之后得意洋洋地对我说：她是我的保护神，让我以后一定要好好地对待她，真诚地对待她！并说上帝早已经安排好了我俩的命运，说我的名字叫辛之栋，而她的名字叫艾莲芝，说白了就是上帝派她来到我的身边爱我，怜我，爱怜之栋也！"辛之栋此刻很幸福的样子，他向爷爷娓娓道来，讲述着那段纯真的热烈的爱情，虽然他那时没有现在这么深的体会。爷爷听着辛之栋的讲述，也开心地笑了起来："好一个聪明的姑娘！你继续说，后来怎么样了？""从那次后，我和艾莲芝的关系确实比以前好了，但是我还是没有恋爱的心思，因为我毕业后肯定是要回中国的，而艾莲芝的父母兄弟全在纽约，她也不可能和我一起回来，所以我一直冷淡她。"辛之栋脸上充满了遗憾，他在惋惜自己的年轻不懂事，他的神色有些悲伤，语气开始凝重起来，"有一天，我得病了，呕吐伴随着发烧，后来我又开始了上吐下泻，肚子和胃部疼痛难忍。我开始回忆自己在饮食方面哪里出了问题：早餐没有吃，因为头天夜里睡得很晚，一直在写实验报告，找各种数据，写完报告后又仔细地检查一遍，时间已经是深夜三点多了，距离天亮也就还有两个小时，我赶紧睡了下来。起床后匆匆洗了把脸就向科研所跑去。实验报告通过了，已经到了午饭时分，我又匆匆跑回宿舍，准备拿饭盒去餐厅打饭。因为饥饿，我就把饭盒里头天剩的牛肉和菜几口吃掉了，又顺手拿了一段凉的香肠填入嘴里，准备下楼买饭。这前后也就有几分钟，我的胃却剧痛了起来。紧接着我就跑向了卫生间，开始了上吐下泻。一切来得那么突然，疼痛竟然使我站不起来，就连裤子都无法提起来了。我冷汗直流，眼前发黑，疼痛让我看不见眼前的东西。这样坚持了几分钟后，我又恢复了意识。我听到屋里有脚步声和艾莲芝在叫我的名字。我拼命地从马桶上站了起来，提上了裤子，我只觉得眼前一黑就失去了知觉。等我醒过来时看到艾莲芝用一辆平板小车拉着我在飞跑，旁边有另一个女同学用手护着我，我就这样被送进了校医院。经过验血和拍片，我被确诊为急性重症胰腺炎，差一点就要了命，回不来了。给我看病的是我的导师，给我注射的是我的同学，就是艾莲芝，是她又一次救了我。得病后我半个月水米不能进，全靠药液维持生命。病魔退去，我的体重由一百五十斤降到了九十几斤，完全地脱了相！爷爷，您知道那时候我是多么想念您吗？当我从昏迷中醒来，我就在想：我不能死，爷爷在四川等着我回去呢！我不能死，大哥哥大姐姐为了让我活着替我去死，我还没有找到他们的家人呢，我不能死！因为有了这种信念，我才活了过来！也因为艾莲芝对我的及时救助才让我脱离了危险！"辛之栋动情地向爷爷讲述着他在美国的八年中所发生的事情。那天艾莲芝是为了庆贺辛之栋的实验报告论文顺利过关，而在餐厅买了一大份美味的牛排送给他吃，没有想到美味牛排他没能吃上，艾莲芝却在最关键的时刻救了他的命！

辛之栋经此事后对艾莲芝是无限感激和无比地顺从，可她仍然像往常一样微笑地对他说："看看，我就是爱怜之，你不服也得服！"但是辛之栋却不敢和这可爱的姑娘谈恋爱，不是他不爱她，是非常爱她而且从心里崇拜她！只因为要回中国，回到生他养他的土地上。爷爷听着他的讲述，也是无比地感动，对那个美国姑娘内心充满了感激。他对孙子说："这么好的女孩，你为什么不追她，将她娶回来呢？"辛之栋悲伤地望着祖父，好久才回答："我怎么会不爱她，但她是美国人呀，我是不能和她结婚的呀！和她结婚后我就不能回国了，中国不允许自己人和外国人通婚呀！"辛之栋的一番话让爷爷立时明白了孙子的苦衷，为了不给对方造成痛苦，孙子这种做法是对的。但是，做法的正确性却有悖于人性，相爱的两个年轻人心中是多么地无奈和凄凉呀："之栋，你有她的照片吗？要是有就让爷爷看看，我孙子爱的人肯定是世界上最好的人！"辛老先生动情地看着孙子从内衣口袋的皮夹里掏出了一张二寸照片，是一张完美的全身照。照片中的女孩个子高挑，一头棕黑色的头发波浪般地披在她秀美的肩头，大大的眼睛充满了神秘的笑意，洁白的牙齿在柔美的红唇中闪光，"太漂亮了！之栋你的眼光很好！要是能把姑娘娶回来就太好了！想办法，想办法！之栋你去找大使馆……"辛老先生热切地说。"是的，爷爷，我曾经向我们在美国的领事馆申请过，但领事说目前是不可能的，中美两国目前是敌对国，没有建交，但以后会有可能，社会总是在不断地进步嘛……""那你们分手时有约定吗？艾莲芝愿意和你一起回中国生活吗？""在最后分别的日子，艾莲芝把她对我的心思全讲了出来，她说她从很早就开始爱我了！您知道她是一个特别直爽的姑娘，心中藏不住事儿。她本来劝我和她一起留在美国，她的家里本身就开办了一所很大的医院，她的父母也是医生。当我和她说我必须回中国，我有很重要的事情要完成时，她就理解了我，也同意和我回中国。但当得知她办不了中国的护照之时她难过得哭了好几天。分别的前三天，她要求和我住在一起，她说不想留下遗憾。同居，在国外很普遍，只要相爱就会得到祝福，何况我们都是未婚。我有些顾虑，觉得对不起她！她却不以为然。她说：'之栋，我是真的爱你，爱你很久了，我不想和你分开，我怕我们分开后，就再也见不到了！为了留下你的爱，之栋，你给我一个孩子吧，如果我能有了你的孩子，你的影子就留在了我的身边，我要你爱我！'我作为一个热血男人被感动得热泪盈眶！但我不能害她呀！有了孩子她一个单身女人怎么生活？在众人的眼里一定会遭人嫌弃。我把想法对她和盘托出，不是不爱，是不敢爱呀！但是艾莲芝却对我的想法不以为然，她说爱就是爱了，谁能诋毁真诚的爱呢？孩子有了就是有了，是爱情的结晶，谁敢轻视于他呢？何况孩子有真实的相爱的父母，他们是爱的结晶！在她爱的激情中，我们一起生活了三天。这三天可能是我一生全部的爱情！虽然短暂，却无比辉煌！爷爷，我全部的爱恋就在哈佛，您还要求我和别人结婚吗?"

辛之栋泪眼婆娑，他在心中呼唤着自己的爱人，在美国的他心爱的姑娘艾莲芝！他的爷爷被孙子的爱情感动得热泪盈眶，老人家的心情喜忧参半，自己的孙子是那么地优秀，那么地俊朗，那么地才华横溢，可是为什么他的心灵总是受伤呢?"苍天呀！大地呀！上帝呀！佛祖呀！求你们保佑保佑我的孙子吧！保佑他今后健康快乐，顺心顺意吧！所有的灾难都让我老头子一个人来承担……"辛老先生心中不住地祈祷着，他终于了解了孙子辛之栋的苦衷和情不得已。

第三十四章　太行山下拔羊毛疗

　　辛之栋从巴蜀故乡回到了上海，接受了上海复旦大学的诚意邀请，开班授课，成立了他的传染病医学研究实验室，同时招收了十名在读研究生。招收学生他与校方认真地进行了磋商，严格地考查了新生们品德、智商、身体健康情况以及家庭背景等等事项，挑选十分严格，竞争格外残酷。柳泉与他的同班同学蒋亮、刘志勇、万钢，他们很幸运地被辛博士选中，成了他的开山弟子。而在这十名研究生中，辛之栋对柳泉更加看重，因为他是学生中年龄最小的一个，也是极其聪明肯于吃苦的大男孩。辛之栋的潜意识里觉得他和柳泉有如故交，是一种莫名的亲切感！可是辛之栋研究过心理学，也多次查看柳泉报名表和学校推荐书里他的个人简历，他实在是找不出他们之间有什么牵绊。可能是因为柳泉在这十人中年纪最小，长得又清秀俊朗，所以引起自己对他的格外关注吧！

　　辛之栋治学严谨，工作中一丝不苟，在重大的学科领域教学与实践中对学生很是严厉，他对工作懈怠的学生们毫不留情！他的治学态度来自于他在哈佛求学时的导师，是当年导师严谨细微无私的引导教育，他才有了后面的成绩。在他离开学校时，导师语重心长地告诫他，医学无国界，科学无国界，要把自己一生的所学奉献给人类，并热切地盼望他在医学领域里收获优异成果，在行医的过程中更要勇于担当。导师又说："做我的学生，应该有伟大的创举，要为全人类做贡献，踏实努力，打破掣肘，有新成果之时，一定要向我来汇报。这样才算不负师恩，才是对老师的一片心！"辛之栋心中牢记着导师的教导，并深深地体会着导师，这位在医学领域中佼佼者的谆谆苦心。在离开哈佛之前导师曾协助他购买了许多精密仪器，实验药品，凡是能想到的，用到的，导师都在帮他设法弄到，并协助他用船托运到上海。没有老师的无私大爱和帮助，他是不可能做到的。辛之栋心里清楚得很，他万分感激他的导师。他们十分忙碌，直到告别的前三天这一切才算完全落在实处。老师知道辛之栋与艾莲芝的感情，并深深地祝福他们："爱情无国界，愿你们永远相爱！相爱无罪，相爱永恒！"老师在送别他时，用自己的手将他和艾莲芝的手合在了一起，并说着希望他们能早日团聚，永远在一起，大家都会有好运气！那一刻导师站在风中流泪了，辛之栋更是心如刀割，他一只手拉着老师，另一只手搂住了艾莲芝的腰，紧紧拥抱之后他登上了远航的客轮，他看着导师他们又挥手告别，他看到海风吹起了艾莲芝的长发，听到了艾莲芝的哭声……眼泪模糊了他的双眼。这历历在目的情景激励着辛之栋深潜于心的力量，他绝不会辜负导师的期望，更要对得住那个深爱自己的姑娘艾莲芝！他回国的目的不就是为了报效祖国吗？因此，辛之栋非常地敬业，他以自己的导师为楷模，并以此理念来引导他的学生们。

一年的文化学习与科学试验很快就过去了，又到了冬去春来的时节，辛之栋计划带领他的十名弟子走进太行山，考察河南山区与平原一带劳苦民众的身体状况与疾病来源。解放初期的河南省，疟疾发病人数居各种传染病发病之首，在民间曾流传有"八月谷子黄，摆子鬼上床，十有九人病，无人送药汤"，劳动人民饱受疟疾之苦。为了控制疟疾大流行，国家投入了大量的人力物力，抽调大批医务人员全力投入抗疟工作。辛之栋在国外学习期间，阅读了许多文献资料，如何控制疾病暴发，必须从源头抓起，这次他在地方卫生组织的配合下，率领他的团队开始了重点发病区域的调研，普查卫生状况，以期寻找更好的治疗方法和最直接有效的药物，尽快消灭这来势汹汹的疟疾大潮。作为医学科技的领头羊，他不辞劳苦深入病区，冒着被传染的危险忘我工作。每天晚上，他都要让弟子们将材料汇总，梳理，总是工作到深夜，就连陪同他的当地医院的院长都累趴下了，几次劝他注意休息，保重身体要紧。他的学生们见导师如此敬业，忧国忧民，更是对他充满崇拜与钦佩了。

按照计划，今天他们将翻过大山，山那边有两个村庄，村民们出山不易，因此缺医少药，路途艰险，听说还有狼出没，所以少有行医之人至此。医者仁心，辛之栋在和县卫生部门沟通之后决定送医进山并搜集一些病源标本进行研究。建国初期，政府与百姓都很穷，县里没有汽车送他们，只有一台拖拉机可以用来跑运输。因此辛之栋一行便爬上了那台东方红牌拖拉机的拖斗，十二个人挤在一起有说有笑地出发了。太行山脉很陡，山路也不宽，拖拉机在石子路上蹦跶、蹦跶地行进，大家的骨架都快被颠散了，但是笑声不断，毕竟都是年轻的医学研究生们，个个都是活力四射，意气风发。终于他们来到了一个叫十三岗的村子。村长站在村口迎接了他们，县里卫生部门陪同的老王向村长介绍了辛博士的身份和此行的目的，这可把村长激动得够呛。他哪里见过大上海的名医博导哇？他知道就连乡里卫生院的医生都嫌弃这里，山路难行，偏僻穷困，都不愿到他们这里来出诊，这回可真是老天爷开了眼，村里来了大上海的医学博士了！顶尖的大医生来了！这回村里的老少病人应该是有救了！村长高兴地把辛博士一行引到了大队部，并用大喇叭开始了广播："乡亲们！快来呀！有上海的大名医进村了，有病的快来呀！有名医进村了！有病的快来呀！……"大喇叭的声音在山谷里回荡，小小的山村顿时炸开了锅，扶老携幼的村民很快便将大队部的两间房子挤满了。说实话，辛之栋虽行医多年，却也没有见过如此阵仗。他在美国是搞科研的，虽有三年的临床经验也都是按照预约次序来看病诊断，眼前乱纷纷的乡民让他有些不适应。他和他的两个学生拿着听诊器，在村长的吆喝声中开始对病人进行询问，开方。由于无法携带应有的设备，只能简单地普及医理知识和发放一些普通的药品。但这已经让村民无限地满足了，所以看病的与看完病的都舍不得离开大队部，乱哄哄的人们七嘴八舌争相诉说。眼前一片混乱，毫无秩序可言。突然之间，有个男人背进一个人来，并大声叫喊着："快救命啊！"拥挤的村民让出了一条缝，辛之栋站起身看向来人，并让来人把病人放在桌子旁边的土炕上。由于新来的病人已经昏迷了过去，那些叽叽喳喳的村民见状马上闭了口，屋里突然变成了一片安静。柳泉劝大家先退出这间屋子，因为要给病人做检查并进行抢救，村民们见势头不好，怕死人的阴气沾到自己身上，纷纷地躲了出去。但是这些人还是站在院子里听动静。屋子里安静下来之后，辛之栋指挥学生先对病人进行胸部按压，几分钟后，这个昏迷的女病人幽幽地出了一口气，缓了过来。辛之栋看向随来的家属，了解病人的病情及他们之间的关系。这是一对夫妻，都是三十来岁的年纪，男人皮肤黝黑，浓眉大眼地喘着粗气，炕上躺的病人面色惨白，气息微弱并发着高烧。男人看着缓过气来的病妻，心疼得流下了眼泪。他用粗糙的大手按着妻子的胳膊，用着河南山里的方言叙述着妻子的病情，辛之栋听着不太懂，有些发蒙。幸亏有今天随行的县卫生部门的老王同志来做翻译，才清楚地了解此病的过程。病人已经发病几天了，起初头痛，全身忽冷忽热，后来又开始了肚子绞痛，日夜疼痛不休不止。有乡医给她开了点中药，吃了以后便开始了呕吐，凡饮食药物，哪怕是喝一口水都会吐出来，但是大便却不通。之后竟然全身疼痛无法站立起来。病人发病最少有二十天了，每天发作不止，人已经被折磨得脱了相。及至今日已经是只有出气没有进气了。正当全家手足无措准备后事的时候，大喇叭突然响起说有大医生来村里了，抱着试一试的态度，丈夫便把她背了过来，想试一试运气，看她的命大不大，能不能活下去。

辛之栋听完讲述，便让家人把她的衣服解开，用听诊器听了一听，又用压舌板撬开了她的牙关。病人发着高烧，气息微弱，委实病得不轻。他又检查了病人的前胸和后背，并查看患者的颈项部和腹部，发现女病人有多处的皮疹，皮疹部位的颜色有红色的，有的部位却转变为黑色的，还有一些部位已经呈现出紫黑色。辛之栋在哈佛时曾见过一些这样的病人，西方管这类型的病叫炭疽热，此病来势汹汹，病人得此病如同伤寒病一般，又有些如疟疾的症候。辛之栋问向他的学生们："你们观察患者的情况，有什么看法呢？"学生们看着导师没有说出确诊的名字，也都面面相觑，不敢造次。之后辛之栋缓缓地说："在美国，此病被称为炭疽病，也可以叫作炭疽热。此病非常严重，应该住院治疗，可眼下交通不便，这可如何是好？这病应该是动物源性的传染病，如不及时住院阻断会有生命危险。"辛之栋面色凝重，但目前受条件所限，无法用西医的方法抢救病人。

正在辛之栋为难之时，柳泉悄悄地走近他的身边，悄悄地说："老师，我可以用中医的方法试试吗？"辛之栋看了他一眼说："为了抢救病人，中医的方法是可行的，中医博大精深，源远流长，柳泉你来试试！"柳泉见导师应允了，他用酒精棉擦了擦手，对旁边的人说："有火柴棍吗？我需要火柴和两根缝衣针！"一旁的人赶紧从裤兜中掏出了一盒火柴递给了柳泉，又从院子里纳鞋底的女人手中要来了缝衣针。柳泉看着病人的丈夫，就是那个黑大汉说："我来试一试，这病在中医的学说中应该叫羊毛疔。"柳泉说着就开始着手解病人上衣的纽扣。病人的丈夫见柳泉手持火柴并解自己病妻的上衣，一把拦住说："你要干什么？她可是女人！你难道怕她是传染病，想点火烧死她吗？"壮汉手上的动作粗鲁，他愤怒的大眼睛狠狠地瞪着柳泉，柳泉被吓了一跳。他镇定了一下对壮汉说："这位大哥，请你不要胡思乱想，耽误了病人救治的机会，这么多人都看着呢，你怕什么？"当把病人的衣服完全解开，柳泉发现女人上身的前胸窝上下左右的汗毛孔里隐隐有着黑点，柳泉用手中的火柴头在病人的前胸处点一下，发现皮肤的坑内颜色已经很黑了，柳泉见此情况心中已经有数了。他说："病人得的病就是中医所说的羊毛疔，目前还有救，可以治疗。"只见柳泉从随身携带的医药箱中取出了注射用的针头，消毒之后便用人家递给他的女人缝衣针的针鼻把黑点之处按成凹，之后用针尖轻轻地挑拨，他非常细致地把黑点处坚硬的物质挑了出来。众人看去，一根羊毛一样的物质被柳泉轻轻地放在了医用托盘上，如此这般，柳泉稳稳地操着，时间静静地流淌，手术盘中的白丝在逐渐增多，但是皮肤上却无丝毫血迹。柳泉说："她的病很严重，不能一下挑净，其他部位还有，但是胸口的部位挑净了，生命便保住了。"此时病人慢慢地睁开了眼睛，眼泪无声地流了下来。而柳泉在一番忙碌之后汗也流了下来，他很紧张，毕竟这是他从小看医书的收获，他也是第一次用这种方法来救人。那年舅舅送他的千金古方今天发挥了作用！辛之栋长舒了一口气，看着病人和他的弟子微笑起来。

忙碌的一天终于结束了，天色已经暗了下来。小山村里炊烟袅袅，山民们慢慢地从大队部散去。村支书已经给他们派好了饭，他们一行十二人被安排到了四个农户家吃饭住宿。辛之栋、柳泉还有县里卫生部门陪同进山的老王被安排到了村支书家吃饭。他们三人说说笑笑地随着村支书进了他家的门。村支书家的院子很大，收拾得也很干净，看家守院的老黄狗摇着尾巴迎了上来，好像很懂事的样子。狗见了客人一声也没叫，绕着他们三人看了看后便贴着主人开始撒欢。村支书随手摸了摸狗的脖子便对它说："你个信球，一边趴着去…"大黄狗很听话地趴到了一边，但眼睛却一直盯着新来的客人。不大会儿工夫，饭菜便端了上来。这家吃饭是在院子里搭的石板桌上，石板很光滑平整，在天上的明月映照下还有一些反光。饭菜很香，也许是累了一天的原因，柳泉只觉得此时又累又饿，肚子开始"咕咕"叫了。而支书的妻子从屋里端出来的饭菜简直是太香了！烙的大饼摊的鸡蛋，凉拌的蒲公英上撒上一层红辣椒丝，一大锅热气腾腾的糊涂面上还淋了香油。又加上一青二白的小葱拌豆腐，和大碗辣椒拌核桃仁，吃起来非常香。村支书在一旁坐着相陪。辛之栋招呼着他一起同吃，支书笑着答应，就是不动筷子。后来县里那个陪同而来的领导发话了，叫他一同吃，不要客气，村支书才挑了一筷子鸡蛋放在烙熟的大饼里小心翼翼地吃了起来。柳泉看在眼里便劝他多吃一点，但是村支书却说这是上级派下来的官饭，他是不应该沾的。支书的话让柳泉他们很难过，细问之下才知道，为了接待他们这十一个人，上级拨给了村里六十斤白面，说什么也要让上海来的医学专家们吃饱吃好，不能让他们饿肚子。白面是有限的，他作为一村的支书，绝对不能占公家的便宜！若是多吃多占，是对不起党对不起毛主席的！村支书的一番话让辛之栋他们十分惊讶，他在来山区之前是绝对想不到农民们的日子过得这么苦，也没有想到农民兄弟们这么质朴刚强。今天的亲眼目睹让辛之栋他们知道当今农民生活多么不易。毕竟现在是解放初期，战争虽然结束了，但是乡下依然很穷，哪里舍得吃纯白面烙油馍，还配上喷香的炒鸡蛋呢！这种饭食只有贵客到来才能见到。辛之栋他们现在是又累又饿，他们都端上一大碗糊涂面条喝了起来。柳泉见村支书身边那只老黄狗总在用眼睛盯着自己，狗已经馋得流下了口水。柳泉见状，便顺手撕了一块白面饼递给了狗，狗一口吞下了饼。只急得一边喝汤面条的村支书站了起来，迅速地伸出手来想在狗嘴里把那块饼抢过来，但为时已晚，烙饼早被狗一口吞了下去。村支书搓着手连声说着："可惜呀可惜！这人都吃不上呢，怎么还喂狗呢？"

晚饭很快吃完了，说实话，辛之栋没有吃饱，他看出来村支书心中有事，所以他早就停下了筷子，好像吃撑了的样子站起来离开了石板饭桌。柳泉见老师已经起立，也随着站起来停止了吃饭。他们在院子里踱步，仰望着天上的月亮。天上的流云在慢慢行走，月色忽明忽暗，此时院门那里探进了一个小脑袋，"爷爷。"一个稚声稚气的男孩小声地在呼唤。听到孩子的叫声，村支书立刻跑到孩子面前，打开半扇大门小声说："你怎么又回来了，不是让你在二婶家多待会儿吗……""二婶家的粥太稀了，也没有馍吃，我想回家来早点睡觉……""唉！那你就进来吧，快点进里屋睡觉去！"村支书一面说一面用手拉着小孩往屋内走去。"爷爷，咱家有油馍呀，我能吃吗？""不行，这是官派饭，你可别动，千万别动……"村支书边说边使劲地拽着孙子往里走。"等一等，"辛之栋把一切都看在眼里，他一步跨了过去拉住了村支书的胳膊，"这些烙饼和菜让孩子吃吧，我们已经吃饱了，饭菜剩下了隔夜吃也不好，趁着还热乎，快让孩子坐那儿吃。您就不应该在我们吃饭时把孩子打发出去，让孩子饿着肚子去别人家，这让我们几个大人于心何忍呀？"辛之栋一边说，一边把孩子抱起放了在石板桌前的旧木凳上，并把一块大饼递给了这个孩子。"快说，谢谢大医生！快说呀……"村支书站在桌子边看着狼吞虎咽的小孙子，"太没出息了！见了好吃的就控制不住了，连个道谢的话都没有，丢人哪！"他嘴上嘿嘿嘿地笑着责怪孩子，眼角却充满了笑意，是爷爷对晚辈心中的怜爱。辛之栋此时想起了自己的爷爷，那个把自己视为掌上明珠，掏心掏肺爱着自己的祖父，他站在千里之外的巴蜀，附近也有这样高大的山峦，他也如同眼前的村支书一样目光慈祥地看着自己的小孙子……

小男孩坐在桌前，风卷残云般地吃着，小脸儿红扑扑地冒出了汗珠："爷爷，我给奶奶和妈妈也留了一块油馍，太好吃了，我不能只顾自己吃不是吗？""爱吃你就都吃了吧，明天还有呢。"柳泉见小朋友吃得高兴就哄着他说。"不行呀！爷爷说共产党员不能自私自利，要考虑别人呢。"村支书一听就笑了："我有时在大喇叭里说的话让他给记住了，可也真是的，小孩就是要从小管教，人人为我，我为人人，不能让他从小就自私自利的是吧？……""管教孩子是对的，但不能太严厉了，他才几岁的人呀！"辛之栋笑着看向小家伙，想起了自己的童年，那时他也和小男孩一样，总是依偎在爷爷的怀里。

夜色深沉，月亮已经渐渐移到了西方，院子里有不知名字的小虫在叫，柳泉躺在烧得很热的土炕上翻来覆去地睡不着觉。他听着导师辛之栋已经入眠的呼吸还有县卫生局陪他们进山的老王那有节奏的呼噜声，他彻底地失眠了。窗外深山寂寂，草虫嘶嘶，可是除此之外柳泉总是觉得在他的附近有一种物质在蠕动，他悄悄地打开随身携带的手电筒在四周照了照，依然没有发现什么。柳泉强制自己合上双眼，闭目养神也很好，毕竟今天忙碌了一天。

蒙眬之中，院子里的大公鸡开始了歌唱，柳泉登时了无睡意，他一下子想起了八岁那年，他在北京和姐姐柳泓一起住在王爷外公家里，他们姐弟每天清晨闻鸡起舞，向满达哥哥学习骑马射箭的事情。这一晃十多年过去了，今天他又听到了大公鸡的高声鸣叫，柳泉顿时精神一振，新的一天又来到了。

天亮了，柳泉看看身边的导师辛之栋，见他翻了一个身又继续睡去。突然他感到门帘处有了动静，柳泉抬头一看，竟是昨晚那个小男孩正掀开门帘向屋内探头张望，当他们俩的目光相遇时，柳泉开心地笑了。只见小男孩光着屁股，身上只穿着一个红肚兜，好可爱的样子。"善财童子红孩儿"，柳泉脑中一个闪念，他欢喜地向男孩招了招手，让小朋友钻进了他的被窝。

小男孩特别乖，他哧溜一下便上了炕，爬进了柳泉温暖的被子里。柳泉轻声问："你怎么跑这里来了？爷爷知道吗？""爷爷不知道，我起来撒尿，趁他不注意我就跑过来看看你。"男孩趴在柳泉耳边小声说，"你们还要待几天？我想跟你们出山，和你们一起去城里玩儿。""我们今天下午就走，去另外一个人民公社调研，是去工作，给人治病，无法带着小孩去玩儿。""可是我想走出大山，去外面上学，你把我偷偷带走吧。"小男孩拉住柳泉小声地在求他。

"不行啊，我们工作不许带小孩的，再说我们是在调查传染病的传染源，是件危险的事情呢。这样吧，等你长大了可以到上海去找我，我来资助你上学好不好？""太好了，柳泉叔叔，一言为定，咱们拉钩好不好？"柳泉的大手拉住了他的小手，两人互相拉着："拉钩上吊，一百年不许变！"正当他们俩小声嘻嘻地笑着发誓时，一旁的辛之栋早已醒来，天色已经大亮，他微笑地坐了起来看着小男孩和柳泉拉钩时天真可爱的样子，立时想起了那年他八岁时拽着安姐姐与他拉钩，并说了一句："拉钩，与君共舞。"

忽然他听到了一阵轻微的沙沙声，循着声音辛之栋望了过去，只见头顶处的房梁上，竟然趴着一条大黑蛇。大黑蛇的眼睛正在望着他们几个人一动不动，辛之栋吓坏了，他惊呼一声："有蛇。"随着辛之栋的惊叫，柳泉翻身而起护住了自己的老师。睡得正香的老王也翻身坐起来，吓得大张着嘴，一句话也说不出来了。柳泉用自己的身体挡住了老师，又担心房东家的小男孩受到伤害，正当他想用被子盖住男孩时，没想到男孩竟然从被窝里跳了出来，他毫无惧色地从炕头边桌子上的大掸瓶里掏出一把鸡毛掸子，只见他光着屁股，赤着脚，身上只有一个小红肚兜。他站在土炕上的三人之间，用手里的鸡毛掸子指着房屋横梁上的大蛇厉声说道："滚，滚！滚回你待着的地方去！要不然我一掸子抽死你！……"柳泉看着这个勇敢的英姿勃发的小男生，又看了看慢慢爬走的大黑蛇，他才慢慢地镇静下来。他将辛之栋的外衣递了过去，自己也下了地准备开始洗漱。此时房间门帘再次被掀起，是村支书听到孙子的叫嚷才赶了过来。孙子告诉他："是那条大黑蛇又出来了，你们都别怕，这是家蛇不伤人的……"村支书嘿嘿地笑着："这小子傻大胆，从小不怕蛇，蛇倒怕他，他一跺脚蛇就走了……"

屋外的大铁锅里煮着金黄色的香香的玉米糁粥，院子里的石板桌子上还有白白的大馒头，淋上香油的老咸菜以及大盆的蒸红薯，还有红辣椒拌好的红薯叶一大盆，外加四个咸鸭蛋，看着就想吃的农家饭。今天的小男孩立了功，爷爷让他上了桌陪着柳泉叔叔吃饭。小男孩乖乖地守在柳泉身边，分别时柳泉给他留了一张纸条，希望他有机会去上海找他，那上面有联系地址。柳泉在自己睡觉的枕头底下放了一百元钱，这基本是他五个月的生活费，他这是想留给小朋友去上海时的车票钱，因为他只有这一百元钱。那时的工人工资每月也只有几十元，而山里的农民更是艰苦，一年的收成也没有几个钱。那时的日子虽然苦，环境虽然差，但民风淳朴，相互关爱，克服困难，愚公移山的精神却令人钦佩！

是的，辛之栋师生此次下乡的实践真实地教育了他们，让他们看到了现实与国情，知道了农民们生活的不易，从而更激发了他们加快进行医学研究的动力，驱除病魔，让中国人健康起来，这是医务人员的使命。此时正是新中国成立初期的五十年代。

第三十五章　心如白玉不怕风

柳泉他们从河南山区归来时已经进入了夏季。这次深入的实践考察，极大地丰富了学生们的知识量，理论与实践相结合的病例一件件，真实的国情与人民的期待，要将所学的知识发挥到极致，救人于危难之中，是医学生们责无旁贷的信念。下乡归来，柳泉的心情很复杂，他积累了很多的资料，晚上和蒋亮他们一起书写病案共同探讨，各抒己见。他们在控制传染病源的问题上提出了新的见解，在论证治疗新药的报告中提供了准确的数据。报告呈送上级卫生部门，详细的例证论证了根治此传染病的新方案，得到了国内外其他科研团队的认可和赞许。由此导师辛之栋的科研团队在医学领域大放异彩！辛之栋为此非常高兴，他为自己有这么优秀的弟子而感到自豪。团队所有的人都很辛苦，辛之栋给学生们放了一周假，让大家充分休息一下，再做新的安排。

柳泉利用休假时间回扬州去看望父母，他在大学已经六年了，只有春节期间他才能回家陪陪父母和北京的亲人。这次导师给了他们七天的假期，柳泉抓紧时间给父母买了礼物后，就乘车回家了。

家中的小庭院非常整洁，母亲种植的兰花开得很旺盛，院里那两棵石榴树上结满了红红的果实，虽然还未成熟，但也像一个一个的小红灯笼挂在树枝上，与绿叶映衬在一起很是喜庆，好像是在迎接他的回归。刘妈给他做了他最爱吃的狮子头和松鼠桂鱼，在父母慈爱的目光中他大快朵颐地放肆了一回。回家的感觉真好！可以放松地大吃大喝，可以毫无顾忌地欢声大笑，更可以穿着鞋子顺势躺在床上……放松了！极度地放松，柳泉觉得在父母面前自己太舒服了！父母给了自己无尽的爱，他以后一定要好好地孝敬他们。母亲看柳泉那舒适的样子，心中也很高兴。他们老两口都已经年过花甲，柳泉的父亲也已经从教育厅长的职务上退了下来，现在街道办的识字班里义务教授简化字，教那些想读书识字的穷人们。这其中有小商小贩、城市贫民和一些家庭妇女们。街道没有经费，柳方儒甚至自掏腰包给学生们买笔买纸，助人为乐而乐此不疲的他甚至把课堂办到了家里。识字班上课时，有的学员还要工作，还要挣生活。但是他们在柳教员的开导下认识到了读书识字的重要性，所以往往下课以后，或者没有时间上课的人，经常在晚饭以后又来敲门求教。对此柳方儒从来不拒绝，他以最大的耐心来对待求学的人们。儿子回来了，他们夫妻俩微笑地认真聆听儿子在辛之栋导师的团队里经历的故事。这时院门又被敲响了，他们只好让刘妈又打开了院门。

　　"柳老师，对不起，我又来晚啦！"柳方儒走出屋来，原来是同街杂货铺的老板娘，李月星的母亲。她迈着急促的步子走进了院子里，柳家和李家很熟，因为当年柳泉的生母金秀曾经救过她儿子李月星的命，所以逢年过节李家总是送些鸡鸭鱼肉前来，以示不忘救命之恩。尽管柳方儒家百般推辞也是无济于事，所以如此经过了二十年，反倒成了朋友般的好邻居。今天柳方儒因为儿子才从上海回来，孩子假期有限，他没有心情来给她补课，只想和儿子好好地说会儿话。"月星妈妈，真是对不住！今天我儿子从上海回来了，我也就没有办法给你补习了，改天吧，实在是对不住了！……"柳方儒用抱歉的眼神看着对方，但语气却是坚定而不容置疑的。来人听后却并未转身，反而是直接迈步走上台阶，进入了堂屋中："哎哟，是神童回来了！快出来让大婶看看，又长高了没有？……"柳泉正侧身躺在床上和母亲说着话，顿时让这个大嗓门的老街坊吓了一跳，他一跃而起穿上鞋随着母亲走了出来。事实上是，如果他的腿再慢一步，人家也会掀开门帘从容进入的。

柳泉很讨厌他们家人，除了李月星之外，其他人都让他感到无奈与压抑，所以他想尽一切方法躲避他们，尤其是李月星的表妹赵萌萌。柳泉觉得赵萌萌对自己过度热情，令人难以接受。她就像是一帖膏药，随时都会粘上来而揭不下去。听李月星说赵萌萌对自己情有独钟，发誓非柳泉不嫁！她因此苦读也考上了上海复旦大学医学院，并立志绝不输给柳泉，学历要和他相等，以免柳泉看不起自己。柳泉认为赵萌萌聪明好学，长得也不差，但是她非常任性，高度自我，不是自己喜欢的类型，做一般朋友可以，但成为夫妻是绝对不可能的！所以他尽量地躲避着她，并让李月星转告给赵萌萌，他们之间绝无可能！永远不会来电！他感谢对方的厚爱！柳泉心中有着所爱之人的形象，而且经常出现在梦中，他相信命运会让自己找到她，哪怕是在天涯海角。

此时柳泉面对着李月星的母亲，他笑着说："李婶儿好，这么晚了您还来学习，真让我佩服！月星和李叔难道不在家教您吗？""咳，他们也教的，只是我不爱跟他们学！识字班热闹，人多，柳老师一教我就能记住。还有就是你李叔看见你从我家铺子门前过了，本想出来和你打个招呼，但你走得太快了。所以我今晚就来了，不是为了上课，就是为了看看你，看看我家月星或者萌萌有没有托你捎来东西，省得你明天送了……"看着她嘴里叨唠着停不下来，柳泉只好打断了她的话头："李婶，我这次回来得匆忙，只有七天的假期，所以没有告诉月星哥哥。至于萌萌，她是一个女生，刚刚上大二年级，我们虽在一个学校，但是不在一个校区，平时也见不到她的。"听着柳泉的解释，李月星的母亲思索了一下又说："我来看你还有一件事想要说：我妹妹妹夫听说你的人品好，又是当年的神童，模样长得也周正，就托我来给你保个媒。"柳泉听见她的话语，像个大姑娘一样地羞红了脸："谢谢李婶的美意，我现在还在上学，不想考虑这件事，我已经和父母都说过了，现在是新中国新社会了，不兴保媒拉纤这一套了，您就不用为我操心了！"听了柳泉的一番话，李月星的母亲也有一些尴尬。此时柳泉看在眼里，他不想让父母为难没有面子，于是他笑着转了一下话题："李婶，您的好日子也快来了，我听月星哥哥说他快要结婚了，他的未婚妻夏晴我也认识，是个非常好的姑娘，是个共产党员，他们俩才是真正的才貌双全，事业有成呢！李婶您就等着享福吧。"听着柳泉夸赞自己的儿子，李月星的妈妈也是心中乐开了花："那是！我听月星说过这件事儿，只是他们俩都在上海工作，不能回扬州，看来我这个儿子也是白养了，给人家丈母娘养的……""怎么这么说呢？儿子永远是自己的儿子，谁也抢不走的。"柳泉望着李月星的妈妈并宽慰着她。"是的，即使儿子白养了也没关系，我还有外甥女萌萌呢！所以我们全家都喜欢你！柳泉，你就答应萌萌吧，她对你可是一片真心呀，天下易得，真心难求呀！柳夫人您说是不是呀？"听着李月星妈妈的话，柳方儒夫妻竟然不知怎么回答是好了。还是柳泉来得干脆，他转身从提包中掏出从上海带回的糕点：蝴蝶酥和带馅的松糕，他笑着将两盒包装精致的糕点递给了月星的妈妈："李婶，本打算明天去看您，既然您来了，就先把我的心意带回去。这也是我特意给您买的，您看着我长大的，我和月星哥也像亲兄弟一般。我现在还在求学阶段，也不想交朋友谈恋爱，以后咱们就不提这件事了！行吗？"柳泉一脸真诚地看着她，让李月星的母亲再也不好意思谈这件事了。李月星妈妈很沮丧，她心里想：哪有这样女求男的，这不是本末倒置了吗？何况我家赵萌萌也是一表人才的女大学生呢！何苦要来求你……她不甘心地望着柳家人，脸上讪讪地笑着说："谢谢神童大侄子！心中还挂念着我，比我们月星都强！那我就走了……"

看着李月星母亲捧着两盒糕点悻悻地离去，柳家人终于长出了一口气，面对面笑了起来。"唉！脸儿长得好就是资本呀！"柳方儒边说边笑，"不对，主要是神童二字的吸引力大。"柳泉望着父母亲的笑脸，听着他们的对话也情不自禁地笑了："这件事还不是全赖您嘛，每次赵萌萌一来，您就那么高兴，还想把我牺牲出去！您再这么舍己为人我可就不回来了！真的，我可不开玩笑，我从心里就烦她，一副高高在上，一副刁蛮无礼的样子，实话实说，我连一眼都不想看她！""不许这样说人家！孩子，你不能这样子！人家毕竟是个年轻的姑娘，人家爱你还有罪了？不喜欢她就尽量疏远她一些，让她明白你对她没有想法就行了，千万不要冒冒失失地口出狂言，伤了女孩子的自尊，她会受打击，记恨你一辈子的！""我会怕她吗？一个毫不相干的人罢了。"柳泉心里很不服气，但是他看着父母忧心的样子，他便安慰他们说，"妈，你们就放心吧，我心里有数的，我不会给赵萌萌机会，但是也不会得罪她，只拿她当邻家小妹就好了。"之后，一家人抛开了这个话题，继续听柳泉讲他们在河南的深山中遇到的故事。

一周的时间很快过去了，柳泉又返回了上海。但是他听父母说当年哥哥柳泉的未婚妻安蝶的弟弟，又一次来到了扬州他们家中，寻找姐姐他们的下落，打探他们同学的消息，希望知道姐姐姐夫的线索。安翔说不管他们生与死，总要知道他们在哪里，并且说自己的母亲因思念女儿得了严重的抑郁症。为了安慰母亲，也因为全国解放了，社会安定了下来，他和未婚妻也决定今年结婚了。如果他们结婚后有了小孩子，母亲或许会好起来，据说含饴弄孙的力量非常强大，所以安家人都在期待着这一天。可是，姐姐安蝶的失踪让他心里总是不安，他想起他小的时候姐姐总是牵着他的手怕他在马路上乱跑发生危险，至今想起来身上还有姐姐手上的温度。姐姐莫名其妙地和她的意中人一起失踪了，杳无音信，他怎么能够只顾自己的快乐而先于她结婚呢？安翔顾虑重重，一边是那个疼爱自己的姐姐，另一边是翘首以待的未婚妻辛之菲，她是那么真挚地爱着自己，还有整天望窗呆坐忧郁的母亲。安翔真的很为难，不知怎么做是正确的。二十年了，姐姐安蝶到底到哪里去了？那天他的梦中有一只美丽的白色蝴蝶在树林中飞舞，他追了上去想抓住它看个仔细，想问问它为什么总是入他的梦中。难道是姐姐告诉自己，它早已经化蝶了吗？

安翔在扬州柳家没有得到什么有价值的信息，只听说那年见到的那个叫柳江的男孩已经到上海复旦大学读书了，并且也是立志学医。为了安慰伯父伯母的失子之痛，经自己亲生父母的同意已经在上大学之后将自己的名字柳江改为了柳泉。安翔听到之后也是几度唏嘘，告别柳家之时相约两家继续互通信息，并邀请新的柳泉到时候参加他和未婚妻辛之菲的婚礼。

安翔回到上海后开始筹备与辛之菲的婚礼，但是辛之菲告诉他早和表姐夏晴约好，她们俩要一起举行婚礼，因为她俩自小一起长大，一起上学，比亲姐妹都亲。她们约好了婚礼结束后一起去香港旅行。安翔对辛之菲是百依百顺的，他非常爱这个单纯热情的姑娘，尤其是记得那年他在同济大学演讲时，当他讲到他开着战机与日本鬼子的战机缠斗，并成功击落敌机时，操场上的学生们报以热烈的掌声，而此时一个美丽的女孩手捧花环献给他，并在全校师生面前踮起脚来热烈地拥抱了自己。那时现场欢声雷动，那个美丽的女孩含羞跑下了讲台。安翔激动的心怦怦地跳，他从心里爱上了这个女孩！后来也是上帝的安排，在两年以后两人重新遇上，从此他们难舍难分，唯恐再次失之交臂，再也不分开了。当他们俩会见了双方的父母后，他们得到了亲人的祝福和赞同，这次辛之菲远在国外的哥哥回归祖国，他们终于可以举行婚礼了！安翔的父母早就期待着这一天，他们与辛家、夏家经过沟通，选择了一个黄道吉日，即当年的农历八月十六日这天，一起举办一场声势浩大的婚礼。要知道无论是上海的安家、辛家还是夏家，都是名门望族，在上海根基深厚，朋友众多，所以这场婚礼还未举办，就已经是传得沸沸扬扬了！

准备成婚的年轻人安翔与辛之菲都是人中翘楚，安翔是军人，在上海解放后仍然留在解放军的空军部队工作，他是一名优秀的共产党员，上海解放和两航起义时立下了战功，是一个受人敬重的军官。未婚妻辛之菲大学毕业后在上海的中学里当了一名物理教师，他们即将登上婚姻的殿堂，多年的相爱就要开花结果了！这令辛之菲兴奋不已，她像一只快乐的小鸟，时而飞来飞去地歌唱又时而陷入沉思的傻笑之中。而另一对的李月星与夏晴却比安翔他们沉静得多。李月星对夏晴倾慕多年，大学时他们就是校友，又是学校的进步青年。他们在学生时代就为革命事业及上海解放做地下工作，虽然相爱他们却都严守党的秘密，竟然不知对方都是中国共产党的地下党员。直至上海解放后，共产党员的身份可以公开了，才相视一笑地彼此拥抱在一起。李月星觉得太难了，夏晴却笑靥如花地用小拳头轻轻击打爱人的胸膛！是的，太难了！当年白色恐怖下的上海，共产党人稍不留意被国民党特务抓住便会有生命危险。终于可以公开身份尽情地欢呼了，终于能够以共产党员的身份结婚了！李月星拥抱着美丽聪慧的夏晴激动得热泪盈眶。婚礼的日期已经确定，今年的吉时农历八月十六日，他们两对新人将双双携手拥有彼此，相爱一生直至白头。

这幸福的一天终于来到了！安翔与辛之菲，李月星与夏晴的结婚大典在上海派克饭店隆重举行！由于两对新人的家庭及亲属皆为当时社会的名流，身份背景财力都是令人刮目相看，所以这一天分外隆重喜庆。亲朋好友，单位领导及同事都来参加结婚庆典，婚礼现场喜气洋洋，大家祝福新人们百年好合，相爱永远。热烈的、喜庆的氛围达到了空前的高度！

婚礼的现场人声鼎沸，谁能注意到圈子外有一个年轻的女人，她站在人群的圈外悄悄地在抹眼泪。经过她身边的人都好奇地看看她，之后转身走开，这大喜的日子里竟会发生这样的事儿？多不吉利呀！这让来参加婚庆的人们觉得晦气，没有人搭理她。此时那个哭泣的女人站在大厅的圆柱后面红着眼睛，她盯着台上的两对新人，任自己的泪水横流不止。此时有一个人对她发生了兴趣，向她走了过来，她就是今天新郎官的表妹，那个喜欢惹是生非的赵萌萌。婚礼正在隆重地进行，婚礼的主持人是复旦大学医学院的博导辛之栋，他身着蓝色西装，白衬衣打着紫色的领带。主持人身材挺拔容光焕发，让人不由得眼前一亮！两对新人郎才女貌，笑意盈盈。在众多亲朋的祝福中双方互换了结婚戒指，喝了交杯酒，并给双方父母行跪拜大礼。此刻安翔的父母与辛之菲的父母喜气洋洋地坐在一侧；李月星的父母与夏晴的父母坐在对面的一端也是满面笑容。在新人礼成之后大家开始拍照，众人纷纷走上前来道喜，亲戚朋友，领导同事，彼此熟悉的人开始和新人们合影留念，因为结婚的喜宴马上就要开始了，而喜宴结束之后这两对新人将外出旅行，开始他们幸福的人生，实现他们美好的愿望。

此时的辛之栋满脸喜庆，文质彬彬地在替父母和妹妹接待来宾，虽然他家是女方，但是在上海这个融入西方文明的大城市最是强调男女平等的，而安家在上海也是赫赫有名的资本达人，尤其是妹夫安翔，身为一名空军军官，更给此次婚礼添彩。安翔的俊朗风姿，言谈举止也给辛家增添了英武之气，这是一个喜气洋洋的时光，每一个人脸上都挂满了笑意。

辛之栋注意到今天表妹夏晴和新婚丈夫李月星那一端也是亲朋众多，更有一些政府官员前来祝贺，而自己的爱徒柳泉则在他们那一边帮助接待来宾。不仅柳泉如此，他同宿舍的三人也是辛之栋的学生蒋亮、刘志勇和万钢也在客气地帮助新亲和新夫妻的朋友们点烟倒茶。辛之栋看着徒弟们穿戴整齐毕恭毕敬的笑脸也是情不自禁地笑了。今天来的宾客特别多，全算下来应该有一百多桌。人声鼎沸，笑意盈盈的贵客们高谈阔论相互拱手。辛之栋听表妹夏晴谈起过他这个妹夫李月星，自小就不是个省油的灯，聪明顽劣，小时差点让汽车撞死，是柳泉的妈妈救了他一命，以致自己造成难产，让柳泉差一点胎死腹中。因为这层关系，李月星感恩之下与柳泉结为了死党，成了最好的朋友。也因为李月星是夏晴的男友，所以当初自己归国时夏晴便带上了李月星和柳泉去码头接自己，帮助提取行李。如是因果，柳泉结识了自己，后与同宿舍的几个铁杆儿兄弟一起考取了自己的研究生，成为了他的开山弟子！辛之栋对自己这几个学生特别爱护！就是那种真诚的喜欢，这应该就是缘分吧！此时他望向了不远处的表妹夏晴和她的丈夫李月星，夏晴长得很美，瘦高的身材非常匀称，精致的面孔无可挑剔。她在同济大学毕业后便被留校任教了。在工作中她极其认真，兢兢业业并且心地善良，深受学校领导及同事们的好评。因为优秀，那么多的优秀男人都在追求她，但她都婉言谢绝了，唯独爱上了李月星！今天他们终于修成正果，美满幸福地生活在了一起。李月星也正在忙着招呼自己单位的同事和前来祝贺的上级领导。此刻他喜气洋洋，如愿娶到了夏晴这个美丽又高贵的女人，李月星身上的每一个细胞都在欢乐地律动，他一心一意地爱了她那么多年，今天终于如愿了！此时他捧着一杯红酒敬给了他的上级："院长，感谢您在百忙之中参加我们的婚礼，我和夏晴先来敬您！……""哎呀，月星呀，我代表我们研究院前来祝贺你的喜结良缘，愿你们二人继续革命，同心同德，幸福到白头！好好干，你提升为物理所主任的任命书已经下来了，等你们旅行回来你就可以走马上任了。先祝贺你一下，双喜临门哪！"听着老院长对李月星的一番言谈，周围单位的同事们纷纷围拢过来给李月星和夏晴道喜，只见夏晴和李月星的脸上洋溢着幸福的微笑！谁知此刻不远处却传来声嘶力竭的哭声和愤怒的喊叫，让婚礼现场的人们愕然，并齐刷刷地往那个方向看去。

这个地方离婚庆现场不太远，在一个柱子的侧面有两个年轻的女人在互相拉扯着，嘶叫着。李月星抬眼望去，惊愕地看着不远处这两个互相拖拽的女人。他对她们全都很熟悉，一个是他的表妹赵萌萌，另一个是他们物理所去年分来的女大学生吴若云。他很奇怪的是："她们两人又不认识，怎么会扭打到了一起呢？"于是李月星立刻放下手中的高脚杯，杯中的红酒立时荡了出来，洒在洁白的桌布上。李月星快步走到她们面前，他首先拉住了表妹的手："萌萌，你在干什么？人家吴若云是客人，不得无理！""哥，你在怪我吗？今天是你和夏晴姐姐大喜的日子，她不是来贺喜的，她是来哭丧的。我实在是看不下去了，我就说让她离开这里，有多远滚多远，这真是太不像话了，哪有这样的人？仇人是吗？可她就是不走，反而大声哭号起来，你说她这不是神经病吗？"赵萌萌愤怒得涨红了脸，瞪着圆圆的眼睛。此时前来参加婚礼的亲戚朋友全都围了过来，里三层外三层地形成了一个包围圈，辛之栋也走了过来，站在表妹夏晴的身边，而柳泉见到赵萌萌后早已躲到了一边，和蒋亮他们挤在了一处。李月星看着哭泣着的吴若云说："小吴，这是怎么一回事儿？你为什么哭，出什么问题了？"吴若云是一个年轻的女孩子，她分配到物理研究所时间还不到一年，所以和其他同事以及科研院的领导并不熟，她作为李月星工作上的助手和李月星接触得最多。一年以来，年轻的女孩子对李月星是充满了崇拜与爱慕，当知道李月星还未曾结婚时她竟产生了与夏晴竞争的意念。为此，她悄悄地关心着李月星，给他打饭买早点，在生活上照顾起了自己的上司。但李月星却从不为所动，对她只当一名实习生看待，对她平日含情的话语当作耳旁风或装傻充愣，因为李月星是个善良正直的人，他不想伤害吴若云的自尊心。但他对妻子夏晴的爱人所共知，情比金坚！李月星怎么也不会想到吴若云今天会来到他的婚礼现场大声哭泣，这让到场祝贺的领导及亲朋好友怎么看待他的为人？让新婚的妻子夏晴情何以堪？当李月星向吴若云问话时，吴若云一边抹眼泪一边回答他："月星老师，你问我为什么哭？为什么在这里哭？这应该由你来回答！你答应了爱我，转身却娶了夏晴，你毁了我的青春，我难道还不应该哭吗？""吴若云，你胡说什么？我与夏晴多年相爱，共抗国难，我们生死与共，我怎么会对你用情？你的心思太坏了，你这是要成心毁我一生啊！你年纪轻轻的，却会用计谋来害我，你也太恶毒了吧……"李月星极其愤怒地对吴若云吼着，而身旁的赵萌萌又跑过来想把吴若云推出去，可吴若云却像个泼妇一样一屁股坐在了地上，号啕大哭起来，并对着围观的人哭诉着她的不幸。

这是一场精心策划的闹剧，明眼人都能看得出来吴若云在婚礼上大闹的目的，那就是我得不到的东西，我摔坏了也不能让你顺利到手！只见坐在地上的吴若云开始撒泼，她向参加婚礼的人群喊道："李月星不是人！他就是一个流氓伪君子！他不要我了，他也休想有好日子过！"看着撒泼打滚的吴若云与百口莫辩的李月星，辛之栋心中明白得很。他此刻分开了众人，站在倒地不起的吴若云面前："李月星，我们相信你平日的为人和思想品德，不要怕被人泼脏水，清者自清，心如白玉不怕风！喜宴已经上桌了，请各位亲朋好友入座，新郎新娘要给大家敬酒呢!"围观的人立即散开,大家摇着头纷纷按桌号名签入座,结婚的喜宴正式开席了!只留下闹事的吴若云,和赵萌萌对她吐口水的声音。

敬酒的喜庆重新开始,乐队奏响了欢快的乐曲,好动的宾客纷纷滑入了舞池,跳起了华尔兹,熟识的朋友互相举起了杯。但夏晴的心里却留下了一道阴影,她是一个高洁又纯情的知识女性,在自己的大婚之日被人折辱,让她一生都不曾忘记,眼泪在心里流淌成河,可自尊却让她保持着外表的宁静和笑容。

第三十六章　心比蝎毒的女人

　　昨夜下了一场大雨，天空被洗得蓝得耀眼，放眼望去，校园步道两侧林木郁郁葱葱，被冲洗干净的枝叶随晨风舞动，摇曳生姿。柳泉仍然保持着他的好习惯晨起运动，在同室的伙伴们起床时他已经完成了五千米长跑，这也是他从小养成的好习惯。昨天好友李月星与夏晴的婚礼是与自己导师辛之栋的亲妹妹辛之菲和军人安翔的婚礼同时举行的。婚礼办得极其隆重，许多社会名流欣然赴会，一时的盛况空前。柳泉及同室的哥们儿被邀请做伴郎，并陪同新人们招待新亲，所以当衣冠楚楚的四名复旦研究生齐刷刷地出现在婚礼现场时也给导师辛之栋增光添彩，更给新郎官李月星挣足了面子。虽然在婚礼礼成之后出现了一个小插曲，但是导师辛之栋用略显轻描淡写的语气为事件做了总结，让参加喜宴的众亲好友重归平静，恢复了先前的欢娱。柳泉认为导师很了不起！这种处变不惊、沉着应对的办事方式和在山里见蛇惊惧面色惨白的他是同一个人吗？想起那天清晨在农村山里的土炕上导师靠在自己身上瑟瑟发抖的样子，柳泉微笑的同时又很心疼他的导师。试想一个人单身在外八年，无家人陪伴会有多么孤独？生病时，惊恐时，又会多么无助？柳泉想：老师爱学生，学生更要爱自己的老师！今生能够成为师生，佛学上说那是有很大的缘分，谁知道上一世他们是什么关系呢？也许还是父母兄弟呢？柳泉在晨风中边跑边想，口角上扬，一派青春洋溢的风姿。

柳泉回到了宿舍，蒋亮他们三人也洗漱完毕，正等他晨练归来一起到学生食堂吃早餐。就在这时有人前来敲门，万钢将门打开，门外出现了笑嘻嘻的赵萌萌。只见她手提一个热水瓶和一大串炸得焦黄的油条，另一个袋子里装着热乎乎的小笼包和茶鸡蛋。赵萌萌累得小脸通红，沉沉的袋子快要提不住的样子。万钢赶紧伸出手接过了她手中的热水瓶和那一大串的油条，他回头看向柳泉："嘿，找你的！真够意思，买这么多吃的。"柳泉直直地看着赵萌萌，有些发愣又有些无奈的样子。还是赵萌萌先开了口："柳泉哥哥，我可以进去吗？""哦，请进吧，你是给大家送早餐来了吗？"柳泉的声音不高不低，不冷不热地问赵萌萌，但是赵萌萌却不以为意地径直走进了屋里，把这一大堆早餐放在了桌子上："大家快趁热吃吧，我看你们昨晚在喜宴上都没吃多少东西，只是陪着喝酒，肚子肯定早就饿了，所以我买了热豆浆和小笼包。这小笼包很有特色，比我们扬州的小笼包好吃，柳泉哥哥快点尝尝，看看是不是这样。"柳泉看着赵萌萌热情的眼睛点了点头，笑着说："谢谢你，这大清早的麻烦你了，还买了这么多东西，多少钱？我来给你……""何必客气呢？我也是顺路给你们捎来的，我已经吃过了，你们都快点趁热吃吧，全吃了，可别剩呀，油条凉了就不好吃了！"赵萌萌边说边放下手中的早餐，转身走出门去。在关门的刹那，她回头望向柳泉："吃完不用洗，我晚上来取热水瓶。""泉儿，你真有福气呀！有人惦记的感觉真好！"万钢很羡慕地说。而一旁的蒋亮插话说："万钢，你家李勤芳也不错呀，除了不给你送饭外，人家也挺关心你呀！"四人欢天喜地地吃着赵萌萌送来的美味早餐，还是刘志勇说了一句公道话："吃饭也堵不住你们的嘴，要说谢也应该是谢咱们泉儿兄弟，人家赵萌萌其实是买给他吃的！只不过怕柳泉爱面子不好意思独吞，所以一买就买了四人份，这一点真应该让咱们大伙考虑一下了，是不是咱们也应该照方抓药，共产一番了……"刘志勇的话没有引起共鸣，因为他们三人谁也没有把握叫自己的女朋友起个大早给大家买这么多的早餐，花钱不说，手提着这么多的食品再爬上四楼，爬到四楼的宿舍后那可是累也累死了！哪个姑娘愿意这么干呢？这个建议还没有经过讨论就流产了，只留下四个小伙子喝豆浆的吸溜声在宿舍里回荡着。

辛之栋昨天忙了一天，今天午后才回到他的教学实验室。他很奇怪昨天在婚礼上的人物关系链，这个人物关系的链接有点像文学作品中的筹划，就是所谓的"无巧不成书"。辛之栋默默地在心中勾画着人物关系图：辛之栋的亲妹妹是辛之菲，表妹是夏晴。辛之菲的丈夫是安翔，安翔认识柳泉。表妹夏晴的丈夫是李月星，李月星和柳泉是好朋友和同乡，李月星的表妹是赵萌萌，是柳泉的追随者，而柳泉是自己的爱徒，现在赵萌萌又托关系来找自己，准备考自己下一届的研究生。这个链接关系成了环状体，好像这一切都与自己有紧密的关系而又没有理由成为紧密关系。辛之栋觉得这个世界还是太小，这个世界的缘分很奇妙，他应该在妹妹们旅行结婚回来后好好问问她们。辛之栋认为这里应该有个天意，但天意是什么？他想不出来。还有就是，既然能有天意，有缘分和巧合，为什么不让他思念的爱人，现在美国搞医学科研的艾莲芝出现呢？他太思念艾莲芝了，但事实上他没有机会和艾莲芝通话，只能等待时机或者中美建交了，辛之栋多么盼望这一天早日来到呢！

暑假到了，柳泉抓紧机会和扬州的父母回到北京。这次站在大门口等待他们的依然是姐姐，只是她的身旁增加了龙珠表弟与不时蹦跳的小弟弟柳湖。接他们的人还是父亲柳方成，柳泉记得他八岁那年，刚从汽车上跳下来见到姐姐就开始了欢呼跳跃。只是现在的他和

291

姐姐两人相拥在一起，而在一旁蹦跳的人换成了两个弟弟。

柳泓陪着伯父伯母与弟弟跨上王府门前高大的石阶，扶着伯母向内走去。王府的面积很大，迎门是一座很威风的青砖影壁，影壁正中是当年康熙帝手书的"福"字，两侧则是飞翔的仙鹤与流云，流云的形状似是玉柄的如意纹，显得既高贵又轻松，王府仍旧一派尊贵的模样。柳泉看了看在前面欢快的弟弟，又看了看走路不顺畅的姐姐，他很奇怪地问她："姐，你的脚受伤了吗？"柳泓看了弟弟一眼，苦笑了一下，没有回答。

客堂里等待的一众亲人，都纷纷走出堂屋的门来欢迎从扬州来的亲人。大家互致问候后就按宾主的次序安定了下来，女用送过茶来，亲人们开始叙旧，顿时屋内热闹起来。房顶悬挂有高大的吊扇，电机的嗡嗡声与扇叶的旋转成为了欢声笑语的伴奏，在五十年代的岁月里，家里能有电扇的必然不是俗人家。此时柳泉注意到了太师椅上安坐的外公没有了往年的虎虎生气，虽然他老人家年岁大了，但也不应该是这个样子呀！这不像王爷外公应有的样子！再看他的贝勒舅舅，虽然按老矩规肃立在父亲身边，可是气色也大不如从前了，柳泉知道这里一定有事情！

亲人们如往日一样亲切地交谈，饭菜很快便端了上来，摆满了两桌，依然是按照老规矩，王爷贝勒与贵客一桌，母亲与孩子们同餐。吃饭之间，柳泉就着急地问姐姐："满达在哪里？什么时候回来？"柳泓告诉他："别着急，晚上六点多就下班回来。"

果然是这样，天还未黑，晚六点十分，满达推着一辆28的男式自行车进了大门。他放下自行车，掏出手帕擦了擦脸上的汗珠后大踏步地走进了西跨院中柳泓他们的书房，这里，柳泓姐弟正在等着他。三个好友相拥，就像当年一样地打开了话匣子，十二年的时光匆匆而过，现在他们都已经是人见人夸的青年才俊了。你看满达，标准的现代青年，高大匀称的身材强壮有力，五官清秀，笑时一对深深的酒窝，头发有些卷曲，谈笑间露出一口整洁的牙齿。如果不看他那张清秀儒雅的脸，只看背影，就是一个十足的蒙古汉子无疑。但是当他转脸看向你时又是一张儒雅的俊脸，合上嘴唇又有一些严峻的意味。柳泓自不必说了，二十岁的王府格格，天生丽质，身材苗条，走到街上或者校园里，会引来无数人的目光。但是她天性良善，心地纯洁不染凡尘。柳泓生在富贵人家，自小无忧无虑，是王爷外公的掌上明珠。而柳泉自不必说，神童的称号不是虚名，他除了长得俊朗之外更是智慧超群，虽然只有二十岁，但已经是上海复旦大学医学院的高才生，是归国医学博士辛之栋的在读研究生，开山弟子，柳泉也是全家人的骄傲！三个年轻人聚在一起，欢声笑语，直到深夜才恋恋不舍地分开回房休息，只因满达明天一早还要去上班。满达已经从清华水利工程系毕业了，他以优异的成绩毕业之后，经过层层选拔，现已在水利电力部工作三年了，因负责一些国家重要工程的设计，身担重任，所以深受部领导的重视。满达十几年来一直生活在王府里，老王爷特别器重他，专门留有他的房间，并鼓励他忠君报国，为国家建功立业。因为当年战死沙场为国捐躯的满达祖父和现今的老王爷是结拜兄弟，生死之交。看着故人之孙，如今的满达在自己眼前生龙活虎的样子，王爷是看在眼里，喜在心上，满达在王爷心里的分量就如同自己的亲孙子一样。

满达回屋后，柳泉看向自己的姐姐，开始询问姐姐的脚怎么了，为什么看她走路不正常，难道是脚骨扭伤了吗？听着弟弟的询问，柳泓一开始不想说，强忍着不让眼泪流出来，但柳泉的一声："姐，你到底出什么事了？"让柳泓彻底地崩溃了，她小声地哭泣起来："弟弟，我的脚让蝎子给蜇伤了！""为什么？蝎子怎么会蜇到你？是你踩上它的吗？""不是的，是蝎子趴在我的皮鞋里，我踩了上去……"

"姐，蝎子会钻进你皮鞋里？太奇怪了？是不是宿舍里有人故意放的呢？""不是，是在我自己的屋子里，是有人特意放的，只为了狠狠地蜇我，让我痛苦不堪!""姐，谁能这么恨你呢？你那么好心眼儿，连小乞丐都给领回家来养着。""就是那个乞丐杨小青，就是她害的我。"柳泉非常奇怪，他让姐姐把袜子脱掉，露出了脚和小腿的部位。柳泉看到姐姐被蜇伤的脚很严重，红亮发青，已经肿到了腿膝盖下方，柳泉说："姐，你真够坚强的，你中毒这么严重，怎么还下地连续走动呢？去医院看了吗？""去了，医院的医生给打了一针后又抹了点药膏就回来了。现在是又痒又痛，难受死了!"柳泓在弟弟面前不再伪装坚强了，她龇牙咧嘴地流着眼泪。柳泉是个医学生，临床实习下乡调研时遇到过这种情况，此时他安慰姐姐："姐，你别害怕，我有办法医治，保你明天就消肿，后天就正常了。"

柳泉离开姐姐，看妈妈还没有睡，就让她去厨房找来白酒、缝衣针、白醋和明矾。柳泉开始给姐姐进行治疗，妈妈金秀站在一旁，看着受伤如此严重的女儿心疼得直掉眼泪。柳泉不愧为医生，他镇静地用清水清洗干净姐姐被蜇的右脚脚心处，又用力地挤压周边的红肿青紫的部位，剧烈的疼痛让柳泓尖叫起来。柳泓的哭声惊动了管家与满达，他们急促地跑了过来查看。只见柳泉从姐姐脚心的伤口处挤出了一堆的毒汁，又开始用白酒擦洗手中的缝衣针，消毒之后他又用火柴点火来烧，在确定消毒完成之后用手将姐姐足底下方蝎子留下的毒钩挑了出来。毒钩扎得很深，柳泉将其挑出之后又将脚心处的毒血挤了出来，之后进行消毒，并用纱布蘸上白酒在姐姐的右腿轻轻擦拭，这样既降了体温又进行了消毒。此时的柳泓已经是疼得面色苍白泪流满面了，站在一旁的满达紧张得汗水湿透了身上的衣衫，眼泪再也控制不住地流了下来。满达目不转睛地看着柳泓，心爱的姑娘如此痛苦，这全是因为自己惹的祸，这让满达无比地痛恨自己! 柳泉挤完姐姐脚心的毒血之后，尚不放心，他转身找了一个小小的圆形茶碗，用白酒擦了一擦，用纸点着火后在小碗中转了一圈，之后扔掉，就着热度把碗扣在了柳泓的脚心上，开始给她拔火罐，清除余下的残留毒液，柳泓又疼得尖叫起来。几分钟的工夫后柳泉将茶碗从伤口处起了下来。之后，柳泉用最原始的方法把白醋与白矾粉调和后敷在伤口处和红肿的地方，再看柳泓的脸已经从苍白开始变得有些血色了，大家终于放下心来。母亲金秀见女儿终于镇定下来，又有满达和柳泉在陪伴她，就和管家从柳泓的房间里走了出来。管家是一路的唉声叹气，金秀也不知说什么才好，他们分头各自回房去了，屋子里重新剩下了柳泓、满达和柳泉。

　　柳泓把腿平放在厚厚的毛巾被上，看着满达悄悄地说："放心吧，我没事儿！你回屋休息吧，明早不是还要开会吗？""格格，我对不起你！要不是因为我，杨小青也不会对你下如此的毒手，都是因为我，是我的错……"满达无比惭愧地向柳泓忏悔着。"满达，到底是怎么回事？姐姐被蝎子蜇了与你又有什么关系呢？不是因为杨小青吗？这中间到底发生了什么事儿？"柳泉不明所以地看着满达，他最好的兄长，这个小时候教他们武艺的大哥！"柳泉，其实这件事是与满达无关的，满达，你也不要自责了。杨小青恨我，一心想整死我，这又不是你教她的，你不要把责任揽到自己身上。再说杨小青也受到惩罚了，你就别难过了。"柳泓一味地给予满达安慰，竟忽视了自己的疼痛，这让柳泉这个当弟弟的心里很不是滋味。于是柳泉向满达问道："满达哥哥，这件事的前因后果你能告诉我吗？我很想知道！""弟弟，让满达回去休息吧，他明天早上还要开会，我来告诉你。"柳泓见满达看着柳泉那一副羞愧的样子，心中实在替他着急，她一心想为满达开脱。可是眼前的弟弟柳泉却是双眼盯着满达，一副充满疑问的表情。满达此时进退两难，一时又不知从何讲起。他嗫嚅着说：

"全怪我，全都怪我，那年咱们在鼓楼吃馄饨的那晚，叫花子杨小青吃了我端给她的那碗馄饨和肉饼，她就认为是我给她的，是我对她好，她因此感激不尽。其实那天是格格看她可怜，让我端给她的。格格看她饿得都站不住了，一心想救她。与我根本就没有关系！那时你们俩才八岁，根本端不住那么大的碗，何况里面还有一大碗热热的吃食。之后格格又让我用盘子夹了那么多的牛肉让她解馋，从这以后，杨小青就死心眼地认为我是天下对她最好的人。其实这一切都与我有什么关系呢？这份恩情善意都是格格的，但是杨小青就是不依不饶地说是我救的她，就是想要和我好！任凭我怎么解释，怎么严词拒绝都不行。为此四爷爷怒骂她几回，她虽然收敛了一些，但仍然像疯子一样地总来找我。后来管家四爷爷说把她赶出王府，让她出去自生自灭，又是格格听说后给拦住了，怕她一个姑娘家独自一人在外受坏人欺负，坚持把她留在王府。最终还是王爷和大贝勒商量了一下，取了一个折中的办法，让杨小青去咱家满福楼的后厨房打杂，切菜，这件事才算落了停。可杨小青依然不甘心，有空儿就往王府跑，我只好躲着她不同她见面，我甚至都不敢去满福楼见爹娘，就怕她犯神经病胡说八道。上次她来找我，对王府里厨房的人说她现在是满福楼后厨的女主子，将来与我成亲后就是正主儿了。我听别人告诉我后就去找她，告诉她说让她别再痴心妄想了！你说我怎么会招惹上她了呢？杨小青就是我命中的克星，是一帖臭膏药！但让人没想到的是她昨天来时竟然捉了一只蝎子，偷偷地放在了格格的鞋里后就走了。这不惹出了大祸，害得格格痛不欲生，全怪我！全怪我！……可我又能怎么办呢？我真的想和她同归于尽了！"满达无奈又愤恨地向柳泉讲了这件事发生的经过。柳泉问满达："这件事情就这么完了吗？难道轻易地放过这个恶毒的人？这种人在身边，随时会有潜在的危机，绝不能让她如此放肆，任意伤人！"柳泉愤怒极了，他怎么也不会想到姐姐柳泓因为善良竟然救了一个蛇蝎心肠的人，这不就是现实中的东郭先生吗？早知这样，还不如当初让她自生自灭呢！正如俗话所说的：可怜之人必有可恨之处！可是，因为惧怕坏人就不能再做善事了吗？柳泉的内心反复纠结着这个问题，一时也找不到答案。柳泉看着满达又问："杨小青现在在哪里？我找她去，我饶不了她！"柳泉恨恨地说着。"这件事情发生后，大家都非常奇怪，格格房间的地面上全铺着花地砖，门口也是青石台阶，屋子里面不潮湿，没有土，蝎子再厉害也冲不破石头地砖呀？所以肯定是有人放在格格的皮鞋里的！昨天是星期日，是我休息的日子。杨小青昨天下午回王府了，她在厨房向大家吹完牛后就离开了，但是龙珠少爷看见她拿着一个小盒子进了跨院，本想跟着看看她想干什么，但后来听柳湖少爷喊他，他就跟着柳湖跑了。所以后来王爷问了所有人后，就让四爷爷从满福楼将杨小青带回王府询问，当然她是一口否认的。之后龙珠少爷和她对质，说她手里有一个小盒子，她终于承认了蝎子是她放在格格的皮鞋里，她只是想和格格开个玩笑，吓唬她一下，并不想伤害格格。她还说当年格格在她要饭的时候将她捡了回来，等于给了她一条命，她怎么会害格格呢？她就是在和格格逗着玩呢……四爷爷听了她的话后气炸了肺，他老人家看老王爷沉吟不语，四爷爷上前先是给了她两个嘴巴子，后来杨小青就在地上撒泼打滚，大声哭号。四爷爷找来王府行家法的木板子，狠狠地抽了她几下子，杨小青见势不妙，又没人替她求情，她翻身爬起来号哭着跑出了大门。大家都以为她回了满福楼饭庄，谁知一袋烟的工夫，她竟然领来了派出所的警察。原来她哭着跑出去是为了告状去的，说王府的人毒打她。这之后民警将四爷爷和我一起带到了警局与杨小青对质，杨小青承认了她放蝎子的事情。民警对她的行为也是深恶痛绝的，觉得她年纪轻轻的又蠢又坏，便把她留在了派出所里写检讨书，让她悔过自新。现在杨小青应该还是在派出所内。起初警察以为王府是旧习不改，虐待下人，当弄清楚后对她也进行了严肃的教育。对了，警察还给水利部打电话核实我的情况，单位也是给我说尽了好话，我才算是清白了。柳泉，杨小青这个人沾不得，她在满福楼长期干下去也不行，她太坏了，不定什么时候又会惹出大祸来。咱们当年把她救到王府中来，给了她那么好的生存环境，格格又教她读书识字，咱们究竟是对还是错呢?"

满达带着满腔的悔恨望着柳泉，柳泉一时竟然不知如何回答。他低头看了一下姐姐柳泓，经过一天一夜折腾后的格格竟然睡着了，只是长长的睫毛上还挂着泪珠。柳泉轻轻地为姐姐盖了条毛巾被后与满达轻手轻脚地退出了房间。月上西弦，深夜静得很，偶尔还有草虫的嘶鸣声。

第三十七章　八大处之奇遇，兔子渡劫

　　柳泉到北京休假，不知不觉已经一周时间了。姐姐柳泓脚上的伤已经好了，明天是周日，满达可以休假一天，柳泓建议他们三人一起到西山八大处去爬山拜佛。现在他们已经是大人了，外出游玩时外公不用再操心再派人保护他们了。

　　北京西山八大处在京城的西面，那里有古老的寺庙和优美的风景。前些年外公曾经带领全家人一起去二处拜佛牙舍利塔，柳泉记得特别清楚。八大处景区有八处佛教寺庙，历史悠久香火旺盛。只是他们没有走完全部景点，最远的地方只是到了六处香界寺。外公告诉他们这第六处观景最美，这里有当年皇帝的行宫，所以建筑得如同皇家园林一般，精美且雄浑。那年他和姐姐还小，实在是走不动了，姐姐的脚还打了血泡，所以没有去成。外公的府邸在西城，离西山八大处也算不上太远，他们三人便骑着两辆自行车，一路说笑地直奔西山而去。当然是满达骑着他那辆大二八自行车，柳泓轻巧地跳到后座上，单手揽住了满达大哥的腰，并连声夸奖他心眼儿好，怕后座铁架子硌了自己，于是贴心地给绑上了两条白色毛巾。满达不置可否，只是笑着露出一口白牙，和柳泉并肩骑行且一路地谈笑风生。柳泉望着健壮威武的满达和用手揽着满达腰部的姐姐柳泓，他突发奇想：满达的动作如此灵巧，如果姐姐走不动了，爬山时就可以挂在他的腰上，满达能够如同猿猴一样自由地跳跃，姐姐一定会开心地大笑，那将一扫她前日心中的委屈。想着自己把崇拜的大哥比喻为猿猴，柳泉便扑哧一声地笑了。柳泓问他怎么了，他笑着看着他们两人却无法回答。

大约骑行了一个多小时，他们来到了西山八大处的山脚下。今天来这里游玩的人可真不少！也许今天是星期日的缘故吧？柳泉望着络绎不绝的游客，又整理了一下准备供佛的水果、点心，还有特意请来供佛的沉香。柳泉对佛教是很虔诚的，因为扬州的父母与北京的外公都是佛教的信徒，是在家居士。虽然他们都曾身居高位，但是他们都有自己的信仰，坚持众生平等，坚持"四法印"的理念。他从小在这种环境下长大，"心怀慈悲，开发智慧，诸法无我，涅槃寂静"，柳泉的内心世界深种慈悲良善的种子，致使他心胸宽阔，从不计较一些小事，并且特别乐于助人。昨晚母亲已经为他们准备好了香烛供果，因怕骑车的路上有磕碰，柳泉将这些背在身上，唯恐有一丝的闪失而对佛菩萨不敬。在满达他们两停放自行车之时，他认真地检查了一遍后才放下心来。

三人开始了登山游览，满达随手把柳泉的背包解了下来放在自己身上，他像个踏实的大哥一样关心照顾着柳泓姐弟，柳泉也不推让，他打头走向前面。按照他们预定的计划，先去一处的长安禅林参拜。年轻人身轻体健，说说笑笑地随着登山的香客们参拜完毕，又来到了他们曾来过两次的八大处二处的灵光寺。灵光寺是一处古老的寺院，始建于唐大历年间，几次更名，几次扩建，现在形成了规模宏大的佛教圣地。这里供奉有佛祖释迦牟尼的铜像，铜像贴金之后显得更是无比庄严。这座拥有一千二百多年历史的佛门古刹，古刹中藏有佛祖佛牙舍利一枚，因为没有对外展示更显神秘。柳泉极其渴望能够瞻仰佛祖的真身舍利，但是他此次又是无缘得见，只好在心中安慰自己："我已经拜了佛祖，得沐佛光普照，我要知足！"他口中不断诵着佛号，在大殿僧人的指导下摆上了供果，燃起了佛香。柳泉懂得知足常乐的道理，他在佛前跪了下去。他看到了柳泓和满达，只见他们两人也是十分虔诚地跪在蒲团之上，双手合十，微闭双眼地喃喃诉说着什么。出了大雄宝殿，他们又在寺内游览，绕塔，喂金鱼池内那些大鱼和小鱼，看鱼儿们欢快地游向他们，水面呈现出了一片金红色的鱼潮，柳泓激动得开怀大笑。她面色红润，一扫前日遭人陷害的阴云。告别了灵光寺，走出山门大殿，三人又按行走路线向另外的几处景点走去。八大处其实离香山公园不太远，只是香山公园人为的痕迹太浓，风景虽美却怎么也不及这里的风光天成。八大处的八大古刹，建在风光秀丽的太行山余脉翠微山，在平坡山与庐师山的环抱之中，地势极其优越。八座古刹分别创建于唐宋元明各朝，经过历代重修，至今这些古建筑群依然保存得非常完好。难怪古人曾对此赞叹："三山如华屋，八刹如屋中古董，十二景如屋外花园。"柳泉他们三人从二处灵光寺走出，有些口渴，于是他们便来到了附近的茶水服务部，找了个茶桌后坐了下来。他们要了一壶茉莉龙珠，准备喝后继续游览。开水冲泡的茉莉龙珠茶香四溢，浓郁的香气扑鼻而来，让人心情舒畅。柳泉端着自己的茶碗放在鼻子前，深吸了一口茶烟，一股美妙的香氛立即沁入喉间，他眯着眼睛享受着香茗与八大处的和风。茶博士很高兴，今天卖出了一壶好茶。看着柳泉很享受的神情他认为今天遇到了知音，便开心地凑上前来与柳泉他们攀谈。柳泉在扬州和上海，作为学生他平日很少喝茶，如果喝茶也是喝龙井、碧螺春居多，为了清火与明目，他有时会用头道的绿茶水雾熏眼睛。大伙儿全笑他医书看多了，称他为偏方大王。柳泉对此不置可否，只是笑笑而已。今天在这里，柳泉将茶喝得有模有样，让这位茶博士很有成就感，他笑着说了一句："这位先生真有品位，喝出了茶的心意，不像有的人坐在那儿，咕咚咕咚地喝个没完，像是饮驴的……"茶博士的话还没有说

301

完，隔桌就有人不干了，一嗓子就吼了出来，并用桌上的茶壶盖儿敲打茶博士手中的铜壶："哎！你是说话呢，还是骂人呢？今儿个你就说说咱们谁是驴？这喝壶茶还分三六九等吗？小白脸们喝茶是茶仙，我们喝茶是饮驴……"茶博士一见茶客急了，也知道自己刚才说的话有毛病，不应该这样说！他一个劲地向那个发脾气的黑脸汉子赔不是："对不起！我错了！我错了！我只是顺嘴胡诌八扯，绝没有骂您的意思！对不住了！对不住您啦！……"茶博士不住地低头向那人道歉，双手作揖，祈求人家原谅。但是那人不肯罢休，挥手给了茶博士一记耳光，又抄起了木凳想要砸向对方。茶博士吓得双腿发软，想跑又迈不开步，更不敢向对方还手。柳泉开始还有些惭愧，只怪自己和人家闲聊才招出这茶博士说出了这伤人的话语。但一看那人竟然开始动手打人，便立即站起准备上前劝止。就在这一刻，柳泉发现满达站起身来，他轻移了一下就站到了那个壮汉的身边，用手只一按，那个人手举的木凳便到了满达的手中，电光石火之间便解除了暴力行为。被卸下木凳的黑脸汉子瞪着牛眼看着满达，呼呼地喘着粗气，此时他的同伴也站了起来纷纷相劝："算了，算了，都是来拜佛上香的，何必呢？走啦，走啦……"几个人拉着那个大汉走了出去。柳泉凑过来一看，茶博士的脸被扇得红红的，上面印上了五个指印，他的腿还在不断地颤抖着，嘴却一句话也说不出来。旁边还有几桌茶客在纷纷地谴责打人的人："这是在八大处哇，拜佛进香的地界儿，即便不高兴也不该动粗儿啊！而且没有付茶钱就跑了，这几个人真不地道！"也有人在细细观察满达，小声说："这个人是个武林高手，使用的是江湖上的凌波微步。"满达依旧是没有说话，他素来话少，但他的眼里不揉沙子，看不了恃强凌弱的人。

柳泓本来正在高兴地喝茶，突然之间就发生了这样的事情，她庆幸正直的满达没有动手把那个人给揍扁了！现在平静了，她只想快快离开此处，千万不要在佛教圣地惹是生非。柳泓此时走上前来，她轻轻扶起挨打的茶博士，把他的铜壶放在桌子上："对不住了，让您受了委屈。这是我们的十元茶水费，另外这十元是替走的那帮人交的茶钱，您别生气了……"柳泓的柔声细语感动了茶博士，他情不自禁地流下了眼泪。一个大男人，挨打的时候没有哭，却在一个姑娘的安慰下掉了泪儿。他着急地说："用不了这么多钱，十元钱就足够了。"柳泓他们向他招了招手，走出了茶水铺子。柳泉见满达不说话，只是闷着头一步一步地踏着山路的石阶向前，他便离开姐姐凑了过去："满达大哥，我看你轻功不错呀，教我两手呗……"满达看着柳泉调皮的笑脸也乐了，他满口应允："我看行，咱们明儿早上开练，你起得来吗？""当然，我一直坚持晨练，闻鸡起舞嘛！只可惜那两只大公鸡不在了。"柳泉不由得叹了口气，三人又因此打开了话头，有说有笑地继续向前进发。

柳泉他们依次参拜了三山庵、大慧寺、龙泉庵，下一个目标的参拜地便是赫赫有名的第六处，皇家古刹"香界寺"。香界寺位于三山的平坡山，坐北朝南，依山取势，雄伟壮观。柳泉听说修建于唐乾元年间的这座古刹特别灵，母亲也嘱咐他要好好上香祈愿，以求得佛菩萨永久的护佑。所以柳泉兴致勃勃，他是第一次来香界寺，他想要好好看看当年的康熙大帝在唐代古碑的碑阴上亲笔书写的大如洪斗的"敬佛"二字，因为这也是他自己和父母的心愿。他还想看看乾隆皇帝的"行宫院"，体会一下帝王们身居古刹信佛学佛敬佛的心境。香界寺的传说很多，每个传说都很迷人，值得令人深思。

三个年轻人精力充沛，谈笑之间就已经接近了香界寺的大门。就在此时，他们听到了身旁游客的惊呼："兔子，兔子……"柳泉他们看到，有一只肥硕的兔子跳跃着跑到了他们面前，惊恐地抬头望着他们。这应该是一只野兔，它的体形粗壮，棕黄色的皮毛，长了一个双下巴，它竟然胖得像一只小猪。柳泉从来也没见过长成这个样子的野兔，它太大了！柳泓也惊讶地看着它，不知它从哪里来。柳泓心里很喜欢它，便想弯下腰来摸一摸它。柳泓哪里知道，在她想弯腰的那一刻，兔子的眼神竟然与她的眼神相对，柳泓还没有反应过来时只见兔子轻轻地一跃，便落在了柳泓的怀里。柳泓一时不知所措地抱住了兔子，兔子把头依偎在柳泓的胸前，好像见到了自己的亲人。就在大家惊诧之时，一条黑白花纹细长腰身的猎狗飞奔到了他们面前。有人说："狗追兔子呢……"猎狗见兔子被柳泓抱在怀里，瞪着凶狠的眼睛便向柳泓呜呜，狗龇着尖利的牙齿，向柳泓发出了低沉的吼声，随时准备扑向她怀抱中的兔子。兔子在柳泓怀里不断地哆嗦，紧紧地贴着她的胸口，寻求她的保护。柳泓知道，只要她一松手，兔子便会一命呜呼！善良的她怎么忍心呢？但是她也知道，如果她不松手，猎狗会随时扑上来撕咬兔子，也会捎带着伤害自己。柳泓很害怕，她怕极了！怎么办？情急之下，柳泓闭上了眼睛，紧紧地抱住这可怜巴巴的兔子，她要救它！柳泓被吓得流出了眼泪，可是手却没有丝毫地放松。满达和柳泉站在柳泓身边，用自己的身体挡在柳泓面前，保护着她的安全。但是猎狗是非常聪明的，它有着细长的身子和强健的腿，它不断地吼叫威胁并转动着身子，意图让柳泓放下它的猎物。如果不是有两个高大的男人挡在眼前，猎狗早就飞身跃起将兔子抢过来咬死了。满达知道这只猎狗训练有素，是有主人的。果然不出他的所料，两个气喘吁吁的庄稼汉跑了过来。猎狗迎了上去，呜呜地向主人诉说着，并恶狠狠地盯着柳泓，准备着随时听从主人的命令扑将上去，将猎物贡献给自己的主人。

满达看了看两个来人，此时周边已经围上来很多看热闹的游人及香客，连寺院山门殿里的和尚都凑了过来。满达心中已经有数了，他是草原人，知道这就是附近的两个山民在带着他们的狗打猎，狗在追兔子，兔子逃命时遇上了他们。兔子情急之下找对了人，柳泓竟然不顾自己的安危来保护它。看来动物也都是有灵性的！它们知道谁是好人，谁是坏人。

满达看向了这两个山民轻轻问道："你们的狗？""对，俺们的狗，俺们的兔子！快把兔子放下来给俺们带走！"山民看着满达，十分豪横。满达笑了一笑，看了看这两个人说："实话来讲，这兔子不是你们的，因为你们的狗并没有将它捉住，兔子在前，狗在后，兔子跳到了我家人怀里，兔子应该就是我们的。大伙儿都在看着呢，让他们来说说，我说得对不对？"满达对两个山民讲着又顺便问了问围观的群众。"这个小伙子说得对，你的狗叼住了兔子，兔子自然是你家的！但是狗没有逮住兔子呀，兔子不能算你家的……"众人七嘴八舌地说着，各抒己见。香界寺门前一片嘈杂，引来了寺院里的当家大和尚。香界寺的大和尚分开众人走上前来，打了问讯："阿弥陀佛，究竟发生了什么事情？"看着寺院里的人出来了，那两个山民丝毫不以为意，因为他们本就是附近村庄的农户，平日也常到香界寺里帮工做事，和寺院中的和尚们很熟。他们其中一个人说："大师父，我们带着自家的狗在山上打猎，我们的狗发现了这只大兔子，一路追来，正要将兔子逮住之时，这兔子让他们给抱住了，真是岂有此理！明明是我们的东西，我们的狗从山里把兔子赶出来的，让他们平白无故地弄到手了，这天下还有没有公理？大和尚你说句公道话，这只兔子该归谁？"只见大和尚走上前来，看了看柳泓他们三人，又看了看柳泓怀中的野兔，他淡淡地笑了一下，口中又念了一句"阿弥陀佛"，之后便问柳泓："姑娘，你们是城里人吧？这兔子是怎么让你捉住的？你要这只兔子做什么呢？"柳泓经此一番惊吓，又见寺院里出来了一个老和尚向她问话，她倒镇静了下来。她对老和尚说："师父，这只兔子不是我们的，它是被狗追急了跳到我身上的。我怎么忍心放下它，我要是放下它，这只兔子就没命了！师父，佛家不是讲究众生平等，慈悲为怀吗？我不能眼睁睁地看着它被狗咬死呀！我要兔子也没有用，我只想让它活着，您帮我们说说，我们用钱将兔子买下，给它一条生路吧！师父您看这只兔子多么可怜，它吓得直哆嗦，咱们救救它吧！"老和尚又重新看了看这只兔子，只见兔子的大黑眼睛也在看着他，似乎有话要说。

老和尚分开众人，看着那两个山民笑了笑。他又念了一句："阿弥陀佛！两位施主不要着急，依我看这只兔子命不该绝，它自己会找人救它，证明它有灵性！如果你们俩让有灵性的动物失去生命，也是对自己、对家庭不好的。再说这只兔子也不能算是归属于你们，在你们的狗没有捉住它时它开始了自救，现在救它的人说了，愿意付些钱给你们。其实你们是不应该让人家付钱给你们的。积德行善往往在一念之间啊！"老和尚看着这两个山民，苦口婆心地劝解他们。但那两个人还是有一些愚昧，或许是贫穷导致了他们的心性，他们仍然坚持着要回兔子，要么就给他们钱，他们认为这样才是合理的。老和尚叹了一口气，问他们俩要多少钱才可以放掉兔子。他们俩互看一眼说："五块钱吧！"满达听后立即从上衣口袋中掏出了钱，那两个人见掏钱这么痛快，立即改口说："十块钱，二十块钱才行……"满达掏钱的手僵住了，脸上有了怒意。要知道满达清华大学毕业，每月全部工资才四十多元，他不想这样被两个山民敲诈，要知道市场上一只野兔也就两三元钱，这两个山民也太贪婪了吧！

老和尚本想再劝劝那两个山民，谁知抱着兔子的柳泓却对满达说："快快给他们，救兔子要紧！"当那两个山民兴奋地拿着二十元钱离开这里之后，柳泓那颗紧张的心才算定了下来，她用手抚摸着兔子的头说："别害怕，没事了，他们走了。"此刻只见兔子抬起头来，它的大黑眼睛里流出了眼泪，打湿了它面前的棕黄色的毛发。老和尚此刻笑意盈盈地将柳泓他们三人请到了客堂叙谈，并轻轻地拍了拍柳泓怀中的兔子说："恭喜你，渡劫成功了！"

香界寺的客堂里茶香四溢，温润于心。大和尚与他们三人谈笑风生，在柳泉的请求下大和尚又给他们讲授了一些佛教知识，他对柳泓的善良大加赞赏。柳泓向他提出了一个请求，就是让这只兔子暂时生活在香界寺中，免得那只猎狗又会前来搜寻。大和尚笑呵呵地答应了，但是他又说："此物本是山野中的精灵，不能强行圈养，将它留在本寺后，它的来去自由，它也可以在本寺中听授经义教法，皈依佛门，只看它的慧根了。"如此安排，柳泓特别地满足，她用手拍了拍怀中的野兔说："还不快快谢恩！当家师父决定收留你了！"只见那只硕大的野兔转过身来从柳泓怀中跳了出去，它用前肢离地站起做了一个前爪合十的动作，并拜了三拜。这意外的情形让在场的满达他们以及老和尚的侍者一时目瞪口呆，随即大家也笑着站起来，像这只兔子一样恭敬地给大和尚行礼。

香界寺的当家和尚是德高望重之人，他深通教义，苦修多年，今日见到来寺中上香参拜的三个青年人，得知他们都是名牌大学的学生，又心地纯真善良，也是分外高兴。他亲自带领他们到大雄宝殿，为他们点灯燃香，祈请佛菩萨对他们给予加持。当他们三人跪在蒲团之上，大和尚口中念着咒语将他的大手依次按在他们每人的头上。此时柳泉只感到一股热流从他的头顶直到四肢足心，且有一股香气鱼贯而来。他明白这香界寺当家师道行高深，这真诚的给予让他全身温暖极了，而此时柳泉也观察到在姐姐跪拜的蒲团旁，那只被救的野兔竟然和他们一样也在蒲团之上跪着，前肢兔爪同人一样合十，等待着大师父的恩赐！

天色已晚，柳泉他们依依不舍地告别了香界寺，当家大和尚亲自送他们出了古刹的大门，合掌道别。分别之际他轻声对满达说："施主年轻有为，但性情过于刚正，施主前途不可限量，但需刚柔相济才好。"满达听后笑着回答："谢谢师父的提醒与教诲，我年轻不懂深浅，以后会多加注意，有机会一定会再来向师父求法。"大和尚听后说："相逢即是缘，有时间常回家看看，阿弥陀佛，愿你们平安吉祥……"出了大门后，柳泓回身找了一下那只兔子，她看见兔子正站直了身子在大门内望着她，只可惜兔子不会说话，要不然它总会跳着过来说声再见吧！柳泓心中思量着，她听到香界寺大门关闭的声音。是的，夜色来临，游客们早已离去。他们三人也要原路返回，准备回市区家中。

下山一路，柳泉和满达都争相扶着柳泓，怕她抱着那个大肥兔子时累坏了。他们三人讨论着，他们都没有见过如此健硕、如此聪明的动物，今天的遇见可以说是一个奇迹！何况兔子竟然能听懂人话，竟然会如同人一样地跪在佛前祈祷。奇迹呀！奇迹！

三人说笑着回到了一处的大门前，找到了他们的自行车。回来的路程快多了，天黑了，大山发暗了，只有山路的台阶是白的。他们正要骑上自行车时，一道白光出现在了他们的车头前，是那只兔子来了！柳泓连忙弯下腰来，她用双手抚摸着兔子，依依不舍地问它："你怎么不好好地在寺院里待着呀？出来多危险呀，快回去吧，我以后还会回来看你的。"兔子依偎在柳泓身上，像个孩子似的恋恋不舍，黏在她的身上。柳泓知道兔子已通人性，她又一次地把它抱在了怀里，并用脸贴了贴兔子的脸，之后把它轻轻地放在了路边的草地上，轻轻向着它挥了挥手："再见了！你要好好的！"柳泓带着哭音跳上了满达的自行车，挥手向兔子告别。

天色完全黑了下来，郊区马路的照明也不甚好，偶尔公交车的大灯明晃晃地一闪而过，但柳泉总感觉前面有兔子的身影在为他们开路照明，直至进入市区内灯火通明之处，他的这种感觉才消失。

第三十八章　坏到骨子里的杨小青

今天是周一，天气特别好。柳泓姐弟还像当年一样天没亮就起床，他们到偏院来找满达，让满达教给他们防身之术。早上七点之后，满达骑上自行车准备上班。他刚推车走出大门口，杨小青就从门墩后闪身出来拦住了他："满达，你先别走，我有话对你说。"杨小青用双手将满达拦住。"你不要理我，我和你没有关系。靠边点，我要去上班，要不我就会迟到的！"满达推着自行车向前走，想夺路而逃。"满达，你帮帮我，我知道错了。我不该把蝎子放在格格的皮鞋里，我没有想到后果会这么严重。现在王府不让我进门，满福楼饭庄也不许我进门，我无处存身了。我有那么恶吗？派出所我也蹲了，悔过书我也写了，我现在成了个无家可归的人，你难道就不可怜可怜我吗？帮帮我吧，满达，你是全北京对我最好的人了。"杨小青边说边哭一副无助的样子。"杨小青，首先我告诉你，我不欠你什么！你也别怪大家都不收留你，谁敢招惹你呢？你没有人性，柳泓格格对你那么好，当年收留了你，让你有了吃住的地方，还教你读书认字，这天下你哪里去找这样的好人呢？你不感谢她，还总想加害人家，你这是人做的事吗？你快走吧，别挡我的道，我得赶紧上班去了。"满达边说边往前走，可杨小青不听劝，还一把拉住了满达自行车的车把，她瞪着眼看着满达说："满达，柳泓是资产阶级，她是资产阶级大小姐！现在是新社会，是穷人的天下！现在她要和我抢男人，我岂能饶她？我岂能让着她？她就应该被蝎子蜇，蜇死她才好呢！"满达不可置信地望着愤怒的杨小青，真没有想到一个如此年轻的姑娘心肠竟然这么歹毒！满达现在更是从心中对杨小青增加了厌恶，只想快点躲开她，躲得越远越好！"杨小青，你别再胡说八道了！对了，你一个大姑娘家，要自尊自爱一些，别再干坏事了，否则你还会被警察抓去派出所，再严重点就该吃牢饭了。你这种人再不改掉自己胡说八道的坏毛病，到时候没人会再收留你，搭理你。也怪当年格格瞎了眼，救你干吗呀？让你自生自灭好了！"满达恨恨地看着杨小青，一时间把心里话全说了出来。"满达，你别对我这样！你就娶了我吧，让我有个家，我会好好伺候你的！……"杨小青拉住满达的胳膊，央求着他。"你神经病吧！说什么疯话？我和你历来素不相干！靠边点，别影响我上班！"满达的心中来气，他被这样的一条毒蛇纠缠着。必须远离她！满达想到此处，右手轻轻一挥，杨小青拉着他胳膊的手便脱开了，她噔噔噔地后退了几步坐在了地上。杨小青扶地大哭："满达，你这个没良心的！你这个狗东西，枉我对你好了这么多年，你看不起我，你巴结那个资产阶级！满达，你不得好死！运动快来了，你等着挨斗吧！……"杨小青一把鼻涕一把泪，如同一个泼妇一样坐在地上号啕大哭。

早上七点的北京胡同内，人流本不多，但经她一番哭喊，也招来了不少老街坊和小孩子，胡同的人都知道她，这个当年的小叫花子没有人性，是个十足的白眼狼。因此街坊的大人瞧瞧热闹后都摇头笑笑离开了，只剩下了几个小孩在旁边看热闹。没有人劝解她，更没有人同情她。杨小青见满达已经骑车走了，看热闹的小孩们三三两两地围着她，谁都不搭理她。杨小青没有台阶可下，便顺势躺在了地上，抽抽搭搭地高一声低一声地哭着，并用手捂着脸，从指缝中观看外面的情况。只听有路过的老街坊说："小叫花子长大了，脸都不要了，光知道做坏事，黑了心了。你就躺着吧……"

突然一阵车铃声，一个穿着旧军装的男人骑车过来了。杨小青从手缝中看到是穿军装的人，她想跑，以为是民警又来了。但是来不及了，她只好又"呜呜呜"地继续装哭，想让警察原谅她。但是，她意料不到的是，她的机会来了！

她看到这个年轻的男人从骑着的自行车上下来，走到了躺在地上哭喊的自己身旁，他俯下身来对着她说："怎么回事？你这个姑娘为什么躺在这里哭？是病了，还是有人欺负你？"男人的声音虽大，但是温和又亲切，这让杨小青有了从地上爬起的勇气。杨小青站了起来，她扭身拍打身上沾的尘土并转过身悄悄地用唾沫在眼皮上抹了抹，好似泪流满面的模样。她定睛看了看来人，并不认识，她没有在胡同附近见过他。问她话的男人很年轻，也就将近三十岁的样子，干干净净利利索索的，他的目光透着善良，这让杨小青放下心来。说实在话，她真怕来人是个警察，警察对她的所作所为进行过严厉的批评，要是看见她今天对满达的纠缠，肯定又会让她写检讨，这白纸黑字的写多了对自己以后一定没好处，杨小青心里清楚得很。骑自行车的男人见杨小青站了起来，不像生病的样子，只是泪痕满面，抽抽搭搭地望着自己，于是向她问道："怎么回事？大清早的在这里哭，是有什么人欺负你了吗？""是的，他们都欺负我，把我赶了出来，我无处可去，无家可归了……"杨小青又重新开始了哇哇大哭，像失足溺水的人抓住了一块漂来的木板，她用手拉住了那个男人的自行车，生怕来人跨上车座跑了。"你叫什么名字？""我叫杨小青。"此时站在杨小青身边的两个小孩也在一旁搭话了："她就是叫杨小青，是个小叫花子。她是王府捡来的，她可坏了，会用蝎子蜇人呢！她还追满达，让人家给推了一个屁股蹾。""李秀敏，你少胡说八道，滚一边儿去！"杨小青看着说话的小姑娘一脚踢过去，想阻止那几个小孩的话语。小姑娘边跑边回头："噢，追满达哟，小叫花子追满达哟……"旁边的另外几个孩子也跟着起哄，没有一个人同情她，搭理她。杨小青愤怒又无奈，她泪眼婆娑地望着面前的男人。"你有困难，有委屈就去找区妇联呀。妇联是女同志的家，可以为你做主的，现在是新社会了，不许歧视女同志的，更不许把女同志赶出家门，还无家可归？真是反了他们了！走，杨小青，我带你去找妇联的同志汇报，妇联的姐妹们一定会伸出援手帮助你解决问题，妇联就是女同志的娘家！走吧……"杨小青见对方那么热心，那么肯定，可是因为自己心中有鬼，她还是有些犹豫地站着不动："人家会管我吗？我是个没有爹娘的苦命人……""妇联是劳动妇女的娘家，怎么会不管呢？我带你去，她们一定会帮你想办法的，走吧，杨小青同志！"就这样，杨小青起身跳上了男青年的自行车，并用右手揽住了那人的腰，随着早晨上班的人流，七弯八拐地来到了区妇联办公室。杨小青由那个男青年带领着走了进去："陈姐，我上班时遇上了一个被伤害的女同志，她被家里人赶了出来，现在无家可归了，爹妈都死了，我看着太可怜了，就把她带到你这里来，你给她想想办法，帮助一下，都是穷苦人家的孩子。我先去上班，中午再过来，陈姐费心啦！……"年轻人把杨小青交给了妇联的陈姐便急匆匆地离去。

区妇联办公室有四张办公桌，相对而放。陈姐顺手拉了一个木凳子过来，让杨小青坐在自己身边，又给她倒了一杯白开水放在面前，之后拿出了纸笔准备询问杨小青的情况。杨小青一看到了纸和笔，脸儿就又吓白了，她以为陈姐又像派出所的民警一样审问她，她抬腿就想跑。杨小青的确是有些心虚理短，但一旁的陈姐伸手拉住了她，并和蔼地对她说："你不要怕，有什么冤屈尽管告诉我，政府替你做主，现在是新中国新社会，妇女要顶半边天，共产党提倡男女平等，共劳共酬，过去的封建时代一去不复返了！……"杨小青听着陈姐对她说的一番话，想着自己心中的委屈，立马儿就热泪横流。她抽抽搭搭地向陈姐诉苦，从幼年父母双亡，到沿街乞讨，又到今天的无家可归，并被满达无情地抛弃，又在胡同里将她推倒在地！唯独不谈她对柳泓的行恶和对满达无休止的纠缠。陈姐是一个善良正直的退伍军人，她也是年轻时吃了很多苦，所以一听杨小青的哭诉，立即对她充满了同情。陈姐想起了歌剧《白毛女》中的黄世仁，那就是杨小青口中的满达呀！而杨小青就是活生生的"白毛女"，在等着她们救助呢！

陈姐对杨小青百般安慰，给她打气，让她勇敢地站出来揭发王府中人对她的迫害，揭发水利部工作的满达对她的始乱终弃，妇联就是全中国劳动妇女的家，是娘家人，是靠山！此刻的杨小青得到了鼓励，她兴奋的脸上泛起了红云，她完全忘记了自己在派出所时的样子和她写的悔过书，当然这最后的结果是杨小青被揭开了真面目。但是妇联却在听信了杨小青的谎言后给满达带来了巨大的羞辱并差点毁掉满达的前程。

就在杨小青在妇联控诉满达时，满达在同时间段也站在部长的办公室里，他得到的却是部长对他的称赞和部委给他的嘉奖令。青春洋溢的满达怎么也不会料到在他欢乐的时候竟然有人要将他置于死地！是的，他被恶魔缠住了，被毒蛇缠住了，并被死死地缠住不放。

几年以前，满达从清华大学水利工程系以优异的成绩毕业之后，被分配到水利电力部工作。解放初期的新中国，科技不发达，专业人才很少，作为清华学子的满达深得部长的重视。满达积极工作，有上进心，在前人兴修水利的经验基础之上，他拓展思维，与前辈一起积极探讨，解决了过去很多认为不可思、不可解的难题，在各方合力支持的前提下彻底改造修建了著名的"官厅水库"，解决了整个北京市的吃水难题。满达是这个班子里最年轻的工程师，那时的他与同事们一起出谋献策，日夜苦战在第一线，首先在对海河流域的治理上取得了重大突破，获得了令人刮目相看的成绩。官厅水库是新中国成立后修建的第一座大型水库，它位于河北省怀来县境内。水库的主要作用是拦蓄永定河水，而永定河水经常泛滥，洪水卷着泥沙对北京城危害最大。因而党和国家把官厅水库的修建列为重点工程，水利部派出精英班子在勘探、分析、蓄水、疏导、泄洪等一系列方案选择的准备工作进行了多番调整后，于一九五一年十月官厅水库正式动工，后直到一九五四年五月竣工，满达和同事们整个身心都扑在了工地上。工程优质，人民放心领导开心，满达他们整个部门受到了集体表彰，满达也得到了嘉奖令！更令满达高兴的是党支部书记通知他，他一年的考验期已到，本月他就可以成为一名光荣的共产党员了。满达很兴奋，他一扫今天早上被杨小青拦截的阴云，只想晚上下班早点回家把这个好消息告诉给柳泓姐弟，今晚一定要共同庆祝一番，他们三人要开上一瓶好的葡萄酒，甜甜地干上一杯。满达独自回到办公室里，开始想着他的计划，他还可以有几天的舒适时间，下个月他就要与同事们一起接新的任务：官厅水库修建完毕后国家会修建北京的第二座水库，就是比官厅水库更大一些的密云水库，用以控制潮白河水域的泛滥成灾，为北京市民准备另一盆净水。勘探方案要细，工程进度要快，满达信心百倍准备迎接新的挑战，作为一名共产党员，有什么困难是不可克服的呢？

今晚的满达与柳泓姐弟在满福楼饭庄吃的是火锅，老北京涮羊肉配上精美的麻酱调料和油炸辣子，热气腾腾鲜香无比。他们三人还喝了一瓶德国帕克原产的雷司令葡萄酒，甜甜的酒浆入喉，满达感到特别兴奋，在自己挚友的身边，他觉得轻松快乐，他把今天自己得到的好消息与柳泓他们分享。现在的满达，工作上得到了上级嘉奖，思想上达到了梦想的高度，他梦寐以求地加入中国共产党，成为一名光荣的共产党员的心愿马上就要实现了！他今天听到了确切的消息，只等党总支召开党员大会宣布了！满达的情绪感染着柳泓姐弟，他俩羡慕地望着他们的大哥，他俩心目中的英雄，两人表示一定要向满达看齐，争取进步，争取在校园中成为最好的学生，加入中国共产党，成为一名光荣的共产党员！他们相约：谁也不许落后！此刻他们信心满满，喜笑颜开。这才是人生最好的年华，青春洋溢，前程似锦！涮羊肉的黄铜火锅热气腾腾，木炭在炉膛中"啪啪"炸裂出红红的火星，三个共同成长的青年才俊，单纯地、无忧地共同举杯，开怀大笑着。

满达所在的部门主要任务是勘探设计，他是本部门中最年轻的工程师。因为他清华大学毕业，工作积极努力，为人随和有礼，所以周围的同事都很喜欢他。由于他长得高大帅气，又不太善于言辞，当大家都知道他还未婚，还没有女朋友，便争相给他介绍对象，部里也有很多女青年向他表示爱慕或者托人转告自己的想法，但都被满达一一地婉拒了。很多同事认为满达太清高了，那么多的好机会和好姑娘，满达都不抬头望一眼。要不是他在工作中做出优异的成绩，许多人会认为他是个木讷的白痴，空有潇洒帅气的皮囊，却不懂人世间的情事，可惜了！

今天满达仍如往日一样，手提两只空空的暖水瓶去一楼锅炉房打开水，同事们只爱喝水却无人愿意跑上跑下地去灌水，这长期以来便成了满达的工作任务，有人曾劝他别管这些闲事，谁渴了谁去打水，凭什么伺候大伙儿呢？满达不太爱说话，只是一笑置之，自己长胳膊长腿的，提两壶水又不累，上下走几层楼，就当锻炼身体了。满达打水上楼后，只见他们部门的领导刚刚放下手中的电话，用奇怪的眼神盯着自己。满达看了看桌子上的暖水壶，一切和往日一样，没有什么变化呀？满达不解地走到自己的办公桌前准备开始工作。"满达同志，有区妇联的人找到部里来控告你的恶行！我告诉她们，这绝不可能！我手下的人怎么可能出现这种问题呢？但是上级领导还是叫你去一趟人事部门，有人要和你进行对质呢！老弟，用不用我陪你去一趟，你可千万别拉了胯呀，咱们的新任务下周就要开始了！"满达听后怔了怔，他没有明白发生了什么事情，自己素来少有和他人来往，怎么会有人找来控告自己？而且还是妇联的人来对质？自己平时都不怎么和女同志说话，今天这是怎么了？满达心里想着，但他脸上却毫无惧色，他怕什么呢，自己又没有做过什么亏心事。满达来到三楼的人事部，他敲开门后见到了一个熟人和另外几人，认识的是人事部门的两位领导，另外两名男女是生面孔，熟人就是那个对他死缠烂打的杨小青！

　　满达进办公室后没有说话，他很奇怪的是杨小青为什么到他的工作单位来，难道她会在此哭闹吗？"满达同志，今天让你到人事办公室来是有件事要询问你，请你如实回答给妇联的同志，不要有所隐瞒！"人事部门的领导看着满达，他虽然和满达没有任何交往，但他知道满达是个好同志，是个工作狂，是个积极要求进步的青年，日前才接受了嘉奖，今天却遇到了这样的事。人事部门的领导都觉得很扫兴，怎么会这样？满达怎么会闹这么一出呢？

　　满达听见人事部门的人发问后，他抬眼看了一下来人和对面的杨小青，满达说："有什么事，你们就说吧，我有一说一，如实回答。"这时坐在满达对面的区妇联领导很严肃地看向他，盯了满达几秒后又看了看杨小青，她心里在暗自说："这两人也是太不般配了，可是怎么会发生这么龌龊的事来呢？"妇联的人看着满达说："我是西城区妇联的老陈，你可以叫我陈姐。我是拿着妇联开的手续到你们水利部人事部门了解情况解决问题来的。我们的目的不是为难你，坏你的名声。

满达同志，我们了解到你在工作上是个好同志，但不明白你在家庭上私人生活里为什么这么不负责任，要知道现在是新中国，新社会，不许欺负污辱妇女。国家有法令，有约束力，像你这样的知识分子应该懂得很多，就不用我多说了吧?"妇联的陈姐对着满达就是一阵炮轰，话里有话地敲打着满达。满达没有发火，因为他发火时更不爱说话。"您是什么意思？我闹不明白。这里是我的工作单位，面前是我的领导，有什么话您直接问就是了，不用拐弯抹角的。""那很好！我问你，你为什么把杨小青从家里赶出来，还把她打倒在地上，杨小青无家可归，一个年轻的女人，无家可归后出了什么事你是要负责任的!"妇联的陈姐声音开始有些严厉了，不似开始问话时的平和。"您说的话我不明白！我和杨小青没有任何关系，谈不上什么让她无家可归。希望你们了解清楚后再来找我。"满达声音缓慢地对着一屋子人说。"什么？你再说一遍？你五年前就把人家姑娘睡了，现在你不认账了？还把人家从家里打出来，想另谋新欢，我看真是反了你了。看你在人前人五人六的，原来是个披着人皮的狼!"坐在妇联陈姐身旁的那个男人看见满达见到他们三人毫无惧色，更没有惭愧之心，一副问心无愧的样子，他愤而站起，手指着满达的脸厉声叫骂起来。一旁的陈姐连忙按住他说："小孙，你不要激动！我们是来给杨小青解决问题的，这里不是战场，满达的问题也算是人民内部矛盾……""陈姐，你不要和稀泥，当老好人，这里就是战场！我们当兵打仗为的是什么？就是让穷苦人过上好日子，现在解放了，穷人当家做主人了，可是杨小青，穷人家的女儿，父母双亡，在我们面前让自己男人给打出了家门，无处吃饭生存，咱们就不帮帮她吗？难道就这样任凭有文化水儿的人打骂吗？"此刻妇联的陈姐见同来的小孙面色通红，气得够呛，她冷静下来，她知道今天此行的目的是什么，何况这是在水利电力部的机关内，人家对方单位的领导还没有说话呢，自己这边就开始吵闹起来，这将

317

会显得西城妇联的工作水平也太低了吧！

满达见这个姓孙的男人无故地开口骂他，心中真是愤怒至极！这是在他的工作单位，他遭受外人如此地羞辱，而且是不白之冤。他气愤得睁大眼睛，面色苍白，他紧握拳头，真想给骂他的人当头一击！满达虽然不善言辞，但他却是一名血性汉子，正确地说来是一个蒙古汉子！这样的污辱令他难以接受。人事部门的领导见满达如此表情，真怕他挥拳而去。说实话，他们也是很不满妇联的人这种挑衅行为。这是在水利部机关，水利部人千辛万苦地工作，为人民找水，治水，流血流汗，你妇联的人不问青红皂白就对我们的功臣指手画脚，放肆指责，实在是太过分了吧？但是，作为人事部门的领导们什么没有见过，而且他们都是建国初期的革命干部，枪林弹雨都经过了，何况这些过激的言语呢？但是，保护自己单位的工作人员是他们应尽的责任！在此情况下，人事部门的刘司长说话了："陈同志，我们首先支持你们的工作，也理解你们对妇女的关心和保护。但是保护妇女并不意味着就要伤害男同志，男女平等嘛！今天你们找我单位满达同志前来对质，目的就是要解决问题，判断出一个谁是谁非来。我看还是让当事人杨小青同志说一说到底是怎么一回事儿。双方在场，打开天窗说亮话，谁对谁错不就清楚了吗？我们单位绝对不会包庇满达的错误，但也绝对不能让他蒙受冤屈。我们需要核对真实情况，不能冤枉任何一方！"见人事部的刘司长这样说，妇联的老陈用手推了一下杨小青，让她来讲一下具体情况。杨小青今天本不愿意来找满达，她实在是亏心，但是有妇联的鼓励和孙同志为她撑腰，她也想撞撞好运气。所以她带着妇联的领导来到水利部想借助上级的压力让满达就范！如果满达还是不理她，我杨小青就把你满达搞臭，让你在水利部永远抬不起头来，那时满达就会来求自己给他说好话的。杨小青心里想得很美，但现在见满达瞪着眼睛攥起了拳头，她心里还是有些害怕的。她知道满达的脾气，别上劲后十头牛也拉不回来，越生气越不说话，甚至从此再也不理你不看你，这情形她杨小青是曾经领教过的。而且杨小青知道满达对自己是没有一点意思的，只是自己一厢情愿！但是她不甘心呀！她那么爱满达，满心满眼的全是他，可他就是不领情！她知道满达心中只有格格柳泓，因为柳泓满达才对自己连一眼都不想看，所以杨小青心中恨死了柳泓！所以她想拿那只大毒蝎子蜇死她，以解心中之恨！她杨小青才不管柳泓对自己有什么救命之恩呢！既然你柳泓对我好，那你为什么不把满达让给我？现在杨小青站在满达单位的办公室里，这也是她第一次来，她看到满达和妇联的小孙站在一起，她又把他们两人做了对比，更加觉得满达的英俊，她杨小青必须把满达狠狠地攥在手里，不能让他跑了！

杨小青看到人事司刘司长在问她，又从妇联陈姐眼里得到了鼓励，她又看了看满达说："满达哥哥，你就要了我吧！我已经跟了你五年了，当初你说清华毕业后就和我结婚，我等了你又整整四年，可是你却不要我了，要和那个资产阶级的格格在一起。你把我赶出了家门，我无依无靠的你让我上哪里去？我求求你了！满达哥哥，现在妇联的领导也为我做主，你就和我结婚吧，我这一辈子就是只守着你一个人……"杨小青说到动情处，一副梨花带雨可怜兮兮的模样，让在场所有人都开始动容，都对杨小青产生了同情。此时的场面对满达极其不利，而且让他惊愕不已。满达绝对没有想到杨小青会来这么一出儿，更没有想到她的演技如此高超！

满达此时气得是面红耳赤，他看着眼前的杨小青愤怒地说："杨小青！你这条毒蛇，你休想缠住我！告诉你，我就是死了也不想看你一眼！你也别在这里胡说八道，你胡说八道我也不怕！你是真的不要脸，竟然说我五年前就和你睡了觉，你怎么不说你为我生了孩子呢？你让妇联的带你去做个妇科检查，看看你说的是不是真话？你当年让你大伯家打了出来，在快要饿死的时候是柳泓格格救了你，她让我给你端的饭端的肉，又把你带回王府留你居住，她又教你读书认字，你不感恩就算了，你还拿蝎子放在人家格格的皮鞋里，想用蝎子蜇死人家！你自己说你还算个人吗？你做了那么多的坏事，你还想住在人家里，你觉得可能吗？所以你进不了人家的大门了，你还想嫁给我，你还来诬告我，杨小青，你就是一条毒蛇，是一条竹叶青！只怪十多年前格格年幼心善，她那时候才八岁呀！就非要把你带回家，才救了你一命，你才结束了叫花子的生活。格格当时八岁，你也才十岁，你有今天，你不知报恩反倒害人家柳泓格格！我只问你：派出所为什么抓你，让你写悔过书？你对妇联的人说说，妇联也应该去调查一下真相才对呀！还有你说我早就和你睡了，你胡说八道不知羞耻，我平时都不和你说话，你却对我纠缠不休！妇联的人怎么不带她去医院妇科鉴定一下再来找我呢？你们是妇联的人，可我也不能让你们随便羞辱吧！凭什么？凭什么？没有调查就没有发言权！"满达的一番义正词严，让水利部人事司的领导顿时明白了前因后果，让区妇联的两个人面面相觑，而杨小青也是被问得张口结舌，她从来没有听过满达如此激烈的言谈话语，更是在听到让妇联的人去派出所调查时，给吓住了。要知道杨小青在派出所有案底，派出所的民警对她的恶行和家世了如指掌。就是这样，妇联领导到水利部来为杨小青申冤，调查满达一案，就这样泡汤了。

当他们三人悻悻地离开了水利部机关后，陈姐让小孙去当地派出所查一下案底，瞧一瞧满达说的话是真是假。杨小青现在成了一块烫手的山芋，陈姐还真不知拿她该怎么办。总不能让她去自己家住吧？满达在杨小青他们走后长出了一口气，有一种挣脱桎梏的快感和莫名的委屈，他是一个堂堂正正的汉子，一身正气，向往光明，却无意中被毒蛇咬了一口，唉！……

第三十九章　孙五福与杨小青

　　假期已过，柳泓与弟弟分别的日子又来到了，尽管依依不舍，但是开学临近，分开是必须的。她和父亲柳方成一起去火车站送别弟弟和伯父伯母。柳泓看着日渐苍老的伯父伯母的白发被站台上的风吹起，伯父柳方儒笔直的腰板及轻扶着伯母肩头的大手，老夫妻的样子在夕阳的光照下像一幅优美的画作。"这就是我心心念念的追求吧！白头到老，相濡以沫。"柳泓看着伯父伯母，心里默默地想：多年以后的自己也会和满达在一起，肩并肩地共沐夕阳，共浴晚风，这一生一世一双人，该有多好呢！

　　柳泉登车前和父亲姐姐拥抱告别，在一刹那间，他看到父亲对自己不舍的目光和姐姐走神时的微笑。火车汽笛一声长鸣，挥手之间，柳方成眼中泛起了泪光。兄嫂与儿子回扬州去了，站台上留下了自己和女儿，孩子们都长大了，自己开始渐渐变老。柳泓今年大学毕业将分配工作，他想帮孩子找一份稳定的职业。他早就知道女儿和满达心意相通，只是两人羞于公开表达。而柳泉在上海复旦，离自己太远了，并且学医，柳方成可以说对儿子是鞭长莫及。柳泉再有两年将研究生毕业，而且是辛博士的首席弟子，自己不用操太多的心。唯有女儿柳泓让人放心不下。柳泓从小就乖巧懂事，单纯得像水晶一样。她

321

心地善良，遇事总是为别人着想。柳方成为自己聪明美丽的女儿骄傲的同时更为她担忧，女孩子二十岁了，还是没有什么心机，一味地善以待人，以致让个杨小青都能把她加害！想到此处，柳方成看了看身边的女儿："泓儿，马上就要开学了，你上学下学的途中要多多注意，你要防备那个杨小青，她实在是太坏了！你知道吗？""爸爸，您放心吧！我不怕她，她不敢在光天化日之下把我怎么样！大街上人这么多，她没那么大的胆子，现在只要不让她再进咱家大门就行了……"柳泓看着父亲的眼神格外明亮，清澈祥和。柳方成觉得女儿真的长大了，或许是吃一堑长一智了吧！

时间过得真快，中秋节来到了，天气由热转凉，吃火锅的客人慢慢多了起来。满福楼饭庄的伙计们开始了忙碌，生意又渐渐好转。前一段时间饭庄有些乱，这都是因为杨小青。自从两个月之前杨小青把毒蝎子放在柳泓的鞋内，让柳泓中毒受伤，派出所的民警对她进行了拘留教育之后，满福楼的门是再也不敢让她进了。因为那年她在王府中闹事，纠缠满达，老管家震怒之下将她驱出王府。又是柳泓格格于心不忍，怕她再次流浪在外，为她说尽了好话。老王爷才让杨小青到满福楼后厨帮工，这样她既有了工资又有了吃住的地方。老管家当时就说了，留着她是一个祸害，尤其是留在了自家饭庄的后厨房，恐怕她脾气上来什么事情都敢做，这害人之心不可有，防人之心不可无呀！无奈柳泓格格心软，又做了一次东郭先生，又给了狼生存的空间。长辈们都有些挠头，为什么咱家小格格就这么善良呢？

自从发生了蝎子事件后，满福楼是再也不让杨小青进门了！但杨小青有的是办法，她知道晚上进不来，她就在上午营业时进来；她单独进不来，她就跟在客人身后进来；后厨房不让她进去，她就在外面帮助收拾客人吃完后的碗筷，反正就是不走。满达的父母对她也是无可奈何，又不能当着客人的面与她发生争吵，只是坚决不准许她进后厨！因为杨小青太可怕了，你不知她生气之后会做出什么事情，这里是饭庄呀！有这么一个性情极端的人在这里，这让所有的人都提心吊胆！

今天上午杨小青出去以后，在职工吃午饭之前她赶了回来，店里没有任何人搭理她，本来边吃边聊的伙计们见到她立刻静了音。杨小青见到这般情景，她竟毫不客气地与大家坐在一起，拿起一个烧饼就大嚼了起来，坐在她身边的人见状立刻站起来躲到一边的桌子旁，生怕沾上她的邪气。杨小青斜了一眼躲开她的伙计，毫无愧色地用铲子铲了一碗菜，大吃起来。她也许在想：我脸都不要了，还怕你们这些人吗？看她吃饭的豪气，谁能想到杨小青在今天，从清早到现在，半天多的时间她都做了些什么。更想不到她在遭到了满达的彻底拒绝后跑到了妇联，又和妇联的两个人一起去水利部找满达的上级领导，诬告满达对她始乱终弃。杨小青是真的狠毒，她的目标很明确，一定要逼迫满达和自己结婚。如果目的达不到，那就搞臭满达，让满达在单位臭不可闻，无法生存。那么满达就会反过来求自己，她必须抓紧一切机会，要不然明年柳泓大学一毕业他们就该结婚了。现在还不晚，要抓紧一切时间来做这件事！杨小青恨透了柳泓，有柳泓在，自己在满达面前就什么也不是，她真想让蝎子蜇死柳泓，但柳泓的命还挺大，那么细的腰竟然又挺了起来！杨小青那个气呀，你满达既然不要我，那我就一定毁了你！

杨小青没有想到的是，水利部的领导竟然要派人同妇联一起与她去妇产医院做妇科检查，杨小青当时就吓傻了！问题是她怎么敢去呢？那样一下子就露了馅！她还是处子之身，去医院一查就知道她是在诬告！派出所警察曾经说过，诬告也是犯罪的，她害怕再像那天一样被派出所拘留，在那里她不敢再无法无天地胡说八道，这是犯法的。

今天她和妇联的陈姐孙哥离开水利部的时候已经很狼狈了，她看到妇联的两个人气色很不好，是那种"烧鸡大窝脖"的状态。她没敢多说话，低着头快步往外走。陈姐说她和小孙要去派出所核实一下情况，绝不能单听满达的一面之词！如果杨小青同意就带她去医院做个全面检查，绝不能让满达这样的伪君子得意，新社会的法律是健全的，你就是大官儿，你就是功臣，只要是犯了法就与庶民同罪。

杨小青和妇联的陈姐他们分开之后就跑回了满福楼饭庄，她抱着一种破罐子破摔的心态，一句话也不说地又吃又喝起来。满达的父母时而斜着看她一眼，她也不说话，他们哪里知道这个疯狂的杨小青吃着他们，喝着他们还一边害着他们呢！

又是新的一天，天光渐明。满达的父亲早早起身，他要将灶台的炉火点燃，开始准备酱牛肉的一切东西。他拍了拍自己的老腰，那是多年前被马匪用枪托子打伤过的老腰，今天很疼。这应该是昨晚睡在木椅搭就的临时床铺上受风了，或者是硌着了？总之今天走路都有些费劲儿。但是老人家没有办法呀，这几天杨小青死皮赖脸地非要住在店里，怎么劝也不走。老人家怕杨小青犯坏，在厨房里惹出大麻烦来，他只好在夜里堵着厨房的门，搭了一个临时的铺位休息。可用自己老迈的身体拦住进厨房的通道，这什么时候是个头儿呢？可是所有人都知道杨小青是一个孤儿，父母早亡，是当年柳泓格格他们在鼓楼的饭馆救济了她，把这个要饭的小叫花子带回家里，才有了她今天的样子。当年做的事情并没有错，只是杨小青不应该心生妄念，恩将仇报哇！晚上那么黑，天又渐渐地凉了，老人家和店里的伙计也不忍心将杨小青赶到大街上去流浪，真出了事儿大伙儿也会后悔，这可怜之人真的是必有可恨之处哇！

老人又捶了捶自己的老腰。此时他听到了动静，连忙走出了后厨，看到了是杨小青。杨小青在动手收拾桌椅，她把昨晚搭床用的椅子一把一把地归回原处，并尽量不发出声音。看到老人用手扶着自己腰时脸上痛苦的样子，杨小青低下了头："师傅，对不起，因为我让您受罪了，您的腰疼又犯了，我来给你捶捶吧！""唉，不用了，小青呀，以后你就好好的，别再作妖了行不行？你说你都长成大姑娘了，总是那么不着调，以后可怎么办呢？我都为你着急呀……"老人家叹了一口气，其实他心里虽然恨杨小青，但是也可怜这个没了爹娘的孩子。可架不住她心眼儿多，总是想一些坏点子，让你就是想心疼她却没有办法心疼下去！就像养了一只狼崽子，它长成个了，你却怕狼崽子咬住了自己的喉咙。杀了它吧，它是你亲手喂大的；不杀它吧，它可能在你不备之时又会对你二次下手……总之是赶又赶不走，留又不敢留！这件事情，太让人闹心了！

杨小青其实长得还不错，女大十八变，她有白皙的面孔，黑黑的弯眉，眼睛也很大很有神，只是白眼仁多，她不高兴时盯着你的眼睛有些发直，直到你不再和她对视，她才转移目光，总之可以说算是一个狼人！

老人看着杨小青在擦桌子抹地，叹了一口气后仍然回到厨房继续干活，慢慢地员工们全都到齐了，在吃过早饭后开始各就各位，一天的忙碌就又开始了。忽然饭庄门口响起了自行车的车铃声，并且"丁零零、丁零零"地响个不停，前厅的服务员和杨小青就跑到了门口想去看个究竟，是谁没完没了地摇个不停。"杨小青，是我呀！我来看看你的情况……"来人穿着一身洗得发白的旧军装，他很年轻，推着一辆老式的自行车，站在大门口对着杨小青微笑。他不大的眼睛在阳光下眯眯着，一口很好看的牙齿在晨阳照耀下闪着光。"孙同志，你怎么找到这儿来啦？"杨小青睁大了眼睛，拉了拉自己的衣袖，顺手抹去了手上的水渍。杨小青很兴奋，这是她人生中第一次有人前来找她，而且还是一名区干部，是一个有身份的年轻男人。她高兴又惊奇，连忙走下台阶，站在对方的面前。和杨小青同时走出来的店员见有人来找杨小青，还是个不错的男青年，连忙跑进店内向满达的父亲汇报："满师傅，有人来找杨小青了，看样子像个政府人员。"老满师傅听见后，立即走到大门口看看发生了什么事情。因为他知道杨小青在北京城里是无依无靠的，只有她的大伯大娘，那两个把她赶出家门的人怎么会找到这里呢？难道是良心发现了吗？老满师傅发现站在门前和杨小青有说有笑的年轻人没有见过，最起码儿他不是住这一片儿的人。他想着这些，站在台阶上没有说话，他在看着他们俩之间到底是怎么回事儿。"师傅，这是我新认识的孙同志，他是咱们区政府的人。"杨小青见老满师傅立在高台阶上一副疑问的样子，便骄傲地向老师傅介绍起来。"这是怎么回事儿？为什么区政府的人会来满福楼找杨小青呢？"老满师傅尽管心中装满了疑惑，但仍是热情地招呼着来人，"哦，区政府的？是有公事吗？请进，请进……"老师傅站在台阶上礼让着来人，他哪里知道昨天上午，杨小青就是与此人一起去了水利部满达工作的地方，诬告他的儿子，差点毁掉儿子的大好前程呢？"谢谢，谢谢老师傅，我不是来办什么公事，我只是顺路来看看杨小青同志！既然是这样，我就进去看看小青同志工作的环境怎么样……"此刻来人把自行车随手一支，放在不碍事的地方，他轻巧地踏进门来，杨小青自然紧随其后。

满福楼饭庄门面虽不算太大，但内里布置得却是古色古香。大堂清一色的硬木桌椅，做工精致，高贵典雅，整个规划全是老王爷一手督办的。那年满达家在内蒙古遭了难，支撑不下去的时候被王爷知道后，王爷立即派人去草原把满达的父母接到了北京，帮他们治好了伤后又给他们买了一个小院子。将满家人安顿下来之后，又觉得他们夫妻生活无以为继，就建议他们开个饭庄，由王府投资开办。王爷那时很有钱，他虽没有了大清朝的俸禄，但毕竟有京北的田庄，每年都会有很多的进项。于是王爷说干就干，满福楼就这样迅速开张营业了！

饭庄这些年的收入还是很不错的，也多亏有了这个饭庄支撑着现在的旧王府与满家。因为解放以后的土地平分，王府已经不是当年的王府，没有了财力的支撑。田庄被分后土地归了贫苦农民，当府中的福晋们悲伤大哭时王爷却呵呵一笑："皇上都劳动改造了，你们还闹什么？只要不打仗，就是好日子！"经过风雨见过世面的王爷豁达得很。那年王府的房子被没收，只留给他们居住的地方时，他也是如此呵呵一笑："再大的房子，你睡觉时能占几米？想当年骑马打仗时，找个草窝子就睡觉，世上就没有吃不了的苦，只有享不了的福！改朝换代了，平安是福哇！"王府的进项减少了，可那时柳泓爸爸的律师事务所可以进账，再加上个满福楼饭庄，所以王府的生活还是比普通人家要强上百倍。但是老王爷要求子孙们一定要好好读书，他深知知识就是财富，知识就是力量！老王爷总是在夸满达："这一流的学府培养一流的人，一流的人就会担当一流的职责，享一流的荣誉。"王爷要求府里的孩子们都要向满达看齐，好好读书考入好的大学，学成之后才能更好地忠君报国。正因如此，满达成了府里孩子们的榜样。

　　杨小青给区里的孙同志满上盖碗茶，双手敬上。她此刻很开心，又有一些忐忑不安。开心的是人生第一次有一个官家的人亲自上门来找她，又是一个体面的年轻人，还有一辆自行车，还穿着洗得发白又干净的旧军装。这种穿戴在解放初期的北京是一个进步的标志，让人羡慕得很。解放后的北京，人人都在学习，要求进步呢！不安的是经过了昨天的事情之后，妇联的陈姐与这个孙同志一起去了派出所对她进行调查，杨小青不知结果怎样，心里有些发虚。她知道整个满福楼的人都在看着她，"孙同志，您到这里来找我，有什么事吗？"杨小青又小声地问道。她心里很怕孙同志在大庭广众之下说出她昨天去满达单位闹事的话来，要是满师傅和大伙儿知道了这件事儿，大家伙儿会把她杨小青从饭庄里架出去，以后会再也没人理她，她就彻底完蛋了。"哈哈，小青同志，你别紧张。我今天来就是看一看你的工作环境，还有满福楼饭庄有没有什么经营上的困难，区政府有没有什么可以帮上忙的事情……"杨小青听到此言惊得大张着嘴，旁边站立的老满师傅手提着铜壶，面对着政府来访的同志也是手足无措，不知如何应答才好。片刻之后，孙同志见没有人搭话，便站起来将手中的茶水一饮而尽，他笑眯眯地看了看四周之后说："杨小青同志，你的工作环境很好呀！有吃有喝有住处，以后好好干吧，你年轻，要进步，要做共产主义的接班人嘛。现在，你和我再去一趟区妇联那里，陈姐有事找你。"转过头后又看了看屋内的工作人员："谁是经理？我给小青同志请个假。"一旁的老满师傅连忙回答："可以，可以，去吧，去吧。"只见孙同志大步走向门外，看他的利索劲儿，的确是军人作风，再看杨小青，她也是屁颠儿屁颠儿地紧追了出去。老满师傅看着杨小青轻快地跳上了自行车的后座，与那个姓孙的男青年说笑而去。老人家看着他们俩，一时没有明白过来，这究竟是怎么一回事儿？

孙同志的自行车向前骑行了一段之后，再转弯就要到二龙路了，他捏闸双脚踏地后，杨小青从后座也跳了下来。她紧张地望着面前的男人，一副充满戒备的模样。"杨小青，你别紧张。我告诉你，我姓孙，叫孙五福，复员军人，我家是河北涞水的人，我现在区委政治处工作。"孙五福看着眼前惊慌的杨小青进行了自我介绍，但是杨小青却很紧张，没有回答，只是胆怯地看着他。孙五福笑了，是一种坦诚的笑。他又一次看向眼前的杨小青，中等匀称的身材，脸儿白白的，眉毛长长的，眼睛黑黑的，只见她红唇紧闭，眼眸低垂，两条大黑辫子从肩头垂下来，说不出的俊俏让人心生爱怜。

孙五福的心真正起了波澜，他从来没有接触过女人，连想也没敢想过！现在，老天爷给他降下了一个天仙女！昨晚他一夜没睡，脑子里全是这个叫杨小青的女人，他知道她是一个孤苦的女孩子，六亲无靠，像飘零的树叶一般凄苦地落在了旧王府。也许是没人正眼看她，她才自暴自弃！若是……孙五福有了这想法后，他与陈姐去派出所对杨小青进行了调查，这之后他就明白了一切，包括蝎子事件。孙五福认为杨小青的做法就是孩子气，是淘气孩子的恶作剧。他是上过战场的人，身上钻过敌人的子弹，怎么会把蝎子看在眼里？他们奋斗就是为了穷人谋幸福，而杨小青不就是世界上最穷的人吗？何况她是父母双亡，无家可归呢？这样一个女孩子，长得那么漂亮都没人拿她当回事儿，太可怜了，我应该保护她！孙五福心里对杨小青充满了同情，只是……他要弄明白一个问题，反复考虑之后他又说话了："杨小青，你抬起头来看看我，你看着我的眼睛，你告诉我实话，实话实说！你和那个什么满达真的有事吗？真的睡过觉抱着过吗？"孙五福终于把想了一夜要问的话说了出来。杨小青低着头，两只手的手指互相绞动着，一言不发。孙五福见杨小青不肯回答，又接着说道，"小青，你告诉我实话，这件事很重要，我不会对别人说。如果满达真的对你下过手，我不会饶过他，我有的是办法整治他，我会替你出气的。如果这件事是假的，是你编的，你也要告诉我，我不会生你的气，我会更高兴！我只想听你一句真话，可以吗？……"孙五福情真意切地看着面前的杨小青，并在她的脸上寻找答案。

此刻的杨小青紧咬双唇，两串热泪从她的脸上流了下来，又流到了嘴里，苦苦涩涩，她再也忍不住了，捂着脸无声地痛哭了起来。是的，她二十二岁了，没有人这么近地和她说过话，没有人正眼看过她，哪里还有什么睡不睡觉呀？全是她自己编的，全是她自己心里想的，可是，她是真的喜欢满达呀，只是满达很少和她说话而已！

看着杨小青的哭泣，孙五福有一股扎心的痛楚。他拍了拍杨小青的后背："别哭了，我知道你一个女孩子不好意思说，即使满达对你下过手，始乱终弃也不要怕，这种人最坏，就是现代的陈世美。我饶不了他，我们要寻找证据告他，撕开他的画皮，让他名声扫地……"孙五福恨恨地说着，并掏出口袋中的手帕给杨小青擦拭她那止不住的泪水。杨小青现年二十二岁，二十二年来从没有过和男人这么近距离地站在一起，这是第一次有人为她撑腰，为她打抱不平，她感到很温暖很贴心。"你如果是我爸爸该多好呀！那么我自然就有了依靠，何必死赖着满达不放呢？"想到这里，她抬起头来看着眼前的孙五福："孙大哥，你真的管我吗？我可是一个没人稀罕的人……""我会管你的，我也是个苦出身，我家很穷，我十五岁从大山里走出来参了军，加入了共产党，我会为你做主的！只是你把实话告诉我，满达是真的把你睡了吗？"孙五福迫不及待地在杨小青的脸上寻找答案，对他来说这是目前最重要的事情。"没有这回事的！满达从来没有碰过我，我和他话都很少说……"杨小青面有愧色，但是态度十分肯定。"既然这样，你何苦给自己脸上抹黑，非要拉着满达呢？"孙五福见杨小青这么说，他心中充满了疑问。"孙大哥，你知道我孤苦伶仃的，我想找个靠山呀！我在王府和满达一起长大，我们都不是王府的正主儿，都是靠着人家生存的，我想能靠的人只能是他了，可是连满达也瞧不起我，都不用正眼看我……"杨小青一边哭，一边向孙五福诉苦。但她不知道的是孙五福听她说着自己的苦情，心中却乐开了花，一种风吹乌云散的喜悦之感让孙五福的脸上绽开了欢欣的笑容："好了！好了！小青同志，咱们不哭了！只要你和满达没有那个关系，一切就都好办了！你嫁给我吧！我明媒正娶地把你抬回家，从此你就有了靠山，有了自己的男人自己的家，你看看行不行？""什么？你能娶我？真的吗？你可是政府的干部呀！你应该找一个女学生，才配得上你呀！"杨小青惊诧得很，好事怎么来得这么快？她有点不相信自己的耳朵，就如同做梦一样！再说她也没做过这样的好梦呀！杨小青瞬间又哭了，这是喜悦还是难过呢？她黑色的眼睛与睫毛上的泪珠让她楚楚生怜。说实话，她不暴怒时是个很漂亮的女孩！难怪她的模样让孙五福对她动了心，而且他是真心地喜欢她，疼爱她。

孙五福是一个经过战争洗礼的人，年纪虽不算大，却是一个老革命了。他心直口快，疾恶如仇，他对杨小青的身世充满了同情，一心想帮助她脱离困境，并同时爱上了她。当听到杨小青说自己确实和那个满达毫无瓜葛时，孙五福只觉得自己的血往上涌，心口怦怦怦地乱跳，他觉得自己的幸福来了！是老天爷给他送来一个这么年轻又漂亮的媳妇吗？至少人家是一个真正的北京城里的姑娘，识文断字又长得那么白净，比山里老家大舅给说的那个女人强得太多了！孙五福心里想着，比较着，又听到了杨小青对自己的疑问，他一把拉住了杨小青的手，顺势把她揽在了自己的怀里，他开始拥抱杨小青，并把她抱得紧紧的，孙五福很幸福。

路边的行人纷纷驻足观看，但此时的孙五福可管不了那么多了！从来也没有抱过女人的他第一次感受到了幸福，他在心中暗自发誓一定要好好地爱她，好好地爱这个孤苦无依的女人。孙五福紧紧抱住杨小青的同时又对她耳语着："我要你愿意！只要你愿意嫁给我，我就让陈姐给咱们做媒，我要给你一个幸福的家！我再也不许外人欺负你，我会好好地爱你，疼你，你愿意吗？""孙大哥，我愿意！我愿意好好地跟着你……"孙五福不在意四周投过来的目光，他怕什么？日本鬼子的枪炮他都不怕，难道还怕外人奇怪的眼神吗？老子今天有对象了！还是这么漂亮的北京姑娘，老子自豪着呢！他紧紧拥抱着他那如小羊乖乖般的女孩，心如烈火一般地燃烧，孙五福恋爱了！直到他身边有了自行车的摇铃声。"嘿！老孙，你干吗呢？"这时他同一个办公室的同事骑车站在了他的身旁，惊诧地睁大了眼睛。此时，孙五福才松开了与杨小青相拥的手臂，他"嘿嘿嘿"地傻笑起来，而杨小青则害羞地扎在孙五福的怀里不敢抬头。

第四十章　清江八百里，寻亲无着
（天赐丁——安翔）

　　柳泉回到扬州后，仅仅休息了一天就返回上海校园。他听到一个消息，导师辛之栋将于明年公派四川成都的医学院，与当地的医学科研工作者共同筹备扩建新的教学医疗体系，兴建巴蜀地区最大的医院，为勤劳的川人培养医学人才，造福一方。据说导师的祖籍就在巴蜀一带，目前他尚自单身，来去无有牵挂，他的请求已被校方批准。宿舍的几个同学议论纷纷，他们还有一年研究生就毕业了，导师是否愿意带他们共赴新的领域尚不知晓，巴蜀的生活环境能不能适应他们也有疑惑，今天是开学的首日，他们没有见到辛之栋博士，于是四人便在宿舍里议论开来。他们聊着聊着，蒋亮兴奋地给他们讲了一个故事，而且是他的暑期亲身经历。

　　蒋亮家乡在恩施利川县，那里风景优美，高山巍峨。"八百里清江美如画，蝴蝶岩飞瀑舞真情，峡谷深幽绝壁百里，伴三棒鼓望古夷水清。"在蒋亮的嘴里，家乡是世界上最美的所在，他多次邀请柳泉他们有时间随他去家乡走一走，还说那里是土家、汉、苗三族的混居地，家乡风光独特，还盛产各种名贵药材。"我家大山中有许多苗医特别推崇的药，我向人家求教时老苗医笑而不答。但后来那个老人又说有一种蛇药，我听了以后赶紧回家记在了本子里，等咱哥几个以后去山上找找，咱们专门研究研究，再请导师找人评定一下，咱们也搞一个专利出来，大伙儿说说怎么样？"蒋亮这番话登时让大家产生了兴趣，又是一番豪言壮语在宿舍里回荡。刘志勇见蒋亮口若悬河，一副洋洋自得的样子就开口问他："哥们儿，一个暑假就这么点儿经历吗？拣重点的说！""重点吗？重点多了去了！先告诉你们我在利川看到了谁吧？"蒋亮很神秘地说了一句就闭了口，等着另外三人来问。"快说，别卖关子！"万钢走上前来随手轻轻地一拳敲在了蒋亮的后背上。"唉，别打后背，心脏在此……"蒋亮笑着躲避但为时已晚。见四个伙伴都凑在了一起，蒋亮绘声绘色地开始讲了起来。

"回上海前我到我们利川县城的大集，想给我爷爷买一些葛根粉和豆腐干，爷爷老了，牙齿坏了很多，但他特别爱吃利川的柏杨豆干。说实话那个村子的豆腐和豆干极有特色，是让你吃一次就忘不掉的那种。""少废话，这么好的东西为什么不给我们哥几个带点回来？"刘志勇看着蒋亮，半开玩笑半认真地问他。"这个嘛，我怕你们三个吃上瘾了找我要，到时候我哪里供得起你们这三只狼呢？"蒋亮笑着回答。"找打吧？骂谁呢？"万钢见蒋亮油嘴滑舌，他假意挥起了拳头。"我说的是郎君的郎，不是大灰狼的狼呀！"蒋亮假装害怕的样子脱口而出。"你还反应挺快的啊，要是不改嘴，今天大伙儿嚼了你！"柳泉侧倚着床上的被子，笑得是前仰后合。"我刚买完豆腐干，就听到了不远处一个卖肉的大汉一声惊叫，接着就看他跳起脚来伸着手，把手乱甩。赶集的人都凑了过来开始瞧热闹。你们猜是怎么回事？是那个卖肉的大汉，手被蛇头咬住了！他的右手中指上挂着一个毒蛇的脑袋，蛇的头是烙铁形的，蛇还瞪着眼睛。当大伙看清楚怎么回事的时候，纷纷惊呼躲避，可是谁也没有办法，也不敢将蛇头从那人手指头上取下来呀！大家一片慌乱。旁边一同做买卖的人对大伙说，这个卖肉的也是好心眼，给人家帮忙。原来是有个人在卖肉的这里割了几斤猪肉，这人就说你的刀快，帮我杀一条蛇吧。卖肉的人见人家买了自己摊上的猪肉，现在张嘴求到咱这儿了，不帮忙不合适，就答应了。所以当对方把口袋里的蛇倒在案板上时，蛇刚一露头，卖肉的人便手起刀落将毒蛇的头斩了下来，非常利索的一刀。蛇头掉在案板的一角，卖肉的人又应那人的请求帮他扒掉蛇皮，取出蛇胆放出蛇血之后装在一个小碗里，等这一切做完后他用抹布擦拭了一下双手正准备用抹布将案板角上的蛇头扔到地上时，那个被他用刀斩落的蛇头飞跃而起，瞪着眼睛一口咬住了他的右手中指，就是他那只挥刀的右手。众人从没有见过这般情形，吓得惊慌失措，而被蛇头咬住的卖肉大汉也是大叫着挥着右手，想用劲儿将蛇头甩出去，可是蛇却死死地不松口。所有的人都奇怪，明明蛇已死去，身首异处之后蛇头却能复活！难道死去的蛇要报仇吗？我眼见着卖肉的人被蛇咬住的手开始变色了，我知道他中了蛇毒。我想救他，可我又不知怎么下手。咱毕竟是个医学研究生，懂得医理和方法，可是眼前没有药哇！再说我也没有办法取下他手上的蛇头，谁不害怕呀？无奈之下我只好解下我脚上的鞋带，用鞋带紧紧地勒住那个壮汉的小手臂，防止蛇毒顺着血管往上蔓延。可惜我手上没有针剂、酒精和蛇药。就在大家嚷着快去县医院的时候，有三个军人向着我们这里走过来，其中一人我看着很面熟，他也看着我笑了，问我：'你怎么会在这里？'这时我想起来了，这个军人就是咱们导师的亲妹夫，那个新郎官安翔！只是他们那天举行结婚典礼时他没有穿军装，他结婚时穿的西服，打着领带，新娘是辛之菲，你们记得吗？"蒋亮说到此处时，柳泉他们三人全凑了过来，开始宁心静气聚精会神地听了起来。

蒋亮见大家不再嬉皮笑脸地和自己逗了，就又开始讲了起来："那三名军人走上前来，其中一人手上抱着一个婴儿，婴儿被一块破布包着，装在一个旧纸盒子里，就是一个鞋盒子，又脏又破的。安翔看着围观的人密不透风，有男有女，就大声说：'有没有哪个年轻的母亲，有吃奶孩子的母亲，请帮一下忙给这个刚出生的孩子喂口奶，救救他。'可当时在场的人们没有一个人搭话，谁会在乎一个刚出生的小孩呢？又不是自己家的，而且还装在一个这么破的纸盒子里，一看就是捡来的。安翔看了看周边的情况，他发现所有人的注意力都在那个被蛇头咬住的人身上，他也看到了毒蛇的脑袋挂在卖肉大汉的手指上，毒牙靠在里面，蛇的眼睛仍在怒视周围的一切。他也看到大汉的小手臂已经被带子紧紧勒住了，血基本上不会上行流动，那么此人暂时平安。安翔是一名军人，空军飞行员出身的他早就学会了野外生存自救的方法，因此他面对突发事件时毫不慌张。只见安翔此刻四处张望，他看到了不远处有一个茶水摊子，大铁炉子的火很旺，他走了过去后对看茶水摊子的老乡说：'老乡，借你的煤球夹子用一下可以吗？''可以、可以，你随便用！'安翔不再客气，他拿着铁夹子放在炉火中烧了烧，待铁夹子已经烧红时他单手举着走了过来，谁都不知道他想要做什么。只见安翔手拿烧得通红的夹子走近了那个被蛇头咬着的大汉，对他说：'你不要怕，我来给你解决它！'大汉见烧红的铁夹子举到自己眼前，不知来人到底想要做什么，他紧张地手有些发抖，嘴唇开始哆嗦，他嘴上说着'不怕，不怕！'实则心上怕得很。只见安翔用烧红的铁夹子先碰了一下蛇头侧面的眼睛，蛇头颤抖了一下，接着安翔用夹子对准蛇的一双眼睛使劲地夹了下去，只听'哧溜'一声，一股怪味弥漫开来，毒蛇的嘴松开了，毒牙离开了手指，蛇头吃痛地扭动起来，随之便停止了。但安翔却不敢松开他手中的火夹，他怕毒蛇神经未死再次活跃起来。我此刻看得是目瞪口呆，而安翔知道我是医学院的研究生，有一定的处置经验。他此刻冲着我喊道：'快，快去把他手上的毒血挤出来，找凉水去冲，冲干净后送医院。对了，稍等一下，快挤干净毒液，快点！之后我给他上一些蛇

335

药，再去医院打一针就好了。'只见安翔把快烤干的蛇头找了一张纸给包上，并让旁边的老乡找块地方把它埋在土里。安翔从自己随身的挎包中掏出了一个急救包，在里面有个小铁盒，那是空军部队给飞行员配备的蛇药。安翔从中挑出一点儿放在蛇牙印的地方敷上，一种清凉舒适感立即传遍了受伤者的手掌，他得救了！我是真的服了安翔教官应急处置的本领，看来人家不单是飞行技术高超！在所有人慌乱不堪时他沉稳应对的素质让我叹服！这就是救人一命胜造七级浮屠呀！你们说是不是？"蒋亮内心感动得很！他的眼神里充满了对军人安翔的崇拜。"后来怎样了？你跟着卖肉的去医院了吗？"柳泉操心着事件的发展，他催着蒋亮继续讲述下去。"是这样，人已经基本无碍了，我就没有跟着去凑热闹。我佩服地对安翔说：'安教官，您真有两下子！我自愧弗如，今天我又向您学了真东西，这也算是战地急救吧？'安教官向我笑了笑后问我：'你叫蒋亮吧，我记得你应该是辛之栋大哥的学生，你怎么会在利川呢？''安教官，我的家乡就在利川呀，我从这里读书后考到了上海复旦，辛博士回国后我又考取了他的研究生。您怎么也会来利川了呢？我是土生土长的利川人，对这里熟悉得很，有没有能够用到我的地方，我会全力以赴的！'安翔听我说到此处，立即笑了，他说：'我正有为难之处呢！你可以帮我一个忙吗？''当然可以！只要我能做到的，做不到的我也会努力去想办法……'这时安翔的脸色开始舒展了下来，他对我说：'这两个人一个是我的警卫员，那一位是我们空军部队在地方上驻扎的同事，他们两人这两天陪我进山，寻找我多年前失踪的亲人，但是还没有打探到他们的消息。二十年了，肯定是凶多吉少，但是我不会放弃，我要找到他们的下落，据说他们消失在巴蜀一带，我就是走遍十万大山，也要带他们回家。'我看着安教官俊朗的脸上面色凝重，我也不敢多问，只是说您把事情告诉我，我让父母也帮着打听一下，这里的人民

336

也是非常质朴的。安教官没有对我讲他要找谁，他只是叹了一口气之后又对我讲：'我眼下遇到了一件为难之事，就是我在出山之时在大路边捡到了一个小婴儿，就是小李抱着的这个孩子。当时我们准备上车，发现有两只野狗在用爪子扒拉一个纸盒子，而纸盒内隐隐有婴儿的啼哭声，我就让小李过去看看是怎么回事儿。小李过去先是用脚将那两只野狗踢到了一边，之后低头检查，他大声说：首长，是个人呀！是个小男孩！我们听了之后赶紧凑了过去看了看，真的是个小婴儿，用一块破花布包着，孩子又小又瘦，他的嘴好像也有毛病。看这个婴儿也是刚出生不久的，哭得力气都没有了，时断时续的，真是太可怜了！我们看了看四周没有一个人影，小李说这应该是一个刚出生就有残疾的孩子，被狠心的父母家人给抛弃了，扔在了大道边让其自生自灭吧？我们又等了十分钟，想把他交给路人带走，好歹可以活命呀！可是一直没有人来，如果放下小婴儿，他就会被旁边的两只野狗吃掉。没有办法之下，我们就把孩子捡了回来，这不是小李子在抱着他呢！你在这里要是熟悉，就帮我给孩子找个人先喂他吃口奶，先活命再说吧！'安教官的脸上充满了慈悲，我没有想到一个这么有智慧、英勇果敢的军官，也会这么细心，这么善良地对待一个与自己毫无瓜葛的残疾婴儿，他这不是在给自己找麻烦吗？我当时就说：'没有问题，我们街上有两个新生孩子的人家呢，我也认识她们，我带您去找她们。先给婴儿喂奶，绝不能让小孩子饿死！'我没有想到的是，我认为十分有把握的事情却没有做到，说来真是惭愧呀！""怎么回事？你为什么惭愧呢？是你们那儿的人不管吗？"柳泉正听得入神，突然讲述中出现急转而下的情况，他首先着急地发问起来。"你说对了，我带着安教官去了第一家，我管她叫嫂子的人家，当我对嫂子说明情况后她马上就答应下来，可当她接过这个小孩准备给他吃奶时却吓得一下把孩子推了出去，差点掉在地上。'不行，不行，快点抱走，长成这样的孩子我可不敢喂，让他吃了我孩子的奶后他的丑样会传给我儿子的。快快抱走，快快抱走！'嫂子边说边系上衣服扣子，严词拒绝了。说实话我挺尴尬的，这新中国都建国好几年了，竟还有这么迷信的人？没有办法的情况下，我又带着安教官他们去了我另一个叔伯嫂子家，她刚生孩子不久，应该奶水更足。与上家一样，一看我带着军官前来，也是热情地答应着。军人小李怕这个女主人像上一个嫂子一样因为嫌弃将孩子推开，差点摔在地上，毕竟这是小伙子从野狗嘴下救出来的弃婴，大小他也是一条命呀！小李先是把孩子的包布打开，轻轻地放在床上，小孩的手脚开始动了起来，他扭过头来开始找奶吃。这时我看得十分清楚，小孩闭着眼睛的样子真是太丑了，满脸的皱纹，豁着的嘴唇看着似一个黑洞。'哎呀呀！你们哪里弄来的一个小怪物？兄弟呀，你怎么想的来找我给他喂奶哟，这不是妖怪来夺我孩儿的口粮来了吗？快走，快走，怎么这么晦气，怪不得今天大清早房顶就有乌鸦叫……'就这样，我们几个又一次被这个嫂子轰出了屋子。我真的是太尴尬了！出屋之后，院子里有两个男孩子蹲在地上拍元宝玩儿，就是我们老家孩子们用香烟纸盒叠的玩具，他们刚才也隔着窗户看到了大人不给小孩喂奶的情况。其中一个小男孩问了一句：'人奶婶婶不给喂，羊奶可以吃不？'小李抱着孩子说：'羊奶可以吃呀，谁家有奶羊？''我家有，我家妹妹有时饿了就给她喝羊奶。''首长，我看这是一个办法，要不咱们试试？'安翔教官点了点头，他满意地看了看自己的警卫员，直夸他是个聪明的小伙子。

"我们和小男孩来到了他的家。小男孩也就五六岁的样子，长得是虎头虎脑的很精神，他蹦蹦跳跳地在前面引路，热情地招呼我们进了他家的大门。我发现他家的木门左右刻着一副对联'忠厚传家久，诗书继世长'，看来这个人家是个有文化根基的家庭，只是我们住在不同的街上，我不太熟悉罢了。'爹，来人了！'小男孩一边往里让着我们一边呼唤着他的家人。很快里面便出来了一个三十多岁的男人，穿着长衫的男人在我们那里是不多见的，但是他却穿着长衫。'显平，这是怎么回事？'来人看向自己的儿子，他不明白几个军人为什么会来到自己家里。'爹，快点叫娘来给挤点羊奶喂喂这个孩子，这个小孩快被饿死了呢！……'男孩边说边请我们几个人进屋，行为举止完全像个小大人一样。男孩父亲也非常礼貌地挑开屋门口的竹帘子，将我们让进屋中。我先向小孩的父亲做了自我介绍，又把此行的目的简单地说了一下，他一口答应了下来。我虽然生长在这里，但将近十年在外求学，家乡已经发生了翻天覆地的变化，有很多事情我也是不清楚了。交谈中得知小男孩叫雷显平，土家族人，他的父亲是我们本地的教师。显平虽然小，但他特别懂事，心善好学，小小的年纪竟能写得一手好字，让我们几个人都对他刮目相看了（多年以后的雷显平也成为一名军官，并且是当代著名的书法家）。不大工夫，一碗温热的煮熟的鲜羊奶便端了进来。当时我们手里没有奶瓶，只能是找了一个勺子来喂婴儿。可是陶瓷的勺子又大又笨，无法使用，婴儿的嘴又与正常儿童不同，喂不好就会呛到他。还是这个名叫显平的男孩聪明，他找到院子里的果树，又采摘了一片新鲜的叶子，将勺子中的羊奶倒在两面弯起的树叶里后顺着婴儿的嘴角倾斜下去，准确无误地让婴儿喝了起来。小婴儿早已经饿坏了，一口下去之后便转着头来寻找，小半碗羊奶很快便喝光了。显平的母亲凑过来说：'孩子太小，千万别喂多了，一点一点地喂才好。'再看从野狗嘴下抢过来的孩子吃饱了之后竟然睁开了眼睛，小孩儿看着面前的一群大人，黑黑的大眼睛转来转去，'他好像在感谢大家对他的救命之恩呢！爹，你说是吗？爹，你看他还有一对酒窝呢，对不对？'这个叫雷显平的男孩用手触了触婴儿的脸，又有了新的发现。婴儿的笑脸感染了在场所有的人，是的，这个被遗弃的残疾儿童真正地得救了。告别雷家时，显平的母亲又用玻璃瓶子装了满满一瓶子煮熟的羊奶，让他们带在路上喂给孩子吃。说实话，我很惭愧，我的两个本家嫂子有奶不给喂，生怕沾上晦气，让我真是无语得很。而一个不熟识的男孩却给想出了办法，拯救了一个小生命。我相信这个叫雷显平的男孩子长大后一定不俗！俗话说'积善之家必有余庆'，这个男孩的聪明善良一定与其父母的教育相关，我是真心地佩服他们。下次再回乡，我要给这个孩子买些礼物，文具什么的，真的，买什么东西才好呢？怎么才能表达我的心意呢？……"蒋亮特别认真地给大家讲着这件事情的经过，万钢看他讲得口干舌燥了，立即给他贴心地端上了一杯凉开水，蒋亮接过来咕嘟咕嘟地喝了下去。"那孩子后来怎么样了？谁收养了？找到他的家人了吗？……"一连串儿的问题纷纷而出，柳泉他们三个人都在等着蒋亮的回答。

"在小男孩吃饱以后，我陪着安翔教官他们一起来到县里的民政部门，打算把这个小婴儿交给政府部门，让政府的工作人员帮助孩子找到家，并把孩子送医院体检一下，看看还有没有其他疾病。县民政局的接待人员见来了上级部队的首长很是热情，又是端茶又是倒水地忙活了一阵儿，及至听到首长此行的目的后，又打开了纸盒中破布包裹的小孩，认真仔细地看了看孩子。只见瘦瘦的婴儿已经睡熟了，一脸皱皱的皮，残破的兔唇裂着像个黑洞，他'唉'的一声叹了口气，并摇了摇头。安翔教官说：'同志，这个孩子太可怜了，我们是在两只野狗的嘴下将他救了出来，大小是条命呀！您看我还要飞回上海，有军务在身，你们能不能接手给他找个家，让他有个活命的地方。这是你们的本地人呀，帮帮忙吧！行不行？''领导同志，不是我们不帮忙呀！你看这个孩子是个天生的豁嘴儿，这就是他的亲生爹娘一见他有残疾，一生下来就把他扔了的，要不然就凭他是个男孩，可以顶门立户的谁舍得扔掉呢？这边山里人重男轻女可严重了，我看这个孩子豁得太严重了，不好治了家里才把他扔了。真是可怜呀，还差点喂了野狗！可是有什么人家能要他呢？太难了，不会有人要他的，咱们这里太穷了，没有福利院，我们想建一个福利院也没有钱呀，这可怎么办？我们也没有办法收留他呀……'民政局的干部一脸为难地看着安翔他们。此时大家面面相觑，望着桌子上被破布包裹的男婴纷纷叹气。那时我想说点什么，可我也不知从何说起，我挺有负罪感的。就在众人一筹莫展之时，安翔教官开了口：'既然地方上无力解决这个孩子的生存问题，那我也不勉强了，都有难处，情非得已。这个孩子应该是和我有缘，所以我们才能把他抱到这里来。我看这样吧，正好我们现在在民政局这里，你们也给联系一下利川的公安局同事，地方上给我出一个证明，也要在场的朋友们一起给我做个证明。我既然能把这个孩子捡来，我就会对他负责到底，将他养大，给他治病，等他长大了再回利川来，因为这里是他的根。我今天先把这个孩子带回部队，之后把他送到上海我的家中，让我母亲和我爱人来照顾他，大伙儿就放心吧！'安教官的一席话顿时让为难的民政局领导得到了解脱，他们终于把悬着的一颗心放了下来。是呀，有谁愿意多事地把一个残疾婴儿带回自家抚养呢？连他的亲生爹娘都不愿意要他，视他如草芥随意丢弃，何况外人呢？这次，我从安教官的眼神中看到了一个伟大的军人、一个光荣的共产党员的神圣，这就是大善壮举，坦坦荡荡！当一切手续办完，三名军人告别了大家。离开民政局的一刹那，我看到了民政局的领导们长吁了一口气，解脱般地面面相觑：'捡这么一个残疾儿，不知要花多少钱才能治好呀！''没事儿，军官们有的是钱，这孩子有福了，进上海啦！''唉，这不是给自己家找事干吗！还是个豁嘴儿……'我站在民政局大门口和安教官他们告别，我听到院子里他们之间的对话，我感到难为情，这就是我们当地人的心思，他们还是负责处理这种事务的领导干部！汗颜呀，我也为自己的无能为力惭愧。"

　　蒋亮一口气地把在家乡遇到安翔的事情讲给大家听，并从内心发出了感慨。柳泉对安翔比他们三人更熟悉一些，因为安翔曾经去过他扬州的家中，去寻找他的姐姐安蝶和姐夫柳泉，也就是他的堂哥，那个他心中很熟悉的人。那个在他考上复旦大学之后，为了安慰他的伯父伯母而将自己柳江的名字更换为柳泉的自己，他的人生和堂哥有着千丝万缕的联系。柳泉想着有时间他要亲自登门去安家拜访一下，尤其是在听蒋亮今天讲的安翔的故事，让他在自己的心中更加高大起来。是的，大家都是凡人，有几个能够做到安翔一样，毫无利己之心地扶贫济弱呢？这就是一个共产党员的形象，柳泉想到此处更加明确了自己的目标："我要积极要求进步，争取早日加入中国共产党，做一个优秀的医学工作者，为人民服务。"

第四十一章　安家迎来了小天使

　　安翔从利川回到部队，他带回了一名小小的婴儿。婴儿实在是太瘦弱了，而且天生的兔唇，哭声小得像一只病弱的小猫。同事们听说此事后都拥过来看热闹，但一看孩子的模样后都摇头晃脑地替他担心起来："老安，你弄这么个孩儿抱回家，你就不怕你老婆骂你吗？""那没有办法呀，总不能看着他没有人要，活活饿死吧？既然让咱们遇上了，我就帮帮他呗！你别看他模样不济，没准长大了还是个科学家呢！"安翔看着大伙儿，自我安慰般地笑着说。"行了吧，我看这个孩子难活，他太瘦弱了，连哭的力气都没有，你捡回来时也不想想，你老婆能不能接受他？依我看不行，你干脆把这孩子送上海福利院吧，那里专门收养孤儿和残疾儿童。你说你每天在部队上班，忙忙叨叨的，还必须执行任务吧？那你怎么带这个孩子？你听我的，尽快把这个孩子送走，送福利院吧，让人家该治病给他治病，要不然你给福利院捐点钱，这样你也就踏实了。"安翔听战友劝他，知道大家是替他着急，为了他好，另一方面也是为这个孩子好。但是，善良的安翔却硬不起心肠来，他认真地端详着面前的婴儿，一股怜惜之情油然而生："唉！孩子呀，小小的你跟随我天上地下地一番折腾，却不哭不闹，一天一夜只喝了一瓶羊奶，你也真够坚强了。你就这样随着我从

343

利川飞回了上海。我应该再把你送走吗?"婴儿躺在办公桌旁的木椅上,安翔给他垫上了两条白毛巾。他看着婴儿的表情很舒适,还时不时睁开眼睛望望自己,"你是在担心我把你扔掉吗?否则为什么不像其他刚出生的孩子一样哭闹呢?不会的!我不会再把你抛弃,别害怕,我会给你一个安稳的生活。"安翔的内心深处也纠结,不住地思考。他喝了一杯水后,就喊来警卫员小李,叫他抱上婴儿和自己一起去部队的医院,给小孩的身体做一个检查,看他除了嘴上有毛病外还有没有其他的问题。如果有病那就积极治疗吧!最起码安翔现在不用操心婴儿吃奶的问题了,上海牛奶供应充足,孩子的吃穿不用发愁,后面就是如何安置的问题了。安翔相信自己的妻子辛之菲是一个心思单纯善良的女人,别看她外表是娇弱的,但她的内心很强大,很开阔,她应该能够接受这个苦难的孩子!还有母亲,她也应该会帮助自己。他只是担心母亲的精神层面,因为母亲自从失去了姐姐的消息,这二十年来总是魂不守舍,经常自言自语,双目泪流的,安翔对母亲特别不放心,总怕她出什么意外。他曾经向上级打报告,请求转业到地方去,父母渐渐地老了,他该尽一份孝心了!但因他的工作很重要,部队需要他再干几年,所以一直没有批准他的申请报告。安翔和辛之菲结婚也有几年了,但一直没有自己的孩子,这次他在利川的大山脚下捡到了这个婴儿,他把孩子带到家里来,母亲能否接受呢?安翔忧心重重地想着此事,汽车已经开到了儿童医院。安翔抱着婴儿来到了诊室,向医生说明了情况,他打开了用白色毛巾被包着的小婴儿。医生望着面前英俊的军官,又看了一眼瘦弱的孩子问道:"这是您的孩子吗?""应该是吧?实不相瞒,这是我出差时在外地深山脚下捡到的弃婴。他的父母也许嫌弃他的残疾将他抛在了山路旁,如果当时不把他抱走,就会被路旁那两只野狗吃掉。我们找了当地的有关部门,但是没有一个人能够接受他,领养他,地方上也没有社会福利院。我总不能看着一个生命就这样消失吧？在那里实在无法解决这个难题，我只好把他带到了咱们上海，让上海来抚养他长大吧！希望这个孩子以后无病无灾，坚强地活下去……"安翔简单地向医生叙述了一下婴儿的来历，女医生听完后感动得眼眶都潮湿了，她拿着听诊器的手不由自主地抖动了起来："好啊！这孩子有福气呀！遇到贵人了，大难不死，必有后福！"一番检查之后，女医生告诉安翔婴儿基本健康，让他放心。至于孩子的兔唇问题，在孩子两岁以后就可以慢慢地修复，现代的整形修复技术也在逐步提高，医美科学越来越进步，所以当口唇修复以后，这孩子长大一定是一个漂亮的小男生！安翔听了女医生祝福的话语后也是心中充满了喜悦，而且踏实了许多。他又向女医生咨询了婴幼儿的喂养知识，这之后便告别了医生，同警卫员小李一道返回了自己的家中。

安翔在部队工作，平时不能天天回家，只有在周日休假时才能回家看望父母。他的家中大而空旷，平时只有父母和妻子辛之菲在家，他到家时只见家中的两个用人正在嘻嘻哈哈地用绵软的抹布擦拭着红木家具上镂空的地方，猛抬头看见了安翔站在面前，立即停止了说笑："哟，安教官回来了，今天您怎么提前回来了？真是难得哟！"安翔看着她们笑了一笑，便抱着孩子直接去了母亲的房中，因为他知道，此刻自己的父亲与妻子还没有下班，只有母亲一个人在家。

夕阳的光透过明亮的玻璃窗，斜斜地映照着屋内窗台边摆放的那盆兰花，兰花已经开始拔箭了，长得很茂盛。紫色的茎在绿绿挺挺的叶子之中享受着爱的环绕。安翔隔窗看到母亲安静地斜靠着沙发的扶手，茶几上放着一本书，母亲微微地闭着眼，似睡非睡的样子。他不想惊醒妈妈，他也特别害怕怀里抱着的婴儿突然就哭闹起来，让妈妈受惊而醒。此时他轻轻地推门并咳嗽了一声，在这安静的房间里，轻咳声立刻让母亲睁开了眼睛。"姆妈，我回来了。"安翔看到母亲醒了，他连忙笑着和妈妈打着招呼。"儿子，你回来了！今天不是周六呀，你怎么回来了呢？""姆妈，我今天有事单位让我提前休息一天，我就赶紧回来了。"安翔走到母亲面前亲切地说。"儿子，你抱着什么呢？像是一个孩子呢？""姆妈，就是一个孩子呀！是我送给您的礼物？""什么？谁家的孩子呀？你怎么抱到咱们家来？孩子的姆妈呢？"母亲的一番追问早在安翔的意料之中，只是他没有料到母亲今日的思维是如此清晰，这让安翔心中更有一番欣喜。因为姐姐安蝶的失踪，多年寻找未果，母亲悲伤过度精神崩溃，经常处在抑郁状态，今天母亲见了他的归来，思维竟然如此清晰起来，安翔惊喜地笑了起来。"姆妈，你一定要接受他哟，他是上帝给你派来的天使呀！"安翔一面说着，一面准备将婴儿抱给母亲看。忽然他听到了院子里传来自行车的车铃声，隔窗望去，他看到了他亲爱的妻子辛之菲在笑着向他招手！他赶紧快步迎了上去，推门的一瞬间，他用右手紧紧地将妻子搂住，并弯下腰亲吻她的脸。"之菲，你怎么提前下班了？""哎呀呀，我心中总觉得不踏实，我就向领导请了假提前回来了，没想到你也回来了，你怎么不提前打电话告诉我呢？我还怕姆妈有事呢，原来是你的原因呀！"辛之菲快乐地撒着娇，突然的惊喜让她觉得很幸福。这时，她看到了安翔左手抱着的婴儿，她惊讶地问道："这是个小孩吧？怎么回事？这是谁家的小孩儿？……"安翔拉着妻子的胳膊，刚要解释，他发现父亲夹着公文包也匆匆地进入了家门，他连忙松开了搂着妻子的手，笑着和父亲打起了招呼："爸爸，您怎么也回来了？您是知道我提前回来了吗？"安翔的父亲安墨驰，他是一名企业家，公私合营之后他在工商联担任领导，今天也是破例提前归家了。此时的他见到了自己的儿子提前回来，当然是非常高兴，他兴冲冲地对安翔说："心有灵犀一点通，我从中午就开始坐立不安，总觉得家里有事要发生，可是也没有人给我打电话。我实在是坐不住了，和他们打了一声招呼我就提前回来了。反正也没有人管我，我也没有什么必须完成的任务，不像你和之菲都是重任在肩的人。哈哈！原来是儿子回来了，这回可以在家多住两天了。咳，你抱的什么？谁家的孩子呀？"安墨驰一脸的惊讶，他跨进屋内，站在儿子面前，注视着安翔和他怀中抱着的小婴儿。

　　安翔看着面前的亲人，他没有想到在前后五分钟的时间里，他的一家人全到齐了，都不约而同地提前下班聚到一起，这令他惊奇，欣喜！他这回不用分头向家人一个一个地解释了，眼下这个怀抱中的瘦弱男婴，这个先天残疾的被人遗弃的可怜孩子，正舒适地躺在自己的怀中。他把他带回了自己的家里，他需要家人接纳他，共同抚养他长大，给他治病。安翔不知道全家人能否同意，毕竟是他自作主张，没有和父母妻子商量。要是他们三个人不同意可怎么办呢？如果他们有一个人不同意可怎么办呢？毕竟自己是一名军人，总不能带着娃工作呀，而且自己身居要职，工作繁忙并且涉及保密工作。可是怀中的这个孩子太可怜了，他必须帮助他存活下来。安翔心中忐忑不安，矛盾重重，他把准备向母亲说的话一时间全忘了，他只是用可怜巴巴又充满希望的眼神看向了他亲爱的妻子辛之菲。

　　忽然，天上打了一个响雷，一阵大雨哗啦啦地下了起来。辛之菲看着丈夫安翔，他的眼神中写满了期待，她明白了丈夫一定有苦衷。于是她不再追问，她只是悄悄地从安翔的手上把婴儿接了过来，辛之菲把孩子抱在自己怀里，她轻轻地摇动着小孩，她看着安翔的眼睛，等待着他对此事、对孩子的来历进行着说明。这时候，一直默不作声的安翔的母亲林玉秀说话了："把这个小孩抱给我看看，安翔，让我来抱一抱你送给我的礼物吧！你也告诉我们一下，这个孩子是哪里来的。"辛之菲听到婆婆今天的言谈很惊奇，因为婆婆平日里话语很少，总是痴痴地喃喃地叫着安蝶的名字，而今天这样明白的时候太稀有了，于是她就把孩子抱过去，轻轻地放在了婆婆身边的沙发上，并顺势打开了白色的毛巾被。一个瘦弱的、兔唇的男婴展现在了大家的面前。打开包被的同时，惊呆了辛之菲，她从没有见过如此丑陋的婴儿，她被吓得惊叫了一声！只见男婴豁着的嘴巴犹如一个黑洞，翻裂的嘴唇让她不敢细看，辛之菲扭过头去惊讶地看向了安翔。安翔伸出手将辛之菲拉到自己身边，拍了拍妻子的后背，这是他给妻子的鼓励。之后他向父母与妻子讲起了他在利川的高山脚下从野狗的嘴上抢救出了这名弃婴的故事。听着安翔的讲述，知道了这个可怜的孩子无人收留，辛之菲的眼泪都流了下来，她重新弯下腰注视着这个男婴，内心充满了怜爱。她用手轻轻地触动了一下婴儿的脸，婴儿竟然微笑了起来。虽然他的口唇很难看，但是婴儿却有着长长的眉眼和密密的睫毛，看人的眼神很是生动。安翔的母亲很是惋惜："唉，可惜一副好眉眼，嘴巴怎么长成了这个样子呢？"安翔看到父亲没有说话，母亲也没有说收留，他很是担心，他笑眯眯地走过去搂住母亲的肩膀："姆妈，这个孩子是上帝派来的天使，他是专门等着我把他带到咱家来找您的，他要和您在一起，要您陪着他长大。他本来手持着鲜花，但他飞翔时需要双手平衡，所以他就用嘴叼着鲜花，可能是落地时他太着急了，所以嘴就碰破了，碰了一个口子，但是以后长大些我们给他修复后，他也会是一个美男子呢！姆妈，您说对不对呀？"听着安翔的一番说辞，母亲笑了，而且笑得很开心！"安翔，你也学会了奉承，这不是你的风格呀！""姆妈，儿子奉承您是应该的呀，是我怕您寂寞，给您找点事儿做，您先带着这个孙子，等过两年，之菲再给您生两个孙子，咱家就热闹了！您说对吗？"安翔望着母亲，等着她老人家的首肯。此时站在一旁的父亲终于说话了："收下吧！这是咱们安家的一个缘分，救人一命，胜造七级浮屠！安翔，你做得对，老爸支持你，孩子咱们留下抚养。待他长大，积极地给他治疗，咱们家全力以赴，你就放心地去工作吧！你做好工作，保家卫国，我们在后方全力支持你。"这时候安翔心中彻底地踏实了。他发现婴儿悄悄地咧着嘴笑了，并用他那好看的眼睛骨碌碌地转着看着大家，安翔的妈妈林玉秀将婴儿抱了起来，贴在自己的心口上。安翔看着小孩心中说："你这个小东西，你还听懂话了？竟然悄悄地偷着乐呢！"

窗外的雨不知什么时候停的，只见东方的天际上出现了一道彩虹，七彩的霓虹静静地、温柔地笼罩着大地，温润而美丽，带给人间一派祥和！安翔拉着妻子的手站在院子里观看雨后的奇景，他很感激妻子对他的支持，并享受着这润心的喜悦，他希望母亲和孩子都尽快好起来！"美丽的彩虹啊，请你多多停留，长长久驻，请你把幸福和吉祥留在安家！"安翔的心在默默地祈祷着。

第四十二章　疑是故人来

　　蒋亮休假回到上海，他带给柳泉他们一个消息，就是他在故乡利川时遇到了导师辛之栋的妹夫安翔。他曾经陪着安翔教官一起在利川县城给他捡到的弃婴寻找母乳，并亲眼目睹他机智果断地为卖肉的乡邻解脱毒蛇咬手的险境。同时蒋亮也告诉大家，他在担心，那就是安翔教官怎么抚养那个惨遭遗弃差点被狗吃掉的小婴儿？而且谈到弃婴时，蒋亮内心充满了惭愧，他为自己乡亲们愚昧的行事做事感到颜面扫地，更为抛弃孩子的父母心肠竟如此狠毒而愤慨。弃亲生儿子于荒野路旁，等同于杀生！即便孩子天生带有残疾，也不能活生生地将他扔掉呀？难道别人捡走后给你们抚养，你们就心安理得吗？况且这个孩子差一点就被那两只野狗吃掉！当他带着安教官去找自家亲戚想给孩子吃一口奶时，又遭到了她们的嫌弃，并且大惊小怪地说出了那么多不通人性的话语。蒋亮讲到此处时仍然是义愤填膺。彼时同室的柳泉四人聚在一起，他们都对善良的安教官从心里升起了敬意，大家议论着，借周日休息的时光一起去安家看看，去看看安翔教官夫妻和捡来的小婴儿现在怎样了。这个决议一致通过。

　　柳泉他们四人是大学同窗七年的好兄弟，彼此了解，性情相投，而且早就有着共进退的诺言，这个诺言谁也不曾违背过。导师辛之栋对自己的这几个学生非常欣赏，在平日的教学实践中更是倾囊相授，并且根据他们每个人的特点分别给予独立的指导。

辛之栋是一个爱国的知识分子，他对医学科学研究探索的精神深深地感染着他的弟子与他一起工作的其他伙伴。这次四人想去安翔教官的家中拜访一事他们没有告诉导师，因为他们知道老师实在是太忙了，他整天待在实验室里，对科学数据反复核对并论证行文，单身一人的他一般吃住都在学校或者是附属医院里的宿舍里，平日很少回家。所以他们没有告诉老师他们要去安翔教官家，可又觉得此事有点别扭，毕竟到安教官家就是去导师的妹妹家。安教官的妻子辛之菲是导师辛之栋的亲妹妹呀！还是柳泉聪明，主意多，虽然他比蒋亮他们三人小了几岁的年纪。柳泉建议他们去时拉上李月星夫妻，因为李月星的妻子夏晴是导师辛之栋的表妹，柳泉是因为好哥们儿李月星的原因才认识的辛之栋博士，因此他们才有机会提前得到消息而报考了辛博士的研究生，所以叫上李月星夫妻一起联系辛之菲，顺理成章地去看望安翔教官一家和新来的小婴儿。柳泉的建议得到了另外三人的一致通过，大家都夸赞他："还是泉儿聪明，办事一板一眼，条理分明，当真的是孺子可教也。""对，孺子可教也！……"柳泉听他们三人都在叨叨这句话后，就分别给了他们三人每人一巴掌，警告他们说："你们是不是该嘴下留德，不要总是占便宜，充大辈儿。我看你们又是在找揍吧？……"于是，几个人又嘻嘻哈哈地打闹成一团。

柳泉打电话和李月星联系好，周末他与蒋亮他们四人想同李月星夫妻一起去安翔教官家，去看望安翔一家人和新来的那个婴儿。柳泉觉得他们四个人是学医的，而且在临床专业与专科上都积累了一定的经验，以后这个小孩的保健工作他们四个人就全包了，这样就可以减轻安教官夫妻的一点负担，他们这么做导师辛之栋一定会很高兴。他们要悄悄地进行，不让老师知道他们在给他的妹妹帮忙，这也应该算是学以致用，报答恩师的一种方法吧？还有一件事是柳泉没有告诉大家的，那就是他和安家有着另一种缘分：安翔教官曾经找到过扬州自己的家，他的亲姐姐安蝶和自己的堂哥柳泉曾经是一对恋人，未婚夫妻。而伯母只有这么一个孩子，在完成博士毕业论文之际堂哥与未婚妻一起失踪了。伯母为此差点哭瞎了眼睛，因为自己的到来，伯母才又重新振作了精神，恢复了正常状态。他是伯父伯母一手养大的，为了使伯父伯母心宽，他的外公及亲生父母同意他改掉自己那个叫柳江的名字而重新叫回了柳泉，这就是为了给伯父伯母宽心，这样柳家长房就后继有人了。柳泉早就想到上海的安翔家去拜访，他的潜意识中觉得自己有这份责任来替伯父伯母拜访安家，因为如果堂哥柳泉活着，他们本应该是亲家。况且柳泉的第六感里就觉得自己是那个柳泉的转世，因为他天生就对医学有兴趣，有时候一点就通，甚至会引申出奇妙的数据及操作方法。要知道当年的堂哥柳泉可是即将毕业的医学博士呢！柳泉想归想，可他的想法没有依据，因为他是搞医学研究的，医学即科学！但科学又无法解释这件事情。可是内心深处，柳泉觉得自己有一份儿责任，应该去尽孝道，应该去揭开这个谜团！

柳泉记得自己小时候曾随伯父伯母去过扬州的古经藏禅寺，那时他才三岁，在那个寺院里有一个大和尚曾经把他的大手摁在自己的头上，口中念着咒语，用咒语封住了他的一些什么。柳泉天资聪颖，不管是什么一点就通，一学就会，但是和尚封住了他的什么他却是记不住了。在夜深人静之时，柳泉曾反复思考，想把记忆调动起来，把那些奇奇怪怪的一瞬间连成片，可是就是不能达到目的。时间久了，柳泉就不再想了，任古怪的想法纵横驰骋去吧！然而去安家拜访一事是他心中早就想办的，他要替家中的伯父伯母及失踪的堂哥柳泉去尽一份心意，这是他内心早就有的想法。机会真的就来了。

周日上午十点，柳泉、蒋亮、刘志勇、万钢他们穿戴整齐，就像前年他们在李月星和安翔大婚时做伴郎一样的风姿俊朗。他们与李月星夫妻在上海南京西路约好见面之后，便一路前行来到了安家。安翔的家就住在石库门里弄的一座别墅里。夏晴给他们在前面带路，李月星和柳泉他们紧随其后地进入了安家的大门。大门没有关，只是虚掩着，一个用人正在用水龙头浇灌着院中花砖路两旁的草地，进入庭院之后，柳泉看了看周围的环境，他突然就有了熟悉的感觉。"那块绿地的东侧应该有一个汉白玉的石雕？是一个漂亮的小姑娘。她手持一束鲜花在阳光下微笑，而在庭院中央的喷泉旁应该是一尊同样汉白玉雕刻的小爱神，是一个男娃，身上有一双翅膀，手中却捧着一本厚厚的书。"柳泉记得自己曾经摸过男娃的那双翅膀。顺着花砖铺的路径，他们走到院子中央，柳泉真的找到了喷泉附近龙爪槐树下的那个小爱神。一切那么真实，柳泉的梦中曾经来过此处。太熟悉了！可是，自己却真的是第一次走进安家呀！……他们一行步入庭院之时，等待他们的女主人辛之菲像一只快乐的鸽子一样飞奔着出来迎接他们，她的后面是军人安翔。

今天休假，安翔穿的是便装，一件白色的衬衫扎在笔挺的藏蓝色西装裤里，深蓝色的领带上别着一个小小的蝶形领带夹，他笑意盈盈地和大家一一握手，却唯独和柳泉做了个拥抱。夫妻两人热情地招呼大家入座，李月星和妻子夏晴也满面含笑地帮助安翔夫妻招待柳泉他们。夏晴常来这里找辛之菲，所以对她家很熟悉。此时她拦住了女用泡茶的手，让她去厨房帮忙。夏晴熟练地给大家每人泡了一杯碧螺春，用小托盘一一给大家奉上，这之后她又拿水果刀开始削苹果。夏晴的动作干净利索，就连果盘上摆的切好的苹果都是莲花形状，造型优美。李月星看着夏晴灵巧的双手一个人忙活，就站起身走到妻子身边，用无比宠溺的眼神看着她，目光中是满满的爱意。"咳，李月星，你在家还没有看够吗？出来还直勾勾地看着媳妇儿，真是没出息！"辛之菲看李月星的眼睛总是围着夏晴转，便开始拿他打趣起来。李月星才不拿辛之菲的玩笑话当一回事，他乐呵呵地笑着回答："我就爱看她！你能奈我何？我妻就是人中仙，鸟中凤！灿若太阳升朝霞，灼若芙蓉出绿波！我不看她，看你们有用吗？"大家一听李月星的这一番话全都笑了。夏晴听到丈夫如此地夸赞自己，又在大庭广众之下，被弄了一个大红脸，她假装生气地说："一边儿待着去，别在这里碍事，还臭转上了！""对呀！李月星，拍马屁拍到驴蹄上了吧。"辛之菲幸灾乐祸地看着李月星说。李月星喝了一口茶，吸了吸鼻子，又无限陶醉地说："我家夏晴，心灵手巧，你们就看看这茶汤的香气，是一般人能够泡出来的吗？芙蓉不及美人妆，水殿风来珠翠香。"李月星摇头晃脑地在众人面前夸妻，他的举动让大家哄堂大笑。安翔知道李月星是有意为之，知道他是怕大家拘束故而逗大伙儿开心一笑。李月星真的是怕他带来的几个年轻人在此拘束，抹不开面儿，所以故意逗弄大家开怀大笑，除了夏晴羞红了脸不好意思之外，所有的人都放松了下来。只有柳泉直着眼睛看着客厅中的摆设，一句话也没有说，柳泉的注意力放在了客厅一角站立的那座立式自鸣钟上，"噹！"此刻大钟响起了一声清脆悦耳的敲击声，这声钟响震撼了柳泉的心房，仿佛震醒了他沉睡已久的记忆！他好像曾经修理过这座自鸣钟，给此座大钟的小门换过一颗螺丝钉。他记得那颗螺丝钉和钟表的螺丝钉是不配套的。坏的螺丝是银色的，而他给后配的是金色的，但关上钟表的小门之后表面看不出来。是的，他曾经在这间屋子里做过这件事情，他修过这座高大的立式自鸣钟，钟表是瑞士生产的，没有配件螺丝，他用其他物件的螺丝做了替代。柳泉觉得自己又在做梦了，这怎么可能呢？无论如何他也没来过这里呀，这本是他第一次来安家拜访。柳泉按了按自己的眼睛，他想把这奇怪的念头压下去。这里不是电影院，不要胡思乱想！柳泉尽量地克制自己，这时他感受到了安翔的目光，安翔在看他，柳泉赶紧抬起头看了看大家，又看了看安翔。"柳泉，快喝一口热茶，你不舒服了吗？""没有，安教官，我没事儿，只是忽然之间走了神儿。""到家里就不要客气！你就叫我大哥吧，我们之间是应该有联系的，不对吗？"安翔笑着对柳泉说，"这次认了门，以后一定要常来，保持联系……""好的，安翔大哥，我记住了，以后一定常来。""怎么回事儿？你们很熟悉吗？"李月星惊奇地问安翔，他对安翔给予柳泉的热情很是奇怪。李月星现在和安翔是亲戚，但他和柳泉又是同乡，是一起玩大的好朋友，他对双方都很了解，但他却不知安翔和柳泉之间会有什么联系，这实在是让他感到奇怪！

辛之菲热情好客，她知道柳泉他们要来家中拜访之后，就精心做了安排，所以她和丈夫昨晚就做了准备，今天好好地接待客人，并提前告诉了公婆家中要来贵客的消息。让她高兴的是婆婆竟然帮她操持起家中待客的细节来，要知道自她进安家的大门时，婆婆就是一种半糊涂的状态，很少听到她的讲话，总是一副忧心忡忡的样子。自从丈夫安翔那天从利川的深山中捡回一名弃婴后，婆婆竟然跟着忙碌起来，而且思路也开始活跃了。婆婆忙着给孩子找衣服，竟然从箱子中找出安翔幼儿时的服装，软软的白色系带子的婴儿和服和放在地下仓库中的婴儿摇篮，这些都是安翔幼时的专用物品，但保存得非常好。婆婆说使用父亲用过的东西孩子会更强壮，并且破天荒地对辛之菲提出了要求："远来的孩子是引弟，你可要尽快地给我生一个孙子哟！"安翔听到母亲说这句话时大吃一惊！他说："之菲，你看到了吗，姆妈恢复正常了，太好了！我们家添丁进口了，远来的孩子打开了姆妈的心结，姆妈的病好了，咱家就开始霞光满天了！"看着丈夫欢喜的笑容，辛之菲也特别高兴，她是那么地爱安翔，从大学二年级安翔作为战斗英雄来同济大学做报告的时候她就把自己的初吻献给了他，直至几年后全国解放了，建立了新中国他们才结婚，他们的爱情也是经过了革命战斗的洗礼！辛之菲每每想起来的时候就感到很幸福。只可惜他们夫妻结婚两年多了一直没有孩子，虽然没有人提起，但是毕竟心中还是有一些遗憾的。辛之菲天性纯良，不知愁苦，她自己有时单纯得像一个小孩子，一个小姑娘。安翔非常爱她，百依百顺，所以辛之菲很多的家务事不会打理。她在社会上，单位中待人接物方面一样单纯，直来直去。但是父母宠她，丈夫宠她，连公婆都宠她，他们对她的一切都报以欣赏，她在婆家甚至比在娘家还自由！在娘家虽然受宠，但是也常被母亲吼着读书弹琴，可是结婚后她彻底地放飞了自我。今天有客人来访，是他们结婚时的伴郎要来家中做客，并来看望他们家新来的小婴儿。辛之菲一时很紧张，生怕招待不好这几位伴郎，未来的医学博士们，并且他们还是哥哥的爱徒。可是安翔告诉她用不着紧张，这件事交由他来处理，而表姐夏晴又给她吃了一颗定心丸："有我在，你怕什么呢？"果然是这样，夏晴既热情又有条理的举止让辛之菲终于踏下心来。

柳泉看大家聊得热火朝天，他控制不住内心的悸动，悄悄地走到了墙角的自鸣钟旁边，仔细地端详着这座漂亮的大钟。安翔看他站在钟表前认真地观看，不知他有什么事情，便走了过来问他："柳泉，你怎么了？为什么对这座钟感兴趣呢？""是的，我听它敲出的声音特别悦耳，所以走过来看看。""噢，是真的，这座钟敲击的声音是特别清脆悦耳，只是它的年岁很大了。它是我父亲年轻时在法国留学，去瑞士游玩之时从那里带回来的。那时父母还没有结婚，父亲留学时省吃俭用的却买了这么一个物件，海运回来。它的年龄比我们大很多，最少也有六十多岁了，可以说是一个瑞士的老头儿了。"安翔边笑边对柳泉讲。柳泉认真地听着安翔讲这座钟的来历，他问安翔："我可以打开小门看看吗？""当然可以，这座钟是一个健康的老人，走得特别准呢!"柳泉听到安翔准许他打开,就从侧面拔开封门的铜钉,铜钉是活的,可以随意打开。座钟调时的面板轻轻开启了,柳泉小心翼翼地看向了面板的侧面与箱体连接的部位,他只觉得自己的头"嗡"的一声!此时柳泉有些发晕,有些站立不稳,手有些抖,鼻子发酸,眼泪一下子流了下来。安翔见他这样子,赶忙伸手扶住了他:"怎么了?柳泉,你不舒服吗?"安翔见柳泉的脸色突然之间变得苍白,以为他生病了。柳泉定了一下心神,拍了一下自己的额头说:"没什么事,可能是因为失眠的缘故吧,昨夜没有睡好。"柳泉向安翔一边解释,一边又问他,"这座钟表出过毛病吗?有人修理过吗?""这个钟表走得特别准,从来没有人修!对了,二十多年前曾经因为螺丝坏了,小门关不上了,有人给换过一颗螺丝,你看,这个侧面的螺丝就不是原装的,是临时从带指南针的水平仪上拆下了一个螺丝换在了这上面,这个螺丝是金色的,原装的是银色的。但是这两个物品都来自瑞士的同一个厂家,螺丝通用,所以换上以后就没有再拆过。"柳泉现在仿佛恍然大悟一样,他又问安翔:"是谁修的?谁换的零件?""这是你的哥哥给换的!那天他看到这个钟的小门下垂,关不上了,也找不到合适的配件,情急之下他就拆下了自己随身携带的水平仪指南针上的螺丝,换在了这座钟上。他干活特别利索,手指灵巧,一会儿工夫就给修好了。从此这座钟就再也没有出过毛病,一直在这里站着,等着他们俩回归。"

安翔向柳泉讲着,他的声音有些悲哀,而柳泉却情不自禁地流下了泪水。他为哥哥伤心,也为自己伤心,柳泉心如刀绞却不知痛由何来。他自己也搞不懂他为何这么痛苦,那是一种遥远的、发自内心的哀伤!

快中午了,辛之菲把睡醒了的婴儿推了出来。小小的孩子躺在一辆漂亮的婴儿车里,车虽小却布置得华丽舒适,绵软的小垫子上躺着小小的他，车的周围是粉色带花的丝绸，头顶是淡绿色的小帐篷，可伸可缩，车架上挂着红绸子做的小布球，一摇一晃的吸引着婴儿的视线。蒋亮是见过这个孩子的，那时在利川，小孩子被一块脏兮兮的花布包着扔在一个破旧的鞋盒子里，像一只病猫一样弱小。没有想到一个月的工夫，小孩竟然从地狱升到了天堂！"他长大了，胖了，他其实很好看呢！你看他的眼睛多么精神，又黑又亮的！"蒋亮看着小孩，一边夸赞一边对大家讲。"这个孩子皮肤发红，将来会变得很白的。"万钢也凑上前来，仔细地看着孩子，并由衷地夸奖着他。"怎么样？起名字了吗？户口报上了吗？"蒋亮迫不及待地看着安翔问道。"已经和派出所联系好了，各种证明都没有问题，名字还没有敲定，再仔细推敲一下，起个寓意好的名字。不过乳名已经定下了，是爷爷奶奶给起的，正好今天是他满月的日子，我们给他庆贺一下，祝福一下。""乳名叫什么？快说来听听！"蒋亮比谁都着急，因为只有他见过这个孩子初生时惨不忍睹的样子。"爷爷奶奶给他起的名字叫安佳运，说这个孩子大难不死，实在是最佳好运，神佛护佑了。""好名字呀！好名字！等我和夏晴有了孩子也让伯父伯母给起个寓意吉祥的名字，是不是亲爱的？"李月星看着夏晴，期待着妻子的首肯。"当然行了！有了孩子后也给伯父伯母抱过来，让孩子们在一起玩儿，就像我和之菲一样，从小就在一起快乐地玩儿，无忧无虑！"夏晴高兴地回答着自己的爱人，并无限地遐想着。

"开饭啦，各位青年才俊请入座吧！"是安翔的父母从里面走了出来，邀请所有来宾入席。两位老人早就知道今天夏晴会带着儿子结婚时的伴郎来家里，他们是贵客，而且他们还是为庆祝孩子的满月前来！老夫妻知道年轻人爱热闹，如果他们早出现，年轻人就会有所拘束。为了让他们更自由随意一些，安翔的父母就一直没有露面，现在酒宴已经摆好，两位老人才出面邀请大家入席。待两位老人坐定，年轻人才依次坐了下来。

　　酒席非常丰盛，安家特意从酒店里请了两个大厨前来操作。海鲜是最好的，酒是金牌的，人也是最兴奋的。安翔依次把来宾，四个年轻的医学博士生一一介绍给父母，但是当柳泉站起来时两位老人立时呆住了！"安翔，你再说一遍，他叫什么？""姆妈，他叫柳泉，他和姐夫同名，是姐夫的堂弟。"安翔轻声地向母亲解释着。"柳泉，你不认识我们了吗？柳泉，你看看我，我是你的姆妈呀！"安翔的母亲站起来，哭着向柳泉奔去。柳泉赶紧离开座位迎向走过来的安翔父母。刚才在客厅里吃茶时柳泉一直是低头不语，现在他将面临两位失女的长辈，柳泉理解他们内心的悲哀，可是他不知该如何回答老人的提问。意识告诉他，他和安家有着不一般的缘分，但脉络却说不清道不明。理智告诉他两位老人认错了人！尤其是扑过来的安伯母，内心告诉他这是他的亲人长辈，他本该孝敬他们！但事实是今天之前自己却从未见过他们，他是初次登门！"柳泉，让我看看你，你怎么越长越年轻呢？安蝶呢？我的女儿安蝶呢？你们一起上的火车，怎么就你一个人回来了？安蝶呢？你快告诉我呀，我的女儿在哪里呢？"安翔的母亲拉着柳泉放声大哭，而安翔的父亲站在妻子身旁也是满面惊疑，他目不转睛地望着柳泉，老人的眼中已是泛满泪花。安翔走了过来，他拉住母亲的手，将母亲拥在自己的怀里："姆妈，不要哭了。他不是姐姐的那个柳泉，他与那个柳泉只是重名而已。但这个柳泉和那个柳泉也是有关系的，这个柳泉是那个柳泉的堂弟。他们不是一个人，他们相差二十多岁呢！姆妈，你再看看，他们长得不太一样，不是同一个人，这个柳泉的父亲是那个柳泉的亲叔叔。爸爸，您明白是怎么回事了吧？这就是我上回去扬州回来后和您说的柳家有一个男孩，是和姐夫长得很像的人，他们两个人是堂兄弟，一个爷爷的。因为姐夫的失踪，所以柳泉的父亲将自己的长子过继给了兄嫂，因此将柳江的学名改成了柳泉，也是为了让姐夫的父母晚年有所依靠，心中踏实。"安翔的一番话让他的父亲和在座的所有人有所明白，但是他的话对于他的母亲没有起到多少作用。此刻安翔的母亲从儿子怀抱中挣脱出来，她仍然走到柳泉身边说："孩子，你忘了吗？你忘了安蝶吗？我带你去她的房间，那里有你们的合影，我带你去看看，你会想起来的！"她一边说着一边拉着柳泉的手向外走，柳泉听话地跟着她来到二楼的一间屋子里。

这里曾经是安蝶住的屋子，里外两间，里面是卧室，外面是书房。而在书房的墙上挂着一幅半人高的大照片，是一对漂亮的青年男女的合影。照片上的两个人亲密地站在一起，那个叫柳泉的男生一只手揽着女孩的腰，另一只手轻轻地放在庭院中的那个汉白玉雕的小爱神的头上。小爱神是个男娃，背上有双翅，手中却捧着一部厚厚的书籍。这就是在进到庭院之中那个让柳泉心动的雕塑，他在柳泉的记忆深处！而照片上的姑娘非常美丽，她身穿白裙，青春洋溢。她微微地侧着头，将脸部靠在柳泉的肩头。他们那时是多么快乐，前途一片光明。"柳泉，你看一看，这是谁？这是安蝶呀！你忘了吗？忘了吗？你的心丢了吗？柳泉，你说话呀！"安翔的母亲一边哭一边说一边扯着柳泉的衣袖，她悲伤又无助，她唤不醒被封住记忆的柳泉。此时的柳泉既明白又糊涂，他也不知道自己是谁了。他是柳泉！但他是不是那个柳泉？他心里难过，他好像是在这个庭院中住过，修过墙角的自鸣钟。他应该爱过这个叫安蝶的女孩，她那么漂亮优雅，正是自己心中的女神！可是现在的他怎么就搞不明白了呢？柳泉看着墙上的照片已是泪流满面，他凝视着那两人幸福的模样，心如刀绞一般地疼痛！柳泉将安伯母拥在怀里说："姆妈，我认您做我的姆妈！我只是没有搞明白我究竟是谁，但我一定是柳泉，我一定要找到我们的安蝶。姆妈，我认识安蝶！我一定会找到她。我想我们俩一定是在滚滚红尘中走散了，我先回来了，安蝶也一定会随着我回来的。她怕您寂寞就先把安佳运送回来了！安蝶一定会回来，我去把她找回来……"柳泉边说边哭，一时竟不能自控，他一头栽了下去。千钧一发之际，安翔托住了他，没有发生大事！安翔把柳泉扶在了沙发上坐下，又给他的后背塞了一个靠垫，让柳泉的呼吸顺畅一些。蒋亮他们听到楼上有动静儿，也都赶了过来。在同室哥们儿的一番抢救下，柳泉缓了过来。柳泉是伤心过度加上急火攻心一下子晕了过去，要不是强壮的安翔一把托住了他，这一摔非得出大事不可。

安佳运的满月宴很丰盛，但是却突生变故。柳泉与安家的缘分虽然无法拿出实证，但柳泉内心深处的部分回忆已经被唤醒，这些巧合无法解释，却真实地存在着。这些科学也无法论证的问题就让佛学来解释吧！只有等待了，就像乌云遮不住太阳一样，总有一天会搞清楚的。安翔的母亲看着柳泉的模样大喜大悲，柳泉见到座钟的零件勾起了久远的回忆。安家疑为故人来，但确是故人来！

因为故人就在眼前！

第四十三章　天使的嘴上叼着一枝鲜花

　　柳泉他们一行四人告别安家时已经是傍晚时分，回到宿舍后，蒋亮特别地感慨："咱们今天去参加那个小孩的满月宴，让人看到一个小孩命运的转变，这才真的是叫天翻地覆呀！大千世界，无奇不有，造化弄人，日行千里！你说连父母都不要的一个小豁嘴儿，如今环境变了却成了一个安佳运！这安家来了好运气，你们说积善人家必有余庆，这句话是不是至理名言！""当然是至理名言！中华文化上下五千年，流传至今的都是实践后保存下的精华。所以说我们生活在这么好的时代，和平时期更要求大家努力学习，将来做个好医生，大善之道就在眼前！你懂不懂？安教官是我们的榜样，最起码我就是以他为榜样，要做个顶天立地的男人！在外努力工作，保家卫国扶弱扬善，回家孝顺父母，疼爱妻儿。你们要知道，他救了这个孩子后大家看似简单，其实后面会有多大的麻烦吗？"万钢一本正经地看着蒋亮和刘志勇问。"当然知道了！得花钱雇人养着呀。你看安教官的工作忙碌不堪，一周才允许休假一天，任务来了这一天的休假也没有了，军令如山嘛。他的妻子辛之菲现在在光学所工作，她也是搞科研的，整天是忙忙乎乎的。你看这样孩子就得交给两位老人了吧，可是安伯伯目前还在工商联任职，也每天要去上班。偌大的家中平时只有安伯母和两个用人，这回热闹了，突然间增加了一个小孩子，一个小孩儿就让所有人忙得团团转，现在整个楼里都充满了正能量，就是人间的烟火气。那天我在庭院里站了一会儿，我发现一块祥云当头照，应该是蛮吉利的。大吉大利之象，积善人家，舍己为人，必有余庆啊！"万钢此刻摇头晃脑地大发感慨。"老万，你怎么突然之间成了风水先生了？还会眼观天象呢……"刘志勇在一旁看着万钢直乐。"这你就不懂了，风水是一门学问，为什么《易经》从古流传至今仍然被时人津津乐道，那就是因为你懂了易学，并学以致用，为人做事就简单容易了，所以叫《易经》，就是易学，学易！你懂吗?"万钢看着刘志勇继续述说着自己的看法。宿舍里一片热闹，唯有柳泉在床上躺着，靠着枕头抱着头不言不语。

柳泉双手抱头在静静地思考：今天是他生命中第一次踏进安家的大门，虽然几年前他就在扬州的家中认识了安翔，但是安翔来去匆匆的只为了寻人，柳泉没有过多地把他放在心上。后来他到上海复旦求学之后，也生出过去拜访安翔的念头，但学业紧张，自己一心扑在了学习上，所以此事就没有成行。直至他受邀和李月星一起去码头接归国博士辛之栋后在辛家认识了辛博士的妹妹辛之菲，同时也认识了李月星的未婚妻夏晴。巧的是辛之菲的未婚夫恰巧就是自己一直想去拜访的空军教官安翔。正因如此，在李月星和安翔他们大婚的日子，柳泉便约自己的三个同学给他们两家的婚礼做伴郎。柳泉记得他们四个复旦大学的医学生穿着同样的西服做伴郎时引起了一片掌声。而那天做伴娘的四个美丽姑娘皆出自于同济大学，这其中的主要原因是这两个新娘夏晴与辛之菲都是同济大学的毕业生，那天婚礼现场热闹非凡，可以说是知识分子的狂欢。虽然婚礼现场出现了一点小插曲，但是爱情嘛，总会有一些波折的，爱情不是高山大海一马平川，它是生活，曲曲弯弯，如平静的乐曲中偶尔出现的高潮。

自那天起柳泉就和安翔有了个人联系，他很敬佩安翔，如同他喜欢李月星一样。因为这两对年轻的夫妻都是共产党员，都曾无惧黑暗的恶势力，都曾为新中国的建立做出过巨大的贡献！柳泉想过：历史会记住他们，柳泉也因有他们这样的好友而骄傲。这次同学蒋亮回乡探亲，无意中碰到了去恩施利川一带寻访的安翔，蒋亮又目睹了安翔的机智果敢与心地善良，他又向大家述说了安翔救助弃婴的经过，让柳泉对安翔更是赞叹不已！因此激起了他去拜访安翔的热望。然而这次在安家，从一进石库门起，他便有了不一样的感觉，那就是对这里很熟悉，不同于一般的熟悉！可是，他明明是首次来安家，怎么会有这种念头呢？柳泉心中很熟悉地知道草坪东南与喷泉树北有两个汉白玉的石雕娃娃，那是安家的两个天使，东面的女孩是安家的女娃安蝶，身穿白裙手捧鲜花，一副即将飞奔的快乐模样；喷泉北面龙爪槐下有身背双翅的爱神是安家的男娃安翔，他手上捧着一本厚厚的书。没有人告诉他，可是柳泉却心中清楚得很，这究竟是怎么一回事啊？难道是天意的启示吗？为什么自己会懂人家设计者的心意，难道是自己胡思乱想吗？随着进入室内，这件事情的发展也更加奇怪了！柳泉在客厅中端坐时发现了墙角边的那个高大的自鸣钟，他竟然觉得自己曾经修理过它，给它换过螺丝。而且经过鉴定检查，那座钟确实如同柳泉印象中的一模一样。后来在开宴之时，安伯母拉着他一番哭泣，又把他拉到了安翔姐姐当年的书房，他看到了和自己极其相似的那个高大的堂哥柳泉与安蝶的合影照片，柳泉的心立即悲伤起来，最后竟然是心如刀绞一般地疼痛起来。那一刻他面色苍白，无法呼吸，无法用言语表达，他竟一下子昏了过去！幸亏有三个同学在场，他们对柳泉进行了抢救，一番折腾后柳泉才算是醒了过来。之后他在沙发上躺了很久，眼泪一串串地淌了下来，他心中无限地悲哀，他张不开嘴，说不出话，只是泪流不止地闭着眼睛。

他的行为把大家吓坏了！经过了很久，柳泉才缓了过来，这其间万钢提议若有人参可以煮水喝下去，以提升人体的正气。幸亏安伯父找出家中珍藏的野山参，煮水后让他喝了几口，他才缓了过来。所以现在蒋亮他们三人的议论柳泉没有参与，大家也没有打扰柳泉，让他一人静静地躺着休息。尽管如此，柳泉的心绪还是如翻江倒海！他想起了家乡扬州的古经藏禅寺中有一个老和尚，他曾经说过让自己成人后去寺院里找他。所以他下回休假时一定和父母再去参拜高僧，求问一些疑惑问题，也许科学无法解答的问题佛学会给出答案呢！想到此处，柳泉又想起了母亲总是在家中的佛堂里做功课，每天念佛不止，他的意念中也响起了那一声声的佛号，至此柳泉的心平静了下来，他慢慢地安静地睡着了。

忽然一阵敲门声响起，是谁这么晚了还来敲门呢？蒋亮将宿舍的门打开，发现柳泉的同乡，那个叫赵萌萌的女孩又来了。蒋亮看了看打扮得很漂亮的赵萌萌后小声问她："你找柳泉吧，他刚刚睡着了。有事吗？"看着蒋亮压低了嗓音，赵萌萌也轻声说："让我进去，我告诉你们一些事情，我刚听到的消息。"蒋亮将门打开，让赵萌萌走了进来。见来了客人，刘志勇和万钢也连忙穿好衣服，凑了过来："怎么啦？赵萌萌，有什么大事需要我们今天知道呢？"万钢一边将椅子拉给进屋的客人，一边小声问她。赵萌萌走到柳泉床边，看他仍然闭着眼睛不动，便随手拍了他一巴掌："睡什么睡，你就装吧！"柳泉睁开了双眼没有说话。一旁的蒋亮赶紧向赵萌萌解释："唉，萌萌同学，你小一点劲儿！泉儿今天有些不舒服，所以早一些休息了，你有什么事儿就说吧，别这么整天耀武扬威的行不行？""我刚才得到了一个信息，就是我们上海的医院为了支援西部的医学建设，将在四川建设分院，大学也不例外，也要选派优秀的人才去参加。现在学校已经开始动员了，分期分批地支援三线建设，已经有报名的了。我们年级今年毕业，老师可以报名带学生去西部学习实践，三年一个轮换。这样经过一段时间，理论与实践相结合，既解决了边远地区的医学贫弱，又培养出当地的医学新秀，还让大城市的学生们得到了锻炼，多出科研成果。你们说这事儿怎么样？依我看这事儿挺好！听我们老师说就连你们的导师辛大博士都报名了，据说他的祖籍就在巴蜀一带呢。所以我们年级的老师也有报名的。三年轮换一次，我听说这事儿以后就跑来找你们了。我和你们一样今年就毕业了，只不过你们是研究生我是本科，差着一个层次呢。"赵萌萌张开她的小嘴叭叭叭地说个不停，让一边听她讲的四个人惊慌失措，目瞪口呆。"哎呀，萌萌同学带来的信息很重要，谢谢你啊！我们几个人只知道苦读，要不就扎在实验室里与外界不通消息，还是你消息灵通，提前给我们一个思想准备，大家快说说应该怎么办。"万钢是个特别务实的青年，他一向沉稳厚重，所以对于今天赵萌萌带来的信息格外注重起来。"泉儿，你说说怎么办？人家赵萌萌是冲着你来的，你快发表一下你的想法，然后咱们再商量是去是留的问题。"柳泉早就被一巴掌拍醒了，他看到赵萌萌来了，早就起身坐起来听她绘声绘色地讲述着这件事。当听万钢向他发问时柳泉说："我当然是随着导师走了！我还没有毕业，还是他的学生，难道看着导师一人孤单前行，那我和叛徒有什么区别呢？"听了柳泉的说法，他们三人都愣了一下。"还有，导师回国后带了咱们首批研究生一共十人，成立了专业的实验室，他日夜在教研室里苦战，并带咱们去最严酷的贫穷地区调研，进行实验，总结数据对比，以研究解决恶性突发病变和传染病的对抗方法。现在国家需要人才输入，他作为医学科学的顶尖人才迎着困难挺身而出！那么他的弟子有什么理由退缩呢？尽管偏远地区的生活物质条件可能不尽如人意，但是任何一个爱国青年当责无旁贷地冲上去。"柳泉响当当的一席话说过之后，蒋亮说："咱们哥们儿四人早就说好了同进退的，反正我会和泉儿在一起直到毕业分配工作，希望将来工作也在一起，人生遇一知己多么难得！""谁说要分开呢？这不是讨论时的各抒己见吗？我肯定要和大家在一起共进退的。"万钢斜着看了一眼蒋亮，又对刘志勇说："老勇，你的意思是什么？""我吗？当然和你们在一起了，即便再苦又有什么关系？跟随老师到底，众志成城呗！"几分钟的工夫，四人的意见就达成了统一。赵萌萌见状便说："我明白你们的意思了，你们要是去西部，我也报名和我的老师同去，有你们在我怕什么呢？"说着赵萌萌便站了起来准备离开。"萌萌，我看你还是不要报名，你和我们不一样，你是一个女孩子，还是毕业后留在上海的医院里工作更好一些的。你说呢？万一去了之后不能调回来怎么办？那时我们也帮不了你呀。"柳泉见赵萌萌要走便起身劝她。"放心吧，我是不会成为你们的累赘，我只是想着和你们一起同进退，再说你忘了我的父母就在成都，我自己本身就是四川人呢！扬州那里是我大姨家。没事儿的，放心吧！"赵萌萌顽皮地向柳泉眨了眨眼睛，转身而去。蒋亮送赵萌萌出去后转身将门关上，他笑着对柳泉说："泉儿，这个赵萌萌对你真忠！一心扑在你身上，依我看，你就对人家从了吧……""对！你就从了吧！"刘志勇和万钢也嘻嘻哈哈地随声附和着说。"滚！一边儿去！你们去从吧！……"柳泉一声吆喝，就把头埋进了被子里，之后翻身睡去。

　　再说安翔家里，李月星夫妻送柳泉他们走后，又回到客厅和辛之菲聊了一会天儿，随后就告别他们回自己家去了。大家都走后，安家恢复了宁静，辛之菲与安翔走到母亲的房中看望她和孩子。母亲一脸疲惫地斜靠在沙发一角，旁边婴儿车上的孩子已经安静地睡着了。睡眠中的孩子面色红润，长长的眉毛高挑而舒展，密密的睫毛低垂上翘，鼻梁也很高挺，如果不是兔唇，他应该是一个美男子。"姆妈，您说咱们的安佳运长得这么好，哪里都好看，为什么上帝单单给他一个兔唇呢?"辛之菲和婆婆过去很少交谈,因为婆婆总是少言寡语的,自从来了这个孩子后,婆婆怕她不会照料就让保姆和孩子住在自己旁边的屋子里,这样只要孩子一有动静儿,奶奶就会听到,就会去关照。在精心的喂养下,小婴儿快速地成长着,好像一天一个样儿似的越来越好看起来。看着眼前儿媳单纯的笑脸,安翔的母亲也很开心:"你说得对,咱们的安佳运细看起来真的很好看呢,至于他的缺欠问题,真有可能像安翔说的一样,投胎时着急摔了一跤,弄伤了嘴,既然到咱家来了,咱们就好好地抚养他,尽最大的能力帮助他恢复正常,还要让他接受最好的教育。""姆妈,您说安佳运会不会是姐姐回来了呢?要不然怎么偏偏让咱家安翔看到了他呢?"辛之菲看着婆婆今天看孩子的眼神中充满了爱怜,就又顺嘴说了自己的想法。一听辛之菲这样讲,站在一旁的安翔一下子愣住了,他惊奇于妻子这种天马行空的思路,就连一旁坐在太师椅上看报纸的公爹都愣了。他放下了手中的报纸,无言地走向了婴儿车,他弯腰细细地看向了婴儿,又看了看自己的老妻。他的眼中生起了泪光,似有涟漪:"安翔,忙了一天了,你们也去休息吧。叫保姆过来把孩子带过去,人生无常得很,好好生活,积德行善吧。"安翔看着父亲不知说什么才好,自己的妻子辛之菲心思单纯信口开河的一番话又勾起了父母对姐姐的思念之情。他赶紧拉着妻子的胳膊向父母道了晚安后回到他们自己的房间。

回到屋后,安翔刮了一下妻子的鼻子:"之菲呀,你怎么在姆妈面前乱说呢?你看爸爸的眼泪都要下来了,他一直在强忍着才没流出来。""我没有乱说呀!你知道自从安佳运来到了咱们家,姆妈每天和保姆一起照顾他,给他喂奶洗澡换尿布,天天忙个不停。姆妈的话也多了起来,精神全放在了孩子身上,所以小安佳运才长得这样好呀!你没发现姆妈的抑郁症好多了吗?所以说你办了一件好事呀!安翔,要是我们自己再有一个孩子，那样，姆妈和爸爸会更高兴的，对吗？你天天都在单位里忙，姆妈他们会很寂寞的，那他们就会不由自主地思念安蝶姐姐。所以我说姐姐化成了天使安佳运，然后找回了自己的家，就是想让老人家开心一点的呀！你想，人的一生不就是循环往复的吗？物质不灭定律你应该会懂吧……"辛之菲开始为自己刚才的言语向安翔做着解释。安翔此时见着纯洁美丽的妻子那一副不服输的表情和高谈阔论信手拈来的物理知识，不由自主地笑了起来："好啦，好啦！真是同济的才女，我说不过你。但是你再有才情，再比我高级，没有我你也生不出安宝宝来。快点、快点、快点休息吧……"安翔快乐地笑着抱住了自己心爱的妻子。

一个多月后，运输公司的车队运来了一个汉白玉的雕塑。这是安翔的父亲，安佳运的爷爷安墨驰定制的。几个彪形大汉用杠子将它抬了进来，并按主人的吩咐将雕塑放在了庭院东南侧的草坪中，雕塑的位置就在原本就有的那个女孩的雕像旁约两米的距离。按易学来讲是家中的乾位，如同皇城中的东宫。雕像立稳，揭开包布，原来又是一个长着翅膀的小天使，还是个男童。他的翅膀张开着已经落地，脚步似欲奔跑，活灵活现的。看这男童长得可爱极了，浓密的头发微微卷起，长长的眉，大大的眼，浓密的睫毛，雕像如真人一样栩栩如生。最重要的是他的小手，一手向前，一手托着浑圆的下巴，原来是小天使的嘴里叼着一枝鲜花！

真是杰作！用什么样的心思才能有此创意？爷爷安墨驰本就热爱艺术，家中添丁进口就会有所表示。就这样，庭院的草坪上，安佳运稳稳地立在了这里，正式在上海生了根。他是安家的第三代，他还小，路还很长，但是他被大爱包围着，他得到了那么多的人关注。现实中的他躺在舒适的童车里，手舞足蹈，咿咿呀呀地看着家人，说着大家听不懂的婴语。

第四十四章　辛之栋的珍藏

　　辛之栋博士是一个不苟言笑的人，他做事认真，衣着整洁，高高的鼻梁上架着一副金丝眼镜，他的眼睛中闪动着智慧的光芒，三十出头的年纪至今仍是单身。凭他的身高外貌已经很吸引女孩子们的青睐了，再加上他是哈佛的医学博士，在医学医药的领域里又是学科带头人，因此吸引了很多优秀女性的爱慕。但是辛之栋除了工作教学之外却是少言寡语，从来不和大家开玩笑，更别提和女生接触了。有不少热心的朋友想为他做媒，也有很多女孩给他写信表示爱慕之情，但他都婉言谢绝了。大家都很奇怪，这么优秀的男人，身体又那么健康，为何选择单身呢？连他的父母都劝他，眼界不要太高了。该谈朋友就要谈，该成家时必须成家，否则你早晚都会慢慢地变老，老了之后怎么办？将来谁来照顾你？何况咱们辛家只有你一个男丁，你总不能让咱们辛家绝后吧？辛之栋对父母的担忧总是报之一笑，有一次被逼急了他只好说了实话："我有自己爱的人，只是目前不能在一起。"父母听他说了之后很是惊喜，急忙说那就尽快结婚吧！现在是新中国，婚姻自由，只要两人相爱，再远的距离也不是问题呀！辛之栋叹了一口气说："距离确实远了些，她在美国，是一名美国医生。她是我在哈佛的同学。""同学？美国姑娘！那可是太远了，何况中美两国之间目前没有邦交，中国不允许跨国婚姻，国家控制得很严，孩子呀，这可真是苦了你了！"母亲叹了一口气又说，"儿子，也许人家姑娘早就结婚了呢？四年了，四年的时光变幻，你总不能就这样永久地等下去吧！""姆妈，我和她分别之时我向她做了保证，我今生非她不娶的。如果她的主意改变了，那是她的问题，我会终生坚守诺言的！"辛之栋看向了父母，表明了自己的人生态度。他回到了书房，静静地坐在写字台前，他从抽屉中找出了艾莲芝的照片。他用手摸着女孩的脸，心里轻轻地呼唤着她的名字。辛之栋想：此刻是美国的深夜，艾莲芝会不会也拿着我的照片在想我呢？她应该会有感应吧？一定会有感应的！看着照片上的美丽姑娘，他情不自禁地流下了思念的泪水。

辛之栋是一个爱国的知识分子，他对于抛弃哈佛实验室的优厚待遇没有丝毫后悔，当年他去西方留学深造的目的就是去学习，将西方先进的知识学好之后回来报效自己的国家，这也是哈佛的校训。辛之栋自小在爷爷身边长大，爷爷是一个典型的老学究，儒雅刚正。他深受爷爷的影响，自小就立志：不为良相，即做良医。现在他把西方的文明理念和先进的科学思想及医疗设备带回了上海，自己又培养出了十名得意弟子，想起这些辛之栋还是很满足的。关于爱情，辛之栋相信缘分。他自己会坚守初心永远不会改变。如果他心爱的姑娘艾莲芝另嫁他人，他也会为她祝福的！爱她就要爱她的全部！没有或许，只有永远！辛之栋真的是一个响当当的男人，真正的谦谦君子！

前几天学校传达上级文件精神，那就是全力以赴支援西部建设。国家目前还很穷，川陕一带的科研项目及文化医学急待开发，那里的人民缺医少药急需扩建正规的教学医院，需要为地方培养医学人才，增强三线城市的建设力度。上级领导传达完文件后在座的人员都一言不发，所有的人都没有思想准备，尽管院长一再地说大家都要轮流前往，基本上三年一轮换，但也没有一个人举手报名。辛之栋知道大家的顾虑，每个人都有自己的困难，拉家带口的，家有老人需要照顾的，孩子还小的等等各种原因，这让他们学院领导犯了难。就在关键时刻，辛之栋在会后找到了院长报名，表明了自己对国家政策的欣赏与支持！他要求去最艰苦的地方，到那里去工作教学，传帮带，为偏远的人民群众带去福音，走中西医结合的路子，这也正是他当年远渡重洋出国深造的目的。院长看到辛博士第一个站出来支持他的工作，心中非常感动，思虑良久之后说："辛博士，您是咱们院里的金字招牌，您的实验工作室担负着国家重点项目的研发任务，您还是不要去了吧！""院长，现在2号传染病的研究已经进入了尾声，学生们正在进行汇总待报，一旦完毕，我就可以作为先头部队向新的征程出发。我要求去成都那边参与新的教学医院的建立，巴蜀一带素来偏僻，山高林密，缺医少药，我对那里的情况略知一二，请领导考虑一下。何况我目前是单身状态，一人吃饱，全家不饿。我没有负担！如果上海这边需要我，我随时可以回来。"辛之栋言辞恳切，他的态度让老院长非常感动，他握着辛博士的手说："谢谢！谢谢辛博士对我工作的大力支持！您的满腔热血，爱国情怀，让我们所有人为之敬佩。但是我们提前讲好，当年我们复旦请您来是为了请您在此教书育人的，希望您能提携后进，为国家带出一批优秀医学研究生来，以增强我们医学界的力量，可不是请您来做一个医生或者医院院长之类的工作，您应该起的作用是无法衡量的！……""谢谢院长的嘱托，我会珍惜您对我的期望，您给我三年时间，我去那里工作，之后再回咱们复旦继续教学，您看怎么样？"辛之栋这一番情真意切的话全是他掏自肺腑的心里话。此时是建国初期，有一大批知识分子充满了爱国情怀，历尽艰辛，从国外纷纷回到祖国，将所学知识及自己的满腔热血全部贡献给自己的国家，为新中国的科技腾飞及经济建设呕心沥血。学校的其他教授见辛博士都报名申请支援三线建设，他们也不甘落后，便也纷纷报名了。辛之栋起了一个非常好的带头作用。很快，第一批支教的名单就定了下来，教员一共八人，和他们自己所带的研究生以及毕业生有五六十名，一个迅速组成的教学实践团队就这么快地成立了，支援三线，创建教学医院的行动，上海复旦大学走在了前面。

辛之栋的爱国情怀和坚定不移的态度直接影响了他的弟子，柳泉他们四人坚决与导师一起行动，另外的那六名学生有两个人也报了名，其余四人各有自己难言的苦衷，就留在了上海。柳泉他们还有一年就毕业了，毕业之后他们也会以医学博士的身份走向社会，服务于民众了。

辛之栋对于弟子们的追随，心中很是欣慰。表面的他少言寡语，可实际上他是一个热情似火、柔肠百转的男人。在收拾行李准备奔赴成都之时，他用一条洁白的布单包住了两个相框，这是他多年来随身携带的视若珍宝的东西。他的书房还有一些他珍藏的旧照，全部镶好了框子挂在西面的墙壁上，这些照片记录了他八岁时的故事，那是他心中永远的伤痛，这无法弥合的心伤曾经让他有过自闭。他经历过生死劫难，是那俩勇敢的学生用自己的生命将他救了出来，才有了他辛之栋的今天。恩人的照片已经在他书房的西墙上挂了二十多年，看着当年安姐姐搂着小小的自己在微笑，还有那方安姐姐给他擦眼泪的手帕，这幅绣着字的手帕上有一只白色的蝴蝶，字是行书写就的"秀雅恒存"四个字，它是用金色的丝线双面绣成的。这精致的手帕是用淡绿色的乔其纱所做，上面还留有安姐姐青春的风华绝代的气息。那年爷爷送他回上海父母这边的家里，临别时郑重地让他好好保存这件信物。他将手帕折叠好放在自己书房的抽屉里，经常拿起来观看甚至闻一闻。他不会忘记安姐姐他们的恩情！那年在哈佛大学时，他看到画廊里有油画的相框，有一种木框的工艺非常精美，是实木浮雕的，于是他把自己珍藏的这方手帕请画廊的技师给认真地装裱了起来。完成之后，一幅中西合璧的艺术精品便呈现出来。当时画廊请求辛之栋把藏品借给他们展示，因为他们的画廊中从未有过这么精致的艺术品，内在的东方文化高雅而静中求动，外在的装饰框豪华大气又精致入微！可辛之栋哪里放心将自己随身的宝物放在他处？他婉言谢绝后便返回校园，万般珍惜地将它挂在了自己的宿舍里。任多年的时光匆匆而过，辛之栋与他的珍藏相互陪伴。现在他即将离开上海，他首先想到的是带上安姐姐与自己的合影和这幅带有姐姐气息的手帕。

经过二十多个小时的辛劳，上海支援四川成都的医疗大军终于来到了成都火车站。站台上站满了欢迎的人群，他们打着红色的条幅，挥着红旗，敲锣打鼓地在站台上迎接远道而来的上海青年才俊们！欢迎仪式非常隆重，就连省里的领导全都来到了现场迎接！辛之栋想：地方领导如此重视，看来将要在这里大干一场了。此刻的他内心激动，他满脑子里都是如何开展工作，如何为自己的家乡父老做实事，但是当省委书记伸出手来向他表示欢迎之时他竟没能说出一句漂亮的言辞，而只是微笑地点头再点头。辛之栋他们一行来到了美丽的校园，校园是在原有的基础之上重新加盖的，环境很好，绿树成荫，校园的路修得整齐又漂亮。沿着教学区与教工宿舍一带有一个人工的湖，水面很大，有水禽在湖面飞翔，湖的西部便是图书馆，不远处便是大学生宿舍。在宿舍百米开外，便是学院的附属医院，医院是目前成都最大的全科医院，医院与学院之间隔着一道围墙，中间是一道铁栅栏门，教学相长与实践就这样地相通着。

学院的领导特别重视上海来的人才，自从省里领导和上海市政府及复旦大学三方签好协议之后成都就开始准备并行动起来。三个月的时间，聪明的、吃苦耐劳的四川人便为他们准备好了吃住行的一切，他们知道上海是中国最大的城市，无论任何方面都比四川要先进得多，希望专家们能够安下心来在成都长驻，给四川人民带来福音。辛之栋他们到达学院后，这里早已经给大家安排好了住处。柳泉他们四人放下了自己手中的行李箱和日用品后，留下了刘志勇和万钢两人继续收拾房间，他和蒋亮便一起到学院给导师辛之栋安排的房间里，他们想帮助导师收拾一下东西，因为二十多个小时的火车，导师一定很累了。就连他们二十多岁的小伙子都有一种浑身散架了的感觉。柳泉和蒋亮来到了导师辛之栋的房间，发现房门没有关，他们俩敲了一下门后便直接走了进去。

辛之栋见柳泉他们来了很高兴，指着打开的一堆行李笑着说："你们都收拾完了吗？看我这里乱的，爸爸妈妈强行地给我带了这么多东西，我一时还不知道往哪里摆呢。"蒋亮见状忙着向前蹲在地上，开始帮助老师打开一件一件的行李。柳泉则看到房间的写字台上放着两只热水壶，看来是学校专门为老师配备的。柳泉提起水壶想去给老师打开水，没想到水是满的，他打开壶盖用手测了测水温，发现水是很热的。他笑着告诉老师："水是烫的，看来学院的领导是很有心的，这样一些细节想得很周到。"一旁的蒋亮环顾了一下四周说："老师，给您安排的是两居室，有阳光的套间，只是比您在咱们复旦的屋子稍微小一些。""这已经很好了，现在国家还很穷，慢慢地会越来越好的。这样的居住环境我已经很知足了。再说咱们来又不是为着享福的，咱们不是来支援三线建设的吗？我们抓紧收拾尽快投入工作好了。"辛之栋起身接过柳泉递过来的水杯，喝上一口后慢条斯理地说。"对呀，要是为了享受老师为什么会离开哈佛，会离开上海到四川来，人生地不熟的。"柳泉看着蒋亮顺嘴说着。"这点你还真说错了，可不是人生地不熟哟，这里是我的故乡呀，我是土生土长的川娃子呢！"辛之栋笑着对柳泉说。他放下水杯后便打开了他在火车上一直放在身边的一件行李，一件用白布包着的行李。打开之后又见用蓝色的格子床单层层包裹着，一共是两件物品。柳泉怕老师累着，便和蒋亮一起将物品放在写字台上慢慢地、一层层地打开了。原来细心包裹着的是两个非常漂亮的相框，这应该是老师格外珍视的物件，一直不离身的存在。当柳泉他们俩帮着拆解时辛之栋一直在说着："慢一点，慢一点！"当打开包布把相框放在桌子上靠墙的地方时，柳泉和蒋亮的眼睛登时亮了！这是两幅装帧精美的相框，一幅是一个美丽大方的姑娘搂着一个淘气的男孩，男孩手上举着几朵鲜艳的花，快乐地靠在姑娘的胸前，他们站在阳光下，周围有很多小树和不知名的野花，他们在开怀地笑着，露出一嘴的白牙。仔细看看，男孩是很可爱的样子，一派天真，那个美丽的姑娘穿着一袭白裙，眼神清亮地望着前面，应该是在望着对面给他们拍照的人。"这是谁呀？长得真漂亮，绝对是个大美女！"蒋亮望着这幅照片不由得赞叹起来！此时的柳泉虽然没有说话，可他心中却对照片里的姑娘有一种亲人般的感觉，应该是很熟悉，可现实里却不曾相识！他应该在安翔家里的照片中见过她，太像堂哥的未婚妻安蝶了！尤其是那个飞扬的嘴角！他呆呆地注视了几分钟没有说话。可转过头去他却又让另一幅画框惊得目瞪口呆！柳泉看到画框中装饰着一方淡绿色的手帕，手帕是手工双面绣的一幅行书作品，此书法是竖式格局，内容是"秀雅恒存"四个字，而在存字的右下角绣着一只白色的蝴蝶，蝴蝶的形态是欲飞还落的样子，姿态优美，栩栩如生。字是用金色的丝线绣成的，整个作品精美雅致、意味深长，加上那独具一格的精美画框，绝对是具有一定意义的高档艺术品！但是柳泉惊讶的不是艺术品的精美，而是他对"秀雅恒存"这四个字无比地熟悉，这是他们柳家的家训呀！柳泉扬州的家中，就悬挂着这四个字，那是他失踪的堂哥当年写的。后来他一天天地长大，手摹心记的他也能写出和堂哥一模一样的这四个字。可是现在他的家训怎么就出现在导师辛之栋的相框之内呢？这不应该呀！这实在是件令人不可思议的事情。辛之栋见柳泉看着相框发愣，便说："明天你去找两个钉子，把画框挂在这书房的墙上，以免外人见了随便用手去摸。""好的，明天我来做这件事。只是老师，您怎么会有这四个字呢？是您的手笔吗？""不是我的手笔，是我姐姐写的。"辛之栋一面对柳泉说，一面用手抚摸从格子布中解脱出来的相框。"老师，相片中的小孩儿是您吗？真可爱呢！"蒋亮看看照片中的男孩儿，又看了看自己的老师，他控制不住自己的好奇。"是的，那是我八岁时的样子，这是我和姐姐在野外探险时的合影。"辛之栋一面回答着学生的提问，一面注视着自己视若珍宝的两个相框，那随身携带的不远万里的珍藏。

柳泉他们帮助老师收拾各种物品，将一切整理完毕之后便告别老师回他们的宿舍。回去的路上他们俩边走边看新的校园，突然蒋亮说了一句："泉儿，咱们老师家中不是只有他和辛之菲两个孩子吗？怎么他突然之间有了那么一个比他大很多的姐姐呢？而且是一个绝色的美女！泉儿，你不觉得奇怪吗？你怎么不问老师一下呢？""咳，你怎么不问？你好奇就自己去问呗，反正我不问，每个人都有自己不为人知的秘密，何必打听那么多呢？这让人讨厌，何况又是咱们的老师。"柳泉的回答很干脆，但是蒋亮依旧很不甘心，他又转头对柳泉说："是不是你也有很多不愿让人知晓的秘密，跟哥哥说说呗，比如说咱们这次从上海来这里，那个赵萌萌也随她的老师一起来了，其实她是可以不来的，她已经在中山医院开始实习了，实习后表现优秀，人家就可以直接留在那里工作了，这应该是许多医学生期待的事情。可是人家赵萌萌，竟然抛下了这一切，随你来到成都了！柳泉，你想一想，要我说，你就长点心吧，可别辜负了人家姑娘对你的一片真心！"听着蒋亮的一番话，柳泉也对他说出了自己一直以来压在心中的忧虑。

第四十五章　蝶舞，赵全胜要疯

　　辛之栋博士与他的教研团队已经到达成都几个月了，他们开始了紧张的工作。他们的进驻在当地引起了极大的轰动，无论是学术方面或者是临床试验都让地方上的医务人员称羡不已，毕竟是上海来的专家团队，他们见多识广，临床经验丰富，地方医疗技术的提高与教学的传帮带发展由此轰轰烈烈地开展起来。

　　此时正是五十年代后期，国内一些偏远地区还很落后，但是上海的医疗技术是在全国领先的，当得知这些大名鼎鼎的专家可以出诊时，便吸引了很多病人的到来，求生治愈的意念让病人及家属们争先恐后地拥到这里，他们都想得到专家的确诊和更好的治疗。治病救人是医生们的工作责任，在那个纯真的年代，涌现出了许多动人的故事。辛之栋和他的学生们与其他的同事一样，每天忙忙碌碌，在教学与实践中发挥了极其重要的作用。

　　柳泉他们眼看着快毕业了，他们都在课余时间忙着写论文。辛之栋是他们的导师，他关心他的学生们，帮他们找各种资料，并和自己在哈佛的同学们电话或书信交流。辛之栋希望他的弟子们在医学领域里能有更高的建树和创新的思路，或许能引领人类的文明。为了让弟子们的大脑思路更加清晰，能得到极大的放松，他便利用今天轮休的时间去中药房又买了一些西洋参片和铁皮石斛，下午他给学生们辅导时就可以给他们泡药茶，他看着忙碌的弟子们很是心疼，这些未来的医学博士们可是国家的宝贝！他们为了追随自己从上海来到西部，我这个当老师的也是有责任来照顾他们的。

辛之栋购物回来后，正巧碰到了从图书馆出来的柳泉和蒋亮，他们都是自己的得意门生。辛之栋看柳泉的手上拿着两本书，肩膀上仍然站着那只白蝴蝶。柳泉有一只白蝴蝶，蝴蝶和他寸步不离的故事早已是人尽皆知，校园中人现在看着都是见怪不怪。柳泉和蒋亮见到导师站在面前，忙着向老师打招呼，最逗的是柳泉肩上的蝴蝶也向辛之栋扇了扇翅膀以示敬意。看着蝴蝶这可爱的样子，辛之栋禁不住地微笑起来。辛之栋走到柳泉身边，笑眯眯地看了看这只美丽的蝴蝶后说："柳泉，你们多带着蝴蝶去鲜花多的地方走走，要不它的营养会跟不上了，保护好它，千万别让坏人伤害它！"柳泉看着老师点了点头。蒋亮在一旁说："您放心吧，这只蝴蝶可精了，它通人性，我们一个屋的人都会保护它。"辛之栋一听就乐了，他拍了拍自己手中的提包对蒋亮他们说："我买了正宗的麻辣牛肉干，下午咱们一块儿吃。你们午饭后就过来，别睡午觉了。""好哇！那我们下午可以开荤啦！"柳泉一听有牛肉干吃就顿时高兴起来。

今天是星期日，是大家休息的时间，午饭之后柳泉他们四个人不慌不忙地准备去导师的工作室。说四个人也不对，还有一位，就是柳泉肩头的那只白色的凤蝶，它像一个舞蹈演员一样单腿站立着，不时扇扇双翅，好像在表演芭蕾。辛之栋今天很高兴，他昨天回家去看望爷爷，他和老人家天南海北地聊了很多，爷爷给他做了最拿手的火锅，这是他从小就爱吃的美食。他在爷爷的开导之下，敞开了自己的心扉。爷爷的循循善诱，将心比心，让他知道了应该如何处理自己的个人感情问题。他的爱情，他那被压抑已久的爱情像压在铁板下的火苗，而爷爷为他移开了铁板，火苗瞬间便腾腾地燃烧起来。辛之栋将心门打开后，他看什么都是快乐的。今天他去市场，给学生们买了补品之后又买了当地的特产麻辣牛肉干，还有他从小就爱吃的虎皮蚕豆，麻辣香干，此刻他只想开心地与学生们一同分享。

吃过午饭，辛之栋全然没有睡意，他脑子里全是远方的艾莲芝，他藏在心里太久了，心中的苦从不与人说。昨天爷爷又与他谈起，又一次激起了他心中的涟漪。他的爱人在遥远的国度，他没有想方设法地去联系她，他怕她伤心。但得不到她的消息，他应该主动联系她，而不应该畏首畏尾。他是一个大男人呀，怎么这么没有担当呢？爷爷对他的批评真是对极了！想到此处，他随手拿起笔来，扯过一份空白试验报告单，一首赵令畤的《蝶恋花·卷絮风头寒欲尽》便从他的笔下流了出来："卷絮风头寒欲尽。坠粉飘红，日日香成阵。新酒又添残酒困。今春不减前春恨。蝶去莺飞无处问。隔水高楼，望断双鱼信。恼乱层波横一寸。斜阳只与黄昏近。"辛之栋信笔由缰，一首词牌从内心奔涌而出，似是对远在天边的爱人娓娓道来，他在心中诉说着对她的思念。他刚准备放下笔时忽然听到了敲门声，辛之栋走到门口将门打开，令他惊讶的是：来的人不是他的弟子们，却是从上海一起到成都的大四年级的实习生赵萌萌，她的身后还跟着一个中年男人，是一个他看着眼熟的人。

辛之栋惊愕地看着赵萌萌，不知她来此所为何事。但是辛之栋知道柳泉与赵萌萌是同乡。那么今天赵萌萌带着这个人来敲他的门，这是要做什么呢？看着辛博士没有请他们进屋的意思，赵萌萌便自我介绍起来："辛博士好！我叫赵萌萌，我是和您一起乘火车来这里的学生，我是大四年级的，我也和您一样家在成都。这是我的父亲，他叫赵全胜，他说他认识您，叫我带着他来拜访您。"站在赵萌萌身旁的男人看着辛之栋一边笑一边不住地点头哈腰："辛博士，我认识您的学生柳泉，我们两家是邻居。"赵萌萌看辛博士有些发愣就又补充了一句。"您好，您好！那请进吧。"辛之栋听着赵萌萌的小嘴叭叭叭地说个不停，又一边认真地思考："赵全胜？这名字怎么这么熟悉？他过去是认识一个赵全胜，那是一个坏蛋呀！"辛之栋的脑海里不断地翻滚着这个名字，他记忆深处有这么一个人，一个坑蒙拐骗的国民党军队的连长。那可是一个坏透了的人，瘦瘦黑黑的样子，和面前这个胖胖的人不沾边呀！辛之栋一边往屋里让，一边打量着这个赵全胜，赵全胜怎么会是实习生赵萌萌的爸爸呢？真是太奇怪了！这都是哪里来的怪事？世上怎么会有这般的巧合？

　　辛之栋将早就给柳泉他们洗好的茶杯重新又用开水漫了一遍，之后泡了两杯雀舌，用小托盘递了过去。赵萌萌站了起来，双手接过了清香扑鼻的茶杯之后递给了在椅子上端坐的父亲。上过茶后，辛之栋也坐在茶桌旁的藤椅上，静静地坐在这父女俩的对面，他微笑沉静地看着他们父女，等待他们述说前来拜访的缘由。只见胖胖的赵全胜咳嗽了一声，他看向了自己的女儿："萌萌啊，快把我亲自挑选的土特产给教授看看，实在是一番心意呀。这一晃快三十年了，天翻地覆的变化呀，那时候我还年轻，辛教授也还是一个小孩儿。那时我就认识了你，这一晃我都五十多岁了，我的女儿萌萌也二十多了。听说辛大教授来成都了，我是打心里高兴呀！您这叫：荣归故里！这是咱们巴蜀的一件幸事，所以我就让孩子带我来看看您，您能想起我来了吧？我就是当年的军人赵全胜啊，我去过您家的，巴蜀学堂！后来我和您的爷爷辛永泰成了深交的好友。"赵全胜抬头望着辛之栋，并顺手掏出了口袋里的香烟点着后抽了起来。他跷着自己的二郎腿，一副志得意满的样子。"噢！我想起来了，时间太久了，真没有想到我们会在这种地方再见面。"辛之栋的思想像过电影一样地翻篇，往事历历在目地呈现，他说不出喜怒哀乐，他只是面带沉思并微笑地看着他们父女。"辛教授，这是我爸爸给您带来的咱们常吃的家乡特产，您看：灯影牛肉，麻辣香肠，麻辣兔丁，文殊院的素饼，还有这顶级的雀舌茶。我爸爸知道您家是文人出身，又亲自去武侯祠给您弄来了原碑拓片，听说是严禁的，可是还真让我老爹给搞出来了，您留作纪念吧……"赵萌萌一边从书包里掏出各种食品，一边又郑重地将一个锦缎盒子放在辛教授的眼前。赵全胜见女儿开心的样子，他的脸上也充满了温柔。"收下吧，这拓片真是很难弄呢！我也是托战友给我弄出来的。"赵全胜望着辛之栋教授诚恳地说。"看来赵连长还是和过去一样的强权政治，无论新旧社会你都能屹立不倒哇！"辛之栋收起了他常有的微笑，目光注视着赵全胜。"哪里，哪里！我只是崇拜文人雅士，再说与您是自小有缘，不论是正缘还是侧缘，总之是有缘。您不知道，当年是您的祖父辛老爷子给了我翻身的机会，他老人家施恩不图报！但是我要讲义气，咱滴水之恩当涌泉相报，何况是救命之恩呢？弄这拓片对我来说是小事一桩！现在，您是萌萌的领导，再说将来她还想考您的研究生。我一听她讲，我就来了，我这是求您来了！咱们认识呀，不是吗？所以您对我就不要客气了，行不行？如果不行，我就找您爷爷去，我就不信您爷爷不给我这个面子！"赵全胜的大嗓门充斥着辛之栋的实验室，辛之栋听他这样讲后也是无可奈何地看着他，他刚想喝一口茶，门又被敲响了。

听这敲门的节奏，辛之栋知道是他的学生们来了："进来吧，自己开门。"门被推开了，悄悄进屋的是四个男青年，辛之栋的四个弟子。柳泉、蒋亮、刘志勇和万钢，他们进门的一刹那都愣住了，导师的工作室里有客人，客人之一竟然是那个紧追柳泉的大四女生赵萌萌！她是柳泉家的邻居小妹。赵萌萌见到柳泉就兴奋地站起，柳泉见她在导师的工作室，心中是一片愕然。"柳泉哥哥，没想到吧，我会在此处等你！"赵萌萌见柳泉发愣地看着自己，立即笑靥如花地迎了上去。柳泉看了她一眼，不解地对她问道："你来这里做什么？出什么事了？"此刻赵萌萌的眼神全被柳泉肩上的蝴蝶吸引了，只见这稳稳站在柳泉肩头的蝴蝶在见到赵萌萌之后竟然翩翩而起，飞落到了柳泉头顶，它站在柳泉的头发上合拢双翅，居高临下地看着赵萌萌，一副戒备的样子。柳泉向蒋亮旁边侧了侧身子，躲开了赵萌萌热情的脸。

辛之栋见四个弟子全到了，便招呼他们一起坐下来喝茶。今天是星期日，是大家的休息时间，辛之栋本来想和他的弟子们闲谈一番，他今天的心情很好。但没有料到的是外班的学生赵萌萌领着家人前来拜访，而且来人竟然是以往的故人，这个故人又揭开了他心头的伤疤。陈年旧事登时涌上心头，但辛之栋在尽力控制着，不让悲愤挂在脸上。学生们的到来也算是为他解了围，他的紧张心情稍微得到了放松。待柳泉他们分头找地方坐下以后，辛之栋将他上午早就准备好的牛肉干和虎皮豆打开，让大家一起边吃茶边聊天。辛之栋向学生们介绍了客人，赵萌萌早已经是大家熟悉的人，只是她的父亲赵全胜却是所有人都没见过的。但是当辛之栋向赵全胜介绍学生柳泉之时赵全胜却激动地站了起来。此时只见赵全胜双眼放光，笑容满面，他看着柳泉露出了满意的笑容："哎呀！是柳泉呀，对你的名字我早就耳熟能详了！我家萌萌和他表哥李月星把你夸成了一朵花！今天这一看呀，确实不错！确实不错！你这个姑爷咱算是认下了，我就这么一个闺女，我的家业以后全是你的！全是你的！"赵全胜满意地看着柳泉哈哈大笑，一旁的女儿赵萌萌想要捂住他的嘴却被他一下子闪开了，他走到柳泉的身边看着柳泉，他眼神里全是欣赏，全是满足。可他的话却让柳泉手足无措起来。他站起身躲开了赵全胜欲拍他肩膀的手，他的脸涨得通红，张口结舌得不知怎么反驳才好。柳泉讨厌赵全胜的目光，他觉得赵全胜看他的眼神就像看牲口一样，上下打量，目不转睛，这让柳泉觉得屈辱，内心很生气。"这都是哪儿跟哪儿呀？怎么就成了你家的姑爷了？还要把家产相赠，谁稀罕呀？这个赵全胜他也太粗鲁了吧？和他的女儿一样狂妄自大！对了，是他的女儿和他一样粗俗不堪妄自尊大。有什么样儿的爹就有什么样儿的女儿，古人的话说得就是千真万确。"柳泉的心里是愤愤不平！

赵全胜的热情让柳泉面红耳赤，他躲也不是不躲也不是，他的内心很愤怒，但是在一众面前他又不能翻脸。此刻他的同学们全都被逗得哈哈大笑，赵全胜看着他们几个人也笑着说："都不错！小伙子们都不错！辛教授好眼力，名不虚传！名将手下无弱兵！"辛之栋笑了笑开始打圆场："是的，我的十名开山弟子，每个人都有自己的特长，他们除了学习优秀之外长得也都是一表人才！唉，我这个人就是一个唯美主义者，长得差的人我是不录取的，因为长得差的人一定是有缘由的，我这个人相信因果。"辛之栋的一番话算是给柳泉解了围，原本尴尬的场面有了一些缓解。谁料此刻的柳泉却站了起来，不紧不慢地看向了赵全胜："赵叔叔，谢谢您给我的夸奖，我和萌萌在扬州认识多年，两家住得又很近，我和李月星大哥是好朋友，和月星哥哥一样，我心中也一样把萌萌看作是自家的妹妹。仅此而已，玩笑是不能这样乱开的，这是在学校里，这样说对萌萌妹妹不公平，影响她今后找男朋友，让人误会就不好了！""怎么啦？你难道还看不上我女儿吗？你是不是觉得自己长得好就牛得不得了？你长得好有什么了不起？能当吃当喝吗？你还神童呢，这么不懂事，我看你就是傻得冒烟儿的瓜娃子哩！……"赵全胜见柳泉给了自己一个软钉子，不由得心中大怒，他顾不上自己的体面，忘记了今天到辛教授这里来是要做什么的！他本是一个客人的身份，就这一番话，让他简单粗暴的本性一下子就暴露无遗了！屋里的人看他瞪着一双牛眼大光其火，一时都不知说什么才好。柳泉不想与他争辩，见状就想躲出去。在他站起身准备走出屋去找个清静之地时，他头顶的蝴蝶也一振翅飞了起来。这大大的美丽蝴蝶立即吸引了赵全胜的注意，他恶狠狠地看着它，他最恨的就是蝴蝶！是的，赵全胜心中对蝴蝶充满了仇恨，他只要见到蝴蝶就一定要打死它们，不许它们活命。遥想当年的那只蝴蝶在巴蜀学堂时用脚抓伤了他的眼，使他的右眼几近失明。而他现在突然发现柳泉的头发上有一只蝴蝶立在那里，在柳泉开步的时候它竟然提前飞了起来，而这只蝴蝶竟然又这么眼熟？对了！和当年用翅膀扇他眼珠的那只蝴蝶一模一样！赵全胜那个气呀，他愤怒地向蝴蝶扑了过去，他要打死它！而他的女儿赵萌萌也开始尖叫："爸爸，给我抓住这只蝴蝶，我要把它做成书签！""好哇，做成书签好！还有点用处。不行就拿一根针把它扎在窗棂上也行！我来给你弄死它！"父女俩一唱一和开始了抓蝴蝶的行动，屋子里顿时乱了套！

柳泉看赵全胜瞪着眼睛斥责自己，本来准备离开此地躲避一下，他怕给导师辛之栋添麻烦，人家毕竟是导师的客人，他不知导师与赵全胜是什么关系，他清楚地知道见了这种人必要时躲开为妙，犯不上和他红脸作对。俗话说：君子不与牛置气！但是柳泉没有想到赵全胜和他的女儿一样要对自己的蝴蝶下狠手，这究竟是为了什么？难道他们父女都和蝴蝶有世仇吗？美丽的蝴蝶本来想朝屋门飞去，它在空中展着翅膀看向柳泉。但屋门是关着的，它飞不出去！它发现柳泉在走动时停下了脚步，而刚才怒吼的男人却扑向了自己，蝴蝶轻轻地向上展翅，屋子很高，它灵巧地飞着，它离着赵全胜很远，赵全胜跳脚伸手都够不到它。蝴蝶在实验室里飞来飞去，赵全胜便在屋里追来追去，他举起了屋内扫地的笤帚扑来扑去地追打着蝴蝶，屋里顿时乱了起来。实验室的屋顶很高，轻盈的蝴蝶在室内飞来飞去，赵全胜根本抓不到它！只累得他那肥胖的脸上满是汗珠，汗水顺着脖子流了下来。他身上的衬衣被汗水黏住了，一番折腾之后早已经是气喘吁吁的样子了，但他并未就此罢休。此时蝴蝶也被惊吓得落在了屋顶的灯罩上，高大屋顶上的吸顶灯赵全胜是够不到的，赵全胜望着头顶的蝴蝶呼呼地喘着粗气。其实蝴蝶灵巧得很，即便是有梯子也没有用！它安全地在灯罩上展翅弹腿，它这是在向赵全胜示威呢！

站在屋内的辛之栋和他的弟子们看到赵全胜疯了一般地追打这只蝴蝶，他的行为让人是又愤怒又可笑，这究竟是为了什么？辛之栋拉住了赵全胜，把他按在了椅子上。柳泉对赵全胜怒目而视，他不知赵全胜为了什么而发疯，他这样不顾脸面地挥着扫把吼着跳上跳下，谁都拦不住他。要不是蝴蝶聪明机智飞上了屋内最高处的灯罩上，赵全胜够不到它，又不敢用棍子敲打室内的照明灯，在那个年代，他要是把试验室的照明灯打碎，就会担上破坏公物的罪名，不然他早就拿棍子向吸顶灯敲下去了。此刻他只得罢手，抬头望着抖动翅膀的大蝴蝶生气。赵全胜气喘吁吁地坐在椅子上不甘地望着屋顶上的蝴蝶。而看到自己的父亲被柳泉抢白，看到自己的父亲被蝴蝶戏弄得如同一个小丑，如同一个疯子，赵萌萌此时实在是没有面子了。她也不知道父亲为何对蝴蝶有这么大的仇恨，她来不及对父亲说什么的时候，父亲便在屋内开始抓蝴蝶了，上上下下，登梯爬高地一顿闹腾而终无所获，简直是丢人到家了！赵萌萌从心底里恨这只蝴蝶，她恨柳泉对蝴蝶的好，为了蝴蝶柳泉竟然无视她的要求，她恨不得让这只蝴蝶粉身碎骨！可是蝴蝶太聪明了，它竟然通人性，会看脸色，还会避险！此时赵萌萌和她父亲一样对它充满了憎恨，她就不信她赵萌萌会斗不过它！"你这只蝴蝶，你不过是个小小的昆虫而已！你等着吧，早晚你会死在我的手上！"赵萌萌恨恨地瞪着它。

一番打斗停了下来，几个人面面相觑都不知道应该说些什么。说什么呢？怪丢人的！开始时好好的，怎么弄成了这个样子？赵全胜站起身来向辛之栋告别，辛之栋微笑地起身将他们带来的礼品拢在一起，准备让赵萌萌带回去。赵萌萌有些尴尬，手足无措，她看向父亲，询问的目光等着父亲的指示。"东西全放在这里，就冲我和你爷爷的交情，你有什么不可接受的？全是家里的东西，你若是不收，我可真和你急了！有事儿去找我，我在市公安局工作！过几天我再来看你啊，辛博士，刚才我脾气臭了些，别笑话我啊！走了，我走啦！"赵全胜站起身来冲辛之栋笑了笑走出了实验室，出门后他又回头看了看辛之栋，大声笑着说："对我闺女好点儿，我就这么一个孩子！"辛之栋点了点头，向他招手告别。

　　一场闹剧就这样结束了，辛之栋今天的好心情被赵全胜父女的到来一扫而光。再看蝴蝶时发现蝴蝶已经落在了柳泉的手心里，柳泉已经在自己的手心里滴下了几滴水，蝴蝶大概是飞累了，正在他的手心中吸吮着。辛之栋看着它，情不自禁地湿了眼眶。这只娇弱的小生灵，这只勇猛无畏的小生灵，面对凶残的敌手时竟然充满了智慧。它多么像自己小时候遇到的那只蝴蝶呀！可惜的是它不会说话，无法与自己交流，它只会用它那黑亮的蝶眼注视自己，给自己静静的安慰。

第四十六章　程茹安蜕变的人生

　　赵全胜在辛之栋的实验室中与蝴蝶大战一场，累得气喘吁吁，但是他使尽了手段也没有捉住那只轻盈的蝴蝶，最终他和女儿赵萌萌离开了房间。出了楼道之后，赵萌萌说："真可恨，怎么就是抓不住它呢？这只可恨的蝴蝶，总也不死！爸爸，蝴蝶的生命周期有多久呢？""蝴蝶活不了多长时间，个把月吧，最多三个月就死了。"赵全胜回答后又想了想，"那只蝴蝶确实挺好看的，你怎么不向柳泉把它要过来，反正它早晚也是个死，提前给你怕什么？这个柳泉没有你说的那么好，死心眼儿，死脑筋一个，空长着一副好皮囊，实际上傻子一个，还神童呢？就是一个屁！比我女儿差远了，以后少理他，省得让我看了生气！"赵萌萌听爸爸这样讲后扑哧一笑："爸爸，这你就不懂了，你简直就是大老粗一个，柳泉是最有前途的，再说他长得比哪个男生都好。今天全怪你，给柳泉和辛博士留下了坏印象，你让我怎么收场？本来好好的一件事儿，你说你拿着扫把在人家实验室里追来追去地扑打蝴蝶，又没有抓住它！你真是给我丢尽了脸面，这回完了，麻烦大了，我还得给他们去说好话，赔礼道歉的！爸爸，我想想今天这件事就觉得丢人！不过，那只蝴蝶如果自己不死，我也早晚会弄死它，让它粉身碎骨，你等着吧！"

赵全胜父女走后，大家全都松了一口气。此刻，蒋亮站在窗前，望着赵萌萌父女离去的背影，他回头对柳泉说："走了，他们出楼回去了，泉儿你放心吧。现在我才知道粗鲁有多可怕，这父女两人可真行，好的时候热情似火，翻了脸后比狗都凶！亏我当初还劝你对她从了吧，我的眼看来是瞎了！以后这种人咱们少招惹，躲远点，要是真和这种人结婚，泉儿这一辈子可就糟蹋了。"辛之栋听了蒋亮的一番话，他觉得很奇怪，于是这哥四个便把赵萌萌这几年始终对柳泉纠缠不休的事情一五一十地告诉了导师辛之栋。辛之栋听明白之后说："婚姻不可儿戏，人品最重要，柳泉你一定要有自己的主张，否则后患无穷。"辛之栋说完，重新又泡了茶水，把买的食品推到了弟子们眼前和他们边吃边聊了起来。就在此时，忽然听见有人在楼下奔跑，并且在窗外呼唤辛博士，辛之栋走到窗前向下观看，原来是附属医院的程院长在呼唤他："辛博士，您快下来，是急事呀！我的女儿出事儿了！"

　　辛之栋今天是休息日，但他还是被人从实验室里找到了，而且他的几个弟子也在身边。救人如救火，辛之栋穿上白大衣就跑了下来。"怎么回事？什么情况？"辛之栋望着推着轮椅浑身颤抖的院长。此时院长用手指了指他身旁那个垂着头的女孩："辛博士，快救救我的女儿，她快不行了！""那快往急诊送呀，怎么推到这里来了？"辛之栋不解地看着医院的院长。附属医院的院长姓程，他曾经是一名军医，后转业到地方工作，也是一个技术很好的外科专家，人称程一刀，曾救治了无数的伤员与百姓。他的技术与口碑极好。辛之栋很奇怪，你的女儿病重，又是在自己的医院里，不去住院治病却把人推到了这里，这是自己的亲生女儿吗？难道程院长糊涂了吗？不能呀，这里面一定有问题！

　　程院长有五十来岁年纪，头发已经花白，但他在辛之栋的印象中是一个认真敬业雷厉风行的人。辛之栋他们从上海来到这里，程院长对他们的到来给予了最大的欢迎与帮助，对他们充满了尊敬。但是几个月来他与辛之栋并没有私人交集，今天突然到来，辛之栋对此事很是不解。程院长面对辛之栋的提问也是一时语塞，不知如何回答才好。是呀，自己的女儿生病不去急救室，却把孩子推到了这里，确实有些说不过去，何况本身自己就身为一院之长，程院长紧张地扶着轮椅，低下头来看着轮椅上的女儿，他的泪光盈盈，抬头看向辛之栋他们时竟不知如何开口才好。

见到程院长面有难色，张口结舌，辛之栋与他的学生们也有些尴尬，还是柳泉打破了僵局："程院长，您女儿得了什么病？是不是很严重，她多大了？头怎么不抬起来呢？"柳泉看了看轮椅上的病人又看了看他。"唉！一言难尽呀！"程院长叹了一口气，他说，"辛博士，我女儿已经绝食三天了，她拒绝看病治疗，拒绝吃饭喝水，她已经快不行了。她说我若是把她送到急诊科去抢救，活过来之后她就跳楼自杀，死得会更加痛苦，没有尊严。我知道女儿的苦衷和脾气，所以即使她病危了也不敢送她去抢救室，她这是一心求死呀！可我是她的父亲更是一名医生，我怎能见死不救呢？辛博士，孩子已然是不行了，三天水米不沾牙了，求求您给她想想办法，救救她，她才十九岁呀！辛博士，您是归国的大博士，经多识广，您帮帮我，帮帮孩子，救救她吧，多活一天是一天呀！可是这孩子不许我把她推到病房，她不想见人，一心求死，这眼看着就不行了，辛博士，您救救她吧，我给您跪下了！"程院长老泪横流地朝着辛博士就跪了下去。

程院长的举动吓坏了辛之栋和他的学生们。"别！别这样！……"辛之栋立时慌了手脚，而站在老师身边的柳泉他们则赶紧用力将跪倒在地的程院长，女孩的父亲拉了起来。"快说一下，你女儿得了什么病呢？为什么要拒绝医治，绝食呢？这么年轻的孩子，不应该呀！"

辛博士走近女孩，让程院长把孩子的头抬起来。轮椅上的女孩闭着眼，呼吸微弱，只见她长长的头发散乱着遮住了她的脸，父亲蹲下之后将她的头靠在自己的肩上，她已经无力抬头了，但她仍伸出一只手来将自己露出的半边脸用长发来尽量遮挡。辛之栋他们看到，女孩伸出的手与露出的脸上长满了不知名的癣块，层层叠叠、红黄相间，看着就让人头皮发麻。蒋亮与刘志勇吓得躲到了一旁，倒是柳泉与万钢站在女病人的前后，与老师站在了一起。辛之栋此时也蹲了下来，他伸手搭脉，探查女孩的情况。女孩儿的气息微弱，可以说是危在旦夕了。"太晚了！恐怕来不及了，马上送抢救室吧，或许还有希望！"一旁的柳泉立即将轮椅拉到身前，准备飞速推到急诊那里，抢救这个年轻的生命。"不可以！孩子说了绝对不许让她再在人前丢人现眼，绝不让人看到她的脸，如果在咱们医院里住院，即使救活她，她也不会再生存下去，除非能够治好她这个病！可我已经求了很多名医了，药也吃了很多种，病非但没有好转，反倒越来越重！女儿本来很勇敢，很坚强，但这两年的病弄得她痛不欲生，所以丧失了信心，她一心求死，让我这当父亲的可怎么办呢？"程院长痛哭流涕的一番话也许是让轮椅上垂危的女儿听到了，柳泉看到她被头发遮住的眼睛流下泪来，但是此刻的她已然是说不出话来了，她的元气即将耗尽，只是不甘地睁开了她脸上唯一美丽的眼睛，她的眼神中写满了绝望！她最怕别人掀开她的长发，看到她丑陋的脸，她心疼父亲，又怪他把自己推到这光天化日之下，让自己的尊严尽失。"唉！"女孩轻轻的一声叹气，柳泉在听到女孩发出了声音之后，便对老师辛之栋说："老师，我用中医的急救之法来试试，您说可以吗？""当然可以，使用任何方法救人都是对的，你可以试一试！"柳泉听后，飞身返回楼上他们的实验室，这里有他的急救工具和老师的听诊器及急救包。

此刻，就在柳泉飞身上楼之际，不远处站着瞧热闹的两个人又回来了，他们就是刚走不远的赵全胜父女。刚刚他们才愤怒地离开柳泉，走出楼门不远便碰到了程院长推着轮椅匆匆而来。赵全胜认识军医程院长，当年他们就是一个部队的，谁都知道鼎鼎大名的程院长医术高明。赵全胜首先向程院长打了招呼，但程院长看了他之后只是轻轻地点了点头却没有同他说话，他只是推着轮椅快速前行。赵全胜觉得心中实在是不痛快！"这是怎么啦？为什么今天所有人对我都是这个态度？太欺负人了，你们是狗眼看人低吗？"赵全胜气鼓鼓地站在了路边的草地上，从口袋里掏出了一支烟抽了起来。赵萌萌知道父亲还在为那只蝴蝶生气，她默不作声地站在父亲的身旁。此时他们父女看到程院长竟然站在实验室的楼下开始呼唤辛博士，又见辛博士带着几个学生从楼上冲了下来。只见程院长与辛博士几个人叽叽咕咕地说着什么话，又看到柳泉飞身上了楼。赵全胜知道这一定是出事了，可能还是不小的事儿呢？赵全胜本是一个好热闹的人，生怕事儿闹不大，于是他拉着女儿赵萌萌立即转身回来，看看这几个人又在搞什么名堂。他可是公安局的人，负责社会治安工作的！所以当柳泉拿着急救包返回时，柳泉惊讶地发现，赵萌萌他们又回来了！此刻赵萌萌看着柳泉急匆匆的样子就凑到眼前说："柳泉哥哥，需要我帮忙吗？"柳泉看了她一眼后摇了摇头，摆了摆手叫她让开，赵萌萌见状便闪到了一旁。

辛之栋见柳泉手中提着急救箱和另一个小包，他便对柳泉说："东西全拿来了吗？"柳泉将急救箱递给了老师说："老师，我们把病人先放平，您先检查一下我再用中医的抢救法试一试，您看行不行？"辛之栋一边点头一边示意蒋亮他们把女孩身上盖的毯子取下来，他们把毯子铺在楼门出口平坦的水泥台上之后，又让程院长将女儿抱起，将其女儿放在毛毯上躺平，准备开始急救。蒋亮他们几个都有丰富的急救知识，他们试了试病人的口鼻之后便开始了按压，但女孩太瘦弱了，所以他们下手时是小心又小心。稍后，辛之栋便用听诊器开始检查起来。他掀开女孩的上衣，让人不忍直视的景象出现在了几个人的眼前。女孩的上身同她的胳膊面孔一样，布满了厚厚的皮癣，红、白、黄、紫地纠缠在了一起，正常的皮肤难以寻见。当辛之栋的听诊器放在了她的胸前，许是冰凉的缘故，女孩睁开了她的双眼。单纯地看女孩的眼睛，她的眼睛很是美丽。女孩睁眼看了看周围，全是陌生人的脸，但是胸前的听诊器在移动，她知道这是在医院里，有医生在给她检查。她抬眼向上看，头顶是一片蓝天，她又用眼睛扫了一下，她的爸爸就在眼前，在低下头看着她。爸爸眼中全是泪，她知道这都是为了自己的病，她害了父母，让他们为她各处奔走求医问药不得安生，但是她的病不见好转相反却越来越重，直至恶癣爬到了脸上，头皮上，又痒又痛，被她用手抓得鲜血直流，惨不忍睹。由此她再也无法上学，无法出门。直至四天前她独自一人站在窗前望着玻璃窗上反射的自己，她竟然被玻璃中的自己吓坏了！她知道此刻家中没人，她便鼓起勇气站到了穿衣镜前想认真地看看自己，她到底变成了什么样子？当她的眼睛对上了镜中的脸，她不忍心地闭上了眼睛，这怎么会是自己呢？她轻轻地叫了一声自己的名字："程茹安。"她看到了镜子中的丑脸也在动！于是这一次她彻底地崩溃了，她反回身扑到床上大哭了起来。想一想自己这三年来的遭遇，越想越委屈，越想越绝望，她再也无法面对自己的这张丑脸，她的心死了，她不想再拖累父母，她不想做丑女人！大哭一场后她走上了绝路。

三年前，她考上了武汉大学，那时的她长得青春靓丽，人见人夸！很快她就成了校花，成为了年轻人的焦点。大学一年级，他们下乡劳动，走与工农兵相结合的道路。那时的她意气风发地走在队伍前面，手中举着红旗。下田插秧时她总是冲在前面，因为她是班长，吃苦在前、享受在后是她的一贯信念。她是一个非常要强的女孩子，父母也都是革命干部，自小便对她严格要求，所以她很上进，处处以身作则，不甘于后。在稻田中插秧时，她的腿上爬满了蚂蟥，当她从稻田中出来时，腿上流着鲜红的血，同学们便争相为她拍打，想将蚂蟥震出来。但她是个急性子，见虫子出来得太慢，她便从腿上把虫子揪下来，但是有些虫子的一半还留在了大腿上。她的双腿上淌着血，继续领着同学们苦干农活。第二天，她的身体有些发热，老师劝她休息一下，去大队卫生站看看去，但是她依然不当作一回事儿，笑一笑又继续和大家一起去了农田。这一次生产队长没有让女生们下田，让她们在田间地头给稻秧分缕儿，和昨天相比，她们觉得太轻松了，就与乡民们边说笑边干活。突然她发现自己露着的小腿一阵疼痛，低头一看，原来是一只讨厌的虫子钻进她的小腿里，只留下了半截屁股在外边。她的腿虽然很疼，但也没有十分在意，这个虫子就如同她们在老乡家睡觉的床板上的臭虫一样，只是比臭虫稍微大一些，给它捻死就算了！于是，她如同捻臭虫一样在虫子身上狠击一掌，接着就把拍扁的虫子扯了下来。可惜的是只扯下了虫子身体的一部分，多一半的虫体仍然在她小腿的肉里。她又用力地挤了挤，仍旧是挤不出来，她心里说道："等着吧，回屋后用针把你挑出来！"程茹安从小就胆子大，脾气直，因为她有着当军医的父母，伤病员她见得多了去了！现在下乡劳动时，这虫子竟然敢咬自己，对她来说这有什么可怕的呢？但是，她大意了！从地头归来的程茹安吃完晚饭，和同学们溜达着到了大队部，这里应该有卫生室。她想要点医用碘酒擦拭一下自己的腿，连续两天了，她都被虫子咬，她觉得她的腿生疼，腿还有些发热。巧的是大队卫生室的门锁着，她们没有办法，走了走就又回了自己的住处。房东见她回来了，就问了问，知道没有找到卫生员后便返回了屋里，随后拿出了半瓶白酒，叫她把腿抬了起来，房东含了一口白酒"噗"的一声向她的小腿喷去，算是给她消了毒。随后房东把剩下的半瓶白酒宝贝一样地收了起来。程茹安很想让房东把这半瓶白酒留给自己，她要是能用这白酒搓一搓腿该有多好，但是她一看房东对那半瓶酒珍视的眼神，终是没有说出口。

五十年代，国家还很穷，何况农民？只有过年或者祭祖时才能动用白酒，这一点程茹安早就听父母讲过。第二天，她到大队卫生站，卫生员看了看她的腿已经开始有些红肿，给她用碘酒消了消毒后，又给了她四片"土霉素"消炎片，让她分两次服下。然后告诉她钻入她腿中的虫子叫蜱虫，是一种有毒的虫子，被它咬上不亚于让蜈蚣叮上一口，很厉害的。应该是用手拍打腿部，把虫子倒着震出来就好了。现在她的体内有着蜱虫和蚂蟥两种虫体物质，她的发烧就是中毒的现象！卫生员试着用针把伤口挑破，想把肉里的虫体找出来，但是蜱虫已经钻得很深了，她也不敢用针再剜了，何况此时的程茹安已经是疼得满脸大汗，面色惨白了。好在第二天她们的下乡劳动结束了，大卡车将她们送回了武汉。回学校之后，她立刻去了医院，经过外科的小手术，才把她腿上的蜱虫头部和蚂蟥的残肢取了出来，之后程茹安才退了烧。但是这一番折腾，漂亮的程茹安消瘦下来。在后来的日子里，她得了一种怪病，一种罕见的皮肤病。大学一年级的下半年，她那被虫子咬过的小腿上开始起了红斑，并经常发痒，她并不以为意，悄悄地买了一支红霉素软膏来涂抹，大腿上的皮肤时好时坏。及至一年后，她的皮肤病开始严重了！皮癣蔓延至了她的四肢，且越长越厚，她已经无法去学校的浴室洗澡了。她开始害怕同学们看她的眼光和躲避自己的动作。于是她辞去了班长的职务，利用暑假时间回家乡成都休假看病。

程茹安是一个自尊心特别强的女孩子，她把病灶让父母看，她的父母惊诧得睁大了眼睛。他们二人的工作很忙，女儿在外面读大学，他们只听孩子讲过下乡学农之时被虫子叮过，有过发烧感染，但那时孩子不在家，也就没有太在意这件事情，如今这事情快两年了，突然见到病情如此严重的女儿，真的是吓坏了他们。第二天父亲便带着她来到了本院的皮肤科开始治疗，住院一个多月的时间，她身上的皮癣开始慢慢地消失了，皮肤也开始了平坦，虽有红色的瘢痕，但毕竟不再痛痒了。随着病情的减轻，程茹安也开始有了笑脸。但是，欢乐与悲伤是兄弟，就在大三开学之后，一场同学的生日聚会却害苦了她。生日聚会的菜品基本上是河鲜、海鲜、牛羊肉，再加上辣椒与酒，让程茹安没有选择地与大家一起共同吃了起来。程茹安是班干部，同学们都鼓掌让她唱一支歌来助兴。程茹安面对着欢乐的同学们，望着酒楼外的长江，望着江边闪闪烁烁的万家灯火，一曲《我的祖国》在她的口中曼妙而出，随着她的歌声，全班的同学齐声合唱，那一刻欢乐的情绪达到了顶点，直到晚上九点，必须返回校园了，她们才快乐地结束了这场生日聚会。但是第二天，她的皮肤病又一次暴发了，而且比以往要严重得多！首先是她的脸部全都红肿了起来，眼睛已经成了一条缝，她浑身发痒，手的触及之处皆长满了块块的癣斑，你摸它就长，除了手心脚心和心口窝之处再也没有干净的地方！她又痒又痛无法忍耐，她没有办法走出去，只能让同宿舍的同学给她的父亲打电话，让爸爸快来救她！

接到她的电话，她的父亲当天便带着医院的急救车赶到了校园。大学里突然来了急救车，而且是外省的急救车，惊动了校长与校医。当知道了事情的经过后校长也非常抱歉，自己疏忽了学生的需求，而且是尖子生的需求，他表示可以留在武汉治病，学校负担全部药费，她的父亲笑着拒绝了。他告诉了武大校长，自己本身就是军医出身，现在自己的医院里有海归博士，看病住院都会很方便，把女儿接到身边治疗也好放心一些。听了学生家长的话，校长也就放下心来，他向程茹安告别之后，又掀开了她用以遮脸的面纱之后说："回去之后耐心治疗，好一些后就早点归校，学校也可以派人去接你，盼你早日归来！"程茹安听了老校长此话，早已是泪流满面，她不住地点头。她的父亲程院长向校长及同学们告别之后便带着她上车，急救车开动之后，车上随行的医生便开始了对她的救治，并打上了点滴。此时的程茹安浑身疼痒难耐，她高烧已近40摄氏度，随时有生命危险，看到父亲来了，程茹安的心一松就昏迷了过去。几番颠簸急救，程茹安苏醒过来，她被安排着住了院。皮肤科的人对她早已熟悉，她又是本院院长的孩子。医护人员奇怪的是上次基本痊愈了，怎么突然之间又这么严重了呢？于是程茹安的病在医院成了课题，引起了大家的关注。她的父亲与皮肤科主任绞尽了脑汁，想尽了办法为她治病，尝试了各种方法却都不见效。大家都不住地为她惋惜，一个漂亮的大学生，怎么就突然之间变成了这个样子？医院想尽各种招数，中医西医都请了一个遍，还是没有缓解的症状。一连四个月过去了，原先漂亮的女孩现在体重只剩了八十多斤，她吃尽了苦头，喝够了药汤，手上胳膊上全是注射的针痕，但是病情依旧得不到缓解，相反越来越严重。她不敢照镜子，她住在单间的病房里，她怕别人看到自己，她实在是太丑陋了，就像打扫楼道的那个人说的："这人我都不敢看，她就像一只癞蛤蟆！"她又听见医护人员悄声说：她这就是一种皮肤的癌症，世界上还没有根治的药物。程茹安已经是一个大学三年级的学生，她有当医生的父母，所以她懂得癌症的意义是什么！看着镜子中自己的身体，自己的脸，她觉得既然治不好那么她就没有了活着的意义！干吗要活受罪呢？尤其是当她看到护士在给她换床单被罩之时的小心翼翼，她理解为那是一种嫌弃，一种无奈！她的自尊心深深地被伤害了，她再也抬不起头来看人！她曾经是那么地娇艳美丽，与其这样拖延岁月，被人嫌弃，还不如死了算了！那样还可以减轻父母的负担，让他们踏实地工作。想到这里，她对医生说要求出院，当然医生不同意，她就开始拔针头，拒绝服药了。没有办法的情况下，医生只得允许她的请求，放她回家！

回家后的程茹安把自己不想活着的念头告知了父母，她的父母当然强烈反对了。但是她不再吃药，并拒绝了食物和水。她向父母说了不许抢救她！她已经厌恶了人生，与其丑陋地活着给别人添恶心，不如早去早干净。如果父母再将她救活，她也会去跳楼或者触电而亡，那样将更会丢人现眼！她决心既下，便流着泪水静静地在床上躺了三天。直至半昏迷之后她被父亲抱上了轮椅，她无力反抗，父亲将她推到了辛之栋博士的面前。

父亲不敢把她送往抢救室，因为她有言在先，不想见到熟人。而辛之栋博士是上海来的人，女儿没有见过他，或许他能够把女儿救活呢？对于父母来说，孩子活着比什么都重要，无论他们的丑俊。他们怎么能够看着心爱的女儿就这样闭着眼睛等死？所以才有了今天女儿躺在地上被救治的一幕。当辛之栋博士将听诊器放在程茹安胸口上时，冰凉的金属让她悠悠醒转，她面前出现了一个英俊的男人的脸，她以为是幻觉，她睁大了眼细看，是真的！难道还有男人不嫌弃我吗？她心中刚有些暖意，就听到旁边一个女人的声音："好恶心呀！怎么长成这个样子？这是什么病呀？整个一只蟾蜍，这儿哪还像个人呀？"随后她听到了一个男人的声音："滚！"对了，这是父亲的声音，是父亲的怒骂声！父亲又为她和别人生气了。此刻的她早就觉得自己没有再活着的必要了，她不想这样受人歧视，不想活成他人眼中的笑话，她太丢人了！现在她应该走了，不要留在人世间！她走了，父母就轻松了。程茹安又留恋地看了父亲一眼，她要记住父亲的样貌，这之后她流下了眼泪！她心有不甘但又不再留恋地毅然而去。此时一缕淡淡的白雾从程茹安的头顶涌出，并飘向远处。

第四十七章　蝶殇，破茧重生

　　辛之栋把听诊器重新挂在了脖子上，他示意柳泉可以工作了。当柳泉弯腰准备开始对病人进行抢救之时，他肩头上站立的蝴蝶便飞了起来，辛之栋他们几个人的全部精力都放在了危重病人的身上，没有人再关注这只蝴蝶。蝴蝶从柳泉的肩上腾起之后，便落在了附近的灌木丛上，它也在注视着眼前的一切。但是小小的蝴蝶却没有想到，它的危险来临了！就在它飞起又降落的时候，它早就被那个恶狠狠的赵萌萌盯住了。赵萌萌见蝴蝶终于离开了柳泉的肩头，又见它落在了不高的灌木丛上。赵萌萌心中是乐开了花。机会终于来了，天助我也！蝴蝶呀，这回我看你还往哪里逃？

　　赵萌萌见大家都在低头看柳泉抢救病人，没有人注意她，于是她便蹑手蹑脚地向着蝴蝶走去。她到了蝴蝶的身后，稳稳地轻轻地便用手抓住了蝴蝶中间的腰部，"哈哈，我看你这回还往哪里逃？"赵萌萌没有发出任何声音，她把蝴蝶的身体捏得死死的，并拿到自己的眼前观看。可怜的蝴蝶大张着翅膀，它的筋骨已被赵萌萌捏断，它拍打着翅膀向柳泉求救，绝望地大声呼喊着："柳泉，救我！"它想奋力起飞，但是它哪里是赵萌萌的对手呢？赵萌萌此刻手捏着蝴蝶，正在仔细地看它，看它是用了什么妖术将柳泉哄得天天扛着它出入，并在宿舍里与它同眠？她越想越气，一伸手就将蝴蝶的肚子扯了下来扔在地上，接着又揪下了它那细长的蝶腿。蝴蝶疼得双翅抖动，并用尽了最后的力气将它的翅膀扫向了赵萌萌的眼睛。蝴蝶最后一声呼唤："柳泉救我！"赵萌萌只觉得她的右眼无比疼痛，眼前一阵迷茫，但她的右手仍是死死地捏着蝴蝶，并用脚不住地跺着地面。而濒死的蝴蝶已知此命休矣，它化为一缕小小的轻烟飞向了柳泉，那个它心心相念的爱人。

此时的柳泉对赵萌萌的恶行毫不知情，他的精力全部放在了对程茹安的抢救上。少年时他就得到了宋版的医书《千金要方》《扁鹊心书》，对此书他视若珍宝，多年来他一直在细细地研究这些古方和医书中所讲的诊治方法。他在心中常常把中西医的治疗方法相互融通，也有了很多的心得体会。今天他看到了病人的泪水，又听到她垂死的一声叹息，这让柳泉心生难过。这么年轻的女孩子，大学还未毕业就要告别这个世界，告别生养她的父母，她的心中是多么地绝望呀！我应该试着救救她，尽力而为吧！此时柳泉掏出了书包中的银针开始向女孩的大脚趾尖刺去。但是，硬硬的皮肤使他细细的银针竟然扎不进去。"柳泉救我！"他的耳中忽然听到了呼救声，他认为自己太着急了，竟然出现了幻听！柳泉再想办法，他重新换了针，稍大些，狠一点！柳泉的心中在思量。"柳泉救我！"又是一声绝望的呼叫在他耳中响起，多么熟悉的声音！声音从远处飘来，他抬头望向大家，但是所有人都在看着他，是谁这么惨烈地哭喊求救？是地上躺着的女孩在叫我吗？不可能呀！是赵萌萌吗？不对呀！这时他看到赵萌萌在树丛旁不住地跺脚，她也没有呼喊呀！柳泉又望了老师一眼，只见辛之栋用鼓励的眼神在向他点头。此刻柳泉的信心大增，他把一支银针稳稳地扎在了女孩的人中上，他上下左右地不住捻动，之后便又从包里掏出了中医常用的小针刀，用力地将女孩的双脚大趾刺破，他招呼万钢和蒋亮从女孩的脚趾针刺处向外挤血。好长时间，血都挤不出来，在柳泉的指挥下他们一刻也不停手。而柳泉自己则开始继续调理人中上扎着的银针，在行针的过程中，柳泉看到了一股小小的轻烟进入了女孩的左眼！柳泉见此十分惊讶，不知这微微的轻烟是为何物。随着他行针的深入，女孩竟然动了起来！首先是她呼出了一口气，眼睛开始了转动，柳泉见状真是兴奋极了！此时女孩的双足，在万钢他们的推揉下，竟然也有了反应。僵硬的双足开始柔软，趾尖针眼之处也开始有浓浓的黑血流了出来。血流得虽然很慢很慢，但是在他们的疏导下，血渐渐地多了起来，每只脚最少被推出了半杯的黑血，看着让人头皮发麻。柳泉知道，这是毒血，毒血出尽，人就有救了。十几分钟后，女孩的脉搏恢复了正常，辛之栋听诊后紧张的脸化作了微笑。他拍了拍柳泉的肩膀说："先停一下手，把病人抬到咱们实验室，我下诊断书，给她输营养液和消炎药，她被救过来了！"

在场的人终于松了一口气，开始按老师的吩咐去做后面的事情。这时候的柳泉方想起了他的蝴蝶，他开始抖抖肩膀，给蝴蝶发出出发的信号，柳泉四处张望，但是哪里有蝴蝶的影子？此时他看到赵萌萌站在灌木丛前不住地、狠狠地跺着脚。他不知这是为了什么，便走过去问她："萌萌，你怎么啦？在这儿跟谁玩命呢？""你在说我吗？我在和它拼命呢！"赵萌萌见柳泉过来，她向他举起了手中的蝴蝶。柳泉看到，他的那只美丽的蝴蝶就在赵萌萌的手上，但是早已死亡，身体已经丢失，只剩下了半个蝶翅和那含泪的一双蝶眼。它望着柳泉再也不动，再也飞不起来了！柳泉见此情景早已呆了，只见赵萌萌的一只眼睛通红，还流着泪。她怪声怪气地向着柳泉笑，一只脚仍在控制不住地朝地面使劲地踩着。"你把蝴蝶怎么样了？"柳泉看到了地上有蝴蝶的细腿和被踩得稀巴烂的尸浆，他知道蝴蝶已被赵萌萌弄死了！"赵萌萌，你凭什么弄死它？"柳泉看着赵萌萌怒吼，而赵萌萌却狂笑着，她恶狠狠地端详着残缺的蝴蝶："跑啊，你跑啊？你怎么不跑了？你飞呀？你怎么不飞了？现在你终于死了！柳泉，这只蝴蝶终于死了，再也不会惹我生气了！但它还有翅膀在此，我让你飞！我让你飞！……"赵萌萌狠狠地将手上残缺的蝴蝶扔在地上，开始用双脚在它的身上乱踩，一脚下去，蝴蝶的翅膀便彻底粉碎了！赵萌萌在地上跳着拍着手，眼睛通红，像一个疯子一样快乐！此时就连站在她身边的父亲赵全胜也觉得女儿不正常，她有些过分，太失体面了。他上前拉住女儿说："行了，萌萌，出一口气就算了，不就是一只蝴蝶嘛……"赵萌萌却说："这岂止是出气的问题，这是在报仇！"此时的柳泉见赵萌萌这个样子，他心中有一种万念俱灰的感觉，他面对着赵萌萌挥手就是一记耳光，随着"啪"的一声响，赵萌萌向后倒退着，她"噔噔噔"地便摔在了地上。

"柳泉，你敢打我？"赵萌萌是又哭又号，她的父亲赵全胜见自己的女儿被柳泉打倒在地，他怎肯甘心？女儿是他的命，是他的宝贝，他岂能受此污辱？他冲向柳泉便和他扭打在了一起。柳泉见赵萌萌倒地，他对自己的失手后悔，毕竟他不该对女孩子动手，所以赵全胜对他挥拳他并没有还手。反倒是蒋亮他们急了，三人一起扑向了赵全胜，场面顿时乱作一团，大家竟然把病人的事情放在了脑后。柳泉是一个顾全大局的人，见事情要闹大了，他闪身从人团中爬了出来，向后退了几步，他指着赵全胜说："你不要太过分了！我对你不还手是因为你是长者，我并不是打不过你，我从小就练武术。"在大家的劝说下，赵全胜瞪着牛眼狠狠地对柳泉说："瓜娃子你听着：我家女儿自此与你绝交，再无牵扯！"之后，他扶起了倒在地上的女儿恨恨离去。赵全胜父女离去，这里终于安静了下来。程院长把女儿背在身上，他们重新回到了辛之栋博士的实验室。柳泉他们把工作台收拾利索，临时变成了输液的病床。程院长与刘志勇一路小跑着去药房取药，柳泉在导师的吩咐下开始在病人的皮肤上取样并开始检验。病人身上长癣部位的病灶在显微镜下令人触目惊心！只见镜检下的物质中一条条白色的虫子爬来爬去，看着就令人全身发痒。辛之栋看了看检验报告，在等待血样报告时他对柳泉他们说："这种虫子在水牛的体内经常存在，并且生长在肌肉中，令动物烦躁不安，何况人呢？我们等待血项报告吧，看你们挤出来的血就应该有很大的问题，这样黑色且黏稠的血浆是我有生以来首次见到的。"工夫不大，药便取了回来，柳泉为病人扎上了点滴，蛋白质与抗生素药缓缓地进入了这个叫程茹安的女孩体内，她的身体开始有了温度，嘴唇慢慢地有了颜色，手开始了颤抖，眼睛也睁了开来。她的父亲程院长站在她的身边与辛之栋博士小声地讲着她以往的病情与用药，而柳泉则在用手调节着点滴的流速，屋里很安静，很安静。但柳泉注意到病人已经醒过来，并看到了她眼睛在转动，好像要表达什么。于是，柳泉便低下头来观察着她，并向她微笑。"柳泉，是你吗？"听她发出的呼唤，柳泉赶紧小声回答："是呀，我是柳泉！""柳泉，你终于认出我来了……"随着女孩微弱的声音，两行清泪流了下来。"茹安，你清醒了！我的宝贝儿，你再也不能扔下我们不管了……"程院长拉着女儿的手哽咽起来。就在这时，刘志勇陪着一位中年妇女走了进来，她就是程院长的夫人，她去外地开会刚赶回来。进家后发现屋内没有人，她便知道事情不好，出差时女儿还在家中，现在家中静悄悄的，她开始给丈夫打电话，办公室的电话没有人接。她知道一定是出了问题，她一路小跑着赶到医院。药房的人告诉她程院长在辛博士的实验室，刚从这里拿药离开。恰巧站在窗口等着给病人取外用药的刘志勇还没离开，她便急匆匆地随着刘志勇赶了过来。她进门时看到丈夫拉着女儿的手在流泪，并喃喃地安慰着她。这时她顾不上和辛博士打招呼便冲到了女儿的面前："茹安，我的宝贝！你受苦了，妈妈不在家，你怎么弄成了这个样子？"程院长看见妻子回来了，便起身相迎，并用手指着女儿说："刚抢救过来，危险期已过，你快来看看孩子吧！……"母亲坐在了女儿的床边，她也开始拉起了孩子的手，但孩子却怔怔地看着她，仿佛是不认识她一样。躺在临时病床上的程茹安用奇怪的目光看着抽泣的女人，她一时竟认不出此人是谁。整个屋子的人她只对柳泉熟悉，其他人她也认识。她知道那是柳泉的朋友，这两位自称为父亲母亲的人究竟是谁，她怎么会躺在这里呢？这些人都叫她程茹安，程茹安是谁？程茹安和自己有什么关系呢？躺在床上的女孩不住地在头脑中想着："我是安蝶呀！我刚刚从病中醒来，是他，是柳泉用银针将我唤醒，柳泉身边的医生都是他的朋友，他们住在一个宿舍。还有辛博士也是认识的，他俩是好朋友。可这对夫妻为什么叫我宝贝儿？说我是他们的女儿，还说我是程茹安！"重生的安蝶拼命地思索，她大脑里在拼凑，她一时间忘记了她目前是蝴蝶的重生！她看着这个母亲对着自己哭泣，她也很难过，她同情他们夫妻俩，觉得他们认错了人。当柳泉手拿外用药并将药交给那个母亲时，她却看着柳泉发愣，她不理解柳泉此刻为什么对自己这样冷淡，好像他们没有相爱过。她现在成了他的一个普通患者。她无力地抬了抬手："柳泉，我是谁？你为什么要给我治病？"柳泉听到了病人微弱的问话，便弯下腰亲切地回答她："你刚刚苏醒，不要急着说话好吗？我是这里的学生柳泉，而你是程茹安，是程院长夫妇的女儿呀！你难道忘了吗？""不对！我是安蝶！我是和你一起的安蝶呀！我不是什么程茹安！"安蝶很生气！很生气地想坐起来，她睁大了眼睛看着柳泉。一旁的柳泉更是奇怪，尤其是当他听到那句："我是安蝶呀！你难道忘了吗？"这句话如雷击一样地震在了柳泉心上！安蝶？那是堂哥柳泉的未婚妻，已经失踪了二十多年了，她与这个一身皮肤病的姑娘能有什么关系呢？而且在她苏醒过来时就开口叫自己的名字，这其中的关联究竟是什

404

么？柳泉内心在沉思，他真的解不开这个谜团。于是他向女孩笑了笑说："不管你是谁，你现在是我的病人，我们在想办法救治你，而且一定要将你治好！你要好好配合，不要胡思乱想！你看你的父母那么爱你，你就是为了他们也要好好活着，不能再起轻生的念头了。佛菩萨会保佑善良人的！你安心治疗吧，善待父母，善待自己，这才是最好的生命主张！好好治疗，迎接一个全新的自己。"柳泉耐心地安慰着苏醒后的程茹安，并趁其母亲给她搽外用药时火速离开了她们。

柳泉直奔楼下，直奔蝴蝶殒命的地方，寻找那个和他形影不离最后惨遭赵萌萌毒手的美丽的白蝴蝶。他好后悔，刚才抢救病人却因此疏忽了它，让它遭受了狠人赵萌萌的手撕足踏，因而粉身碎骨，试想此事若发生在自己身上，人都受不了，何况一只小小的蝴蝶呢？那一刻它的疼痛，它的绝望，它的依恋全在自己身上，而在它最危险的时候他竟无知无觉，任凭赵萌萌对它发威，直至蝴蝶的尸骨入泥。柳泉的心好疼啊！他在这方圆几步的地方低头站立，搜寻蝴蝶的尸身。他发现了三片蝴蝶的碎翅和一个连着蝶目的翅根。他轻手轻脚地走过去把它捡起放在自己的手心里，他走路不敢朝着潮湿的地方下脚，唯恐那里有蝴蝶的体液。柳泉的鼻子一酸流下泪来，这咸咸苦苦的泪水流进嘴里，是为了蝴蝶悲伤，当然也是为了自己！

柳泉手捧碎片的蝴蝶，任酸楚的眼泪流淌。他又来到了那天他读书的地方，那天是他第一次与它相逢。那天蝴蝶曾飞舞着落在他的书上，又站在他的肩上。那天它躲开了赵萌萌的黑手飞向了远方。及至自己与室友们去山中游玩又将它带了回来，从此他们就再也没有分开。想到这里，柳泉的心中喃喃低语："小蝴蝶呀，对不起！今天为抢救病人而疏忽了你，让你被赵萌萌狠心地撕成了碎片，都怪我，辜负了你对我的信任，让你魂飞天外。现在你破碎着躺在我的手心里，你知道吗？我好难过！对不起！对不起……"柳泉好难过，他从上衣口袋里掏出了一方手帕，他用这方手帕将蝴蝶包了起来，深埋在了他平日里常坐的石板前方五米的花丛下。柳泉说："安静地睡吧，入我的梦。我们还会在一起，我会常常来此看你。"做完了这件事情，柳泉依然是心情沉重，他又返回了实验室。柳泉看到老师还在显微镜前与蒋亮他们讨论着，大家都在发表着不同的见解。

夜已深，程茹安的滴液结束，在补充了营养液后，她又在柳泉的劝说下喝了半碗小米粥。程茹安的嘴唇开始有了红润，抢救成功后的她安静了下来，没有了绝望的眼神。辛博士给她开了药后告诉她："你不用住院治疗，可以安静地在家中养病，打针吃药，增加药浴，你的病若对症治疗，完全可以治愈。但是，你必须与医生全面配合，不能再固执了。"程茹安现在面对着辛之栋和柳泉，她乖得像一个孩子。经过濒死后的她，求生欲望如火山喷发，这让她的父母欣喜若狂，他们的女儿得救了！看女儿脸上露出了坚定的神采，程院长终于长舒了一口气。他把女儿抱到轮椅上推回家中，只是这次做父亲的他不再是惊慌失措，而是平静后的信心满满了。

病人走了，学生也散了，辛之栋终于静下心来，他锁好实验室的门回到宿舍。辛之栋很累，心情更是复杂，他感叹这世事的无常与人心之不古。这一天发生的事情是那么离奇：比如说他因为心情愉悦想请学生们喝茶聊天，却让赵全胜父女搅黄了；比如说赵萌萌看着长得那么乖，那么惹人喜欢，却对一只蝴蝶突下黑手。这小事儿见精神，这对父女绝不可交！比如一个威风八面的高级军医程院长，工作作风雷厉风行却对自己的亲生女儿束手无策；比如一个未获职称的研究生柳泉却在大家都感到不可能活命的紧要关头，他却用老中医的针刺疗法施救放血，在他的眼皮底下救过两个人的生命；再比如，被救的病人在从没有见过的基础上发出的呼唤竟然是"柳泉救我！"；辛之栋真的是有些搞不懂了。他研究过心理学，也曾做过心理干预，但是病人程茹安今天生死存亡关头的表现令他百思不得其解。从一心求死到渴望再生，这转变也太迅速了吧？难道是因为柳泉的相貌才华让她动了芳心，重燃生命之火吗？辛之栋是一个科学家，他在国外时也曾与导师研究过玄学，这一天的经历可以说是喜忧参半了。但最让他心疼的人还是柳泉！柳泉的蝴蝶被人害死了，他看出了柳泉的愤慨和悲伤，就连自己也是有些凄然。现在柳泉他们将要毕业了，他们在工作和学习上可千万不能有一点疏忽大意，闪失不得。

辛之栋回到宿舍时，见门缝中插着一封信。他进屋后便赶紧阅读起来。信是由上海寄来的，她的妹妹辛之菲向他报告了一条好消息，那就是他们家又添了一个女儿，加上安翔在深山捡到的那个豁嘴儿男婴，他们夫妻这回可算得上是"儿女双全"了！辛之菲很高兴，问哥哥要什么时候才能回上海？她的孩子们等着见大舅呢！看见来信，辛之栋笑了起来，这算得上是一个好消息！他快速地冲了个澡，就上床休息了。睡梦中，他又与艾莲芝在一起煮咖啡，他紧紧地拥抱着她，而艾莲芝则兴奋地告诉他，他们明年就会有自己的孩子了！辛之栋忘情地亲吻着自己的爱人，他一激动就醒了，醒后的他仍是单身一人，窗外依然是静悄悄，黑漆漆。

唉！这离别的滋味好苦，这梦中的滋味又那么甜！

第四十八章 老照片再现当年事

　　辛之菲不负众望，她为安翔生了一个女儿。安家又迎来了一个新的生命，这个孩子的到来，喜极了安翔的父母，他们眉开眼笑，一扫陈年的阴云。一年以前，安翔在去利川寻找姐姐安蝶的踪迹时，姐姐的音信没有查到，他却在深山脚下捡到了一名弃婴，是一个生有兔唇的男孩。男孩应该是被家人抛弃的，看给孩子用的包布非常破旧，估计家中应该很贫穷，否则哪个为人父母的会舍得丢弃自己的骨肉呢？即便孩子生得丑，但再难看也是自己的骨血呀！善心的安翔救了他，把他带回了上海，将孩子交给了父母妻子抚养，并给孩子治疗。小男婴在安家幸福地成长，他们给孩子起的名字叫安佳运，希望孩子永远脱离苦难好运连连。结果这个孩子真的给安家带来了好运气！那就是结婚三年而没孩子的安翔夫妻在怀抱安佳运之后，他们突然发现，辛之菲怀孕了！辛之菲有喜了！这个好消息让安辛两家欣喜万分！听老人们讲：积善人家必有余庆。现在，弃婴安佳运真的成了民间所说的："引妹招弟"，安佳运是个小男生，他引来了一个小妹妹，现在的安家是"子孙昌盛，儿女双全"了。安翔的父母是乐得合不拢嘴，这俩孩子的哭叫声、欢笑声汇成了人间最美的交响曲与男女生二重唱。周日时光，辛之菲抱着粉粉嫩嫩的小女儿，满心地喜悦，她对安翔说："安教官，你来评判一下，你开着飞机饱览江山，阅尽人间美色，你觉得你的女儿长得怎么样？教官给个分数吧！"安翔笑着接过妻子怀抱中的女儿，他仔细看，认真看，之后又看了看漂亮的妻子辛之菲，他闭着嘴却不说话。辛之菲见安翔不回答，她有一些着急，"快说呀，宝宝长得怎么样？你满意不满意？""我呀，不满意！"安翔故意绷着脸说出了答案。"你不满意？为什么？我们的女儿不好吗？难看吗？安翔，原来你是个老封建，你重男轻女！"辛之菲急得涨红了脸，她伸手就要从安翔手中抢回孩子，不让他抱了！但是安翔的个子高，将小孩轻轻一举辛之菲就够不着了，何况辛之菲也不会真抢，她还怕碰着自己的宝贝呢！而安翔见辛之菲急红了脸，就开心地笑了起来。他把女儿凑到了自己的嘴边，轻轻地沾了一下孩子粉嫩的小脸："之菲，你这个小傻瓜，我怎么会不满意呢？我们的女儿天下第一呀！我为她骄傲，更为你骄傲！这天下之大，也只有我家的辛之菲才能生出这么美丽的孩子来！明天我们开个庆功会，我给你发一个奖牌怎么样？"安翔看看女儿，又看看妻子，得意地笑着，露出了一口整洁的白牙。"那你刚才为什么又那样说？我看你是认真的。"辛之菲此刻开始思索起来，她突然之间对安翔的话产生了疑问，他的话到底哪一句是真的？见辛之菲追问，安翔一本正经地又回答了："两句话全是真的！说女儿是最美丽的，这句话千真万确！说我不满意这句话也是真的！我确实不满意。""为什么？女儿漂亮你为什么不满意，难道你愿意她不漂亮，普普通通吗？"辛之菲此时从安翔的手中把婴儿接了过来，顺势踢了安翔一脚以解自己刚才的愤怒。此刻孩子在母亲的怀里睡着了，安静得像个小天使。梦中的她还不停地吮吸着自己的小嘴，她的小脸上出现了一对小小的梨涡，小姑娘长得真是可爱极了。

安翔看着自己的女儿，顺势搂住了妻子的肩膀："之菲呀，咱们的孩子长得太漂亮了，所以我有些担心呢。对于女孩子来说，长得过于美丽不见得是好事情。""为什么？那你愿意女儿长得丑喽？""不是的，我希望她长得中上等就好。你知道，我们安家自祖上便代代出美女，但她们虽然长得好，得人赞美，但命运却不是太好。安家的女儿曾入宫为王妃，但却被人陷害。我父亲的姑姑安莲，女大学生，她长得漂亮又会一口流利的英语，后来和一个美国军舰上的大副恋爱，但父母不允许她嫁给洋人。可是她却在黎明之前破窗而逃，至今无有信息。还有我的姐姐安蝶，她长得那么漂亮，又读了医学博士，她是我的偶像呀！她对我那么好，可她和她的未婚夫也是失踪二十多年了。你看咱们宝贝儿脸上那一对小梨涡，和她姑姑长得是一样一样的。所以我害怕呀！之菲，我宁愿咱们的女儿相貌一般，生活富足，有人爱就行了！我可不希望她成为什么大美女一类的人……"安翔的话让辛之菲心惊肉跳，此刻，她理解了安翔的内心。她早就知道安翔有一个姐姐失踪了，安翔每年都在找她。但她怕谈起此事让丈夫伤心，所以她一直没有细问过此事。今天听安翔讲起姐姐，辛之菲便说："安翔，你不要太难过了。二十多年了，世道沧桑巨变，也有可能会出现奇迹呢？也许明天你的姐姐突然就回来了呢？还有，咱们的哥哥辛之栋也在成都呢，我们可以让他帮助你来寻找嘛，而且我仿佛听妈妈说过，他也是一直在寻找什么人。只是妈妈说不许我和夏晴问他，怕勾起他的伤心事来。"辛之菲抬起脸来看着安翔，她看安翔满脸的伤感，就心疼地说，"快别多想了，你陪着我去看看我妈妈吧，他们老两口特别爱孩子，咱们把两个孩子全带回去让辛家也热闹一番，让他们的外公外婆也来体会一番'男女声二重唱'的艺术吧。"

听着妻子这一番言谈，安翔也禁不住地笑了起来。"男女声二重唱"的由来，是因为那一天给新生的女儿办"百日宴"，在众多亲友们围观切蛋糕之时，当妈妈把切蛋糕的银刀交到百天的女儿手中之

410

时，爸爸安翔怀里的哥哥安佳运挣脱出来，他抢过了妹妹手中的银刀向着蛋糕切了下去，妹妹安佳虹见哥哥抢了她的银刀，一咧嘴便哭了起来。安翔见女儿哭了，便批评一岁半的哥哥说："快把工具还给小妹，今天她是主角登台，你怎么抢人家的呢？"而小小的安佳运见爸爸说他，爸爸从来对他是百依百顺的，今天却制止他的行为，他也很伤心，见妹妹一哭，他环顾了一下四周，便咧着他的小豁嘴也一声高一声低地哭起来。大家见他哭得很有节奏，便一起哈哈大笑起来！当时的气氛很热烈，安翔见他的两个孩子互相看着，紧一声慢一声地用他们的方式来表达自己的心情，就像是在表演节目，他高兴地大声说："你们看，这就是你们说的儿女双全，这其实是一场男女生二重唱嘛，大家赶紧来买票吧，这回你们不用去歌剧院听戏了！"在场的亲朋好友全被安翔的话逗乐了，再一看两个孩子也停止了哭闹，他们也看着大人们开始了笑嘻嘻，还是夏晴反应快，她大声说："大家快来看看，这个安佳运好聪明呀，他会和妹妹配合着给咱们大伙儿演节目，给安教官挣钱了！看人家的节目听人家唱歌，就得买门票，我先把红包拿出来。安翔教官，还是你教导有方，百天的娃娃都能懂你的口令了，真是天才呀！"夏晴的一番笑谈，让百日宴的欢乐达到了高潮！妹妹安佳虹还太小，拿不住红包，而哥哥安佳运的手上早已握满了红包，他还不忘礼貌地向长辈们点头道谢。看着眼前的一切，辛之菲当时真的是笑弯了腰。

安翔见辛之菲说要带着孩子回娘家，他立即凑趣地说："老婆，你是不是还想去要外公外婆的红包呢？小东西，你可不要太贪心了，难道我挣的钱还不够用吗？""是呀，不够用，因为我还要攒一笔费用给咱们儿子做手术呢，我打听过了，整容手术费用很高的，我多攒点儿，有备无患嘛。""没事儿！你不要担心，咱们爸妈说了，手术费由他们筹备，你只需照顾好自己就成了。""但是我还是想带孩子们回家

411

去看看父母，你开车送我们吧。安佳运特别喜欢荡秋千，那是我小时候的玩具，爸妈一直为我保留着。"辛之菲用期盼的目光望着安翔。"好！好！好！我去和爸爸妈妈打声招呼，咱们吃过晚饭后就回来。咳，你别看着我了，我受不了你这小眼神儿……"安翔说笑着上前亲了妻子一下，之后向父母屋内走去。

安翔一家拖儿带女地开着车来到了岳父家中，门铃响后，寂寞的岳父岳母便从屋中冲了出来，他们一家四口的到来，让辛家立刻红火热闹起来。辛家的庭院很大，是一个二层楼的建筑。他们的儿子辛之栋支边援建去了四川，女儿辛之菲一般情况下住在婆家，所以家中平日安静得很，静得连针掉在地上都能听到。平日里用人走路也都是轻手轻脚的。今天女儿一家的突然到来，给了两个老人一个大大的惊喜！外公外婆一人一个抱着两个孩子走进客厅中，辛之菲紧随其后，见到了自己的爸爸妈妈，辛之菲仿佛全身都没有了力气。她是父母的掌上明珠，在家中从来不干活儿，现在有了两个孩子，平添了许许多多的工作，而且这些工作永远都干不完，虽然有保姆相助，但和过去没有孩子时相比，她明显是累多了。现在见到了父母，辛之菲立即如一摊泥一样地斜靠在了沙发上。安翔和随行的保姆一人推着一辆儿童车随后跟了进来。安翔口中叫着爸爸妈妈，便想把两个孩子放在儿童车里。但是，孩子的外公外婆却对孩子没有松手，他们开心地抱着孩子，脸上洋溢着快乐的笑容。

外公辛慕明手中抱着安佳运，不住地夸奖着这个捡来的外孙，说他是个小福星，将来一定要好好地培养他，让他和大舅一样有才华。而他怀抱中小小的安佳运话虽然还说不利索，但他却会频频地点头表示同意，并用期待的眼光看着外公，好像他马上就会成为安博士一样，安佳运成了大家的笑点。外婆怀中抱着的女孩安佳虹也不示弱，她好像听懂了一样地挥着两只小手，以期得到大人们的关注。看来百天才过的小女孩会吃醋了！一家人聊得正欢之时，用人们已经将饭菜摆好，大家开始入席。辛家几个月没有这么热闹了，辛慕明高兴之余便开了一瓶洋酒，他与安翔开始喝了起来。

这边的辛之菲也和妈妈开始边吃边聊，辛之菲听着妈妈夸奖女儿长得好，将来一定是个大美人之后，她有些抑郁地对母亲说："姆妈，安佳虹长得漂亮，可是她的爸爸却不太高兴呢！""那怎么可能？父亲是最偏爱女儿的，哪里有孩子生得好，家长却不高兴的呢？""姆妈，是真的，安翔不喜欢女儿长得漂亮。因为他的姐姐安蝶，就是孩子的姑姑也是长得特别漂亮，但是她在二十多年前却失踪了。安翔每年都在寻找，至今无有音信。所以安翔说女孩子不要生得太好，红颜薄命呢！"辛之菲一边说一边叹气。辛之菲的话让她的父亲没有听明白，他于是便转过头来询问女儿："之菲，你再给我说说，安翔是怎么个思路？""爸爸，安翔不希望他的女儿长得漂亮，他怕女孩子长得太好会红颜薄命，因为他的姐姐失踪好多年了，这让安翔心中有了难以愈合的伤痛。"听了女儿的话，辛慕明看着身旁端着酒杯的安翔，他第一次知道他家的女婿心中藏有这么大的忧伤。他想安翔真不愧是职业军人，口风竟然如此之紧。可这件事情不是军事机密呀！这是家中的私事，为什么不说出来发动亲朋们一起来寻找呢？辛慕明看着心事重重的女婿说："安翔，之菲说的是真的吗？你讲给我听听，我们是一家人呀，我不会对外去说的。"于是，安翔第一次将心事和盘托出，并从上衣口袋中掏出了皮夹子，那里藏有一张姐姐安蝶和未婚夫柳泉的合影。这张照片保存得非常好，没有一丝折痕，照片上的安蝶美丽极了，她微笑着将头靠在柳泉肩头，两人都是明眸皓齿，一派青春洋溢。

辛慕明从安翔的手中接过照片之后，他很惊讶地看着安翔："这是你的姐姐？当真是长得漂亮呀！"随着辛慕明的惊呼，辛之菲与妈妈也凑了过来。辛之菲看着照片说："安翔，姐姐真是一个大美女呀！"
"安翔，你这张照片哪里来的？这真是你的亲姐姐吗？"辛之菲的母亲
一阵惊呼，她又用力地揉了揉自己的眼睛，又仔细地看了起来。

　　辛之菲看着父母惊愕的表情，她不明所以地说："姆妈，你们这
是怎么啦？即使我大姑姐长得再漂亮，你们也不至于这样吧？这究竟
是怎么一回事儿？""安翔，你知道吗，我们家也有几张这个姑娘的照
片，而且也有一张和这张基本相同的照片，就连穿的衣服、身后背景
都是一样的！"见岳母这样说，安翔一下子愣住了，他又看了一下岳
父，岳父辛慕明向他点了点头。安翔立即说："姆妈，快快带我去看
看，这究竟是怎么回事儿？你们怎么不早说呢？"于是，辛慕明与夫
人便带着女儿和女婿上了二楼，来到了自己儿子辛之栋的书房。

　　辛之栋的书房平日里都上着锁，外人一律不许入内，并且不允许
用人来打扫房间，全家人，他只允许母亲进入此屋，就连父亲和妹妹
都不曾踏入。其实在辛之栋赴美留学的时间段里，辛慕明还是进去过
的，因为他怕老妻一个人打扫房间太累，他也曾进去帮过忙。但是辛
之菲二十多年来却从未踏入哥哥的这个私人空间，因为辛之栋曾经讲
过，而他们辛家人是最信守承诺的。这是第一次，没有经过主人的允
许，他们四个人进入了辛之栋的书房。

　　辛之栋的书房一尘不染。南窗的白纱帘在门打开时有了微微地飘
动。东面墙四组书柜排列整齐，放眼望去满满的都是医学书籍，中文
外文的一部一部地在书柜里站立，书柜靠近窗台的地方有一张大大的
书桌，这是辛之栋读书写作的地方。而走进屋内的安翔却被西面墙壁
上的照片强烈吸引了！书房西面的墙上，挂着五幅大大的照片。安翔
看着照片就哭了，他哭着叫了一声："姐姐，你怎么在这里？"他用双
手按住了镜框，那是一幅和自己手中极其相似的照片，只不过墙上挂
着的是放大后的。照片上的两个年轻人站在庭院中的草地上，身后是

白色的楼房，他俩喜笑颜开地注视着前方，因为他们的前方是弟弟安翔，是弟弟在给他们俩拍照留念。拍完了这张照片后，他们又换了另一个照相机站在原地再拍第二张。安翔与姐姐安蝶有着同款的照相机，那是父亲送给他们姐弟的新年礼物。每人一台德国相机，也是为了他们姐弟工作上方便。从那天拍照以后，他们姐弟便分开了。姐姐去了西部，而安翔则奔赴了战场。安翔做梦也不会想到他二十来年寻找的姐姐竟然会与妻子辛之菲能有牵连！这样的信息会在自己的眼皮子底下而不晓得，这真的是不可思议！安翔看着妻子，他流着泪一遍一遍地说："这是我的姐姐！这真是我的姐姐！"而他身旁的岳父岳母和妻子辛之菲也都陪着他流眼泪。墙上还有四张照片，一幅是安蝶与柳泉站在山中的花树下笑得灿烂，高大的柳泉用右手揽着她的腰，左手则拿着一个本子。那时的天很蓝，阳光很足，因为他们笑着时眯着眼睛。另一张是姐姐安蝶用手搂着一个小男孩，小男孩头戴一个用野花编的花环，开心地笑着并靠在安蝶的身上。另外两张则是安蝶弯腰采集标本的侧影和一个小男孩抡着棍子在山谷中跳跃的照片。安翔流着眼泪一张一张地看着，寻找着姐姐安蝶的气息。

安翔的眼泪流个不停，他伸出手抚摸着照片上的姐姐，就像年幼时姐姐牵着他的手在庭院中奔跑。那时热爱艺术的父亲为他们姐弟专门请来工匠雕刻了具有他们个性特征的汉白玉石雕，只为了让他们的活泼可爱永远充盈在安家的庭院中。安翔的父亲安墨驰是个热爱生活懂艺术的人，他以自己的一双儿女为骄傲，但是他美丽的女儿无故地消失了，时间那么久，遍寻而无消息。谁能想到今天的安翔竟在无意中得见了姐姐的踪迹，这究竟是怎么一回事呢？岳父辛慕明让安翔坐在书桌旁的椅子上，他等待着安翔的问话。他终于知道儿子的救命恩人是谁了！他万万想不到恩人竟然是自家的亲戚，自家女婿的亲姐姐！他应该怎样来向安翔解答呢？这是两条活生生的人命呀！辛慕明的眼睛中有了泪花。现在他知道了安翔的姐姐和姐夫便是墙上照片中的人，自己儿子辛之栋的救命恩人，安翔就是他们多年寻而不知的恩人的亲弟弟！辛慕明既喜悦又悲伤，终于找到了！终于找到了恩人！但恩人竟然是自己女儿的大姑姐，世界上怎会有这样巧的事？巧得离奇，让人痛彻心扉！巧得让人羞愧难当！这两条命换了一条命，两个风华正茂的博士生为救自己儿子被汹涌而来的泥石流吞没！他们该如何面对恩人的家人，如何报答恩人的父母？当然他们就是倾家荡产也不足以报答这恩情的万一。万万没有想到！万万没有想到！自己的女婿竟然是恩人的亲弟弟！"姆妈，爸爸，我姐姐安蝶的照片为什么会在哥哥的书房里？这是什么时间发生的事情？要知道我们家和柳家一直在找他们的下落，我已经找了二十年了，走遍了十万大山都没消息，今天却在家里见到他们的合影，这就是我的姐姐！你们告诉我，我的姐姐在哪里？我要去找她，我的姆妈前些年想念姐姐，精神都崩溃了，现在因为两个孩子的到来才恢复了正常。你们告诉我吧，求求你们了！"

安翔两眼通红地看着岳父岳母，又看了看妻子辛之菲。辛之菲慌得连连摆手说："安翔，我是不知道的，我从来没有进过这间屋子，这是哥哥的秘密，我们全家人都不许进这里，怕打扰了哥哥……"辛之菲慌乱地解释着，因为她的确是不知情，辛之栋从四川回来时她才三四岁。

辛慕明和妻子知道此事的来龙去脉，更知道这间书房不许外人进的深层原因。儿子辛之栋此刻还在四川，无法向救命恩人的家人来谢罪！辛慕明流着眼泪，他手拉着夫人一起向安翔跪了下去。岳父岳母的举动惊呆了安翔和辛之菲！安翔不知所措地将两位老人一把拉起："姆妈，你们这是做什么？"但是，辛慕明就是跪着不肯起来，直至安翔与辛之菲哭着跪下恳求，他老人家才站了起来，他眼含热泪将所知的一切讲了出来。

第四十九章 青墓碑与紫藤花

　　安翔在岳父家无意中从老照片里认出了姐姐安蝶和姐夫柳泉，这二十年的寻找终于有了下落。落槌定音，结局是悲惨的，令人无法接受却又不得不认可。姐姐没了，她和姐夫一起留在了大山里，安静地睡在了巴蜀的土地中。这么多年来，姐姐一定在等待着自己去找她，让弟弟将她带回家，带回上海。安翔的心脏在抽搐，疼得他喘不过气来。他手捂胸口，鼻子发酸，泪如泉涌，口不能言，他双眼直瞪瞪地看着岳父，片刻时间，他终于支撑不住倒了下去。"安翔！安翔！你怎么啦？你醒醒呀！"辛之菲眼看着安翔倒下，吓得边哭边叫。她的母亲也和她一样手足无措地哭着，就连在楼下的用人也都跑了上来，大家都被吓坏了，不知怎么办才好！还是辛之菲的父亲辛慕明稍微冷静一些，他想起了一些急救的方法。他知道安翔是受了严重的刺激，这是因伤心过度而引起的晕厥。辛慕明控制不住地流着眼泪，他将安翔扶起斜靠在椅背上，用自己的手紧紧地掐住了安翔的人中穴。片刻工夫，安翔在强刺激的情况下悠悠醒转过来。他看到他的妻子，他的岳母围着他流泪，他的两个孩子也看着他大哭不止，心碎的安翔慢慢地缓了过来。安翔在岳父的搀扶下坐了起来，他定了定心神对大家说："别紧张，没事了！刚才突然就晕过去了，现在好了。你们也别哭了，姆妈，我们先休息一下就回去，后面还有许多事情要做呢，我需要好好想一想，怎么让我父母知道这件事。还有扬州柳泉家，就是我姐夫的父母双亲，我怎么告诉他们？寻找等待二十年后会是这个结局。太惨了！毕竟他们都是七十岁的老人了。"安翔的话让大家都陷入了沉思，没有人说话，因为都不知说什么才好，所有的话都是苍白无力的，所有的泪水都是咸的，是从心中流出来的！"天啊，这难道应该是寻亲二十年的结局吗？"安翔在内心中呼喊着，他是一个铁骨铮铮的汉子，但他又是一个孝顺的顾家的男人，当他看到因为他的晕倒吓坏了一家人，他强自镇定了下来。安翔没事了，全家人也就踏实了。半小时后，安翔夫妻带着孩子们离开了岳父岳母，回到了石库门自己的家中。

安家很安静，主人安墨驰与夫人正在家中喝茶，见儿子安翔他们回来了，便立即起身接过了两个孩子。用人忙着将童车放入儿童房，她的面色有点紧张，平日里嘻哈逗乐的表情不见了。安翔夫妻和父母打过招呼后便回到了楼上自己的屋中，再也没有出来。安墨驰很奇怪，他觉得今天有点不对劲儿，难道他们小夫妻吵架了吗？不会呀！平日里他们总是好得如同蜜里调油一般，走时还好好的呢，这是出什么事儿了吗？于是，安墨驰把跟随同去的保姆王妈找来询问，王妈早知道老主人会来问她的，但是安翔已经嘱咐过她，回家后这里发生的一切绝对不许说！王妈知道事情的严重性，她可不敢多嘴多舌的！所以安墨驰在保姆这里没有得到消息。但是，聪明的小男孩安佳运却告诉爷爷："爸爸哭了！"安墨驰一听孩子的话就愣住了，出事了！他知道小孩子是不会说谎！他又追问了一句："宝宝乖！你告诉爷爷，谁哭了？""爸爸哭了！妈妈哭了！"安佳运看着爷爷奶奶一边说一边点头。安墨驰和夫人愣住了，一时不知发生了什么事，该怎么办才好。他们夫妇心中都以为是小夫妻之间产生矛盾了，哪里会想到是因为自己女儿悲惨的遭遇被证实了呢？安墨驰安慰着自己的老妻："没什么大事，小夫妻吵架不记仇的，明天就好了！"

昨天晚上安翔一夜未曾合眼，他脑海中全是他和姐姐安蝶在一起时的点点滴滴。他想起了自己多次的梦境，那只白色的蝴蝶在他的面前翩翩起舞，当他想仔细观看时蝴蝶又向远方飞去，飞向高岗，飞入树林，翩然入雾又消失不见。现在安翔明白了，那是他的姐姐想他了，前来看望他。蝴蝶在梦里，一次又一次，可他怎么就这么傻呢？怎么就不懂得姐姐的心意呢？天终于亮了，安翔再也躺不住了，他起身走到庭院里，站在当年他给姐姐和姐夫拍照的地方，想再体会一次当年的感觉，那天他们三人在一起时是那么高兴，他们还相约在两个月后一起回家和父母过中秋节，可是……安翔又走到了父亲为姐姐制作的少女石雕前，那个面容栩栩如生的小姑娘手捧鲜花，一只脚向前，一只脚离地的生动形象，是姐姐上小学时的样子。姐姐的形象还在，但姐姐的灵魂去了哪里呢？安翔的心情沉重，但他明白他是家里的顶梁柱，他必须坚强！他不能在人前流泪。还有就是，他要立即开车去扬州一趟，将找到姐姐和姐夫柳泉的消息告诉柳叔叔，之后再一起商量去四川寻亲的问题。安翔是个大男人，是个思维缜密的军人，他不动声色地吃了早餐之后，便向父母告别，说他有些急事要办，需提前去上班。在他发动汽车时，他的父亲安墨驰走了过来，他拍了拍儿子的肩膀："安翔，告诉我究竟发生了什么事，你说吧，爸爸挺得住……"安翔看了看父亲说："爸爸，没有什么大事，您放心吧，我先出去一趟，急需办一些事，等我安排妥当之后我会告诉您。"安墨驰见儿子不说，他也就不再追问，毕竟儿子是军人，军人是有保密原则的。

安翔向父亲招了招手便开车离去，他直奔扬州柳家。一路上他都在思索此事如何对老人家讲，他希望老人家在知晓此事后能够挺得住。

　　辛之菲与丈夫安翔带着孩子离开家之后，她的爸爸辛慕明立即给老家的父亲辛永泰写了一封信，将今天发生的事情告诉了他老人家，他激动地说："之栋的救命恩人找到了！我们寻找了这么多年，原来救命恩人的亲人竟然是安翔，是咱们之菲的丈夫呀！救命恩人的亲人就在我们身边，我们确是毫不知情，之栋的安姐姐叫安蝶，她的未婚夫叫柳泉，是扬州人，现在已经确定了。我准备过几天就回四川，去和您商量这件事情。"辛慕明将信发了航空邮政挂号信，这样两三天的时间父亲就可以收到，比长途电话还要方便。

　　辛之栋这些日子特别忙，他除了讲学还要出专家门诊，现在又接到复旦大学通知，卫生部将派出专家学者去瑞士参加世界卫生组织的年会，他作为大会的特邀代表将出席大会，与其他国家的医学专家共同论证消灭传染病的方法和特效药的研发。会议地址在日内瓦，会议是世界性的。辛之栋内心十分兴奋，他感觉到是他的老师在召唤他，他在会议上一定能够见到他的导师，也许他还能见到他日思夜想的姑娘艾莲芝呢！上次爷爷和他的彻夜长谈，是爷爷打开了他的心门，让他的心中重燃希望之火。辛之栋接到上级的电话后已经有两天高兴得没有睡好觉了，亏着弟子们帮他整理资料，归纳装订。他信任他们，便趁着中午午休之时闭闭眼睛，微笑地想着心事。

　　柳泉这些天也很忙，自从接手了那个自杀未遂的姑娘程茹安后，他便开始了两头忙。柳泉年纪虽然不大，他只有二十二岁，但他学识却很广，擅于用中西医结合的方法来处置疾病。他学的是西医，但他从八岁时便开始通读宋版的古医书《千金要方》《千金翼方》《唐新本草》等珍贵的医学典籍，后来他又在大舅的帮助下买到了《扁鹊心书》神方。柳泉自小便聪明，过目不忘。这次他和老师同学们救下了垂危的病人程茹安之后，柳泉更是体会到了中医学的奥妙之处，古老的中医学深邃博大，先贤们自尝百草到刮骨疗毒，成熟的案例成为后人的宝贵财富。柳泉就是在这种情况下开始为程茹安诊治。这一个月来，通过中药泡浴及西药的注射，加上涂抹药膏，逐步摸索，小心翼翼，程茹安的病情竟一天好过一天。她脸上、胳膊上开始蜕皮，一层一层开始变薄，有些地方的皮肤开始正常了。显微镜下的标的物已经没有了活体，足趾尖放出的血也不似最初时的黑色黏稠。柳泉告诉程茹安只要她坚持服药，医患配合，她的病就一定能够治愈。程茹安乖乖地听着，百分百地服从与配合。只是在父母不在身边或者有单独和柳泉相处的机会时，她总是会悄声对柳泉说："柳泉，你不要怀疑，我是安蝶呀！我真的是你的安蝶，你一定要知道！"柳泉对她的话有些不明白，但似乎又很清楚。柳泉想：不管怎样，你都是我的病人，病人是不能受刺激的！这时的柳泉就会对她说："好啦，我知道的，你好好养病治病，争取早日返回学校去学习好吗？"他如同宽慰小妹妹一样地安慰着她，这让程茹安获得了极大的动力，她的脸上开始有了笑容。

这边的辛永泰老先生接到了上海儿子寄来的航空信件，他是万般惊讶，甚至有些不相信自己的眼睛。这怎么可能呢？自己的孙女婿竟然是救命恩人的亲弟弟！他们都知道那个美丽的姑娘姓安，当初怎么就没有联想到这一层呢？他知道自己的儿子快回来了，会回来重新祭拜那两个年轻人。想到这里，辛老先生便招呼巴蜀学堂的两名老校工，他们三人又一起来到山里安蝶他们的墓地，他想尽快告诉那两个年轻人："恩人，你们的亲人找到了，他们一定会尽快来看你们。"辛永泰先生现在老了，他已经八十多岁了。而那两个年轻人也已经在这里静静地躺了二十多年了。虽然辛老先生和乡亲们每年都来上坟祭拜，清除杂草，但这次老先生发现墓碑两侧的那两棵树已经长高了，粗壮了。并且在左侧的树根部生长的那一棵紫藤花已经有胳膊一样粗了，它顺着树直直地生长，到了树冠上向右方伸展开来，越过了青石碑将两棵树连在了一起。这种紫藤花很稀有，与大众常见的紫藤花不同，它开的花虽然也是一串一串的，但是它的花朵很大，颜色是很深的紫，花朵的形状像是一个一个的小酒盅，从深深的花心里探出金色的蕊，而且是一雄一雌的两根蕊，不像其他的花蕊是一雌多雄。偶有山风吹过，酒盅一般的花朵便会窃窃私语，就像两个人在掏心掏肺诉衷情的模样。

辛老先生明白，人都有三魂七魄。人的精气神即为魂魄，是为天魂、地魂与命魂。人的七魄是一魄天，二魄灵，三魄气，四魄力，五魄中心，六魄精，七魄英。那么你们是哪一条魂魄留在此处了？并且结为此花此蕊互诉衷情呢？辛老先生在心中默默地对着眼前的紫藤花发问。

辛老先生是一位儒雅良善的人，二十多年来他为找不到孙子辛之栋的救命恩人而苦恼，今天他终于得到了确切的消息，他在第一时间里便来到了这里，来向恩人们禀告。他喃喃地在墓碑面前诉说着，让他的恩人们再耐心等待几天，他知道恩人们的亲人快来了！第二天的上午，辛老先生便赶到了市区的校园中寻找孙子辛之栋，他不知道辛之栋是否得到了这个消息。辛之栋一周有两天需要出门诊，专门看疑难杂症。当最后一个病人走后已经快中午一点了。他脱下白大衣走出诊室时却意外地发现自己的爷爷坐在门口的候诊椅上。老人家白发苍苍，但腰板笔直。他看着孙子终于走出了诊室，现在是自己的时间了，老先生立即露出了笑容。"爷爷，您怎么来了，怎么不进屋在外面干坐着？"辛之栋突然之间看到爷爷，惊讶又开心，他扶着爷爷的胳膊笑着问起来。"你在给人家诊病，我不能进屋去，那样会让你分神的。"爷爷的贴心体谅，让辛之栋很开心。他轻声告诉爷爷："爷爷，给你说一件好事儿，下个月我将去瑞士日内瓦参加一个国际卫生大会，是全球性质的学术交流，我估计我会见到我的导师，也许还会见到艾莲芝呢！假如她不能参与此会，我也可以写一封信托参会的美国医生交给她。爷爷，您说这件事儿好不好？是不是值得庆贺一番呢？"辛之栋满面笑容地看着爷爷，期待他的回答。"你说的是真的？这可是大喜事呀！你还有什么事知道了没有告诉我？""爷爷，就这一件事还不够您跟着高兴的吗？别的事情没有了。对了，昨天爸爸从上海打来电话，我也把去日内瓦开会的消息告诉了他，爸爸也挺高兴的，其他的就没事了。"辛之栋和爷爷一边向食堂走，一边开心地讲着。"没事好！没事好！"看着孙子这么高兴，去开会就有可能见到自己的恋人艾莲芝，他们已经分开四年了，无法相见，无法书信往来。参加这次的国际学术会议辛之栋很期待！真的是很期待！此刻辛之栋的嘴角上扬，满脸喜悦。而爷爷看着孙子微笑的脸，竟然不忍心将找到他的安姐姐家人的信息告诉他！孙子的笑容很难得，这在辛老先生看来是无比珍贵的。他不想破坏孙子此刻的好心情，晚几天让他知道也好，一切顺其自然吧！和孙子在食堂吃过午饭，辛老先生便和他告别独自回家了，但他心中却忐忑不安，总有一种负罪感，唉！真的是矛盾呀……

安翔独自开车来到扬州的柳家，他把吉普车停在巷子口，走到柳家的大门前他轻轻按响了门铃。柳泉的父亲前来开门，见是安翔到来，知道他一定会有重大消息带来。柳夫人也慌忙上前问候安翔，请他入座看茶。安翔与他们上次见面已经又是几年了，他发现柳夫人的身体大不如前了，他实在不忍心把知道的消息让她知道，他怕柳夫人承受不了自己儿子早已经长眠于巴蜀大地的事实！不管时间多久，没有消息便意味着还有希望，就有盼头儿！一旦知道了实情，这亲生的母亲接受不了怎么办？会不会出什么危险，就连他自己昨天不也是心绞痛一下子晕过去了吗？而且这个消息他都没有敢对自己的父母讲，但是他又不能瞒着柳泉的父母，那是人家的亲儿子，他的姐夫呀！何况姐姐安蝶和柳泉还在深山里长眠呢！

安翔喝着柳夫人递过来的清茶和柳方儒有一搭没一搭地闲聊着。柳方儒知道安翔来此就一定有重要的事情，否则他来一次就会引起他们老夫妻伤心一次，所以安翔是不会轻易到他家的。见安翔不谈正题，柳方儒也不知如何发问，他便有意地将话题转到了他目前的工作上。安翔听柳方儒讲他在与文化局的人一起编地方志，便请求让他也去体会一下扬州的历史变革，也算是长长学问吧！柳方儒对安翔的请求心领神会，他站起身对夫人说："既然安教官对我们修史的工作有兴趣，我就带着他去参观一下，晚饭我请他和我的朋友们一起吃，你在家和刘妈一起吃吧。"柳夫人也知道安翔此来一定有事情，但她无法深究，也只好点点头应允了。

安翔请柳方儒上了自己的车，他把车开出了巷子，柳方儒在附近找了一间安静的茶室，便和安翔一起走了进去。他们在古色古香的茶室中坐定，点了一壶碧螺春。柳方儒看着沉思不语面色严肃的安翔说："安教官，有什么事情你就说吧！我挺得住！""柳叔叔，您要挺住！我是前天确定的消息，我的姐姐与姐夫早在二十多年前就一起遇难了，就是他们离开上海之后在四川巴蜀的深山中遭遇了泥石流……"安翔的眼泪又止不住地流了下来，与他对坐的柳方儒却傻了一样地瞪着安翔，虽然他对儿子柳泉的失踪有过千般的猜测，却也想象不出儿子的境遇竟如此悲惨。明白过来之后，柳方儒捂着自己的嘴巴痛哭起来。他哭得肝肠寸断，老泪横流，他哭得上气不接下气，却压抑着尽量不发出声音，他咳嗽着捂着自己的胸口并无力地靠在了安翔的肩上。安翔尽量地把所知的一切讲给了他，并且告诉他自己的父亲对此事还不知晓，他要在与柳叔叔商量妥当之后再告诉自己的父亲，当然此事他也不敢让母亲知道，他也怕妈妈受不了这种惨烈的打击，身体支撑不住就会出大事儿的！

安翔一直陪着柳方儒，安慰着他，并与他约定三天之后他们一起乘军机去成都，到那里去见他们的亲人，二十多年了，他们一定都是在互相思念着，虽然是人天永隔。

三天之后，安翔与父亲安墨驰、妻子辛之菲与父亲辛慕明还有柳泉的父亲柳方儒，在成都军区的领导人陪同下一起来到了成都的医学院中。正在忙碌中的辛之栋见到突然之间有这么多亲人到来，惊诧得张大了嘴巴。而年轻的柳泉见到伯父的到来更是欢天喜地。但是他见到大家的神情都很肃穆，他也是和他的导师辛之栋一样地奇怪。程院长见到老首长带来了辛博士的亲人，赶紧让后勤的人把小会议室打开，请几位尊贵的客人就座。

辛慕明和辛之菲把辛之栋叫到了一边，将前两天发生的事情仔细地告诉了他，并说怕辛之栋心里难过，受不了刺激才没敢和他在通电话之时明说，但是爷爷辛永泰已经知道此情况了。辛之栋万分惊愕，他万万想不到救他性命，让他念念不忘的安姐姐竟然会是自己妹夫安翔的亲姐姐安蝶！而那个高大的将自己抱离危险境地的流泉哥哥竟然是学生柳泉的堂兄！他日日寻找的恩人家属就在自己的身边，自己的眼前，而他竟然毫不自知！他的心病从不对人讲，他的愧疚从八岁那天就根植于心！现在，突然之间破解了，这是喜还是悲呢？辛之栋流着泪，他的头蒙蒙的有点眩晕，他摇摇晃晃地望着安翔的父亲和柳泉的伯父，他张着嘴，流着泪，咕咚一声便跪了下去，而他的父亲、妹妹也一样地向着这两个老人行了大礼！此时会议室里一片哭泣之声，就连刚刚听明白了事情经过的程院长也是万分感慨。此刻，他与安墨驰、柳方儒一起将地上长跪哭泣的辛慕明父子三人用力拉起。但是辛之栋仍旧坚持下跪，他想不出什么方式可以用来报恩，用来赎罪，多年以来的压抑让他头触地面叩得砰砰响，可是他又一句话也说不出来。直到柳方儒将他拉起，抱在怀里说："孩子，不要这样，我们不是来讨债的！我们没有人来怪罪你，要知道你现在是替他们俩活着呢！"辛之栋多年的心病终于破解，他心上那块沉甸甸的石头被移开了。虽然移动时他的心很痛，但是他轻松了很多。可是他依然无法平静下来，他想这就是人们常说的命运使然。八岁生日那天，他从美丽的安姐姐和流泉大哥的舍命相救到现在已经二十多年过去了，他从一个孩童到今天的医学博士，他一直都在努力，只为了有那么一天，他能寻找到恩人的家人，之后将用自己的一切来报答他们，他每天都在告诫自己，自己活着就是要做安姐姐他们未完成的事业！他要替安姐姐和流泉大哥给他们的父母行孝，担负起他们的责任。他每天都会看着照片上的人和那一方手帕，他在心中默默地祈祷。现在他跪在柳方儒脚下，他想任由老人家责罚，并愿意用全部家产来赔偿给柳家，希望柳方儒老先生给他一个机会，让他以儿子柳泉的身份来孝养他们老夫妻。但是流泪的柳伯伯却一把将他们父子三人拉起，他说："你要好好地活着，不要想得太多，柳泉他们用生命和你交换，是为了让你活得更好！安蝶见你活得优秀，她也会了无遗憾。你不要顾虑重重，更不需给我们经济补偿，钱算什么呢？我们知道了儿子的去向，他并没有白死，只要你好好地长大成人，我儿子就会高兴的。再说我家还有这个小的柳泉，他又是你的学生，有他在我们老两口身边，你就尽管放心吧。"柳方儒的一席话感动得辛家父子热泪滚滚，他们都明白：什么金钱物质能与生命相比较呢？

第五十章　向往，宝珠的身影

昨天，当安家父子突然降临时辛之栋是充满了疑惑，他想不到父亲和妹妹在没有和他联系后便突然带着亲家公父子来成都找他，并且还有学生柳泉的父亲一同前来。当父亲和妹妹将事情一一告知他时，他方如梦初醒！这么离奇的事情竟发生在他的身边，他最爱的、天下对他最好的安姐姐竟然是他妹夫安翔的亲姐姐！多年的苦寻无有着落，现在终于有了结果，他该怎么面对恩人的家人呢，可恩人却是最亲的亲戚。想他平日在妹夫安翔面前总是一副长兄的派头还有学者的斯文，其实妹夫安翔还要比他大十岁的年纪呢！但他是妹妹辛之菲的长兄，所以安翔对他是毕恭毕敬的。今天事情真相大白了，辛之栋和父亲、妹妹同样要给安家父子行跪拜之礼，这救命之恩大于天呀！面前是他安姐姐的亲人呀！辛之栋好后悔！要是他早些时候允许别人进他的书房，也许今天的相认早就实现了！他的安姐姐和流泉哥哥早就见到了自己的家人了！辛之栋好后悔！这些年他自己吞咽着苦果，沉重地自责自怨从不与人言。现在他面对着他的亲家父兄，这是妹妹的亲人，也是他的亲人。辛之栋从上衣口袋中取出皮夹子，那里有当年安姐姐搂着他一起拍的照片。辛之栋手捧照片含泪递给安翔父子看。"安姐姐……"辛之栋跪在安伯伯和安翔面前，他叫着安姐姐，一句话没有说完，只觉得嗓子里一甜，一口鲜血便喷了出来，辛之栋倒了下去。这是不是多年压抑的释放，眼泪倒流的吞吐呢？

众人七手八脚地将辛之栋扶起，柳泉将老师搂在怀里，辛之栋慢慢地醒了过来。辛之栋伸出手来指着安翔父子，似乎想说什么，终究是没有说出来。辛之栋把大家吓坏了，他的父亲辛慕明和妹妹辛之菲见他这样，急得只会流泪。安翔父子见他这样，知道辛之栋是因伤心过度、压抑太久的原因引起的，但不会有生命危险。而辛之栋的学生柳泉则用温暖的怀抱搂着他，并将自己的手缓缓地盖在他的手上，力图把自己的精神力量与自身元气输送给他的老师。一如以往，紧要关头，他的怀抱始终为辛之栋打开，这浓浓的不了情发自于内心？只有天在看，只有天知道！

第二天，辛永泰老先生早已经准备好了祭奠柳泉、安蝶的一切。上午的阳光正好，有风，有蓝天，还有哀乐。二十多年了，青墓碑前又像当年一样站满了人，不同的是这次是柳泉与安蝶的亲人来了。这些年辛家与他们相互寻找，今天终于相见了。柳泉与安蝶的一缕魂魄还在这里，他们经常出离往返。他们在静处相依，冲出泥土，幻化为两棵树相对凝视，但是他们不想有距离，他们的血液将情意之魄化为了一棵紫藤花，紫藤花又将两棵树连在了一起，他们手拉着手说着情话，他们在酒盅般的紫色花朵中低语，风吹过来就会有风铃阵阵。今天终于把亲人们盼来了！紫色的花朵在摇摆，是欢欣又是悲泣！命运就是这样的安排，他们的三魂六魄早已飞走，只留下这么一缕在身体里出离往复，在等待亲人。他们早已经幸运地入主于该驻扎的地方，他们还有责任要干大事呢，哪里有时间在此长眠休息呢？

关于柳泉与安蝶是留在巴蜀大地还是移回上海扬州，商议之后，他们的长辈终不忍将孩子们分开。二十多年了，他们已经跨越了时代，从民国时期的一九三五年再到新中国的一九五七年已经是二十二年了，相爱的两人在这巴蜀大地长眠了那么久，血与神早就融合在了一起，现在谁能忍心让相爱的他们再次分开呢？所以，安家与柳家都不再要求让自己的孩子归乡了，那就让他们俩像当年一样相爱相依，永不离分吧！

处理完这件事情后，柳方儒、安墨驰便要回去了。辛慕明和女儿辛之菲与辛之栋彻夜长谈，他们知道他的痛苦与自责，希望他能尽快地恢复起来，他还要照顾老迈的爷爷呢！事情已经是这样了，所有人都希望辛之栋打开心结，并告诉他，他的恩人安姐姐与柳泉大哥想看到的是一个健康的快乐的博学的青年辛之栋。

在安翔他们一行人准备返回上海时，他们一起到程院长这里告别，在这里他们碰到了前来医院取药的程茹安。而程茹安在看到安墨驰与安翔之时，竟然惊诧地问道："爸爸，你们怎么到这里来了？"在得不到回答时，她竟然追在安翔后面说："安翔，你难道不认识姐姐了吗？"安翔奇怪地看了看她没有说话。程茹安一把撕掉自己脸上的口罩，把脸凑向了安翔，安翔与父亲看着脸上癣痕累累的程茹安，也是觉得莫名其妙，真的是不认识她呀！可是，安翔觉得声音很熟悉，真的是很熟悉！是姐姐的声音！安翔想到自己是又产生了幻听，就如同他驾机飞行一样。他用同情的目光看了程茹安一眼并微笑了一下。

看着安翔与父亲转身离开的背影，他们竟然是头也不回，程茹安伤心地哭了："他们不认识我了，只因为我长了这一身的皮肤病，他们难道听不出我的声音了吗？为什么不理我，弃我而去……"看着眼前程茹安的痛哭流涕，看着父亲柳方儒的离去，看着面色憔悴的导师辛之栋，柳泉心中升起了悲哀，他又想起了他的蝴蝶。

想当初他和蒋亮他们去郊外古亭子那里游玩，他在写生之时又遇到了校园中的那只翩翩起舞的白蝴蝶，那时它从青石碑后方向他飞了过来，贴在他的胸前与他一起回了校园，那是蝴蝶第二次寻到了他，从那以后他们便形影不离。直到那天在他低头抢救程院长的女儿程茹安时，蝴蝶无奈地飞离了他，而之后却被狠心的赵萌萌杀害了。柳泉从内心中觉得自己辜负了蝴蝶的心，辜负了蝴蝶对他的信任。现在他眼前的人们都是满脸的悲伤，可是又有谁知道他的内心情感呢？这个世界上每个人都有自己的心事，都有自己的喜怒哀乐！可是，我的心事又能够向谁诉说呢？柳泉看着父亲与安翔他们登上了飞往上海的飞机，这之后他回到了校园，途经收发室时那里的教工喊住了他，并说这里有他和同学们的信件，让他一并给大家捎回去。

回到宿舍后，他打开自己的信，信是姐姐柳泓写来的。姐姐信中说她和满达准备结婚了，他们两个人都想念他，准备旅行结婚时到成都来。他们结婚必须要得到弟弟的祝福，因为他们三人早就发誓，快乐是要共同分享的！还有满达是搞水利工程的，他想借此机会看一看都江堰，好好地欣赏借鉴古人的水利杰作。信中说姐姐他们下周就到成都了，柳泉心里很激动，他要把这个喜讯告诉老师和室友们，至少这个喜讯可以冲淡一些连日来老师与他的悲伤情绪吧！

上海来的亲人们都回去了，辛之栋一人默默地坐在书房里，二十多年来的心事从此破解，他的疑问有了答案，但他的心头却不轻松！安姐姐依然微笑着在看他，他知道了姐姐的名字叫安蝶。流泉大哥的家训"秀雅恒存"仍在镜框中与他娓娓道来，他方知流泉大哥本名叫柳泉！这一切看着似乎无序纠结，但本质上条理却是那么地清晰。辛之栋是一个搞科学研究的人，他从自身的经历上理解了量子纠缠这个有点玄学的概念。他以负罪的心理向安、柳两家长辈跪拜行礼，他不是想请求他们的原谅，而是想求得他们深深的责罚。如果他受到了责罚，他也许会心安一些。可是两家的长辈非但没有责罚他，而且是一句埋怨的话都没有对他讲。他们只是说让他好好地活着，替柳泉与安蝶活着！若他活得有成就，能幸福安康，就是对安蝶和柳泉最好的报答！辛之栋无法用语言来表达他此时的心境，他面对着照片上安姐姐的笑脸深深地鞠了一躬，又擦去了他脸上的泪！现在他是真的抬起了头，轻松了很多！他要努力，他要努力地工作，让长眠的安蝶姐姐和柳泉大哥含笑于九泉。

今天是辛之栋出门诊的日子，早上七点半他便穿着白大衣出现在诊室中，随后他的助手柳泉也来到了，慕名前来就诊的病人络绎不绝，而辛之栋总是耐心地安抚病人的情绪并询问病情。将近午时，一副担架抬来了一个女病人。病人的身上缠满了绷带，气息微弱，抬担架的是两个年轻的战士，身边还跟着一个干部模样的军人。辛之栋见状急忙起立问道："为什么不去急诊抢救室？这里是门诊无法输血。"随行的干部说："辛博士，快快救救我们的英雄！急诊说他们无法救治，让去部队的医院，可我们知道部队医院的技术不如这里高明，何况你们医院的前身也是部队医院，是你们的程院长让我们直接把人抬过来的，他说只有辛博士的技术最全面，求求您了，救救我们的英雄吧！"

辛之栋听后不再说话，他走到担架前仔细地观察了病人，并询问一起来的军人，这个伤病人员的具体情况。可谁知道他们竟然是一问三不知，只说是在今天的行军途中遇到的负伤人员，而那个身穿干部服装的军人说受伤的人他见过，那是军区的女英雄，据说叫宝珠姑娘，是骑兵部队的神枪手，曾多次受到上级的表彰。是他们听到枪响后在山脚处发现了她。而她身上多处负伤已经是昏迷不醒，见此情况，他和战士们便匆匆地给她包扎了一下，之后看她还活着后就临时做了个担架拦了一辆汽车找程院长来了。他们知道程院长过去是军医，他一定会尽力抢救伤员的。

辛之栋一面听来人讲述，一面让护士推来病床，将负伤的人推进外科手术室，并通知手术室立即准备急救。而此刻忙碌的程院长也一路小跑着来到了这里，并与辛之栋博士一起奔向手术室，参加了抢救伤员的行动。无影灯下，手术在紧张地进行。辛之栋从来没有参加过战场伤员的抢救工作，所以他心中忐忑不安，但他此刻倍加认真仔细。给他做助手的程院长本是一名老军医，在这形同战场感觉的无影灯下，程院长却是熟练得很。手术在紧张地进行，那种战场上的血腥，程院长是经见得太多了。此刻，躺在手术台上的女伤员面色惨白，一动不动，就像睡着了一样地气息微弱。护士用剪刀剪开了绷带，剪开了上衣，剪开了裤腿，露出了全部的伤口。绷带与血肉相连，触及伤口之后她便哼出了声音。这里是当地最大的医院，抢救措施很完善，而且多亏了救她的军人用绷带给她捆扎止血，防止了出血过多的休克现象。伤员有三十岁的年纪，她身中三枪，三颗子弹，大腿一颗，左肩一颗，最危险的一颗在左胸部，距离她的心脏仅有一厘米。只差那么一点点就会要了命！程院长惊呼着："好险！"女伤员的胳膊完全错位，右腿骨折中枪，真难以想象这种情况下她是怎么活过来的。止血后开始给她做手术，是程院长为她拔除的子弹，是辛博士为她修补清理的创口，在完全麻醉的情况下，她静静地闭着双眼。在需要输血的情况下，医院血库里没有AB型血浆，是辛之栋伸出了胳膊，为她输送了四百毫升的鲜血。六个小时后，手术完成。程院长惊叹辛博士那双灵巧的双手，他的清创缝合技术堪称一绝，除了枪伤外还有其他的伤口均被修复得平平整整，就如人体上的平面几何图形。几个小时的手术终于结束了，辛之栋呼出了一口长气，看到伤员血压与心律正常了，他才喝下了一杯学生柳泉递过来的水，并与程院长相视一笑。

一天以后，女伤员终于清醒了过来。她的伤情太重了，没有气力发出声音。但她的命真大，如此危险的枪伤她竟挺了过来！子弹取出来后需要慢慢地恢复，她还需要正骨。宝珠得知自己从山上翻滚下来后受了严重的伤，她在失血后陷入了昏迷，是我们的侦察部队发现了她，并将她送到了医院。程院长惊叹她那顽强的生命力和坚强的意志，要知道这可是一个年轻的女人呀！就是他们这些大男人也未必扛得住如此的折磨。清醒后的女伤员告诉程院长，她叫满宝珠。她是一名解放军战士，在跟随大部队到达四川后参加过剿匪战争，由于她是骑兵部队的神枪手，又是一个能文能武紧密联系群众的好干部，所以就在地方政府强烈的要求下留了下来，协助党和政府在都江堰地区开展工作。宝珠工作认真细致，深入人民群众，并将党的政策和福音带给当地的山民。她给老百姓办实事，因此深受大家的欢迎，同时也让当地的土匪残余势力和当地的土豪与大地主对她充满了憎恨。宝珠是地区的副专员，是妇女干部，她对当地穷苦的妇女儿童们充满了同情，并一心一意地帮助他们，为他们排忧解难。但是解放初期的四川、湖南、贵州等山区依然留有很多的土匪。这些人大多是蒋介石国民党军队的残余势力在兴风作浪，在解放后他们仍在负隅顽抗，最终沦落成为了土匪。他们失去了蒋介石政府的经济补给，便掉过头来坑害老百姓，而当地的老百姓对他们是又恨又怕而敢怒不敢言，有些穷人因为害怕他们竟然帮助他们做事。满宝珠在当年是赫赫有名的剿匪女英雄，她是神枪手，打枪百发百中，所以当地的土匪对她是恨之入骨。在经过一番策划之后，他们便派出了一个穷困的山民，骑着一匹瘦马来到了地区的政府，找妇女干部，说他的老婆要生小孩了，小孩子是难产，请妇联干部派医生和他一同进山去接生，救救大人孩子！宝珠是一个善良的女人，她在部队戎马多年，但对穷苦的女性充满了同情和理解，缺医少药一尸两命的事情她也见过，所以当有山里人来求救时她没有多想，救人要紧。她立即叫上了一名妇产科医生一道与那个男人骑马进山，去为那个人的妻子接生，以免贫穷的山民出危险。现在是共产党的天下，他们打天下就是为了帮助穷人过好日子！

433

宝珠没有多想，但是，她们的善良被人利用，他们掉入了土匪的圈套之中。

当宝珠她们两人进入山上的房子内，她们没见到待生的产妇，见到的却是几个土匪。土匪头子看着宝珠说："神枪手来了，先把她的枪下了！"这时立即有其他几个人围了上来，他们将猝不及防的宝珠和女医生围了起来，并把宝珠腰上的手枪夺了过去。面对眼前的几名悍匪，宝珠知道情况不妙，但她也知道此事硬扛是不行的，土匪的凶残人人皆知。冷静的宝珠身经百战，她心生一计，硬的不行便来软的，既然事情躲不过，那么便迎上去好了。宝珠是一个身经百战的女骑兵，她曾一人连毙两只野狼而面不改色，现在面对着如狼似虎的土匪们她并没有惊慌失措。她转过头望着骗她们进山的那个乡民，又用手指了指眼前的土匪说："这就是你那个生不出孩子的老婆吗？"穷山民吓得哆哆嗦嗦的不敢回话，而土匪们听了此话后却被逗乐了。他们捧腹大笑，他们绝对没有想到眼前的女共党竟然不怕他们，还说出了如此逗乐的话来。此时他们手里拿着宝珠的手枪，互相之间看了看说："谁要生孩子？接生婆都来了，等着公鸡下蛋呢！"一群土匪哈哈大笑，此刻宝珠也毫无惧色地与他们一同笑了起来。宝珠的胆识让土匪头子都对她刮目相看了。而她身边的女医生早被吓得哭了起来，她紧紧地拉住宝珠的手说："满主任，这可怎么办？都怪你，把我带到了土匪窝里，你让我今后可怎么活呢？"土匪们见女医生骂他们是土匪，一时怒火冲天，上来就要打她。宝珠见状挡了过去，替女医生挡住了砸下来的拳头。宝珠说："她是妇产科医生，是我叫她出任务进山的。她家还有孩子，放了她吧，有什么事情你们朝我说吧，我是能做主的。"土匪们听了有些发愣，土匪的老大看着宝珠发问："我知道你是这个地区的头儿，副专员吧？这官位也不小了，就是不知道你能给我们做点什么？你能给我们弄点粮食和武器吗？"宝珠听到问话就回答："这个比较难，你先把医生放了，让她先回去，我会让她口风紧一点，回去后不要乱说，后面的事情我来想办法，我有这个权力。"土匪听宝珠答应得很痛快，但他们并不相信这个女共党。他们被共产党追捕了几年了，每天战战兢兢地躲在深山之中，又缺医少药，无油少盐的，他们的物资极度缺乏。他们本来是想杀解放军干部出口恶气，可他们又希望通过这个女人的权力弄一些他们的急需用品，现在首要的是能活着。土匪头子想：眼下弄些物资装备比杀一个共产党来说前者更加重要。他们很想胁迫这个女共党，让宝珠成为他们的眼线。土匪们戒心重重，他们又怎么会相信满宝珠呢？他们觉得女医生对他们作用不大，躲避追杀时还是一个负累，于是就想先干掉她，只留下有用的副专员满宝珠。当晚时分，在女医生出屋上厕所时他们便把她一刀杀死，只留下了宝珠一个活口。天亮后，宝珠找寻同伴，土匪告诉宝珠说他们早已经将此人除掉了，以免女医生泄露以后双方合作的秘密。宝珠对土匪是又气又恨又无奈，她心里对女医生独自出屋受害心中充满了悲愤，但她知道要想报仇必须活着。宝珠知道活着最重要，她要逃出去。

最终宝珠假意和土匪制定了两个计划，以将武器粮食转运给地方武装的方法让土匪们半路截夺物资，补充给养。由于宝珠的豪侠仗义，她竟取得了土匪的信任，土匪以为宝珠在他们手中有了短儿了，和土匪串通后宝珠就会永远翻不了身。现在有证据在手，宝珠不得不听他们的话。可他们哪里知道宝珠早就另有一番打算。当土匪头子送宝珠下山，并把她的枪交还给了她，称兄道弟一番后，宝珠踏上了归途。她独自朝下山的路上走，回头向上看的时候她还向站在山坡上向她告别的土匪头子招手告别，而同此刻，神枪手满宝珠抬手之间便将土匪头子的老大和老三干掉了，接着她便闪身进了密林。然而土匪也不是吃干饭的，另外几个人同时开火将欲躲避的宝珠击中。宝珠躲闪之间在山崖踏空摔了下去，她因身中三枪，失血过多而昏迷过去。直到解放军派出的侦察员们听到枪声，在山脚下遇到了她，并认出了她是军区的战斗英雄后将她火速送到医院，在经程院长与辛之栋博士的抢救之后，宝珠又活了过来。

山上的这拨土匪老实了，他们当年仅仅剩下了五个人，垂死挣扎负隅顽抗的他们之中的老大和老三又被女神枪手满宝珠举枪打死，这令他们大伤元气。又因为这次开枪暴露了他们的老巢，剩下的三个土匪很快便被俘虏。宝珠重伤住院，她还未下地，军区政府的嘉奖令便到达了。女英雄满宝珠，她与土匪智斗的事迹传遍了全国，成为了许多青年人学习的榜样。

宝珠躺在病床上，她大难不死并立下了战功，但是她的心中却非常地愧疚，因为她的弟弟满达和她约好了到成都旅行结婚，他们几年没有见面了。可是自己现在受伤无法下地，美丽的计划却无法完成了。五十年代时的交通不便，信息也很慢，弟弟满达与柳泓如约来都江堰探望久别的姐姐并旅行结婚时，他的姐姐宝珠并没有如约去成都火车站接他们，更没能陪同弟弟深入参观都江堰，游览武侯祠，她此时还在医院里养伤。美丽的计划不能实现，姐姐心中深感遗憾，她心里空落落的！"满达，我的弟弟，姐姐在医院里无法祝福你们，但是姐姐的心中只有你！愿你与柳泓新婚快乐，白头到老！"

病床上的宝珠清醒之后非常地难过，她想念弟弟满达。她很遗憾，但谁一生中没有几件憾事呢？

第五十一章　玉笛一曲道情深

柳泉去火车站迎接姐姐柳泓和满达的到来，他们俩坐了二十多个小时的火车才从北京来到了这里。柳泓提着皮箱走下站台，等着他们的柳泉一下子便冲了过来，柳泓与弟弟习惯地三击掌后便笑嘻嘻地拥抱在了一起，而满达依然如往日一样安稳地微笑着，他看着他们姐弟二人，又看了看四周，完全是一副大哥的模样。

柳泉早已经在医学院的招待所里给他们订好了房间，而且他的同学们还帮助他把房间布置得喜气洋洋。他们用当医生的巧手把红纸剪了喜字放在了床上、桌上、水壶上，并把喜糖、花生、瓜子、点心全买齐了，摆上了桌面。满达与柳泓走进屋内的一刻便被柳泉给他们的安排惊呆了，柳泓笑着拍着弟弟的肩膀说："有个弟弟真好！这才叫心贴心呢！""当然你们是心贴心了，双胞胎嘛，在出世之前早已如此……"满达开心地赞美着姐弟二人。要知道从今天起，满达的身份变了，他光荣地成为了柳泉的姐夫，柳泓的爱人！这一天，满达期待了很久，柳泓也盼望了多年！他们三个人的友谊从双胞胎姐弟八岁那年开始至今天的二十二岁，已经长跑了十四年，他们之间的感情纯真热烈且真挚，这是真正的两小无猜。

第二天中午，在成都锦江区的荣乐园饭店，满达柳泓夫妻在这里举办了旅行结婚的喜宴。当初他们决定旅行结婚，是想现在已是新时代，一切从简最好！可是，作为弟弟的柳泉却对他们的想法不以为然。柳泉爱姐姐和满达，他一定要让姐姐他们俩不留遗憾，更要笑口常开。在和导师辛之栋及同学蒋亮他们商量之后，柳泉便提前在荣乐园饭店订好了喜宴。结婚是人生中的大事，他要给姐姐他们一个大大的惊喜，让他们永远记住这美妙的一刻！蒋亮去照相馆买来了新郎、新娘、主婚人、证婚人、司仪的胸花，柳泉请姐姐和姐夫穿上最漂亮的衣服，既然来到了四川，就穿四川人的结婚喜装，那是半古代的打扮。大家给满达披上了红绸花，扎上了红帽翅，在半推半就的嬉笑之中，满达与柳泓被推上了前台！鼓乐起处，婚礼开始。主婚人程院长，证婚人辛之栋，司仪自然是柳泉。蒋亮、刘志勇、万钢都是柳泉的死党，他们与自己的女朋友都来参加这场喜庆的婚礼。虽然婚礼现场人不是太多，但吹吹打打的喜乐在这里奏响，着实吸引了很多来这里就餐的食客，毕竟这里是成都最有名的老字号，食客每天都是川流不息的。今天的喜乐一响，所有的就餐食客一拥而上，鼓掌叫好，蒋亮他们给大家分发喜糖，见者有份！新郎新娘给大家敬烟敬酒，气氛分外热烈。辛之栋作为今天的证婚人端坐在酒宴的中央，他满面笑容，洁白的牙齿闪着光，柳泉惊奇地发现，他的老师笑起来真好看！他第一次见到老师如此的笑容，今天的喜宴太成功了！就连柳泉自己都觉得浑身轻飘飘的，快乐得像要飞起来。喜糖是甜的，可怎么喜酒也这么甜了呢？

第二天下午，满达夫妻便告别了弟弟柳泉，他们要去都江堰参观，并顺便去看望满达多年未见的姐姐宝珠。自那年满达十四岁离开草原，他去北京给柳泓姐弟做驯马师，他便和姐姐宝珠分开了。后来姐姐去北京开会之时想见他，满达又恰巧在官厅水库工作。那时的口号是："大干、苦干一百天"，谁都不能请假。满达没能赶回北京，而姐姐宝珠也在开会后和父母匆匆见了一面便又赶回了部队。姐姐多年来南征北战，最后因工作需要被留在了四川都江堰地区工作。所以这次满达和柳泓的旅行结婚选择了在成都，既办了喜事，又看望了他们的姐姐宝珠和弟弟柳泉，并且又能真正地、直观地了解都江堰这座古代水利工程的杰作，这对满达的工作会有极大的帮助。所以这样一举四得的好事让他们夫妻赶上了，真的是何其幸哉！

满达夫妻来到了都江堰地区的政府办公处寻找姐姐满宝珠，他们买了很多的喜糖和喜烟，准备见到姐姐后给大家分发，让姐姐和她的同事们与他们夫妻共同分享他们的快乐。可是，当他们俩掏出了结婚证和水利部的介绍信之后，接待他们的地区专员却告诉了一个让他们目瞪口呆的消息！他们的姐姐满宝珠同志意外负伤，现正在成都的医学院抢救！"宝珠同志的伤情很重，虽然她目前脱离了生命危险，但是伤情不容乐观，地区的领导现在正在发愁如何通知宝珠同志的亲属来成都，没想到她的亲弟弟竟然从天而降！"满达夫妻的到来，让地区专员如释重负！他立即让警卫员去备车，他要陪着满达夫妻去成都一起去看望满宝珠同志。

当汽车停在住院部，满达与柳泓紧随着地区专员进入危重病房时，他们看到了辛之栋博士与柳泉的身影！此时他们正在弯腰为宝珠换药，柳泉听到脚步声，正想责怪护士为什么在此刻放人进来，抬头之际，大家全都愣住了！谁能想到，刚离开他们几个小时的工夫，这对新婚夫妇竟然又回来了。更没有料到的是前几天他们救活的人竟然是满达的亲姐姐！虽然柳泉听说过满达有一个姐姐叫宝珠，但怎么竟会这么巧，此宝珠会是彼宝珠呢？辛之栋明白过来后也是不住地点头赞叹着，他说："什么叫天意呢？这就是天意呀！"一切都那么地巧合。当柳泉告诉满达说宝珠姐姐的身体里流着辛博士的热血时，满达禁不住地热泪盈眶，他向辛之栋深深地鞠了一躬。躺在病床上的宝珠依旧衰弱，她说不出话来，但是头脑却很清醒。在亲人面前，她的眼里溢满了泪水，瘦弱且无助。这哪里像抬手便击毙两个土匪的女英雄呢？满达把手伸向了姐姐，又把柳泓拉了过来。柳泓看着病床上的宝珠轻声地叫了一声："姐……"想一想，本来一家人设想的欢乐认亲场面怎么就会出现在了危重病房里？想一想，如果子弹再偏一点这就是生离死别！人生就是这样地不可预测，眼前受伤流泪的人与千里探亲受惊的人，救死扶伤的医生与英勇机智的军人，他们同是时代的精英，为了祖国的统一与和平，他们不惜一切毫无怨言地努力奋斗在各自的领域里，默默地贡献着他们的青春，只为着那句口号：愿为共产主义事业奋斗终生！

辛之栋给护士下了医嘱，并安慰宝珠说她的身体素质极好，子弹取出后只要认真调养就能恢复健康。关于上下肢的正骨则需要她胸部的伤口愈合之后才能实施。辛之栋离开病房时又看着宝珠说了一句："踏实地住院，不要胡思乱想，伤好后你依然是可以纵马奔驰的！"在他离开之后柳泉依然在病房里陪伴满达和姐姐柳泓。他低头看向宝珠说："宝珠姐姐，我从八岁时就知道草原上有一个姐姐叫宝珠，满达总向我们炫耀他的姐姐，没有想到的是我们竟然会在这种场合相见。抢救的时候也没有想到会是你。若我也是 AB 型血就好了，我年轻，还可以给你更多一些呢。"宝珠虽然没有力气说话，但她头脑清晰，守在病床前的人是她最亲的亲人，是她好多年来没有见面的弟弟，那个可爱的小满达。如今的弟弟满达已经是高高的个子，他面相英俊，健康又儒雅，宝珠没有想到弟弟会长得这么帅气，赛过了他们那能文能武的父亲。弟弟的身边站着弟媳柳泓格格，这是真正的大家闺秀，她的言谈举止和美丽的容颜都让宝珠心生欢喜！她想抬起手摸一摸柳泓，她想对她说点什么，但是受伤的、错位的胳膊却无法动弹，她的伤太重了！宝珠在医院疗伤，满达与柳泓在她的身边陪伴，柳泉有空闲也会来到她的身边，三个人在一起有说有笑地哄着宝珠开心，宝珠慢慢地在恢复之中，已经能够开始讲话了。

辛之栋接到了国家卫生系统的通知，他将返回上海和其他的医学专家一起飞往瑞士日内瓦参加世界卫生交流大会。辛之栋欣喜地想：这次参会的人员中会不会有他的导师布朗和他日思夜想的恋人艾莲芝呢？辛之栋所在的中国代表团提前两天到达了日内瓦，傍晚时分，他们一行人来到了美丽的日内瓦湖畔。日内瓦湖又称莱芒湖，是世界第一大高山堰塞湖。弓形的蓝色湖面上有很多的天鹅在嬉戏，交颈高歌。美丽的夕阳映在湖面上，金色的晚霞与蓝色的波涛交织为一道美丽的风景，海鸥追逐着游船，游船上有人在唱歌，唱着动听的歌，情思绵长随风入耳。远处有万国宫，还有高大的喷泉，参会的中国代表们都沉浸在这清润的空气和唯美的风景之中。唯有辛之栋，他胳膊下夹着的公文包中有他带给心爱姑娘艾莲芝的礼物。这是爷爷辛永泰亲手交给他的一支翡翠玉笛，是他们辛家的祖传宝物。爷爷叮嘱他说："假如美国女孩艾莲芝没有结婚，她还在等待着你，那你就把辛家的传家之宝交给她！告诉她：她是辛家的长孙媳妇，爷爷将在中国四川的老家等待她的回归。如果你遇不到艾莲芝，就把爷爷的书信请美国代表团的人员转交给她，告诉她中国的家永远都有艾莲芝的席位，永远期待着她的回归。"此时辛之栋没有心情游玩，他的心里全是久别的艾莲芝的影子。他多么期待中美两国能够建交，两国人员可以通婚，并在科学技术的领域里相互有成就呀！辛之栋期待着明天的大会开幕式，他希望心中的奇迹得以实现。

一夜合不上眼的他终于在黎明时分的恍惚中紧紧地抱住了她，这是一个眨眼而过的美梦，它短暂真实而激情喷涌。清醒后的辛之栋立即起床开始洗漱，他想清清爽爽地站在人前。如果哈佛的老师在场，就不会对他失望。如果艾莲芝在场，那他还是当年离开她时的样子，依旧是她那未变的少年郎。

　　走入会场的辛之栋一身白色的西装，淡蓝色的衬衣，领口打着宝蓝色的领带，他的领带夹子是一枝美丽的蓝莲花。瘦高个子的他儒雅庄重，金丝眼镜下一双睿智的眼睛，干净整洁的面容看不出他的喜怒哀乐，但他的心其实早已是忐忑不安，他用眼睛在寻找着美国代表团的席位，他希望找到那个他心目中圣洁的女人。各国代表都是集体入场，按顺序就座。中国代表团的领队见辛之栋东张西望，就用手碰了碰他，提示辛之栋坐在自己的席位上保持礼仪。美国代表团是最后进场的，辛之栋首先发现了他的导师布朗走在前面！辛之栋屏住了呼吸，后面！后面！后面！最后入场的人真的是艾莲芝！

　　艾莲芝随着美国的医学科学家团队走了进来，她走在队伍的最后面。艾莲芝长着一双大大的眼睛，棕栗色的长发波浪般地随意披在肩头，她目光柔美，洒脱自然，一件西装套裙配着平底的皮鞋，信心满满的知识女性就这样出现在了世界卫生大会上。看着艾莲芝入场，辛之栋的心开始怦怦乱跳，他在心中曾呼唤过她千遍万遍，但此时此刻的他却只能是瞪眼干看着心爱的人而口中不能发出声音，不是他不敢喊，而是他不能喊，这是在会场，而且是在国际会议的会场，他不能发出声音！中国的国情不允许！中国的礼仪不允许！辛之栋只能把心中的呐喊压在心底，他怔怔地看着他心爱的姑娘那优美自信的身影。但是，辛之栋发现缓步而入的艾莲芝，也是一样东张西望地在寻找着什么，辛之栋知道那是艾莲芝也在寻找他的身影。辛之栋再也控制不住自己的情绪，他忽的一下站了起来，他要让他的艾莲芝看到自己，以免她的心焦虑不安。艾莲芝选择站在队伍的最后面入场，就是为了方便寻人，她是在寻找辛之栋，她要让他发现自己也来到会场。而且艾莲芝已经在与会的名单中找到了她亲爱的人的名字，那个让她日思夜想的同门师兄辛之栋！只是艾莲芝不知道分开这几年辛之栋是否与他人成婚。而自己则坚守承诺在等着他，并且，她已经为他生下了一个儿子，现在已经三岁了！艾莲芝正在搜寻着自己的爱人，她发现在她东面的席位中突然站起了一个白色的身影，那瘦瘦高高的男子，他正在眼巴巴地望着她！"辛之栋！"一声尖叫响彻在了会场。艾莲芝向着辛之栋奔了过去。而辛之栋本来直直的身体突然腾起，越过了身边的两名伙伴向着呼叫他的艾莲芝奔了过来。拥抱！拥抱！紧紧地拥抱！艾莲芝扑进辛之栋的怀里无声地哭泣着，那刻骨的相思瞬间化成了幸福的泪水！没有任何的语言，他们只是紧紧地相拥，他们怕此刻还是一场梦，眼睛睁开后又是独自一人！突然会场中响起了一片掌声，由开始时的零星到后来的雷动，辛之栋与艾莲芝才清醒过来。他们两人立即分开之后又重新拥抱起来，此时他们的老师、哈佛大学的博士后导师布朗站了出来，他哈哈大笑着对在场的各国医学科学家们说："谢谢大家的掌声，鼓励一下我的两个学生吧！他们在一起共同学习八年，相知相恋而无奈分开。但是爱情无国界，科学无国界，大家给他们鼓掌吧！中国人说郎才女貌，但我的学生，他们却是有才又有貌！"布朗博士的笑容感染了每一个在场的人，将这严肃的会场平添了相思多彩的爱情！和以往的大会不同，今天的开幕式变得喜气洋洋，大会执行主席甚至从讲台的桌花中取出了两枝玫瑰，他代表此次会议的大会主席团将鲜花赠给了辛之栋与艾莲芝，并祝福他们相爱永远，情比金坚！

　　几天的国际卫生大会很快结束了，代表们将离开日内瓦返回自己的祖国。中国政府代表团对辛之栋在会场巧遇初恋的事情向上级做了汇报，而外交部也特批代表团可以多在日内瓦逗留一天，并可以购物访友。辛之栋得到了批准，他与艾莲芝、导师布朗在一起，他们就像当年在哈佛上学一样侃侃而谈，并整整待了一天一夜。布朗笑容满面地看着自己的两个爱徒，又一次地把他们的手拉在了一起后说："要珍爱彼此，相爱无疑猜，爱情无国界！"辛之栋告诉老师他一直是单身，不管怎样，他都会永远地爱着艾莲芝，可布朗先生又告诉了他一个惊人的消息，他早已经做爸爸了，艾莲芝在三年前为他生下了一个男孩，取了一个中国的名字，叫辛明。辛之栋感动得热泪盈眶，他深知这几年来艾莲芝一人既要工作又要独自抚养孩子，会有多么地辛苦和孤独，又会受到多少人的轻视呢？一个父亲不在身边的男孩，成长是不健全的，可是他却又能怎么办呢？中美两国的邦交还没有正常化，他们无法直接沟通，这两地分居、相思的日子何时才能到头呢？

布朗先生和辛之栋深谈了两个多小时，他把自己的想法和艾莲芝这四年来的情况都讲给了辛之栋听，之后便告辞了，他还有许多事情要办，他把更长的时间留给了他的学生，这两个苦苦相思的恋人。老师走后，辛之栋把书包中的翡翠玉笛掏了出来，这是爷爷交给他的传家之物，只有辛家的长子长孙才能拥有。爷爷说如果艾莲芝还在爱着你，就让她吹响这支玉笛！现在艾莲芝不但仍旧深爱着自己，还为他独自抚养着儿子，她没有对他有一丝的埋怨，有的全是对自己深沉的爱。辛之栋内心深处装满的是对艾莲芝的爱，还有愧疚与不舍，但是国情的不许，他们没有办法，只好在等待。他们约好了通过朋友第三方来转交信件，互报平安，相互忠诚！他们拍了很多的合影，说了无尽的情话，发了共同的誓言，又一次种下了神圣的种子。来年，他们一定会有一个美丽的女儿，辛之栋期望着他能与安翔一样儿女双全，到时候背一个抱一个，来到爷爷的面前，那时候爷爷会笑成什么样子呢？

辛之栋给艾莲芝讲了他的学生柳泉对自己的信任和亲情；讲了他当年的救命恩人安蝶和柳泉的故事；讲了白色蝴蝶与柳泉的生死相依；讲了柳泉姐弟；讲了满达姐弟后又讲了安翔的一家；并说起了安翔父亲的姑姑当年也是爱上了美国军人——海军军舰的大副后与其私

奔，之后杳无音信。所以安翔家害怕再生女儿。而艾莲芝听到辛之栋讲的故事后便问道："你说的安翔父亲的姑姑叫什么名字呢？我的爷爷便是海军的大副，我的奶奶便是中国的上海姑娘，她会一口流利的英语。"辛之栋告诉艾莲芝："安翔父亲的姑姑名叫安莲，她也是上海同济大学的学生，她的思想开明进步，是父母的掌上明珠，只可惜是多年来无有下落，大概是她怕父母知道她在哪里之后会派哥哥来把她找回去，要知道，她是和美国大兵私奔的。"艾莲芝听辛之栋讲明白之后，方知安家和辛家现在的亲密关系。艾莲芝从自己的衣箱中掏出了一个袋子，里面有一封信和一只满绿色的翡翠手镯。艾莲芝说："亲爱的，巧的是我的奶奶中国名字也叫安莲，因她思念亲人，便给我也起了同样的字，安莲叫叫熟了便成为了艾莲芝，是让我们后辈知道我的祖母叫安莲，中国上海的安莲呀！"辛之栋和艾莲芝同时想到：安翔家要找的安莲会不会是艾莲芝的上海祖母安莲呢？而且艾莲芝的祖父又恰巧是美国的海军大副！世界上的巧合难道会这么多吗？辛之栋决定把安莲手写给家人的亲笔信带回上海，让安翔的父亲来辨认，是否是他的姑姑的手迹。这也许会完成祖上亲人的心愿呢。

辛之栋真正地理解到：这个世界就是这么奇妙，说大就大，说小就小！说幸福却相伴着遗憾，讲叛逆却爱得忠诚！就像地球在不停地旋转，天地明了又暗，月亮圆了又缺，人也大概就是这样子吧，就像诗中说："我住长江头，君住长江尾，日日思君不见君，共饮长江水。此水几时休，此恨何时已。只愿君心似我心，定不负相思意。"辛之栋怀中的艾莲芝早已泪流成河。明天早上，他们又将分手，不知何时再相见，更不知何时一家人才能在一起永不分离。

第二天上午，辛之栋随着中国的团队来到机场，在安检的入口他又看到那里站着他的老师布朗和自己的妻子艾莲芝，他们像上次在美国一样，又来为他送行。辛之栋的心中是满满的爱，脸上是挂着泪水的微笑。这种爱虽深，却是有一些苦涩，只有深爱过的人才会懂。他不知该对老师说些什么，只是紧紧地拥抱着老人家。之后，辛之栋又将头转向了亲爱的妻，艾莲芝的泪水夺眶而出。他拥吻了她的脸，她的眼，她的泪，这之后的辛之栋迈着大步追上了归国的队伍。他听到了自己身后响起了动听的笛声。这是艾莲芝吹响了翡翠玉笛，一曲《送别》，它道不尽人间的悲情事，更讲不清众生的明朝欢。

第五十二章　柳泉，心安是福

　　柳泉顺利地从复旦大学毕业，他是辛之栋博士的开山弟子，如今年纪轻轻的就已经获得了博士学位。复旦大学医学院附属华山医院的院长慧眼识珠，经过与上级多次沟通，终于将柳泉、蒋亮他们这些优秀的博士毕业生留在了附属华山医院中工作。柳泉他们自大学一年级便在一起，同班同宿舍又一起同读辛之栋博士的研究生，八年之中，他们真正做到了同学习，共进退。这齐齐整整文雅机敏的四个年轻医学博士，深受医院的重视，院长更是对他们充满了期望！而他们同时向校长表示，他们会努力工作，深入刻苦钻研医学科学，以前辈们为榜样，绝不辜负国家的培养，以及校长和导师对他们的期望与良苦用心。

　　柳泉他们这一期的学生毕业了，毕业分配之后分别奔赴了各自的工作岗位。辛之栋继续招收他下一届的研究生，仍然是十名学员。赵萌萌今年本科毕业，她热望成为辛博士的研究生，因为她不想落后于柳泉。但是名额有限，她未被录取，赵萌萌因此羞愤交加。她是一个爱拔尖的人，受此挫折后她本想大闹一场，但又寻找不出合适的理由，她只好咽下了这口气。无奈之下的她回到了当初实习的医院：复旦大学附属中山医院。她找到她的见习老师。说实在的，赵萌萌是一个很聪明的人，她在实习时的表现也很好，大家也很喜欢她，在内科主任的要求下，她被分配到了这个医院的内科，成为了一名内科医生。辛之栋支援西部建设为期三年，时间还没有到，他仍然在成都搞教研工作，新招的研究生将和他一起在那里学习两年，之后再返回上海复旦大学。

　　现在是暑假期间，柳泉他们毕业分配之后还有一段假期，半个月之后他将去上海复旦大学附属华山医院报到。华山医院非常有名，这是自一九〇七年就开始创建的医院，前身是中国红十字会总医院暨医学堂，曾为中国培养了最早的一批现代医学人才，是最具有国际化特色的医教研中心之一，这里有重点实验室和医学研究中心。华山医院院长目光长远，惜才爱才，他把最有前途最有潜力的医学博士生们请入医院，期待他们在完成医疗任务的同时做好科研工作，并推进国际合作，"厚德仁术，创新奉献"是医院的院训，柳泉他们即将以饱满的热情投入工作，投入新的环境之中。

　　当柳泉将一切安排停当之后他便返回扬州家中，他还有半个月的假期，他要回家去陪陪父母，回北京去看看王府的亲人们。还有一件更重要的事情：他要再和父母一起去一趟扬州的古经藏禅寺上香，他心中有许多的疑问需要求证，他早就想去拜见寺中的那位老和尚，那个在他三岁时给他温暖的大师父。柳泉的心愿很迫切，他急于解开多年来百思不得其解的谜团，他知道老和尚一定晓得这其中的奥秘。和上一次同样，柳泉与父母一起进入了寺院上师的客堂，老和尚笑容满面地招呼他们就座，侍者为他们泡上龙井茶。柳泉望着慈眉善目的老和尚，他的变化不大，依然如二十年前一样面色红润，白髯飘飘，他的眉毛又白又长，一派仙风道骨的模样。想一想那年的自己来这里时只有三岁，而现在他已经获得了博士学位并将成为一名医生了！这匆匆的岁月如滚滚长河，可是在老和尚这里却不见什么变化，他的眼睛仍然平静似水，他的面色仍旧光润平和，没有丝毫变老的痕迹。

柳泉的父母每年都会到这里上香，他们是居士。他们经常来参加寺院里的讲经法会，参加放生活动，所以和寺院里的师父们很相熟。老和尚高兴地和他们谈着话，并微笑地对柳泉说："当年的小施主聪慧伶俐，如今相貌堂堂，博士毕业后当普济社会，行医治病，持大悲心，行大悲愿，若坚守本心就是人间的大菩萨，施主有慧根，不同凡响。"柳泉听老和尚这样讲，并夸奖鼓励自己，他竟有些害羞起来。他站起身来笑着说："大师父，我一定努力去做。但我有一件事总是搞不明白，存在心中多年，我能否请您为我加持开示呢？"老和尚听柳泉这样讲，便笑了一下说："施主可随我进内室，跪拜观音菩萨，得佛护佑。有什么话尽管说就是了。"柳泉如当年一样随着大师父进入内室，这里是大师父修行的地方，上次来时他只有三岁，还是个忧郁的男童。进入内堂，柳泉双膝跪下，他望着面前栩栩如生、庄严慈悲的观世音菩萨像，情不自禁地流下了眼泪。他的心中藏有莫名的悲苦，可是悲苦的情绪从何而来？他无法用言语表达，只是心里委屈，控制不住地流眼泪，但在老和尚修行的屋子里，这里的气场让他的心安定下来："大师父，我记得我小时候来过您这里，那时我似乎有什么秘密记忆被封存了。我目前遇到了许多难解的问题，心中总有一种莫名的难过却挥之不去。我想求求您，能不能给我开示，让我心中明亮起来，让我知道自己应该怎么办……"看着跪在佛前的年轻人，老和尚微微地笑了。他弯腰将跪在蒲团上的柳泉拉了起来："阿弥陀佛，柳施主，你说得对。你的记性很好！在三岁的时候你随着父母前来上香，是我看到你充满悲苦的面容和一颗孝敬父母的心，所以依佛所言普度众生。我暂时将你的一些记忆封存起来，是为了让你能健康成长，忘记悲伤。让你放宽心胸地去学习和掌握一定的技能来服务于社会，你一直做得很好，你所要求证的事情马上就能破解，但你需自悟自醒。但是要记住天机不可泄露！一定要记住勿与他人言！一切顺其自然，自然便是天意！你与安蝶的言行良善，你们皆为我佛门中人，是持有大悲心的在家之人。佛菩萨保佑善者，因此给了你们好的机会，你们都是智者，很好地运用了时机。柳施主，请与我一起来读诵《大悲咒》吧，大慈大悲的观世音菩萨在保佑着你呢。"此刻的柳泉手捧佛经，在老和尚的引导之下一起开始诵读《大悲咒》。柳泉抬眼望去，他看到了观音圣像在对他微笑，他的泪水不禁又流了下来，他有一种游子归家的感觉，很温暖，很亲切。柳泉被一种金色的光笼罩着，这是老和尚的大手轻抚于他的头上。柳泉在暖洋洋的光芒中睡着了，他做了一个长长的梦。梦中的他与未婚妻手拉手地在街上漫步，他的未婚妻是安蝶。安蝶长得很美，她身穿白色的连衣裙和他一起进山寻药，他们带着一个叫辛之栋的小男孩一起，灾难来临时为了救他，他与安蝶双双遇难。他看到安蝶在他的拼命搜寻下乘机化蝶而出，而他却被巨石压住没有看见。他看到当他被大兵们挖出后他却无法得见安蝶的魂灵。他看到一只大白蝴蝶在不断地飞舞，自己却害怕地躲在树叶后，恐惧它的翅膀将自己击碎。梦中的自己苦寻安蝶，经历着风霜雨雪，战战兢兢。在苦寻无果之后返回家中，东躲西藏地隐身于母亲发簪的镂空之中。而婶婶的早产给了他重生的机会，那个决绝而去的小婴灵让他着急，为之叹息。而这个时候恰好正是最好的机缘，他的灵魂直入婴儿的右眼故而重生。他重新成长，他的成长得到了佛菩萨的护佑加持！他梦到他的安蝶在校园中找到了他，但他却不知道这是亲人的幻化！但是蝴蝶差点被赵萌萌捉住，之后飞走了。梦里在郊外古亭子那里他与蝴蝶又一次重逢，安蝶以蝴蝶之身又随着他回到了学校，从此不再分离。柳泉看到：被救的男孩就是他今生的导师辛之栋，而蝴蝶早就认出了他。天意难违的是皮肤病人女孩程茹安的出现，她的厌世和赵萌萌的恶毒竟然给了安蝶重生的机会！安蝶的灵魂进驻了程茹安抛弃掉的身体，她因祸得福而重生，再一次让如今的自己拯救了她。望着活过来的程茹安，柳泉和辛之栋发出了会心的微笑，此时的快乐让柳泉一下子醒了过来。柳泉掩饰不住心中的快乐，他笑着睁开了眼睛，但是眼前的人并非重生的安蝶（程茹安），而是微笑的僧人上师老和尚。"大师父，我做了一个梦！""是吗？你还有什么要问的吗？""大师父，我的梦境是真的吗？程茹安就是安蝶吗？""阿弥陀佛！柳施主，你与你的父母皆为我佛门中人，佛菩萨保佑你们，佛菩萨护佑天下苍生皆得所愿！所见即为真，真真假假，假假真真，顺其自然。一切有为法，如梦幻泡影，如露亦如电，应做如是观。"老和尚慈眉善目的一番话让柳泉的心如明镜一般，他一下子就开悟了起来。他转身向庄严的观世音菩萨圣像跪拜起来，他的眼前如金莲盛开，浑身顿时充满了力量。他闻到了室内阵阵馨香，他转过头看着身旁的上师老和尚，柳泉泪眼婆娑地叫了一声："大师父……"

当柳泉随着老上师从内室走出时，他的脸上还挂着欢喜的泪珠。见孩子流泪，他的母亲吓坏了，一下子就站立了起来："柳泉，怎么了？出事了吗？""妈妈，我很好，我这是高兴的泪呢……""高兴为什么会哭？究竟发生了什么事？"柳泉望着满面惊疑的父母亲说："爸爸妈妈，你们不要担心，我的眼泪是快乐的眼泪，因为我真正地知道了什么叫佛法无边！"

离开寺院的时候，老和尚送他们到大门口，当大家走到高大的银杏树下，柳泉看着老和尚问："大师父，我能认下程茹安吗？在成都时我不知她是谁。我抢救过她，那时她是我的病人。她叫我的名字时我却躲着她，这样对待她，我是否太绝情了？""柳施主，你看这棵古银杏，它站在这里有一千多年了。它见证了多少人情冷暖，悲欢离合，又经历了多少风霜寒苦，暴雨飓风，但它始终华盖浓荫，风姿立挺，皆是因为它顺其自然，顺其自然呀，明白吧。柳泉，心安是福。"柳泉闻此向老和尚一躬到地，此刻的他眉舒眼展，心情舒畅，他知道后面的事情自己应该如何处理了。

柳泉陪着父母在扬州的家中待了两天，有空闲时他又开始练习书法，因为北京的姐姐要求他把家训"秀雅恒存"以书法的形式写好带去北京，她和满达将在自己的新房里悬挂，装裱的形式要和扬州的祖屋中的一样。柳泉细心地体会着此四个字的含义及它内在的哲理，"秀雅恒存"，是的，他此刻完全地沉浸在书香与墨香之中。

自北京归来，再过两天柳泉就应当奔赴自己的工作岗位了。柳泉苦读多年，现在他没有了以往的紧迫感，他可以放心地做自己喜欢的事情了。他心上惦记着上海安翔的父母，还有那个从山里捡回的兔唇男童安佳运。他曾经说过要为这个孩子做整形手术，给他一个快乐的童年，而且他现在心中很明白他与安翔及他的父母有着一种超越他人的关系，当然，这是一个秘密，勿与他人言的秘密。

柳泉与导师辛之栋早已经联系好，他们今天一起去安家，看望安家的长辈及孩童。当柳泉赶到安家时，他发现导师辛之栋已经在和安翔家人一起喝茶聊天了。他们谈得很热烈，柳泉的到来中断了他们谈话的内容。安翔父子起身欢迎柳泉，现在他们已经很熟悉了，各种因缘巧合将他们联系到了一起，说不清道不明的亲情萦绕在柳泉的心头。面前的长辈安伯伯头发花白，他见到柳泉后笑着把椅子拉过来请他坐下，并亲自为他斟上一杯龙井茶："柳泉来了，这回工作分配留在了华山医院，说明你是一个人才呀，刚才你的导师还在夸奖你呢！以后好好工作，做个好医生可是不容易，救死扶伤需要真本事。听说你已经有了不少的学术突破，了不起呀！你还这么年轻，以后有时间常来家里，多给我讲讲社会上的新鲜事儿，我老了，但是心不老。现在是和平年代了，你好好地钻研实践，跟着时代的大潮前进，多出科研成果！我老头子也会为你高兴！想当年我也是热爱医学，喜欢艺术，但是自己无法实现梦想，我这才全力支持女儿学医，考博士。如果当年安蝶不出事儿，那么我家就也有安蝶、柳泉两个医学博士了，可惜啊！我安墨驰没有这个命呀！"安伯伯的一声长叹让辛之栋又红了眼眶。柳泉见状急忙安慰他："安伯伯，您看我这不是又回来了吗？我是新的柳泉呀，我会常来看您的！我这不是还没去医院报到就先来您这里报到了吗？您别难过了，让伯母听见了她又会伤心的。"柳泉看着安伯伯的泪眼充满了真诚。"唉！柳泉，我是看见了你一下子就忘了情，没有控制住情绪，这要是让你安伯母看到，那这一下子就会勾起她的情绪，那可就坏喽！"安墨驰拍了拍自己的额头小声地说着。站在他身边的辛之栋此刻充满了惭愧，他红着眼圈低着头，一句话也说不出来，本来平日里不善言谈的他此刻更是无语凝噎。而一旁的安翔见此状况便赶紧说："过去的就是过去了，不要再提及了，这样姐姐才会安宁，咱们一切都要向前看，不是吗？"安墨驰本来就因为自己顺嘴提及的往事让大家心生难过而自责，此刻听儿子安翔这样说他也便说道："怪我！怪我！一时顺嘴搭音话说多了，到此为止！到此为止！辛博士，喝茶吧，我们接着刚才的话题，您把艾莲芝托您带来的信和物品拿来我看一下，我的父亲生前一直在寻找自己的妹妹安莲，我的姑姑临走前留下过信件，她的房间物品我们一直给她保留着呢，一看笔迹就明白了……"安墨驰急切地看着辛之栋的脸，只见辛之栋从他的公文包中掏出了一个丝绸的袋子。

　　突然客厅的木门被推开，辛之菲领着她的两个孩子走了出来。跑在前面的是男孩安佳运，后面跟着的是妹妹安佳虹，安佳虹迈着她胖胖的小短腿在尽力地追赶着哥哥，而哥哥手中抱着两辆精致的汽车模型。男孩安佳运跑得很快，他一溜烟儿般地来到了庭院草地上，那里有爷爷请人专门为他打造的天使雕像。安佳运今天特别精神，他上身穿着白色的水手服，下穿短裤，脚上一双小皮鞋，他的样子可爱极了。他调皮地用小手举着一辆汽车模型向着妹妹笑着炫耀，穿着粉色公主裙的妹妹正在母亲辛之菲的牵引下追逐着得意欢笑的哥哥。辛之菲手中拉着小女儿，只能客气地向着哥哥辛之栋和柳泉打招呼。安翔看着自己的一双儿女，他是满脸的笑意，他对辛之栋说："大哥，你从瑞士带来的两辆小汽车可给之菲惹了麻烦，两个孩子全都争着要玩，还没有办法给他们分配，车型不一样啊！给糖、巧克力都不行，吸引不了他们，这不在屋里开着不过瘾，现在跑外面来了……"安翔开心地看着奔跑的孩子，笑着向大舅哥辛之栋解释。柳泉发现导师辛之栋在和安伯伯谈事情，他觉得自己站在一边无法插话，而且也没有礼貌，他便笑着与安翔一起去庭院东侧的草地上去寻找辛之菲与她的儿女们。柳泉边和安翔夫妻交谈，边看两个孩子在草地上摆弄他们的玩具汽车。他站在软软的草地上，满眼都是茵茵绿色。汉白玉雕的两个童像栩栩如生地站在绿毯般的草地上，格外显眼。柳泉认真地看着这两个雕塑，之后他用手轻抚着靠东面一些的那个熟悉的女孩的手，她穿着一袭白裙，手捧着一束花，那是安蝶小时候的模样。她是那么快乐地站在蓝天白云之下，沐浴着阳光准备向前奔跑，柳泉看着女孩的眼睛，心中五味杂陈，他隐忍着自己的思绪，望向草地上欢乐的安翔一家人。

大门的门铃忽然响起，安翔跑过去拉开了铁栅栏门，一个年轻的身材匀称的姑娘走了进来，安翔不认识她，想要阻止她，她却微笑着闪身而入。而柳泉在看到她脸的那刻愣在那里，轻轻念出一个名字："程茹安……"

图书在版编目（CIP）数据

执手 / 张秀进，张帅著. -- 北京：作家出版社，
2024. 10 -- ISBN 978-7-5212-3053-6

Ⅰ. I246.5

中国国家版本馆CIP数据核字第2024JC2501号

执　手

作　　者：张秀进　张　帅
责任编辑：宋辰辰
装帧设计：老　左
出版发行：作家出版社有限公司
社　　址：北京农展馆南里10号　　邮　　编：100125
电话传真：86-10-65067186（发行中心）
　　　　　86-10-65004079（总编室）
E-mail:zuojia@zuojia.net.cn
http://www.zuojiachubanshe.com
印　　刷：河北京平诚乾印刷有限公司
成品尺寸：152×230
字　　数：362千
印　　张：29
版　　次：2024年10月第1版
印　　次：2024年10月第1次印刷
ISBN　978-7-5212-3053-6
定　　价：58.00元